KB270823

韓國古典文學思想名著大系 11

經世濟民의 혼신

茶山의 詩文

폐허산하 적지천리 백성은 어쩌라고

上

金智勇 著

明文堂

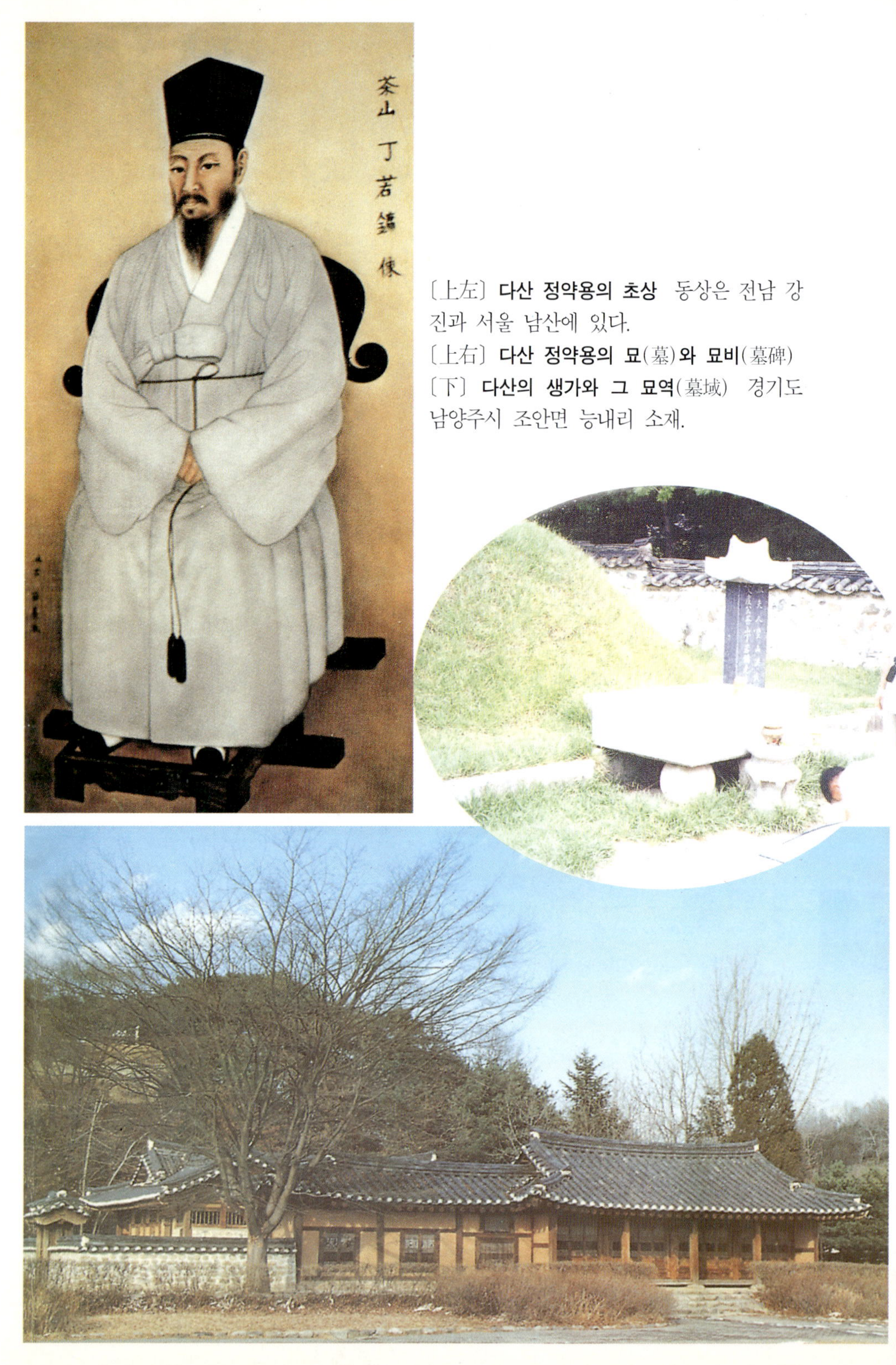

〔上左〕 **다산 정약용의 초상** 동상은 전남 강진과 서울 남산에 있다.
〔上右〕 **다산 정약용의 묘(墓)와 묘비(墓碑)**
〔下〕 **다산의 생가와 그 묘역(墓域)** 경기도 남양주시 조안면 능내리 소재.

〔上〕 다산 정약용의 유적비(遺蹟碑) 전라남도 강진군(康津郡) 다산 유적지 입구에 세워졌다.

〔中〕 유적비 제막식 1977년 4월 10일에 있었다.

〔下〕 새로 건축한 다산문화관 경기도 남양주시 조안면 능내리 다산 유적지 안에 있다.

〔上〕 **천일각**(天一閣) 다산초당(茶山艸堂) 동쪽에 있다. 다산은 이곳에서 매일같이 귀양간 형님인 손암(巽庵) 정약전(丁若銓)을 바라보며 울었다.

〔中〕 **흑산도**(黑山島) 손암 정약전이 유배되었다가 타계한 곳이다.

〔下〕 **다산초당**(茶山艸堂) 전라남도 강진군 도암면 만덕리 소재. 사적 제107호. 다산이 유배생활을 하면서 저술에 몰두했던 곳이다.

다산사경(茶山四景) 다산초당 경내(境內)에 있는 유적들. 다산이 수맥(水脈)을 찾아 만든 '약천(藥泉 : 上左)', 주변에서 채취한 차잎을 달이던 '다조(茶竈 : 上右)', 친필로 글씨를 쓰고 새겨서 자취를 남긴 '정석(丁石 : 中右)', 바닷가에서 손수 괴석을 주워다가 연못을 만들고 연을 심었던 '연지석가산(蓮池石假山 : 下)'.

〔上〕 **다신계원방문문답기**(茶信契員訪問問答記) 1818년 해배(解配) 명령이 내려, 18년만에 다산초당을 떠나 고향으로 돌아온 후 1823년 4월 옛 제자가 찾아왔을 때 계원과 주고받은 문답 내용을 다산이 기념으로 직접 써 준 글이다. 다산초당을 잘 보존·유지시켜 달라는 간절한 부탁이 감동적인 글로 기록되어 있다.

〔下〕 **순암호기**(淳菴號記) 다산초당의 관리자이자 제자이기도 한 귤원(橘園) 윤규로(尹奎魯)의 넷째 아들 종진(鍾軫:兒名 信東)에게 1818년 다산이 직접 '순암(淳菴)'이란 아호를 지어 주면서 써준 글이다. 종진의 나이 15세 때인데 종진의 체구가 작았지만 고사(故事)를 예로 들어가며 순암이란 호를 지어 주노라고 했다.

茶山諸生訪余
于湖上叙事畢
問之曰今年筍
東菴否曰蕢江
鮮井稼請君藝
桃益無橋否著
崩否曰不備池中
二鯉蓋 大吉四二

尺東寺路側種
先春花益步紫
茂否曰此柰村

晏嬰田文皆矮陋不揚可或
直諫以匡君或以業以名世
彥之裴度李東之李完平
皆身軀甚弱不害其為名臣
碩輔何可不量其體實雖處
也神彩主人也為賢雖處

打頭之屋擔之為人而敬憂
立人之庸雖如之以高臺廈
廈猶之為人而賤偉理則奴也
浴池信東受父母之晚氣敦
雖質纖小年及成童如功釋抱
神也之主人曰甫霸之以墨無善

閟視無小立志用力期為大人壽
禁天閒不石地此新小為沮此之感
德方號碩大氣豪雄偉傳
若雖君小智謀人形之以作
又音細謀細

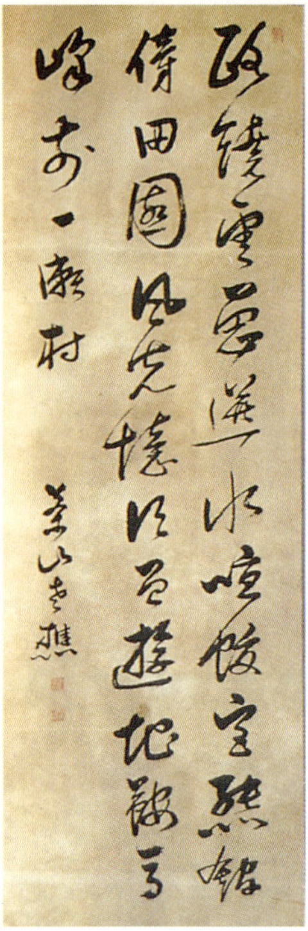

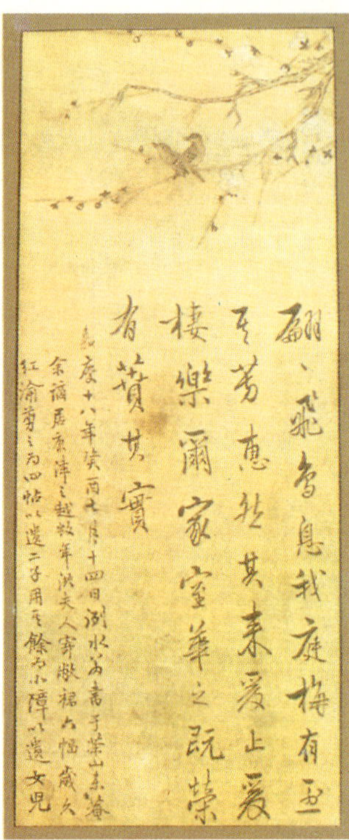

〔上左〕 다산의 친필(親筆)시
35×102.5cm.
〔上右〕 다산의 작품으로 전하는
매조도(梅鳥圖)와 친필 18.5cm×
44.7cm. 1813년 작. 고려대학교
박물관 소장.
〔下〕 다산의 작품으로 전하는
산수도(山水圖) 32.5×25.5cm.
서강대학교 박물관 소장.

서(敍)

　　희세의 엘리트이던 다산(茶山) 정약용(丁若鏞, 1762~1836)석학이 저술한 《목민심서(牧民心書)》를 모르는 사람은 드물지만 그 속에 담긴 목민정신(牧民精神)에 관해서는 깊이 생각하지 못하고 있는 것이 현실이다.

　　치민(治民)의 요강이나 조례에 관해서야 이미 신라 때 최치원(崔致遠)의 '시무십조(時務十條)'나 고려 태조의 '훈요십조(訓要十條)'나 선조 중기에 와서도 이율곡(李栗谷)의 '시무육조(時務六條)' 혹은 '해주향약(海州鄕約)'이나 이퇴계(李退溪)의 '무진육조(戊辰六條)' 등이 없었던 것은 아니지만 그러나 백성을 진심으로 아끼고 나라를 몸바쳐가며 걱정하면서 경세제민(經世濟民)의 깊은 이념과 철학으로 당시뿐만 아니라 21세기 지금의 치정자(治政者)에게도 지대한 교훈과 반성의 거울이 되는 정치의 교본은 《목민심서》만 하지 못하였다.

　　정다산은 《목민심서》를 저술하면서 그 서문에서,

　　"성현의 가르침에는 원래 두 가지 길이 있다. 하나는 백성의 교화를 맡는 사도(司徒)의 임무인데 수신(修身)하도록 가르치는 길이요, 또하나는 태학(太學)에서 국자(國子)를 가르쳐 각각 몸을 닦고 백성을 다스리도록 하는 것이니 백성을 다스리는 것이 바로 목민(牧民)인 것이다. 그러므로 군자의 학문은 수신(修身)이 그 반이요 목민이 반인 것이다.

　　성인의 시대가 이미 오래되었고 성인의 말도 없어져서 그 바른 도리가 점점 어두워져서 요즈음의 목민관이라는 자들은 이익을 탐내는 데만 급급하고 어떻게 백성을 다스려야 할 것인지는 모르고 있어서 백성

들은 곤궁하고 야위어져서 서로 떠돌다가 굶주려 죽는 백성이 많은 데
도 목민관 벼슬아치들은 한창 좋은 옷과 맛나는 음식으로 자기 혼자만
살찌우고 있으니 어찌 슬픈 일이 아니겠는가?"
라고 하였다. 그래서 《목민심서》를 지어서 그들을 가르치려는 것이라 하
고 12편 72조의 심서를 만들었다고 했으니 이것이 그 바탕에 깔린 정신
인 것이다.

백성을 아끼는 다산의 이념은 인권문제나 민중의 생명을 존중하는 면
에서 더욱 구체적으로 경륜되고 있는데 그의 역저인 《흠흠신서(欽欽新
書)》는 그 구체적 법전으로 되어 있다. 《흠흠신서》 서문에서 다산은,
"오직 하늘만이 사람을 살리고 죽이니 인명은 하늘에 매어 있는 것이
거늘 그런데 목민관이 또 그 중간에서 선량한 사람은 보호해주고 죄있
는 자는 잡아다가 죽이는 것은 하늘의 권한을 드러내어 보일 뿐이다.
그러나 하늘의 권한을 대신하는 목민관이 삼가고 두려워할 줄 모르고
털끝만한 일도 세밀히 알아보고 처리하지 않고서 소홀히 하여 살려야
할 사람을 죽이고 죽여야 할 사람을 살리기도 하니 그러면서 오히려
태연하고 편안하게 지내며 혹은 부정한 방법으로 재물을 빼앗고 혹은
그 부인들을 호려내면서 백성들의 비참한 원망을 듣고도 그것을 구하
고자 아니하니 이는 큰 죄악이다.

인명에 관한 옥사는 군현(郡縣)에서 항상 일어나는 것이므로 지방장
관이 항상 당하는 일인데도 실상을 조사하는 일이 일상 엉성하여 죄를
결정하는 것이 늘 잘못되어 예전에 정조께서는 감사(監司)와 수령(守
令) 등이 이 일 때문에 자주 파직당했으므로 차츰 경계하고 근신하여
가더니 근년에 와서 다시 문란하여져서 제대로 다스리지 않아 억울한
옥사가 많아졌다."
라고 밝히면서 인명에 대하여 전문적인 지식과 사례(판례) 등이 있어야
하겠으므로 5항목 30권을 저술하되 목민관(특히 판·검사)은 항시 '삼가
고 삼간다[欽欽]'는 것은 형벌을 다스리는 근본이라는 의미로서 '흠흠신
서(欽欽新書)'라 했다는 것이니 다산의 인명존중의식을 볼 수 있다.

정다산의 저술 중에서 가장 명저라고 평가가 높은 이른바 일표이서(一表二書)란 《경세유표(經世遺表)》와 《목민심서》 및 《흠흠신서》인데 일표인 《경세유표》는 처음 이름이 《방례초본(邦禮艸本)》이니 이는 정법서(政法書)로 주지되고 있으나 저자는,

“여기서 논하는 것은 법(法)이다. 법인데도 예(禮)라고 한 것은 무엇인가? 옛날 성왕들은 예로써 나라를 다스리고 백성을 인도하였다. 그런데 예가 쇠퇴해지자 법이라는 명칭이 생기니 법은 나라를 다스리는 것이 아니고 백성을 인도하는 것도 아니다.

천리(天理)에 헤아려 보아도 합당하고 사람에 실시하여도 화합하는 것을 예라 하며, 두렵고 비참한 것으로 벌벌 떨게 협박하여 감히 어기지 못하게 하는 것을 법이라 한다.”

라고 서문의 모두에 밝히고 있어서 《방례초본(邦禮艸本)》의 내용을 암시하고 있다.

이 ‘방례초본’ 즉 《경세유표》는 나라 다스리는 정법서이면서 경제이론 저술인데 묵은 악폐를 고쳐 새로 실시하자는 관제(官制)·전제(田制)·세제(稅制)와 호적법(戶籍法)·교민지법(敎民之法)·과거지규(科擧之規), 군사제도의 진보지제(鎭堡之制) 등의 내용이지만 그 근본에 깔린 정신은 개혁의 사상이다.

정다산은 ‘사회는 항상 변화·발전한다’라고 인식하고 있었다. 그의 《문체론》에서는 냉란(冷煖)의 원인으로 물태(物態)가 변하는데 이는 자연의 법칙이요, 이해관계로 인정(人情)이 따라 변하는데 이는 사회적 현상이라 하였다. 마찬가지로 《경세유표》의 근본 정신도,

“……법을 고치고 현능한 사람에게 관직을 임명하는 것은 춘추필법에서 귀중하게 여겼으니 법을 잘못 고친 왕안석(王安石)의 일로 하여 법 고치는 것을 무조건 저지하는 것은 용렬한 사람의 속된 말이므로 현명한 임금이 걱정할 것이 못된다.”

는 것이니 이는 20세기 들어서 선진적 사상으로 떠오른 사회학파의 소위 정(正)·반(反)·합(合)의 사회발전과정 이론과 흡사하며 무려 200여년

12

이나 앞선 탁월한 견해였다.

필자는 '사회진전의 양상은 끊임없이 순응하고 항거하여 혁신하는 연속체'라고 전제하고 그 연속체는 '항상 차원을 개신하면서 쉬임없이 반복작용을 일으키고 있다'고 인식하면서(京都大學 學位論文 총설에서) 소위 정·반·합의 발전과정이라고나 할까, 낡은 세력에 포용되고 있는 새 세력은 그 포용 속에 나서 자라면서 개성을 가지게 되고 새로이 구태를 거역하면서 드디어 갈등을 일으키게 되는 것이라고 인식하고 설론했다.

그 갈등의 결과는 '흐름의 자연법칙과 사회발전의 원리'에 입각하여 새 세대의 탄생을 낳게 되며 동시에 새 세력의 내부에는 또하나의 장차 갈등을 일으킬 새싹을 잉태하면서 새 세대를 형성하게 되는 것이니 새 세력이 낡은 제도에 포용되었을 때를 정, 즉 긍정의 과정이라고 한다면 구태를 거부하면서 갈등을 일으키는 과정을 반, 즉 부정의 과정이라고 하고 신세력이 다시 제도화된 과정을 합, 즉 긍정의 과정이라고 할 것으로 사회발전은 항상 이러한 진전의 연속이라는 이론이 사회학파의 견해였는데 그것은 수긍이 가는 사회발전이론으로 19세기 말에서 20세기 초에 사회학계를 풍미하던 문명의 충돌설(문명의 멸망 이론)과 문명의 순환설(문명은 변화 발전)의 양자 조화의 이론이 될 것이다.

그러므로 한 시대에는 동시에 전시대와 미래가 공존하고 있다는 논리가 성립되고 그 진전 속도는 기성세력이 얼마나 합리적이냐 불합리하냐에 달린 것이니 여기에 포용과 구속의 중용(中庸)문제가 생기는 것이다.

자연현상을 볼 때 파초(芭蕉)가 자라나는 과정에서 새싹은 큰 잎에 싸여서 속잎으로 보호받으면서 피어나되 큰 잎이 이미 쇠잔하여 떡잎이 될 무렵에서는 벌써 큰 잎으로 자라나되 그 내부에는 또 다른 속잎을 잉태하고 피어나니 그 속잎은 장차 큰 잎을 거부하고 낡은 잎으로 퇴락할 운명을 지니고 성장하는 것이니 그 보호와 육성의 의미 속에는 따지고 보면 합리적인 속에 모순을 내포하고 있다고 할 것이다.

그 파초의 성장양상은 정상이냐 비정상이냐의 여하에 따라 달라지는 것이니 정상적으로 기성 잎과 속잎이 교체될 때는 건전한 성장발육이 될 것이요, 기성의 잎이 지나치게 속잎을 감싸고 있을 때는 속잎은 내부에서 곱돌고 휘감기다가 어느 시각에 터져서 큰 잎은 균열되고 새잎은 급속도로 솟아나게 되니 비정상의 발육형태가 될 것이다.

사회발전도 이와 같은 원리에 의하여 세대교체가 순조롭게 이루어질 때는 사회발전은 정상적으로 진행되고, 기성세력이 지나치게 새 세력을 억누르고 있을 때, 즉 전제정치가 신사조를 탄압하고 있을 때는 부글부글 끓어오르던 신세력은 드디어 낡은 제도를 터뜨려 벗어나는 비정상의 발전양상을 보이는 것이니 우리는 그 급진적 변혁을 혁명(Revolution)이라 말하고 그 침체된 퇴보형태를 역행(Retrogradation)이라고 이르고 있는데 조선조 후기 사회는 극심한 전제군주정치에다 탐관오리가 그 틈을 이용해서 민중을 가렴주구하던 침체퇴보의 극에 달한 Retrogradation 형태였다.

그래서 정다산은 당시 사회제도를 Revolution해 보려는 것이었는데 그 혁신은 치정자가 백성을 다스리는 법부터 개혁하여 실시하려는 것이었고 그래서 저술한 것이 《경세유표》였다.

다산은 그 서문에서,

"그윽히 생각건대 대개 털끝만큼 작은 일이라도 병폐 아닌 것이 없으니 지금 와서 고치지 않으면(不改革하면) 반드시 나라를 망치고야 말 것이니 이것이 어찌 충신과 지사가 팔짱 끼고 방관할 일이겠는가?"

라고 당시 사회제도의 혁신을 부르짖었던 것이다.

《경세유표》는 그 정치·경제·문교 등의 개혁안도 중요하지만 개혁하려는 취지와 사상에 더 비중을 두고 연구할 과제이다.

필자가 정다산의 시를 읽으면서 그의 눈물겨운 애민우국 정신과 고매한 경세제민의 이념에 감동된 것은 1960년대의 일이다. 1961년에 필자는 청주대학 교수직으로 일본 텐리대학(天理大學)에 교환교수로 가게 되면서 교토대학(京都大學) 문학부(文學部)에 연수원으로 적을 두고 당시 시게자와준로(重澤俊郎) 교수에게서 명말(明末)·청초(淸初)의 고증학

14

(考證學) 강의를 받았다. 시게자와(重澤) 교수는 필자를 위해 대학원(박
사과정) 강의 순번을 바꾸어 송대(宋代)의 경학(經學)을 건너뛰고 명
말·청초의 고증학을 강의했다.

그것은 필자가 '정다산(丁茶山)의 문학'을 공부한다는 말을 듣고 호기
심도 있고 한편 고생하겠다는 연민의 정도 있었던 것으로 생각된다. 텐
리대학(天理大學)에서 조선어 회화와 한국문학사 강의를 오전으로 끝내
고 바로 전철로 교토에 달려가서 교토대학(京都大學) 문학부도서관(文
學部圖書館)에 틀어박혀서 가지고 간 《여유당전서(與猶堂全書)》(축쇄판
으로 《丁茶山全書》가 1960년 간행된 것)를 읽으면서 틈틈이 강의를 들
었다.

청주대학 시절 필자가 《여유당전서》를 떠듬떠듬 훑어보는 비참한 모습
을 보고 동료교수들은,

"고생을 사가며 그 어려운 공부를 왜 하느냐? 국문으로 된 문학작품
도 많은데……."

라며 안쓰러워하였다. 필자는 1959년에, 〈실사구시사상(實事求是思想)
과 박연암(朴燕岩)의 문학〉이라는 논문을 발표하였다(淸州大 論文集,
Ⅲ). 《연암집(燕岩集)》도 순한문이지만 정다산의 문장만큼 어렵지는 않
았다.

정다산은 사실주의 작가요, 실사구시 학자라서 한문자를 최대한도로
많이 사용하였는데 약 4만여 자를 구사하였다고 호사가가 평론했다.

귀국해서 연세대학에 출강하던 1966년 봄에 〈다산문학론(茶山文學
論)〉을 처음 발표하였다(국어국문학 vol. 33). 이것이 정다산의 문학만을
연구한 논문으로서는 국내에서 처음이라 여겨진다.

하기야 그 이전 정다산의 학문과 저술에 대하여 논평한 일은 호암(湖
岩) 문일평(文一平)의 〈고증학상(考證學上)으로 본 정다산(丁茶山)〉(湖
岩全集) 외와 담원(薝園) 정인보(鄭寅普)의 〈다산(茶山)선생의 생애와
업적〉(薝園國學散藁) 외와 현상윤(玄相允)·백남운(白南雲)의 신문논평
과 윤용균(尹瑢均) 등의 전제(田制)나 경제나 의학 등에 대한 논술은 있

었으나 문학을 독립시켜 연구한 일은 거의 드물었다.

필자는 다산학 전체를 일단 크게 네 분야로 나누었다. 그 하나는 경학(經學)이고, 둘은 정치경제학(政治經濟學)이요, 셋은 문학이며, 넷은 의학을 포함한 과학인데 이 넷은 각각 부문은 다르되 경세제민(經世濟民)과 이용후생(利用厚生)이라는 정신에서는 일맥상통하고 있으며 그 근본에 흐르는 본류(本流)는 문학, 특히 시에 있는 것이라 확신했다.

그래서 시와 문을 훑기 시작한 것인데 그때 홍이섭(洪以燮) 교수는《정약용(丁若鏞)의 정치경제사상연구(政治經濟思想研究)》(1959)를 저술하면서 제5장의 비판적 정신에서 '다산(茶山)의 문학'에 대하여 논급하였다. 이것이 인연이 되어 술·담배도 모르는 꼬장꼬장한 역사학자라 퇴근 무렵이면 3, 40분씩 일찍 나와 퇴근버스를 기다리며 언더우드 동상 앞 벤치에 둘이 앉아 다산문학에 대하여 배우며 토론하면서 대화가 끝이 없었다. 홍교수가 연탄가스 사고로 비명에 타계하지만 않았어도 사학뿐만 아니라 다산학을 위해서도 더 많은 업적을 남겼을 것이다.

1977년 여름에 교토대학(京都大學)으로부터 학위논문을 내도 좋다는 통지와 관계규정을 두툼한 봉투로 받았다. 먼저의 시게자와(重澤) 교수는 이미 정년퇴임하고 주임교수는 유아사유키히코(湯淺幸孫) 교수로 되어 있다고 했다. 생면부지이니 궁금한 것이 많아도 물어볼 수도 없는 일이니 규정을 반복 읽어가며 논문을 일역(日譯)하여〈丁茶山文學の研究〉를 '丁若鏞の經世濟民的 詩を 中心に'라는 부제를 붙여 4×6배판 180쪽을 제출하였고, 그해 9월 25일에 와서 시험을 보고 논문시문(論文試問)을 받으라고 했다. 그때 필자는 세종대학(당시는 수도여자사범대학)에 국문과 교수로 있었는데 그 대학 관례가 교수가 외국으로 나갈 때는 사표를 써놓고 나가야 한다기에 미련없이 아예 사직하고 홀가분하게 일본에 갔다.

그런데 가보니 사정이 까다로워서 사표를 잘 내고 왔다 싶었다. 당시 일본 학계에서 우리나라 이퇴계(李退溪)에 대한 연구는 활발했지만 정다

16

산(丁茶山)과 그 학문에 대하여는 그다지 넓고 깊지 못해서 심사위원 구성에 시간이 걸렸다는 것이요, 이 논문은 정다산의 문학에 관한 연구가 핵심이지만 그 논문의 총설에서 일본의 선각자인 후쿠자와유기치(福澤諭吉, 1835~1901)와 정약용(1762~1836)을 비교하면서 정다산이 1세기나 앞선 대학자인 선각자라고 하였더니 심사교수(중국철학 2명, 일본문학 2명, 동양사 1명)들은,

"어떤 점이 그러한가? 구체적인 사례를 댈 수 있겠는가?"
하므로 필자는 '아차, 일본의 자존심을 건드렸나' 싶어서 이 기회에 정다산의 선각적인 이용후생(利用厚生)의 논술들을 더 보여주고 싶었다.

사실 우리 국내에서도 정다산은 알지만 그의 과학사상이나 이용후생과 경세제민사상에 깊은 관심과 저술을 읽어보고 이해하는 학자는 드물었던 그때의 학계였고 더구나 일본 민족이 후쿠자와유기치(福澤諭吉)를 존숭하는 정도가 우리 민족이 세종대왕을 숭배하는 수준과 맞먹는다는 사실을 알고 있으므로(우리나라 한국은행권 1만원권 지폐 화상이 세종대왕인데 일본의 최고액 1만엔권 지폐 화상은 후쿠자와유기치이다) 필자는 마침 강의도 없으므로 '증거 논설을 제시할테니 시간을 달라'고 하여 2개월의 말미를 받고 바로 교토대학 도서관에 틀어박혀 정다산의 경세제민 사상과 이용후생의 사실성이 담긴 문장 중에서 논(論)·설(說)·의(議)·서(序) 등 2, 30편을 더 번역하여 제시하였다. 일본인 심사위원 교수들은 추가 시문에서 정다산의 실사구시적 학문에 경의를 표하는 눈치였다.

학위수여규정에 1년 안에 가부를 결정지어 주기로 되었으니 귀국하였다가 1978년 9월 25일에 학위수여식에 나오라는 통지를 받았다. 이같은 이야기는 행여 일본에 가서 학위를 받으려 하는 후학들에게 참고가 될까 하여 기술하거니와 그뒤 이 논문을 바로 한국어판으로 발간하려고 했으나 앞에서 말한대로 추가 자료의 논설도 있고 또 야심 같아서는 기왕이면 더 많은 정다산의 시·문을 번역하여 수록하려는 욕심으로 1975년에 필자가 역주 발간한 《다산시문선(茶山詩文選)》(韓國名著大全集, 明文堂 기획 大洋書籍 간행)에다 애국휼민의 시(詩)와 경세제민의 문(文)을 더

역주 증보하여 1991년에 시 2백 편과 산문 74편을 《정다산시문선(丁茶山詩文選)》 신국판 808쪽의 책을 '경세제민(經世濟民)의 작품을 중심으로'라는 부제를 달아 발행(敎文社 刊)하여 이제 연구논문과 그 거증으로서 시와 논설의 문장이 대충 갖추어졌는가 생각되어 발행을 서두르는 바이나 기실 다산문학의 빙산의 일각에 지나지 않을 것이며 그 연구도 정다산의 고원한 국가경륜 이념과 박애로운 민중 사랑 정신을 훼손시키지나 않았을까 염려되는 바이다.

본 '다산 정약용의 경세제민(經世濟民)의 시문(詩文)'은 그 처음 3분의 1은 정다산의 경세제민을 근본 사상으로 하여 창작된 시와 문장을 들어 고찰한 연구논문이요, 중간 3분의 1은 다산이 심혈을 기울여 창작한 시 중에서 백성을 걱정하며 나라를 근심하는 지극한 감정이 넘쳐흐르는 작품만 220여편을 골라서 역주 분석 해설한 〈시선(詩選)편〉이며 뒤의 3분의 1은 다산의 문(文) 중에서 특히 이용후생의 논설과 사회개혁을 제창한 탁견들을 역주 해설한 문선(文選)편이다.

〈연구논문편〉에서는 1978년 일본 교토(京都)대학에 제출하여 문학박사 학위를 받은 논문을 정리·번역하고 그 뒤 여러 학술지에 발표된 논문을 모아 정다산의 사실주의 문학에 기준을 맞춰 재정리한 논설이고, 시선편은 정다산의 시 1,220여편(《여유당전서》 권1~권7에 수록된 것)인데 거의가 장편의 배율(排律)이라 수(首)로는 엄청나게 많고 절구(絶句)나 율시(律詩)도 여러 수씩 계속되면서 때로는 2, 30수씩 이어지는 경우도 있어 1,220여편이라지만 그 작품 수는 대단히 많은 것이나 여기서는 220여편만 추려서 역주했다.

〈문편(文篇)〉에서는 각종 문장을 고루 추리되 주로 문학적 성격을 띠고 있는 문장 장르에서 100여편을 뽑아 역주 해설했으나 특히 설(說)은 과학의 논설로서 문학작품으로는 볼 수 없으나 정다산의 과학적 탁견과 박식함을 보이기 위하여 세 편을 끝에 붙였다.

흔히 문집에서 부(賦)는 시의 앞 첫머리에 엮어 넣는 것이 순서의 관

18

례이고 《여유당전서》에서도 권1의 모두에 오직 두 편인 부가 편집되고 있지만 본서에서는 시와 산문의 중간에 짜넣은 것은 그 창작 연대가 다산의 생애에서 그 후반기에 해당되는 40세에서 49세 때(惜志賦는 40세인 1801년 작이고, 塩雨賦는 49세인 1810년 작품)의 창작이고 또 정다산의 시 창작상 연대기적 변화·발전을 고찰하는 시사적(詩史的)인 의미로 볼 때 굳이 관례에 구애받지 않고 본서에서는 시와 산문 중간에 배치해 넣었다.

다산시 어느 한 수가 상민(傷民)의 측달(惻怛)과 경국(經國)의 이념(理念)이 아닌 것이 없지만 그 중 대표적인 작품으로 '전간기사(田間紀事)' 6편을 필자는 눈물겹게 읽어 감동하였으므로 그 '전간기사'의 서문에 나오는 말로써 다산 시·문의 상징적 표어가 되리라 생각하여 책명을 '황폐강산 적지천리 백성은 어쩌라고!'로 하였으니 정다산은,

"가물어 거칠어진 전답은 적지(赤地) 천리로 이어져 백성들은 유리방랑하다가 시체가 뒹굴어 그 참상은 차마 눈뜨고는 볼 수 없는데……정치한다는 윗놈들은 수수방관하면서 제 배만 채우고 제 잇속만 챙기니 안타까워하다가 참을 수 없어 감히 유배자의 몸이지만 일편단심 나라 위한 성심으로 저 처량한 쓰르라미나 귀뚜라미가 차디찬 풀속에서 구슬프게 부르는 노래와 같은 목소리로 여섯 편의 시를 짓되 그것도 먹과 붓이 없어 오징어 먹물을 구해 나뭇가지로 기록한다."

라고 하였으니 정다산의 애절한 시정이 표상됨직하여 책 제목으로 하였다. 독자들은 〈시선편〉의 '전간기사'(p. 491)에 주목해 주기 바란다.

필자가 40여년을 두고 공부하며 고심한 정다산 문학의 연구를 이제 80이 되어 두 책으로 묶어서 발간하게 되니 만감이 가슴에 사무친다. 이제 연륜이 많아질수록 그 어렵던 정다산의 시어(詩語)나 전고(典故)들이 차츰 쉬워져 갔고, 심오한 저 경전(經典)과 사서(史書)들도 차츰 온축(蘊蓄)되어가고 있으나 무릇 생(生)은 유한하고 학(學)은 무한하니 《중용》의 말대로 성심성의로 천성을 따르는 일이 최상이리라.

　이 저술을 발간함에 있어 정성을 다하여 주시며 노고와 출자를 아끼지 않고 밀어 주신 명문당(明文堂) 김동구(金東求) 사장께 충심으로 감사를 드리며 옆에서 뒷바라지한 내자의 수고를 고맙게 여기며 얼굴을 다시 한 번 묵묵히 쳐다본다.

　　　　　2002년 임오 여름에

　　　　　　　蓮堂書齋에서　金智勇　쓰다

차 례

제2편 정다산의 애민·우국 측달이 사무친 시

[하권(下卷)]

제3편 정다산의 경세제민의 문장선

다산(茶山) 정약용(丁若鏞)의 시(詩)·문(文) 연구

1. 다산 정약용은 어떤 분인가?

— 영욕이 뒤얽힌 일생과 경세제민의 방대한 저술

다산 정약용이 영광과 곤욕과 구사일생을 겪으면서도 꺾이지 않고 공부하고, 정열을 쏟아부어 애국 휼민의 시문을 쓰고, 고금에 드문 한우충동(汗牛充棟)하리만큼 방대하고 차원높은 저술을 한 학자로서의 일생을 큰나무에 붙은 매미같은 비재박식한 학도가 몇 마디로 거목을 읊조릴 수는 없는 것이다.

다산 정약용의 생애에 대하여는 다산 자신이 지은《자찬묘지명(自撰墓誌銘)》및 다산의 현손인 정규영(丁奎英)이 편찬한《사암선생연보(俟菴先生年譜)》에 소상하고, 또한 여러 연구가가 거듭 논술 또는 역주(譯註)하였으므로1) 이 저술에서는 그 생애 중에서 역사적 의미를 함축하고 있

---

1) 정다산의 생애(연보)를 편술하거나 역주한 여러 연구가의 저술은 다음과 같으니 참고하기 바란다.

　◦홍이섭(洪以燮) 저《丁若鏞의 政治經濟思想研究》중 ‘生涯一學의 形成’ 韓國研究叢書, 韓國研究圖書館 간행, 1959년.

　◦김지용(金智勇) 저《丁茶山 文學の研究》중〈生涯〉京都大學 博士學位論文, 螢雪出版社 1977년.

　◦김상홍(金相洪) 저《茶山 丁若鏞 文學研究》중 부록 ‘茶山 丁若鏞 文學年譜’ 檀國大學校 出版部 간행, 1985년.

　◦박석무(朴錫武) 역주《茶山 散文選》중 ‘自撰墓誌銘’(集中本, 壙中本) 創作과 批評社 간행, 1985년.

　◦송재소(宋載邵) 저《茶山詩 研究》중 제2부 資料 茶山年譜(俟菴先生年譜) 역주 創作社 간행, 1986년.

44

고, 또 사회적 공헌이 지대한 저술의 사실만을 들어가며 정다산의 생애를 특징지으려고 한다.

사실 연보라고 하면 일생의 이력서로서 대개 공직(公職)에 출사 퇴직하고 오르고 내렸던[陞降] 연대기(年代記)이므로 한 인물을 설명하는 데 미흡하고, 정다산 연보의 한 책인 《사암선생연보》는 한문본 46배판 244쪽이나 되는 방대한 이력서라서 독자가 감당하기 어려운 점도 있어, 절세의 대학자요 경제제민의 문학가를 간단명료하게 설명하기에는 너무 과하거나 혹은 미흡한 점이 있다. 조선시대에서 학자나 관리들이 그 정파와 당색의 치열한 파쟁으로 말미암아 영달과 찬출(竄黜)이 빈번했음은 별로 신기한 일이 아니지만 다산 정약용의 경우는 다 같은 무수한 영욕이면서 그 내용이나 유형이 다르다.

정다산은 양반 관료의 명문에서 태어나 순탄한 환경 속에서 유년시절을 보냈지만 때마침 조선조 후기의 정치경제가 극도로 문란하고 황폐한 데다가 사색당파의 원구가 날로 고질화되어 가고, 이와는 달리 새로운 실사구시(實事求是)의 사조가 대두되고 서학(西學)이 유입되던 시기여서 그 청년기와 장년기부터는 혼란과 당쟁의 와중뿐만 아니라 신구(新舊) 사조의 갈등 속에서 그 선진적 사상으로 말미암아 출세와 유찬(流竄)이 무상했었다.

다산 정약용은 1762년(영조 38년) 음력 6월 16일에 경기도 광주군 초부면(草阜面) 마현리(馬峴里)의 소내[苕川] 연안인 지금의 남양주시 와부면 능내리에서 진주목사(晋州牧使)이던 정재원(丁載遠)의 넷째 아들로 출생했다. 아명은 귀농(歸農)이고 이름은 약용(若鏞)이요 자는 미용(美鏞) 또는 송보(頌甫)이고 호는 사암(俟菴)·자하도인(紫霞道人)·다산·균암(筠菴)·탁옹(籜翁)·열수(洌水)·문암일인(門岩逸人) 등 여러 가지를 썼고 당호(堂號)는 여유당(與猶堂)이라 했다. 정다산이 나던 해에 사

◦ 과학원 철학연구소(평양편 《정다산 연구》 중 부록 '다산 정약용의 주요저작 연표' 북한연구자료 11호. 한마당 간행, 1989년.

도세자(思悼世子)가 죽음을 당하는 참변이 있자 부친이 벼슬을 던지고 고향으로 돌아왔으므로 그래서 아명을 귀농(歸農)이라고 했다는 것이다.

압해(押海 : 羅州) 정씨로 조선조에 들어서 현감을 지낸 정자급(丁子伋)의 13세 손인 다산은 천주교 세례명은 '요한'이라고 카톨릭에서는 말하고 있다.

명석하고 관후정치(寬厚精緻)한 성품인 다산은 4세 때부터 글을 배웠고 6세 때부터는 아버지의 임지로 따라다니며 부친의 훈도(薰陶)를 받은 귀동이었다.

탁월한 재주를 소유한 다산은 7세(1768) 때에 벌써 시 '작은 산이 큰 산을 막았네. 아마 땅이 멀고 가까운 탓이겠지(小山蔽大山 遠近地不同)'를 지어 부친으로 하여금 '분수에 밝으니 장차 커서 역법과 수리에 밝으리라(明於分數 稍長當通曆法算數)'하여 기특하게 여기게 한 재동이었다. 9세에 모친을 사별한 것은 다감한 동심이 비통했지만 유소년 시기의 수학은 남달리 다행하여 일취월장하면서 10세에 경서(經書)와 사서(史書)를 부친에게서 수학하고 10세 이전의 시를 모은 삼미집(三眉集)2)을 엮었다.

13세(1774) 때 벌써 두보(杜甫)의 시를 읽고 모방 보운(步韻)하였고,

14세(1775) 때 벌써 시 〈회동악(懷東嶽)〉, 〈유수종사(游水鍾寺)〉를 썼다. 이 무렵의 정다산이 영특하고 기억력이 뛰어난 데다 독서를 빠르고 많이 했던 사실을 황현(黃玹)은 그의 《매천야록(梅泉野錄)》에서 '천재(天才) 정약용이 기성절륜(記性絕倫)'했다는 항목으로, 강산(薑山) 이서구(李書九)가 놀랐던 일화를 쓰고 있는데 소년 정약용이 책인 듯한 짐을 잔뜩 지고 가는 것을 강산이 말타고 한양 가는 길에서 보았는데 수삼일 지나서 돌아가다가 다시 길에서 만나게 되어 수상하게 여겨 "어찌된 아이가 책을 지고 왔다갔다 하는가?"하고 힐책하니 소년은 "산사(山寺)에

---

2) 삼미(三眉)란 정약용의 어릴 때 호인데 어릴 때 완두창(豌豆瘡)을 앓고 나서 눈썹에 흠이 생겨 세 눈썹으로 보여서 지은 이름이라 했다.

46

가서 책을 읽고 오는 길"이라 했고 의아한 강산은 "왜 읽지 않고 돌아 오느냐?"하니 "다 읽었습니다."하므로 너무 놀라서 "무슨 책인데 어느 새 다 읽었느냐?"하니 "강목(綱目)인데 읽었을 뿐만 아니라 암송하였습 니다."고 하니 강산이 짐속에서 손에 잡히는 대로 한 책을 뽑아서 외라고 하자 줄줄 암송하더라는 깜짝 놀랄 이야기를 기술하고 있다.

15세(1776)에는 풍산 홍씨(1761~1838 : 승지 홍화보(洪和輔)의 따님) 와 결혼하고 그 해에 시 〈춘일배계부승주부한양(春日陪季父乘舟赴漢 陽)〉을 짓고,

16세(1777) 때는 처음으로 실학자인 성호(星湖) 이익(李瀷)의 유고를 보고 감탄 사숙하기 시작하였으며 〈증이벽(贈李檗)〉 등 16편의 시를 지 었는데 다산의 시는 14세 때부터 지은 작품이 《여유당전서》에 실려있다.

17세에는 화순현(和順縣)의 동림사(東林寺)에서 글을 읽었고 18세에 과문 공부를 시작하였다. 그러면서 시를 계속 창작하였는데 17세 때에 시 〈춘일오성잡시(春日烏城雜詩)〉 외 9편을, 그리고 18세 때에 〈과경양 지(過景陽池)〉 외 18편의 시를 짓고 있다.

19세(1780)에는 장인인 홍화보(洪和輔)가 경상우도 병사(兵使)로 있 는 진주에 가 있으면서 〈무검편증미인(舞劍篇贈美人)〉 등 시 19편과 〈의 기사기(義妓祠記)〉 등을 지었고, 이 해에 부친을 따라서 광주 마현으로 돌아왔다. 이때 부친은 화순(和順) 현감, 예천(醴泉) 군수로 있다가 사직 하고 귀향했었다.

20세(1781)에 서울에 있었는데 과거시험 준비를 하면서 태학(太學)에 서 시로 피초(被抄)되었다. 가정적으로는 딸을 낳았으나 곧 죽었다.

이 해에 시 〈배가군환소천(陪家君還苕川)〉 등 19편의 시를 지었고,

21세(1782)에는 서울 창동(倉洞)에 집을 사가지고 살면서 태학에서 시로 피초(被抄)되었다. 시 〈술지(述志)〉 등 16편을 지었고,

• 22세(1783) 정조(正祖) 7년

2월에 세자책봉 경축 감시(監試)에서 경의초시(經義初試)로 합격하고, 4월에는 성균관 회시(會試)에 생원(生員)으로 합격하고, 선정전(宣政殿)

에 들어 정조의 특별 은총을 받았다.

이것이 정조의 특총을 받게 된 시작이었다. 이 해에 〈등압구정화목공운(登狎鷗亭和睦公韻)〉 등 27편을 지었다. 가정적으로는 서울 회현방(會賢坊)에 옮겨 살면서 장자 학연(學淵)을 낳았다.

• 23세(1784) 정조 8년

《중용강의(中庸講義)》80여조를 지어 바치어 정조의 칭찬을 받았고 정시초시(庭試初試)에 입격하였다. 여름에 큰형 약현(若鉉)의 처남인 이벽(李檗)으로부터 두미협(斗尾峽)에서 서교(西敎)에 관한 이야기를 듣고 아울러 천주교 책 한 권을 빌려 보았다. 이 해에 반제(泮製)3)에 피초(被抄)되었고 시 〈독손무자(讀孫武子)〉 등 8편을 지었다.

• 24세(1785) 정조 9년

다산은 이때부터 출사의 길이 열리고 과거에 바빴다. 2월에 반궁제술(泮宮製述)에 합격하고 정시초시와 황감시(黃柑試 : 員外郞 벼슬) 초시에도 들었고 정조의 '재상이 되겠다'는 칭찬을 받으며 《대전통편(大典通編)》한 질을 하사받았다. 시 〈우인이덕조만사(友人李德操輓詞)〉 등 11편 창작.

• 25세(1786) 정조 10년

2월에 별시(別試) 초시에 합격하고 도기(到記 : 반제)에 들었다. 가정적으로는 차남 학유(學游)가 출생하고 시 〈춘일담재독서(春日澹齋讀書)〉 등 9편을 창작했다.

• 26세(1787) 정조 11년

다산은 이해부터 벼슬길이 열리고 출사에 바빴다. 1월, 3월, 8월, 11월에 네 번이나 반궁제술에 피초되면서 이때 반제비교(泮製比較)에 수석

---

3) 반제(泮製) : 반궁제술(泮宮製述)의 준말로 조선시대 생원(生員), 진사(進士), 성균관 사학(四學)에 있는 유생들의 출석을 기록하던 일인데 도기(到記)라고도 하였다. 여기에 피초(被抄)되려면 성균관에서 유생들에게 보이는 제술(製述) 시험에 합격되어야 했다. 반(泮)은 성균관 앞 개울 반천을 의미하고 반궁(泮宮)은 중국 고대 제후가 공부하던 곳을 말함.

48

이 되어 정조로부터 상으로 《국조보감(國朝寶鑑)》한 질과 《병학통(兵學通)》한 질을 하사받았다. 가정적으로는 부친이 한성부서윤(漢城府庶尹)이 되고 문암장(門巖莊)을 샀다. 시 〈취가행(醉歌行)〉 등 11편을 창작했다.

• 27세(1788) 정조 12년

1월에 반제에 합격하고 문암장(門巖莊)에서 지내며 시 〈원진사(蚖珍詞)〉, 〈고우행(苦雨行)〉, 〈추일문암산장잡시(秋日門巖山莊雜詩)〉 등 11편을 창작하였다.

• 28세(1789) 정조 13년

다산은 벼슬이 자주 바뀌며 정조의 은총을 받기 시작했다.

1월 7일에 반궁제술에 합격하고 1월 26일에는 도기(到記)에도 입격되었고 3월에 식년전시(式年殿試) 갑과 제2인으로 급제하고 희릉직장(禧陵直長)에 제수되고, 이어 초계문신(抄啓文臣)이 되었으며, 5월에는 용양위부사정(龍驤衛副司正 : 종7품 무관)4)이 되고 11월에 친시(親試)에서 제2인으로 급제한 상으로 정조에게서 표피(豹皮)를 받았다.

이때 〈태평만세자당중(太平萬歲字當中)〉 시로 기재(奇才)라는 칭찬을 받았다. 11월에 초계문신을 대상으로 하는 친시에서 정조의 문체(文體)에 대책한 〈문체책(文體策)〉을 지어 올렸고 또 '주교(舟橋)'의 역사를 위한 주교의 규제 등을 만들어 주교 가설에 공을 세웠다. 가정적으로는 부친이 이 해에 울산(蔚山) 부사가 되었고 3남 구장(懼牂)이 출생했다. 시 〈차장호원(次長湖院)〉 등 35편을 창작하고 〈지리책(地理策)〉을 집필했다.

• 29세(1790) 정조 14년

다산 본인이나 가정적으로 영광의 한 해였다. 2월에 한림소시(翰林召試)에 입격하여 예문관 검열(檢閱)이 되고, 3월에는 충남 해미(海尾)로

---

4) 용양위(龍驤衛) : 조선조 초기에 설치한 5위(衛)의 하나이며, 별시위 1,500명과 300명의 대졸(隊卒)로 구성됨. 좌위(左衛)를 말함.

귀양갔다가(3월 8일) 곧 풀려서(3월 19일) 5월에 예문관 검열로 돌아오고 이틀 뒤에 용양위 부사과(副司課)로 승진되고, 7월에 사간원(司諫院) 정언(正言)이 되고, 이어서 사헌부지평(司憲府持平)에 제수되었다.

11월에 친시(親試)에서 제1인, 과시(課試)에서 제3인, 과강(課講)에서 제10인으로 합격에 들어 말과 호피(虎皮)와 지필묵을 상으로 하사받았다.

이 해 11월에 부친이 다시 진주목사(晋州牧使)가 되었다.

시 〈대가지연융대열무관마상재유술(大駕至鍊戎臺閱武觀馬上才有述)〉과 〈동작도송별가군환부진주(銅雀渡送別家君還赴晋州)〉 등 27편과 〈십삼경책(十三經策)〉, 〈문체책(文體策)〉, 〈인재책(人才策)〉 등 책문과 〈유세검정기(游洗劍亭記)〉를 썼다.

•30세(1791) 정조 15년

부친의 임지인 진주(晋州)에 가 있으면서 촉석루 등 명승을 유람하며 시를 썼다. 이해 4월에 3남이 일찍 죽었는데 다산은 〈억여행(憶汝行)〉 시를 지어 아버지인 자신의 죄를 빌었다. 5월에 사간원 정언(正言)이 되고 6월에 그만두었다가 7월에 다시 정언이 되고 10월에 사헌부(司憲府) 지평(持平)을 제수받았고 친시에 제7인, 과시에 제10인, 과강(課講)에 제6인의 상을 받았으나 이 해에 신해옥사(辛亥獄事)가 일어났다. 다산의 외사촌형인 윤지충(尹持忠)은 그의 어머니 권씨의 상을 당하자 외종형 권상연(權尙然)과 도모하여 신주(神主)를 불사르고 천주교 의식으로 장례를 올린 데서 일어난 이른바 진산(珍山)사건 혹은 신해사옥(辛亥邪獄)으로 불리는 최초의 천주교 박해사건인데 이때 윤지충은 사형당하고, 목만중(睦萬中)·이기경(李基慶)·홍낙안(洪樂安) 등이 성호(星湖)의 후학들을 일망타진하려고, "총명재지(聰明才智)와 진신장보(搢紳章甫)의 7, 8할은 모두 서교에 빠져있으니 장차 황건(黃巾)·백련(白蓮)의 난이 있을 것이다."라고 하며 당시 권력자 채제공(蔡濟恭)에게 조사를 요청하였고, 사실무근임이 드러나자 이기경은 모함한 죄로 함경도 경원(慶源)으로 추방당한 일이 있었는데 다산은 그래도 이기경의 어머니 제사에 돈 천

50

냥을 보내주고 아이들을 돌보았으며 임금께 주청하여 이기경을 방면시킨 일이 있었다.

• 31세(1792) 정조 16년

3월에 홍문관(弘文館) 수찬(修撰)이 되고, 4월 9일 부친 진주목사가 임지에서 서거했고(63세), 충주 하담(荷潭)에 반장(返葬)하였다.

겨울에 복상중이나 정조의 명을 받아 수원성을 쌓기 위한 〈수원성제(水原城制)〉를 지어 올리고 또 〈기중가도설(起重架圖說)〉을 지어 바치는 한편 활차(滑車)와 고륜(鼓輪)을 이용하면서 수원성 역사에 참여하였다. 공사가 끝나자 정조는 "다행히 기중기를 써서 4만 냥을 절약했다."고 칭찬했다. 이 해 6월에 명례방(明禮坊)으로 이사했고, 시 〈과주교(過舟橋)〉 등 5편과 〈기중가도설〉 및 〈성설(城說)〉을 저술했다.

• 32세(1793) 정조 17년

정조가 사도세자(思悼世子) 즉 장헌세자(莊獻世子)의 화성 융릉(隆陵)의 일로 하문이 있어 다산은 부친 소상을 지내고 연복(練服)으로 갈아입고 입경하여 20조의 글을 지어 올렸다. 이때 화성유수로 있던 채제공(蔡濟恭)이 돌아와 영의정이 되면서 사도세자를 죽게 한 자들의 죄를 묻자고 하는 찬반의 격론, 즉 다음해에 일어난 '갑인년사건'이 있었는데 홍인호(洪仁浩)가 채제공을 공박하다가 유생들과 관료들이 홍인호를 공격해서 궁지에 몰리자 홍은 다산이 한 일이라 오해했으나 곧 풀렸다.

이 해에는 복상중이라 시를 쓰지 않았다.

• 33세(1794) 정조 18년

다산이 암행어사가 되는 영광스러운 한 해였다.

7월 23일 성균관직강(成均館直講)이 되고, 10월 27일 홍문관 교리(校理)가 되었다가 10월 28일에 홍문관 부수찬과 노량별장 겸 장용영별아병장(露梁別將兼壯勇營別牙兵將)에 제수되고 10월 29일에 경기암행어사(京畿暗行御史)가 되어 적성현(積城縣)·연천현(漣川縣)을 염찰하고, 11월 15일에 복명하였는데 이때 정승 서용보(徐龍輔) 등의 비행을 척결했고 이로 인해 서용보는 다산을 일생 원망하면서 모살코자 했다. 12월 13

일에는 홍문관 교리에 임명되었다. 이때에 저 유명한 고발시 〈봉지염찰도적성촌사작(奉旨廉察到積城村舍作)〉을 비롯하여 47편의 시를 지었다.

•34세(1795) 정조 19년

벼슬이 쉴새없이 바뀌던 한해였다.

1월 17일에 사간원(司諫院) 사간(司諫)이 되면서 통정대부(通政大夫)로 가자(加資)되었고, 1월 23일에 동부승지(同副承旨)가 되었다가 2월 17일에 병조참의(兵曹參議)가 되었고, 음 2월 9일에 숙직 중 왕명으로 〈폐하수만세(陛下壽萬歲) 신위이천석(臣爲二千石)〉 시 7언배율 백운을 밤 사이에 지어 '문원기재(文苑奇才)'라는 극찬을 받았다. 3월 3일에 의궤청(儀軌廳)의 찬집문신(纂輯文臣)의 계(啓)가 내려지고 화성릉의 원소(園所)를 설치하는 〈정리통고(整理通攷)〉를 지어 올렸으며 원소 정리 행사에 직접 참여했다.

3월 20일에는 우부승지(右副承旨)로 제수되었는데 7월에 청나라 천주교 신부 주문모(周文謨) 사건이 터졌다. 이때 다산의 중형인 정약전(丁若銓)이 연좌되었으므로 다산도 책임이 있다 하여 충청도 금정찰방(金井察訪) 외직으로 좌천되었다.

그러나 다산에게는 무의미한 외직이 아니라 이곳에서 천주교 신자를 회유하고 석암사(石岩寺)에서 이삼환(李森煥)을 청하여 '서암강학회(西岩講學會)'를 열고, 성호(星湖)의 유고를 정리하였으며, 《퇴계집(退溪集)》을 읽을 수 있었고, 따라서 《퇴계사숙록(退溪私淑錄)》을 찬술했었다. 그리고 시 〈기민시(飢民詩)〉 등 103편의 작품을 썼는데 이는 생애 최다의 시 작품이었다.

12월 20일에는 용양위부사직으로 체임되었다.

•35세(1796) 정조 20년

시동인회인 '죽란시사(竹欄詩社)'를 결성하고 시회가 많았다.

1월 2일 충청감영(忠淸監營)의 장계(狀啓)가 있어서 사직했다. 이 해 7월 이전에 초계문신(抄啓文臣)[5] 출신인 관료 문인 15명 중 다산이 중심이 되어 시사(詩社)를 결성하여 자주 시회를 열었다.[6]

52

　10월에 규영부교서(奎瀛府校書)의 명을 받고 이만수(李晩秀)·이익진(李翼晋)·이제가(李齊家)와　함께 〈사기영선(史記英選)〉, 〈오경백선(五經百選)〉, 〈두시(杜詩)〉를 교정하고, 12월 1일에 병조참지(兵曹參知), 3일에는 우부승지, 같은 날 좌부승지로 승진하였다가 바로 용양위부호군으로 바뀌어졌다.

　정조는 〈사기영선〉의 교(校)에 공로가 있다고 상으로 호피가 내려졌으나 오자(誤字)가 있다고 환수하고 사직당했다. 시 〈불역쾌재행(不亦快哉行)〉 등 92편과 〈기기도첩발(奇器圖帖跋)〉을 썼다.

　• 36세(1797) 정조 21년

사직상소를 올리고 모든 관직에서 물러나려던 때

　3월에 대유사(大酉舍)에서 임금이 음식을 베푸실 때 참석했고, 왕명으로 이서구(李書九)·윤광안(尹光顔)·이상황(伊相璜) 등과 《춘추경전(春秋經傳)》을 교정하였고, 6월 22일에 동부승지(同副承旨)에 임명되자 다산은 '비방을 변론하고 동부승지를 사직하겠다'는 저 유명한 〈변방동부승지소(辨謗同副承旨疏)〉7)를 올리고 모든 관직에서 물러나겠다고 하였다.

　정조는 "소를 살펴보니 착한 마음의 싹이 마치 봄바람에 만물이 자라는 것 같다."하고 "사양치 말고 직책을 수행하라."하고 6월 27일에 동부승지로 제수했다가 윤 6월 2일에 황해도 곡산도호부사(谷山都護府使)를 제수하였다. 가정적으로는 제4자가 죽었고, 의서(醫書)인 《마과회통(麻科會通)》13권을 저술하고 시 〈죽란소집(竹欄小集)〉 등 33편을 지었다.

　• 37세(1798) 정조 22년

곡산도호부사로 치적을 남긴 때

---

5) 초계문신(抄啓文臣) : 조선조 때 당하관(堂下官) 중에서 문학에 뛰어난 선비를 뽑아 매월 강독(講讀)·제술(製述)을 시험할 때 쓰던 시험관.

6) 죽란시사(竹欄詩社) : 제2편의 '죽란시사' 항 참조(동인 이름과 그 회칙 등).

7) 변방동부승지소(辨謗同副承旨疏) : 이 상소문은 다산의 관료관·정치관·군신의 도리 등 사상을 잘 엿볼 수 있는 명문장이다. '시문선' 소(疏)를 참조 바람.

4월에 〈사기찬주(史記纂注)〉를 올리고, 겨울에 조정의 쌀을 돈으로 바치라는 영을 거두기를 비는 글을 올려 허락받았다. 5남을 낳았으나 곧 죽었다.

이때에 〈전론(田論)〉, 〈탕론(湯論)〉을 집필하기 시작했고, 시 〈화최사문유렵편(和崔斯文游獵篇)〉 등 25편을 썼다.

• 38세(1799) 정조 23년

곡산도호부에서 개혁한 공적을 쌓던 시기

2월에 황주영위사(黃州迎慰使)의 명을 받고 청나라 고종이 돌아갔대서 칙사가 왔으므로 호조참판의 임시 명함을 가지고 영접했다.

3월에 황해도를 염찰하라는 밀지를 받고 염찰하여 복명하고 4월에 내직으로 전보되었다.

곡산부사 재직 2년간의 공적은 신포(身布) 악습의 개혁, 환곡(還穀)의 합리적 운영, 농가경제부양책, 호적의 정리, 천연두 예방과 치료법, 관료들의 비행 예방책, 송사의 공정관리 등 다산의 경세제민 사상을 실천하는 좋은 기회가 되었고 후일 저술하는 《목민심서》의 기반이 되었다.

4월 24일에 병조참지가 되고 5월 4일에는 동부승지가 되었다가 5월 5일에는 형조참의에 임명되어 7년 묵은 원망의 옥사를 처리하였다.

6월 21일에 헌납 민명혁(閔命爀)이 다산의 형 약전(若銓)의 천주교 관련 일을 거론하면서 비당의 논계(論啓)를 올렸다.

6월 22일 다산은 더 이상 관직에 머물러 있지 않겠다는 결심을 하고 '형조참의를 사직하겠다'는 〈사형조참의소(辭刑曹參議疏)〉[8]를 올리고 병을 핑계로 나가지 않았다.

정조는 또 비답하기를 "소를 자세히 살폈으니 그대는 사양치 말고 빨리 직책을 수행하라."하고 이어서 "인언(人言)은 너무도 신실하지 못하다 하겠다. 한번의 소로도 족하다. 승지는 형조참의로 부임하도록 엄중히 신칙하노라."고 하였는데 출사하지 않자 7월 26일에 "칭병한 참의를 체

---

8) 사형조참의소(辭刑曹參議疏) : 시문선, 소 참조 바람.

직하라.”는 어명이 내려서 11년간의 관직생활을 끝마치었다. 10월에 조화진(趙華鎭)이, 이가환(李家煥)과 다산을 서교 신자라고 무고하였다.

이해 12월 2일에 6남을 낳았고, 12월 8일 정조가 새로 나온 《춘추좌씨전(春秋左氏傳)》을 완독하자 혜경궁(惠慶宮) 홍씨(洪氏)가 책씻이 연회를 궁중에서 베풀 때 참석하여 어제시에 화답하는 시를 지으니 이것이 정조와의 마지막 만남이었다.

이때 〈전론(田論)〉을 완성하고 시 〈국화동혜보무구죽란연집(菊花同徯父无咎竹欄宴集)〉 등 30편을 짓고, 〈응지논농정소(應旨論農政疏)〉를 집필하고 〈창옥동기(蒼玉洞記)〉를 썼다.

• 39세(1800) 정조 24년

정조대왕이 승하하고, 솔가 귀향하던 비운의 때

봄에 처자를 거느리고 고향의 전원으로 돌아왔다. 다산은 사직 상소문에서 관료생활 11년동안 ‘수없이 남에게서 배척을 받아…… 11년동안 하루도 조정에서 편한 날이 없었다’하고 이는 ‘첫째도 스스로 취한 일이요, 둘째도 스스로 취한 일이니 어찌 감히 자기를 용서하고 남을 탓하여 거듭 스스로 그물과 함정 속에 빠져들겠습니까…… 한갓 임금님의 염려만 수고로이 한 일……’이라며 사직을 결심했다는 것이다. 낙향한 지 며칠 뒤 정조는 다시 불러서 《한서선(漢書選)》 5건을 하사하면서 그믐께부터는 규영부에 들어와 일을 보라고 하면서 “내가 어찌 너를 버리리요!”하셨는데 이것이 정조의 마지막 분부가 되었다.

6월 28일 정조대왕이 승하하시고 국상에 참여하고는 8월에 고향에 돌아와 있었다.

이때 벽파(僻派)의 이기경(李基慶) · 목만중(睦萬重) · 홍낙안(洪樂安)이 다산과 이가환(李家煥)이 작란할 것이라는 유언비어를 퍼뜨리면서 ‘사흉팔적(四凶八賊)을 제거해야 한다’고 선동하였는데 다산을 사흉에 지목하고 있었다.

이 해에 당호(堂號)를 ‘여유당(與猶堂)’이라고 하였으니 이는 노자(老子)의 말을 이끌어 지은 당호인데 ‘여(與)는 겨울 내를 건너듯 조심함이요, 유(猶)는 사방 사람이 나를 엿보는 듯 두려워한다' 9)는 마음가짐이라고 했다.

이때 다산은 고향에서 형제들을 모아놓고 경전을 강의했다.

〈문헌비고간오(文獻備考刊誤)〉 3권을 저술하고 시 〈강변도중작(江邊道中作)〉 등 55편을 지었다.

• 40세(1801) 순조 1년

천주교의 '신유사옥'과 '황사영백서(黃嗣永帛書)' 사건이 일고 귀양 떠나던 1년

노론(老論)의 벽파(僻派)를 중심한 일당들은 소론(少論)의 시파(時派) 일부의 천주교 신봉을 트집잡아 소위 '위정척사(爲政斥邪)'론을 주창하고 있던 중, 1월에 이유수(李儒修)·윤지눌(尹持訥)이 '책롱사건(冊籠事件)'을 알려와서 다산은 서울로 돌아왔다.

'책롱사건'이란 천주교 신자들의 문서 5, 6건이 함 속에 들어 있었는데 이 중에 다산 일가의 문서가 섞여 있었던 것이 벽파들에게 발각되어 죄를 묻게 된 '신유사옥'의 발단이었는데 이로 말미암아 다산은 투옥되었다. 그러나 다산의 편지와 천주교 문서와는 무관하였으므로 결국 다산은 부내에 보석 대기하고 있었고, 이때 이승훈(李承薰)·정약전(丁若銓)·정약종(丁若鍾)·이기양(李基讓)·권철신(權哲身)·오석충(吳錫忠)·홍낙민(洪樂敏)·김건순(金健淳)·김백순(金伯淳) 등도 투옥되었다. 다산이 보석되었을 때 조정에서는 방면하자는 의견이 일치되었으나 원구를 사고 있었던 서용보(徐龍輔)가 불가하다고 고집하여 결국 다산은 2월 27일 경상도 영일군의 장기(長鬐)로 귀양가게 되고, 중형 정약전은 전라도 신지도(薪智島)로 유배되고 셋째 형 정약종은 서소문 밖에서 참수되었다. 소위 다산 집안의 '일사이적(一死二謫)'이다.

다산은 3월 9일 장기현 마산리(馬山里)에 당도했고 노교(老校) 성선봉

---

9) 여유당(與猶堂) : 與猶는 老子言 "與兮若冬涉川, 猶兮若畏四隣"을 이끌어 지은 당호라 했다.

56

(成善封) 집에서 유배생활이 시작되었다.

귀양살이하면서 〈이아술(爾雅述)〉 6권과 〈기해방례변(己亥邦禮辨)〉을 짓기 시작했고 〈백언시(百諺詩)〉, 〈석지부(惜志賦)〉를 지었는데 10월에 '황사영백서(黃嗣永帛書)'사건이 터졌다. 황사영은 맏형 정약현의 사위였기 때문에 벽파의 홍낙안·이기경 등은 다산 형제를 살려두지 않으려고 벼르고 있었으며 다시 체포해다가 재국문을 하였다.

10월 20일 다산은 장기에서, 약전은 신지도에서 체포되어 서울로 압송하여 27일에 다시 하옥하였다. 이때 황해도에서 돌아온 황해도 관찰사 정일환(鄭日煥)이 '공이 해서에서 다스린 공이 커서 칭찬이 자자하므로 만일 사형으로 논한다면 비방이 클 것이요, 또 임금의 수초(囚招)도 없이 체포해 오는 법은 없다'고 하여 결국 사형을 면하고 11월 5일에 출옥하여 다산은 강진(康津)으로, 정약전은 흑산도로 각각 유배되었다.

강진 동문 밖 주막에 도착하여 처음은 여기에서 귀양살이를 시작했는데 그곳 사람들이 다산을 기휘하여 처음은 문을 부수고 담을 헐어 버리면서 만나기를 꺼렸다. 이 주막에서 두문불출하며 거실을 '사의재(四宜齋)'라 하고 시를 지었다.

이 해에 지은 시가 〈하담별(荷潭別)〉, 〈장기농가(長鬐農歌)〉 등 60편이다.

• 41세(1802) 순조 2년

강진에서 유배생활의 고통과 저작이 시작되던 해

여름에 강진현감 이안묵(李安默)이 다산을 무고(誣告)하였으나 거짓임이 밝혀졌고, 11월 30일에 6남이 4세로 요절하였다는 편지를 얼마 뒤에 받았다.

이로써 다산은 가정적으로 6남 2녀를 낳았으나 장남[學淵]과 차남[學游]만 남고 모두 어릴 때 죽었다.

이 해에 시 〈탐진농가(耽津農歌)〉, 〈신년득가서(新年得家書)〉 등 12편을 창작했다.

• 42세(1803) 순조 3년

저술과 농어촌 빈곤상을 읊은 한 해

봄에 〈단궁잠오(檀弓箴誤)〉, 여름에 〈조전고(吊奠考)〉, 가을에 〈예전상의광(禮箋喪儀匡)〉 17권을 저술했고 겨울에는 대왕대비의 특명으로 방면하자는 의론이 있었으나 서용보가 저지했다.

시 〈애절양(哀絶陽)〉, 〈충식송(虫食松)〉 등 10편을 썼다.

다산은 이때 더 많은 저술을 하려 해도 귀양지에서 문헌이 없어서 안타깝다고 했다.

• 43세(1804) 순조 4년

봄에 〈아학편(兒學編 : 2천자문)〉을 완성하고, 시 〈우래(憂來)〉, 〈하일대주(夏日對酒)〉 등 17편을 썼다.

• 44세(1805) 순조 5년

여름에 〈정체전중변(正體傳重辨 : 일명 己亥邦禮辨)〉 3권을 완성하고 가을에 아암(兒菴) 혜장선사(惠藏禪師)를 백련사(白蓮寺 : 萬德寺)에서 만나 백년지기처럼 지내며 불교와 유학을 서로 토론하기 시작하였다.

겨울에 혜장선사의 주선으로 우이산(牛耳山) 아래 보은산방(寶恩山房 : 高聲寺)으로 거처를 옮겼다. 아들 학연(學淵)이 찾아뵈었기에 《주역(周易)》과 《예기(禮記)》를 가르치며 문답했는데 이를 엮어서 〈승암문답(僧菴問答)〉 52칙으로 찬술했다. 시 〈기증혜장걸명(寄贈惠藏乞茗)〉 등 28편을 창작했다.

• 45세(1806) 순조 6년

가을에 보은산방에서 읍내 목리(牧里)의 이학래(李鶴來) 집으로 이사했다. 다산의 학문과 인품에 감화되어 강진 주민들도 차츰 접근하면서 학문 수학하는 젊은이도 늘었다.

시 〈만강홍(滿江紅)〉 등 24편을 썼다.

• 46세(1807) 순조 7년

이 해에 와서 배우는 청년이 6명이었는데 손병조(孫秉藻)·황상(黃裳)·황취(黃聚)·황지초(黃之楚)·이정(李晴 : 鶴來)·김재정(金載靖) 등이었다. 이들은 후일 다산의 동문계인 다신계(茶信契)의 중심 계원이 되었다.

겨울에 〈예전상구정(禮箋喪具訂)〉 2권을 완성하고 시 〈제동시효빈도(題東施效嚬圖)〉, 〈혜장지(惠藏至)〉, 〈승발송행(僧拔松行)〉, 〈엽호행(獵虎行)〉 등 23편을 썼다.

• 47세(1808) 순조 8년

봄에 거처를 다산(茶山)으로 옮겼다. 만덕사(萬德寺) 서쪽에 처사 윤단(尹博)의 산정이 있었는데 현재의 다산초당(茶山草堂)의 자리였다.

다산은 여기에다 동서 두 암(菴)으로 수리 개축하고 연못과 화단을 만들며 폭포를 드리우고 화초 10여종을 기르며 뒷숲에는 정석(丁石)이라 바위에 새기고 그곳에 가서 쉬며 유배생활을 산옹(山翁) 생활같이 하였다. 이곳에서 귀양살이가 끝날 때까지 거처하며 저술에 몰두했다.

여기서 여러 문하생에게 《주역》을 가르치며 문답한 것을 〈다산문답(茶山問答)〉 1권으로 엮었고, 겨울에 〈제례고정(祭禮考亭)〉 〈주역심전(周易心箋)〉 24권, 〈독역요지(讀易要旨)〉 18칙, 〈역례비석(易例比釋)〉, 〈춘추관점주(春秋官占注)〉 24권, 〈주역전해(周易箋解)〉, 〈주역서언(周易緒言)〉 12권 등을 완성하고 시론을 밝힌 〈기연아(寄淵兒)〉를 썼고, 시 〈다산팔경사(茶山八景詞)〉 등 22편을 썼다.

• 48세(1809) 순조 9년

봄에 〈예전상복상(禮箋喪服商)〉을, 가을에 〈시경강의(詩經講義 : 別錄)〉를 저술했다.

특히 가을에 쓴 〈여김공후(이재)(與金公厚履載)〉의 문장은 애국충절이 넘치는 명문장이고 시 〈전간기사(田間記事)〉는 눈물 없이는 못 읽을 애민 우국의 시요, 문장이었다. 모두 10편 창작.

• 49세(1810) 순조 10년

봄에 〈시경강의보(詩經講義補)〉 12권, 〈관례작의(冠禮酌儀)〉, 〈가례작의(嘉禮酌儀)〉를 저술하고 9월에 장자 학연(學淵)이 부친의 신원을 청하여 형조판서 김계락이 향리로 놓아보내자고 하자 홍명주(洪命周)는 불가하다고 상소하고 이기경(李基慶)이 저지하여 풀려나지 못했다.

그러나 다산은 여기서 계속 〈소학주관(小學珠串)〉 3권을 찬술하고, 고발시 〈용산리(龍山吏)〉, 〈파지리(波池吏)〉, 〈해남리(海南吏)〉 16편을 썼다.

 •50세(1811) 순조 11년

봄에 〈아방강역고(我邦疆域考)〉 10권, 겨울에 〈예전상기별(禮箋喪期別)〉을 저술했다.

그리고 이때부터 해배(解配) 귀향될 때까지는 시가 없으니 안 쓴 것인지 《여유당전서》 편찬 때 잘못 분류하여 탈락된 연유인지 모르겠다.

 •51세(1812) 순조 12년

봄에 〈민보의(民堡議)〉 3권, 겨울에 〈춘추고징(春秋考徵)〉 12권을 저술하고, 〈아암장공탑명(兒菴藏公塔銘)〉을 지었다.

 •52세(1813) 순조 13년

겨울에 〈논어고금주(論語古今注)〉 12권을 완성하고, 이해 8월에 시론인 〈위초의승의순증언(爲草衣僧意洵贈言)〉을 썼다.

 •53세(1814) 순조 14년

4월에 다산에 대한 대계(臺啓)가 처음으로 정지되었다(유배기간이 만료되어 죄인 명부에서 이름이 지워졌음). 이는 장령(掌令) 조장한(趙章漢)이 사헌부에 나아가서 특별히 정지시켰던 것으로 그때 의금부에서는 공문을 발송하여 다산을 석방시키려 했는데 사간(司諫) 강준흠(姜浚欽)이 상소하자 판의금(判義禁) 이집두(李集斗)가 두려워하여 감히 공문을 발송치 못하여 막혀 버렸다.

여름에 〈맹자요의(孟子要義)〉 9권, 가을에 〈대학공의(大學公義)〉 3권, 〈중용자잠(中庸自箴)〉 3권, 〈중용강의보(中庸講義補)〉 6권, 겨울에 〈대동수경(大東水經)〉 2권을 저술했다.

 •54세(1815) 순조 15년

봄에 〈심경밀험(心經蜜驗)〉과 〈소학지언(小學枝言)〉을 완성하였다.

 •55세(1816) 순조 16년

봄에 〈악서고존(樂書孤存)〉 12권을 완성하고 5월에 아들이 판서 홍의호(洪義浩)와 강준흠(姜浚欽)·이기경(李基慶)에게 해배를 청하는 글을 보내달라고 청하는 편지를 받고는 아들을 크게 나무라고 거절했다.

6월에 중형 정약전이 흑산도 유배지에서 타계했다는 부음을 듣고 애통이 극에 달했고 박재굉(朴載宏)을 시켜 상여를 나주로 돌아가게 하였다. 중형인 손암(巽菴)의 묘지명을 눈물로 지었다. 이때에 〈대둔사지(大屯寺誌)〉, 〈대동선교고(大東禪敎考)〉, 〈백련사지(白蓮寺誌)〉 등을 함께 편찬했다.

• 56세(1817) 순조 17년

가을에 장남 학연이 받아쓰게 하여 〈상의절요(喪儀節要)〉 저술, 〈방례초본(邦禮草本 : 經世遺表 48권)〉은 끝내지 못한대로 《목민심서(牧民心書)》 저술에 착수했다.

• 57세(1818) 순조 18년

봄에 《목민심서》 48권을 완성하고, 여름에 〈국조전례고(國朝典禮考)〉 2권을 완성하고는 8월에 해배(解配)되어 고향으로 돌아왔다.

이 해 8월에 응교(應敎) 이태순(李泰淳)이 상소하기를, '사헌부의 정계(停啓)를 공문 발송 안한 것은 전례에 없었던 일이니 폐단이 심하다'고 하여 그때 상신(相臣)인 남공철(南公轍)이 금부제신(禁府諸臣)을 꾸짖어서 판의금 김의순(金義淳)이 발관(發關)하여 귀양이 풀렸던 것이다.

다산은 다산초당을 떠날 때 18명의 제자들로 구성된 '다신계(茶信契)'를 조직하고 그 계안도 마련하고 떠났다. 계원 18명의 이름은 생략하나 이들은 모두 다산의 유배중에 배운 문하생들이다. 이들은 그뒤 해마다 차와 비자 등을 가지고 소내[苕川]로 다산을 찾아뵈었다.(앞의 친필사진 중 '다신계원(茶信契員) 방문 문답기' 참조) 9월 14일 고향집에 돌아오니 효부이던 작은며느리(학유 처) 심씨(沈氏)가 이미 죽었으므로 애통한 속에 〈효부 심씨 묘지명〉을 바로 지었다. 묘지명 끝에다 명(銘)을 쓰되

네 시아비를 겨우 1년 섬겼으니(爲汝舅裁一年)
나는 그 어짊을 알지 못하나(吾不知其賢)
네 시어미는 19년 섬겼으니(爲汝姑十九年)

시어미는 너를 두고 가련타 하누나(姑曰汝可憐)

이것은 다산이 18년간 유배생활(1801년 2월 27일~1818년 9월 14일)에서 그리던 자기집에 돌아온 소감의 첫마디였다.

•58세(1819) 순조 19년

봄에 배를 타고 충주 하담(荷潭) 선산에 가서 성묘하고 가을에는 용문산(龍門山)에 유람했다.

여름에 《흠흠신서(欽欽新書)》 30권을 저술 완성하고, 9월에 비변사(備邊司)의 양전사(量田事)로 천거되었으나 임명되지는 않았고, 겨울에는 〈아언각비(雅言覺非)〉 3권을 저술하였다.

겨울에도 조정 의론이 다산을 다시 기용하자는 논의가 있었으나 또한 서용보(徐龍輔)가 극력 반대하여 무산되었다.

시 〈귀전시초(歸田詩艸)〉 등 32편을 썼다.

•59세(1820) 순조 20년

봄에 춘천 청평산(淸平山)에, 가을에는 용문산에 유람하고 겨울에 사간원 정언이던 옹산(翁山) 윤서유(尹書有)의 묘지명을 쓰고 이 해에 문학이론인 〈위이인영증언(爲李仁榮贈言)〉을 썼다. 시 〈천우기행(穿牛紀行)〉 등 20편을 썼다.

•60세(1821) 순조 21년

봄에 〈사대고례산보(事大考例刪補)〉가 저작되고 9월에 큰형인 진사 정약현(丁若鉉)의 상을 당하여 〈선백씨진사공묘지명(先伯氏進士公墓誌銘)〉을 쓰고, 또 윤지범(尹持範)이 세상을 떴으므로 〈남고윤참의묘지명(南皐尹參議墓誌銘)〉을 썼다. 시 〈채화정시초(菜花亭詩草)〉 등 21편을 썼다.

•61세(1822) 순조 22년

회갑을 맞아 자신의 일생을 돌아보는 〈자찬묘지명(自撰墓誌銘)〉 광중본(壙中本)과 집중본(集中本)을 짓고, 송종(장례)에 관한 의절(儀節)을 첩자(帖子)로 써서 유명(遺命)해 두었고, 지평(持平) 윤지눌(尹持訥)과

‘죽란시사’ 동인인 장령(掌令) 이유수(李儒修)의 묘지명을 썼다. 승지 신작(申綽)에게 《주례(周禮)》의 ‘육향지제(六鄕之制)’를 서신으로 논했다.

61세와 62세, 64세 때의 시는 《여유당전서(與猶堂全書)》에는 보이지 않으니 아마 전서 편집 때 분류에서 누락된 듯하다. 다산은 14세부터 1836년 종년까지 한 해도 빠짐없이 시를 지었고, 다만 부친 거상 때 1년만은 감정표출을 삼가느라고 시작(詩作)을 금한 것뿐이고 그밖의 기간은 시를 안 지었을 리가 없으니 말이다.

• 62세(1823) 순조 23년

9월 23일 승지로 조정에서 낙점되었다가 거두었다.

• 63세(1824) 순조 24년

시 〈소서팔사(消暑八事)〉와 〈동림청선(東林聽蟬)〉을 비롯하여 40항목 40편의 시 등 58편이 63세 때 작품으로 간주되는데 이는 전서 편집 때의 분류 잘못인 듯하다.

• 64세(1825) 순조 25년

• 65세(1826) 순조 26년

시 〈석좌(夕坐)〉 등 22편.

• 66세(1827) 순조 27년

이때 효명세자(孝明世子 : 추존 翼宗)가 대리청정하면서 널리 인재를 구하자 조야에서 다산을 천거하여 바야흐로 기용하려고 했는데 10월에 윤극배(尹克培)가 소를 올려 극구 무고하며 반대하였다. 그러나 무고는 거짓으로 드러났고 다산은 출사하지 않았다.

시 〈천진소요집(天眞消搖集)〉 중에 29편을 지은 것으로 되어 있다.

• 67세(1828) 순조 28년

시 〈송파수작(松坡酬酌)〉 시집에 30편을 지은 것으로 수록되어 있다.

• 68세(1829) 순조 29년

시 〈설의(雪意)〉 등 16편 창작.

• 69세(1830) 순조 30년

5월 5일 효명세자(익종)의 환후가 위독하여 약원(藥院)에서 상소하여 부호군(副護軍)으로 임명받고 6일 아침에 입궐하여 탕약을 올렸으나 효명세자는 숨을 거두었다. 이때도 윤극배(尹克培)는 다산을 모함하는 사악한 문서를 들고 다니다가 물리쳐졌다.

시 〈경인제석동제우분운(庚寅除夕同諸友分韻)〉 등 27편이 있다.

· 70세(1831) 순조 31년

시 〈하일전원잡흥효범양이가체24수(夏日田園雜興效范楊二家體二十四首)〉 등 31편을 지었다.

· 71세(1832) 순조 32년

시 〈노인일쾌사6수효향산체(老人一快事六首效香山體)〉 등 31편을 지었다.

이 노인쾌사 시에서 다산은 규칙이 까다로운 한시(漢詩)를 쓰느니 차라리 표현이 자유로운 조선시(朝鮮詩)를 쓰겠다고 하였다.

· 72세(1833) 순조 33년

시 〈황년수촌춘사10수(荒年水村春詞十首)〉 등 4편을 지었다.

· 73세(1834) 순조 34년

봄에 〈상서고훈(尙書古訓)〉과 〈지원록(知遠錄)〉을 개수 합편하여 21권을 이루었고, 〈매씨서평(梅氏書平)〉을 개정하면서 1권을 증보하여 10권을 이루었다.

11월에 순조가 중환이라 부름을 받고 입궐 도중 11월 13일에 동문 밖에 이르니 승하하였다는 소식을 듣고 호곡하며 귀향했다.

· 74세(1835) 헌종 1년

이 해에도 전서에는 시가 안 보인다.

· 75세(1836) 헌종 2년

2월 22일 진시(辰時) 초에 고향인 마현리 소내의 자택에서 서거하였다.

이날은 다산과 홍씨 부인의 회혼일(回婚日)이어서 일가친척과 문하들이 모였던 때였다.

다산은 회혼 며칠 전에 시 〈회근시(回졸詩)〉를 남겨놓고 영욕이 교차되고 풍파가 극심했던 일생, 그러나 위대한 업적을 쌓아놓고 한세상을

64

마치었다. 묘는 광주군 초부면, 현 남양주시 와부면 능내리의 여유당 바로 뒷산에 있다.

• 붙 임

그뒤 1838년인 헌종 4년에 부인 홍씨가 78세로 한많은 세상을 하직하고 다산과 합장되었고, 1885년과 1886년, 즉 고종 22년과 23년에 고종은 《여유당집(與猶堂集)》을 전사(轉寫)하여 바치라 명하면서 "다산과 시대를 함께 못했음을 한탄한다."고 하였다.

1910년, 융희 4년 7월 18일에 조정에서는 특별히 정헌대부(正憲大夫) 규장각(奎章閣) 제학(提學) 벼슬을 추증하고 '문도공(文度公)'이라는 시호를 내렸다.

이상 연대기로 열거한 다산의 시문과 저술들은 극히 대표적 일부에 지나지 않고 그야말로 '빙산의 일각'뿐이니 그 전모를 밝히려면 《여유당전서(與猶堂全書)》만 해도 1 · 2집 51권, 총 4,640여쪽을 펼쳐 놓아야 그의 한우충동(汗牛充棟)하다는 저술에 괄목할 것이다.

다만 이상의 시문과 저술들을 분류하여 간추려서 그 편(篇) · 권(卷)의 수만이라도 살펴보면,

(1) 부(賦) 2편

(2) 시(詩) 1,221편(2,466수)(《여유당전서》 소재분만) …… 7권분

(3) 전(傳) 5편

(4) 문(文)에서는 대책(對策) 10편, 책문(策文) 11편, 의(議) 10편, 소(疏) 15편, 원(原) 7편, 설(說) 19편, 계(啓) 6편, 장(狀) 8편, 논(論) 50편, 변(辨) 20편, 잠(箴) 10편, 명(銘) 15편, 송(頌) 2편, 찬(贊) 21편, 서(序) 56편, 기(記) 62편, 발(跋) 54편, 제(題) 25편, 서(敍) 21편, 묘지명(墓誌銘) 30편, 묘갈명(墓竭銘) 1편, 비명(碑銘) 2편, 제문(祭文) 14편, 뇌(誄) 1편, 유사(遺事) 6편, 행장(行狀) 3편, 기사(紀事) 3편, 증언(贈言) 17편, 가계(家誡) 4편 …… 9권

서(書) 222편, 강학기(講學記) 1편, 사숙록(私淑錄) 1편, 잡문(雜文) 10편, 여문(儷文) 7편, 잡평(雜評) 10편 …… 4권

(5) 문헌비고간오(文獻備考刊誤) ……3권

(6) 아언각비(雅言覺非), 이담속찬(耳談續纂) ……3권

(7) 소학주관(小學珠串) ……3권

(8) 경학(經學)의 대학공의(大學公議) 3권, 대학강의(大學講義)・중용자잠(中庸自箴) 3권, 중용강의(中庸講義) 6권, 맹자요의(孟子要義) 9권, 논어고금주(論語古今注) 40권, 시경강의(詩經講義), 상서고훈(尙書古訓) 6권, 매씨서평(梅氏書平) 9권, 춘추고징(春秋考徵) 12권, 주역사전(周易四箋) 24권, 역학서언(易學緒言) 12권

(9) 예집〔禮集 : 상례사전(喪禮四箋)〕 50권, 상례외편(喪禮外編) 12권, 상례의절요(喪禮儀節要), 제례고정(祭禮考定), 가례작의(嘉禮作儀), 풍수집의(風水集議) 3권, 예의문답(禮疑問答) 1권

(10) 악서고존〔樂書古存 : 악서(樂書)〕 12권

(11) 경세유표〔經世遺表 : 정법서(政法書)〕 48권, 목민심서〔牧民心書 : 정법서(政法書)〕 48권, 흠흠신서〔欽欽新書 : 정법서(政法書)〕 30권

(12) 아방강역고〔我邦疆域考 : 지리서(地理書)〕 10권, 대동수경〔大東水經 : 지리서(地理書)〕 4권

(13) 마과회통〔麻科會通 : 의서(醫書)〕 12권

이상은 《여유당전서(與猶堂全書)》 수록의 저작 174권 76책으로 되어 있으나 다산의 〈자찬묘지명(自撰墓誌銘)〉에서는 그밖의 저작 목록이 열거되고 있다. 즉,

(14) 모시강의(毛詩講義) 12권, 모시강의보(毛詩講義補) 3권, 상서지원록(尙書知遠錄) 7권

(15) 상례사전(喪禮四箋) 50권(《여유당전서》에서는 16권), 상례외편(喪禮外編) 12권(《여유당전서》에서는 4권), 사례가식(四禮家式) 9권, 전례고(典禮考) 2권

(16) 희정당대학강록(熙政堂大學講錄) 1권, 소학보전(小學補箋) 1권, 심경밀험(心經密驗) 1권

(17) 민보의(民保議) 3권(《정다산전서》에 수록)

(18) 풍수집의(風水集議) 3권(《정다산전서》에 수록)

(19) 의령(醫令) 1권(《정다산전서》에 수록)

(20) 시율(詩律) 1권

잡문전편(雜文前編) 36권, 잡문후편(雜文後編) 24권(《여유당전서》에서는 시 7권, 그밖의 산문을 합쳐 시문만 34권으로 발간하였다. 이상을 합치면 총 509권에 이른다)

이상 열거한 연대기나 저술서목은 한갖 이력이나 목록이 아니라 다산 정약용의 애민우국의 정신의 그 실상이요, 경세제민의 이념을 보여주는 다산 그 자체의 진면목이다.

'다산 정약용은 어떤 분인가?'에 정답이 되는 말은 대중을 위한 정열적인 문학가요, 고금에 드문 실사구시의 대학자이며, 헝클어진 나라를 바로잡으려고 한몸을 불사른 우국지사라고 해도 필설은 모자란다.

2. 정다산의 시(詩)·문(文) 수련과정(修練過程)과 표현양상(表現樣相)

— 이퇴계(李退溪)의 경우와 비교하며

(1) 작가에게 시·문 수련과정이란 있었는가?

다산 정약용의 문학론은 독특한 이론체계를 세우고 힘주어 설론하되 문체학 이론은 그의 책(策)의 문장 중 〈문체책(文體策)〉에서 논했고, 문장학에 관한 논설은 그의 논(論)의 문장 중 〈오학론(五學論)〉의 제3 '문장지학(文章之學)'에서 역설하였다. 시론(詩論)은 서(書)나 증언(贈言)의 여러 글에서 특히 피력하였는데 문체책이나 문장학에서도 시론은 엿보이며 특히 정다산의 시론 저술이라고 할 수 있는 〈탁옹한담(籜翁閑談)〉에서는 이들 시론을 종합적으로 논설하였으니 이들 문학론들은 뒤에서 하나 하나 들어 검토하며 살펴보기로 한다. 그에 앞서 정다산이 절세의 시와 문장의 대가로서 불후의 작품을 창작할 수 있었던 것은 이미 남다른 환경 속에서 성장 수학하며 관조의 시야와 그 세계가 남달랐고, 시사(詩社) 등을 통하여 시문수련(詩文修練)의 과정을 거치면서 시문의 재능과 기법(技法)을 쌓았다는 점을 먼저 고찰해야 할 것이다.

이러한 시·문 수련과정을 특징짓는 데는 대조의 방법이 좋겠다 생각하고 그 대비의 대상은 정다산이 가장 사모하고 존경하던 퇴계(退溪) 이황(李滉 : 1501~1570)이 적절하다고 생각하는 것이다. 정다산이 이퇴계를 가장 숭모하게 된 연유는 다산 자신이 가지고 있지 못한 것을 지니고 있는 이퇴계이므로 더욱 존경하고 부러워했었다고 여겨진다. 정다산이 경세제민(經世濟民)을 근본이념으로 하는 데 있어 사상적으로는 성호(星湖) 이익(李瀷 : 1681~1763)을 따랐고 그리하여 실학(實學)을 대성한 대학자이지만, 문학과 인품에 있어서는 이퇴계와 커다란 대조를 이룬다. 대조적이라는 의미는 서로가 다르다는 것이며, 다르다는 의미는 피차가 갖지 못하고 있는 것을 지니고 있다는 경우가 되니 그래서 다산은 퇴계를 더욱 존경하였거니와 이는 정다산의 또 한 가지의 존경할 점이 아닐 수 없다.

옛 한시문가(漢詩文家)들이 명작을 창작해 내게 된 그 원동력은 무엇이었던가? 어떠한 교양과 지식 요소들이 복합되어 때로는 독자에게 깊은 감흥을 던져주고, 혹은 무한한 상상력을 유발시키는 시를 썼고, 그런가 하면, 혹은 독자들의 이성에 호소하고 깊은 사념(思念)과 양식(良識)을 주어 고도의 판별력(判別力)을 길러 주는 시를 쓰고, 어떤 작가는 동양화 같은 정경시를 쓰고, 어떤 작가는 사회시를 쓰며, 때로 비판적 인공시를 쓰는 등 여러 가지 형태와 갈래의 시를 보이고 있는데 그 작품을 낳게 된 작가가 어떠한 시·문 수련과정을 거쳐 작품을 창작했는가를 고찰하는 것이 시, 특히 한시를 감상하고 평론하는 데 긴요한 일이라 생각된다. 그러나 우리의 옛 시화(詩話)나 시평(詩評)에서는 이를 아주 도외시하고 있었다.

구미의 시론이나 시평은 물론이고 우리의 현대시를 감상할 때도 외면으로 표출된 시어나 운율을 감상하기에 앞서 내면세계를 알기 위해 시인의 수학과정이나 활동경력과 시사적(詩史的)인 측면에서 소속되었던 유파나 사상 등을 검토하며 특히 어떤 작품을 탐독하고 누구의 영향을 많이 받았는가를 고찰하는 것이 정상이다. 그래야만 올바른 예술성을 추구하며 작품에 내재하고 있는 감정과 사상을 파악할 수 있기 때문이다. 이와 같은 내면세계를 알기 위한 작업을 필자는 '시·문 수련과정의 고찰'로 생각하고 특히 한국 고대 한시·문가들을 이러한 측면에서 살펴보고 있으며, 그 중에서도 퇴계 이황과 다산 정약용의 시문(주로 시)의 수련과정을 탐구해 보려는 것이다.

그러나 이러한 작업은 그리 용이한 일이 아니다. 흔히들 우리의 옛 시인들에게 그토록 시문을 공부하고 수련할 수 있는 교육기관이나 시문 수련의 모임으로서의, 동인회 등이 있었던가를 의아스럽게 생각하며, 또 선대 시인의 영향을 후대 시인이 받았다는 흔적이 있는가를 의심할는지 모른다. 필자는 어떤 형태로든지 교육이 되었다고 확신했고, 시를 연마할 수 있는 동인회나 그와 비슷한 양상이 있었으며, 선대의 시를 탐독하고 작품과 인품마저 영향받아 닮아졌다는 흔적도 그 작품을 통하여 규지할 수 있었기 때문에 이를 한국 한시의 비평사적(批評史的) 연구의 측면에서 시도해 보는 것이다.

우리 옛 한시문에 대한 시문선이나 시화들은 희소한 편이나 아주 적지는 않다. 굴지할 만한 시문선으로는 《대동시선(大東詩選)》[오세창(吳世昌) 편저 ; 여기서는 〈동문선(東文選)〉〈청구풍아(青邱風雅)〉〈기아(箕雅)〉〈동시선(東詩選)〉〈소대풍요(昭代風謠)〉〈풍요속삼선(風謠續三選)〉〈대동명시선(大東名詩選)〉 등이 합쳐져 12권으로 되었음]이 있고, 또 하나의 《대동시선》[장지연편(張志淵編)] 12권과 《증보해동시선(增補海東詩選)》[이규용편(李圭瑢編)] 1책, 《동시정선(東詩精選)》[오석룡편(吳錫龍編)] 상·하 1책 등이 있지만[10] 작품에다 작자에 대한 명자(名字)나 호를 부기한 것이 고작이고 그 외는 아무런 기록이 없다.

조금 낫다고 보이는 것이 시화집인데 홍만종편(洪萬宗編) 《시화총림(詩話叢林)》(춘하추동 4권)에는 《백운소설(白雲小說)》, 《지봉유설(芝峰類說)》 등 24책의 시화가 정선 합편(合編)[11]되고 있는데 여기서는 시평과 시론 등이 있기는 하나 작자에 대한 인적 기록은 거의 없다.

다만 《지봉유설》[이수광저(李晬光著)]에는 시격(詩格)이나 풍도(風度) 차운(次韻) 등의 계통이 다소 언급되었을 뿐 각 작자의 시문의 수련

---

10) 우리나라 시선과 시집은 군소를 합치고, 여기에 개인문집까지 합치면 그 수는 어마어마하게 많을 것이다.

11) 이 《시화총림(詩話叢林)》에는 《파한집(破閑集)》, 《보한집(補閑集)》, 《동인시화(東人詩話)》 등은 수록하지 않는다고 그 범례(凡例)에서 말했다.

양상이나 그 계보 등은 없어서 시인에 대한 약전 등은 전적으로 연보(年譜)와 행장(行狀)과 그리고 작품을 통해서 알아내는 수밖에 없는 것이다.

여기서 퇴계의 경우와 다산의 경우는 각각 그 특이한 점이 있었으니 '시·문 수련 형태'로서 논의하여 부각시킬 자료들을 엿볼 수가 있었다. 즉 두 작가의 수학과정의 특징에서 유래된 두 작품군의 대조적 양상이라든가, 또는 두 작가가 탐독한 선대의 시인이 누구냐에 따라서 달라지는 두 작품군의 예술적 차이성, 그리고 무엇보다 중요한 것은 퇴계의 시에서 가장 많은 비중을 차지한 화운(和韻), 차운(次韻), 대운(對韻), 답운(答韻)12)이 일종의 회부(會賦)로서 시회(詩會) 또는 동인회의 양상을 보였다는 점과, 이에 대하여 다산의 경우는 죽란시사(竹欄詩社)라는 동인회 형태를 조직하고 있었다는 사실이다. 그러므로 두 작가의 '시·문 수련의 형태'는 성립되며 고구할 가치가 있다고 생각된다.

(2) 우리나라 한시문가(漢詩文家)들의 시·문 수련 형태

우리 선대의 한시문가들이 어떠한 시·문 창작의 수련, 즉 이른바 수사학(rhetoric)적 경험을 닦고 훌륭한 시작품을 썼는가 하는 문제를 흔히들 말하는대로 천품이 시인으로서의 재능을 타고났으며 초학에서 경서

---

12) 본시 화운(和韻)이나 차운(次韻)과 대운(對韻)이나 답운(答韻)은 시간적으로 공간적으로 그 성격이 다르므로 문장가들은 이를 엄격히 구별하고 있다. 즉 ○화운은 원작의 의(意)와 운(韻)에 화(和)하되 동운(同韻)으로 작시(作詩)하는 시작법이고, 《문심조룡(文心雕龍)》에서는 '기력궁우화운(氣力窮于和韻)'이라 했다. ○차운은 화운 중의 하나로 의운(依韻 : 원작의 문자에서 오직 동운만 취함)과 ○용운(用韻 : 대운과 같은 것으로 선후를 불구하고 동운을 취함), ○차운(次韻)은 원작이 있고 문자의 운을 취한 시작법인데 《문체명변(文體明辨)》에서는 '화운유삼운(和韻有三韻), 의운(依韻), 용운(用韻), 차운시야(次韻是也)'라고 했다. ○대운(對韻)은 주고받는 취운작시(取韻作詩)이며 이 경우 꼭 동운을 취하지 않아도 대운이라고 했다. 즉 회부시(會賦詩)할 때에 쓰였다.

특히 《시경(詩經)》 등을 암송하고, 점차 중국의 명가의 시품을 공부하며 얻은 수사기능을 익혀두었다가 자연이나 사회현상에 부딪쳐 일어나는 감흥을 자연스럽게 음영(吟詠)하는 과정에서 명작이 이루어졌다는 것이 일반적인 통념으로 되어 있다.

그러나 서구의 문예이론, 특히 수사법상 문체(style)의 형성이론에서는 또 다른 수련의 계제가 있음을 간과할 수가 없다. 즉 그 이론이란 영국의 옥스퍼드대학 수사학 교수요 평론가인 J. Middleton Murry의 'Style론'인데

1) 자신이 배운 바에 의해 작자로 인정받을 수 있는 표현의 개인적 특이성이 있는 문체의 수련이 있어야 하고,

2) 천성(天性)으로 구비했거나 아니했거나 관념(觀念)의 하나의 계열(系列)을 명확히 해석할 수 있는 능력으로서의 문체수련을 겸하고,

3) 개체와 전체의 융합, 즉 한 가지의 보편적 의의를 하나의 개인적이며 특정적 표현 속에 완전히 표출하는 문체의 수련이 있어야 함13)을 강조하고 있다.

이시구로로헤이(石黑魯平) 교수는 그 이론 중에서 수사법의 '1) 예비학습(豫備學習), 2) 수사법(修辭法)의 정의(定義), 3) 소재(素材)의 연구와 취급법(取扱法), 4) 문체(文體)의 수련, 5) 훌륭한 수사를 위한 훈련들 중에서 문장가가 되기 위해서는 교육이나 훈련이 필수적'14)이라고 결론지었다. 비록 영문학에서의 수사법 문제이기는 하지만 이 이론들을 특별히 인용하는 것은 한국 한시의 특출한 시사론적(詩史論的) 견지에서 특출한 시인이나 문장가들이 천성으로 소질이 있어 생이지지(生而知之)로만 창작하는 것이 아님을 생각해 보자는 의도인 것이다.

---

13) J. Middleton Murry(1889~1957)의 《The Problem of style》(1925)에서 논한 것인데 필자는 일본의 영문학자 石黑魯平의 〈修辭法〉에서 논한 것을 이용함. Murry는 도스토예프스키, 엘리엇 연구로 세상에 알려진 비평가인데 일본에서 특히 거론되고 있는 평론가이다.

14) 이시구로로헤이(石黑魯平), 《修辭法》, 英文學社 간행, 1934 東京.

이러한 견해는 유럽의 비평가들만이 아니라 중국의 시론에서도 이미 논한 일이 많다.

이수광(李晬光)은 그의 《지봉유설(芝峰類說)》의 시론(詩論)에서 다음과 같이 인용 평설하고 있다.

왕세정(명)〔王世貞(明)〕이 말하기를 '서경(西京)과 건안(建安)의 시문은 쪼고 다듬는 것만으로는 그 경지에 도달할 수 없었을 것이다. 요는 익히는 데 전심하고, 생각을 모아 깊게 하되 그 과정이 오래되면 신(神)과 심경(心境)이 합치되어 홀연히 정감이 떠오르고 저절로 시문이 이루어지는 것이니 찾아야 할 갈림길이나 계제도 없고 꼬집어 말할 만한 소리도 빛도 없게 된다'고 하였는데 어찌 서경과 건안의 시문만 그러하랴, 모든 글은 그러하다고 생각한다. 만약에 그러한 것이 아니라면 아주 훌륭한 걸작이라고 말할 수는 없다.15)

이 평설은 명작을 이루는 데는 탁마(琢磨)만으로 되지 않고 그 요체는 전수(專修)하고 응령(凝領)의 오랜 과정을 거쳐야 하며 그래야만 신과 심경의 합일로 홀연히 영감이 떠올라 자연스럽게 명작이 창출됨을 강조하고 있는 것이다.

또 지봉은 왕기〔王沂(元)〕의 말을 인용하여 말하되,

"황진(黃陳)의 시는 두보(杜甫)를 본받아 배워서 대가라고 불린다고 하였다. 이 말은 우리가 깊이 반성해야 할 말이다."16)

고 하였는데 이 역시 명작을 짓기 위하여는 시작의 수련이 있어야 하며, 거기에 선대(先代)의 명가(名家)에게서 본받고 배운다는, 즉 그 영향력이 대단히 컸음을 이야기하는 것이라 하겠다.

그러면 이러한 탁마(琢磨)나 전수(專修)의 기회는 어떤 형태이며, 선

---

15)《지봉유설(芝峰類說)》9권, 문장지부(文章之部) 2, 시(詩).
16) 전출, 《지봉유설》.

대의 명가를 본받아 배우되 어떤 영향이 미쳤던가가 본고의 핵심이며 특히 퇴계와 다산의 경우는 어떠했던가를 한국 한시의 시평사적(詩評史的)한 부분으로 고찰해 보려는 것이다.

퇴계와 다산의 시문수련에 대한 양상을 논하기에 앞서 먼저 시문 탁마 수련의 형태로서 우리는 우리 선인들이 모여서 시단을 구성하고 시회를 열었다는 사실을 많이 보고 있다.

필자는 조선조의 여류시인들이 시단을 결성하여 유유상종하면서 훌륭한 시를 지었던 사실을 논한 바 있지만[17] 고려 이후 저명 시문가들은 이러한 시단 형태의 모임이 아주 성황스러웠고 그런 과정에서 시작에 대한 수련이 은연중 진행되고 심화되었다고 생각된다.

예를 들면, 고려의 유명한 시인이던 이인로(李仁老 : 1152~1220)의 경우를 들면

"당세의 명유이던 오세재(吳世才)·임춘(林椿)·황보항(皇甫抗)·조통(趙通)·함순(咸淳)·이담지(李湛之) 등 일곱 사람이 망년지우(忘年之友)할 것을 결사(結社)하고 시주(詩酒)로써 서로 즐기니 세상에서 저 중국의 강좌칠현(江左七賢) 같다고 일컬었다."[18]

라고 한 시회(詩會) 형태의 결사모임이 있었고, 또 고려의 문장가 최유청(崔惟淸)의 아들 최당(崔讜 : 1135~1211)은 그의 서재인 쌍명재(雙明齋)에다 그의 아우 최선(崔詵)과 당대의 명사들인 장자목(張自牧)·고형중(高瑩中)·백광신(白光臣)·이준창(李俊昌)·현덕수(玄德秀)·이세장(李世長)·조통(趙通) 등과 함께 '기로회(耆老會)'를 만들고 소요자적했다는 것인데 세상에서 이를 지상선(地上仙)이라 부르고 돌에다 그 그림까지 새겨서 전한다 하였다. 그런데 여기에 모인 동인들은 모두 과장에서

---

17) 김지용(金智勇)의 三湖亭詩壇의 特性과 作品 〈亞細亞女性研究〉 16, 淑明女大 亞細亞女性研究所, 1977.

18) 《고려사(高麗史)》 권 102, 열전 15, 이인로(李仁老), 오세재(吳世才), 조통(趙通), 임춘(林椿)조에 "與當世名儒 吳世才 林椿 趙通 皇甫抗 咸淳 李湛之 結爲忘年友 以詩酒相娛 世比江左七賢."이라 했다.

으뜸이었고 높은 벼슬들을 지낸 치사객(致仕客) 문신들이었다.[19]

그런데 이때 결사한 '기로회(耆老會)'가 조선조 기로소(耆老所)처럼 단순한 우로(優老) 집회가 아니었던가 하는 의심도 있겠으나 이 고급문신 출신 치사객들이 소요자적하는 속에는 반드시 시문이 따랐다고 생각된다.

하기야 고려 고종 때 유자량(庾資諒)이 퇴직한 재상들과 여생을 교우 상락하려고 만든 기로회(耆老會)도 있으니 이는 불교적인 선교수단으로 노인들 소요의 목적이 있다 하겠다. 고려 때 시회로서 가장 그 성격이 뚜렷한 동인회는 채홍철(蔡洪哲 : 1262~1340) 등 8인의 국로(國老)들이 조직한 '기영회(耆英會)'였다.

주지하는 바와 같이 《고려사》 권 71, 〈악지(樂志)〉 2에는 고려속악이라 하여 〈동동(動動)〉을 비롯하여 약 30편의 시가의 악명과 한역시가 소개되고 있는데 그 마지막에 〈자하동(紫霞洞)〉이란 한역시 1편이 작자인 채홍철에 대한 기사 및 중화당(中和堂)과 '기로회(耆老會)'에 관한 기록과 함께 수록되어 있고[20] 또 《고려사》 권 108, 열전 21 채홍철조에서는,

"……당호를 중화(中和)라 하고 그때에 영가군(永嘉君) 권부(權溥) 이하 국로(國老) 8인으로 '기영회'를 만들고 〈자하동(紫霞洞)〉이라는 신곡을 지으니 지금 그 악부(樂府)가 보책(譜冊)에 있다."

라 했으니 〈악지(樂志)〉에서 말한 '기로회'는 실은 '기영회'가 분명하고 이곳에서는 모여서 악부를 지으며 즐겼다는 사실을 알겠다.

이후 시회는 더욱 발전되고 시작동우회로서 심화되면서 조선초 성균관

---

19) 《고려사(高麗史)》 권 99, 열전 12, 최유청(崔惟淸)(讚) 조항에서 "讚小聰悟
善屬文 …… 平章事上章　乞退遂致仕　閑居爲扁其齋曰雙明　與弟守太傅誡
及太僕卿致仕　張自牧, 東宮侍讀學士　高瑩中　判秘書省致仕　白光臣, 守司
空致仕　李俊昌　戶部尙書致仕　玄德秀, 守司空致仕　李世長, 國子監大司成
致仕　趙通　等, 爲耆老會　逍遙自適　時人謂之地上仙　圖形刻石　傳於世."라
했다.

20) 자하동(紫霞洞) …… "侍中蔡洪哲所作也　洪哲居紫霞洞　扁其黨曰, 中和　日
邀耆老　極懽乃罷 …… 作此歌　今家婢歌之　詞皆仙語　蓋托紫霞之仙　聞耆老
會中和堂　來歌此詞也."(《고려사》 〈악지〉).

에는 9재(齋)의 하나인 시재(詩齋)를 두었고(이는 비록 《시경》을 전수하는 분과이기는 하지만 여기서 한시에 대한 연수도 하였다), 내려오면서 '죽란시사(竹欄詩社 : 정약용 등)'에 이어 '송석원시사(松石園詩社 : 千壽慶 등)', '칠송정시사(七松亭詩社 : 崔景欽 등)' 등이 결성되었고, 여류시사로서는 '삼호정시단(三湖亭詩壇 : 金錦園 등)'이 있었는가 하면 조선 말에는 삼청동(三淸洞)에 '구로시회(九老詩會 : 桂庭 閔泳煥 등)'까지 결성되어 젊은이들이 이곳에서 시를 배우고 짓고 하였다.

이상과 같은 상황 속에서 우리나라 역대의 시문동인회(詩文同人會) 형태가 있었다는 흔적을 예시하면 다음과 같다.

1. 기영회(耆英會)−최당(崔讜 : 1135~1211) 주동
2. 죽림고회(竹林高會)−이인로(李仁老 : 1152~1220) 주동
3. 기로회(耆老會)−채홍철(蔡洪哲 : 1262~1340) 주동
4. 죽란시사(竹欄詩社)−정약용(丁若鏞 : 1762~1836) 주동
5. 송석원시사(松石園詩社)−천수경(千壽慶 : ?~1818) 주동
6. 칠송정시사(七松亭詩社)−최경흠(崔景欽 : ?) 주동
7. 직하사(稷下社)−지석관(池錫觀 : ?) 주동
8. 구로시회(九老詩會)−민영환(閔泳煥 : 1861~1905) 주동
9. 삼호정시단(三湖亭詩壇)−김금원(金錦園 : ?) 주동

이밖에 위항시사(委巷詩社)가 많았다.

(3) 정다산과 이퇴계의 성장과정과 수학(修學) 및 시작(詩作) 상황 비교

정다산과 이퇴계가 어떤 환경에서 출생하고, 성장되었으며, 공부한 상황이 어떠했으며, 그리하여 과시(科試)에 나아가고 벼슬했던 환도(宦途)의 모습과 진퇴의 형태가 어떠하였던가를 본고의 주제인 '시문수련(詩文修練) 및 그 탁마전수(琢磨專修)'와 관련되는 부분만을 발췌 적기(摘記)하여 비교하고자 한다.

　이는 졸고 〈퇴계의 시와 다산의 시, 그 표현양상의 비교연구—대우법(對偶法) 중 대조(對照 : Contrast)와 조화(調和 : Harmony) 기교(技巧)를 중심으로—〉21)에서 논술한바,

　"퇴계는 조화적 수법을 써서 부드러운 자연시를 많이 창출하였었는데 그것은 결국 퇴계의 조화적 인성과 대인관계로 이어지고, 다산의 경우는 대조적 기교를 많이 써서 그의 시는 사회시요 인공시가 특징인데 결국 다산은 대조적이며 비판적 사상시가 되었다."

고 매듭지은 바 있는데 이러한 일련의 모든 상황이 그들의 성장·수학과정이나 탐독한 시문의 영향을 누구에게서 심도있게 받았고 어떤 형태에서 수련하였는가와 깊은 관계가 있었다고 확신하였으므로 퇴계와 다산의 성장과정이나 시문수련과 관계되는 면모를 살펴보고자 하는 것이다.

① 퇴계는 경상도 안동의 빈한한 사대부의 손자로 임진왜란 약 1세기 전인 1501년에 태어나서 비교적 평화로운 사회환경 속에서 성장하였다. 다산은 경기도 양주(당시는 광주) 마현리의 빈촌에서 진주목사 정재원(丁載遠)의 아들로 삼정(三政)의 폐(弊)22)가 극심했던 1762년에 태어나서 보고 듣는 것이 비리와 근심·걱정이 만연한 사회현상이었다.

② 퇴계는 일찍 부친을 여의고 모친의 슬하에서 자애스러운 훈육(薰育)을 받으며 당대의 문신이며 숙부인 송재공(松齋公) 이우(李堣)에게서 수학하였고, 다산은 일찍 모친을 여의고 엄친시하에서 엄격하게 성장하며 부친에게서 수학하였다. 그리고 퇴계의 모친은 아들의 일신평안을 위하여 높은 벼슬보다 주현(州縣)의 낮은 벼슬자리를 권하며 험한 정파에 휩쓸리지 않기를 자자히 교훈했으며, 또 송재공은 조선의 고결한 문신으로 시문도 일가를 이루었지만 정국공

---

21)《퇴계학연구(退溪學硏究)》4집, 檀國大學校 退溪學硏究, 1990.
22) 삼정(三政)의 폐(弊)란 조선조 후기에 문란해졌던 환곡(還穀)·전정(田政)·군정(軍政)의 폐단을 말함. 여기에 이폐(吏弊)도 있었음.

신(靖國功臣)과 호조참판, 안동부사 등 높은 벼슬도 많이 하고 삭직(削職)도 여러번 당한 결백리로 이름난 선비였다.

이에 대해 다산의 부친은 비록 진주목사라는 지방장관이기는 하였지만 수없이 일어나던 사화(士禍)와 정변(政變) 중에서 사돈 홍화보(洪和輔)의 삭직 귀양의 참변을 보고 있었고 더구나 친척과 자제들이 사교(邪敎 : 천주교)로 몰려 곤욕을 치르는 참변 속에서 수없이 파직과 출사의 와중에 있었다. 다산은 그러한 부친 진주공(晋州公)에게서 수학하였다.

③ 퇴계는 6세 때부터 서당 공부를 촌로에게서 마치고, 12세 때 《논어(論語)》를 송재공에게서 배우면서 일찍부터 '이(理)'를 깨달았다. 이때 퇴계가 이해한 '이(理)'는 '모든 것이 옳은 것(凡事之是者 是理)'이었다.

그리고 14세 때는 이미 혼자서 독서하되 반드시 벽을 향해 사색하면서 주위에 사람들이 둘러앉아 떠들어도 거들떠보지 않았다. 말하자면 사색의 수련기간이었다.

다산은 4세에 천자문을 배우고 10세 때부터 경사(經史)를 부친에게서 배우면서 '분수(分數)'에 밝았다. 이때의 분수란 그의 부친의 말을 빌리면 '통력법산수(通曆法算數)'였다.23)

④ 퇴계는 14세에 도연명(陶淵明) 시를 읽으면서 특히 좋아했고, 따라서 도연명을 흠모했다.

다산은 13세 때 두보(杜甫)의 시를 읽으면서 그 보운(步韻)을 깊이 터득하였고 동시에 두보의 시 수백 편을 직접 베껴 써서 부친을 감탄케 했다. 그 뒤에 도연명의 《도집(陶集)》을 탐독했다.

⑤ 퇴계는 18세 때부터 시를 쓰기 시작했는데 그때의 시는 다음과 같다.

---

23) 다산은 7세 때 대구시(對句詩) 한 수를 지었는데 "小山蔽大山 遠近地不同"이라 한 것을 보고 진주공이 칭찬한 말이다.

78

이슬맺힌 풀들은 여릿여릿 연못가를 둘렀는데
작은 못은 맑고 생기로워 모래 한 알 없구나
구름이 흐르고 새가 나는 자연조화는 당연하지만
다만 때때로 제비가 물을 차서 흐르는 것이 두렵다
露草天天繞水涯　小塘清活淨無沙
雲飛鳥過遠相管　只怕時時燕蹴波 - (游春詠野塘)

다산은 14세 때부터 시를 짓기 시작했으니 그때의 시는 다음과 같다.

동악 경치 유달리 뛰어났으니
붉은 벼랑 푸른 산마루 겹겹이 쌓였구나
요리조리 가늘고 묘하게 깎은 품이 신공(神工)이 베 짜놓은 묘한
솜씨네
저 골짜기에 흐르는 물은 신선이 놀던 곳
그윽한 모습이 제 홀로 곱구나
아깝다, 은자가 살지 않음이여!
맑고 깨끗하여 먼지 없는 이 기상 속에 24)(원문은 시문선 참조)

⑥ 퇴계의 19세 때 쓴 시는 다음과 같다.

호올로 숲속의 초막에서 만 권 서책을 사랑하여
한결같은 심사로 10년을 지내왔네
이래로 시의 연원을 이해한 것 같으니
내 마음 모두를 허공으로 보누나
獨愛林廬萬卷書　一般心事十年餘
邇來似興源頭會　都把吾心看太虛 - (詠懷詩)

---

24) 필자 역저, 《丁茶山 詩文選》(敎文社 刊, 1991, 서울)에서 본서 시문선편 참조.

이같은 경지에서 다산이 15세 때 지은 시는 다음과 같다.

비로소 남은 책을 끝마치려 했는데 갑자기 병이 들어 몸을 감았네
누런 잎에 쌓여서 문은 굳게 닫히고 푸른 솔 밑에서 약을 다린다
머리는 흩어져 종들이 빗겨주고, 시는 지었으나 입속으로 읊는구나
기대서서 서울 쪽을 바라다본들 눈바람 휘몰아쳐 찬 하늘이 자욱하네
(〈田廬臥病〉 중에서. 원문은 시문선 참조)

⑦ 퇴계는 20세에 《주역(周易)》을 공부하고 학자의 정도(正道)를 정립
   하되 위인지학(爲人之學 : 治人)이 아니라, 위기지학(爲己之學 : 修
   己)을 세웠다고 하였다.
   　다산은 16세에 처음으로 〈성호이선생유고(星湖李先生遺稿)〉를
   보고 성호를 숭모했고, 그리하여 경세제민(經世濟民)의 실학(實學)
   으로 깊어갔다.
⑧ 퇴계는 21세에 결혼하였다가 아들 하나를 낳고, 상처한 뒤 측실(側
   室)에게서 아들을 생산하고, 다시 재혼하였으므로 여러 여자를 만
   났다. 그 뒤에도 부실(副室)을 두었다.
   　다산은 15세에 결혼하여 '회근례(回쫄禮)'를 올릴 때까지 해로하
   였다.
⑨ 퇴계는 23세에 성균관에 입학하여 오직 학문에만 열중하고 과거에
   는 뜻이 없었다고 하였다.
   　다산은 부친의 부임지를 따라다니면서 독서하고 과거시험 준비
   에 분망하였고 22세에 비로소 초시에 입격했다.
⑩ 퇴계는 27세에 향시(鄕試)로부터 시작하여 진사시(進士試) 등을
   거쳐 34세의 대과장원(大科壯元)까지 4, 5차례의 과시를 치렀는데
   그때마다 본인이 원해서가 아니라 '어머니의 간절한 소망'이기에
   효심의 발로로 치렀다고 하였다.
   　다산은 20세부터 과시에 도전하였으나 실패하고 22세 때 초시

80

(初試)에 입격한 후로 정시(庭試)·감시(柑試) 등 각종 과거에 등과하고 있는데 이는 본인의 야망이었으나 과거시험, 과거제도에 대한 불합리한 점을 몹시 비판하였다.

퇴계는 그리하여 41세에 홍문관(弘文館) 교리(校理)로부터 시작하여 어사(御史)를 거쳐 외직과 내직으로 약 30년간 벼슬살이를 하다가 52세에 치사 낙향하여 도산서원(陶山書院)을 짓고 후학을 가르쳤다.

다산의 경우는 30세에 사간원(司諫院) 정언(正言)을 비롯하여 염찰사(廉察使)와 곡산부사(谷山府使) 등 내직과 외직으로 전전하면서 40세에 입옥(入獄) 때까지 약 11여년동안 벼슬살이를 하다가 결국 경상도 장기(長鬐)와 전라도 강진(康津)에서 18년간 유배생활을 하였다.

⑪ 퇴계는 하서(河西) 김인후(金麟厚 : 1510~1560), 호음(湖陰) 정사룡(鄭士龍 : 1491~1570), 남명(南溟) 조식(曺植 : 1501~1572), 고담(孤潭) 이순인(李純仁 : 1543~1592), 청련(靑蓮) 이후백(李後白 : 1520~1578), 신재(愼齋) 주세붕(周世鵬), 금호(錦湖) 임형수(林亨秀), 송강(松岡) 조사수(趙士秀), 추파(楸坡) 송기수(宋麒壽) 등 무려 수십인의 동배·후배와 벗하며 시를 논하고 차운(次韻)·대운(對韻)했다.

다산은 '죽란시사(竹欄詩社)'를 결성하여 15인에 이르는 초계문신(抄啓文臣) 제가들과 시회를 열고 시를 공부하며 또 많이 썼다.25)(竹欄詩社 뒤의 (4) 참조)

⑫ 퇴계는 52세부터 안동에 도산서원을 열고 후학을 교육하고, 시문에 대한 자기수련과 대운(對韻)·차운(次韻)으로 제자들을 지도하여 당대의 문장가와 학자를 많이 길러냈다. 그리하여 퇴계 밑에서 수

---

25) 퇴계(退溪)의 시(詩)는 모두 1,115수요, 다산(茶山)의 시는 《여유당전서(與猶堂全書)》에 1,221편 2,400여 수이다.

학한 문도(門徒)는 무려 309명에[26] 이르고 있다.

이에 대하여 다산은 40세에 귀양가서 유배생활 18년간 오직 저술에만 전념하여 방대한 경학(經學)·정치경제·문학·과학 등 불후의 업적을 이루었다.

이와 같은 조사 비교는 두 시인, 특히 다산과 퇴계의 삶과 수학 및 교우의 역정이 요인이 되어 장차 그들의 시를 이루는 결과가 되는 것이라 확신하고 그 원인적 제반 상황을 다시 간추려 보고자 한다.

①의 태어나고 성장한 시대적 배경으로 보아 당연히 퇴계가 부드러운 자연시·전원시를 쓰게 되고, 다산이 매서운 비판적 사회시를 쓰게 된 당연한 결과임은 췌언을 요하지 않는다.

②의 자모 슬하에서 훈육받은 퇴계는 자연히 '몸조심'의 성격이 형성되었으리라 여겨진다. 모친의 자애 밑에서는 '제자입즉효(弟子入則孝) 출즉제(出則弟)'해야 한다는 《논어》의 대목에 각별한 회심이[27] 없을 수 없었다. 이것은 결국 퇴계의 Harmony의 인품이 형성되면서 그의 작품도 그러한 인상을 풍기는 요인이 된다.

그러나 엄부시하에서 무섭게 교육받고 경서와 역사를 공부한 다산은 정도라면 꼭 주창하며 각별히 정치에 관심이 많았던 관계로 '견의불위무용야(見義不爲無勇也)'라고[28] 하는 데 과감했다. 그래서 호활(豪闊)하면서 비판적인 Contrast의 관조를 하게 된 필연적 결과로 여겨진다.

③에서는 '이(理)'에 대한 개념이 두 사람의 처지에서 벌써 달라진다는 것인데 퇴계는 윤리도덕의 기본에서 이(理)를 인식하여 갔고 그리하여 인간의 심성을 천착했으며, 다산은 분수(分數)를 자연의 법칙에서 이끌어 사회현상으로 귀착시키고 있다. 다같이 《논어》를 배우고 그 '인(仁)'

---

26) 이 문도 수는 《도산문현록(陶山門賢錄)》(一名 《陶山及門諸賢錄》)에 등재된 사람의 수이다.

27) 《퇴계집》 중 연보(年譜) 및 〈언행록(言行錄)〉.

28) 《논어(論語)》 위정(爲政)편.

을 보는 데 있어서 퇴계는 효제(孝悌)와 예양(禮讓)에 깊은 관심을 두었고, 다산은 수기치인(修己治人)에 역점을 둔 것으로 이해된다.

④에서 퇴계는 도연명과 소동파의 시를 탐독하여 도연명과 소동파를 흠모하였다는 것인데 퇴계의 작품에서 그러한 면모를 얼마든지 볼 수 있다.

예를 들면,

> 훈훈한 바람은 만물을 고동시키고
> 무성하고 아름다움이 이토록 반갑구나
> 자연과 내가 함께 즐기거늘
> 가난과 병을 또 어찌 근심하리
> 그 어찌 저(세속의) 영화야 모르랴마는
> 헛된 이름은 오래 못가는 법일세
> 薰風鼓萬物　亨嘉今若兹　物與我同樂　貧病復何疑
> 豈不知彼榮　虛名難久持 —〈和陶集飮酒〉 중에서

또 퇴계의 시에서 소식(蘇軾)을 화운한 〈호당매화모춘시개용동파운(湖堂梅花暮春始開用東坡韻)〉 한 수를 들어 보면,

> 내가 옛날 남방에 노닐 때 매화촌(梅花村)을 찾았더니
> 아지랑이가 나날이 시혼(詩魂)을 녹이었네
> 먼 곳에서 홀로 대하여 국염(國艷)이라 찬탄했더니
> 역로(驛路)에서 꺾어 보내며 티끌 세상의 어둠을 슬퍼했었다
>
> 그 뒤에 서울에 와서부터 얼마나 간절히 생각했던가
> 맑은 꿈은 밤마다 전원(田園)으로 날아갔네
> 어찌 여기가 서호(西湖)일 줄 알았으랴
> 우연히 서로 만나 한 번 웃음 정다웠다 (이하 생략, 원문 생략)

이와 같은 경지까지 이퇴계는 도연명과 소동파의 시를 좋아하고 시인을 흠모했다.

이와는 달리 다산은 도연명보다 두자미(杜子美)를 더욱 존중하고 두보의 시풍과 사상에 흡사했다. 이를테면 휼민애국(恤民愛國)의 측달(惻怛)이 없는 것은 시가 아니요, 분속(憤俗)의 정신이 없는 것은 시가 아니라는 경지까지 강조하고 있다.

다산이 두보를 얼마나 높이 평가하고 있는가는 다음의 일문에서도 능히 볼 수 있다. 즉,

　　천인 성명의 법칙을 연구하고, 인심 도심의 분별을 살펴 그 때문은 잔재를 씻어내고 그 깨끗한 진수를 발현시키면 된다(시는 쓸 수 있다). 그렇다면 도연명이나 두자미 같은 시인들도 모두 이러한 것으로써 노력하였겠는가? 그렇다. 도연명이 정신과 물질이 서로 영향을 주는 원리를 인식하였음은 두말할 것도 없거니와 두자미는 더욱 천품이 높은데다가 충후 측달한 도덕과 호매 건강한 기상을 겸비하였었다. 범상한 우리들은 일생동안 수양을 쌓아도 그 본바탕의 청수한 점은 두자미에 미치기가 쉽지 않을 것이다.[29]

라고 시론을 폈는데 이와 같은 시론은 각종 문장에서 여러번 볼 수가 있다.

그뿐만 아니라 다산의 시 또한 두보의 시격과 흡사하다. 예를 들면 두보의 기행시인 〈발유랑포(發劉郎浦)〉에서,

　　배 돛 달고 일찍이 유랑포를 떠나자니

---

29) 김지용(金智勇)의 《丁茶山詩文選》(教文社刊 1991, 서울), p. 738.
　　'識天人性命之理 察人心道心之分 淨其塵滓 發其淸眞 斯可矣. 然則陶杜諸
　　公 皆用力由此否 曰陶知神形相役之理 可勝言哉 杜天品本高 忠厚惻怛之
　　仁 兼之以豪邁鷙悍之氣 凡流平生治心 其本源淸澈未易及杜也.'(爲草衣僧
　　意洵贈言 중에서) 본서 시문선편 참조.

84

질풍에 불리어 대낮에도 어둡구나
배 가운데는 모래와 먼지 없는 날이 없고
강변의 빈 마을엔 온통 이리와 호랑이뿐
挂帆早發劉郞浦 疾風颼颼昏亭午 舟中不目不沙塵 岸上空村盡豺虎

라고 했다면 다산은 〈도안산염촌(到安山剡村)〉에서

바다 서쪽 바라보면 구름 안개 쌓였고
쓸쓸한 마을은 빈터 위에 서너 집
지난달 조수 넘쳐 제방이 무너지고
마을 사람 모여들어 쟁기 들고 고생하네
海門西望積雲霞 蕭瑟村墟或數家 前日湖多堤水破 野人辛苦集鉏鏄
　　　　　　　　　　　　　　　　　-〈紀行詩 중 到安山剡村〉

라고 했는데 여기서 두보는 출발하면서 짓고, 다산은 도착하고 영탄한
차이는 있어도 빈한한 마을을 보는 시각과 그 연민의 정은 서로 상통하
는 점이 있고 그 운치(韻致)도 같은 느낌을 주고 있다. 또 두보의 시 〈팽
아행(彭衙行)〉을 보면,

옛적 도적을 피해 난생 처음
북쪽으로 달리던 고생길이 생각난다
밤은 깊어 캄캄하던 팽아의 그 길
달은 다만 백수산 꼭대기에 비추었다

집 떠난 지 아득하여 걸음걸음 기가 막혀
만나는 사람마다 부끄럽기 그지없네
멀고 가까운 골짜기에서 우는 새를
내 언제 돌아와서 볼 수 있을 것인가
憶昔避賊初 北走經險艱 夜深彭衙道 月照白水山

盡室久徒步 逢人多厚顔 参差谷鳥吟 不見遊子還

라고 한 기행시에 관련해서 비슷한 다산의 시는 〈과야인촌거(過野人村居)〉로,

> 외나무다리 건너 들판 저 밖에
> 거칠은 촌마을에 집은 한두 채
> 헐어진 울타리는 대나무로 새로 엮고
> 좁디좁은 뜰안 밭에 꽃은 아직 피지 않아
> 퇴락한 집안에 서가는 남아 있고
> 구차한 살림에도 낚싯대는 두었구나
> 고향 땅에 사는 소원 이루어지면
> 살림이야 구차해도 슬퍼하지 않으리라
> 野彴平疇外 荒村一兩家 敗籬新綴竹 小圃未舒花
> 冷落餘書架 艱難有釣槎 狐丘幸所願 生理不須嗟[30]

라고 하였으니, 두보는 난리로 피난가면서 읊고, 다산은 유배다니면서 영탄한 시라는 차이는 있지만 다 함께 나그네의 설움을 읊었는데 전자는 깊은 밤에 월조백수산(月照白水山)을 바라보며, 또는 우는 새소리에 기막힌 여수를 담았고, 후자는 거칠은 농촌을 바라보며 수구지심(首丘之心)을 구슬피 기원했다.

　여기의 그 슬픈 가락은 서로 상통하고, 그 운율도 비슷하게 두 시인의 사념과 시의 율격은 닮았다.

(4) 정다산의 '죽란시사(竹欄詩社)'

다산 정약용의 경우는 그가 관직으로부터 해직되어 서울 명례방(明禮

---

30) 전출, 《丁茶山詩文選》, p. 312. 본서 시문선편 참조.

坊)에서 소요자적하고 있을 때 결사(結社)한 동인회인 죽란시사에서 수련한 문예창작의 힘이 컸을 것으로 생각된다.

이 죽란시사는 다산이 35세(1796) 되던 7월부터 39세(1800) 되던 8월까지 4년여에 불과하지만 이때의 젊은 동인인 당대의 문신들과 모여서 창작활동을 하였던 이른바 '개체(個體)와 전체의 완전한 융합(融合)으로서의 관념의 성숙, 다시 말하면 상념의 한 계열을 분명하게 표출하기 위한 능력의 배양(詩的 Absolute style의 수련)'을 위한 커다란 계기가 되었다고 인정된다.

이 죽란시사에 대하여 다음과 같이 그 취지와 창작활동 상황을 쓰고 있다.

상하 5천 년을 더불어 세상을 함께 하고 사는 사람들이 그 만남이 우연치 않으니 종횡으로 3만 리요 또한 한 나라에서 더불어 살게 된 것도 우연한 것이 아니로다. 그러나 그 연령의 장유가 차이나고 그 사는 고장이 동떨어져서, 정작 만날 때 장중함이 적어 세상을 마치도록 서로 알고 의사소통하는 즐거움이 없다. 무릇 이 몇 가지말고도 그 궁달이 같지 않고 그 취향이 한결같지 않아서 비록 한동갑이 이웃에 함께 산다 하여도 서로 상종하여 배우며 놀고 잔치를 베풀어 글 지으며 즐기는 일이 없으니 이는 인생살이에서 사교하고 결집하는 주변이 넓지 못한 탓으로 우리나라 사람들이 특히 심하다. 내 일찍이 채이숙(蔡邇叔)과 의론하여 시사를 결성하였는데 이때 채이숙이 말하기를 "나와 그대는 동갑이니 벗이요, 또 나보다 9세가 많은 사람과 9세가 적은 사람도 벗이 될 수 있지만 9세가 많은 사람과 9세가 적은 사람 사이는 너무 차이가 나서(18세) 서로 만나면 공손히 절을 하고 자리를 피할 것이므로 그 모임은 분분할 것이리라."고 하였다. 그래서 나보다 4세 많은 사람과 4세 적은 사람들로 한정하니 모두 15명이 되었다.(〈죽란시사 서문〉)

이같이 시사 결성의 취지와 경위를 쓰고는 이어서 그 15인의 성명(字

와 名)을 열거하였다. 이 동인 15인의 자와 명을 들면,

◉ 죽란시사 동인
1. 이유수(李儒修 : 1758~1822) 자 주신(周臣), 사헌부 지평
   초계문신(抄啓文臣 : 1783) 선(選) 직산현감, 사헌부 장령
2. 홍시제(洪時濟 : 1758~?) 자 약여(約汝), 지평, 부호군, 대사간
3. 이석하(李錫夏) 자 성욱(聖勖) 초계문신(1781선)
4. 이치훈(李致薰) 자 자화(子和)
5. 이주석(李周奭) 자 양신(良臣)
6. 한치응(韓致應 : 1760~1824) 자 해보(徯父) 초계문신(1786선). 형
   조판서, 함경도 관찰사
7. 유원명(柳遠鳴) 자 진옥(振玉) 초계문신(1794선) 함경도 관찰사
8. 심규로(沈奎魯 : 1761~?) 자 화오(華五) 초계문신(1789선), 수찬,
   사간, 강릉부사
9. 윤지눌(尹持訥 : 1762~1815) 자 원구(元咎) 초계문신(1790선), 사
   간, 병조좌랑, 사헌부 지평
10. 신성모(申星摸) 자 경보(景甫) 초계문신(1790선), 청송 사람, 사헌
    부 지평
11. 한백원(韓百源) 자 원례(元禮)
12. 이중련(李重蓮) 자 휘조(輝祖)
13. 정약전(丁若銓) 자 천전(天全) 초계문신(1790선), 다산의 형
14. 정약용(丁若鏞 : 1762~1836) 자 미용(美庸) 초계문신(1789선)
15. 채홍원(蔡弘遠 : 1762~?) 자 이숙(邇叔) 채제공(蔡濟恭) 영의정의
    양자, 이조참의, 부호군

등 당대의 문신·학자·문인들로 구성되고 있다. 이와 같은 15인은 나이
가 비슷하고 사는 곳이 서로 바라볼 정도로 가깝고, 맑고 뛰어난 문장으
로 모두가 등과하여 명신록에 대개가 올라서 명성이 높았으며 뜻이나 취

향이 비슷하였으므로 시사를 결성하여 즐거움을 나누고 화훼를 노래하니 태평세월이었다고 〈죽란시사첩서〉에서는 적은 다음 시를 창작하던 그 상황을 다음과 같이 기술하고 있다. 즉,

살구꽃이 처음 피면 한 번 모이고(杏始華一會), 복숭아꽃이 처음 피면 한 번 모이고(桃始華一會), 여름에 참외가 익으면 한 번 모이고(盛夏苽旣熟一會), 초가을 서쪽 못에 연꽃을 감상하려고 한 번 모이고(新凉西池賞蓮一會), 국화꽃 피면 한 번 모이고(菊有華一會), 겨울에 눈이 많이 올 때 한 번 모이고(冬大雪一會), 섣달 그믐에 분재한 매화가 피면 한 번 모인다(歲暮盆梅花放一會).

하는 약관을 만들어 시회를 열었다는 것인데 이 약관의 시회 7차례 외에도 임시모임이 네 차례 이상이 있다 하였다. 즉,

득남한 자는 시회를 마련하고, 지방장관 벼슬한 자는 시회를 마련하고, 승진한 자는 시회를 마련하며, 자제가 등과하면 시회를 베풀어야 한다.

는 것이니 매년 11회는 으레 시회를 열었다고 하였다. 그러나 개인적으로는 수시로 모여서 짓거나 두 사람이 어울려 화운하거나 또는 혼자서 감회를 읊은 시가 다산의 시문집에도 여러 편 보인다.

◉ 죽란시사에서의 시 창작활동 상황

그러면 이 시회에서 어떤 양식으로 창작활동을 하였던가가 관심사가 아닐 수 없다. 정다산은 그 시사에 모여 활동하던 상황을 다음과 같이 쓰고 있다.

모일 때마다 술과 안주와 붓과 벼루를 갖추어 동인들에게 제공하면

모두들 시를 짓고 읊되 나이 적은 사람이 먼저 시작하여 한 차례씩 시회를 열고 연장자까지 한 바퀴를 돌면 또다시 차례로 도는 방법으로 동인회는 되풀이 되었다.(〈죽란시사 서문〉)

그리하여 시사(詩社)의 명칭 유래를 적되,

여기서 지어진 시집의 이름을 〈죽란시사첩(竹欄詩社帖)〉이라 약정했다. 이 시회는 나의 집에서 많이 열렸는데 반옹(樊翁 : 蔡濟恭)이 이 일을 듣고 감탄하여 말하기를 "아름답다, 이 모임이여! 내가 젊었을 때에 어찌 이런 시회가 없었던가! 이는 모두가 우리 성상 20년 이래로 인재를 양성한 효험이니라. 시회 때마다 성상의 은덕을 구가하여 은택에 보답할 것을 생각하라. 한낱 술만 마시고 떠드는 일이 없도록 할 것이다."라고 하였다. 이숙(邇叔)이 나에게 서문을 쓰기를 권하므로 반옹의 훈계하는 말을 곁들여 서문을 쓴다.

라고 하였고, '죽란(竹欄)'이란 명칭은 다산의 명례방 집에 대나무로 난간을 엮어 둘렀기 때문에 이렇게 이름 붙였다는 것이었다. 그러므로 여기 '죽란시사'에 모인 동인들의 시문에 대한 수련활동을 엿보아 짐작케 하거니와 그러면 여기서 쓰여진 시는 어떤 작품들이 얼마나 많았던가? 정다산의 시만 그의 시집에서 대충 추려모아도 150여 편에 이르는데 이는 다산이 35세 7월부터 39세 9월까지 창작한 시 전부(《여유당전서(與猶堂全書)》, 권 2~3)이고 꼭 죽란시사를 소재로 하거나 유관한 작품은 훨씬 적지만 하여튼 이 시회에 모이는 기간의 시의 내용과 그 풍격이 현저히 달라지고 있는 것은 간과할 수 없는 귀중한 다산 개인의 시사적(詩史的) 자료가 될 것이다.

다산 시의 전 생애에 있어서 관조의 세계나 시 창작의 수법이 달라져 가고 있는 양상을 보게 되는데 그 달라진 가장 특출한 점은 정다산의 시가 이른바 인공시(人工詩)에서 차츰 자연시로 옮아가고 있었다는 사실이

90

다. 이제 다산이 '죽란시사' 시기에 지은 시는 많지만 단지 '죽란시사'를 시제로 하였거나 '죽란시사'와 유관한 작품의 그 시제만을 《여유당전서》 제1집 제3권에서, 그것도 35세 7월부터 39세까지의 작품명만 추려보아도 다음과 같이 15, 6작품이나 된다.

35세에 〈화채이숙(和蔡邇叔)〉(弘遠) 세검정에서 지음(洗劍亭之作)

35세에 〈죽란회부(竹欄會賦)〉 개인 날을 만나(得新晴)

35세에 〈무구에게(寄无咎)〉

35세에 〈여러 벗과 용산정에 함께 놀며(同諸友遊龍山亭子)〉(여러 벗 이름 생략)

35세에 〈죽란소집(竹欄小集)〉(다섯 사람이 모여서 지었다 함. 이름은 생략)

35세에 〈이계수 집에 모여서 함께 읊다(李季受宅同諸公賦)〉(제공 이름 생략)

35세에 〈죽란소집(竹欄小集)〉 장마가 개여서 함께 읊음(賦得積雨新晴)

35세에 〈이주신 집에서 지은 시(李周臣宅小集)〉

35세에 〈이주신 집 마당 꽃 아래서(周臣宅賦得退朝花底)〉

35세에 〈가을 죽란에서(秋日竹欄遣興)〉

35세에 〈남고와 죽란에서 마시며(同南皐竹欄小飮)〉

35세에 〈가을 밤 죽란에서 지음(秋夜竹欄小集)〉

35세에 〈달밤 죽란에서 남고와 함께 마시며(竹欄月夜同南皐飮)〉

35세에 〈죽란에 국화가 만개하니 몇몇 친구와 함께 마시며(竹欄菊花盛開同數子夜飮)〉

이하 생략

이제 그 중 한편인 〈죽란소집〉을 보면,

귀밑수염 흰 얼굴이 출중하여 준수하고
충헌(忠憲)의 집안에서 선대처럼 문채 있네

벼슬에 일찍 올라 세도에 이름나고
만년에도 시지어서 으뜸이구나

소탈하고 세속 넘어 막힌 마음 돌려놓고
벗이 많아 더불어 안목은 더욱 높다
다시금 말 말아라. 그대의 갖춘 경륜
죽란사에 윤남고(尹南皐) 있음을 알겠노라
　　(原文은 생략함)

　이는 죽란시사의 동인 중 한 사람인 남고(南皐) 윤규범(尹奎範)의 시를 평하면서 지은 다산의 시이다.
　죽란시사에서는 이처럼 서로가 작품을 평가하며 상권(相勸)하면서 창작활동을 하였음이 엿보인다.

3. 다산 문학의 특성

(1) 다산학(茶山學)의 근본 정신

실사구시(實事求是)의 문학가인 연암(燕岩) 박지원(朴趾源 : 1737~1805)이 지은 〈전가(田家)〉라는 제목의 시에서,

늙은이는 남쪽 언덕에 앉아 참새를 몰고
조이삭은 개꼬리처럼 드리웠는데 누런 참새는 그 끝에 대롱대롱
맏아들과 둘째도 모두 밭에 나갔고
농가는 종일토록 낮에 마당문 닫혔네
소리개는 병아리를 움키려다 뜻 못 이루고
무리 닭은 어지러이 박덩굴 속에서 울어대네
어린 며느리는 점심 소쿠리 이고 개울물 건너고자 주춤거리고
벌거벗은 아이와 황삽살이는 앞서거니 뒤서거니 서로 따르네

翁老守雀坐南陂　粟拖狗尾黃雀垂
長男中男皆田出　田家盡日晝掩扉
鳶跋鷄兒攫不得　群鷄亂啼匏花籬
少婦戴棬疑渡溪　赤子黃犬相追隨

라고 하였는데 혹자는 심찰하지 않고 가벼이 이 시가 농촌 서생의 습작 같다고 평할지 모르지만 차원을 높여 안목을 달리하여 감상한다면 옛투와는 다른 새로운 관조(觀照)의 세계, 시야의 변화, 그리고 애련(哀憐)과

가증(可憎)의 갈등, 동중정(動中靜)과 정중동(靜中動)의 시작법, 원근법의 조화 등 새 수법에 의한 리얼리즘적인 시임을 알 것이다.

정다산에 있어서는 이러한 시의 사실성과 경세제민(經世濟民)적 경지가 더욱 심화되고 더욱 강조되고 있다.

호박순 새로 돋아 두세 잎 소담터니
밤사이 덩굴 자라 울타리에 뻗었구나
평생에 수박일랑 심지를 마라
관가의 아전들이 시비 걸고 빼앗는다
병아리는 새로 까서 조막만하고
애띠고 노란 털빛 가련키 짝이 없다
어린 계집아이도 공짜밥을 안 먹으니
마당에 곧추앉아 소리개를 쫓는다
(《장기농가》의 일부. 원문은 이 책의 시문선을 참고 바람. 이하 예시하는
작품의 원문은 시문선을 참조)

정다산도 박연암처럼 보는 눈이 과거마냥 자연이나 애증의 세계가 아니고 생업과 실제생활로 옮겨졌고, 시를 쓰는 의도가 음풍영월의 풍류가 아니고 현실적으로 문제가 되고 있는 삶의 모습을 활화(活畫)처럼 그리면서 그 속에서 새 운명을 개척코자 하며 부정적 요소를 비판 또는 고발하고 있다. 다만 박연암과 정다산의 차이점이 있다면 박연암이 부정적인 요소에 대하여 풍자와 기롱으로 그쳤다면 정다산은 이를 직접 파헤쳐 고발하고 척결(剔抉)하려고 한 점이다.

위에 든 시만 보더라도 같은 농가를 소재로 하면서도 박연암은 〈전가(田家)〉라고 간접적 표현으로 제목하면서 애련과 가증의 갈등을 선량하고 무력한 늙은이와 앙증스러운 참새, 가련한 병아리와 포악한 소리개, 어린 며느리와 깊은 시냇물 등으로 이 두 요소를 다만 마주 세워놓고 독자로 하여금 애증을 느끼게 한 데 대하여, 정다산은 구체적이요 직접적

94

표현으로 곧바로 〈장기농가(長鬐農歌)〉라 제하고 나서는, 새로 돋는 호박순으로 상징되는 농민과 관가 아전들의 횡포, 보기에도 애처로운 병아리와 소리개들을 대립시키되 노골적으로 공격하는 자세를 취하고 있다.

이것이 정다산의 문학이요 시세계이다. 정다산은 굳건하고 신념있는 문학론과 시관을 세워놓고 그 원리 아래서 규범에 맞게 시를 창작하고 있는 것이 또한 특질이다.

다산 정약용이 이루어 놓은 넓고 깊고 방대한 다산학을 네 부분으로 나눈다면 다산의 문학과 다산의 정치·경제사상과 다산의 경학에 대한 훈고와 그리고 다산의 과학 논술 등으로 나눌 수 있다.

《목민심서(牧民心書)》, 《흠흠신서(欽欽新書)》, 《경세유표(經世遺表)》 등 그의 일표이서(一表二書 : 126권) 및 그의 역저인 의(議)·논(論)·책(策)·소(疏) 등은 주로 정치 경제에 관한 탁견들이고, 《논어고금주(論語古今註)》, 각종 경서(經書)의 강의, 전(箋)·고증(考證)·주(注)·차(劄)(230여권) 등은 경학(經學)에 대한 주해·훈고·평론을 극한 역저이며, 그의 《기중도설(起重陶說)》 등 각종 설(說)과 지학·의학 등은 과학적 논술이며, 시(詩) 2,466편, 부(賦) 2편, 전(傳) 5편, 문(文) 15권(이중에는 論·說 등도 있음) 등은 그의 사실적인 문학작품들이다.

다산학에 있어서 실사구시적 정치 경제 사상은 주로 유반계(柳磻溪 : 1622~1673)를 거쳐 이성호(李星湖 : 1681~1763)에서 그 계보를 찾을 수 있으나 다산에 이르러 더욱 발전하여 일대 집성을 이루었고(예 :《經世遺表》《牧民心書》《欽欽新書》《田論》《公服議》《人材策》《原》《田結辨》 등) 과학에 있어서는 전대의 홍담헌(洪湛軒 : 1731~1783)의 과학지식을 더욱 계승 발전시켰고(예 :《起重圖說》《懸眼圖說》《砲樓圖說》《城說》《種痘說》《麻科會通》《醫零》《地球圖說》《漆室觀畵說》 등), 문학에 있어서는 이지봉(李芝峰 : 1563~1628)을 거쳐 박연암(朴燕岩)으로 명맥을 잇겠으나 지봉의 비평문학이나 연암의 풍자문학의 영역에서 초탈하여 사회현상을 사실적으로 파헤치고 수탈계급의 비행을 종횡무진으로 척결하며 애국휼민의 당면책을 경륜하면서 눈물을 넘어 통곡의 격정을 토로하는 시를 창출하고 있는 것이다.

권력만능의 조선 후기 사회에 있어서 관료 악습의 개혁을 부르짖고《경세유표》), 형벌의 공정무사하며 신중정확해야 함을 주장하며《흠흠신서》), 지방관리들의 정신자세를 바로잡고 서정을 쇄신하며 그 운영에 있어서 애민 애국에 표준을 두어야 한다고 역설(《목민심서》)한 것은 너무도 유명하여 널리 알려진 바이지만 그는 또 통치자와 관리는 백성을 위해서만 존재하며 국민의 공복이 되어야 한다고 시문 전반에서 주장했다.

그는 또 선비들이 학문하는 자세나 방법에 있어서도 '배운다는 것은 깨달음이요, 깨달음은 잘못을 뉘우침'이라 하고 그 구체적 방법은 '사서육경(四書六經)을 읽되 심오한 곳까지 들어가 참과 거짓을 분간하며 벼슬에 있더라도 제왕의 과오를 사생결단하고 논쟁으로 막아야 한다'고 역설하였다. 그의 음악관이나 기예와 재능에 대한 견해도 항상 '경세제민(經世濟民)'과 윤리 도덕적인 것에 표준을 두고, '마음을 고르게 하고 그것을 직접 체험으로 터득할 것'이라 하였고, '이용후생(利用厚生)을 위하여 기술과 재능을 연마할 것'을 시문에서 논하고 있다.

(2) 정다산의 '문장학(文章學)' 이론

다산 정약용이 뚜렷한 문학관을 가지고 선각적인 문장론, 문체책 시론을 논했다는 것은 작가(시인)로서만이 아니라 평론가적 위치에서도 높이 평가할 문제이다.

다산의 문학관은 그의 각종 증언(贈言)31)과 서간문32)에서도 사무치게 상론하고 있지만, 특히 논(論) 중 〈오학론(五學論)〉의 '문장지학(文章之學)'과 〈탁옹한담(籜翁閑談)〉에서 상술했고 문체책은 그의 대책문(對策文) 중 〈문체책(文體策)〉에서 역설하고 있다.

---

31) 다산의 증언 중 〈爲李仁榮贈言〉은 문장론이요, 〈爲草衣僧意洵贈言〉은 시론이며 〈爲陽德人邊知意贈言〉은 문장작법에 대한 글이다.

32) 다산의 서간문 중 〈答二兒〉는 시평이요 〈寄二兒〉는 문장 작법의 글이다.

문장의 본질과 기능과 우열을 논한 그 문장지학(文章之學) 오학론(五
學論) 중의 본문은 본서의 시문선에 전편 번역되어 있으므로 본항에서는
그 요점만 종합적으로 열거하려 한다.

'지금의 문장학이란 것은 우리 도(道)에 있어서 큰 해독이다'라고 전제
하고 열거하기를,

첫째는 당시의 문장관이나 문장 작풍이 크게 그릇되어 있다는 것이다.
그는 당시의 문장을 '허공에 걸려 있든지', '땅에 펼쳐져 있든지'하여 바
람을 좇아 다닌다고 했다. 이것은 저 중국의 한유(韓愈), 유종원(柳宗元),
구양수(歐陽修), 소식(蘇軾)33)을 비롯, 그들보다도 그 이후의 소설가들을
통박하는 말이었다.34)

둘째로 그는 사람이 먼저 "마음으로 중화(中和)"의 덕을 닦고 몸으로
충신(忠信)된 행동을 실천하며 예악으로 기본을 북돋우고, 《춘추(春
秋)》와 《주역(周易)》으로 그 사변(思辨)을 분석한 뒤 천지의 진리에 능
통하고 만물의 실정을 두루 알아서 그 지식이 자기의 내부에 쌓여 있을
때에 비로소 문장을 쓸 수 있다고 하였다.

이것은 문장을 "도를 꿰뚫는 그릇(文者貫道之器也)"이라고 한 이한
(李漢)의 말35)과 "글은 도를 싣는 것(文所以載道也)"이라고 한 《통서(通
書)》의 〈문사장(文辭章)〉의 말과 같은 개념이다. 다산은 문장을 덕과 학
문과 사상이 성숙 형성된 연후에야 쓸 수 있다고 인식하고 있었다. 따라
서 사람에게 효제충신(孝悌忠信)의 사상을 줄 수 없는 문장은 글이 아니

---

33) 한유(韓愈 : 768~824) 당(唐)나라 문장가.
　　유종원(柳宗元 : 773~819) 중당(中唐) 문인, 유기(遊記)가 유명.
　　구양수(歐陽修 : 1007~1042) 북송(北宋)의 시인, 〈적벽부〉가 유명.
　　소식(蘇軾 : 1046~1101) 북송(北宋)의 시인.
　　이상은 '당송팔대가(唐宋八大家)'라고 불리는 문장가 중의 네 사람.
34) 소식(蘇軾)의 시문을 공박한 일은 중국에서도 대복고(戴復古)가 〈시론십절
　　(詩論十絶)〉에서, 그리고 엄우(嚴羽)가 〈창랑시화(滄浪詩話)〉의 〈시변(詩
　　邊)〉에서도 하고 있었다.
35) 《고문진보(古文眞寶)》 후집(李漢의 昌黎集序文)

라는 것이다.

셋째로 다산은 문장은 '사람을 감동시키고, 천지를 움직이며, 귀신을 느끼게 하는 것'이라고 했다. 훌륭한 문장이 지니는 위력을 말하는 것으로서 붓이 백만군을 물리칠 수 있었던 을지문덕(乙支文德) 장군의 〈수나라 장수 우중문에게 주는 시(與隋將于仲文詩)〉를 생각케 하는 이론이다.

그러한 문장을 쓰는 조건은 사상과 학식이 내부에 꽉 차 있고 그것을 '물결치듯 호탕하고, 번개빛처럼 휘황찬란하게' 표현해야 사람을 느끼게 할 수 있다고 했다. 이것은 《논어(論語)》에서 말하듯이 '글과 사람의 인격이 빛난 연후에야 군자라 할 수 있다. 글과 생각이 빛나고야 군자라고 한다(文質彬彬　然後君子)'[36]라는 생각이나 또는 《진서(晉書)》의 〈손초전(孫楚傳)〉에서 말하듯이 '글은 정에서 나고, 정은 글에서 나온다(文生於情　情生於文)'고 함과 같은 문장관인 것이다.

넷째로 따라서 '글은 외부에서 구할 수는 없다'라고 말한다. 인간 내부에 꽉 차서 표현하지 않을 수 없을 때 쓰는 문장이야말로 진실한 문장이라는 것이다. 그러므로 재주나 부리는 문장은 병폐가 되며 진실을 말하는 문장만이 참다운 문장이라고 했다.

다섯째로 각종 문장의 특징을 들되 정미하면서 교묘한 것은 《주역(周易)》, 부드러우면서 참으로 진리로운 것은 《시경(詩經)》, 전아(典雅)하면서 치밀한 것은 《서경(書經)》이며 소상하면서 문란치 않은 책은 《예기(禮記)》, 조문이 분명하면서 섞여지지 않은 문장은 《주례(周禮)》이며 크고 기이하되 능수능란한 문장은 《춘추좌씨전(春秋左氏傳)》이며, 명철 통달하면서 티가 없는 《논어(論語)》와 성(性)과 도의 본체를 알고 조리있게 분석한 《맹자(孟子)》와 심각하고 오묘한 《노자(老子)》 등을 들어가며 참문장이라고 숭상했다.

여섯째로 한유(韓愈)나 유종원(柳宗元) 이후의 문장은 보잘것이 없으

---

36) 《論語》 雍也篇.

니 중국의 사마상여(司馬相如)는 기이에 흐르면서 협기만을 숭상하고 예의에 벗어났고, 배우와 같이 자기 재주만 자랑하는 문장을 썼다고 했다. 또 양웅(揚雄)은 도를 모르고 문장을 썼으며, 유향(劉向)37)은 참설에 빠졌다고 비난하였다.

이와 같은 이론은 기교 위주의 문장에 대해 통박하면서 내용을 중시해야 한다는 문장관인 것이다.

일곱째로 당대의 문장은 더욱 묽어지고 흩어지고 부서지고 깨뜨려졌다고 통탄했다. 그 실례로 중국에서 한유(韓愈)와 유종원(柳宗元)과 구양수(歐陽修)와 소식(蘇軾) 등은 문장을 중흥시킨 원조라고 하지만 실은 그들의 문장은 내적으로 지식의 축적과 진리의 파악에 의하여 표현된 것이 아니고, 외부로부터 억지로 이끌어 온 것으로 화려한 겉치레만 하였다고 공박했다. 이런 문장은 사회의 윤리도덕을 좀먹는 문장이라 했다.

여덟째로 노자(老子)나 불교의 문장은 해독이 많으나 그래도 자기를 이기고 욕심을 억제하는 일면이 있지만 한유나 유종원의 문장은 그보다 더 해독이 크다고 했다.

아홉째로 그 뒤의 문장은 더욱 병폐가 많은데 중국의 14세기 이후의 나관중(羅貫中)·시내암(施耐菴)·김성탄(金聖歎)·곽청라(郭青螺)38) 등의 소설 문장이 특히 그러하다는 것이다.

그들의 문장은 간사하고 음란하며 속이고 꾀이고 하여 사람들의 마음을 매혹시킨다는 것이다. 그들의 문장은 다만 읽는 사람으로 하여금 혼

---

37) 사마상여(司馬相如 : B.C. 179~B.C. 117) 전한(前漢)의 문인(文人). 부(賦)에 능함.
　　양웅(揚雄 : B.C. 42~A.D. 18) 전한의 미문장가(美文章家).
　　유향(劉向 : B.C. 77~A.D. 6) 전한의 학자, 문인. 《홍범오행전》《열녀전》이 유명.
38) 나관중(羅貫中 : 1330~1400) 원(元)의 소설가. 《삼국지연의》가 유명.
　　시내암(施耐菴) 원말(元末)의 소설가. 《수호전》이 유명.
　　김성탄(金聖歎 : ?~1661) 청(淸)의 문예비평가.
　　곽청라(郭青螺) 곽자장(郭子章)의 호. 명(明)의 학자, 문장가.

을 녹이고 창자를 끊게 하는 것으로써 스스로 기뻐하고 스스로 높인다고 하면서 인류사회에 해독이 되는 문장이라고 하였다.

이 다산의 문장론을 더 간추려 종합하여 보면 문장을 쓰기 위해서는 먼저 교양과 학식을 닦은 연후에, 그리고 내실을 쌓은 뒤에야 쓸 수 있는 것인데 그 내실이란 마음속에 중화의 덕을 닦고, 몸으로 충신한 행동을 하는 데 표준을 두었다.

또한 문장은 밖으로 구하는 것이 아니라 안으로부터 우러나오는 것이어야 한다고 역설했다. 안으로 지식과 진리가 쌓여서 마치 땅이 온갖 물체를 싣고, 바다가 온갖 물건을 포괄하며, 구름이 울결하고 우레가 서리듯하여 마침내 닫아두려고 해도 닫아둘 수 없는 경지에 이르렀을 때, 외계에서 사물의 감촉을 받아서 터져 나오듯 하는 것이 참문장이라 했다. 그러므로 문장은 기교보다 주제가 더 중한 것인데, 유종원이나 한유는 문장 수식을 위주로 하였기 때문에 화려하기는 하지만 사람에게 교양의 힘을 줄 수 없다고 했다.

다산은 그 시대의 문장이 더욱 문란해져서 간사하고 음란하고 사람을 매혹시키고 있는데, 특히 나관중·시내암·김성탄·곽청라 등의 소설과 시와 사(詞)는 다만 사람의 혼을 녹이고 창자를 끊는 재주뿐이요, 높은 지식이나 인격적 영향을 줄 수 없다고 하였다.

이와 같은 문장관은 〈오학론〉뿐만 아니라 그의 각종 문장에서 볼 수 있는 것인데 그의 서간문인 두 아들에게 주는 〈기이아(寄二兒)〉에서 더욱 구체적으로 간추려 말하되,

'작품을 쓰려면 반드시 먼저 경서를 읽어 학식의 기초를 쌓은 뒤에 과거의 역사나 문헌들을 섭렵하고 치란흥망의 근원을 알아내며, 또는 실제적인 이론을 연구하여 선배들의 경세제민의 저서들을 읽을 것이다. 이리하여 자기 마음이 언제나 백성들에게 혜택을 끼치며 만물을 보호 발육하려는 사상을 가져야만 바야흐로 글을 읽는 학자로 될 것이요, 이러한 연후에 혹은 꽃핀 아침, 달 밝은 저녁과 무르녹는 녹음이나 보슬비 내리는 때를 당하면 그 서려있던 감흥이 격동하여 표연한 시상이

떠올라 자연스럽게 노래하고, 자연스럽게 음조와 선율이 유창하게 발현될 것이다. 이것이 시 세계의 생동한 경지이다…….'

라고 하였다.

또한 〈양덕인 변지의를 위하여 주는 글(爲陽德人邊知意贈言)〉에서는

'사람이 작품을 쓴다는 것은 풀이나 나무에 꽃이 피는 것과 같다. 나무 심는 사람이 그 나무를 심을 때는 뿌리를 묻어주고 줄기를 바로 세워주게 된다. 얼마 지나면 진액이 올라서 가지가 뻗으며 잎이 돋고 그런 다음에야 꽃이 핀다. 그러므로 꽃은 밖으로부터 가져오지 못한다.'

라며 문장과 시는 마음에서 우러나와야 함을 강조했다. 다산이 기교보다도 사실적 내용을 중시하는 문학관은 〈취우첩의 발문(跋翠羽帖)〉에서 더 자세히 볼 수 있다.

'그의 작품들에서는 꽃·나무·새·짐승·벌레 등을 모두 화법에 맞춰서 섬세하고도 생동성이 강한 것을 볼 수 있다. 저 서투른 화가들이 모지라진 붓에다 먹물만 듬뿍 찍어서 기괴하게 되는대로 휘두르면서 뜻만 그리고, 형상은 그리지 않는다고 자처하는 덜된 자들의 작품과는 대비할 바가 아니다. 윤공은 언제나 나비·잠자리 같은 것들도 손에 잡아들고 그 수염·눈썹·털·고운 맵시 등의 섬세한 부분까지 자세히 살펴보고는 그 모양을 그리되 꼭 실물을 닮은 뒤에야 붓을 놓았다.'

라고 하여 관조의 세계를 꾸밈없이 있는 그대로 묘사함을 중시하는 문장가였다. 이와 같은 문장의 이론은 충암(沖庵) 김정(金淨 : 1496~1521)이나 율곡(栗谷) 이이(李珥)에게서도 볼 수 있는 이론이기는 하다.

김정(金淨)은

'시는 성정(性情)에서 발로되는 것인데 어찌 꾸미고 쪼아 그려서 아름답게 할 수 있는 것이랴. 도덕을 잃으면 성정에서 벗어나고 글에 말이 넘치자 바른 소리가 엷어지는 것이다. 그렇게 되면 온통 타락해서 음란해지고 어지러워져서 더욱 기이하고 더욱 새것만을 찾아서 근본이

없어져 가는 것이다.'39)

라고 하여 표현의 기교를 추구함은 문장도에서 어긋남을 말하고 있다.

또 이율곡(李栗谷)은

'시는 본래 성정이니 일부러 만들어지는 것이 아니고 성음의 높고 낮음이 자연에서 우러나와야 한다.'40)

고 말했는데 이 역시 관조에서 얻어지는 성정이 곧 자연스럽게 시로 읊어져야 함을 논한 것이다. 이들은 다산의 시론이나 문장론과 일치하는 것이다.

(3) 정다산의 문체변용론(文體變容論)

정다산이 문체에 대한 주견을 세워 표명한 것은 그의 28세 10월의 친시(親試) 때 논술한 책문이다. 이 책문에서 다산이 주장한 주론은 '문체는 변화한다'는 이론이다. 다시 말하면 모든 물태(物態)가 환경에 따라 변하며 그 변하는 요인은 차고 덥고[冷煖]의 두 가지 이유 때문이라는 것이다.

이에 따라 인정도 변이하는데 그 요인은 이로움과 해로움[利害]의 두 가지 이유 때문이라고 했다.

을유년 문체책에서 그는,

'천지간에 가장 훌륭한 문장은 물태(物態), 인정(人情)만한 것이 없다고 저는 생각합니다. 물태, 인정의 변천을 잘 살펴보면 문체가 변한다는 것도 말할 수 있습니다. 왜냐하면 저는 일찍이 물태를 보건대 단단한 것이 터지기도 하고, 엎드려 가만히 있던 것이 기어가기도 하고, 쌓였던 것이 퍼져 흩어지기도 하고, 갇히어 움츠려졌던 것이 부풀어 날아가기도 하며, 흐늘흐늘하고 너덜너덜한 천태만상의 그 근원을 추

---

39) 충암집(冲庵集) 권4 〈頌榮堂集序〉.
40) 율곡전서(栗谷全書) 권13 〈精言妙選序〉.

구하면 모두가 차거나 더운 두 가지 환경조건에서 벗어나지 않는 것이 없습니다.

저는 또 일찍이 인정을 살펴보건대 청렴한 자가 완명(頑冥)하여지기도 하고, 얌전한 자가 욕심꾸러기가 되기도 하고, 연약한 자가 모질어지기도 하고, 냉담한 자가 열정적인 성격으로 되기도 하여 분분하고 잡다한 천태만상의 그 근원을 추구하면 모두가 이해(利害)관계 두 가지의 원인에서 벗어나지 않는 것이 없었습니다. 물태에 의거하고 인정으로부터 발원하는 이 문체인들 어찌 홀로 변천하지 않겠습니까? 순수하던 것도 잡스러워지고, 소박하던 것도 현란스러워지며, 평범한 것도 기괴하여지고, 독실하던 것도 천박하여지며, 느리던 것도 촉급하여져서 형형색색 천변만화의 그 근원을 추구하면 모두가 얻음[得]과 잃음[失]의 두 가지의 사회적 환경에서 벗어나지 않는 것이 없었습니다. 대체로 찬 데는 만물이 가려고 하지 않으며, 해로운 일은 사람들이 하려고 하지 않으며, 동시에 뜻을 잃으면 문체도 변하여 버리는 것입니다.'

라고 했는데 이 물태의 변화는 인정이 변화하는 자연의 법칙적 조건이 되며, 인정의 변화는 사상, 감정의 정화인 문장이 변화하는 필연적·사회적 조건이 된다는 것이다. 고래로 동양에 있어서 문체란 문장의 종류를 의미했다.

지봉(芝峰) 이수광(李睟光)은 《지봉유설(芝峰類說)》에서 '글에 각각 문체가 있다(文有各體)'라 하고 산문 문체 41종과 시의 문체 13종을 들었는데,41) 이것은 동양에서 지금까지 쓰여진 문장의 종류 전부를 열거한 것이다.

그러나 다산은 문체를 이러한 문장의 종류로 생각하지 않고 서구에서 인식하고 있는 Style로서의 문체로 인식하고 있는 것이다. '글은 곧 사람이다(文卽人)'라는 전제 위에서 문체의 변용을 논한 것이다.

---

41) 이수광(李睟光) 찬(撰) 《지봉유설(芝峰類說)》 권8 文章部一 〈文體〉.

찬 기운과 더운 기운, 두 가지 이유로 모든 물상의 형태가 변하는 것
처럼 이로움과 해로움 두 가지 원인으로 사람의 심정이 변하며 따라서
자동적으로 문체도 변한다고 했으니 다산의 문체관은 동양 고래의 인식
이 아니라 당시로서는 기발하고 선진적인 문체관이었던 것이다.

(4) 정다산의 내울발현(內鬱發顯)의 시론(詩論)

정다산이 시론을 피력한 글은 여러 가지가 있는데 문장을 논하면서
간접적으로 시에 언급한 글로는 〈오학론〉 중의 〈문장론〉과 〈문체책〉
과 〈이인영에게 주는 글(爲李仁榮贈言)〉과 〈양덕인 변지의에게 주는
글(爲陽德人邊知意贈言)〉과 〈아들에게 주는 편지(寄二兒)〉 외 수편이
있다.

〈문장론〉에서는 문장이나 시는 밖으로 구할 것이 아니라 내심에서 우
러나오는 것이어야 하며, 그 근저는 항상 도(道), 즉 효제충신의 마음에
서 생겨야 하며, 그 뜻하는 바는 항상 나라를 걱정하고 백성을 사랑하는
마음이어야 하며, 그 방법은 사실주의적 수법이어야 함을 역설했다.

〈문체책〉에서는 문장이나 시의 문체는 시대에 따라 환경과 이해관계로
변한다는 것이 골자였다.

〈이인영에게 주는 글〉에서도 문장이나 시는 안에서 우러나오는 것이어
야 하는데 당시의 문장은 그렇지 못하며 특히 과거를 보기 위해 수련하
는 문장의 폐단은 크다는 것이었다.

〈양덕인 변지의에게 주는 글〉에서는 문장과 시의 작법에 대하여 이를
나무를 기르는 과정과 비유해서 말하고 있다. 즉 시나 문장을 쓴다는 것
은 나무를 길러 꽃과 열매를 얻는 것과 같아서 시는 나무의 진액이 속으
로부터 승화되어 꽃과 열매의 요소가 됨과 같음을 말하고 있다.

그러나 다산이 본격적으로 시를 논한 문장은 〈초의승 의순에게 주
는 글(爲草衣僧意洵贈言)〉과 아들에게 주는 편지인 〈답이아(答二兒)〉
와 〈기이아(寄二兒)〉의 글이며 최근에 찾아낸 다산의 유고인 〈탁옹한담

104

(籜翁閑談)〉이 또한 시론이다. 이 〈탁옹한담〉에서는 다산이 이미 다른 글에서 논설한 시와 문장에 관한 주장을 따로 모은 것이다. 따라서 여러 곳의 시론을 여기에 묶어서 논한 유고였다.

다산은 시를 많이 쓴[42] 시인이기도 하므로 그의 시론과 시를 펼쳐서 다산의 시관과 시 세계를 고구하려고 한다.

먼저 다산이 시를 논한 글의 시론 부분을 번역하여[43] 보이고 이를 종합하고자 한다.

첫째, 다산은 시는 언지(言志)임을 강조했다. 이것은 일찍이 〈우서(虞書)〉에서도 '시란 뜻을 말함이요, 노래는 말에 가락을 붙여 길게 말하는 것(詩言志 歌永言)'이라 했는데 그러므로 다산은,

'지기(志氣)가 본래 비굴하면 비록 맑고 고상한 언어를 억지로 써도 이치를 이루지 못하며 지기가 본래 좁고 낮다면 아무리 광달한 언어를 억지로 써도 실정을 꿰뚫지 못한다.'[44]

고 했다.

따라서 그는 먼저 지기를 닦고 연후에 시를 써야 한다고 주장한다. 그러려면 먼저 천인(天人)과 성명(性命)의 이치를 인식하고 인심(人心)과 도심(道心)의 분별을 관찰하여야 한다고 했다.

둘째로 가장 훌륭한 시는 밖으로부터 구할 수 없고 안으로부터 울결(鬱結)되어 나와야 하며 그것은 마치 맛좋은 음식이 창자 안에서 퍼지어 피와 살이 되는 것과 같다는 것이다. 그런데 그 안으로 쌓아야 할 내용은 무엇인가? 그는 말한다.

'사서(四書)로서 자기 몸을 안착시키고 육경(六經)으로 자기 지식을

---

42) 《여유당전서(與猶堂全書)》(1934, 新朝鮮社刊, 76책 鄭寅普·安在鴻·金春東 校訂)에는 다산의 시가 2,466편(7권 3책)이 수록되고 있다.

43) 이 번역문은 필자의 《다산시문선(茶山詩文選)》(1973, 〈韓國名著大全集(大洋書籍 간행)〉과 《정다산시문선(丁茶山詩文選)》(1991, 敎文社 간행) 및 금번 이 저서를 펴내면서 교정한 번역문이다.

44) 〈위초의승의순증언(爲草衣僧意洵贈言)〉(본서 시문선 참조).

넓히고 역사서적으로 고금의 변천을 통달하며 예악 형정의 문헌과 법
전 제도의 고전들이 가슴 속에 가득 쌓인 다음 외계의 사물과 접촉하
며 사회의 시비나 이해에 부딪치면 곧 자기의 마음 속에 쌓인 축적이
넘치고 용숫음쳐서 한번 밖으로 퍼져나가 천하 만세의 광채로 될 것인
바 이렇게 막아둘래야 막을 수 없는 지경에 이르러 한번 자기가 표현
하고 싶어하는 것을 터뜨려 놓으면 사람들이 그것을 보고 일러 '문장'
이라고 한다. 이런 것이 참으로 문장이다.'45)
라고 우선 내실을 기하고 성정을 가다듬어서 영감이 번쩍일 때 터져 나
오는 것이 참 시라고 했다.

셋째로 시는 나라를 사랑하고, 백성을 위하며 시대를 걱정하고, 사회
에 이바지하는 것이 아니면 참다운 시가 아니라고 했다. 그는 두보(杜甫)
를 공자(孔子)처럼 숭상하면서 그것은 두보가 《시경(詩經)》3백 편의 정
신을 잘 이어받았기 때문이요 《시경》3백 편은 모두 충신·효자·열부·
친우들의 측달충후한 사상의 표현이기 때문이라고 했다. 따라서 그는,

　'임금을 사랑하고 나라를 걱정하지 않는 것은 시가 아니며, 어지러운
　세상을 아파하고 퇴폐한 습속을 통분히 여기지 않는 것은 시가 아니며,
　진실을 찬미하고 허위를 풍자하며 선을 전하고 악을 징계하지 않는 것
　은 시가 아니다. 그러므로 의지가 확립되지 못하고 학식이 순정하지
　못하며 큰 도를 알지 못하고 임금의 잘못을 바로잡고 백성을 이롭게
　하려는 마음이 없는 자는 시를 쓰지 못한다.'46)
라고 하였는데 결국 애국휼민의 정신과 진리를 사랑하고 악을 징계하는
사상이 시에 있어서 선행조건이 된다는 것이다.

그러므로 중국 진(晉)나라 때 귀거래(歸去來) 시인 도연명(陶淵明 :
365~427)과 당(唐)나라 우국(憂國) 시인 두보(杜甫 : 712~770)를 가장
숭상하고 있다. 그는,

---

45) 〈爲李仁榮贈言〉(시문선 참조, 이하 같음).

46) 〈答二兒〉.

106

'도연명은 정신과 물질이 서로 영향을 주는 원리를 인식하였음은 두말할 것 없고, 두자미는 더욱이 천품이 높은 데다가 충후측달한 도덕과 호매 건강한 기상을 겸비하였다.'[47]
는 점에서 더욱 높이 평가하고 있다.

다산이 중국의 문장가나 시인들을 혹평한 것을 보면[48] 사마천(司馬遷)은 기이함과 협기는 좋아했지만 예의에 벗어났고, 양웅(揚雄)은 도를 알지 못했고, 유향(劉向)은 참위에 빠졌고, 사마상여(司馬相如)는 배우와 같이 자기 재간만 자랑했으며, 한유(韓愈)나 유종원(柳宗元)은 문장을 외부로부터 형식만 취했으며, 구양수(歐陽修)·소식(蘇軾)은 모두 화려한 겉치레만 했다고 비난했으나 두자미와 도연명은 이처럼 칭찬하고 있다. 이 점은 남송(南宋) 시인인 대복고(戴復古)도 같은 의견이었다.

그의 〈논시십절(論詩十絶)〉에서 두자미의 우국과 진자앙(陳子昂)의 상시(傷時)는 격찬했지만 그밖의 시문은 매미 짖어대는 것 같다고 하였다.[49]

古今胸次浩江河 才比諸公十倍過 時把文章供戲謔 不知此體誤人多
(고금에 금도(襟度)가 강하같이 넓고, 시재주는 제공보다 10배 넘지만 시로써 희롱거리 삼았으니, 이런 시는 사람들을 얼마나 그르쳤나)

라고 한 것은 소동파가 글재주만 부려서 사람들을 많이 그르쳤다는 말이요, 그런가 하면 두보나 진자앙에 대해서는 다산의 견해와 마찬가지로,

飄零憂國杜陵老 感寓傷時陳子昂 近日不聞秋鶴唳 亂蟬無數噪斜陽
(방랑하면서도 나라 걱정한 두자미 노인, 시절의 비리를 슬퍼한 진자

---

47) 〈爲草意僧意洵贈言〉.
48) 〈五學論〉(三) 文章之學에서. 본서 시문선 참조.
49) 차주환(車柱環)의 〈戴復古의 論詩十絶〉(東洋學 제5집, 1975, 檀國大學校 東洋學研究所).

앙의 시, 요즘엔 학 우는 소리 없고, 어지러이 매미만 석양에 운다)

고 했다. 이것은 두보의 우국적인 시와 진자앙의 시절을 상심하는 시를 찬양하는 말인데 다산도 바로 이런 점에서 시를 평가하는 기준을 삼고 있다.

넷째로 시 정신에 있어서 민족적 주체성이랄까 자아 존중의 의표를 강조한 점이다. 그는 시에 있어서 전고를 인용하되 흔적이 없이 하는 것이 가장 좋은 시라고 했다. 자구가 모두 출처가 있어야 하는데 그는 자기 나라 문헌이나 전통에서 찾으라고 했다.

'이로부터 너희들은 시를 쓰면서 고사를 잘 사용하는 데 주력하라. 그러나 우리나라 사람들은 얼핏보면 중국의 고사만을 사용하니 이 역시 비루한 문풍이다.   응당 《삼국사기(三國史記)》, 《고려사(高麗史)》, 《국조보감(國朝寶鑑)》, 《여지승람(輿地勝覽)》, 《징비록(懲毖錄)》, 《연려실기술(燃藜室記述)》 및 기타 우리나라 저작들에서 그 고사를 채취하며 해당 지방의 현실을 연구하여 시에 들어가야만 바야흐로 세상에 이름을 남길 것이다.'[50]

라고 했고 〈기이아〉에서는 우리나라 상소문과 차자와 묘비문, 서한문은 물론이요 《아주잡록(鵝洲雜錄)》이나 《반지만록(盤池漫錄)》, 《청야만집(靑野謾輯)》 등을 읽고서 시야를 넓힌 뒤 시를 써야 한다고 했다.

다섯째로 다산은 시작과정을 초목의 배양에 비겨 논한 것이 탁견이었다. 시를 짓는 마음은 화초를 심고 그 뿌리를 바로 세운 다음 거름을 주어 길러서 그 속에서 양분이 오르고 진액이 퍼져 드디어 나무 줄기로부터 가지가 나고 잎이 자라며 꽃이 피고 열매로 승화될 때 그 정성들인 만큼, 오랜 시간을 기다린 만큼 꽃과 열매가 소담스럽듯이 시도 그와 같을 때에만 훌륭하다는 것이다. 이 과정을 그는,

'사람이 작품을 쓴다는 것은 풀이나 나무에 꽃이 피는 것과 같다. 나무

---

50) 〈答二兒〉. 본서 시문선 참조.

심는 사람이 그 나무를 심을 때에는 뿌리를 묻어주고 줄기를 바로 세워
주면 된다. 얼마 지나면 진액이 올라 가지가 뻗으며 잎이 돋고 그런 다
음에야 꽃이 핀다. 그러므로 꽃은 밖으로부터 가져오지 못한다.'51)
라고 하며 사람이 의지를 굳게 세우며 마음을 바로잡음으로써 뿌리가 되
고 행동을 바르게 하고, 경전을 연구하고 예법을 상고함으로써 그 진액
이 되며, 견문을 넓히고 예능을 익힘으로써 가지가 되고 잎이 피어난다
는 것이다.

이와 같은 비유는 〈이인영에게 주는 글(爲李仁榮贈言)〉에서도 '맛좋은
술이 입안으로 들어가면 붉은 빛이 얼굴에 오르는 것과 같은 것'이 바로
시작과정이라고 했다.

(5) 다산 시의 실사구시성(實事求是性)

정다산은 천부적으로 사물을 리얼하게 관찰하고 그 이치를 과학적으
로 고구하는 본성을 지녔던 것으로 7세 때에 벌써 '작은 산이 큰 산을
가리웠네. 아마도 땅이 멀고 가까워 같지 않음이겠지(小山蔽大山 遠近
地不同)'라고 읊었다 하니 그 사실적 관조와 그 궁리가 엉뚱함이 놀라운
일이다.

이 구절은 함축성마저 굉장하여 곧 '소인배가 성군을 가렸으니 성은이
같지 않음이리라(小人蔽聖君 遠近恩不同)'란 상념을 비유할 만한 구절
이라고 할 수 있겠다. 다산은 주로 한시를 썼다. 그것도 7권 2,466편이나
되는 장시요, 서사적 장시를 썼다. 그의 문학관은 너무도 뚜렷하다. '가장
훌륭한 문장은 물태·인정만한 것이 다시 없으며, 물태·인정이 변하듯
문체도 변한다'는 '문체가변설'을 주창하며 '문장은 심중으로부터 피어나
는 것이고 밖으로부터 구할 수는 없다'고 하여 심상의 표현이 아닌 것은
문장이라 할 수 없다고 하였다.

---

51) 〈爲陽德人邊知意贈言〉. 본서 시문선 참조.

그러므로 그의 시 속에는 당시의 사회모순과 탐관오리들을 폭로·비판하고 그 혁신책을 경륜하는 애국·애족의 부르짖음이 미만되어있다.

그의 문장론과 같이 이러한 시작품은 그의 진실한 생활과 고매한 사상에서 피어나온 것이다. 몇 구절을 예시하면 짐작하리라.

시냇가 헌 집 한 채 뚝배기 같구나
북풍에 이엉 걷혀 서까래만 앙상하네
묵은 재에 눈이 덮여 부엌은 차디차고
뚫어진 벽 틈으로 별빛이 비쳐드네
방안은 쓸쓸하여 가진 거란 거의 없고
모조리 팔아도 7, 8전이 안되겠네
개꼬리 같은 산조 이삭 세 줄기 매달리고
닭창자같이 비틀어진 고추 한 꿰미 드리웠네
(〈奉旨廉察到積城村舍作〉 중에서)

관가 마구간엔 마소들도 살찌는데
이건 바로 우리들의 살일러라
슬피 울며 고을 문을 나서고 보니
눈앞이 캄캄하여 갈 길은 아득
잠시 발 멈추고 마른 잔디에 앉아
언덕 위에 무릎 펴고 어린 것 달래노라
고개 숙여 어린 것의 서캐 이를 잡노라니
두 눈에선 폭포같이 눈물이 곤두서네
(〈飢民詩〉 중에서)

갈밭 마을 젊은 여인 울음도 서러워라
고을 문 내닫다가 하늘 보고 통곡하네
남편 군인 징발은 오히려 있으련만
자고로 '남절양'은 들어보지 못했노라

시아버지 3년상은 끝난 지 오래되고
갓난아인 배안 물도 아직도 젖었건만
3대의 이름이 군적에 실리다니
내달아 호소해 보려도 관가 문지기가 호랑이 같아
이정이 호통하여 단벌 소 끌려갔다
그는 문득 칼을 갈아 방안으로 뛰어드니
선혈이 자리에 낭자하구나
애달프다! 아이 낳은 죄로 하여 이 환난을 당했다고
〈哀絶陽〉 중에서)

◉ 주제면에서

정다산이 창작한 한시 전반에 걸쳐서 살펴보면 가장 두드러진 주제는 농촌과 어촌의 빈궁한 모습, 백성들의 고뇌상, 관리나 토호들의 횡포, 사회제도의 모순성, 피폐한 조국강토 등이다.

선량한 백성과 포악한 관리 및 토호들의 두 갈등을 병아리와 독수리, 소나무와 송충이, 사람과 모기 또는 이리와 호랑이들로 대립시켜 읊었다. 그러나 한마디로 말하면 '일하는 사람', '생업에 바쁜 모습'을 주제로 했다고 할 것이다.

헝겊 붙여 깨진 독 구멍 막았고
새끼매어 시렁을 매달았어라
놋수저는 예전에 이장이 가져갔고
쇠솥은 지금 또 옆집 양반 뺏어가네
오호라! 이런 집이 온 천지 꽉 찼어도
구중궁궐 멀고 멀어 알기나 하였으랴
〈奉旨廉察到積城村舍作〉 중에서)

새로 솟은 호박순 두세 잎 났더니

밤 사이에 덩굴져 담장에 닿네
수박일랑 평생에 심지 말지니
아전놈들 트집을 뉘라 당할까
황송아지 외밭에 들어갈세라
서쪽 뜰에 옮겨서 매어 뒀더니
새벽녘에 이장이 코 꿰어 갔소
동래 하납 배 와서 짐 싣는구나
(〈長鬐農歌〉 중에서)

◉ 소재면에서

다산은 위의 주제들을 위하여 관조의 시야를 자연이나 군신이나 윤리
도덕 등에서 돌리어 현실적 삶의 모습에다 두었다. 따라서 그 소재는 농
민·농촌·어민·어촌·논과 밭·바다와 배·곡식·생선, 그리고 붕당·
이정(里正)·아전 등을 선택했다. 그가 당쟁에 휩쓸리지 않으려고 노력
한 흔적은 그의 시에서도 볼 수 있다.

서쪽으로 가자니 서풍이 불고
동쪽 길을 가자니 동풍이 부네
이 어찌 바람이 날 거슬림이요
내 일찍 바람을 싫어한 탓이로다
(〈篙工歎〉 일부)

한마디로 말해서 그의 소재는 생업과 관계가 있거나 탐관오리와 지방
토호들과 관계가 있는 것이 대부분이다.

◉ 정밀한 묘사

다산은 주로 서사적인 장시를 썼으므로 그 묘사에 있어서 세부적 정밀
묘사가 쉬웠다고 할지 모른다. 그러나 사실적 수법이 능하지 않고서는

112

짧고 제한된 정형 속에다 그처럼 자세하면서도 사실적으로 형상화하여
남김없이 설진해 버리는 표현은 심히 어려운 일인데 단형·장형시, 할
것 없이 작품 속에는 기나긴 이야기와 그치지 않는 심회가 있다.

    날아갈 듯 선녀처럼 살짝 내려앉았으니
    발 밑은 고운 빛에 가을 연꽃 방불하고
    한참 몸을 기울여 물구나무 서면서
    열 손가락 뒤쳐 뵈니 뜬구름과 같구나
    한 칼은 땅에 놓고 또 한 칼로 춤추니
    푸른 뱀이 휘휘 서려 가슴을 휘감는 듯
    홀연히 두 칼 잡고 소스라쳐 일어난다
    사람은 안 보이고 안개 구름 자욱한데
    이리저리 휘둘러도 칼끝 닿지 않는구나
    치고 찌르고 뛰고 굴러 보기에 소름끼친다
    회오리바람 소나기가 빈 골짜기에 몰리는 듯
    번개처럼 서릿발이 온 공중에 번쩍인다
    놀란 기러기처럼 안올 듯이 날아가다
    성난 보라매인 양 감돌아 노려본다
    댕그렁 칼을 놓고 사뿐히 돌아서니
    예처럼 가는 허리 의연히 한줌일세
    (〈舞劍篇贈美人〉 중에서)

라든가,

    고양이를 그려서 세상에 유명하니
    그래서 '변고양이'라 이름 붙었네
    이번에 또 다시 어미닭을 그려내서
    마리마리 닮아서 나는 듯하네
    어미닭은 무슨 일로 잔뜩 노했노

고개 웅크리고 덤벼들 기세
온 털은 곤두서서 고슴도치 닮았고
무엇이 해칠까봐 '꼬꼬댁' 우네
뜰안과 울 밑을 뱅뱅 거닐며
땅바닥을 샅샅이 후벼 판다네
모이를 쪼으려는 시늉만 내며
··············

옹기종기 귀여운 노랑 병아리
새로 깐 주둥이는 물이 어린 듯
빨간 볏이 아니 생겼네
저기 두 놈은 제 혼자 바빠
어디메로 종종걸음 뛰어가느냐
앞선 놈 주둥이에 무엇이 달려
뒤엣놈이 빼앗으려 따르는 모습
두 놈이 한 벌레를 서로 다투어
두 끝을 물고는 놓지를 않네
(〈題卞尙壁母鷄領子圖〉 중에서)

동작나루 비낀 해에 물결이 번득이고
뱃길 뒤로 남쪽은 나의 옛마을
수양버들 돌다리는 비에 더 희고
연기 솟는 장안은 노을 속 저기로다
금마문에 다시 부를 마련이 아닌가봐
성은은 이 몸을 나루터에 던졌으니
서학을 들었지만 참뜻은 모르는데
이 길은 머나먼 귀양길인가 보이
(〈有嚴旨出補金井道察訪晚渡銅雀津〉)

이상에서 우리는 다산이 얼마나 리얼하게 묘사하며 자연스럽게 노래했는지 그 극치를 보아 왔다.

(6) 정다산의 토박이 말 시어(詩語)

다산은 그의 시 작품에서 농어촌의 고유한 용어나 평민들의 생활용어 등 토박이 말을 그대로 많이 썼고 한시에도 때로는 우리 농어촌의 사투리까지 서슴없이 시어로 구사했다. 그가 사용한 어휘 중 몇 가지 용례를 들어보면

'두어라[已焉哉]', '헌집 또는 오막살이[破屋]', '아궁이 또는 부엌[竈口]', '메조[山粟]', '깨진 독[破甖]', '누더기 이불[敝衾]', '샀방아[傭舂]', '서캐와 이[蟣蝨]', '탁주(濁酒)', '보리밥[麥飯]', '보리죽[麥粥]', '호야(呼耶)', '보릿고개[麥嶺]', '대감(大監)', '아가(兒哥)', '황모시[黃苧]', '첨지(僉知)', '총각(總角)', '천재마(天才馬)', '활선[弓船]', '샛바람[鳥風, 東風]', '높새바람[高鳥風, 東北風]', '마파람[馬兒風, 南風]', '까치노을[鵲澪, 白頭波]', 밀물·썰물 때의 '세물[三汛]·네물[四汛]', 생선 종류의 '복어[江豚]'와 '오징어(鳥鰂魚)'·'농어(鱸魚)', '뇌물[人情](東俗賄賂曰人情)', '남편[盤床](土人謂夫曰盤床)', '돈모[錢秧]' '밥모[飯秧](純以錢防雇者 謂之錢秧與哉飯而減雇曰飯秧)', '쿨쿨 자다[鼾鼾眠]', '자축걸음[彳, 亍=척촉]', '오오 시퍼런 하늘이여[嗚呼蒼天]', '어찌 나를 살피지 않느뇨[胡不予察]'

등이다. 이처럼 다산은 그 소재에 알맞은 시어를 골라 쓰되 시상이나 주제를 절실하게 표현하려 했다. 농촌의 황폐상을 부각시키기 위해 헌집[破屋], 깨진 독[破甖], 메조[山粟], 아궁이[竈口], 보리밥[麥飯], 보릿고개[麥嶺] 등의 용어를 사용치 않을 수 없었으리라. 이는 한자어이면서 우리가 읽을 때는 한자어가 지닌 의미보다 먼저 우리 현실을 연상케 하여 준다.

즉 '맥령(麥嶺)'은 한자음으로서 맥령이 아니라 얼른 '보릿고개'를 상기

시키고 '파옥(破屋)'도 '허물어져 가는 오막살이', '파앵(破甖)'은 '깨어져 새끼로 동여맨 독'의 영상이 먼저 눈에 스친다. 메조[山粟]는 조의 일종이라기보다 오막살이[破屋]에 걸려 있을 때는 지지리도 말라빠진 산조 이삭이다.

오막살이의 아궁이에서 받는 우리의 상념은 한층 참담함을 느낀다. '재가 싸늘한 아궁이'는 너무도 스산함이 눈앞에 전개되기 때문이다. 어촌을 묘사하되 조풍(鳥風)이나 고조풍(高鳥風), 마아풍(馬兒風), 작루(鵲漊) 등 용어를 쓴 것은 어촌과 바람은 생사간에 긴밀한 관계가 있으므로 이 용어에서 우리는 시에 주를 달지 않았어도 '샛바람', '높새바람', '마파람', '까치노을'을 방불시킬 것이다.

농촌의 어려운 경제사정을 그리기 위해 돈모[錢秧], 밥모[飯秧], 보릿고개[麥嶺], 보리죽[麥粥]의 용어를 썼다. 작자가 주(注)했듯이 돈모는 돈으로 품을 사는 모심기요, 밥모는 밥을 얻어먹고 품을 파는 형태이다. 오죽 굶주렸으면 밥 얻어먹고 일을 해주겠는가.

보리죽 또한 비참한 삶이다. 그래서 그는 이러한 시어를 서슴치 않고 구사하였다. '오호창천(嗚呼蒼天) 호불여찰(胡不予察)'에서 받는 이미지는 한시로서의 해석보다 얼른 '오오! 시퍼런 하늘이여! 어찌 나에게는 이처럼 억울한 비극을 주는가'라는 우리 민족 전래의 주술적 항변이 먼저 뇌리에 떠오른다.

농어촌에서 흔히 사용하는 풍속어인 아가(兒哥 : 새로 결혼한 여자), 반상(盤床 : 남편), 인정(人情 : 뇌물), 첨지(僉之 : 늙은이), 천재마(天才馬 : 상등가는 말) 등의 시어를 사용한 것은 천연순후한 농어촌의 풍속도가 될 것이다.

정다산이 토박이 말 시어를 쓰느라고 고심한 시 몇 대목을 들어보면 다음과 같다.

보릿고개 험하기가 태행산보다 더 높아라. 단오 명절 넘자마자 보리 추수 시작했네(민간에서 4월 어려운 고비를 보릿고개라 한다). 누구라

시험삼아 풋보리밥 한 사발을 <u>대감</u>께 맛보시라 나눠 드려 보게나(<u>사투</u>
<u>리</u>에 재상을 대감이라 한다).

麥嶺崎嶇似太行, 天中過後始登場, (四月民間艱食, 俗謂之麥嶺) 誰
將一椀熬靑麫, 分與籌可<u>大監嘗</u> - (方言宰相曰大監)

(〈長鬐農歌〉 중에서)

출렁이는 봄물결에 장어를 잡으려고 푸른 물결 헤치며 활선이 떠나
간다(방언에 배 위에 그물 편 것을 활선이라 한다)
　<u>높새바람</u> 싣고 가서(<u>동남풍→높새바람</u>)
　<u>마파람</u> 불거든 돌아오네(<u>남풍→마파람</u>)
　<u>세물이 자자 네물이 들제</u>(가령 갑일에 반달이면 병일이 제일수요,
<u>무일이 제삼수이다</u>)
　희뜩희뜩 까치노을 어대에 출렁인다(큰 물결이 희뜩거리는 모양이
까치 흰점 같다)
　어가들은 복어잡이만 좋아하고 농어 잡아서 안주감으로 못 파네(복
어를 먹고 죽는 사람이 많다)
　桂浪春水足鰻鱺. 撑取弓船漾碧漪(<u>船上張罟者方言謂之弓船</u>), 高鳥
風高齊出港(<u>鳥者乙也乙者東方東北風曰高鳥風</u>) 馬兒風緊足歸時(<u>馬者</u>
<u>午也南風曰馬兒風</u>)
　三汛纏廻四汛來(<u>假令甲日弦, 丙日日第一水, 戊日日第三水</u>) 鵲潩
波沒舊漁臺(<u>潩者大波也波白如鵲起曰鵲潩</u>), 漁家只道江豚好, <u>盡放鱸</u>
<u>魚博酒杯</u>(<u>食江豚頻有死者</u>)

(〈耽津漁歌〉 중에서)

여기 원문까지 보인 것은 시어가 민중의 언어와 함께 함을 보이려는
뜻이다.

(7) 정다산의 민요풍의 한시

다산의 한시에서 그 특색의 또 한 가지는 우리 민요조의 한시를 많이 쓰고 있다는 사실인데 주로 4언으로 써서 우리 고유의 민족 정서와 민요적 정서를 표출하고 있다.

몇 수를 예시하여 보면 다음과 같다.

산다나무 잎사귀가 추운 속에 파릇파릇
눈 속에서 맺혔다가 학목처럼 솟아 붉네
갑인년의 어느 날 밤 소금비가 내린 뒤론
붉은 난꽃 파란 유자 송두리째 말랐다네
山茶接葉冷童童　雪裡花開鶴頂紅
一自甲寅鹽雨後　朱欒黃柚盡枯叢

석재원 뒤 북쪽 길은 갈림길도 많을시고
예로부터 이곳에선 아낙네들 이별 많아
한스러워 문전 버들 눈물 섞어 뜯었으니
봄과 가을 다 꺾이고 남은 가지 엉성쿠나
石梯院北路多岐　終古娘娘此別離
恨殺門前楊柳樹　炎霜摧折少餘枝
　　　　　　　　〈耽津村謠〉 중에서)

이같이 비록 7언시일지라도 그 율조는 우리 민족이 읽을 때 4·4 또는 3·4조의 우리 고유의 민요조로 읽지 않을 수가 없다.

살랑살랑 물결타고 장어잡이 떠난단다
푸른 물결 헤치고서 활선들이 노젓는다

118

높새바람 순풍타고 함께 항구 나갔다가
마파람이 불어올 제 고기잡아 돌아오네
桂浪春水足鰻鱺　撑取弓船漾碧漪
高鳥風高齊出港　馬兒風緊足歸時

〈耽津漁歌〉 중에서）

동편 집이 우릉우릉 서편 집이 우릉우릉
보리 볶아 죽 쑤려고 맷돌 소리 분분하다
종지 깍지 치지 않고 겨·껍질도 불지 않아
껍질채로 죽을 쑤어 주린 창자 채우건만
트림 나고 역증 나고 허기져서 현기 나니
해도 달도 빛을 잃고 하늘 땅이 빙빙 도네
東家磟磟　西家磟磟　熬麥爲麩　磨之紛紛
有麩不簁　有麩不揚　粥之爲麩　塡此莘腸
噫腐喬酸　爲瞑爲眩　日月無光　天地旋轉

〈熬麩〉 중에서）

오누이 손을 잡고 나란히 걸어가네
뒤에 서며 앞에 서며 걸어서 길을 가네
뒤선 애는 어린아이 앞선 애는 더벅머리
어미 잃고 울며불며 갈림길을 헤매이네
붙잡고서 연유 묻자
울음섞인 목소리로 더듬으며 하는 말이
아버지는 집 떠난 지 이미 오래고
어머니만 혼자서 집을 지켰소
뒤주는 밑바닥이 다 드러나서
끼니를 못 끓인 지 사흘이 지났소
有兒双行　一角一羈　角者學語　羈者髧垂

失母面號 于彼又岐 執而問故 嗚咽言遲
曰父旣流 母如羈雌 瓶之旣罊 三日不炊
〈有兒〉 중에서)

이 유아(有兒)란 고아라는 뜻인데 흉년에 먹고 살 수가 없어서 부모가
자식을 버리고 가버렸다는 내용이다. 어린 고아 남매의 불쌍한 모습을
우리 민족의 전통적 슬픈 가락으로 부르려고 한시 4언으로 서사적으로
읊었다.

4. 정다산의 대조기법(Contrast) 표현

(1) 시 표현 기교(技巧)의 여러 양상

조선조 후기 실학파 문학가들의 문학작품을 형상화하는 데 있어서 근본적으로 《시경(詩經)》을 비롯한 유학정신에 뿌리를 두면서도 그 표현양상은 다양했다. 학문을 통해 그 근원적 진리를 밝히는 도(道)의 척도(尺度)도 수기(修己)의 과정에 따라 달랐다는 것은 앞에서 말한 바와 같지만 궁극의 목적을 추구하려는 이른바 성(聖)에 이르는 데는 작자의 표현방법이 또한 특색이 있었다.

이 문제에 있어서도 정다산이 제일 존숭했던 이퇴계(李退溪)와 비교하면 가장 접근되면서도 판이한 점을 찍어낼 수가 있으니 퇴계는 그 인품(人品)대로 표현의 수법에 있어서도 의식적이든 자연적이든 조화(調和)의 수법을 썼고, 정다산은 비판적 수법인 대우법(對偶法) 중에서도 대조기법(對照技法)으로 시문을 형상화한 것이 특이하다.

필자는 〈퇴계의 문학관과 다산의 문학론의 비교 연구〉에서,

'퇴계는 산수를 즐기면서 자연시를 많이 썼고, 다산은 산수를 응시하면서 사상시를 썼다. 퇴계는 자연을 찬탄(讚歎)하면서 서정시를 썼고, 다산은 사회를 개탄하면서 서사적인 비판시를 주로 썼다.'

고 했는데 이를 시작과정(詩作過程)에서 말한다면 '퇴계(退溪)가 자연시에서 인공시(人工詩)를 쓰게 되는 시작과정에 순응했다면, 다산은 반대로 청년기에는 인공시에 가깝고 장년기(壯年期)는 감상적(感傷的)인 시를 많이 썼다'[52]는 것이다.

이 두 사람의 시작태도나 과정뿐만 아니라 시에 대한 인식 자체가 차

이가 크게 난다. 퇴계의 경우는 주자학(朱子學)을 근간(根幹) 사상으로 하고 심성론(心性論)에 치중하면서 이기론(理氣論)을 주장하는 성리학(性理學)의 입장에서 삼라만상(森羅萬象)을 완상(玩賞)하는 시정(詩情)이 자연스럽게 표출되는 것이 참 시라 보고, 그래서 시는 조화와 융합의 매개체요, 일상적 영탄의 애완(愛玩)이요, 발흥(發興)의 수단으로 인식하고 있었다.

그런 까닭으로 흥이 나면 시를 아니 지을 수 없고 바람이 일면 시는 저절로 읊어진다는 것이 퇴계의 시에 대한 인식인데 예를 들면,

> 시가 사람을 그르치는 것이 아니요 사람이 스스로 잘못되네
> 흥이 나고 감정이 느껴지면 이미 시는 터져 나오는 법
> 바람 불고 구름 흐르는 곳에 시를 토해내는 신령이 있으니
> 묵은 피 없어질 때 속된 노래는 끊어졌어라
>
> 도연명은 율리 마을에서 시를 이루고는 그 뜻을 마냥 즐겼고
> 두자미는 초당에서 시를 고르고는 긴 노래를 마냥 읊었네
> 세사에 얽매어 시를 많이 못 써서 나의 밝은 뜻 밝히지는 못했으나
> 이것이 내가 안타까워 못견디는 딱한 심정은 아닐세
> 詩不誤人人自誤 興求情適已難禁 風雲動處有神助 葷血清時絶俗音
> 栗里賦成眞樂志 草堂改罷自長吟 緣他未著明明眼 不是吾緘耿耿心
> 〈和子中二十韻〉 중에서)

라고 한 것이 바로 퇴계가 무언중에 표출해내는 시론이었다.

퇴계는 다산처럼 정식 시론이나 문장관을 따로 논술하지는 않았어도 그 시나 교훈에서 간간이 노출되고 있는데 일상적으로 느껴지면 읊어지는 것이 시로되 그 내용은 주자학적(朱子學的) 도덕관(道德觀)에 침윤되

---

52) 김지용(金智勇)의 〈退溪의 文學觀과 茶山의 文學論의 比較 研究〉《退溪學研究》 제2집, 1988, 檀國大 退溪學研究所).

어 있었다.

이와는 반대로 다산의 경우는 공맹(孔孟)의 학문과 사상을 주종(主宗)으로 하고 사서육경(四書六經)으로써 중화(中和)의 덕(德)을 쌓고 천하의 사물을 파악한 뒤 내면(內面)에 울결(鬱結)된 사상감정이 성숙되었을 때 외부의 촉발(觸發)이 있어 가두어두려야 가두어둘 수 없이 터져나오는 것이 시문이며 그 내용은 경세제민(經世濟民)의 이념이며 우국애민(憂國愛民)의 측달(惻怛)이라는 것이다. 그러므로 다산은,

'《시경》 3백 편은 모두가 충신·효자·열부·양우에 대한 측은한 심정과 도타운 마음의 발로인데 그러므로 임금을 사랑하지 않고 나라를 근심하지 않는 마음에서 나온 시는 시가 아니며, 잘못된 시대풍조를 아파하고 어지러워진 습속을 분개하지 않는 것은 시가 아니다(詩三百篇者 皆忠臣孝子烈婦良友惻怛忠厚之發 不愛君憂國非詩也 不傷時憤俗非詩也).'

라고 하였다. 그래서 다산은 그의 시에서도,

백 년 두고 조야의 정객은 정론이 없고
천리강산 어지러워 슬픈 노래뿐
그대 문채 뛰어난들 무엇하리요
걱정으로 밤술 마셔 얼굴 붉구나
朝野百年無定論 海山千里有悲歌 故家文采唯君在 客夜牢騷行共酡
〈贈吳友〉 중에서)

와 같은 종류의 시를 많이 쓰고 있다.

따라서 다산과 퇴계는 시작방법(詩作方法), 즉 표현(表現)의 기교(技巧)에 있어서도 대조적인 차이점을 보이고 있다. 퇴계의 경우는 저 왕세정(王世貞)이 말하는,

서경과 건안(建安)의 시문은 쪼고 다듬는 것만으로는 높은 경지에

도달할 수 없을 것이다. 요는 익히는 데 전심하고 생각을 모아 깊이
사색하는 일을 오래하면 신과 심경이 합치되어 홀연히 생각이 떠올라
저절로 이루어져서 찾아야 할 갈림길이나 계제도 꼬집어 말할 만한 소
리도 빛도 없이 시는 이루어진다.[53]

와 같은 시작(詩作) 태도로 인위적(人爲的) 각고(刻苦)가 별로 없이 시
를 토로하고 있는 것으로 보인다. 그래서 예부터 '묘오(妙悟)'란 말을 하
는데

　　선도(禪道)는 오직 묘오(妙悟)가 있는데 시도(詩道)도 또한 묘오가
있다. 오직 깨닫는다는 것은 시 본래의 특색이다. 그러나 깨달음에 얕
고 깊음이 있고 분수와 한계가 있다.……[54]

이런 경우가 퇴계의 시와 관계가 깊은 것으로 파악되고, 그래서 퇴계
는 조화의 시를 많이 썼다면, 이에 대하여 다산의 경우는,

　　그런 고로 뜻이 서지 않으며 배움이 순수치 못하고 대도를 듣지 못
하면 임금을 돕고 백성에게 혜택을 베풀려는 마음이 생겨나지 못하며
그러한 사람은 시를 지을 수 없다.
　故志不立 學不醇 不聞大道 不能有致君澤民志心者 不能作詩
〈寄淵兒〉 중에서)

라고 하며 시작(詩作)의 의도성(意圖性)을 강조하고 있다.
　이러한 대조적인 두 한시 작가의 시를 감상하노라면 각각 독특한 표현
방법을 볼 수 있는데 흔히 문장에 있어서 표현의 기교라고 하지만 이 두

---

53) 〈지봉유설(芝峰類說)〉 권9, 〈문장부(文章部)〉 2. 시(詩) 왕세정왈(王世貞曰).
54) 〈지봉유설(芝峰類說)〉 권9, 〈문장부(文章部)〉 2. 시(詩) 엄우왈(嚴羽曰) '禪
　　道惟在妙悟 詩道亦在妙悟 惟悟乃爲本色 然悟有淺深 有分限'.

시인에 있어서는 그 시의 표현방법이 자연스러워서 일부러 '꾸민다'라든가 또는 '표현의 묘법을 쓴다'는 느낌은 전혀 없이 퇴계는 자연스럽게 영탄하고 다산은 진솔하게 절규하는 솜씨를 보이고 있다.

(2) 대우구조(對偶構造)의 대조기법(Contrast)과 조화기법 (Harmony)

중국 한시에서는 대우수법으로 대구(對句)와 대련(對聯)의 풍도를 많이 쓰고 있다. 사물의 종류나 성질을 동일성과 상반성으로 상대시켜 오직 한 가지 목표만을 위해 표현하거나 '일의관통(一意貫通)' 또는 두 가지 뜻을 상관시켜 표현하려는 '양의쌍관(兩意雙關)'의 경우에 대우의 수사법에 있어서는 대구수단은 양구(兩句)의 허자(虛字)와 실자(實字)를 서로 상응(相應)시켜 좌우대칭적(左右對稱的) 배열로 표현하는 기교를 쓰는데 일반적으로 앞의 구는 전제구로서 자연법칙적 성격의 문자가 되고, 뒷구가 표현하려는 주제로서 사회현상이요, 실체(實體)의 시구가 된다. 또 대련(對聯)의 격식(格式)은 주로 율시(律詩)에서 대련의 수사기법(修辭技法)을 쓰는데 검은 바람과 흰 비, 즉 '흑풍백우(黑風白雨)', 봄꽃과 가을달, 즉 '춘화추월(春花秋月)'과 같은 상념(想念)의 대어(對語)를 만들어 감정이 직각적으로 교차되도록 시적(詩的) 효과를 나타내고 있다.

중국의 《문심조룡(文心雕龍)》에서는 '무릇 마음은 문사(文辭)를 낳고 백려(百慮)를 운재(運裁)하며 고하상수(高下相須)하여 자연히 대(對)를 이룬다'고 하였는데 한시에서 흔히 쓰는 표현 양상이다. 이러한 대우기교의 풍도는 예부터 쓰여 온 것으로 보이니 《시경(詩經)》305편은 거의가 대조법이 아니면 반복법을 구사하였거니와 《서경(書經)》의 '가득한 것을 바라는 것은 도리어 손해를 부르고, 겸손함은 도리어 이익이 되니 이는 하늘의 도이다(滿招損 謙受益 時乃天道)'55)라 했다든가, 《주역(周易)》의

---

55) 《서경(書經)》 우서(虞書)의 대우모(大禹謨), 이는 익(益)이 우(禹)에게 주는 말.

'해가 가면 달이 오고 달이 가면 해가 오며…… 추위가 간즉 더위 오고 더위가 간즉 추위가 오는 법(日往則月來 月往則日來…… 寒往則暑來 暑往則寒來)'56)이라고 한 것 등은 대련수법(對聯手法)이 표현의 한 격식으로 일반화되었던 것으로 보인다. 더구나 율시(律詩)의 중4구(中四句)는 반드시 대련(對聯)을 쓰는데 흔히 그 예로,

> 떨어지는 기러기는 물가 모래톱에 헤매고,
> 굶주린 새는 들녘 밭에서 울고 있다
> 님 그리는 부인은 누각의 달을 이고 섰고,
> 싸움터의 남편은 말 위에 서릿발이 차다
> 落雁迷沙渚 飢鳥噪野田 思婦樓頭月 征人馬上霜

라든가

> 구름 걷히니 부산전에 달과 별이 떴고
> 비가 지나니 요석단에 바람과 뇌성이 요란하다
> 산빛은 아득히 이어지고 물푸레나무는 단풍드는데
> 다듬이 소리는 한나라 궁성의 가을을 알리네
> 雲收星月浮山殿 雨過風雷繞石壇 山色遙連秦樹晚
> 砧聲近報漢宮秋57)

등을 들고 있다.

그러나 여기서 퇴계의 시와 다산의 시에 적용시켜서 논하려는 기교법은 중국의 대구·대련이 아니라 현대문예표현양상(現代文藝表現樣相)으

---

56) 《주역(周易)》〈계사전(繫辭傳)〉의 말인데 '해와 달이 서로 추진하여 밝은 빛이 생기고, 춥고 더운 계절이 추진하여 한 해가 된다'는 뜻.

57) 이 시에서 '부(浮)'와 '요(繞)'와 '진(秦)', '한(漢)'은 두 가지의 뜻을 가지고 있으므로 두 번씩 새겨야 마땅하다.

로서 일반적으로 설론하고 있는 대우구조로서의 대조(對照)와 조화(調和)−Contrast and Harmony−의 수사기교(修辭技巧)이다.

대조와 조화는 문장표현방법 중 대우법(對偶法)으로 서로 대립되는 두 자연(自然) 및 사상(事象)을 시에 대립(對立)시키어 그 대상에서 받거나 또는 수반(隨伴)되는 감정들이 직각적(直角的) 교차(交叉)를 이루면서 그 대립현상이 한층 더 높고 깊은 경지에 이르러 일종의 통합상(統合相)을 이루는 것이 시에 나타나는 대조인데 예를 들면 '삶과 죽음', '기쁨과 슬픔'의 현상을 대립시키어 이에서 수반되는 감정은 교차한다. 그러면서 이 두 상념은 어느 경지에 이르면 통합된다는 것이다.

그러므로, 시 즉 문예(文藝)는 그 '한결같은 경지[一如境]'를 기초로 하여 다시 대립현상을 나타내게 된다는 것인데 이것이 Contrast라 했고 또 서로 다른 사상(事象)과 감정이 수직적(垂直的)으로 교차(交叉)하는 것이 아니고, 동일한 상황 위에서 서로 겨루고 다투어 가면서도 그 서로의 대항력이 강하면 강할수록 양자가 강한 갈등을 일으키는 것이 아니며 도리어 긴밀하게 접촉되는 합쳐진 힘의 한 덩어리[全力的 一體]가 되어 일종의 통합상을 보이는 것이 문예의 기교상 Harmony라고 했다.

문예의 유파(流派)로 볼 때 대체로 대조의 특색을 많이 쓰는 것은 낭만파 문예라고 했고, 조화를 본질적으로 구사한 것은 고전파 문예라고 했지만 꼭 그런 것만은 아니었다.

다산과 퇴계에서 이러한 예외를 많이 볼 수가 있는데 대조(對照)의 미(美)를 취한 유파들은 생과 사, 개인과 전체, 자연과 인간, 사회와 인류, 현실과 이상, 사랑과 미움, 낮과 밤, 밝음과 어둠, 붉음과 검음 등을 대위시켰고, 조화의 본질을 잘 구사한 유파들은 정열과 이지(理智), 욕구와 억제, 의지와 반동 등의 항쟁을 보이면서 결국 필연적으로 조화의 귀결에 도달하게 되어 그 대항력(對抗力)은 배반(背反)을 보이지 않고 억압을 더할수록 정열, 즉 융합체(融合體)의 논리는 한층 분명해지는 수법이었다. 이를 다산의 경우와 퇴계의 경우에 맞추어 보면 퇴계는 조화적 수법을 더 많이 썼고, 다산은 대조적 수법을 많이 썼던 것이다. 흔히 표현의 묘법으로 두 상황이나 개념을 대조 또는 동격으로 대의(對意)시켜서 제3의 상념을 일으키는 표현법을 쓰게 되는데 가장 많이 쓰는 법이 동정법(動靜法)과 원근법(遠近法)이다.

이수광(李晬光)은 그의 《지봉유설(芝峰類說)》 중 〈시평(詩評)〉58)에서 양(梁)나라 왕적(王籍)의 시 '새가 우니 산은 더욱 고요하다(鳥鳴山更幽)'를 들면서 이는 '매미가 우니 숲은 더욱 고요하다(蟬噪林逾靜)'라는 구절과 함께 동중정(動中靜)을 잘 읊었다고 했는데 동중정이 겹쳐져서 문리(文理)가 어긋났다고 하고는, '바람은 자는데 꽃은 오히려 떨어지고(風定花猶落), 새는 우는데 산은 다시 그윽하다(鳥鳴山更幽)'가 정중동(靜中動)과 동중정(動中靜)이 함께 있어서 더욱 좋다고 하였다.

이처럼 대개 '고요'를 표출하는 데는 동중정이 효과적이요, '요란'을 나타낼 때는 정중동이 제격이었다.

대위(對位) 묘사의 대조수법으로 위의 동(動)과 정(靜) 외에도, 원(遠)과 근(近)의 공간적 대위와 청(靑)과 홍(紅) 등 색채의 상념(想念)이나 시(是)와 비(非)를 마주 세우든가, 산과 물, 달과 물결, 꽃과 새들을 대조시켜 묘사하게 되는데 물론 이 정도에서 그치지 않고 우주의 삼라만상(森羅萬象)이 모두 대위 묘사의 대상적 현상이 되는 것은 말할 나위가 없다.

(3) 정다산의 관조의 세계와 대조기법의 시

정다산이 보고 자란 조선조 18세기 후반은 비리와 혼미의 천하였고 입신하여 관직에 나가있던 조야(朝野)도 혼란스러웠던 세상이었다. 상하가 불화합되고 빈부는 극심한 차이를 보이는 모든 것이 양자 갈등의 세월이었다.

정다산은 당시의 사회적 비리를 규탄, 척결하기 위하여 대조의 수단으

---

58) 《지봉유설(芝峰類說)》 권9, 〈문장부(文章部)〉 2, 시평(詩評).

로써 ‘병아리’와 ‘독수리’, ‘소나무’와 ‘송충이’, ‘강아지’와 ‘표범’, ‘나태한 고양이’와 ‘살찌는 쥐’ 등을 이끌어 은유하고 있었고 나중에는 그것도 소극적이라 생각했던지 직접 ‘탐관오리’와 ‘순진한 백성’ 또는 ‘수탈하는 층’과 ‘빼앗기는 백성’, ‘호의호식하는 관가’와 ‘굶주리는 백성’ 등으로 대조시켜 규탄하고 있다. 그러기 위하여 다산은 대우기교로서의 일의관통(一意貫通) 의도와 양의쌍관(兩意雙關) 의도 중에서 오로지 일의관통의 목적을 위해 수사했다. 이러한 다산의 시들을 종합하여 볼 때 대조의 수법으로 특징적인 것은 빈(貧)과 부(富), 귀(貴)와 천(賤), 개인(個人)과 대중(大衆), 비(非)와 시(是)를 주로 대립시키고 있으며 그것이 본래부터 숙명적으로 대립되었던 것이 아니라 제도의 잘못, 권력의 남용에 의해 그렇게 되었음을 명변하려고 했다. 결국 이것은 정다산의 사회개혁의지와 그 표현이기도 한 것이다.

이러한 실상은 원(遠)과 근(近), 시(時)와 공(空)의 관념으로 대의(對意)하여 대조의 수법으로 묘사했다. 몇 가지 실례를 들어 보면,

> 성현은 만리 밖 먼 곳에 있으니 누가 있어 이 어둠 헤쳐주리요
> 聖賢在萬里 誰能豁此蒙 (〈述志〉 중에서)

는 우리나라 사람들의 옹졸함을 읊은 한 구절인데 이 옹졸한 사람들은

> 어리석은 무리들은 천치 하나 떠받들고 야단법석 모두 함께 추앙하자네
> 衆愚捧一癡 嗜唅令共崇
> 　　　(〈述志〉 중에서)(시 전편은 본서 시문선 참조, 이하 같음)

라고 끝맺으면서 진실은 먼 곳에 있고 이 나라 현실은 가까운 곳에 있어서 그것은 참으로 기막힘을 묘사했다.

> 인생이란 먼 길 가는 나그네. 평생토록 갈림길에서 헤매네

人生如遠客 終世在路岐

육경은 본래 즐거운 것인데 구류도 두루 살펴볼 생각
六經本可樂 九流思徧窺 (〈讀孫武子〉 중에서)

이는 원근감(遠近感)뿐만 아니라 수치적(數値的) 대위에서도 서로 효
과를 얻으려 한 시구이다. 다산은 답답하면 곧 시간과 공간을 시에 짜넣
되 주로 수치로 엮는다.

산하는 옹색하여 3천리뿐인데 당쟁풍우는 2백년을 넘기네
山河擁塞三千里 風雨交爭二百年 (〈遣興〉 중에서)

이는 사색당파로 싸움질 2백년을 넘기는 기막힘을 탄식하는 시구로서,
3천리나 2백년은 모두 공간적인 산하와 시간적인 풍우로써 잘도 엉클어
져 있다고 하겠다.

서글퍼 하늘 보니 아득히 높고
옛날처럼 가는 길은 가맣게 멀다
문경새재 휘돌아 천리의 산길
탄금대 싸고돌며 두 갈래 물줄기
無聊天漠漠 依舊路迢迢 鳥嶺山千曲 琴台水二條
(〈家僮歸〉 중에서)

이는 아득하고 막연한 심사를 천과 둘의 수치로 대위시켜 표현하고 있
다. 무엇보다 다산이 구사한 원근법의 완숙한 시는 그의 말년에 쓴 〈저
녁에 앉아[夕坐]〉라 하겠다.

먼 데서 물은 정서롭게 흐르고
가을 바위 석양 비춰 차디차구나
마른 등덩굴은 마구간을 감았고

낙엽은 펄렁이며 옷 위에 떨어진다

땅이 협소하니 수확이 적고
나이 많으니 약효가 미미하다
어린 종놈은 위태한 곳에서 땔감 찍는데
슬픈 마음으로 그놈 오기를 기다리네
遠水流情緖 寒岩對落暉 枯藤纏馬屋 飄葉上人衣
地窄園收薄 年高藥力微 小奴樵處險 怊悵待渠歸 (〈夕坐〉 중 1수)

여기서는 원근의 관념 속에 원수(遠水)와 한암(寒岩)이 짜여지고 고등 (枯藤)과 표엽(飄葉)이 처량하다. 궁벽한 산촌의 가을은 가을걷이가 적 고, 나이 많아서 약의 효력도 없는 중에 어린 종[小奴]과 자신을 대위시 켜 '위험'과 '초창'으로 맞대고 있다.

다산 시에서 특히 주목되는 대조는 강자와 약자, 관리와 백성, 부와 가 난, 수탈과 피탈 관계를 대조적으로 대위시켜 갈등을 일으키고 비리를 규탄·척결하는 시들인데 몇 수만 들어보면 아래와 같다.

　—삶과 죽음의 대조
묻노니 그대 어찌 취해 미치려는가
저 푸른 하늘이 열린 걸 보라
서쪽으로 해져가면
동쪽으로 달이 뜨고

지고 뜨면 다시 가고 오리만
이 사이에 영웅호걸 가곤 못오네
경도 4만 5천리
위도 4만 5천리
이 중에서 한바탕 노름판 벌여

뭇사람 어지러이 놀다 가건만
한세상 몸을 떨쳐 의기양양 살다가
갑자기 죽고 나면 그 적막함이여
問君緣何狂 視彼天宇闊 白日西逝 明月東來 西逝東來來復去
其間俊傑去不回 經線四萬五千里 緯線四萬五千里 設此一戲場
紛然衆戲子 焂爾現身馳驤驤 忽爾匿跡寥寥藏 （〈醉歌行〉 중에서）

　여기와 저기, 서쪽과 동쪽, 해와 달, 남과 북을 대조시켜 놓고 인생무
상과 생과 사를 표출하고 있다. 그러면서 술과 미치광이, 경도와 위도,
노름판과 노름꾼 등은 동질적인 사상(事象)인데도 이 술마셔 미친 분위
기에서는 갈등이 일어나며 삶과 죽음을 직감하게 된다.

　　一 삶과 고통의 대조
작은 마을 산비탈에 기대어 붙어 있고
허물어진 옛 성은 바닷물에 훑이네
흙비 내려 가로수는 검게 맞아 침침하고
비 실은 검은 구름 섬 위에 찌푸렸다

낡은 장터 그곳은 까막까치 싸우는 곳
작다란 교각엔 조개 소라 겹겹 붙네
요즘은 어세(漁稅)가 너무 무거워
사는 것이 날마다 궁핍해 가네
小聚依山坂 荒城逼海湖 漲霾官樹暗 含雨島雲驕 烏鵲爭虛市
蠡螺疊小橋 逼來漁稅重 生理日蕭條 （〈暮次光陽〉 중에서）

　이 시에서는 은근한 대조양상이 보이기 시작한다. 18세 때만 해도 세
상이 아름답게만 보였던 다산이 19세가 된 이 작품에서는 객관적인 사상
(事象)과 작자의 감정이 직각적(直角的) 교차(交叉)를 이루면서 대립의

132

사념으로 들어가고 있다.

작은 마을[小聚]과 옛성[荒城]은 가로수[官樹]와 섬구름[島雲]과 동질(同質)의 성격처럼 보이지만 그 인과(因果)에 있어서 어딘가 모르게 갈등을 암시하고 있으며 낡은 장터[虛市]와 작은 다리[小橋]의 형상은 무거운 세금[稅重]과 궁핍[蕭條]이 원인이면서 서로 대립적 상념이 된다.

광양을 보는 작가의 눈은 대립양상을 의식하면서 그 감정은 수직적 교차로 이 마을을 인식하고 있다.

　　ㅡ강자와 약자의 대조
　강아지 새끼 세 마리 낳아 아이들과 함께 자고
　표범은 밤마다 울밖에서 울어댄다
　낭군은 나무하러 산에 가고 아낙은 삯방아
　대낮에 사립 닫은 그 모습 참담하다
　狗生三子兒共宿 豹虎夜夜籬邊喝 郎去山樵婦傭舂 白晝掩門氣慘怛
　　　　　　　　　　　　　　　　　〈奉旨廉察到積城村舍作〉 중에서)

이 시에서 가렴주구를 당하는 백성들의 참담한 모습을 강아지와 표범으로 대조시켜 놓고 그 모습은 품팔이와 대낮 엄문(掩門)으로 심화시키고 있다.

각 구절 속에서도 강아지와 아이들, 남편과 아내의 대조를 통해 감정의 수직적 교차를 고조시키려는 형상이 보이고 있는 작품이다.

　새로 난 호박순 두 잎이 실하더니
　밤사이 덩굴 뻗어 사립문을 얽었네
　평생에 못심을 건 맛좋은 수박이니
　아전놈들 몰려와서 시비 걸 일 겁난다네
　新吐南瓜兩葉肥 夜來抽蔓結柴扉 平生不種西瓜子 剛怕官奴惹是非
　　　　　　　　　　　　　　　　　　　〈長鬐農歌〉 중에서)

여기서는 농민을 표상하는 여린 호박순과 수박에 대립하여 관노, 즉 아전의 타박을 Contrast해서 가련한 농민상을 표출하고 있다.

이 작품에서는 풋보리죽과 비변사 대감, 새로 깐 병아리와 소리개, 송아지와 이정의 수탈 등을 대조시켜 농민들이 어렵게 살아가는 모습을 그려내고 있고 농촌의 실상을 고발정신으로 묘사하고 있었다.

> ─가난과 수탈의 대조
> 누렇게 뜬 얼굴 생기란 하나 없고
> 가을도 되기 전에 시들은 버들 같네
> 굽은 허리에 걸음 옮길 힘도 없고
> 담벼락 휘여잡고 간신히 몸 가누네
> 黃馘索無光 枯柳先秋萎 傴僂不成步 循墻强扶持
>
> （〈飢民詩〉의 부분）

이는 '굶주린 백성'을 읊은 한 대목이거니와 그 굶주린 형상이 이러한 데 비하여,

> 부럽구나 저 들녘 참새떼들은
> 마른 가지 앉아서 벌레라도 쪼아 먹지
> 羨彼野田雀 啄虫坐枯枝

와 대조되고 이런 감정은 다시 직설적으로

> 고관의 집안에는 술과 고기 질펀하고
> 거문고며 비파에다 예쁜 계집 맞아 있고
> 희희낙락 태평세월 즐거운 모습인데
> 나라 정치 한답시고 엄숙한 체 하는구나
> 朱門多酒肉 絲管邀名姬 熙熙太平象 儼儼廊廟姿
>
> （〈飢民詩〉의 한 구절）

와 같이 고관들이 백성을 수탈하여 호의호식하며 호강을 만끽하면서 오
히려 백성을 기만하는 모습을 Contrast하여 표출하고 있다. 또,

질펀한 연못인데 물고기 안 기르니
아이들도 삼가서 연꽃일랑 안 심네
연씨 열면 관가에다 바치기도 힘들지만
관리들 할 일 없이 낚시올까 두렵네
陂澤漫漫不養魚 兒童愼莫種芙蕖 豈惟蓮子輸官裡 兼怕官人暇日漁
〈耽津農歌〉 중에서)

여기서는 얼른 대조의 사상(事象)이 안보이는 것 같지만 농가와 관가
가 대립되고 있고, 연씨 심는 농민과 연씨 뺏어가는 관리가 갈등을 일으
키고 있으며, 그래서 연씨도 안 심고 연못에 물고기도 안 기르는 상황을
그리고 있다. 뺏어가니 안 심고, 안 심으니 피폐해가는 농촌을 작가는 눈
물겨워하면서 노래했다. 〈탐진어가(耽津漁歌)〉에서는 수영(水營)의 방자
(房子)가 뇌물로 술먹고 연못가에서 낮잠 자는 정경을 그려서 농어촌이
다같이 곤욕스러워하는 형상을 나타내고 있다.
　다산의 시 〈애절양(哀絶陽)〉에서는,

시아버지 죽어서 벌써 상복 벗었고
갓난 아긴 배안 물도 아직 안 말랐는데
할아비 손자 합쳐서 3대가 군적에 올라가 있네
舅喪巳縞兒未澡 三代名簽在軍保

라고 하여 삼정(三政)의 폐(弊)를 고발하고 있다. 아기 낳은 것이 죄라며
남자의 생식기를 자르는 슬픈 이야기[哀絶陽]는 그 후면에 관리의 가렴
주구가 도사리고 있고, 그 표면에서 백성이 몸부림치고 있는 참상이 가
슴 아프게 관조되었으므로 미상불 강력한 표현 수단인 대조법으로 형상

화하지 않을 수가 없었을 것이다.

정다산의 일생은 울분과 강개로 일관된 불우한 생애였다. 뜻은 높고 멀었지만 세상이 그를 알아주지 못했고, 백성을 사랑하고 나라를 지극히 근심했으나 조정이 그를 이해하지 못했다.

'총명하여 기억하는 능력이 뛰어났다(茶山記性絕倫)'란 말은 지나친 칭찬이 아닌데 그 실력을 발휘하지 못했고 그 저술이 전례없이 많아서 '소가 다 못지고 곳간에 가득하다(汗牛充棟)'하리만큼 많은 경세제민(經世濟民)의 실용적이며 값비싼 저술이었지만 그 과학적 이론으로 기중가(起重架)와 수원성과 배다리[舟橋]를 실제로 활용한 외에는 거의 실용해 보지 못한 다산의 답답하고 울화통이 터지는 일생이었다.

비리와 부패를 보고 못 참는 정다산은 그의 신념인 '문란해진 풍속을 분통히 여기며(憤俗)', '임금을 다스리며(致君)', '백성을 가엾이 생각하며(恤民)', '나라를 근심(憂國)'하면서 비리를 규탄하고 척결하려는 시를 주로 썼고 따라서 그 표현 방법도 강경하고 저항적인 언어를 썼으며 대우 구조 중 주로 '한 뜻을 관철'하려는 일의관통(一意貫通)의 의도로 비판적 대조법(Contrast)을 주로 구사했다.

그러므로 다산의 대조법의 양상은 설득력이 있고 감흥을 고무·고조시키는 원근법(遠近法)과 시공법(時空法)을 많이 썼던 것이다.

퇴계의 원근과 시공은 그 거리감이나 시공의 차이가 현저히 가깝고 밀접해서 조화적 감흥이 일어나고, 다산의 경우는 같은 원근과 시공이 놀라운 차이를 보여줌으로써 독자에게 강렬한 대조적 상념(긍정과 부정의)이 흥분의 경지로 이끌어가는 표현 수법을 썼다.

5. 정다산 시·문에 나타난 대중의식

(1) 다산 시·문에서 역사의 주체는 민중

유럽에 있어서 재생(再生)을 의미하는 Renaissance도 결국 의식면에서는 대중의 계몽이요 제도상으로는 민권 회복 등이 핵심 정신이 된 시민 문제였고 우리나라의 경우도 임진왜란·병자호란 뒤에 오는 민중의 자아각성(自我覺醒) 기운이 결국 지배층이 아닌 백성의 문제였다. 따라서 자아각성이 바탕이 되어 싹트고 성장을 보게 된 실사구사(實事求是) 사상도 주창한 논자는 비록 상층계급이요 지식인일지라도 안건(案件)들은 모두가 백성, 즉 대중의 삶과 생각과 꿈들이 주종을 이루고 있는 것이다.

항상 인류문화사에 있어서 그 창조의 주체가 인간이라는 데는 아무도 이론이 없지만 인간 중에서도 대중이라는 데는 이견이 많으리라. 알렉산더·진시황·세종대왕·칭기즈칸 등이 인류 역사를 변혁한 주인공이 아니냐는 의문도 있겠지만 그것은 모두가 때의 형세와 대중들의 예지가 조화·결집되어 이룩된 성과이며 이들이 모여져 피라미드를 이룰 때 그 정점에 서있는 이가 바로 상기한 저명 군주들인 것이다. 따라서 인류 역사를 창조한 주체는 민중이요 인류 문화나 사회발전은 모두 백성들이 '작위(作爲)한 성과'라고 인식한 이가 정다산이다.

다산의 〈원목(原牧)〉을 비롯한 각종의 논술과 산문과 시에서는 백성은 역사의 주체일 뿐만 아니라 국가의 주체임은 물론이요 학문의 동기도, 귀결도 민중이라는 데에 다산학(茶山學)과 다산문학(茶山文學)의 또다른 특성이 있다.

정다산의 시문을 읽으면 '백성들 일' '나랏일' 아님이 거의 없다. 크게는 천문·지리·인생에서 작게는 화초나 풀벌레에 이르기까지 백성의 삶, 나라의 번영과 연관되지 않는 것이 없다. 참으로 다산의 문학은 대중을 위한 시·문이라고 하겠다.

(2) 다산의 수기치인관(修己治人觀)의 경세문학(經世文學)

정다산은 양반가의 후예로 태어나서 문과에 오른 뒤 염찰사(廉察使)·병조참의(兵曹參議)·곡산부사(谷山府使)·승지(承旨) 등의 벼슬과 18년간의 귀양살이를 지내면서 한결같이 백성을 위한 시·문과 학문에 몰두하며 백성을 위한 저작과 창작을 하다가 대중을 민연히 생각하면서 세상을 마쳤다.

그가 문과에 오를 때부터 써 올린 책문(策文)이나 의(議), 변(辨)이나 차자(箚子)들이 백성을 위한 경륜이 아님이 없고 벼슬길에서는 보는 것과 듣는 것, 그리고 비분강개하는 것들이 또한 대중의 모습이요 대중의 울부짖는 소리들이어서 이를 궁중에 호소하는 고발이 아님이 없었으며, 강진(康津)에서의 유배생활 시기는 한층 더 고통받고 있는 농어민과 함께 어울려져 울고 한가지로 호흡하고 살면서 시작(詩作)과 저술(著述)에 전념하여 구구절절이 휼민애국(恤民愛國)의 대책들을 펴냈다.

다산은 학문하는 근본이념부터가 민중을 위하는 민본애민(民本愛民)에다 그 근본 정신을 두고 있었다.

수기치인의 개념은 다산에게서는 더욱 심화되면서 '군자의 학문은 자신의 수신이 절반이요, 그 절반은 목민(牧民)이다'라고 하였듯이 치인(治人)에서 목민(牧民)으로 구체화되고 더욱이 '백성의 생활에 보탬이 없으면 학문이 아니다'라고 학문의 본령을 민중의 복지에 두고 있다. 이와 같은 수기와 치인의 피나는 강목이 바로《목민심서(牧民心書)》이거니와 다산은《목민심서》서문에서 다음과 같이 말했다.

옛날에 순임금은 요임금을 계승하여 12목에게 자문하고 그들로 하여금 백성을 다스리게 했으며 문왕은 관직을 설치할 적에 사목을 세워 백성을 다스리는 사람을 삼았으며, 맹자는 평륙(平陸)에 가서 풀 먹는 짐승을 기르는 것으로써 백성을 다스리는 것을 비유했으니, 백성을 기르는 것을 목(牧)이라 한 것은 성현의 전해 내려온 뜻이다.

성현의 가르침에는 본디 두 길이 있는데, 사도는 만민을 가르쳐서 그들에게 각기 몸을 닦게 하고 대학(大學)에서는 국자(國子)를 가르쳐서 그들에게 각기 몸을 닦고 백성을 다스리게 했으니, 백성을 다스리는 것은 목민이다. 그렇다면 군자의 학문은 몸을 닦는 것이 그 반이 되고, 그 반은 백성을 다스리는 것이다.

성인이 난 시대가 멀어지고 그 말도 사라져 없어져서 그 도가 점점 어두워졌다. 지금의 목민관은 다만 이익을 취하는 데만 서둘고 백성을 다스릴 줄은 알지 못하고 있다. 이에 백성들은 파리하고 곤궁하며 게다가 병까지 들어 서로 엎드러지고 자빠져서 진구렁 속에 시체가 메워지게 되는데도, 목민관 되는 사람은 바야흐로 고운 옷과 좋은 음식으로 제 몸만 살찌우고 있으니 어찌 슬픈 일이 아니겠는가?

(원문은 본서 시·문선 〈서문〉항 참조)

이같은 이론은 수기의 이념과 치인의 원리를 통시적으로 체계화하고 공시적으로 부연한 경륜이라 하겠다.

이런 정신으로 본다면 목(牧)은 백성을 기르기 위해 존재하고 존재하기 위해서는 몸을 닦고 학문을 배우는 것이라 하겠다.

그런데 차츰 목자(牧者)가 건방지다 못해 백성 위에 군림하여 백성의 기름과 피를 짜내니 이를 척결하여 시정하지 않으면 견딜 수 없다고 분연히 붓을 든 것이 〈원목(原牧)〉이라는 정론이다. 그는 여기서,

목이 백성을 위해 있는 것인가? 백성이 목을 위해 사는 것인가? 백성은 조와 쌀과 베실과 명주실을 내고 말과 하인을 내어 그 목을 영접하고 전송하며 백성은 그 기름과 피와 골수를 모두 짜내어 그 목을 살

찌게 하니 백성은 목을 위해 사는 것인가? 아니다. 목이 백성을 위하여 있는 것이다.

먼 옛날의 처음에는 백성뿐이었는데 어찌 목이 있었으랴. 백성이 아무 아는 것도 없이 모여 살고 있었다. 한 사람이 이웃사람과 서로 싸워서 해결을 보지 못했을 때 한 노인이 있어 공정한 말을 잘하고 있기에 그에게 가서 시비를 물어 바로잡게 되니 주위의 백성들이 모두 복종하여 이를 떠받들어 그를 다같이 높이고 이정(里正)이라 부르게 된다.

이에 몇 리의 백성들이 그 동네의 싸움을 판결짓지 못하였는데 어떤 노인이 있어 재주가 뛰어나고 식견이 많으므로 그에게 나아가서 시비를 물어 바로잡게 되니 몇 리의 백성들이 모두 복종하여 떠받들어 그를 다같이 높이고 당정(黨正)이라 부르게 되었다.……

사방의 방백(方伯)이 한 사람을 떠받들어 종(宗)으로 삼아 그를 황왕(皇王)이라 부르게 되니 황왕의 근본이 이정에서 일어났으므로 목은 백성을 위해서 있는 것이다.   (원문은 시문선 〈원(原)〉항 참조)

라고 설파하면서 목의 근원을 규명하였다. 이 백성 다스리는 치자의 대명사인 목자가 근본정신대로만 유지되어 간다면 백성은 해를 입지 않을 것이라는 것이 다산의 정신이다.

(3) 우국휼민(憂國恤民) 측달(惻怛)의 다산의 시

정다산이 시를 짓고 산문을 쓰는 목적도 어느 작가들과 달리 주로 경세적 이념과 애민우국의 정념으로 창작한 것이다. 일반적으로 작가들에 있어서는 문학은 목적이 있어 창작하는 것이 아니고 다만 미적 세계를 형상화해내는 것이지만 다산은,

"이 몸은 병들어 언제 어느 날 죽을지 모르며, 귀양 객지에서 뼈를 파묻어 버리더라도 한이 될 것이 없으나 다만 나라를 사랑하고 걱정하는 늙은 마음만은 외로운 등불처럼 빛나고 있습니다. 누구와 더불어서 흥

140

금을 털어놓고 이야기할 데도 없어 도리어 갑갑한 증세만 더하더니, 마침 술잔이나 마시고 좀 취한 김에 붓 가는 대로 이와 같이 몇 줄 적었으니 눌러 짐작하여 용서하여 주실 것을 바랍니다."59)
라고 하듯이 나라와 백성을 위한 간절한 심정으로 글을 쓰고 있다.

그의 〈전간기사(田間紀事)〉 서문에서는 더욱 백성을 가엾게 여기는 충정(衷情)으로 시를 쓰고 있음을 알 수 있다. 보통 작가나 시인들은 삼라만상의 소재에서 미적 감흥이나 충동을 느껴 표현치 않을 수 없는 경지에 이르러 시를 쓴다면, 다산은 애국휼민의 충정이 가슴 속에 울결되어 있는 중에 안개낀 아침이나 달 뜨는 저녁이 아니라 굶주린 농민들이 유리방랑하고 백성이 길에서 추위에 떨고 있을 때 마음 아프고 보기에 참혹하여 살고 싶은 생각이 없어서 글을 쓴다는 것이었다. 다음은 〈전간기사〉 서문이다.

기사년에 내가 다산초당에서 머물고 있었다. 이 해는 큰 가뭄이 들었는데 지나간 겨울부터 금년 봄을 거쳐 입추 절기에 이르기까지 비가 내리지 않았다. 들에는 푸른 풀포기 하나 볼 수 없어 이른바 적지천리(赤地千里)였다.

6월부터는 유랑민들이 길바닥에 가득 찼다. 가엾기 짝이 없고 눈으로 차마 볼 수 없어 다시는 살아날 것 같지 않았다. 생각컨대 나 자신은 죄인의 행색으로 궁항 벽지에 유배된 처지라 남과 같이 사람 대접을 받을 수도 없었다. 내 아무리 나라를 위하는 일편단심이 타오르더라도 나라에 제기할 길이 없었으며 백성들 생활을 묘사한 그림 한 장이라도 그려 바칠 수가 없었다.

때때로 눈앞에 보이는 것들이나 유심히 보고 이를 시가로 읊었다. 이는 저 처량한 쓰르라미나 귀뚜라미로 더불어 차디찬 풀밭 속에서 구슬픈 노래를 부르는 격이다. 그러나 이도 역시 나의 감정에서 흘러

---

59) 〈與金公厚履載〉의 끝부분.

나온 정의의 목소리로서 천지 자연의 화기를 손상시키는 것이 되지는
않는다.

　이럭저럭 써 모은 것이 몇 편 되기에 이를 엮어 〈전간기사〉라 한다.
(원문은 시문선 〈田間紀事〉 참조)

　눈앞에 전개되는 18세기 말엽의 조선조 사회, 즉 16세기 말엽의 임진
왜란과 17세기 중엽의 병자호란을 겪고 난 우리나라는 경제적으로나 행
정면에 있어서 극도로 기진맥진해 있던 피폐된 국토에서 설상가상으로
탐관오리에게 가렴주구(苛斂誅求)마저 당하고 있는 당시의 현실을 바라
보고 다산은 울다 못하여 시로 읊었다.

　그것이 마치 '처량한 쓰르라미나 귀뚜라미의 차디찬 풀밭 속의 구슬픈
노래'와 같은 것으로서 그의 혼신의 감정에서 흘러나오는 정의의 목소리
라는 것이요 이것이 다산의 시를 쓰는 근본 모티브라는 것이다.

　이와 같이 백성을 위하여 눈물을 흘릴 줄 모르는 문학은 '외부로부터
억지로 이끌어 온 화려한 겉치레'[60]라는 견해가 다산의 문학론이다.

　따라서 다산에 있어서 시의 인식은 '정신과 유형적 물상이 서로 영향
을 주는 원리(神形相役之理)', '충후측달한 사랑(忠厚惻怛之仁)'[61]이 있
어야 시를 쓸 수 있는 것으로 생각하고 있다. 그러므로

　임금을 사랑하고 나라를 걱정하지 않는 것은 시가 아니며 어지러운
세상을 아파하고 퇴폐한 습속을 통분히 여기지 않는 것은 시가 아니며
진실을 찬미하고 허위를 풍자하며 선을 권하고 악을 징계하지 않는 것
은 시가 아니다.[62]

라고 그 아들 연아(淵兒)에게까지 강조하고 있다. 여기서 부언할 것은

---

60) 〈五學論〉中 文章之學.

61) 〈爲草衣僧意洵贈言〉.

62) 〈寄淵兒〉(戊辰冬).

142

그의 애군(愛君) 정신이다. 그의 애군은 '임금을 다스리지 못하고 백성에게 혜택이 되지 않으면 시는 쓸 수 없다'[63]고 하는 치군(致君), 즉 '임금의 잘못을 바로잡는 정신'의 애군인 것이다. 현대에 있어서 충(忠)은 임금에게 바치는 정성이 아니라 민족과 국가에게 바치는 충성임과 같은 것이다.

다산의 문학작품은 주로 시와 민요였고 그 중에서도 장편시가 많았는데 그 소재가 대부분 농촌·어촌·예술인·탐관오리·유민(流民)·빈민·농업·어업·토호(土豪)들의 약탈상 등이며 이를 농가(農歌)·촌요(村謠)·어가(漁歌)·탄빈(歎貧)·기민가(飢民歌)·타맥행(打麥行)·관극시(觀劇詩) 등으로 시를 지었거나 애절양(哀絶陽)·증민(憎蚊)·시랑(豺狼)·승발송행(僧拔松行) 등으로 풍자했다.

그러나 다산은 풍자하는 일은 드물고 주로 쇠칼로 잘라내는[寸鐵之剔決] 식으로 직접적으로 농민의 참상을 묘사하고 탐관오리와 지방 토호들의 횡포와 약탈하는 모습을 직접적으로 그려냈다. 또한 이를 통치하는 자인 궁중에서 읽어주기를 원하는 심정으로 시를 쓰고 있는 것이다.

(4) 택민개세(澤民慨世)의 고발의 시문

정다산의 시 대부분이 대중을 소재로 하고 대중을 사랑하는 마음을 주제로 하여 시를 썼으며 미적 형식보다 내용있는 사상을 위주로 하는 시를 썼다. 따라서 '다산의 시는 곧 다산의 애국과 택민의 사상이다'라는 명제가 부합된다. 어느 시인의 시가 그의 사상이 아니리요만 다만 다산에게서는 그 수사학적 측면에서 논의한다면 이익재(李益齋)의 작품처럼 '원숙미'라든가 신자하(申紫霞)의 시처럼 '참신성'이라든가 김창강(金滄江)의 시처럼 '여운의 풍치' 같은 것은 부족하지만 오로지 그 내용에

---

63) 〈寄淵兒〉(戊辰冬).

있어서 '지불립(志不立)하고 학불순(學不醇)하며 불문대도(不聞大道)하면 불능작시(不能作詩)한다'[64]를 지상으로 하고 있으며 그 뜻[志]과 학문[學]과 대도(大道)가 모두 택민(澤民)과 직결되고 있는 것이다.

다산이 '두 아들에게' 주는 글에서는 이같은 문학관을 더욱 철저하게 심화시키고 있다.

시를 쓰려면 반드시 먼저 경서를 읽고 학식의 기초를 쌓은 뒤에 과거의 역사문헌들을 섭렵하여 치란흥망의 근원을 알아내며 또는 실용의 학문에 뜻을 두어 고구하며 선인들의 경제에 관한 문헌을 읽을 것이다. 그리하여 자기 마음이 언제나 백성들에게 혜택을 끼치며 만물을 보호 육성하려는 사상을 가져야만 글 읽는 학자가 될 것이요, 이런 연후에 혹은 안개 낀 아침과 달 밝은 저녁과 무르익은 그늘이나 보슬비 내리는 때를 당하면 그 서려있던 감흥이 격동하여 표연히 시상이 떠올라 자연스럽게 노래하고 자연스러이 이루어져 음조와 선율이 유창하게 발현될 것이다. 이것이 시 세계의 생동하는 경지이다.(원문은 시문선 〈寄二兒〉 참조)

이와 같이 선비나 시를 쓰는 사람은 역사와 경제와 윤리도덕들을 알아야 하되 그것은 어디까지나 '만민에게 혜택을 주고 만물을 길러내는(澤萬民育萬物)' 정신이어야 한다고 하며 그러한 마음이 항시 바탕에 깔려 있어야 꽃피는 아침이나 달뜨는 저녁(花朝月夕)을 제대로 바라보고 읊조릴 수 있다는 것이다.

다산은 33세에 경기도 지방 염찰사, 즉 암행어사로 발탁되어 각 지방을 순찰하였었는데 대개의 경우 관가나 부호집에 가서 틀고 앉아 지방관을 불러놓고 보고를 받거나 창고를 조사하고 장부를 검색하고 비리가 있으면 봉고파직(封庫罷職)하는 권한이 있어 대개가 그리하게 마련이지만

---

64) 〈寄淵兒〉(戊辰冬).

144

다산은 궁색한 빈촌을 돌면서 찌그러지고 허물어진 촌가 오막살이, 그것도 빈집을 샅샅이 돌아보고 눈물을 흘리며 그 참상을 시로 지어 궁궐에 올렸다. 그는 이때의 시 첫머리에서 시냇가 오막살이, 농가의 참상을 묘사하고 그 황폐하여 영세하게 된 연유를 지방관청의 아전들과 토호들의 약탈에 의한 것으로 서술하고 있다.

참으로 농민과 더불어 시골 마당가에 앉아 울고 있는 다산의 진면목을 볼 수 있는 작품이라 하겠다.

실제로 이때의 염찰 보고로 경기도 몇몇 벼슬아치 고관들의 목이 달아났었다.[65]

(5) 자아존중(自我尊重)의 애국문학

정다산의 해박심원(該博深遠)한 지식과 경세제민(經世濟民)의 사상은 모두가 그의 말대로 민중의 일상생활에 도움이 되고자 하는 정신에서 형성되었다고 할 수 있다. 이 점에 대해서는 호암(湖岩) 문일평(文一平)도,

선생의 학문은 한갓 해박정심(該博精深)하다는 말로만 설명될 것이 아니라 그 학문의 대종지(大宗旨)가 어디에 있는가를 먼저 알 필요가 있다. 그것은 영조(英祖)·정조(正祖)시대를 지배한 실사구시(實事求是)의 학풍을 이룬 최고봉이 바로 선생님이기 때문에 선생의 학문적 종지(宗旨)는 실사구시인 것이다. 선생은 일찍이 위학(爲學)의 종지를 갈파하기를 '백성의 일용(日用)에 보(補)함이 없으면 학(學)이 아니다' 라고까지 말하였다.[66]

---

65) 이때 척결당한 고관 중에는 서용보(徐龍輔)란 자도 있는데 그는 평생을 두고 다산을 원망하며 모살코자 했었다.
66) 文一平 〈考證學上으로 본 丁茶山〉 湖岩全集 二卷, p. 63.

여기서 볼 수 있는 것은 실사구시 사상은 바로 백성의 일용을 돕고자 하는 사상이요, 다산의 그 해박정심한 학문도 결국 백성의 복지를 위하여서만 의미가 있다는 사실이다. 그러므로 다산의 사상은 대중을 위한 사상이요 애국애족의 정신으로 집중되어 있는 것이다. 위당(爲堂) 정인보(鄭寅普)는,

　　선생을 알려고 하면 먼저 선생의 학문이 어떠한 연원(淵源)으로부터 이어 받아졌는가를 탐구하지 않으면 안되며 다음으로 선생의 저술이 어떠한 종지(宗旨)에 의하여 조서(條敍)되었는가를 깊이 탐구하지 않으면 안된다. 그러므로 선생 1인(人)에 대한 연구는 곧 조선사(朝鮮史)의 연구요 조선근세사상(朝鮮近世思想)의 연구이며 조선정신(朝鮮精神)의 명암(明暗) 내지는 전조선(全朝鮮)의 성쇠존멸(盛衰存滅)에 관계되는 연구이다.67)

라고 극언하였다. 사실 다산의 문학작품과 저술을 읽어보면 구구절절이 애민우국의 문자가 아닌 것이 없고 마디마디 경세제민의 정신으로 점철되지 않음이 없다.

　그런데 여기서 다산 학문의 연원이 되는 그 경학(經學)이란 곧 수사학(洙泗學)을 의미한다고 이을호(李乙浩) 교수는 말하고 있다.

　'필자는 일찍이 다산경학(茶山經學)은 〈수사학적(洙泗學的)〉임을 누누이 지적한 바 있다.'68)

　이 수사학(洙泗學)이란 공자와 맹자의 유학으로 그것은 곧 수기치인의 인간학으로 다산이 의도한대로 먼저 통치자가 자기수양을 바르게 한 뒤 백성을 윤택하게 살 수 있도록 다스리어야 할텐데 그것이 잘못되어 백성이 비참해졌다는 것이다.

---

67) 鄭寅普 〈唯一의 政治家 鄭茶山先生叙論〉 薝園國文學散藁, p.77.
68) 李乙浩 〈茶山學의 內實과 外延〉 茶山學報 제4집. 1982.

146

이을호 교수는 다산의 학문을 경학적(經學的) 경세학(經世學)임을 강조하면서 '먼저 다산의 저술을 일람(一覽)한다면 육경사서(六經四書)가 선행되었고 일표이서(一表二書)는 그의 말년작으로 나타난다. 그것은 다름아니라 그의 경학은 그의 경세학에 선행되었음을 의미하며 나아가서는 기초학으로서의 경학이 응용학으로서의 경세학에 선행되었음을 의미하기도 한다'[69]라고 했다.

다산의 이러한 애국휼민의 정신은 먼저 민족 주체적 정신과 자아존중의 근본정신으로부터 출발한다고 하겠다.

즉 자아의 문화와 자국의 역사를 존중하는 것이 나라와 민족을 사랑하는 길이요, 나라와 민족을 사랑한다는 것은 백성, 즉 대중을 아끼는 데서만 이루어진다는 이론이 되는 것이다. 다산의 문학평론격인 아들에게 주는 서간문에서는 이러한 정신을 잘 전하고 있다. 〈기이아(寄二兒)〉의 한 대목을 들어보면,

수십년 이래로 일종의 괴이한 의론들이 유행하는데 우리나라 문학은 덮어놓고 배척하는 풍조이다.

무릇 선인들의 문집에 대하여 처음부터 눈여겨보려 하지 않고 있으니 이것이 큰 병이다. 사대부의 자제들이 제나라의 옛 사실들을 알지 못하고 선배들의 의론을 보지 못한다면 비록 그 학문이 고금을 꿰뚫는다 하더라도 이는 한갓 거치른 무지를 스스로 면할 길이 없을 것이다.

단지 시집부터 먼저 보려고 하지 말고 우리나라의 상소문·차자문·묘비문·서간문 등속을 읽어 그 안목을 넓히고 또 《아주잡록(鵝洲雜錄)》, 《반지만록(盤池漫錄)》, 《청야만집(靑野謾輯)》 등과 같은 책을 널리 구하여 두루 읽지 않으면 안될 것이다.(전문과 원문은 본서 시문선 참조)

---

69) 李乙浩 〈茶山學의 內實과 外延〉 茶山學報 제4집. 1982.

이와 같이 자국의 문화를 모르고는 학문한다고 말할 수 없다고 하였고
또 〈기연아(寄淵兒)〉에서는,

(시를 쓰면서) 전연 고사나 전고를 인용하지 않고 다만 풍월과 바둑
을 논하고 술을 읊어 겨우 운이나 맞추는 데 그친다면 이는 세 집 정
도의 작은 마을 시골뜨기 선비나 할 일이니 너희는 시를 쓰려면 반드
시 우리의 고사를 잘 인용하는 데 힘써라.
그런데 우리나라 사람들은 일반적으로 중국의 역사나 고사만을
인용하는데 이것도 역시 비루한 품성이다. 반드시 《삼국사기》《고려
사》《국조보감》《여지승람》《징비록》《연려실기술》 등 우리나라의 문
헌에서 고사를 취해 가지고 그 지방의 실정을 연구하면서 시를 쓴다면
반드시 세상에 이름이 떨치고 후세에 전해질 것이다.(전문과 원문은
본서 시문선 참조)

라고 하여 자국의 문헌을 섭렵하지 않고서는 시를 쓸 수 없다고 하였다.
여기서 자국 문자, 자기 역사란 곧 민족적 주체를 이름이요, 민족 주체
성을 강조함은 곧 민족애요, 대중애를 의미함은 두말할 여지가 없다.
자아를 인식하고 민족문화를 거양하는 데는 당시의 양반계급에 팽배하
고 있던 모화사대(慕華事大)의 정신부터 고쳐나가야 한다고 생각했다.
우리나라에 살면서 중국을 흉내낸다는 것은 저 동시(東施)가 찌푸린 서
시(西施)를 흉내내다가 자신을 망쳐 버린 고사와 다를 바 없다고 생각했
다. 중국의 문화와 생활과 풍속을 흉내내느라고 정신을 못차리는 귀족들
에게 따끔한 일침을 꽂아 주는 시 〈동시가 찌푸린 흉내내는 그림에 붙이
다(題東施效嚬圖)〉에서는,

서시는 본래가 찌푸린 얼굴이 좋거니와
너의 찌푸린 얼굴은 제모습마저 잃었구나
아, 서시의 찌푸림을 시늉냄이여

148

그 어찌 너 동시뿐이었으랴
나는 보았노라
이 세상의 하많은 시늉의 찌푸림을
강좌 사람들의 굽 높은 나막신
업하(鄴下) 사람들의 귀 접은 절각건
범을 그리다가 개를 그리고
따오기를 그리다가 물오리를 새겨도
그들은 부끄럼을 모르고 있으니
가는 허리 높은 상투쯤이야 나무랄 것 무어랴
한단의 걸음 시늉 수릉(壽陵)만 못하였고
우맹의 차림새도 손숙오는 아닐러라
제각기 타고난 바탕이 다르거니
어찌하여 남만 따르고 나를 버리려느뇨
(전편과 원문은 본서 시문선 참조)

또 시 〈칼춤 추는 미인에게(舞劍篇憎美人)〉에서는,

신라의 여악은 동방에서 으뜸이라
황창무 옛 곡조가 지금까지 전하누나
칼춤 배워 성공한 이 백에 하나 어렵거든
몸매만 느리어도 재간 없어 못한다네
너 이제 젊은 나이 묘한 기예 지녔으니
옛날에 이르던 모습 지금 본 것 같을시고
이 세상 몇몇 풍류 너로 하여 애태웠노
때때로 미친 바람 장막 안에 불어드네
(전편과 원문은 본서 시문선 참조)

아무리 중국의 문화가 앞섰다 하더라도 그 문물만 배울 것이지 정신마

저 빼앗긴 양반들, 즉 사대부 족속들에 대한 충고와 아울러, 우리의 고유한 예술도 절묘한 것이 신라 때부터 있었고 그 예능은 분명히 사대부를 단장케 하는 것이라고 역설했다.

다산에 있어서 민중의식, 곧 대중에는 자기 주체를 찾아 확립하는 데서부터 시작한다고 할 것이다.

(6) 탐관오리(貪官汚吏)를 힐책하는 개혁사상

정다산이 일생을 두고 번민하며 심혈을 기울이어 해결코자 노력한 것은 통치자[牧]와 백성[民]의 관계, 즉 다스리는 사람과 민초의 관계를 원리대로 바로잡자는 일이었다.

다산의 의식세계에서는 대중 속에서 뽑혀 나온 통치자들이 대중을 위하여 봉사하며 대중의 심부름꾼이 되어야 할 것인데 현실이 전연 그렇지 못하니 이곳에 다산의 울분과 고발이 있는 것이다. 그래서 다산 문학은 고발의 문학이요 울분에 넘치는 작품들이라 할 것이다.

다산에게 있어서 더욱 기가 막히는 것은 백성과 통치자의 중간에 끼어서 농간을 부리는 아전들의 폐단이었다.

삼정(三政)의 폐(弊)70) 중에서도 이폐(吏弊)가 가장 심했던 조선 후기 사회에서 아전들은 송충이나 모기와 같은 존재로 다산은 취급했다. 《흠흠신서(欽欽新書)》 서문에서는 목민관이 사람의 목숨을 멋대로 다루는 데 크게 분개하여 말하기를,

하늘이 사람을 낳고 또 사람을 죽이니 사람의 목숨은 하늘에 매였는데 목민관이 또 그 사이에서 그 선량한 사람은 편안하게 하여 살려주고 죄 있는 사람은 잡아서 죽이게 되니 이것은 하늘의 권한을 나타내

---

70) 삼정(三政)의 폐(弊)란 전정(田政)에 있어서 과징(過徵)의 폐, 군정(軍政)의 악폐(惡弊), 환곡(還穀)의 수탈폐(收奪弊)를 말함. 구체적인 내용은 전항에서 보였음.

는 것이다.

사람이 하늘의 권한을 대신 잡았는데도 조심하고 두려워할 줄을 알지 못하고 아주 세밀하게 해결하지 않고서, 이에 함부로 하고 혼란하게 하여 혹은 살 것인데도 죽게 하고 또한 죽을 것인데도 살게 하면서 오히려 마음이 편안하게 있으며, 또 혹은 금전을 탐내고 부인에게 눈독들이며 울부짖고 몹시 슬퍼하는 소리를 듣고도 이를 불쌍히 여길 줄을 알지 못하니 이것은 큰 재앙이다.

사람의 목숨에 관한 옥사는 군현에서 항시 일어나고 목신(牧臣)이 항시 이를 만나는데 이로써 조사가 항시 소루하고 판결이 항시 틀리게 된다. (원문은 시문선 참조)

그러므로 다산은 그 해결책으로서 인재등용부터 바로 하자는 것이었다. 당시의 옹졸한 인재책을 시정하고 계급과 지역과 당파를 초월한 인재등용의 방책을 건의하고 나섰다. 사실 당시의 폐쇄적이고 편당적인 인사정책은 뜻있는 사람으로 하여금 기색할 정도이었으니 다산의 심정이야 오죽하였으랴.

이런저런 기막힌 심정을 탁 트이게 해볼까 하고 노래한 것이 〈이 어찌 통쾌치 않으랴(不亦快哉行)〉 20수인데 그중 세 수만 소개하겠다.

달포 넘는 찌는 장마 곰팡이 냄새
아침 저녁 사지는 맥없어 노곤터니
첫 가을 파란 하늘이 활짝 열려져
끝없이 맑아서 구름 한 점 없구나
이 어찌 상쾌치 않을소냐

돌 무더기 흙더미가 큰 강을 가로막아
차고 고인 물굽이가 막혀서 돌아갈 때
긴 삽으로 푹 떠서 일시에 터뜨리니

우레처럼 소리치며 쏜살같이 흘러간다
이 어찌 통쾌치 않을소냐

푸른 매 끈에 묶여 오래도록 주리다가
숲속에 가고파서 지루함에 나래쳤다
북풍 거센 속에 끈을 풀고 훨훨 나니
푸른 하늘 물 같고 마음은 끝없네
이 어찌 상쾌치 않을소냐
(이상은 1, 2, 3수, 전편과 원문은 본서 시문선 참조)

정다산이 35세 때 지은 이 시에서는 꽉 막힌 것은 삼정의 폐로 질식할 지경인 조선조 후기 사회의 현실이요, 통쾌하게 훤히 트일 세계는 다산의 이상대로 개혁되어야 할 세계이다.

토지는 '여전법(閭田法)'[71]을 써서 농민들이 경작토록 하고 다른 사람은 농토를 못 가지게 하며 관리는 청렴결백하게 백성의 봉사자가 되며 선비는 공부하고 진리를 가르치는 일에 전념하고 항상 연구하여 이용후생(利用厚生)에 힘쓰는 사회가 전개되어야 한다는 것이 다산의 이념이었다. 그러기 위해서는 밝은 인재가 절실히 필요하며 그런 인재는 널리 대중 속에서 뽑아야 한다는 것이다. 그런데 지금은 그렇지 못하니 답답하다며 그 대책을 강구할 일이 급하다고 〈인재 등용에 관한 의견서(通塞議)〉에서는 다음과 같이 역설하고 있다.

신은 생각건대 인재를 얻기가 어렵게 된 것이 오래되었다고 생각합니다. 온 나라의 영재를 다 모아서 이를 뽑아 쓰더라도 오히려 부족할까 두려운 일인데 하물며 그 열에 아홉은 버리니 어찌된 일입니까?
온 나라의 사람들을 모두 교육시켜 기르더라도 오히려 부족될까 두

---

71) 여전법(閭田法)에 대하여는 본서 시문선의 산문편 〈전론(田論)〉에 상세히 설명되고 있음.

려운데 하물며 열에 아홉은 버리고 쓰지 않는 것이니 어찌된 일입니까? 소민은 그 버린 사람이요, 중인은 그 버린 사람이요, 평안도 사람과 함경도 사람은 그 버린 사람이요, 황해도 개성 강화도 사람은 그 버린 사람이요, 강원도 전라도 사람의 반은 그 버린 것이요, 서얼도 버리고 북인과 남인은 버린 것이 아닌데도 버린 사람과 같으니 버리지 않은 사람은 다만 그 문벌 수십가뿐이니 그 가운데서도 사고로 버림을 당한 사람도 많은 것입니다.

무릇 일체 버림을 당한 족속들은 스스로 자기의 몸을 버려서 학문·정사·경제·군사 등에는 뜻을 두지 아니하고 다만 비분한 노래를 불러 세상을 개탄하고 술을 마시며 스스로 방종한 까닭인데, 따라서 인재로 등용되지 않았는데 사람들이 그들을 보고 또한 '저 사람은 마땅히 버려야 될 것이다'라고 하니 아아, 어찌 그것이 하늘이 시킨 일이겠습니까? (〈通塞議〉 앞부분, 전문과 원문은 본서 시문선 참조)

이와 같은 형편이니 답답하다는 것이다.

몇몇 문벌 수십가만 벼슬길에 나아가고 그밖의 모든 사람은 버림받는 족속들이 되어서 모두 스스로 포기하여 음주방탕하는 생활을 일삼으니 기막힌 노릇이라는 것이다.

다산사상에 있어서 가장 중심사상은 경세제민(經世濟民)에 있으며 이를 실현하려면 첫째가 교양으로서 중화(中和)의 덕을 몸에 닦고 다음으로 애민치군(愛民致君)하는 정신이 있고 연후에 이용후생(利用厚生)하는 창의심을 갖춘 인재가 절실히 요망된다는 생각으로 저술하고, 시·문을 쓰는 생활로 일관했었다. 그리고 개혁사상으로 일관된다.

(7) 평등을 절규하는 박애정신

정다산의 경세제민의 요체는 맑고[潔] 밝고[賢] 일용에 유익[創意]한 인재를 등용하는 일과 토지제도에 있어서 여전법(閭田法)을 펴면서 백성을 안정시킨 다음 이용후생(利用厚生)에 힘써서 살림을 너그럽게 만들어 주는 일이며 국가재정을 위해서는 조세를 공평하고 합리적인 방법으로 징수하는 일이라고 했다.

그러기 위해서는 먼저 호적을 정리하여 백성을 안착케 한 다음 제반 시책을 펴야 하며 임금이 백성들의 실정을 헤아려 살필 수 있도록 하자는 경륜이었다. 그래서 주민의 호적을 정리하자는 〈호적의(戶籍議)〉에서는 말하기를,

신은 호적이 모든 사무의 근본이 된다고 생각하는데 그것은 호적의 법이 밝지 못하면 전답을 나누어 산업을 만드는 것을 할 수 없으며 세금을 공평히 하고 부역을 고르게 하는 것을 잘 할 수 없으며 군인을 정하는 일, 선거의 인원을 정하는 일, 백성을 제자리에 있게 하고 난리를 그치게 하는 일, 명분을 바르게 하는 일, 임금이 나라 안의 인구가 증감되는 일들을 알지 못하게 될 것이니 이것은 마치 부모가 자녀들의 많고 적음을 알지 못하는 것과 같은 것이니 그러고야 어찌 백성들의 굶주림과 배부름을 헤아려서 그들의 고통과 즐거움을 살필 수 있겠습니까? (〈호적의〉 앞부분)

과연 부모가 자녀의 다과를 모르고 어찌 그 자식들의 배부르고 배고픈 실정을 살필 수 있겠는가? 마찬가지로 임금이 또한 백성의 인구수를 알고서야 경제정책을 수립할 수 있다는 것이다.

경제시책 중에서도 조세, 특히 신포(身布)의 폐지 또는 만민평등하게 부과 징수하는 행정은 무엇보다도 시급한 문제로 제기되고 있다. 당시의 조세 및 신포의 부당한 부과와 징수는 이루 말할 수도 없는 중에 군역 대신에 백성에게 씌우는 신포의 불합리는 극도에 달하여 참으로 저 공자가 말한 '가정맹어호(苛政猛於虎)'를 실감케 하고 있었으니 그의 시에서는,

남편의 군인 징발은 오히려 참겠으나

자고로 남절양(男絶陽)은 들어보지 못했노라
시아버지 삼년상은 끝난 지 오래되고
갓난아인 첫 목욕도 아직 못했는데
3대의 이름이 군적에 실리다니
내달아 호소하려도 관가의 문지기가 호랑이 같아
(〈哀絶陽〉의 1부, 시문선 참조)

죽은 지 오랜 시아버지와 갓난아기가 모두 군적에 올라 신역(身役) 대신에 내는 세금을 물린다는 것이다. 이처럼 가렴주구가 심하였으므로 다산은 신포의 법을 고쳐서 신포의 징수를 고르게 하자는 〈신포의(身布議)〉를 올리어 그 개선책을 꾀하고 차자(箚子)를 써내어 이를 광정하려고 하였다. 여기서 〈신포의(身布議)〉는 그의 만민평등 사상에서 발로된 정론이요, 호남 제읍의 농부가 조세를 실어가는 제도를 엄금해 달라는 〈의엄금호남제읍전부수조지속차자(擬嚴禁湖南諸邑佃夫輸租之俗箚子)〉[72]는 그의 경세제민(經世濟民) 이념에서 출발한 소작제도(小作制度)의 개선책이었다.

이제 각각 그 일부씩만 소개하여 보면 다음과 같다.

《시경》에 '뻐꾸기가 뽕나무 위에 있으니 그 새끼가 일곱 마리인데 그 모양이 한결같다'고 했는데 이는 새끼가 일곱 마리인데도 먹이기를 똑같이 한다는 것을 이르는 말입니다. 신이 늘 이 시를 읽으면서 신포는 시행할 수 없음을 알았습니다. 무릇 사람이 누가 그 몸이 없겠습니까? 몸은 다 같이 가지고 있습니다. 몸은 모두가 가지고 있는데 어떤 몸에는 베[布]를 부과하여 징수하고 어떤 몸에는 어찌하여 베를 징수하지 않습니까? 이를 양역(良役)이라 부르면서 백성으로 하여금 양민

---

72) 〈擬嚴禁湖南諸邑佃夫輸租之俗箚子〉는 호남지방의 소작료를 부당하게 징수하는 풍속이 있으니 이를 임금의 분부로 엄금하여 달라는 상소문이다.

으로 삼고자 하고 천민으로 만들지 않으려 하면서도 그 신역은 실제로 괴롭게 만들고 있으니, 사람이 괴로우면 이를 천하게 여기는 것으로서 그렇게 되면 백성들이 이미 양역을 보기를 노비와 같이 여기는 것이니 비록 집집마다 양민임을 타일러도 백성은 듣지 아니할 것입니다.

(〈身布議〉의 앞부분, 원문은 시문선 참조)

신이 가만히 보니 호남지방의 습속에 국가 조세와 종자 곡식을 소작 농민이 부담하는데 신은 이 풍속은 마땅히 금해야 한다고 생각합니다. 신은 생각하기를 천지만물의 이치는 지극히 공평하고 대단히 자비로워서 만물과 온 백성에게 그 혜택을 골고루 베풀고 있는 것인데 어찌하여 백 사람의 힘을 다 짜서 한 사람의 살을 찌게 하는 것입니까?
....
지금 호남지방의 백성들 실정을 살펴보면 대략 1백호 중에서 남에게 논밭을 주어 그 조세를 받아먹는 자(지주)는 불과 5호에 지나지 않고 자기 땅을 가지고 스스로 경작하는 자가 25호가량 되고 남의 토지를 경작하고 지주에게 지조를 바치는 자(소작인)는 70호나 됩니다. 이제 만일 옛 습속(국가 조세와 종자 곡식을 소작인이 부담하는)을 고쳐서 다른 여러 곳과 한가지로 한다면(경기도 지방의 국가 조세와 종자 곡식을 지주가 부담하는 습속) 70호는 기뻐서 춤을 출 것이요, 다음의 25호는 비록 자기와 달고 쓴 관계(이해관계)는 없다 하더라도 대저 사람이란 부자를 미워하고 가난한 사람을 가엾게 여기는 심정이 있는지라 역시 기뻐하며 다만 창연하여 좋아하지 않을 자는 불과 5인뿐입니다.
그러므로 5인이 기분상할 것을 두려워서 95호가 기뻐 날뛸 정치를 감히 하지 않는다면 누가 왕도의 훌륭한 조화의 권위라 하겠습니까?
(전문과 원문은 본서 시문선 〈의엄금호남제읍전부수조지속차자〉 참조)

정다산의 안전에는 불쌍한 민중과 가련한 만물이 측은하게 보일 뿐이고 글 공부한 목적도 그 때문이라고 하였다.

156

(8) 농민의 실상을 그린 사실적인 전원시

정다산은 주로 농어민과 더불어 눈물을 흘리면서 시를 창작하였고 이러한 시작품이 그의 2,466편 중에서도 거의 대종을 이루고 있다. 농어민의 실상과 농어민의 아픈 마음들이 다산의 시품에 리얼하게 나타나 있으며 따라서 그 소재나 시제들도 농어민의 고뇌상을 상징한다. 그 제목만 예거해 보아도 〈기민시(飢民詩)〉·〈탐진농가(耽津農歌)〉·〈장기농가(長鬐農歌)〉·〈공주창곡(公州倉穀)〉·〈탐진촌요(耽津村謠)〉·〈타맥행(打麥行)〉·〈애절양(哀絶陽)〉·〈전간기사(田間紀事)〉 중의 채호(采蒿)·발묘(拔苗)·교맥(蕎麥)·오거(熬麩)·시랑(豺狼)·향촌기속(鄕村紀俗)·황년수촌(荒年水村)·신추팔영(新秋八詠)·전가만춘(田家晚春) 등 실로 모두 열거하기 번거로우니 본서 시문선에서는 주로 농어민의 실상을 읊은 작품을 수록했다.

다산은 농민의 참상과 피폐한 농촌상을 눈앞에 보는 듯 사실대로 그렸고 때로는 이농하여 구걸하러 떠나는 군중들을 정성들여 묘사하였다.

그러나 반드시 농민들의 비참한 모습만 그린 것은 아니다. 때로는 농민들의 수고하는 모습과 일하는 사람들의 검푸른 얼굴과 표정을 시화하기도 하였다.

다산의 사상이나 문학이 비판과 고발에서 머물지 않고 건설적인 면, 미래지향적인 모습도 함께 취재한 데서 우리는 다산학이 사회개조론이면서 부정적 요인을 제거하고 밝은 사회와 복지사회 건설을 위한 애국적이며 인간적인 경륜임을 명심하고 또한 존숭하게 된다.

〈탐진농가(耽津農歌)〉에서는 남도의 농촌 풍경을 활화처럼 표현하고 있으니, 일부를 예거하여 보면,

섣달 날씨 따스하여 순한 바람 눈 개였네
울밑 밭엔 '이랴 쫏쫏' 소 이끄는 소리로세

주인 영감 지팡이 내저으며 머슴보고 게으름 꾸짖되
금년에는 어쩌자고 두벌갈이 이제 하노
벼벤 논에 물을 빼고 갈아 뒤져 보리 심세
보리 익어 베어내면 그 자리에 볏모 심자
하루라도 태만하여 땅 기운을 쉬울손가
사시 장철 곡식 자라 푸르르고 누래지네
큰강 사이 논밭 갈되 한 발 남짓 긴 가래로
장정 농부 힘을 모아 허리인들 좀 아프랴
남쪽 나라 농부들은 짧은 삽이 쓰기 좋아
밭이랑도 수이 짓고 물대기도 수월하네
이곳 풍속 논김 매기 호미 연장 쓰지 않고
두 손으로 후벼 매여 잡초 뿌리 잠깐 뽑네
달려드는 거머리에 벌건 다리 피 흐른다
이 피로써 사연 써서 나랏님께 바쳐볼까

〈耽津農歌〉 중에서, 본서 시문선 참조)

농촌의 밭갈이와 논갈이의 전경이 한폭의 스크린에 비취는 활화로 전
개되고 있다. 그러나 작품 끝에 가서 이 모습을 구중궁궐에 알리고자 한
다는 심정과 시적 표현은 다산의 시에서는 거의 반드시 붙어다닌다.
. 슬프면 슬픈대로 비참한 모습이면 또한 그대로를 은대, 즉 궁궐에 알
리고 싶은 것이 다산시의 모티브이기도 하다.
〈보리타작(打麥行)〉이라는 시에서는 보리타작하는 농촌 모습을 신나는
장면으로 묘사하고 있다.

젖빛 같은 막걸리 새로 거르고
큰 사발에 보리밥은 높이가 한 자
밥 먹자 도리깨 쥐고 보리마당 둘러서니
검은 윤기 두 어깨에 햇볕이 타오른다

호야, 헤야! 소리에 발 맞추어 두드리니
삽시간에 보리알이 마당에 질펀하다
주고받는 노랫가락 소리 점점 높아가고
보일손 자욱하게 보리 먼지뿐이로세
그의 기색 보아하니 즐겁고 즐거울 손
마음의 고통이란 조금도 안 보여라
낙원의 즐거움이 먼 데 있지 않는 걸세
어찌하여 풍진객의 괴로움을 지을꼬   (〈打麥行〉 중에서)

비록 보리타작이지만 타작은 즐거운 일이니 굶주려 여위고 볕에 찌든 농민들의 얼굴일 망정 환희에 넘치는 모습이 있다. 온 마당이 보리 먼지와 더불어 젖빛 막걸리와 보리밥으로 뒤범벅이지만 농민들의 낙원이 바로 이것이라 했다. 풍진객의 괴로움을 잊고 함께 기뻐하는 작자의 얼굴도 이 타작마당 가운데 함께 어울려지고 있으며 방관자가 아니고 농민의 얼굴이 되어 타작마당 속에서 함께 호흡하고 있는 것이 바로 다산이 농민과 동고동락하는 작가라는 것이다. 이것이 다산이 민중을 위해 살다가 민중을 위한 시를 쓰고 저술을 하다가 대중을 민연히 생각하면서 일생을 마친 다산정신인 것이다.

제 2 편

정다산의 애민·우국 측달이 사무친 시

1. 동악(東嶽)을 생각하며

― 은자는 어디에 숨어 사는가?

동악 경치 유달리 뛰어났으니
붉은 벼랑 푸른 산마루 겹겹이 쌓였구나
요리조리 가늘고 묘하게 깎은 품이
신공(神工)이 공교하게 베 짜 놓은 솜씨로세

저 골짜기 흐른 물은 신선이 놀던 곳
그윽한 모습이 제 홀로 곱구나
아깝다. 은자가 살지 않음이여!
맑고 깨끗하여 먼지 없는 이 기상 속에

懷東嶽(乙未 在苕川)

東嶽絶殊異 紫崿疊靑嶂 雕鍥入纖微 神匠洩機巧
仙賞委瀛壖 幽姿獨窈窕 惜無棲隱客 蕭洒脫塵表
(時家大人新自金剛山而回 故有是作)

* 원주(原注)에 을미(乙未)년(작가 14세 때, 1775) 소내[苕川]에서 지었다고
했다. 다산(茶山) 정약용(丁若鏞)은 일찍이 7세 때에 벌써 시를 지었는데 그
중 '작은 산이 큰 산을 가렸도다. 이는 땅의 원근이 같지 않음이로다(小山蔽大
山 遠近地不同)'라는 한 구가 있어 사람들이 감탄했고, 부친 진주공(晋州公)은
"분수(分數)에 밝으니 자라면 틀림없이 역법(曆法)이나 산수(算數)에 능통할
것이다."하고 기뻐하였다고 전한다.

2. 수종사에 가서

— 절의 깊은 속을 찾아

다래 덩굴 드리운 비탈진 섬돌이라
경내로 드는 길은 과연 어느 곳인가?
응달 숲속엔 아직 묵은 눈이 쌓여 있고
양지바른 물가에선 아침볕에 이슬이 반짝

샘물이 솟아 땅은 표주박처럼 움푹하고
종소리는 메아리져서 깊은 숲속으로 흘러나간다
내 여기를 수없이 노닐었지만
그 그윽함을 아직도 다 모르겠구나

游水鐘寺

垂蘿夾危磴 不辨曹溪路 陰岡滯古雪 晴洲散朝霧
地漿涌嵌穴 鐘響出深樹 游歷自茲遍 幽期寧再誤

* 수종사(水鐘寺)는 작가의 고향인 와부면의 양수리 북쪽 산기슭에 있다. 정다산은 소년시절에 이 수종사에서 독서를 많이 했다. 그래서 '수없이 이 절에서 노닐었다'고 했다. 다산이 어릴 때 절에서 독서한 일화는 많은데, 그 중에서도 매천(梅泉) 황현(黃炫)은 다음과 같이 쓰고 있다.

　다산(茶山)의 기성(記性)이 절륜(絶倫)한데, 세상 사람들이 놀랍게 생각하고 있는 것은 상국(相國)인 강산(薑山) 이서구(李書九)가 영평(永平 : 포천)으로부터 궁궐로 가는 도중에 한 소년이 등에 책을 한 짐 지고 북한사(北漢寺)로 가는 것을 보고 지나갔다. 수일 뒤 고향으로 돌아가는 길에 이상국 일행은 그 소년을 다시 만났는데 역시 책을 한 짐 지고 절에서 나오고 있었다. 괴이하게 생각한 이상국은,

"너는 어떤 사람이길래 독서는 하지 않고 책만 지고 왔다갔다 하느냐?"
하고 꾸짖었다. 그 소년은,
　"책은 이미 다 읽었습니다."
하고 대답하니 이상국 일행은 놀라고 이상스럽게 생각하고는 물었다.
　"그 지고 있는 책이 무슨 책이길래…… 다 읽었단 말이냐?"
　"강목(綱目)입니다."
　"벌써 다 읽었단 말이냐?"
　"네! 직독(直讀)만 한 것이 아니라 암송(暗誦)도 능히 할 수 있습니다."
　이상국은 가마에서 내려 지고 있는 책 중에서 아무것이나 뽑아들고 외우라고
하였더니 책을 덮고 대략 다 외우더라는 것이다. 그런데 이 소년이 바로 다산
(茶山)이었다는 것으로 세상이 감탄하는 바라고 하였다.
＊이 시는 14세 때 지음.

3. 봄날 막내숙부를 모시고 배를 타고 서울로 가다

— 서울 궁궐은 너무 드높더라

아침 햇살에 산은 맑아 더욱 멀고
봄바람은 물 위에 불어 살랑살랑 흔드네
뱃머리를 돌려 키를 잡아 강 언덕을 떠나니
흐르는 여울물 소리에 노젓는 소리 안 들린다

강 가에는 벌써 푸른 잎이 물 위에 떠돌고
강변에는 실버들이 노랗게 피어났어라
점점 서울 궁궐이 가까워졌나 보다
삼각산의 우중충한 바위가 높이 솟았으니

春日陪季父　乘舟赴漢陽(丙申二月十五日　始冠　十六日　赴京
二十二日　委禽　此其赴京時舟中之作)

旭日山晴遠　春風水動搖　岸廻初轉柁　湍駛不鳴橈

淺碧浮莎葉 微黃著柳條 漸看京闕近 三角鬱岧嶢

* 원주(原注)에 '병신 2월 15일에 관례를 올리고 16일 서울에 가서 22일에 혼례하는 납채(納采)를 드렸는데, 이 시는 서울 가면서 배에서 지은 것이다'라 하였고, 위금(委禽)은 혼인 때 드리는 기러기를 말하며 계부(季父)는 정재진(丁載進)을 이른다. 15세 때(1776) 지음.

4. 장인 홍절도사[和輔]①를 귀양지 운산②으로 전송하다

— 때를 못 만나 장인은 귀양간다

떠나려는 길목에는 가을빛이 완연한데
이별하는 정자에선 비분의 노랫소리③ 퍼져나온다
쓰러지듯 힘없이 학령④을 넘자 하니
아득히 용하가 눈앞에 펼쳐지네

남해에는 명주(明珠)⑤도 지천하건만
서관에는 백설이 쌓였다 하네
얼음 산이 얼마나 험하고 궂으련만
어찌 그 풍파 길 어려움을 짐작하리

送外舅洪節度(和輔) 謫雲山(八月十五日)

別路生秋色 離亭發浩歌 靡靡踰鶴嶺 杳杳出龍河
南海明珠賤 西關白雪多 氷山未可料 安意度風波

* 원주에, 8월 15일에 지었다고 함.

① 홍화보(洪和輔 : 1726~1791)—다산의 장인. 운산(雲山)으로 귀양갔음. 풍산(豊山) 홍씨(洪氏)로 승지와 황해도 병마절도사 등을 지냈다. 이 시는 귀양 떠

나는 날이 8월 15일이라 했다. ② 운산(雲山)—평안북도에 있고, 고려 때는 운중현(雲中縣). ③ 여기의 호가(浩歌)는 비분강개한 노래일 것임. ④ 학령(鶴嶺)—지명으로 번역했으나 또 왕밭의 송(頌)에 '학령운붕용원경혜(鶴嶺雲朋龍垣景惠)'란 글귀가 있다. ⑤ 명주(明珠)—'명주암투(明珠暗投)'의 뜻으로 쓰인 것 같다. 즉 '재능은 있으나 옳은 사람을 만나지 못했다'는 의미.

5. 시골집에서 앓으며①

— 서울은 눈보라 치고 있었다

비로소 남은 책을 끝마치려 하였는데
갑자기 병이 들어 몸을 감았네
누런 잎 쌓인 속에 겨울문은 닫히고
푸른 소나무 앞에서 약을 다리네

머리는 흩어져 종들이 다듬어 주고
시는 지었어도 입속으로만 읊네
기대 서서 서쪽(서울) 길을 바라보니
눈바람이 휘몰아쳐 찬 하늘에 자욱하네②

田廬臥病(時餌 李獻吉藥得 病三旬 而愈仲冬也)

始爲殘書至 飜嗟一病纏 閉門黃葉裏 煮藥碧松前
髮亂從人理 詩成只口傳 起看西去路 風雪滿寒天

＊15세 때(1776) 지음.

① 원주에, 이헌길(李獻吉)이 약을 구해다 주어서 삼순 동안 앓다가 나으니 한겨울이더라 하였다. ②이해 2월에 결혼하고 서울에다 셋집을 얻어 살고 있다가 겨울에 시골에 와서 한 달이나 앓았다고 함.

6. 입춘날 용동집 벽에 지어 붙이다[1]

> ― 군자는 덕을 쌓아 벼슬하되 효제가 인의 근본

사람이 사는 길이 두 가지 있어라
군자의 덕을 쌓아 벼슬에 오르고
어리석은 백성은 천성대로 어질어
평생을 먹고 입는 일에 골몰하네

효제는 본래가 어짊의 근본이요
그 뒤에 학문하여 진리를 닦는다
만약에 각고면려 닦지 않으면
세월은 쉬지 않아 그 덕을 잃는 법[2]

立春日題龍衕屋壁(丁酉 小龍 衕在明禮坊 丙申 夏 家大人僑
居于玆)

人生處兩間 踐形乃其職 下愚泯天良 畢世營衣食
孝弟寔仁本 學問須餘力 若復不刻勵 荏苒喪其德

＊ 16세 때(1777) 지음.

[1] 원주에, 정유(丁酉)년에 명례방(明禮坊)이 있는 소룡동(小龍洞)에서 쓴다고
했고, 전년[丙申] 여름에 부친께서 이곳에 임시 옮겨 살았다고 함. [2] 이 해에
성호(星湖) 이선생(李先生)의 유고를 보았고 그래서 이익(李翼)의 학문을 연구
하기 시작하고 사숙(私淑)했다고 함.

7. 이벽(李檗)①에게 쓰다

— 그 다정한 눈매와 강개한 기품

음양 이의②는 비록 못고쳐도
칠요③는 능히 바꾸어 펴리라
상서로운 나무를 심는 뜻은 봄의 영화를 얻으려 함이요
꽃을 풍성히 가꿈은 역시 밝은 세상으로 바꾸려는 뜻

이리저리 분주히 뛰지만 항상 쫓기어 몰리고
연련한 마음일랑 한번도 말한 적 없어라
만물을 공평하게 소중히 여기고는
부귀영달을 어찌 부러워할 바이랴

어진 마음과 호기로운 기상은 서로 의합되는 것
다정하고 도타운 눈매는 늘 기쁜 듯
덕으로써 일찍이 몸을 닦았으니
강개한 기품은 늘 얼굴에 번쩍인다

贈李檗(字德操)

二儀雖不改　七曜迭舒卷　嘉木敷春榮　華滋亦易變
佺傯被驅迫　不能訴餘戀　庶物無偏頗　貴達安所羨
賢豪氣相投　親篤欣情眄　令德勉早修　慷慨常見面

＊16세 때(1777) 지음.

① 이벽(李檗)−자는 덕조(德操), 정약용의 형[若銓]의 처남이며, 약전·권철신
등과 함께 천주교리를 신봉하다가 나중에 부친이 반대하며 목매어 죽는 바람에

168

배교했다고 전함.   ②이의(二儀)―천지와 음양.   ③칠요(七曜)―일·월과 금·
목·수·화·토의 7성 또 이의 순환.

8. 장모 이숙부인[1] 만사[2]

― 온화하고 덕성스럽고 깨끗한 기품

부인께서 늘그막은 다복하셨소
그러나 소시 때는 가난하셨다고요
머리 잘라 팔아서 손님 접대하였고
방아 찧어 늙은 부모 공대하셨네

자애로운 그 은덕 누가 갚으리
온유하신 그 덕성 누리에 드물구나
애닯고 슬프다 동파역[3] 언덕에
단풍 숲에 비 뿌려 황진을 씻네

外姑李淑夫人輓詞(五月 二廿七日沒)

夫人晚福厚　常説少時貧　剪髮供來客　舂粱悦老親
慈恩誰竟報　柔德世希倫　悽愴東坡驛　楓林雨洗塵

* 15세 때는 장인 절도사 홍화보(洪和輔)가 운산(雲山)으로 귀양갔음.

①숙부인(淑夫人)―당상관인 정3품의 문무관 부인의 품계.　②원주에 작자 16
세인 5월 27일에 장모가 작고하였다고 했음.　③동파역(東坡驛)―지금의 문산
(汶山). 여기에 장모의 무덤이 있다고 함.

9. 아버지를 모시고 조씨[①] 정자를 방문함

— 조문의 번성과 은자의 기품

조씨네 일가는 형제가 번성해
명문거족 좋은 집에 그 홀로 으뜸이라
향공진사[②]로는 한유처럼 추앙받고
문벌은 번성하여 공문(孔門)처럼 흥성하다

정자를 가꾸되 재앙 쫓는 제단[③] 같고
마당가 석실 앞에 아이들이 웅성댄다
철부지 하인들도 맑은 날씨 표정이요
남여[④]는 천천히 저녁 바람에 조화롭다

즐펀한 고을 밖은 계수나무[⑤] 새잎 푸르고
물에 비친 무리꽃이 한층 붉어라
정자에는 은어회 잘게 썰어 맛나고
술잔은 푸른 대통 속에 간직한 유전품이네

길들인 꿩 다정하여 주인 선정 닮았고
잠든 고기 모습 풍년임을 알겠다
과연 은자[⑥]의 뜻을 이루었으니
흔연한 기상 초야에 묻혔어도 매한가지네

陪家君同尋曹氏溪亭

曹家衆兄弟　上舍獨詞雄　鄕貢推韓愈　門盈似孔融
溪堂修祓禊　石室聚童蒙　皁盖含晴日　藍輿御晚風
漲郊新樺綠　照水雜花紅　斫鱠堆銀縷　傳桮護碧筒

雉馴徵縣績　魚夢識年豊　爲有龐公志　欣然野外同

* 17세 때(1778) 지음.

① 조씨(曹氏)－조익현(曹翊鉉). 화순 사람.　② 향공진사(鄕貢進士)는 당나라 때 지방 장관의 추천으로 진사가 된 지방유지.　③ 불계(祓禊)－재액을 떨어버리는 것. 또 그 제사.　④ 남여(藍輿)－덮개 없는 교자. 죽여(竹輿)라고도 함. ⑤ 서(樨)나무는 강남의 암계(巖桂)를 목서(木樨)라고 했다.　⑥ 방공(龐公)－헌덕공(獻德公)이니, 후한말 은자로 벼슬에 나가지 않고 녹문산(鹿門山)에서 처자와 함께 살았음.

10. 서석산①에 올라가서

— 산에 오르며 세상의 불공평을 생각하다

서석은 모두가 우러러 보는 산
꼭대기 봉우리엔 묵은 눈이 하얗네
천지개벽 혼돈이 그냥 남아서
높고 날카로운 절경은 조물주의 솜씨 그대로이네②

여러 산이 몰려와서 교묘함에 이르렀고
쪼고 깎아서 뼈와 마디 드러냈네
꼭대기에 오르자니 멀어서 층계 없고
멀리 보니 줄지은 낮은 산을 알겠노라③

모난 행실 표나서 드러나기 쉽고
높은 덕은 그윽해서 분별키 어려운 법
사랑이란 그 본래가 한데 뭉쳐 가득하고
땀 젖은 조랑말 측은하여 한번 쉬네

깎은 듯 절벽은 소낙비 맞지 않고

고이 간직한 채 하느님의 포치이네
자연 속엔 구름 안개 가득 모여서
땅 위의 열기로 시퍼렇게 떠 있구나

登瑞石山

瑞石衆所仰　厪厲有古雪　不改渾沌形　眞積致峻巖
諸山騁纖巧　刻削露骨節　將登邈無階　及遠知卑列
僻行嶠易顯　至德闇難別　愛玆磅礴質　涵蓄靳一洩
雷雨不受鏟　謹保天所設　自然有雲霧　時滄下土熱

* 17세 때(1778) 지음.

① 서석산(瑞石山)―광주 무등산. 다산은 또 〈서석산 기문(瑞石山記文)〉을 썼
다.　② 진적(眞積)은 眞蹟(迹)의 오식인듯.　③ 계고직비(階高職卑)란 의미를
생각케 하는 시구이다.

11. 지리산 스님을 노래함

> ― 33년간 산에 살며 표범과 함께 놀던 높은 도사 유
> 일스님(유일①에게 보이다)

지리산 높고 높아 3만 장
산꼭대기는 푸르고 평평해서 손바닥
유일스님 암자는 대사립 두 짝
스님 머린 백발이요 법복은 검은색

솔잎 긁어 미음 쒀서 목을 축이고
칡 줄기로 모자 엮어 이마를 덮었네
'나무아미타불' 염불 외워 천백 번

별안간 고요 적적, 소리없이 무념무사경

33년 동안이나 산에서 안 나오니
세상 사람 그 누가 낯이나 알리
꽃피고 꽃이 진들 돌아본 일이 없고
구름 오고 구름 간들 그저 고요해

표범은 소매 물고 마당에서 같이 놀고
다람쥐는 창틈으로 염불소리 듣고 노네
산삼이 땅에 가득 캐는 사람 바이 없고
노루 사슴 중얼대며 제멋대로 오고간다

이 스님 이름을 누가 알리요
안개 노을 첩첩이 푸른 산을 덮었으니
태백산 숨은 용을 모두들 의심했고
소림사 9년 면벽[2] 중생이 어찌 알리

설파대사[3] 이미 참선, 삼매경에 들었댔는데
그 높은 발자취가 여기 와서 숨었다가
연꽃[4]은 고개 숙여 대답하려 하지 않고
도를 닦고 헤어진 뒤 그 소식 모른다고

智異山僧歌(示有一)

智異高高三萬丈　上頭碧巘平如掌
有一草菴双竹扉　有僧白毫垂緇幌
松葉稀糜或沾喉　葛絲煖帽常覆額
喃喃念經千百遍　忽爾寂然無聲響
三十三年不下山　世人那得識容顏
花開花落了不省　雲來雲去只同閑

文豹牽裾戲庭畔　斑鼯聽偈遊牕間
蔘芽滿地無人採　麏鹿呦呦自往還
此僧名字將誰識　烟霞疊鎖蒼山色
太白藏龍衆共疑　少林面壁愚莫測
吾聞雪坡入禪定　無乃高蹤比逃匿
蓮公俛首不肯答　但道別來無消息
　　（雪坡大士 有一之法兄）

* 17세 때(1778) 지음. 〈사암선생 연보〉에서는 17세 때 독서우동림사(讀書于東林寺)라 하고, 동림사는 화순 북쪽에 있다고 했다. 가을에는 물염정(勿染亭)에서 노닐고 또 서석산(瑞石山)을 유람했다고 하였음.

① 유일(有一 : 1720~1799)—자는 무이(無二), 호는 연담(蓮潭), 속성은 천(千)씨인데 조선시대 선교의 대가.　② 소림면벽(少林面壁)—중국의 달마대사가 소림사에서 9년간 면벽하면서 수도함.　③ 설파대사(雪坡大士)—원주에 스님 유일(有一)의 법형(法兄)이라고 했음.　④ 연공(蓮公)—유일(有一)의 호가 연담(蓮潭)이기 때문에 붙인 존칭.

12. 경양지①를 지나면서

— 연못을 보며 관개수리 장관에 환호하다

잡목은 어우러져 국도②에 늘어섰고
역마집 근처는 향긋한 연못
봄물은 얼굴 비추며 아득히 흐르고
저녁 구름 두둥실 제멋대로 떠 있구나

대숲은 빽빽해 말 가는 길 가로막고
연꽃은 피어서 뱃놀이 알맞겠네
크고 넓음이여! 관개수리③ 그 경륜

174

천 이랑 논들에 봄물이 기름지다

過景陽池(己亥 時與仲氏同赴漢陽 二月也)

雜樹臨官道 芳池近驛樓 照顔春水遠 隨意晩雲浮
竹密妨行馬 荷開合汎舟 弘哉灌漑力 千畝得油油

* 18세 때(1779) 지음. 이 해에 부친 진주공이 환경(還京) 명령을 받았다.

① 원주에, 2월 중형과 함께 한양으로 가는 도중이라 했다. 경양(景陽)은 전라북도 금산(錦山)을 말함.   ② 관도(官道) — 지금의 국도. 중간중간에 말 머무는 역이 있다.   ③ 관개수리(灌漑水利) — 가장 큰 일 중에 관개(灌漑)하여 수리 사업을 하는 일이 있었다.

13. 순창① 못의 누각에 올라

— 못가엔 유람선, 토호 집엔 풍악소리

단정한 누각은 대숲 속에 가꿔졌고
못 버들가에는 유람선이 누웠구나
모래펄 따뜻한 볕에 물오리는 졸고 있고
물고기 숨은 곳에 수초는 간들간들

큰 읍이라 거두는 소작료②도 넉넉한 듯
토호 집에 풍악소리 낭자히 울려나네
술잔 부어 돌리는 어린 기생들
치맛자락 허리띠가 저절로 펄럭인다

登淳昌池閣

綵閣脩篁裏 紅船臥柳邊 沙暄容鴨睡 藻動任魚穿

大邑饒租賦 豪家嗜管絃 傳觴有小妓 裙帶自翩翩

* 18세 때(1779), 한양으로 가는 도중 순창에 묵었다고 했다.

① 순창(淳昌)―전라북도 순창, 옛이름은 오성(烏城).   ② 조부(租賦)는 여기서
는 토호(土豪)들이 받는 소작료를 의미함.

14. 연기① 지방을 지나면서

― 2월인데 꽃이 피고 천지는 맑은 기풍

지난 겨울 따뜻한 줄 여기 와서 알겠구나
날씨는 포근해서 2월 같지 아니하고
보리는 싹이 나서 이랑마다 허연빛
꽃기운이 산에 가득 불 붙는 듯하구나

옛날 유향② 공연히 걱정을 했나 보다
여기 학문 태성한데 서울엔 못 알렸을 뿐
천지는 맑은 기풍 가득히 머금었고
미풍양속 걸맞게 풍년이 들겠구나

燕岐途中作

始識前冬煖 殊非二月天 麥芒隨地白 花氣滿山燃
劉向心徒苦 京房學未傳 乾坤含淑景 應是有豊年

* 상경하는 도중 연기를 지났던 모양. 18세 때(1779) 지음.

① 연기(燕岐)―충남 연기군.   ② 유향(劉向)―전한시대의 학자. 경전, 제자, 시부
등 주해 편주의 큰 일도 하였거니와 수양자료로서 옛일을 모은 《설원(說苑)》, 《열
녀전(烈女傳)》, 《신서(新序)》 등으로 유명하고, 규범서인 《홍범오행전(洪範五行

傳)》을 써서 미풍양속을 위해 애쓴 학자이다.

15. 소내[①]에 돌아와 살면서

— 문앞에는 고깃배 뜨고 뒷동산에는 꽃이 따사로워

훌쩍 고향마을 돌아와 보니
문앞에 봄강물 즐편히 흐르누나
흔연히 약수터 언덕[②]에 나서 보니
고깃배는 옛처럼 오고가누나

꽃은 따사롭고 수풀 속 옛집은 고요한데
소나무 드리워진 들길은 그윽하구나
남쪽지방[③] 수천 리를 돌아다녀 보았지만
이만한 언덕을 다시 못찾겠더라

還苕川居

忽己到鄕里 門前春水流 欣然臨藥塢 依舊見漁舟
花煖林廬靜 松垂野徑幽 南遊數千里 何處得茲丘

* 입한양(入漢陽)한 때가 3월이라 하니 바로 고향에 갔던 모양이다.

① 소내―작자의 출생지인 옛 광주군 초부면 마현리 소내 마을.　②약오(藥塢)―
약밭 언덕일 수도 있겠으나 여기서는 약수 나는 토성이 적합함.　③부친이 진
주목사로 재임하였기 때문에 남쪽에 자주 내왕하였고 그 밑에서 수학했음.

16. 동작나루를 건너며

— 관청은 숲속에 엄하고, 서실은 국화뜰 앞에 고요하다

동작나루에 가을바람이 소슬한데
오성①을 생각하니 까마득하기만 하여라
관청집은 우거진 푸른 대숲 속에 있고
서실은 국화꽃 뜰 앞에 있다네

멀리 쫓기는 기러기는 석양을 따라 날고
이제 서서히 뱃머리는 골짜기로 드는구나
여행길 행차지만 즐겁지 않으니
힘써 걸음 재촉함은 아버지의 연세를 염려함이로다

銅雀渡(時 屆監試領內赴和順 九月也 汝三同行)

銅雀秋風起 烏城憶杳然 官齋箐竹裏 書室菊花前
遠逐隨陽雁 徐回汎鑿船 旅游非不樂 行邁念親年

* 원주에, 이때 국자감시(國子監試)가 영내에 있었는데 쓴잔을 마시고 여삼(汝三)과 함께 화순으로 가니 9월이라고 했는데 그래서 시정(詩情)이 우수(憂愁)롭다.

① 오성(烏城)—화순의 옛이름.

17. 집 앞의 홍매를 읊다

— 세상사에는 무심해도 철이 오면 꽃피어라

고요 그윽한 대숲 속에 관청의 큰집

178

창 앞엔 한 그루 큼직한 매화나무
정정한 모습으로 눈서리 견디면서
담담하고 깨끗하게 속세를 벗어났네

세월이 흘러가도 별 뜻 없다 보이더니
봄이 오니 좋아라 스스로 꽃이 피네
그윽한 향기는 세속의 꽃 아니려니①
그 붉은 꽃잎만 사랑할 바 아니로다

賦得堂前紅梅 (庚子)

窈窕竹裏館　牕前一樹梅　亭亭耐霜雪　澹澹出塵埃
歲去如無意　春來好自開　暗香眞絶俗　非獨愛紅腮

* 원주에, 19세 때(1780) 지었다고 했음.

① 매화의 암향부동천리(暗香浮動千里)하는 군자의 덕을 말함.

18. 봄날 부친의 전근으로 화순을 떠나면서
　　 초창한 마음으로 읊다

> ― 봄 들판 파란 빛, 사람들은 정들고······

오랫동안 부임하여 호남 손이 되었더니
지금은 대나무 정자 밑에 이별을 고하누나
헌문을 나서니 봄 들에는 새싹 파랗고
돌아보니 화순 쪽은 새벽 연기 푸르구나

줄지은 산들은 가는 길 막는 건가
외로운 소나무만 마당에 다정하네

조공(曹公)①과의 교분을 어찌 잊으랴
말은 가자고 수렛대를 두드려 산을 울린다②

春日領內赴晉州 將離和順悵然有作(早春伯氏領余室人往

晉州 二月洪日輔陪遷時 家君移守 醴泉余遂領內先至晉州外舅洪公

時爲嶺右節度在晉州)

久作湖南客 今辭竹裏亭 出門春野綠 回首曉煙青

列峀如遮路 孤松好在庭 曹公那可忘 駐馬叩山扃

＊ 원주에, 이른 봄 맏형이 나의 아내를 데리고 진주에 가고 2월에 홍일보(洪日
輔) 어른을 모시고 돌아왔다. 이때 부친께서는 예천(醴泉) 절도사로 제수받아
모시고 갔으며, 장인 홍공(洪公)은 그때 진주 절도사로 계셨으므로 나는 진주로
갔다. 19세 때(1780) 지음.

① 조공(曹公)―조익현(曹翊鉉). 남해 사람. ② 부친이 자주 전근했으므로 자주
옮겨 다녔다.

19. 저녁 무렵 광양①을 지나다

― 광양 장터 어지럽고 살림은 쓸쓸했다

옹기종기 작은 마을 산언덕에 기대 있고
황폐한 옛 성터엔 바닷물이 다가오네
즐펀히 흙비 맞아 관수②들 어둑어둑
비 머금은, 섬 구름은 더 높이 떴네

빈 장터에 까막까치 싸우며 어지럽고
다리 밑엔 조개 소라 겹겹이 붙어 있네
요새들어 어촌 세금 너무 무거워
살림살이 날마다 쓸쓸해 가네

180

暮次光陽

小聚依山坂　荒城逼海潮　漲霾官樹暗　含雨島雲驕
烏鵲爭虛市　蠯螺疊小橋　邇來漁稅重　生理日蕭條

* 이 시는 가렴주구(苛斂誅求)로 어촌이 피폐해진 모습을 읊고 있음.

① 광양(光陽)—전라남도 광양.　② 관수(官樹)—관가에서 도로변에 심어 기르는
가로수.

20. 두치진①을 노래함

— 두치진 나루장은 물자교역에 이목을 못가린다

방울소리 절렁절렁 말목 늘여 골짜기를 시원케 벗어나니
나룻배 물결 따라 들판 끝에 매여있는 봄물은 푸르구나
따스한 날 백사장에 나룻장이 열리려고
장터 집집마다 연기내며 술과 고기 진열했네

언덕엔 마소가 서로 어울려 장난치고
포구엔 돛배 숲이 묶은 듯 서 있네
서쪽은 대방(帶方)②으로 통하고 북쪽은 사벌(沙伐)③
거부와 대상들이 떼지어 모이는 곳

송경(松京)④ 애주(愛州)⑤ 거쳐 온 비단이며
울릉(鬱陵) 둔라(屯羅)⑥에서 수입된 생선
풍성하게 거래함은 모두가 이문 때문
그 누가 모름지기 이목을 가릴 건가

돌아보니 남악(南嶽)⑦은 안개 속에 가려 있고

청학(靑鶴)[8]은 높이 날아 쫓아가기 어렵구나

豆卮津(在河東府十里)

鳴驪引頸欣出谷　野渡舟橫春水綠
沙平日暖市初集　萬竈煙生羅酒肉
岸邊牛馬交相戲　浦口帆檣森似束
西通帶方北沙伐　豪商大賈於斯簇
松京愛州轉錦綺　鬱陵屯羅輸魚鰒
穰穰往來摠爲利　誰能挽世塗耳目
回看南嶽鎖煙霧　靑鶴高飛杳難逐
(靑鶴洞 在智異山 時因領內 不能歷覽)

* 원주에, 청학동(靑鶴洞)은 지리산에 있는데 그때 그 영내를 유람할 수 없었다고 했음.
* 19세인 경자(庚子)에 부친 진주공이 예천(醴泉)으로 전근하여 임지의 반학정(伴鶴亭)에서 독서했다 하니 이때에 하동의 두치진에 노닐었던 모양이다.

① 원주에, 두치진(豆卮津)은 하동부에서 10리 떨어진 곳에 있다고 함. ② 대방(帶方)－지금의 전라북도 남원(南原). ③ 사벌(沙伐)－지금의 경상북도 상주(尙州). ④ 송경(松京)－지금의 경기도 개성(開城). ⑤ 애주(愛州)－해주(海州). ⑥ 둔라(屯羅)－지금의 제주도. ⑦ 남악(南嶽)－지금의 지리산(智異山).

21. 촉석루[①]를 보며 추억에 잠김

──── 촉석루를 지나며 옛 충신·열녀를 추모하다

왜놈 바다 노려보며 세월이 오래어라
붉은 누각은 움푹 파인 먼 산허리를 베개 삼고
꽃핀 연못은 옛 가인[②]의 춤을 비추인다.

그림 기둥에는 옛 장수들[3] 칭송 노래 남았네

전쟁터의 봄바람은 초목에 감돌고
허물어진 옛 성터엔 밤비 뿌려 즐펀하다
지금 사당에는 옛 영웅 영혼들이 지켜보는데
한밤중에 지나가다 술을 부어 제 지낸다

矗石懷古(三月也 樓在晉州兵馬營 壬辰之難 三壯士殉節於此)

蠻海東瞻日月多　朱樓迢遞枕山阿
花潭舊照佳人舞　畫棟長留壯士歌
戰地春風回艸木　荒城夜雨漲煙波
只今遺廟英靈在　銀燭三更醉酒過

* 그러나 이해 겨울 부친 진주공이 파직되어 귀향했으므로 따라가 마현리에서 독서했다고 했다.

①원주에, 3월에 이곳을 지나다. 촉석루는 진주 병마감영에 있고 임진란 때 3장수가 이곳에서 순절했다고 했음.　②가인(佳人)은 논개를 이름.　③3장수는 임진왜란 때 싸우다 장렬하게 전사한 이종인(李宗仁)·강희열(姜熙悅)·이잠(李潛)을 말함.

22. 검무하는 미인을 읊음

— 신라 여악 황창무 여자 검무를 지금 본다

계루고① 한 소리로 풍악이 시작되어
온 좌석 가을 물 끼얹은 듯 고요하다
촉석루 성 안 아가씨 꽃 같은 그 얼굴에
군복으로 분장하니 남자 맵시 되었구나

보랏빛 쾌자②에 청전모③ 눌러 쓰고
좌석에 인사하고 발꿈치 돌린 맵시
부드러운 걸음 박자 사뿐히도 걷는구나
쓸쓸히 걸어가다 생기 솟듯 돌아서네

날아갈 듯 선녀처럼 살짝 내려앉았으니
발 밑은 고운 빛에 가을 연꽃 방불하고
한참 동안 몸을 돌려 물구나무 서면서
열 손가락 뒤쳐 뵈니 피어오른 연기로다

한 칼은 땅에 놓고 또 한 칼로 춤을 추니
푸른 뱀이 휘휘 서려 가슴을 휘감는 듯
홀연히 두 칼 잡고 소스라쳐 일어설 때
사람은 안 보이고 구름 안개 자욱하네

좌우로 휘둘러도 칼끝 닿지 않는구나
치고 찌르고 뛰고 굴러서 보기에 소름 끼친다
회오리바람 소나기가 빈 골짜기를 울리는 듯
번개처럼 서릿발이 온 공중에 번쩍인다

놀란 기러기처럼 안 올듯이 날아가다
성난 보라매인 양 감돌며 노려본다
댕그렁 칼을 놓고 사뿐히 돌아서니
예처럼 가는 허리 묶은 듯 한줌일세

신라의 여악은 동방에서 으뜸이라
황창무④ 옛 곡조가 지금까지 전하누나
칼춤 배워 성공한 이 백에 하나 어렵거든
몸매만 살쪄도 둔해서 못한다네

너 이제 젊은 나이 묘한 기예 지녔으니

옛적 이른 여자 검무 지금에 보였구나
이 세상 몇몇 풍류 너로 하여 애태웠나
때때로 미친 바람 장막 안에 불어든다

舞劍篇贈美人

雞婁一聲絲管起　四筵空闊如秋水
矗城女兒顏如花　裝束戎裝作男子
紫紗褂子靑氈帽　當筵納拜旋擧趾
纖纖細步應疏節　去如怊悵來如喜
翩然下坐若飛仙　脚底閃閃生秋蓮
側身倒揷蹲蹲久　十指翻轉如浮煙
一龍在地一龍躍　繞胸百回靑蛇纏
倏忽雙提人不見　立時雲霧迷中天
左鋋右鋋無相觸　擊刺跳躍紛駭矚
飇風驟雨滿寒山　紫電靑霜鬪空谷
驚鴻遠擧疑不反　怒鶻回搏愁莫逐
鏗然擲地颯然歸　依舊腰支纖似束
新羅女樂冠東土　黃昌舞譜傳自古
百人學劍僅一成　豐肌厚頰多鈍魯
汝今靑年技絶妙　古稱女俠今乃覩
幾人由汝枉斷腸　已道狂風吹幕府

* 이 시는 19세 때(1780) 촉석루에서 무희들이 칼춤을 추는 모습을 보고, 우리
의 전통적이고 고유한 무용을 칭송하며, 존중히 하자는 정신을 극히 사실적인
수법으로 묘사 음영한 작품이다.

①계루(雞婁)—악기명. 즉 계루고(鷄婁鼓).　②쾌자(褂子)—옛 군복의 하나.
③청전(靑氈)—옛 군모의 하나.　④황창무(黃昌舞)—옛 칼춤의 하나.

23. 월파정[①]에 올라서서

> ― 선산 월파정에서는 놀이가 한창이네

정자에선 하인들이 상차리기 바쁘고
연기는 지세따라 바람결에 흩어진다
물이 맑으니 달이 그대로 담그어지고
산은 솟아서 금오산성에 닿아 있다

배들은 저어서 남해로 통하고
관문은 막아서 서울을 지키더라
부인들은 대단히 분수가 있으면서
유람길에 남자와 더불어 놀더라

登月波亭(在洛東之上 即善山地)

樓館從人設 風煙逐地殊 水虛涵玉兎 山耸接金烏
　　　　　　　　　　　　(金烏山城在扶桑若木之間)
舟楫通南海 關防護上都 細君頗有分 游覽與之俱

*19세 때 지음. 부친 진주공이 예천목사로 있을 때 노닌 곳임.

① 원주에, 월파정은 낙동강 상류인 선산에 있고 금오산성(金烏山城)은 부상(扶桑)과 약목(若木) 사이에 있다고 했다(若木은 慶北 仁同에 있음).

24. 하담[①]에 도착해서

> ― 선영 땅 하담은 산천과 인심이 거칠어 갔다

남쪽 땅 산천은 아름답기도 한데
동쪽으로 난 길은 세월따라 달라졌다

여기는 차라리 신부 가마가 왔으면 좋을 것을[2]
공연히 마을 사람들을 실망시켰구나

소나무 밑에 쉬노라니 누가 와 묻거늘
잔디밭에 앉아서 이야기는 길었다
눈발은 날아서 옷깃에 희끗희끗
초창한 마음 일어 경인(庚寅)년[3]이 생각난다

到荷潭

南郡山川美　東阡歲月移　却將新婦至　空惹里人悲
松下來誰問　莎邊坐共遲　飛飛點衣雪　悽愴似庚寅

* 19세 때 지음.

① 선영이 있는 하담(荷潭)은 충주 서쪽 20리에 있고 다산의 선산이 있는 곳.
② 여기 '신부 가마가 왔으면 좋을 것을'은 작가의 부친 정재원이 진주 절도사로 부임하느라고 사인교를 타고 이곳을 행차하는 모습을 마을 사람들에 대하여 미안하게 생각하고 하는 말.　③ 여기 경인년(庚寅年) 이야기는 아마 1770년, 각 도에 큰 전염병이 창궐해서 처참했던 일을 상기한 것 같다.

25. 찬 날씨로 고생하다[1]

> — 부친이 파직되어 모시고 광판에 이르러 혹한에 떨다

더운 바람 비뿌리며 봄날 날씨 같았고
산에서 눈이 녹아 개울물이 넘치더니
별안간 추워져서 높은 하늘 구름 없고
마을 소 선 채 죽고 갈가마귀 기척 없다

새벽길 10리 못가 벌써 날이 저물고

방 속에서 덮어쓰고 추위에 떠는구나
태양은 상직돌 듯 마냥 더디니
차고 더운 분별 있어 백성은 탈 없는 법

날씨 돌변 사나워져 중생들이 놀라니
천문보는 희화(羲和)는② 그대 직책 잃었구나

苦寒行(前到廣阪店 猝寒家人又忌昆池 遂止不行)

煖風吹雨如春日　山雪盡融川渠溢
一夜天高無點翳　村牛立死棲鴉密
曉行十里仍抵暮　深炕複被愁懍慄
太陽次舍常微遷　溫涼有漸民不疾
變移卒暴衆生驚　義和汝職無乃失

* 부친의 파직으로 고향으로 돌아오는 길이었음. 19세 때 지음.

① 광판점(廣阪店)에 도착했는데 갑자기 한파가 몰아닥쳐 부친께서는 바다〔昆池〕를 꺼려서 더 행차하시지 않았다. 광판점은 하담(荷潭)에 있다고 했음.
② 희화(羲和)는 중국 요(堯)임금 때 천문과 역상(曆象)을 맡아보던 희씨(羲氏)와 화씨(和氏).

26. 부친을 모시고 소내로 돌아오다①

— 시비 많은 벼슬 놓고, 귀전(歸田)하여 농사짓는 안
　빈낙도를 꿈꾸며

봄바람은 천지에 가득히 차서
사람의 옷섶에 펄럭이는데
스스로 벼슬 놓고 고향에 오셨으니
차라리 시비일랑 다시는 없으리라

논밭이 조금 있되 1, 2경②인데
땅이 부드러워 채소 과일 살지겠지
지지고 굽는③ 요리 비록 없어도
우리가 굶지 않기에 충분하리라

닭과 돼지를 애써 기른다면
조정시책도 가히 어긋나지 않을 터
안빈낙도의 삼매경에 도취되어진다면
이 일 또한 드물게 보는 어진 삶이리라

陪家君還苕川(辛丑 時家君與洪公竝就理 家君奪告身還鄉 洪公 謫肅川 二月也)

春風滿天地　拍拍吹人衣　自茲返鄉里　寧復有是非
園田一二頃　土軟蔬果肥　胚燎雖不備　亦足充吾饑
勞心養雞豚　王政可無違　陶然樂天倫　此事良所稀

① 원주에, 신축년(辛丑年 : 작자 20세) 때에 부친과 홍공이 함께 이관(理官 : 절도사)에 오르셨는데, 부친은 벼슬을 빼앗기고 고향에 돌아왔으며, 홍공은 숙천(肅川)으로 귀양갔으니 2월달이었다고 했음. ②1경(頃)은 100묘(畝), 1묘는 100보(步 : 1보는 사방 6척). 논·밭 면적의 단위를 말함. 지금의 약 1만 평. ③지지고 굽다[정료(胚燎)]란 고기 등 맛있는 요리를 만드는 것을 말함.

27. 벼슬살이에 싫증이 남①

> — 벼슬 않고 산촌에서 마음 편케 살리라

고향에선 손 맞잡고 은거할 만하고
서울은 또 벼슬생활에 싫증나는 곳
과거문장 실정 떠나 세속에 맞지 않아

수심으로 청루 들어 헤어나지 못하누나

티끌같은 부귀영달 몇 번이나 버리려고
오래토록 생각타가 두메 산골 배 저어 들었노라
사마상여② 별 수 없이 비천했다 생각함은
기둥에 글씨 써서③ 무엇을 구했던가④

倦　遊(時三屆泮宮之課 留會賢坊)

鄕里堪携隱 京城又倦遊 文章違俗眼 花柳入覊愁
屢擧遮塵扇 長懷上峽舟 馬卿亦賤子 題柱欲何求

* 원주에, 이때 과시(科試)에 떨어지고 회현동에 머물렀다고 했다. 20세 작.

① 권유(倦遊)─《사기(史記)》〈사마상여전(司馬相如傳)〉에 '장경이 관리생활에 싫증이 났다(長卿故倦遊)'란 말이 있는데 사마상여가 벼슬을 내놓고 달아난 고사.　② 본문 중 마경(馬卿)은 "마경사촉다문조(馬卿辭蜀多文藻), 양웅사한핍양매(揚雄仕漢乏良媒)." 즉 아무리 글재주나 학문이 탁월하다고 해도 때를 못만나면 불우하다는 중국의 사마상여와 양웅(揚雄)의 고사에서 인용한 말. ③ 제주(題柱)는 기둥에 글을 새겨둠. 즉 명문장을 남김.　④ 이 벼슬생활은 부친의 관료생활을 말하는 듯하다. 그러나 과거에도 낙방한데다 시제나 내용은 중국 전한(前漢)의 문인인 사마상여(자는 長卿이고 그래서 馬卿이라고도 부름)를 끌어다가 읊은 시이다. 즉 사마상여가 벼슬에 싫증이 나서 고향에 돌아가 있을 때 탁왕손(卓王孫)의 딸 탁문군(卓文君)과 연애하다가 성도(成都)로 사랑의 도피를 했다. 이때 하도 곤궁해서 술장사를 하였는데, 탁문군은 술을 따르고, 사마상여는 접시를 닦았다는 고사가 있음.

28. 나의 뜻을 적다

> ─ 바보 같은 임금 받들고 모방에만 급급하는 이 나라
>   관료들의 옹졸함을 한탄한다

어린시절 왕경(王京)에 노닐 때에는

사귀어도 제몸을 낮춘 일 없어
속된 운치 벗어난 사람끼리면
서로 활짝 마음을 터놓고 의논했네

힘을 합해 수사학(洙泗學)을① 물리치려고
두 번 다시 시의(時宜) 따위② 묻지 않았네
예의(禮義) 잠시 새롭긴 했었지마는
허물과 후회가 이에서 생겨났네

굳건한 마음가짐 굳세게 못 지키고
이 길 어찌 평탄할 수 있을 것인가
언제나 두려운 건 중도에 뜻을 바꿔
영원토록 뭇 사람의 비웃음 사는 일

안타깝다 우리나라 사람들이여!
외진 세상 주머니 속에 갇혀 있구나
삼면은 바다로 둘러싸이고
북쪽은 높은 산이 주름 잡은 속

사지는 꼬부려서 항상 기를 못펴고
큰 뜻인들 어찌 바로 채울 수 있으리요
성현은 참으로 만리 먼 곳에 있으니
누가 능히 이 어둠 열어주리요

머리 들고 온 누리 바라보아도
보이는 건 거의 없어 정신만 흐리멍텅
남을 섬겨 흉내내기 급급하다가
제정신 차리고 창조할 틈 없구나

어리석은 무리들은 한 천치를 떠받들고

고함질러 모두 함께 숭배하잔다
차라리 순박하던 단군세상이
꾸밈없는 그 시절만 같지 못하다

述志 二首

弱歲游王京　結交不自卑　但有拔俗韻　斯足通心期
戮力返洙泗　不復問時宜　禮義雖暫新　尤悔亦由玆
秉志不堅確　此路寧坦夷　常恐中途改　永爲衆所嗤

嗟哉我邦人　辟如處囊中　三方繞圓海　北方縐高崧
四體常拳曲　氣志何由充　聖賢在萬里　誰能豁此蒙
擧頭望人間　見鮮情瞳曨　汲汲爲慕傚　未暇揀精工
衆愚捧一癡　嗜啥令共崇　未若檀君世　質朴有古風

＊21세 때(1782) 지음. 이때 창동(倉洞)에 집을 사서 살았다고 함.

① 수사(洙泗)─수수(洙水)와 사수(泗水). 모두 강 이름으로 공자(孔子)와 맹자(孟子)가 이곳에서 도를 가르쳤다고 해서 공자와 맹자의 학문과 그 학통을 수사학(洙泗學)이라고 함. 즉 유학(儒學)을 말함.　② 시의(時宜)─그때그때의 사정에 따라 현실과 타협하는 것.

29. 뱃사공 한탄

> ― 중도에 뜻을 바꾸면 곤욕스럽다

본시 산골에서 약을 캐던 사람이
우연히 강가에 나와 뱃사공이 되었더니
서쪽 강길 가려니 서풍이 몰아치고
동쪽 강길 가려니 동풍이 몰아치네

바람이야 제 어찌 나를 거슬리리만
내가 짐짓 바람대로 따라가지 않는 탓
두어라!
바람 그르다 내가 옳으니 말하지 말자
산골로 다시 가서 약이나 캐련다

篙工歎

我本山中採藥翁　偶來江上爲篙工
西風吹斷西江路　却向東江遇東風
豈其風吹故違我　我自不與風西東
已焉哉
莫問風非與我是　不如採藥還山中

* 21세 때(1782) 지음.

30. 고풍을 본뜨다①

> ― 시련을 겪어야 굳건한 법, 문채가 빛난들 무엇하나?

아내를 취하되 어진 사람 원치 마라
집을 쓰되 큰 집을 원치 마라
아내가 예쁘면 좋아서 놓지 못하고
집이 아름다우면 마음이 안일하니라

얽매이니 오직 대장부의 몸이요
겨를 없어 생각인들 어찌 멀리 보리요
아내완 떨어지기 마다할 것이니
장차 춥고 더운 시련 견디어 낼까

예부터 현달한 선비들이란
거실의 즐거움은 생각지 않는 법
재산 없이 쓸쓸해도 욕심 안내고
밤중에 분발하며 탄식하여 본다네

펄펄 나는 남국의 고운 새들은
무늬진 나래가 얼마나 휘황한가?
저 혼자 사랑하고 어여삐 여겨
푸른 물 곁에 가서 제 그림자 비추지만

독수리는 가을하늘에 가득히 떠서
먹이 찾아 나래치며 솟구쳐 오르네
사다새②는 또 무엇을 생각하길래
종일토록 턱밑에 주머니를 드리웠나

비록 깃과 문채가 기이하지만
쑥대풀 속에서나 나래침이 고작이라
배와 등의 털이나 잘 길러서
차라리 눈서리나 막아 볼 밖엔

古　意

取妻不願賢	室屋不願寬	妻賢戀好合	美屋情依安
繫維丈夫身	未遑慮遐觀	莫肯晷別離	況敢經燠寒
自古賢達士	不念居室歡	蕭條無可欲	乃發中夜歎

翩翩南方鳥	彩翼何煒煌	自愛復自憐	顧影綠水旁
鶟鶘滿秋天	搏擊恣軒昂	鵜鶘亦何意	終日垂胡囊
雖有羽毛奇	蓬蒿甘翶翔	善養腹背毳	聊以禦雪霜

194

＊21세 때 지음.

①옛 시 제목에 '고의(古意)'가 흔히 쓰이는데 고풍 취미 또는 회고시란 뜻임.
②사다새는 사다샛과에 속하는 문채 곱고 턱밑에 먹이주머니가 달린 새. 무늬
새와 독수리를 대립시켜 문장가와 독재자, 또는 고사(高士)와 관료(官僚)를 은
유한 시.

31. 정촌^①에 묵다

> — 정촌은 평화롭고 아름다운 곳. 보리밭 사이길로 빈
> 배 하나 한가해

지는 해 처량하게 하루 빛을 다하고
봄 강은 검푸르게^② 즐펀히 흐르네
바람이 잔잔해서 고기들 입질 잘하고
숲이 컴컴해 새는 다투어 깃드네

빈 배 하나 창포언덕 섶에 매이고
낡은 길은 보리밭 둑 사이에 났어라
문에 들다 돌아서서 잠시 바라보니
시골 풍경이 진실로 맑고 그윽하네

宿汀村

落日凄凄盡　春江泯泯流　風微魚更食　林黑鳥爭投
宿纜依蒲岸　荒蹊間麥疇　望門還暫立　村色信淸幽

＊22세 때 지음.

①정촌(汀村)—진양(晉陽)의 정촌(井村)인 듯.　②민민(泯泯)—봄물이 흘러 어
두컴컴한 형태(흙탕물).

32. 기행시[①]

대탄을 지나며
—— 빨래하는 아낙네는 수줍어 아이더러 길 가리킨다

버들이 우거지고 사초(莎草)[②] 밝은 제방은 일자로 곧고
서너집 아낙네들 앞 개울에서 빨래하네
말을 세우고 탄정(灘亭)[③] 가는 길 물었더니
수줍어 아이더러 강 서쪽을 가리키라네.

紀行絶句

過大灘作

暗柳晴莎一字堤　數家浣澼在前溪
停驂爲問灘亭路　還倩兒童指水西

영죽에서 비를 만남
—— 소낙비에 천둥까지

천둥치고 번개 날아 꿈틀 뱀 끌어오르듯
바람은 비옷[油衫][④]을 폭마다 비껴 당긴다
우르릉 번개치면 갑자기 하늘빛 꿰뚫으고
저녁나절 강가에는 엷은 안개 솟는다

迎竹値雨

礔雲飛電曳騰蛇　風摯油衫幅幅斜
震震俄收天色澈　夕陽江畔起微霞

탄금대 바라보며
— 탄금대는 영랑과 신립 장군의 옛터

아득히 탄금대는 강기슭에 높이 솟고
영랑(永郞)[5]의 남긴 자취 구름 비춰 물결쳐라
지금 신립(申砬) 장군 진 쳤던 자리엔
스산한 비 내리고 때때로 꿩과 소[6]가 보일 뿐

望彈琴臺

縹緲琴臺水岸高　永郞遺跡入雲濤
至今申砬行營處　陰雨時時見羽旄

현구 전사정에서[7]
— 달라진 현구엔 뽕과 삼밭뿐

빈 마당은 무너져 적막하고 꽃 몇 포기 피었을 뿐
현구(玄龜)의 자취 전사정 옛 모습은 전혀 없구나
마을은 새로 생겨 부귀영화 달라지고[8]
봄은 왔건만 옛처럼 뽕나무와 삼밭뿐.

玄龜篆沙亭在金灘 (故司諫權公之居也
其後孫弼之姑夫權公居于其東)

空庭寥落數枝花　無跡玄龜舊篆沙
隔港新居差可羨　春來依舊有桑麻

진천을 지나며
— 호랑이와 이웃하는 진천의 화전민

가파로운 절벽에 골짜기는 휘돌아 초목이 우거져

옛부터 사람과 호랑이 이웃하는 곳
쳐다보니 산꼭대기에선 화전의 불길
이 또한 농정(農政)의 무적민[9]이로다

過鎭川北村

峭壁回谿草木蓁　舊來人虎與爲鄰
試看絶頂燒畬火　猶是司農籍外民

안산[10] 땅 각박한 마을에 이름
—— 쓸쓸한 마을에 제방은 무너지고

바다 서쪽 바라보면 구름 안개 쌓였고
쓸쓸한 마을은 빈터 위에 서너 집
지난 달 조수 넘쳐 제방이 무너지고
마을 사람 모여들어 쟁기 들고 고생하네

到安山剗村

海門西望積雲霞　蕭瑟村墟或數家
前月潮多堤水破　野人辛苦集鉏鎈

①원주에, '동쪽은 충주에서 진천을 지나 서쪽의 안산(安山)까지 기행하면서 지은 시가 12수인데 여기에선 6수만 적는다'라고 했다. 22세 때(1738) 지음. ②사초(莎草)는 물가 모래 땅에 자라는 다년초. 무덤의 사초와 다름.　③탄정(灘亭)은 대탄(大灘)에 있는 정자.　④원문의 유삼(油杉)은 유삼(油衫)의 오식이고 유삼이란 천에 기름 먹여 만든 비옷.　⑤영랑(永郎)은 신라시대 화랑. 〈관동별곡〉에 나오는 3랑의 한 사람.　⑥본문에 우모(羽旄)란 꿩깃과 소꼬리란 뜻도 있고, 임금의 유거(遊車)에 달아 세우는 우모로 만든 깃발이라는 뜻도 있음.
⑦원주에, 현구(玄龜) 전사정(篆沙亭)은 금탄(金灘)에 있으며 이곳은 사간 권공(權公)이 살았던 곳이요, 그뒤 후손인 권필(權弼)의 고모부가 이 권공이 살았던 동쪽에 와서 살면서 마을을 이루었다고 함.　⑧본문의 항(港)은 항(巷)의 오식.

'격항신거차가선(隔巷新居差可羨)'은 권공의 후손은 간데 없고 그 고모부가 새로 동쪽에다 마을을 이룬 때문에 영고성쇠가 뒤바뀜을 읊은 것. ⑨ 원문의 사농(司農)은 중국 한(漢)나라 때 농사를 관장한 9경 중의 하나. 적외민(籍外民)이란 농지대장에 오르지 않은 농토와 농민으로서 조세나 행정이 미치지 않는 곳을 뜻한다. 그러나 땅세는 냈다. ⑩ 안산(安山)—지금의 반월(半月) 주변인 수암면·군자면 일대. 고려 때는 안산군. 서해에 접해서 갯벌이 많음.

33. 손무자를 읽고①

> ─ 경서에다가 병서 등 구류까지 읽어도 세상 이치 모르겠다. 초연하게 자연의 섭리대로 살자는 것

인생이란 먼 길 가는 나그네 같은 것
종생토록 갈림길에서 헤매고 있네
육경(六經)은 본래가 즐거운 것인데
구류(九流)②까지 탐내서 기웃거리네

강개한 마음에 병서(兵書)를 읽고
만고천하 한바탕 치달아 보려다가
이 뜻이 저으기 방탕한 것이라서
책 덮고 길게 한번 탄식해 보네

호기로운 선비는 가까이 못할 일
내 자질 이용하여 남용할까 두렵고
용렬한 사람은 가까이 못할 일이니
나더러 구차하게 스승 삼자 두렵다

초연히 혼자서 매진할 길 얻으니
내 마음 여러 모로 위로가 된다
천지란 그 운행에 떳떳함이 없으니

도덕도 숭상할 바가 떳떳함이 없구나
천지의 운행은 미묘하고 차분하여
누가 능히 그 근원 알아내겠나?

신룡(神龍)이 머리를 한번 휘두르면
연못의 뭇 고기가 시름에 잠기고
온갖 귀신 모여서 날뛸지라도
푸른 바다 아침해는 솟아오른다

때로는 그 이치가 굽을 때도 있거니
너의 생각 어둡고 막힐까 두렵구나
마음을 편케 하고 명교(名敎)③대로 사는 것
이 즐거움 어찌 말로 다할 수 있을 건가?

讀孫武子

人生如遠客　終歲在路岐　六經本可樂　九流思徧窺
慷慨讀兵書　萬古期一馳　此意良己淫　掩卷一長噫
豪士不可近　恐以我爲資　庸人不可近　恐以我爲師
超然得孤邁　庶慰我所思　天地無常設　道德無常尊
運化微且徐　誰能察其源　神龍奮其首　泇澤愁鯤鮞
百鬼騁中逵　溟渤生朝暾　理然時有詘　恐汝離蹇屯
安心履名敎　此樂何可言

* 23세 때(1784) 지음.

① 손무자(孫武子)는 중국 춘추시대 제(齊)나라 사람으로 《손자(孫子)》 13편을
저술하여 병법가(兵法家)의 비조로 일컬어진다.　② 구류(九流)—중국 한(漢)
나라 때의 아홉 학파, 즉 유가(儒家)·도가(道家)·음양가(陰陽家)·법가(法
家)·명가(名家)·묵가(墨家)·종횡가(縱橫家)·잡가(雜家)·농가(農家)를 이른

다. ③ 명교(名敎) — 인류도덕의 명분을 밝히는 교훈.

34. 정석치(鄭石癡)^①의 용그림 족자에 쓰다

| — 실물처럼 그림 그린 사실적 수법이 훌륭 |

요즈음 그린 용은 귀신 그림 같아서
네 눈 귀신^② 머리에 뱀의 꼬리 붙인 듯
용 본 사람 드문지라 그러려니 믿고는
구름 낀 듯 아득하게 현혹되고 말았는데

정공(鄭公)이 발분하여 실물처럼 그리려고
비늘 하나 눈 하나 용의 모양 그려내니
꿈틀거려 솟은 기세 지붕 뚫을 형상이요
분발하는 그 모습은 사람 칠까 겁이 나네

이 그림 얻기가 주옥보다 어려워
남몰래 밀실에서 사람 피해 보았는데
세상에 알릴세라 경고받고 글을 씀은
진짜 그림 희소하니 세속 작품 고치려는 뜻^③

題鄭石癡畵龍小障子 (名 喆作 官 正言)

時師畵龍如畵鬼　任作魁頭與蛇尾
人稀見龍信其然　茫洋眩惑雲氣靉
鄭公發憤思逼眞　一鱗一睛皆傳神
天矯直愁仰衝屋　奮發常疑橫觸人
此畵難得如珠玉　密室潛描避人目
戒我勿洩我發之　丹靑小數要矯俗

＊23세 때 지음.

① 원주에, 이름은 철조(喆祚)이며, 벼슬은 정언(正言)이라고 했다. ② 기두(魌頭)―궁중에서 악귀를 쫓던 의식인 나례에서 쓰던 것으로 네 눈이 있는 귀신의 가면. 방상씨(方相氏). ③ 정다산의 제화시(題畵詩)와 산문은 각 4, 5편씩 있다.

35. 호박 탄식

― 호박 훔친 계집종은 나를 위해 죄를 졌다

장마비 열흘만에 모든 길 끊어지고
서울에도 시골에도 조석 연기 그쳤구나
태학(太學)① 에서 글 읽다가 집으로 돌아오니
문안에 들어서자 시끄러운 고함 소리

듣자니 며칠 전에 끼니거리 떨어져
호박죽 훌훌 마셔 주린 배 채웠는데
애호박 다 따먹어서 어쩌면 좋을 건가
늦꽃은 안졌으나 열매 아직 안맺혔대

옆집 밭에 호박 살쪄 항아리 같은지라
계집종이 엿보고는 남몰래 훔쳐 따다
주인 충성 바쳤으나 도리어 노염샀네
그 누가 훔치랬나! 치는 채찍 부러져라

아서라! 죄 없는 아이 꾸짖지 말라
이 호박 내 먹었다 다시 두 말 말아라
날 위해서 밭임자께 떳떳이 알려주라
어릉중자(於陵仲子)② 작은 청렴 대수롭지 않다고

기회 있고 바람 타면 나도 날리라

아니면 산에 가서 금광이나 파겠네
헌책 만 권 있은들 아내 어찌 배부르랴
논이 두 마지기면 계집종 죄 안지을 걸

南瓜歎

苦雨一旬徑路滅　　城中僻巷烟火絶
我從太學歸視家　　八門譁然有饒舌
聞說甖空已數日　　南瓜鬻取充哺歠
早瓜摘盡當奈何　　晚花未落子未結
鄰圃瓜肥大如瓵　　小婢潛窺行鼠竊
歸來效忠反逢怒　　孰敎汝竊箠罵切
嗚呼無罪且莫嗔　　我喫此瓜休再說
爲我磊落告圃翁　　於陵小廉吾不屑
會有會風吹羽翮　　不然去鑿生金穴
破書萬卷妻何飽　　有田二頃婢乃潔

＊23세 때 지음.

① 태학(太學)―성균관(成均館)을 이름.　② 어릉중자(於陵仲子)―어릉은 중국 산동성에 있는 지명인데, 전국시대 제나라의 귀족 진중자(陳仲子)가 불의와 타협하지 않고 이곳에 은거하면서 몸소 일하여 자급자족하고 살았다고 한다. 맹자는 〈등문공장(滕文公章)〉, 〈진심장(盡心章)〉 등에서 진중자의 행위를 대의에 어긋난다고 비난했다.

36. 벗 이덕조(李德操)① 만사

— 학처럼 맑고 뛰어났던 인품

선학(仙鶴)이 이 세상에 내려왔던가

헌칠한 풍채에 신기로운 기상이었네
깃과 날개 희기가 백설과 같아서
따오기, 닭들이[②] 시기하고 혐의했네

울음소리 구천 가에 울려퍼졌고
맑고 고와 속세에서 벗어났더니
가을 타고 갑자기 날아갔으니
남은 사람 마음만 슬프게 하네

友人李德操輓詞

仙鶴下人間　軒然見風神　羽翮皎如雪　雞鶩生嫌嗔
鳴聲動九霄　嘹亮出風塵　乘秋忽飛去　招悵空勞人

* 24세 때(1795) 지음.

① 이덕조(李德操 : 1754~1786)—다산의 큰형 정약현(丁若鉉)의 처남인 이벽(李蘗). 다산은 천주교 신자인 이벽으로부터 처음으로 천주교에 관한 서적을 얻어 읽고 천주교에 관심을 가지게 되었다.　② 이벽은 천주교 신자였다가 부친이 반대하면서 자살까지 하자, 배교했다가 33세로 요절하였는데 여기 따오기, 닭들의 시샘이란 천주교를 반대하는 사람들, 즉 서인을 말한다.

37. 가을날 편지 받고

> — 향길은 모두 다 시의 소재라 편지 보고 수심짓다

동쪽 내 고향은 물과 구름의 고장
생각하니 가을이면 즐거운 일 많았어라
밤밭에 바람 불면 붉은 열매 떨어졌고
개여울에 달이 뜨면 붉은 게 향기로워

잠깐 걷는 울타리 언덕길은 모두가 시의 소재
구태여 돈 안써도 스스로 술 취했네
객지생활 여러 해에 돌아가지 못하고
고향 편지 올 때마다 남몰래 시름짓네

秋日書懷

吾家東指水雲鄉　　細憶秋來樂事長
風度栗園朱果落　　月臨漁港紫螯香
乍行籬塢皆詩料　　不費銀錢有酒觴
旅泊經年歸未得　　每逢書札暗魂傷

*24세 때(1795) 지음.

이 해에 정시초시(庭試初試)에 합격하고 성균관에 있으면서 여러 차례 임금
님을 모시고 시를 지어 올려서 칭찬을 받았다.

38. 봄날 담재에서 글을 읽으며①

— 독서란 경세제민 뜻을 키우는 일

아침 해는 남아 있는 봄눈 녹이어
개인 창에 떨어지는 물방울 소리
독서란 본래부터 즐길 만한 것이니
경세제민 그 어찌 명예로 하랴

요순시대 풍속은 순박했으니
이윤·부열② 신고하여 정성 쏟았네
내가 지금 나도[生] 늦지 않으니
먼 장래 바라보며 뜻을 품는다

春日澹齋讀書(丙午 時因別試應製)①

旭日融餘雪 晴窓有滴聲 讀書元可樂 經世豈由名
質朴唐虞俗 辛勤伊傅誠 吾生未爲晚 緬邈一含情

①원주에 병오년(1786, 25세)에 별시준비를 하던 때라 했다. ②이윤·부열―
이윤(伊尹)과 부열(傅說)은 중국 은(殷)나라 때의 어진 재상.

39. 감흥 2수①

― 과거제도는 잘못되어가고 있다

전국시대(戰國時代)②는 오히려 옛날③에 가까워
현명한 선비만 골라 뽑았네
유담(遊談)하는 선비가 경상(卿相)이 되고④
다른 나라 사람도 높은 벼슬했었는데⑤

홍도(鴻都)⑥의 시험 경쟁 문 열린 이후로
글짓는 재주만 나날이 번잡해져
영예와 굴욕이 한 글자로 판별나고
일생토록 그 신분 하늘과 땅 차이

의기 높은 선비는 굽히는 것 싫어하여
산택(山澤)에 버려짐을 달게 여기네

한 세상 건너기가 술 마시는 일 같아
시작할 땐 으레 적게 마신다지만
술잔이 오고가면 취하기 쉽고
취하면 평소 마음 어두워지네

206

백 잔을 기울이며 정신없이 취하여
거친 숨 쉬어가며 음란한 생각한다
저 깊은 산림엔 거처할 곳 많아서
지자(智者)는 일찌감치 찾아가는데

나는 늘 생각뿐 가지 못하고
헛되이 남산 밑만 지키고 있네

感興 二首(時下第)

戰國猶近古　選士唯其賢　游談取卿相　客旅多居前
鴻都啓爭門　詞藻日紛然　榮悴判一字　畢世分天淵
伉厲恥屈首　山澤甘棄損

涉世如飮酒　始飮宜細斟　旣飮便易醉　旣醉迷素心
沈冥倒百壺　豕息常淫淫　山林多曠居　智者能早尋
長懷不能邁　空守南山陰

*25세 때 지음.

①원주에, 이때 과거시험에 낙방했다고 함. 이해 둘째 아들 학유(學遊)를 낳았다. ②전국시대(戰國時代)―중국 주(周)나라 위열왕(威烈王) 때부터 진(秦)나라 시황(始皇)의 천하통일 때까지. ③여기서는 요(堯)·순(舜)·우(禹)·탕(湯)·주문왕(周文王)·주무왕(周武王) 등이 통치하던 이상적인 시대를 가리킨다. ④전국시대에 범수(范雎)·채택(蔡澤) 등이 유세객으로서 진(秦)나라의 재상이 된 일을 말한다. ⑤이사(李斯)가 초(楚)나라 사람으로 진나라의 객경(客卿)이 된 일을 말한다. ⑥홍도(鴻都)―중국 후한의 영제(靈帝) 때 설치한 일종의 도서관으로 그곳에서 선비들이 글짓는 공부를 하여 시험 준비를 했다고 한다.

40. 초여름에 처자를 거느리고 소내로 돌아오며

> ― 고향길은 즐겁지만 어린 자식은 세상 모르고, 야윈
> 아내는 청산을 바라볼 뿐

포구의 서풍 속에 배 띄워 나서 보니
동녘 고향산천은 안개 속에 아득하다
야윈 아낸, 지나가는 푸른 산이 아까운 듯
어린 아들, 조는 백조 홍미롭게 구경하네

고향 소내 왕래함은 본래 절로 즐거운데
녹문산①에 은거할 날 어느 해에 돌아올꼬 ?
나갈 건가 물러나랴 밤새워 생각해도
구양수의 영미전②이 그 없으니 어찌하리

孟夏領妻子還苕川

浦口西風好放船　鄕園東望杳雲烟
瘦妻解惜靑山過　穉子耽看白鳥眠
苕雪往來元自樂　鹿門畊隱定何年
細將出處通宵議　只少歐陽潁尾田

① 녹문산 ― 중국 호북(湖北) 양양현(襄陽縣)에 있는 산인데, 한말(漢末)에 방덕
공(龐德公)이 처자를 거느리고 녹문산에 올라가 약을 캐며 돌아오지 않았다 하
여 은거지의 별칭으로 쓰인다.　② 구양수의 영미전 ― 영미 전답은 당(唐)나라
구양수(歐陽脩)의 '대자리랑 베개랑 끝내 거둬 가져가 맑디맑은 영수 강변에 집
을 짓고 밭을 사련다[終當卷簟携枕去 築室買田淸潁尾]'에서 나온 것으로, 다
산이 세상에 나갈 것인가 고향에 은거할 것인가를 곰곰이 생각해 보았지만 의
지하여 살아갈 만한 전답이 없으므로 세상에 나갈 수밖에 없다는 것이다.

41. 가을날 문암산장에서 느끼는 갖가지[①]

> ― 추수를 보느라고 문암산 산촌에서 가을을 보내며 참생
> 활을 보았다

1

띠로 입힌 지붕은 쓸쓸히 서까래 앙상하고
향기로운 벼는 익어 뜰 앞에 가득
처음으로 동방삭의 장안미를 생각타가
서둘러 구양수의 영미전을 보는 듯

秋日門巖山莊雜詩(九月也 時因看刈 留數十日)

茅棟蕭條只數椽　恰看香稻滿階前
試思方朔長安米　爭似歐陽潁尾田

2

골 깊고 샘 차니 기온이 고르잖아
7월인데 동풍이 너무도 차갑구나
올해는 찰벼 심어 후회했으니
내년엔 기어코 메벼를 심으리라

谷邃泉寒氣未平　東風七月太無情
今年悔種絅毛稬　來歲須栽坼背秔

3

산 속은 모두가 늦가을 풍경인데
온 식구들 통틀어 돌밭머리 나왔네
목화는 볕에 말려 아이들이 줍게 하고
서리 맞아 마른 콩은 할멈 시켜 거둬야지

山裏烟光屬晚秋　全家都在石田頭
棉花日晒教兒拾　豆莢霜凋倩嫗收

4

서쪽으로 5리쯤에 수시(水市)가 있어
높은 가을 강 어귀에 장삿배 들어오네
아침상에 새우조림 웬일인가 하였더니
숯 팔아다 엊저녁에 사왔다 하네

水市西通五里纏　高秋穴口賈船來
朝盤怪有紅鰕漿　聞道前宵賣炭廻

5

앞숲에서 나무하다 노루 잡아 돌아오니
온 마을이 경사났다 집집이 떠들썩
파·마늘 양념하여 흙화로에 구워내니
그 누가 농가에서 고기맛 못본다나

樵叟前林打鹿歸　一村謹賀動山扉
地爐燒炙兼蔥蒜　誰道農家未饜肥

6

청제봉 북쪽은 칠원에 접해 있어
산과 골짜기는 무릉도원 같을시고
금년엔 좁쌀독 빌 걱정 안하리
새로 캔 인삼도 여덟·아홉 뿌리로세

靑帝峯陰接漆園　溪山恰是武陵源
今年不患罌無粟　新採人蔘八九根

210

7

뚫어진 울타리에 밤 호랑이 나타나니
고요한 산중에 우레 같은 울음소리
소년 혼자 사립문 밀치고 나가더니
앞 개울에 쫓아가서 개 안고 돌아오네

籬落三更猛虎來　萬山寥寂一聲雷
少年獨出柴門去　趕到前溪取狗廻

8

선사 방은 석문의 동쪽에 고요하고
단풍잎은 서리맞아 온 산이 붉었다
어찌 승려를 숨어사는 사람 같다 하느뇨
노새 타고 구름과 물 사이로 오갈 뿐이네②

禪房窈窕石門東　山葉經霜萬樹紅
安得僧如支循者　騎驢來往水雲中

①원주에, 9월에 벼베기를 보느려고 수십일 이곳에서 머물렀다고 함.　②26세
(1787)인 이 해도 여러 번 춘관(春官)에 들어 시를 지어 올렸는데 이와 관련시
켜 말한 듯.

42. 누에치는 노래(이 누에치기 노래 7수를 아내에게 주노라)

> — 아내는 양잠에 전력하여 그 공이 도타웠다

1

반 년은 길쌈 농사 그리고는 갈고 매는 고달픔

목화 심곤 1년내내 날씨 걱정 끊임없네

누에치기 그 보람 빠르기는 제일이라

한 달이면 광주리에 고치가 가득

蚖珍詞①(七首贈內)

半年麻枲勞耕翦　終歲棉花慮雨暘

最是蠶功收效疾　三旬贏得繭盈箱

① 원주에, '집사람이 양잠을 몹시 좋아하여 서울에 있으면서도 해마다 고치실을
수확하므로 이 시를 쓴다'고 했음. 원(蚖)은 여름에 치는 누에를 뜻함.

2

관단(欵段)① 말이 녹이(綠駬)② 낳는다는 말을 못 듣고

반호(獙狐)③가 오로(獒盧)④를 낳은 것 못 보았네

올해엔 금쪽 같은 누에 종자 골랐으니

내년엔 얽힌 실이 옥단지[玉壺]⑤와 같으리라

欵段未聞生駥駬　獙狐不見産獒盧

今年擇種如金粒　來歲纏絲等玉壺

① 관단(欵段)─걸음이 느린 둔마.　② 녹이(駥駬)─좋은 말의 이름으로 주나라
목왕(穆王)이 천하를 주유할 때 탔던 팔준마(八駿馬)의 하나라 함.　③ 반호(獙
狐)─꼬리가 짧은 들개.　④ 오로(獒盧)─사나운 개, 로(盧)는 색이 검은 전국시
대 한(韓)나라의 명견.　⑤ 고치가 병 모양으로 생겼으므로 옥으로 만든 단지와
같이 좋은 고치를 얻으리라는 뜻.

3

묵은 가지 뽕순 따서 새끼누에 잠깐 먹여

새잎은 길렀다가 누에 늙기 기다리네

오랫동안 굶기면 병들까 걱정이요

너무 먹어 수놈만 만들지 말아야지.

　須將舊葉哺纖蟻　留養新芽待老蟲
　唯恐久飢深得病　無令太飽獨成雄

4

층층이 잠박(蠶箔)[1] 놓아 요량있게 배치하니
칠층이면 일곱간치 누에를 칠 수 있네
나쁜 내음 멀리하고 온도를 고루 맞춰
언제나 햇볕 들게 동남쪽을 향하도록

　層苗安排量所函　七層能養七間蠶
　遠臭兼須齊冷煖　納陽常要向東南

①잠박(蠶箔)—누에 치는 데 넣어 놓는 상자. 곡(曲)은 잠박.

5

광주리에 고치담아 자주자주 볕쪼이고
아이들 젓지 말고 손으로 뒤져 놓아
부뚜막 끓는 물에 익혀서 실을 빼니
자애는 돌아가며 실을 감는 고패[1]소리

　盆中納繭數宜明　莫把斜兒信手傾
　熱灶薰蒸絲易爛　繅車須向轆轤鳴

①고패, 즉 녹로(轆轤)는 물레나 줄을 감는 수레의 축.

6

기상(氣桑)이 좋다 해도 지상(地桑)[1]만 못하거니
한 떼기만 심어도 열 집 옷은 나온다네

노상(魯桑)② 형상(荊桑)③ 억세어서 심을 만한 뽕나무
붉은 오디는 까마귀가 따먹을세라

氣桑不似地桑肥　一畝栽成十室衣
魯沃荊剛俱可種　莫教紅葚烏銜歸

①기상(氣桑), 지상(地桑)－재배 방법에 의한 뽕나무의 분류인 듯.　②노상(魯桑)－오디가 많이 열리는 뽕나무.　③형상(荊桑)－오디가 적게 열리는 뽕나무.

7

양잠(養蠶) 집에 긴요한 건 목화밭이니
땅에 거름 사람공력 게을리할소냐
써레로 밭을 일궈 가로 세로 이랑짓고
씨아에 솜을 걸고 고패로 실 뽑는다

蠶家羽翼是棉田　地力人功奈未專
碌碡①會施經緯線　攪車②須藉槤櫨旋

①녹독(碌碡)－써레(농기구).　②교거(攪車)－씨아(실 뽑는 틀).

43. 장호원①을 지나며

ㅡ 농산물의 집산을 보며

이정역(梨亭驛) 가는 길이 용당(龍堂)에 접해 있고
충주가 가까우니 고향 땅 같구나
가을 나무 까마귀들 장터는 써늘하고
석양빛에 마소 걷는 들판 다리 길어라

목화농사 지어서 멀리 금산에 팔고

214

벼농사는 모아서 한강으로 수송하네
내일은 연못[荷潭]② 씻어 깨끗이 하고
서리 낀 연잎을 지켜보리라

次長湖院

梨亭驛路接龍堂　行近忠州似故鄉
秋樹烏鴉溪市冷　夕陽牛馬野橋長
棉花遠致金山賈　稻秸全輸洌水航
來日荷潭謀汎掃　忍看原艸帶微霜

* 28세 때(1789) 지음.

① 장호원(長湖院)－경기도 이천군의 읍으로 교통의 요충이며, 농·축산물의 집
산지이다.　② 여기 하담은 충주의 선영이 있는 지명이자 연못이란 뜻인데 복합
적으로 쓰고 있다. ③ 이 해 3월에 초계문신(抄啓文臣)이 되고, 5월에 부사정
(副司正), 6월에 가주서(假注書)가 됨. 겨울에는 한강 배다리, 즉 주교(舟橋)
공사로 공을 세움.

44. 임금을 모시고 말타기 기예를 보고 그 기묘한 재주를 노래함

> ― 말타기 재주는 무예의 하나, 고유의 전통기예를 적어
> 둔다

사나운 말갈기를 세우고 바람 뚫고 내닫는데
가을하늘 새매가 창공을 치닫는 기세로다
길 옆 말 달릴 때 기사는 겨눠 보다가
옆으로 몸을 날려 말등에 올랐네

두 팔을 쭉 펴고 말등 위에 우뚝 선다

흡사 선인이 나래를 펴서 날다가
황학루 난간에 비켜선 모습일세
문득 몸을 날려서 말허리에 내려 숨어

흡사 물오리가 꽃 속에 숨었다가
물 속으로 헤엄치듯 용궁으로 잦아지듯
문득 일어나 안장 위에 가슴을 대니
마치 술취한 사람이 걷어찬 바둑판
다리 하늘을 향하듯

문득 허리를 펴고 팔을 들어 휘저으니
마치 바람에 나부끼는 깃발들이
숲 사이로 비스듬히 지나가는 듯
혹은 넘어져 뻣뻣이 굳은 시체인 양
펄쩍 뛰어 솟구치는 원숭이 같네

척씨네[1]의 무예 열여덟 가지 중에도
말 타는 기예만은 우리나라가 으뜸일세
기마전의 재주는 말 모는 데 있으니
기사와 말이 하나 되어 마음대로 달리는 것이 좋은 재주

세상에는 익히면 못할 것이 없나니
장대놀이[2] 줄타기도 모두 잘해 성공하고
예로부터 전투에선 좋은 무기를 써야 하는 법
맨몸으로 부딪쳐선 패하기만 쉬우리

모름지기 갑옷 입고 긴 창을 메어야만
그런 뒤에 그대들은 으뜸 되리라

大駕至鍊戎臺閱武觀馬上才有述

悍馬奮鬣凌長風	勢如秋隼流寒空
路旁側睨候馬過	橫飛躍上奔䑋同
張臂直立肩峯上	譬如仙人羽客飄飆
廻倚黃鶴飛樓中	忽翻身藏髀骼裏
譬如綠鳧花鴨隨波	容瀿芍沒沈幽宮
忽起插嘴鞍鞴脊	疑是醉客蹴倒棋盤脚向穹
忽展腰肢翼偏擧	疑是風旗獵獵偃過林木叢
忽僵佯死如飛將	忽躍奮搏如猿公
戚家武藝十八技	世稱此技輸我東
騎戰之能在善馭	與馬爲一斯良工
世間無物習不就	竿盆蹋索皆成功
邇來格鬪仗奇器	赤身衝突技易窮
須穿冷端使長戟	然後汝曹才果雄

* 이 해 예문관(藝文舘) 교열(校閱)이 되었는데 3월 8일에 벽파의 탄핵으로 충남 해미(海美)로 귀양갔다가 19일에 풀림. 이 해에 다시 교열과 사헌부 지평이 됨. 29세 때(1790) 지음.

① 척씨(戚氏)—중국 명나라 사람 척계광(戚繼光)을 가리킨다. 무예에 능한 전략가로 알려졌다. ② 간분(竿盆)—장대놀이. 장대 끝에 물동이를 얹어 놓고 그것을 뱅뱅 돌리는 옛 곡예의 일종.

45. 죽은 애를 생각하며①

— 죽은 애를 애도하며 사죄하는 글

생각하면 네가 나를 떠나보낼 때
옷자락 서로 잡고 놓지 않았지

돌아와도 네 얼굴엔 기쁜 기색 없고
원망하듯 그리운 듯 생각에 잠겼더라

마마로 죽는 건 어쩔 수 없더라도
등창으로 죽다니 그 아니 불행한가
웅황(雄黃)②의 약효는 악독을 없애건만
속으로 종기 번져 오래도록 상했구나

부질없이 인삼 녹용 쓰다가 보니
냉약(冷藥)이 어찌 그리 허망하리요
지난번 모진 고통 네가 겪고 있었을 때
나는 한창 질탕하게 놀고 있었지

푸른 물결 한가운데 장구 치고 놀았었고
홍루(紅樓)에서 기생 끼고 마음껏 놀았구나
내 마음 허황하여 벌 받아 마땅하리
어찌 능히 징벌을 면할 수 있을 건가

내 너를 소내[苕川]에 보내고 나서
서쪽 언덕 양지쪽에 묻어 주리라
나 또한 그곳에서 장차 늙으리니
이 애비 의지하고 고이 잠들라

憶汝行(哭幼子懼牂而作也 四月初 以經瘡折 己酉十二月生)

憶汝送我時 牽衣不相放 及歸無歡顏 似有怨慕想
死痘不奈何 死瘟豈非枉 雄黃利去惡 陰蝕何由長
方將灌蔘茸 冷藥一何妄 曩汝苦痛楚 我方愉佚宕
撾鼓綠波中 攜妓紅樓上 志荒宜受殃 惡能免懲刱
送汝苕川去 且就西丘葬 吾將老此中 使汝有依仰

*이 해에 사간원 정언(正言)이 되고, 10월에 사헌부 지평(持平)이 됨. 30세 때 (1791) 지음.

① 원주에, '어린 아들 구장(懼牂)을 곡하여 짓는다. 4월 초에 악성 종기로 죽었는데 기유년 12월생이다'라고 함.　② 웅황(雄黃)―광물의 일종으로 약제로 쓰인다.

46. 부친께서 진주 임지로 돌아가시니 동작나루에서 이별함

> ― 부친을 임지로 배웅하니 연세를 생각하고 슬픔이 가득했다

나루터에서 배에 옮겨 타니 앞길이 멀고
저쪽 모래톱에는 기다리는 말이 보인다
부친 구레나룻 야위어 저녁 모습 더욱 서럽고
가죽 옷은 엷어 뵈니 봄날씨 춥다

영화는 바뀌니 앞날이 묘연하고(가마 덮개가 펄럭인다)
가는 곳 푸른 메뿌리 멀어서 아득하다
가마 앞에서 이별주 한 잔 따라 올리니
받아들고 차마 서러워 못 드시네

銅雀渡送別家君還赴晋州(壬子, 時因貢蔘差員之行　正月也

此別遂爲永訣)

渡口移舟遠　沙頭立馬看　鬖凋懷暮景　裘薄念春寒
杳杳飜華蓋　迢迢對碧巒　轎前一杯酒　應爲別離難

*31세(1792) 작. 이 해 3월에 홍문관 수찬(修撰)이 되다. 원주에, 임자년 동작나루에서 아버지를 배송해 드린 것이 영 이별이었다고 했다. 이해 4월 9일에

부친인 진주공이 임지에서 작고하였다.

47. 배다리를 건너다①

— 배다리의 규격과 모양을 적는다

해마다 봄철이 되면 참배하려고
어가는 화성[水原]으로 행차하신다
배다리 놓으려고 가을 지나 배를 모으고
다리는 눈오기 전에 모두 이루어지네

조익(鳥翼)②은 붉은 난간에 끼어졌고
어린(魚鱗)③은 흰 다리 판에 비끼어라
선창에 돌을 실어 움직이지 않으니
천 년토록 불변하는 임금의 효성을 알리라

過舟橋

歲歲靑陽月 鑾輿幸華城 船從秋後集 橋向雪前成
鳥翼紅欄夾 魚鱗白板橫 艙磯石不轉 千載識宸情

＊31세 때(1792) 지음.

①다산은 28세(정조 13년, 1789) 때에 주교(舟橋)에 대한 역사와 규제를 만들
어 올린 일이 있다. 이는 정조가 아버지 장조(莊祖 : 사도세자)의 능을 참배하러
갈 때 그 도강의 편리를 위하여 한강에 만든 부교(浮橋)이다.   ②조익(鳥翼)—
배다리 양옆에 대는 다리의 나래 부분.   ③어린(魚鱗)—배의 통로로 만든 판자
가 비늘처럼 줄진 모양.

48. 7월 8일 밤에

> — 풀벌레 소리에 초생달 기울고 세월은 구름가듯 빠르더라

뽕나무 그림자 너울너울 평상에 그늘지고
엷은 구름 초생달이 서쪽 담에 걸렸네
종소리 스물여덟 모두 다 울린 뒤에
집집마다 저녁 연기 아련도 하구나

담 머리에 야밤되니 달빛도 기우는데
죽란(竹欄)①엔 그림자 걷히고 풀벌레 서글프다
밝았다 어두웠다 수없이 뒤바뀜이
빠르기가 골짜기에 구름이 떠다니듯

七月八日夜(甲寅)

桑影婆娑落臥牀　薄雲纖月在西墻
二十八鍾聲斷後　萬家烟火澹滄涼
牆角三更月欲頹　竹欄收影艸蟲哀
一光一黑常相遞　煢若溪雲度復來

* 다산(茶山)은 31세(정조 16, 1792)되던 해, 4월에 부친상을 당하고 5월에 충주에서 그 장례를 지냈고, 거상중 겨울에 수원성제(水原城制)를 지어 올리라는 명을 받고 직접 수원성을 쌓는 일에 참여하였다. 32세 때는 소상복을 입고 상제를 지낸 해였다. 그러므로 32세 때 시는 전하는 것이 없다.
* 33세 때(1794) 지음.

① 죽란(竹欄)－다산은 젊은 초계문신(抄啓文臣)들과 '죽란시사(竹欄詩社)'를 만들어 1년에 여러 차례의 모임을 가졌는데, 대부분 다산의 집에서 모였으므로

자기 집 사랑방을 죽란이라 불렀다. 죽란시사에 모인 사람은 이유수(李儒修)·
홍시제(洪時濟)·이석하(李錫夏)·이치훈(李致薰)·이주석(李周奭)·한치응(韓
致應)·유원명(柳遠鳴)·심규로(沈奎魯)·윤지눌(尹持訥)·신성모(申星模)·한백
원(韓百源)·이중련(李重蓮)·채홍원(蔡弘遠)·다산 형제 등 15인이다.(〈竹欄詩
社帖序〉 참조)

49. 봉황새가 울었구나①

> ― 대사간이 되었으니 몸조심할진저, 벼슬은 일장춘몽
> (韓致應②에게 주노라)

울려거든 모름지기 조양봉(朝陽鳳)③ 되지 마라
뜻 없이 한번 울면 뭇 사람 놀라리라
호화로운 누각엔 앵무새 둘러앉아
생황(笙簧)처럼 교활한 말, 종일토록 지저귄다
벼슬은 모름지기 간대부(諫大夫) 되지 마라
말해봐도 소용없이 부질없이 겉돈다네
말단의 신진 관료 샘솟듯 기세 높아
은 안장에 백마 타고 하인들 부리다가
잠깐 사이 돌개바람 천지를 휩쓸면은
물렀거라! 외친 길엔 먼지만 날리리라

鳴鳳篇(贈韓獻納致應)

鳴莫作朝陽鳳　　偶來一鳴驚者衆
珠簾繡閤坐鸚鵡　　巧舌如簧終日弄
官莫作諫大夫　　縱言無補徒爲迂
末僚新進氣泉涌　　銀鞍白馬紛騘擁
倏若回飇捲地來　　辟易一路飛黃埃

＊33세 때(1794) 지음.

① 명봉(鳴鳳)―봉황새는 상상의 영조(靈鳥)로서 성인(聖人)이 출현했을 때 세상에 나타나 운다고 한다. 우는 봉황은 좋은 문장·어진 선비·태자·태평성세 등의 비유로 사용된다. ② 한치응(韓致應 : 1760~1824)―벼슬이 대사간(大司諫)에 이르렀다. 시문에 뛰어났으며 다산과 함께 죽란시사(竹欄詩社)의 일원이었다. ③ 조양봉(朝陽鳳)―중국 당(唐)나라 고종 때 감찰어사 이선감(李善感)이 직언을 하여 왕의 잘못을 간하는 것을 보고 세상 사람들이 '봉황새가 조양에서 운다(鳳鳴朝陽)'라고 한 고사가 있다.

50. 수석을 노래함

> ― 물의 근원은 물방울인가 구름인가?

샘의 뜻은 언제나 바깥 넓은 세상에
돌뿌리 거세게 앞길을 막아도
천겹 험한 속을 기어코 헤쳐나와
의연히 솟아나서 하늘 밑에 나섰네

詠水石絶句

泉心常在外 石齒苦遮前 掉脫千重險 夷然出洞天

반석 위를 믿고서 평온히 달렸더니
느닷없이 깎아지른 벼랑을 만났구나
폭포 소리 요란하게 골짜기 뒤흔들 듯
차라리 노한 채 절벽을 내려치네

只恃盤陀穩 翻遭絶壑危 瀑聲如勃鬱 無乃怒相欺

나그네 마음이 비록 맑다 하지마는
맑고도 깊은 물엔 오히려 못 미치네
된서리 맞은 수풀 물속에 어리어도
노란 유리 사이사이 붉은 수정 비추네

客心雖己淨 猶未及澄泓 强受霜林影 黃璃間紫晶

텅 빈 골짜기엔 낙엽만 쌓이고
쌓인 잎 개울 메워 물줄기 막혔네
그 누가 낭사(囊沙)①를 활짝 터뜨려
가을 골짝 시원케 흘려 보낼꼬?

谽谺堆落葉 幽咽不能流 誰作囊沙決 澎滂大壑秋

① 낭사(囊沙)-모래주머니. 옛날 중국의 한신(韓信)이 모래주머니를 만들어 유수(濰水)의 상류를 막았다가 적군이 강을 건널 때 일시에 터뜨려 적을 몰살시켰다는 고사가 있다.

검푸른 이끼바위에 매달린 물방울이
방울마다 즐펀히 돌문을 적시는데
운근(雲根)①은 천만 길 높이 솟아서
끝내는 참 근원②을 알 수 없구나

嚴溜縣蒼黝 淋漓潤石門 雲根千萬丈 終莫諦眞源

*33세 때(1794) 지음.

① 운근(雲根)-바위가 구름이 생기는 뿌리라는 뜻이다.   ② 참 근원-구름이 이는 근원이자 세상의 진리의 근원임.

51. 넓은 학문

— 성호선생은 그 학문이 넓고 위표가 높더라

박학(博學)할손 성호(星湖)①선생
백세의 스승으로 나는 따르리

등림(鄧林)[2]대는 무성하여 새싹이 번창하고
교목(喬木)[3]은 울창하여 가지가 많은 법

강(講)하는 자리에선 기풍 위엄 준엄하고
투호(投壺)[4] 놀이에도 예법은 밝아
드높은 그 위표에 세속 눈은 놀라고
인세에 섞여 사니 이를 어쩌노

博　學

博學星湖老　吾從百世師　鄧林繁結子　喬木鬱生枝
講席風儀峻　投壺禮法熙　孤標驚俗眼　歷落竟何爲

＊33세 때(1794) 지음.

①성호(星湖)—조선조 실학자 중의 한 사람인 이익(李翼 : 1681~1763)의 호.
②등림(鄧林)—중국 초나라의 대나무 숲 이름.　③교목(喬木)—줄기가 곧고 높
이 솟은 나무이고 관목(灌木)은 한 뿌리에서 줄기가 총생하는 나무.　④투호
(投壺)—투호놀이는 옛날 궁중에서 행하던 놀이의 일종. 화살같이 만든 긴 막대
기를 두 사람이 갈라 가지고 일정한 거리에 놓인 병 속에 던져 넣되 많이 넣은
편이 승리한다.

52. 암행어사로 적성촌[1]에 가서 본 백성들의 형편을 시로 엮음

— 관리의 수탈에 백성은 굶주리고 나라는 망해간다

시냇가 헌 집 한 채 뚝배기 같구나
북풍에 이엉 걷혀 서까래만 앙상하네
묵은 재는 눈처럼 하얗게 부엌은 차디차고
뚫어진 벽 틈으로 별빛이 비쳐드네

방안은 쓸쓸하여 가진 거란 거의 없고
모조리 팔아도 7, 8돈이 안되겠네
개 꼬리 같은 산조 이삭 세 줄기에
닭 창자같이 비틀어진 고추 한 꿰미

깨어진 항아리는 헝겊으로 때웠으며
찌그러진 선반대는 새끼줄로 얽었도다
구리 수저 벌써부터 이정(里正)한테 빼앗기고
무쇠 솥은 옆집 부자 빚돈 대신 가져갔네

검푸른 무명 이불 오직 한 벌뿐이니
'부부유별'이란 애당초 당치 않네
어린 것은 옷이 헐어 어깨가 다 나왔고
바지나 버선은 애당초 못 꿰었다

큰 아이 다섯 살에 기병으로 등록되고
세 살 난 작은 놈도 군적에 적혀 있고
두 아들 군포세로 오백 돈을 물고 나니
제발 죽기 바라는데 옷이 다 무엇이랴

아이와 강아지가 한데 섞여 잠자는데
호랑이는 밤만 되면 울 밖에서 으르렁
남편은 나무하고 아내는 방아 품 팔고
대낮에도 사립 닫아 그 모습 참담하다

점심 굶고 저녁 굶고 밤에야 밥을 한다
여름에는 솜 누더기 겨울에는 삼베옷
들냉이나 캐려 하나 땅이 아직 녹지 않고
이웃집 술 거르면 술찌꺼기 얻어 먹고

지난 봄에 꾸어 먹은 환자가 닷말인데
금년에도 이 짓하고 무슨 수로 산단 말가
무섭고 험상궂은 나졸놈이 또 올레라
관가 곤장 맞는 일이 이제는 두렵잖다

어허! 이런 집이 온 천하에 가득한데
구중궁궐 깊고 멀어 살피지도 못하누나
한나라 옛 제도엔 직지사자② 파견하여
2천 석③ 관리라도 즉결처분 내렸거든

폐단과 어지러움 뿌리째 못 뽑으면
공황④이 다시 온들 누가 이를 구해주리
정협⑤의 유민도를 넌지시 못내 잊어
이 시 한 편 그려내어 임금님께 드리노라

奉 旨廉察到積城村舍作

臨溪破屋如甕鉢　　北風捲茅壤齾齾
舊灰和雪竈口冷　　壞壁透星篩眼豁
室中所有太蕭條　　變賣不抵錢七八
尨尾三條山粟穎　　雞心一串番椒辣
破甖布糊敝穿漏　　庋架索縛防墜脫
銅匙舊遭里正攘　　鐵鍋新被鄰豪奪
青綿敝衾只一領　　夫婦有別論非達
兒穉穿襦露肩肘　　生來不著袴與襪
大兒五歲騎兵簽　　小兒三歲軍官括
兩兒歲貢錢五百　　願渠速死況衣褐
狗生三子兒共宿　　豹虎夜夜籬邊喝
郎去山樵婦備舂　　白晝掩門氣慘怛

畫闕再食夜還炊　夏每一裘冬必葛
野薺苗沈待地融　村蒭糟出須酒醱
飼米前春食五斗　此事今年定未活
只怕邏卒到門扉　不愁縣閣受笞撻
嗚呼此屋滿天地　九重如海那盡察
直指使者漢時官　吏二千石專黜殺
弊源亂本紛未正　龔黃復起難自拔
遠摹鄭俠流民圖　聊寫新詩歸紫闥

* 33세 때(1794) 지음.

① 적성촌(積城村)-경기도 연천에 있는 마을 이름.　② 직지사자(直指使者)-
옛날 왕명을 받들고 지방을 순찰하던 어사와 비슷한 벼슬아치. 중국 한(漢)나라
때 설치되었음.　③ 이천석(二千石)-중국 한(漢)나라 때 지방장관인 태수(太
守)의 연봉 액수 또는 그 장관.　④ 공황(龔黃)-중국 한(漢)나라 때 백성을 잘
다스렸다는 공수(龔遂)와 황패(黃霸).　⑤ 정협(鄭俠)-중국 송(宋)나라 사람.
그가 화공에게 의뢰하여 유랑민의 형상을 그려 왕에게 바쳤다는 사실이 있었다.

53. 우화정에 올라①

— 암행어사로 순찰하면서 퇴락하는 민생에 눈물짓다

푸른 시내 모래톱을 싸고 돌아서
붉은 정자 덩그러니 바위머리에 얹혀 있네
암행어사[王賀]② 사명 띠고 여기 왔으나
사공(謝公)③처럼 산천까지 유람하리라

오막살이 지붕엔 잔설이 처량하고
한오리 연기 저쪽 외로운 배 한 척
가난한 촌마을엔 수심 겨우니

더 오래 머물 생각 나지를 않네

登羽化亭(在朔寧郡)

碧澗街沙嘴 紅亭枕石頭 聊因王賀職 兼作謝公游
小雪依山屋 孤烟下峽舟 窮閻有愁歎 不敢戀淹留

* 33세 때(1794) 지음. 이 해 부친의 3년상을 마치고, 7월에 성균관 직강사(直講使 : 암행어사), 11월에 홍문관 부교리(副校理)가 됨.

① 원주에, 우화정(羽化亭)은 삭녕군(朔寧郡)에 있다 하고 삭녕은 지금의 연천에 있다. ② 왕하(王賀)-중국 한(漢)나라 때 수의어사(繡衣御史)를 지낸 사람이므로 암행어사의 직책을 말한다. ③ 사공(謝公)-중국 남송(南宋)의 사영운(謝靈運). 그는 나막신을 신고 산수간을 유람했다고 한다.

54. '대장장이 노래'(도감 제공들께 삼가 보인다)[①]

— 궁중 장인들의 허무한 노고와 충성

대장장이여!
그대는 쇠 달구어 두드리며 풀무질 마라
붉은 불똥 튀기어 머리털 타 버릴라

옥인(玉人)[②]이여!
그대는 모래 비벼 박옥(璞玉)[③]을 닦지 마라
추위에 손등 트고 소름 돋겠다

상방(尙方)[④]의 소기(小妓)[⑤]는 아름다운 향기 속
붉은 털 짧은 갖옷 푸른 비단치마 입고서
곡방(曲房)[⑥] 담요 따뜻하여 졸음이 절로 와
종일토록 바느질한 것이란 패물 주머니 하나

검은 보 붉은 쟁반에 진수성찬 바치어도
생선만두 꿩구이일랑 맛보지 못해
태농(太農)의 면포(棉布) 재산 3백 필이면
기생첩 두 사람에 공인 하나 사는데

공인은 베 팔아 쌀 사러 치닫고
기녀는 그 베 베어 춤출 치장 장만하네
그 베는 먼 데서 가난한 여자가 짰건만
모조리 뺏기고는 실 한 오리 다시 없네

鍛人行 奉示都監諸公(時余爲都廳郎)

鍛人爾莫吹鞴鍛鐵條	紅熛黏髮髮盡焦
玉人爾莫搏沙磋璞玉	天寒手龜肌生粟
尙方小妓艾蒳香	紫貂短裘靑綃裳
曲房線毯温欲睡	終日縫成一珮囊
鴉帕朱槃競致餽	魚饅雉炙憛不嘗
太農棉布三百匹	妓獲其二工得一
工家賣布走米㕓 (東人謂市爲㕓)	妓家裂布裝舞筵
布來遠自寒女屋	再無一絲充杼柚

* 원주에, '우리나라에서는 저자를 전이라 한다(東人謂市謂㕓)'고 했음. 33세 때
(1794) 지음.

① 원주에, 그때 필자는 도청랑(都廳郎)이었다고 했다. 도청랑은 궁중에 큰 일
이 있을 때 임시로 설치하는 직책. ② 옥인(玉人)-옥을 갈아서 세공하는 기
술자인데 궁중에 소속되어 기물을 만들어 바치는 장인들을 말함. ③ 박옥(璞
玉)-가공하기 전의 원석의 옥 덩어리. ④ 상방(尙方)-임금의 옷을 만들고 궁
중의 기물·보석 등의 일을 맡았던 관리로서 처음에는 상의원(尙衣院)이었다가
상의사(尙衣司)로 바뀌었다. ⑤ 소기(小妓)-상방사에서 주로 바느질을 하는

나인. ⑥ 곡방(曲房) — 뒷방.

55. 백성은 굶주린다

— 농민들의 수탈상과 굶주려 이농하는 참상

인생이 만약에 초목이라면
물과 흙으로만 살아가련만
허리 구부려 땅의 털을 먹으니
이것이 바로 콩과 조이렷다

콩과 조는 구슬보다 더 귀하거니
근들 어찌 넉넉히 먹었을소냐
마른 목은 여위어 따오기 모양이요
병든 살갖 주름져 닭살 같구나

우물이 있다마는 새벽 동자 할 수 없고
땔감은 있다마는 저녁거리 바이 없네
사지는 아직도 움직일 때이련만
굶은 다리 제대로 걷기지 않네

해저문 넓은 들에 부는 바람 서글픈데
슬피 우는 저 기러기 어디메로 날아가나
고을 원님 어진 정사 베풀기 위해
없는 백성 구한다며 쌀 준다 하네

가다가다 고을 문에 이르러 보면
옹기종기 입만 들고 죽솥으로 모여든다
개 돼지도 버리고 거들떠 안 볼텐데
굶주린 사람 입엔 엿보다도 달구나

어진 정사 한다는 말 당치도 않고
주린 백성 구한다니 당치도 않네
관가 마구간엔 마소들도 살찌는데
이건 바로 백성들의 살일러라

슬피 울며 고을 문을 나서고 보니
눈앞이 캄캄하여 갈 길은 막연하다
잠시 발 멈추어 마른 잔디 언덕에서
무릎을 펴고 앉아 우는 애기 달래노라

고개 숙여 우는 애기 서캐·이를 잡노라니
두 눈에선 폭포같이 눈물이 곤두서네

유유히 흐르는 천지자연 큰 이치를
고금에 그 누가 알기나 했으랴
총총한 백성들이 살아가는 저 모습
여위고 병들어서 몰골이 말 아닐세

말라서 약한 몸, 가누지를 못하며
길가에 만나느니 유랑민뿐이로세
이고 지고 나섰으나 오라는 곳 어디메뇨
갈 곳을 모르니 어디로 향할소냐

골육(骨肉)도 보전치 못하겠으니
두려울손 천륜까지 끊기어지겠네
상농군도 이제는 거지가 되고
집집마다 문 두드리어 구걸을 하오

가난한 집 구걸 갔단 되려 슬프고
부잣집에 구걸 가면 더욱 피하네

날짐승 아니니 벌레 쪼아 못 먹고
물고기가 아니어서 헤엄칠 수 전혀 없네

얼굴은 부어 올라 누렇게 뜨고
머리는 흩어져 어지러이 날리누나
옛날 성현 어진 정사 펴던 시절은
홀아비와 과부를 먼저 구해 주었는데

지금은 그들이 오히려 부러우니
굶어도 혼자서 굶고 지내어
아내도 지아비도 가솔조차 없었으니
그 어찌 집안 살림 걱정했겠나

따스한 봄바람에 봄비가 뿌려지면
꽃 피고 잎이 피어 온갖 초목 자라난다
거룩한 생의 뜻이 온 천지에 가득하니
빈민구제 높은 정이 천지에 가득찼었다

엄숙하고 점잖은 관청의 높은 분네
나라의 운명은 오직 경세제민뿐이로세
모든 생명들이 도탄에 빠졌는데
이를 구할 자 관리말고 누가 있나

누런 얼굴은 볼 모양 없고
이른 가을 마른 버들 형상이로다
구부러진 허리에 걸음 옮길 힘이 없어
담벽을 부여잡고 간신히 일어선다

일가 친척도 도울 길 전혀 없고
길가는 나그네야 아는 체나 할까 보나

제 살기에 얽매어 본래 마음 어기고
주려 병든 자를 보고 도리어 웃고 있네

이리저리 뒤척이며 온 마을을 찾아가나
마을 인심 어찌 본래 이러하던가
부러워라, 저 들판에 날아가는 새떼들은
벌레나 쪼아먹고 가지 위에 앉았도다

사또님네 집안에는 주육이 낭자하고
풍악 소리 울리면서 예쁜 기생 화려하다
희희낙락 즐겁게도 태평세월 모습이며
대감님네 그 모습은 우람하고 엄숙하다

간사한 인간들은 거짓말만 꾸며대고
우활한 양반들은 걱정이라 하는 말이
"오곡이 풍성하여 흙더미로 쌓였으되
농사에 게으른 자 스스로 주리노라

초목같이 많은 백성 어찌 모두 번영하리
요순 때 임금들도 백방으로 병 고쳐도
하늘에서 홍수같이 좁쌀이 쏟아진들
이같은 대흉년에 어찌 다 구원하랴" 한다

두어라 술이나 또 한 잔 기울여라
대부 벼슬 깃발 아래 춘흥이 가시겠다
강언덕과 산골에는 묻힐 땅도 남았으리
사람이란 숙명으로 한 번은 죽게 마련

제 아무리 오매초①를 가졌다 하더라도
조정에 이 사정을 알려서 무엇하리

저들의 형장들이 서로 돕지 않는 것을
부모인들 그 어찌 자애를 베풀소냐②

飢民詩

人生若艸木　水土延其支　傀焉食地毛　菽粟乃其宜
菽粟如珠玉　榮衛何由滋　槁項顑鵠形　病肉繡雞皮
有井不晨汲　有薪不夜炊　四肢雖得運　行步不自持
曠野多悲風　哀鴻暮何之　縣官行仁政　賑恤云捐私
行行至縣門　喝喝就湯糜　狗彘棄不顧　乃人甘如飴
亦不願行仁　亦不願捐貲　官篋惡人窺　豈非我所贏
官廐愛馬肥　實爲我膚肌　哀號出縣門　眩旋迷路歧
暫就黃莎岸　舒膝挽啼兒　低頭捕蟣蝨　汪然雙淚垂
（少陵評曰　粲粲元道州詞氣浩隙橫）

悠悠大化理　今古有誰知　林林生蒸民　憔悴含瘡痍
槁莘弱不振　道塗逢流離　負戴靡所聘　不知竟何之
骨肉且莫保　迫厄傷天彝　上農爲丐子　叩門拙言辭
貧家反訴哀　富家故自遲　非鳥莫啄蟲　非魚莫泳池
顏色慘浮黃　鬢髮如亂絲　聖賢施仁政　常言鰥寡悲
鰥寡眞足羨　飢亦是己飢　令無家室累　豈有逢百罹
春風引好雨　艸木發榮滋　生意藹天地　賑貸此其時
肅肅廊廟賢　經濟仗安危　生靈在塗炭　拯拔非公誰
（少陵評曰　激昂頓挫　縱橫抑揚　結語婉而嚴　勝打勝罵　言者無罪　聞者以
戒　南皐評曰　可抵鄭俠　流民圖）

黃馘索無光　枯柳先秋萎　傴僂不成步　循墻强扶持
骨肉不相保　行路那足悲　生理梏天仁　談笑見尫羸
宛轉之匹鄰　里俗本如斯　羨彼野田雀　啄蟲坐枯枝

朱門多酒肉　絲管邀名姬　熙熙太平象　儼儼廊廟姿
奸民好詐言　迂儒多憂時　五穀且如土　惰農自乏貲
林蒽何其繁　堯舜病博施　不有天雨粟　何以救歲飢
且復倒一壺　曲㳽春迷離　溝壑有餘地　一死人所期
雖有烏昧草　不必獻丹墀　兄長不相憐　父母安施慈

* 할주(割注)에, 소릉(少陵)은 논평하기를 '격양되다가 기세가 갑자기 꺾이어서 종횡으로 억양이 달라졌으나 결어(結語)는 완곡하면서도 엄격하여 몽둥이로 치는 것보다 더하고 꾸짖는 것보다 더하니 말하는 사람은 죄가 없다. 다만 듣는 사람이 경계할지어다'라고 하였고, 남고(南皐)는 평하기를 '가히 정협(鄭俠)의 〈유민도(流民圖)〉에 대적할 만하다'고 하였다.

① 오매초(烏昧草)－구황식품(救荒食品)의 일종인데 중국 송(宋)나라 때 범희문(氾希文)이 흉년에 이를 바쳤다는 고사가 있다.　②이 시는 34세, 즉 정조 19년 때(1795) 지은 작품이다. 이 해에 병조참의(兵曹參義) 우부승지(右副承知)를 제수 받았다가 주문모(周文模) 사건으로 둘째 형 정약전(丁若銓)의 연좌로 금정찰방(金井察訪)으로 좌천됨. 《서암강학기(西岩講學記)》, 《도산사숙록(陶山私叔錄)》을 이때에 썼다.

56. 4·6·8언시

> ― 벼슬아치들은 할일없이 세월아 네월아, 술이나 마셨다

세월 가니 때 바뀌고
바쁜 체 한가하다

오늘은 여러 선비와 곡수(曲水)① 에 놀고
내일은 여러 어른을 향산(香山)② 에서 만난다

바람 시원한 달빛아래 거문고 뜯고 바둑두며

대숲 꽃속에서 술들고 차 향기롭구나[3]

四六八言

時往時還　　　　似忙似閒
今日群賢曲水　　明朝九老香山
琴囊棋局風前月下　酒榼茶甌竹裏花間

＊34세 때(1795) 지음.

① 곡수(曲水)—곡수에 술잔 띄워놓고 시를 짓던 곡수유상(曲水流觴)을 말함.
② 향산(香山)—중국의 명산. 백거이(白居易)가 즐겨 살며 시를 읊던 산.　③이
4·6·8언(言)은 정다산이 쓴 독특한 시체이다.

57. 가난을 한탄한다

> — 너무도 가난하여 안빈낙도를 말할 여유도 없다

안빈낙도(安貧樂道)하려고 마음먹었지만
정말로 가난하니 도리어 미안하네
마누라 탄식 소리에 얼굴빛 찌푸러지고
아이들은 굶주리니 엄한 교육 풀어지네

꽃과 나무 모두 다 생기를 잃고
시서(詩書)를 읽어도 참뜻이 없다
부잣집 담 밑에 쌓인 보리도
부러워 발길 멈춰 쳐다본다네

歎　貧

請事安貧語　貧來却未安　妻咨文采屈　兒餒教規寬

花木渾蕭颯 詩書摠汗漫 陶莊籬下麥 好付野人看

* 34세 때(1795) 고향에 들렀을 무렵 지음.

58. 장마 한탄

— 실정 모르는 관료의 허세를 비웃다(남고[1]에게 보이다)

중복이 지나자 들물은 넘치고
산비탈 천수답도 무릎까지 물이 차니
쟁기있되 갈 수 없어 모내기 못하누나
기왕에 틀렸으니 인삼처방 써 볼까나

감사는 통문 날려 고을마다 야단법석
농사일 독려하기 법률같이 하는구나
사또님 말을 달려 친히 들에 나오시어
집집마다 다니면서 농사 늦다 꾸짖는다

젊은 사람 달아나고 노인 나와 절하면서
"죄송하오 모내기는 이미 때를 잃었소"
지금 와서 모 심는 건 인력만 허비할 뿐
가을에 누가 와도 가을걷이 못 보리라

목화밭 기장밭엔 잡초가 우거져서
여덟 식구 김 매도 하루 해가 아까운데
품을 사서 일하려면 참도 밥도 먹여야지
어디 가서 쌀 한 말 구할 수 있으리요

사또님 말을 세워 채찍 찾아 휘여잡고
농사에 게으른 놈 어찌 편케 봐 줄소냐

부녀자 불러내어 논일을 독촉하니
다섯 걸음 열 걸음씩 듬성듬성 모를 꽂네

사또님 말을 돌려 관아로 들어가니
논두렁에 다리 뻗고 비웃음 서로 웃네
농가에서 1년 중에 가장 큰 바람이란
벼 심어 가꾸어서 그 수확 거두는 것

제철 맞춰 일하기는 새매 날 듯 빠른 건데
그 어찌 엄포가 두려워서 1년농사 지을소냐
그러나 감사한 건 사또님이 기아 걱정 지극하여
미욱한 백성들을 친히 와서 가르침이로다

苦雨歎(示南皐)

中庚過後水澤溢　甌窶高田深沒膝
有犁不耕苗不移　如病旣誤方蔘朮
監司飛牒列郡擾　急急課農如法律
使君騎馬親出野　家家門前遑呵叱
健兒踰垣翁出伏　恭惟揷秧時已失
于今但得費服力　秋來誰遣觀刈銍
棉田黍田莠桀桀　八口荷鋤方惜日
傭人作事須有餹　一斗之米從何出
使君立馬索箠楚　惰農敢欲偸安佚
傳呼婦子催出田　五步十步立苗一
使君回馬入府去　隴頭放脚相笑咥
　　　　　　(咥笑也據廣韻)
農家一年所大慾　種稻成禾食其實
赴幾常如鷙鳥迅　豈待威嚴相恐怵

多謝使君念我饑　親來敎我牖迷室

＊34세 때(1795) 금정(金井)에서 지음.

① 남고(南皐)－다산의 외육촌인 윤규범(尹奎範)의 호, 윤선도(尹善道)의 손자로 초명은 지범(持範). 《여유당전서(與猶堂全書)》에는 모두 지법으로 되어 있다.

59. 술에 취하여

— 취함은 미치는 것, 현실은 허무한 것

기나긴 날 하루종일 술 한 통으로
둘이서 마주 앉아 미치듯 취하네
마시면 미치듯 취하고 미치면 더욱 마셔
돈 모으면 탐이 나서 더 많이 축재하듯

그대에게 묻노니 어찌하여 취하는가?
"저 넓고 푸른 하늘이 열린 걸 보라
흰 해는 서산에 지고
밝은 달 동산에 뜨는데

지고 뜨고 또다시 오고가지만
그 사이에 영웅 호걸 한번 가고 오지 않아
경선(經線)은 4만 5천 리요
위선(緯線)도 4만 5천 리

이 위에다 한바탕 놀음판 차려놓고
뭇 사람들 분분히 놀다 가지만
한세상 몸을 떨쳐 신나게 놀다가도
홀연히 자취 감추니 적막하구나

쓸쓸하게 죽고 나선 다시 못 오고
고운 아내 예쁜 자식 잃어버리니
허무하게 죽고 나면 무슨 소용 있으며
술이 있어 백 말인들 무엇하리요

말이 있어 열 필인들 올라타야 재미요
금이 있어 천 근인들 내 손 안에 쥐어야지
농부가 소 끌고와 무덤 갈아 헤쳐도
어찌 한번 벽력같이 꾸짖을소냐

만약에 갑자기 성인이 안되면
이는 곧 본성을 안 잃음이라
본성을 잃었다면
너도 역시 미치광이

네가 만일 미쳤다면 진실로 나와 벗이라
우리 어찌 백천 잔을 함께 마셔보지 않겠는가!"

醉歌行

長日一樽酒　　　相對兩狂客
飲酒成狂狂益飮　如財旣富愈貪獲
問君緣何狂　　　視彼天宇闊
白日西逝　　　　明月東來
西逝東來來復去　其間俊傑去不回
經線四萬五千里　緯線四萬五千里
設此一戲場　　　紛然衆戲子
倏爾現身馳驤驤　忽爾匿跡寥寥藏
寥寥藏遂不出　　豔妻美子渾相失

寥寥藏可奈何　　有酒百斗當奈何
有馬十乘能騎跨　有金千鎰能摩挲
有夫挈牛來耕面上土　何不一聲霹靂嚴叱呵
若非猝成聖　　　無乃失其性
失其性　　　　　汝亦狂
汝若狂眞我友　　何不與我二人共飲百千觴

＊34세 때(1795) 금정(金井)에서 지음.

60. 그림에 붙여

> ― 그림들이 모두 사실적이어서 실감이 난다

1

〈산촌의 정자〉라는 그림을 보고

단 한 칸 띠집 정자 물가에 서있는데
그대 집 어디길래 돌아가려 않는가?
책은 폈어도 글 읽는 뜻이 안 보이니
시냇가 푸른 산이 점점이 경치 좋아서인가?

題畫　五首

臨水茅亭只一間　君家何在欲無還
攤書不見看書意　爲有溪頭數點山

2

〈산으로 가다〉라는 그림을 보고

옷자락 펄럭이며 산으로 드는 모습
먼 하늘 모래섬에 석양이 비낀 속에

돌다리 다 건너자 초원을 만났는데
타고 가던 노새가 좋아라 뜀뛰네

衣巾飄拂入山裝　天遠汀洲正夕陽
行盡野橋逢草樹　小驢欣悦四蹄狂

3
〈물가의 정자〉라는 그림을 보고

시원한 바람 스치는 쓸쓸한 빈 정자
반은 수양버들 반은 물속에 들었네
사람이 찾아온 듯하나 보이지 않고
꼬부라진 난간엔 술병만 놓였어라

冷冷虛閣受長風　半入垂楊半水中
若有人來人不見　酒壺留在曲欄東

4
〈소나무 아래 주선〉이라는 그림을 보고

한 단지 청주는 고송 뿌리에 놓아 두고
머리 위로 시원한 바람 불어도 시끄럽지 않네
이 늙은이 앉아 있는 그 뜻을 묻지 마라
마음 비우고 앉은 곳에 거룩함이 있네

一樽淸酒古松根　頭上颼飀爽不喧
莫問此翁何意坐　絶無意處此翁尊

5
〈시골 절 풍경〉이라는 그림을 보고

시골 절 거칠어 몇 층 탑이 낡았고

마을에 다녀오는 중은 황혼 속에 보이네
푸른 숲에 장마비는 하늘 숲이 어둡고
주렁주렁 매단 무는 늙은 등나무 같구나

野寺荒臺塔數層　洞門曛黑見歸僧
蒼蒼積雨穹林內　不辨垂蘿與古藤

61. 어린아이

— 때 묻지 않은 어린이와 놀고 싶다

어린이의 얼굴은 늘 아름다워
흐리나 맑으나 도무지 걱정없어
날씨 좋은 풀밭에선 달리는 송아지 같고
과일 익으면 나무에 매달린 원숭이 같구나

강 언덕 집에서 쑥대 화살 날리고
웅덩이 시냇물에 배 만들어 띄우네
어지러운 세상 일에 얽매인 자들 속에도
너와 함께 티없이 놀만하구나

稺　子

稺子美顏色　陰晴了不憂　草暄奔似犢　果熟挂如猴
岸屋流蓬矢　溪坳汎芥舟　紛紛維世者　堪與爾同游

* 34세 때(1795) 금정(金井) 시절에 지음.

62. 고풍시

1

문명할수록 인간은 순박하지 못하더라

천하야 본래부터 아무 탈도 없었는데
어리석은 사람들이 떠들 따름이라네[1]
만약에 용렬함을 재능으로 바꿨다면
이 말이 진리임을 더욱 알리라

결승문자[2] 시절에 이미 순박치 못해졌고
글자 만드니 그 어찌 더하지 않으랴
전자는 바뀌어 예서·초서[3]로 변천되고
죽간[4]은 발전해서 활자인쇄 되었다

인간의 수명서는 날로 편해가면서
어지러운 세상은 날로 궤변 많아졌다
재변을 부려서 용을 새기기도[5] 하고
어리석은 백성은 아름다운 천성을 잃어갔다

공자의 거룩한 말 이미 뜯어 고쳐지니
어찌 이것이 진시황 죄[6]뿐이랴

古詩 二十四首

天下本無事 庸人擾之耳 若改庸爲才 此言尤達理(唐陸象先語也)
結繩亦已消 造字豈非技 篆變爲隸草 簡變爲鋟梓
壽書日以便 擾世日以詭 才辯如雕龍 愚民喪本美
孔聖旣刪削 奚爲罪秦始

① 원주에, 이 말은 먼저 당(唐)나라 육상산(陸象山)이 한 말이라고 했다. 그런데 육상산은 남송(南宋) 때 사람이다.   ② 결승문자(結繩文字)는 태고 때 노끈으로 매듭지어서 기억이나 신표로 삼던 문자 이전의 부호.   ③ 전자(篆字)와 예서(隷書)와 초서(草書)는 중국 한문자의 자체(字體)들.   ④ 죽간(竹簡)은 종이가 귀하던 시절 경서 등을 대나무에 새겨 엮은 문헌의 일종. 나뭇조각에 새긴 것이 목간(木簡)이었다.   ⑤ 조룡(雕龍)은 용을 새긴다는 뜻인데, 교묘하게 미사여구를 써서 용을 새기듯 꾸민다는 뜻.   ⑥ 진시황(秦始皇)이 서적을 불사르고 선비를 생매장[焚書坑儒]한 죄를 두고 하는 말.

2

전쟁은 끝이 없고 풍속은 무너져가

노자① 는 정치도 담론했으나
이웃나라도 오가지 않았고
강하로 남북을 한정해 놓았으니
하물며 넓은 큰바다 양편이야 알기나 하랴

어리석은 백성은 돼지 양같이 순하고
하늘 뜻은 백성 재앙 염려할 뿐
배는 그 누가 만들었는가?
이득을 본다 함은 본래가 재물이다

야만종과 오랑캐는 서로가 통하는 것
모든 화근 이로써 열려졌구나
전쟁은 끝날 사이가 없고
풍속은 날로 무너져 간다

어린 백성이야 본래부터 무슨 죄 있으랴
폐단의 근원은 어찌 재주부림이 아니겠는가

老聃談至治 鄰國不往來 江河限南北 況乃溟海哉

囿民如豚羊 天意念後菑 舟楫誰所製 利心本在財
蠻貊亂相通 禍門由此開 兵革無已時 風俗日已頹
庸人顧何罪 弊源豈非才

①노자(老子) 즉, 노담(老聃)의 사상, 그의 무위자연과 겸손의 노자 《도덕경》
의 사상.

3
겸손한 체 교만하고, 뜬소문만 세상 가득

놀이마당에 온 관람자는
귀빈이 온데도 예의 갖추는 일 없다
귀와 눈은 오로지 관극에 있지만
마음만은 늘 귀천을 서로 의식한다

박학다식이 불선이 아니라 하면
그것이 효제충신의 지식이어야 한다
음란한 마음은 가슴 속에 쌓여서
재롱은 불길같이 사지를 흔들고

겸손한 듯 얼굴 가렸지만 교만해 뽐내고
문밖에만 나서면 비방 소리 생긴다
뜬 소문은 연기같이 자욱하지만
하늘의 강물로도 이를 못 씻어

장차 자식 가르칠 일 참으로 걱정
다만 편지나 써서 글 배워 주어야지

戲場觀戲者 賓至不爲禮 耳目有所專 心用每相觝
博識非不善 所忽在孝弟 淫芳積其衷 才燄動四體

遜貌揜驕矜 出門生誹詆 浮言如烟霧 天河不能洗
敎子當何如 僅足通書啓

4

밝던 학문 흐려지고, 제 아는 체 이치 몰라

일월성신 일주는 스스로 도는 것
1년 사계절은 저절로 바뀐다
비록 작은 일들을 어설피 하는 것도
분수대로 살아가면① 패륜은 아니다

서로가 벌레같은 족속들이라
배거를② 흔들며 누구를 가르치랴
허망되이 하늘의 조화를 엿보려 하여
멋대로 달의 어둡고 기울어짐③을 헤아린다

좋은 꽃은 꺾어서 수반에 넣어 자연을 어기고
좋은 밭은 묵혀서 날로 거칠어 메말라간다
저 밝던 육경서는 기괴한 문장같이 만들었으니
캐고 물어④ 본들 묵묵부답일 뿐이다

七曜自旋轉 四時自更代 雖微閔妄人 隩析亦不悖
相彼蟲豸族 坯振有誰誨 妄欲窺天造 布算推弦晦
名花受澆甕 良田日蕪穢 六經如奇文 有叩默無對

① 오석(隩析)―사방토가거(四方土可居)를 의미하는 듯. 즉 어디서든지 살 수 있다는 말. ② 배진(坯振)―배거(坯車)를 돌림. 배(坯)는 굽지 않은 질그릇. 《삼재도회(三才圖會)》에 '어시교인(於是敎人) 작배거수품(作坯車數品)'이란 말이 있음. ③ 현회(弦晦)―그믐과 초하루. 초순과 보름. 회삭현망(晦朔弦望)에서 온 말. ④ 유고(有叩)―고(叩)는 고문(叩問), 격고(擊叩), 즉 질문의 뜻.

248

5

    말이 앞서면 망하니 먼 곳을 내다보자

마원의 아들 가르친 계자서는
뜻은 좋으나 말이 조잡해
세상을 근심하되 조리 없는 게 탈
먼저 용태초(龍太初)와 두보(杜甫)와 상의할 걸

마원은 이것이 패배의 원인
말이 앞서서, 걷잡을 수 없는 노여움을 부른다[1]
창자가 구부러져 사람을 허물케 한다고
이 한 마디 끝끝내 뱉어 버렸네

넓은 마음은 사람을 관용하는 것
범인도 누가 이를 모를 것인가

　　馬援戒子書　意善言則粗　方憂議人短　先議龍與杜
　　援也以此敗　駰舌招嫌怒　腸曲留人疵　此言終一吐
　　曠然推寬恕　凡民孰予侮

[1] 이는 마원(馬援)이 늙어도 말을 탄다고 호언장담한 고사에서 온 것 같다.

6

    돈 있으면 자식없고 자식복엔 밥 없더라

옛사람이 또한 한 말이 있어라
부잣집 아들은 거리에서 죽지 않는다고[1]
진실로 돈으로써 사는 것이라면
어찌 돈으로써 죽는 사람 없겠는가

소인배들 내 재산 노릴 것인가

금곡(金谷) 땅 석숭(石崇)②도 끝내는 어쨌던가
부자 노인 관상을 내 보자 하니
대개가 늙도록 자식 없는 사람 많아

양식은 있으나 먹을 사람 없어 탈
먹을 입 있을 때는 양식 없어 걱정일세
천하는 공평한 큰복은 없는 법인가
이 이치 모르니 마음 답답하구나

古人亦有言 千金不死市 固有金以活 豈無金以死
奴輩利吾財 金谷竟何似 吾觀富家翁 抵老多無子
有飯患無腹 有口患無餌 天下無純嘏 蓬心懵此理

①《사기(史記)》〈조세가(趙世家)〉에 '천금을 가진 자는 거리에서 죽지 않는다 (千金之子 不死於市)'란 말이 있다.   ②석숭(石崇)―중국 진(晋)나라 사람으로 형주자사(荊州刺史)를 거쳐 위위(衛尉)로 있을 때 남을 시켜 해상무역을 하여 큰 부자가 되었으나 가밀(賈謐)에게 아첨하여 섬기다가 가밀이 회계공(會稽公) 손수(孫秀)에게 사형당하자 그의 일파로 몰려 파면당했다. 집에 미희(美姬) 녹주(綠珠)가 있었는데 손수가 그 여자를 탐내어 석숭더러 달라고 하니 녹주가 누각에서 뛰어내려 자살하므로 손수가 크게 노하여 석숭 및 그 가족을 몰살했다. 석숭은 한때 금곡(金谷)에 임원을 만들고 호화로운 생활을 했다고 한다.

7

땅 넓어 번창해도 천년 두고 형제처럼

천지개벽 후 동서남북이 정해졌고①
세월이 흐르면서 인구는 늘어났네②
산골짝까지 모두 호적을 짰으니
천하에 무릉도원은 없어졌다

애달프다! 도연명이여!③

250

꿈속에서 이상적인 전원을 그려놓고
애써 구하려다가 이루지 못하여
붓으로나마 빗대어④ 〈귀거래사〉를 썼어라

가만히 생각하니 그 마음 알레라
천년을 두고 형제들 마음 같음을……

地闊廣輪定 世降生齒繁 深谷皆編戶 天下無桃源
嗟哉靖節公 夢想此田園 苦求竟未獲 捉筆寫寓言
靜言思其心 千載如弟昆

①광륜(廣輪)—광(廣)은 동서, 윤(輪)은 남북 즉 천하의 사방.　②생치(生齒)—
인구, 생민(이가 난 사람들).　③정절공(靖節公)—정절선생, 즉 도잠(陶潛)의 시
호.　④도연명의 〈귀거래사(歸去來辭)〉를 두고 하는 말임.

8
좋은 경륜 밀어주고 세속을 걱정해야

탁월할손 강승지①여
술로써 청풍처럼 한세상 살았네
큰 고래처럼 술을 들이켜고
곤드레 취해서는 해를 넘기네

분통으로 소리치면 사람이 당하지 못하고
가래침을 뱉으면 하늘 가에 가 떨어진다
집안에 들면 효제가 도탑고
애써 지조를 지키며 혼자 수양하네②

명론일랑 일어나면 밀어 권하고
세속 일은③ 원망하고 멸시해 버린다.
우둔한 사람은 호랑이를 그린다고

잠깐 사이에 그려서 크게 그르친다

卓犖姜承旨(姜公諱緒) 清風酒一世 痛飲如長鯨 沈醉度年歲
憤罵不直人 咳唾落天際 内行篤孝友 苦操獨淬礪
名論蔚推獎 疇敢怨傲睨 愚夫若畵虎 轉眄速大戾

① 강승지(姜承旨)－강서(姜緒 : 1538~1589)를 말함. 벼슬은 인천부사. ② 쉬려(淬礪)－숫돌에 쟁기를 갈다. 스스로 나아가 수양에 힘쓰다. ③ 주(疇)－세속적인 것, 이전에 있어 온 무리들.

9

관설당은 고매해서 백년 앞을 내다봤네

허씨 문중에는 인재도 많아①
관설당 허후②는 더욱 호매하구나
문을 닫아걸고 벼슬을 사양하며③
조용히 마음 써서 역상④을 지어보며

그 점괘로 멀리 백년 앞을 보고
높은 수로 일의 성패 뚫어 보더라
벼슬없이 살았지만 목소리는 잠기지 않고⑤
글씨체 솜씨⑥는 동방에 향기 가득

무리 정적들은⑦ 굳게 짜고 미워했으나
지금토록 어찌 공의 주장 통쾌치 않으랴

許家多名士 觀雪益豪邁(觀雪堂諱厚) 杜門謝機括 冥心講易卦
遠識照百年 高手超成敗 跡泯聲不沈 流芳滿東界
群公厚結怨 於今竟何快

①명사들이 많다 함은 현감 허교(許喬)의 아들 우의정 허목(許穆)과 그 아우

허후(許厚) 등 인재들이 많으므로 이르는 말. ②허후(許厚 : 1588~1661)—호는 관설당(觀雪堂). 벼슬은 현감·장악원정 등을 지냄. ③기괄(機括)—틀과 화살 끝 나무, 즉 요직. ④역괘(易卦)—역상과 점괘. 즉《주역》으로 푸는 점술. ⑤관설당 허후는 두문불출했으나 그의 언론은 강했다. 자의대비(慈懿大妃)의 3년 복상을 주장. ⑥유방(流芳)이란 그의 글씨체가 전서체와 주서체로 유명하기 때문. ⑦군공(群公)이란 자의대비 1년 복상을 주장한 서인(西人)들.

10
군자는 물질보다 공리가 더 중한 법

지난날 내가 원주를 지날 때
배를 저어가다가 깊은 못에서 날이 저물었네
강산은 평상과 다름없었는데
높은 바람 방심하여 헤어나기 어려웠다

한 걸음도 산 밖으론 나가지 못하여
마음은 멀고 아득하여 은자와 같았다
큰일에는 반드시 항소극론(抗疏極論)이 있다더니
나라를 위해 순국하는 일 바로 이럴 게다

세속은 어찌 그리 경망하여 한가로운가
고니새가 자리를 바꾸면 화살을 맞는다①
군자는 물질에 얽매이지 않으니
몸·마음 조심함이 다만 공리에 맞네

스승 받들어 배울 일이 바로 이것이니
백세를 두고 나는 그 진리를 기다리리②

我昔過宣城(卽原州) 汎舟愚潭水 江山如平生 高風邈難企
一步不出山 遐心似隱士 大事必抗疏 徇國乃如是
流俗何輕窕 遷鵠以迎矢 君子不隨物 所操唯公理

宗師實在玆 百世吾可俟

① 천곡이영시(遷鵠以迎矢)는 '큰 새는 높이 날되 더러운 못에 모이지 않는다(鴻鵠高飛不集汚池)'와 통하는 말. ② 백세오가사(百世吾可俟)는 백세공의(百世公議)를 기다린다는 의미로 엮은 당쟁사(黨爭史)인 《사백록(俟百錄)》을 두고 하는 말.

11
번개 같은 인간세상 김삼연같이 맑게 살리

훌륭할손 김삼연①이여!
맑고 곧은 선비라고 전해도 부끄럼 없네
그 어찌 재상 벼슬에 뜻이 있었겠는가?
홀연히 신선 풍채로 나타났구나

신발을 질질 끌며 명문가에 가서 소리치고
경치 좋은 명산은 두루 다녔다
다니다가 마음에 들면 그곳에 살고
훨훨 날듯 한 곳에 매이지 않았다

작년에는 곡운(谷雲)에 살고
금년에는 벽계(檗溪)②에 머물러 사네
붓을 들어 단숨에 천만 마디 시구로
종잇장에 산수경치 모두 담았네

영화롭고 욕되는 일 상관치 않고
기름진 땅 험한 땅 가리지 않아
한 세상 살아감이 이와 같으니
그 인생 한 번 살되 번개 같구나

偉哉金三淵(三淵諱昌翕) 不愧淸士傳 豈意卿相門 忽此仙骨現

254

長嘯蹠軒冕 游歷名山遍 適意便止居 翩翻無係戀
去年谷雲樓 今年檗溪奠 縱筆千萬言 烟霞落紙面
寵辱兩不驚 夷險遂無變 度世會若此 人生如飛電

① 삼연(三淵)－김창흡(金昌翕 : 1653~1722)의 호. 조선조의 문신으로 김창협
(金昌協)의 아우. 기사환국(己巳換局) 후 벼슬에 나가지 않았다.　② 곡운(谷
雲) · 벽계(檗溪)－산수간의 깊은 계곡을 말함.

12
유반계의 경세고견 산림 속에 묻혔구나

경세제민 못 잊는 이는
반계(磻溪)① 노인뿐이로다
깊숙이 숨어 살며 이관(伊管)②을 흠모하나
그 명성 왕궁까지 미치지 못하였네

선생의 큰 강령(綱領)은 균전(均田)에 있었으니
온 백성 눈길이 여기에 모여졌네
정심 성의 고구하여 새는 구멍 메우고③
연마하고 단련하여 높은 공로 쌓았으니

재상(宰相)도 될 만한 훌륭한 재목인데
산림 속에 늙어서 세상을 마쳤도다
남긴 글 이 세상에 가득하지만
아직도 세상엔 민생혜택 대책 없네④

拳拳經世志 獨見磻溪翁 深居慕伊管 名聞遠王宮
大綱在均田 萬目森相通 精思補罅漏 爐錘累苦工
燁燁王佐才 老死山林中 遺書雖滿世 未有澤民功

① 반계(磻溪)－조선조 후기의 실학자 유형원(柳馨遠 : 1622~1673)의 호. 토지

제도에 있어서 균전제(均田制)를 주장했고 저서에 《반계수록(磻溪隨錄)》 26권
이 있다.   ②이관(伊管)-중국 은(殷)나라의 이윤(伊尹)과 제(齊)나라의 관중
(管仲). 두 사람은 훌륭한 재상이었다.   ③한유(韓愈)의 《진학해(進學解)》에
'유학의 틈난 데와 새는 데를 보충하고 아득하고 잘아서 잘 분별할 수 없는 것
을 넓히고 크게 하였다(補苴罅漏張皇幽眇)'라는 말이 있다.   ④균전제도가 제
창은 되었으나 국가가 이를 시행하지 못했기 때문에 백성들에게 혜택을 주지
못했다는 뜻이다.

13
문장가는 벼슬살이, 아예 하지 말아야

문장가는 영달을 미워한다니
그 말은 과연 그게 옳은가 보다

이동주(李東州)①는 시문을 잘한다 소문나
그의 비문 더욱이 새길 만하였으되
만년에 비방하는 말썽을 들어
자손까지 연이어 몰락했었고

이송곡(李松谷)②은 청나라 우동(尤侗)③만 해서
그 기교가 정밀하고 아름다우나
액운을 만나서 몰락한 뒤에
그의 원고 거의가 전하지 않네

김농암(金農岩)④ 문장은 특히 고아했으나
중년에 비운 만나 근심에 휘말렸으니
비록 저술하여 문장이 구명(九命)⑤에 미치고자 했으나
조그만 나라에 어진 인재 못나네

文章憎命達 此言蓋其然
東州號詩雄(李公敏求) 碑銘尤可鐫 晚年負謗言 苗裔且顚連

松谷(李公 瑞雨)似 西堂(即尤侗) 工緻勝濃姸 厄窮逮身後 草藁
多不傳
　　農岩特藻雅(金公昌協)　中歲悲憂纏　雖欲撰九命　小國無多賢(王
弇州集有文章九命)

① 동주(東州)—이민구(李敏求 : 1589~1670). 조선 문신, 이지봉(李芝峰)의 아
들. 유배되었다가 다시 벼슬에 나가지 않았다.　② 송곡(松谷)—이서우(李瑞
雨 : 1633~?). 조선 문신. 갑술옥사(甲戌獄事)에 연루되었다가 벼슬에 나가지
않았다.　③ 우동(尤侗)—청(淸)나라 때 문인.《우서당집(尤西堂集)》이 있음.
④ 농암(農岩)—김창협(金昌協 : 1651~1708). 조선 문신. 기사환국(己巳換局)에
부친이 사사되고 그뒤 벼슬에 나가지 않았다.　⑤ 구명(九命)—주(周)나라 때
벼슬 임명의 차례. 구명은 방백(方伯)의 순서가 됨, 원주에, ‘《왕엄주집(王弇州
集)》에 문장(文章)에 구명(九命)이 있다’라고 했다.

14
나라에 인재 없음은 명문가 몇 사람 탓

하늘이 어진 인재 내려보낼 때
반드시 황후장상 가리지 않을 텐데
어찌하여 가난한 서민 중에도
준수한 인재 있음 보지 못하나

서민 집에 낳은 아기 귀여울 때에
미목이 수려하게 태어났는데
그 아이 자라서 글 읽기 청하니
애비가 하는 말 “콩이나 심어라”

“네 처지에 글을 읽어 무엇에 쓰누
좋은 벼슬 너에겐 주지 않는데”
그 아이 이 말 듣고 기가 꺾여서
이로부터 고루(孤陋)함에 젖어 버렸네

가진 돈 밑천 삼아 장사길에 나서니
어지간히 장사하여 중간 부자 되었네
나라에 큰 인재 드물어진 것은
명문들 몇 집만 제멋대로 놀기 때문

  皇天生材賢　未必揀華胄　云胡華胄賤　未見有俊茂
  兒生在孩提　眉目正森秀　兒長請學書　翁言且種豆
  汝學書何用　好官不汝授　兒聞色沮喪　自玆安孤陋
  聊殖子母錢　庶幾致中富　邦國少英華　高門日馳驟

15
명문 자제 공부 않고도 높은 벼슬 잘도 하누나

지체 높은 집안에 아이가 나면
낳자마자 당장에 귀골이 되고,
아이 때 벌써부터 꾸짖기 배워서
총각 때 벌써부터 오만하기 시작하네

아첨하는 무리들이 구름처럼 모여들고
행전도 끼워주고 신발까지 신겨주고
잠자리선 너무 일찍 일어나지 말라 하며
행여 병이 날세라 떠받든다네

애써서 글 읽는 일 하지 않아도
높은 벼슬 저절로 씌워진다니
그 아이 자라니 과연 기세 드높아
말 달려 대궐에 들어가누나!

달리는 말 마치도 나는 용(龍)같이
네 다리가 하나도 걸리지 않네

兒生在高門　落地便貴骨　孩堤敎罵人　總角已傲兀
諛客如浮雲　帣鞲親結襪　且臥勿早起　恐子病患發
毋苦績文史　自然有簪笏　兒長果登揚　騎馬入東闕
馬走如飛龍　四足無一蹶

16

산삼 인삼 성분은 모두가 같고, 세상 사람 디같이 어진 재상감

인삼(人蔘)이 본래는 산 속의 풀인데
지금은 사람들이 삼밭에서 기르니
비록 사람 힘에 의지해 자라지만
원 성질은 사람 몸을 보양하는 것

닭과 집오리는 귀천이 다르건만
사람과 가까워 수모를 같이 받네
하늘을 찌를 듯 높은 산 속이라도
산삼(山蔘)을 기르는 건 한줌 흙일 뿐

대지(大地)의 정수(精水)가 땅속에 가득한데
어찌 유독 시골밭만 정기가 없으리요
오곡(五穀)도 백초(百草) 속에 섞여 있다가
세월이 흐르면서 사람이 재배했네

대성(臺省)[1]에선 어진 인재 돌보지 않고
산림(山林) 속의 둔한 자만 찾고 있구나[2]

人蔘本山草　今人種園圃　生成雖藉人　天性亦滋補
雞鶩異貴賤　狎暱蓋受侮　崇山摩穹蒼　所養一拳土
大塊蒸精液　詎獨遺村塢　五穀混百草　世降爲人樹
臺省遺材賢　山林訪愚魯

① 대성(臺省)—조정의 육조를 뜻함. ② 재배한 인삼이나 산삼이나 사람의 몸을
보양하기는 마찬가지인데 산속에서 자라는 산삼이 더 좋은 줄로 아는 것처럼,
산림 속에서 고고한 체하는 선비를 더 훌륭하게 여기는 세태를 말한 시.

17

제것 두고 남의것 좋다 하는, 못된 우리나라 버릇

울창하게 하늘 솟은 오렵송① 나무
부드럽고 빽빽해서 베지 않으니
조선사람 이를 불러 잣나무라고
버리어 막재목으로 쓰고 있구나②

여러 사람 속아서 그 씨 좋다고
무리들을 속인 자 그 누구이던가?
옛사람은 잣나무 중하게 안 여겨
오로지 소나무만 좋다고 심었는데③

제 소나무 버리고 다른 솔 구하니
어찌 가서 (중국) 소나무 얻을 건가
위상(魏尙)④도 자질구레한 법칙으로 당하고
염파(廉頗)와 이목(李牧)⑤도 별사람인가

蒼蒼五鬣松 膩密不受摧 東人呼作柏 弃損爲散材(不充棺槨之用)
群誣蔽實美 衆惑誰能開 古人不重柏 但云松可栽
舍松別求松 安往得松哉 魏尙遭文法 頗牧豈異才

① 오렵송(五鬣松)—우리나라에서는 잣나무라고 부름. ② 할주(割注)에 관(棺)
나무로 쓰지 않는다고 했음. 나무가 무르기 때문이다. ③ 자기 나라 것을 버리
고 모화(慕華)하는 민족성을 꾸짖어 풍자한 말. ④ 위상(魏尙)—중국 한(漢)나
라 고조(高祖) 때 태수. 군사를 잘 먹여 방책이 튼튼했는데 관리들이 법에 걸어

서 파직되었다.　⑤염파(廉頗)와 이목(李牧)－중국 춘추전국시대의 조(趙)나라 명장들인데 우리나라에서 극찬했다.

18
물성은 각각 다르니 시비 진위 잘 가려야

석회(石灰)는 물을 줘야 비로소 불 붙고
옻칠은 습한 곳에 두어야 잘 마른다[①]
물성(物性)이 평상과 다를 수도 있으니
그 단서(端緖)를 어찌 다 캐낼 수 있으랴

벼슬은 사람들이 그리워하는 건데
지사(志士)는 오히려 버리고 떠나니
탐욕스런 사람 모두 이를 보고 의심해
밤새도록 그 뜻 몰라 잠 못 이루네

제각기 자기 천성(天性) 따르게 마련이니
예부터 제물(齊物)[②]은 어려운 일이구나

石灰澆則焚　漆汁濕乃乾　物性有反常　詎能窮其端
爵祿人所戀　志士猶挂冠　貪夫望之疑　終夜睡不安
亦各還其天　齊物古所難

①석회(石灰)와 칠즙(漆汁)을 상극(相克)의 면에서 보고 일반적 현상과 다름을 말함.　②제물(齊物)－세상의 시비진위(是非眞僞)를 모두 상대적인 것으로 보고 함께 하나로 돌아간다는 장자(莊子)의 중심사상이다.

19
재주는 박덕하고 덕은 숨겨야 상팔자

재주 있는 자 비록 덕이 있어도
덕보다 재주가 앞선다 말을 하네

재주와 덕 두 가지 하나도 없었다면
이같은 말 반드시 듣지 않을 것인데

재주는 진실로 비방받는 근원이라
사람 몸에 있어선 모적(蟊螟)[1]과 같구나
그러니 무재주가 제일 상팔자
있어도 숨기는 게 그 다음이네

숨기려면 장물(贓物)같이 깊이 숨겨야
드러나면 당장에 도적이 되니
자식 낳아 우둔(愚鈍)하길 바랐던 것은[2]
오호라, 소식(蘇軾)은 이 이치 때문

有才雖有德 每云才勝德 才德苟全無 此名未必得
才乃謗之根 於身若蟊螟 無才爲太上 其次務晦匿
匿才須如贓 贓露便爲賊 生子願愚魯 嗟哉有蘇軾

① 모적(蟊螟)—농작물이나 묘목의 뿌리를 잘라 먹는 벌레. ② 소식(蘇軾)은 자식이 총명하여 화를 당하느니 차라리 우둔하여 생명을 보존하기를 원한다는 내용의 시를 쓴 일이 있다고 함.

20
양식 위해 농사짓는데 사람이 양식 위해 산다고 하네

농가에선 보리가 익기도 전에
양식 걱정하느라 고민을 하네
본래는 양식 위해 농사를 지었는데
도리어 농사 위해 양식 걱정하게 되네

양식과 농사가 꼬리 물고 도는 통에
너는 휘어잡고 요꼴로 늙어 갔네

262

농사야 그 어찌 양성(養性)①까지 할건가?
그걸로 배불리면 족한 것이네

사람이 천지간에 태어나서는
너무도 갈 곳 없어 허무하지 않은가?

　　農家麥未登　農糧費商量　本爲糧作農　還爲農憂糧
　　循環互爲根　攜汝至耄荒　農豈養性者　諒亦以充腸
　　人生天地間　無乃太悵悵

① 양성(養性)—자신의 성품을 닦아서 완전하게 하는 것.

21
모기령의 이설은 개미가 큰 나무를 흔드는 격이다

천하의 망나니 남자는
모기령(毛奇齡)①을 보누나
당돌하게 제멋대로 진을 치고서
활을 쏘아 고정(考亭)②을 겨누고 있네

구석까지 뒤져서 흠 하나 찾아내면
기뻐서 날뛰기 원숭이 같네
평소에 마음 잡고 말을 삼가면
전들 어찌 경서(經書)를 말 못하리만

개미가 큰 나무를 흔들어 본들
나뭇잎 하나라도 떨어질 건가

　　天下妄男子　我見毛奇齡　突兀起壁壘　關弓對考亭
　　窮搜摘一疵　踊躍如猴狌　平心遜其詞　獨不能談經
　　蚍蜉撼大樹　一葉何曾零

① 모기령(毛奇齡)－중국 청(淸)나라의 학자. 기이함을 좋아하고 이설(異說)을 제창하여 자기 이론의 논증을 위하여는 문헌의 날조·개산(改竄)도 감행했다고 전하므로 풍자한 시이다.　② 고정(考亭)－중국 복건성(福建省)에 있는 지명으로 주희(朱熹)가 살던 곳. 그러므로 여기서는 주희, 즉 주자(朱子)를 가리킨 말.

22
일본 유학의 얄팍함을 말함

일본에는 이름난 유학자가 많지만
정통 학자 안타깝게 아직 못 보네
이등(伊藤)①이 옛 학문 잘한다 소문나고
적씨(荻氏)②가 그에 더욱 맞장구 치지만

추파 던져 신양(信陽)③을 바라다 볼 뿐
편파된 학문으로 경전을 어지럽혀
마치 오곡일랑 맛보지도 못하고
피와 돌피 널리 퍼진 꼴

위태롭다! 정주학(程朱學)의 명맥이여
우리 계림 그 또한 모양과 한가지 모양
세상 운수 이쯤 되니 한탄스러워
밤중에 전전반측 잠 못 이루네

日本多名儒　正學嗟未見　伊藤稱好古　荻氏益鼓煽
流波及信陽　詖淫亂經卷　五穀未始嘗　稗稊種已遍
危哉洛閩脈　雞林亦一線　世運噫如此　中夜獨轉輾
（伊藤氏名　維禎　荻氏未詳　信陽太宰純　著論語古訓外傳）

① 이등(伊藤)－이등유정(伊藤維禎＝伊藤仁齊 : 1627~1705). 일본 쿄토인(京都人) 학자. 송학(宋學)의 대가.《논어고의(論語古義)》《맹자고의(孟子古義)》등 저술이 많음.　② 적씨(荻氏)－적생조래(荻生徂徠, 오기후 소라이). 일본 송학

(宋學)의 대가(大家). ③신양(信陽)—송대(宋代)의 현(縣) 이름. 할주(割注)에
서는 신양태재순(信陽太宰純)을 말한다고 함.

23
존경할 경세제민의 대학자는 고염무

학문의 높은 봉은 고염무[1]이니
명말의 제일가는 학자였네
앞서 남긴 역사들을 꿰뚫어 담론하고
너그러이 수용하되 헷갈리게 않누나

군현의 실정까지 깊이 캐고 연구하며
그 이론은 멀리 앞날을 도모했네[2]
그 경륜은 비록 실시되지 못했으나[3]
천년 가면 백성에게 어진 은덕을 베풀리

矯矯顧亭林(名炎武) 獨作明遺民 貫串譚前史 雍容不眩人
精深郡縣論(郡縣論蓋與封建論相反者) 遠猷特超倫 此法苟見施
千載有遺仁

①고염무(顧炎武)—정림(亭林)의 자. 명말(明末) 청초(淸初) 중국의 고증학(考
證學)의 대가, 경세제민(經世濟民)의 학자. ②원주에, '여기 군현론은 봉건론
과 상반되는 이론'이라고 했다. ③당시로서는 중국이나 우리나라에서 경세제민
(經世濟民)의 실학이 정치적으로 실행되지 못했다.

24
청나라 초기 학자들의 편파적 이론
전목재[1]는 중국의 큰 학자이지만
저술도 방대한데 편파적이다
두 선비[2] 공로를 즐펀히 펼쳤으나
어찌 일찍 왜인이 보아 깨달았으랴

이소요③는 본래가 청나라 때 무관이요
심자실④은 거짓 학설로 일가를 이루어
헐뜯고 속이는 말 외국에 퍼뜨려서
당파처럼 되었으니 저를 어쩌나!

牧齋雖鉅工 議論多偏陂 鋪張二士功 何嘗見一倭
提督固逍遙(李如松) 沈子實興訛(沈惟敬) 讒誣及外國 黨比奈汝
何

* 34세 때(1795) 지음.

① 전목재(錢牧齋)—이름은 겸익(謙益). 명말(明末) 청초(淸初 : 1582~1664)의
시인, 학자. 청나라 세조(世祖) 때 《명사(明史)》 편집에 참여. 방대한 저술이 있
으나 비방(誹謗)의 혐의로 금서되었다.   ② 두 선비—고정림(顧亭林)과 전목재
(錢牧齋).   ③ 소요(逍遙)—원주에, 이여송(李如松)이라고 했음. 이여송은 명나
라 때 무인. 임진왜란 때 왜병을 평양에서 격퇴함.   ④ 심자실(沈子實)—원주에,
심유경(沈惟敬)이라고 했음.

63. 엄명으로 금정찰방에 좌천되어 저녁 동작나루를 건너면서

> — 서교를 들었으나 깨닫지는 못했는데

해 지는 동작나무 물결꽃 출렁이고
멀어지는 종남산(終南山)① 그리운 옛동산
수양버들 돌다리에 소나기 쏟아지고
황혼녘 성궐(城闕)은 안개 속에 잠겨 있네

금문대조(金門待詔)②하는 것만 좋은 일 아니거니
물길따라 멀리 감도 이 또한 성은(聖恩)

서교(西敎)는 들었지만 뭐가 뭔지 모르는데
이번 길이 급암(汲黯)의 회양(淮陽)길 같네[3]

有嚴旨　出補金井道察訪　晚渡銅雀津作(乾隆乙卯七月二十六日)

銅津斜日浪花翻　船尾終南是故園
垂柳野橋猶白雨　澹烟城闕近黃昏
金門待詔非長策　水驛投荒也聖恩
聞說西人迷不悟　此行還似出准藩

* 34세 때(1795) 지음. 원주에 '건륭 을묘 7월 26일'이라고 했음.

[1] 종남산(終南山)―지금의 남산.　[2] 금문대조(金門待詔)―금문(金門), 즉 대궐에서 임금의 조칙(詔勅)을 기다린다는 뜻으로 궁궐에 돌아와서 벼슬살이하는 것.　[3] 중국 한(漢)나라 때의 정치가인 급암(汲黯)이 벽지인 회양의 태수로 나갔다가 그곳에서 죽었다(《史記》〈汲黯列傳〉).

64. 평택을 지나면서

> ― 대파로 심은 메밀 처량하게 바라보며

금년엔 해안에도 비 혜택 없었는지
논마다 메밀꽃이 하얗게 피었구나
먹는 곡식 같지 않고 들풀과 같아
메밀대 붉은 다리 석양에 처량하다

늦게야 심은 모가 두세 치 푸르른데
메밀 대파(代播) 안했다면 저처럼 즐펀할 걸
메밀 익어 장에 가서 쌀과 바꿔도

올 가을 환자미(還子米)[1]는 어찌 메꾸노

次平澤縣

今年海壩慳雨澤 水田處處蕎花白
不似嘉穀似野草 凄涼落日群腓赤
或種晚秧青數寸 悔不種蕎如彼碩
蕎成走市換稻米 秋來豈不克縣糴

＊34세 7월에 금정에서 지음.

[1] 환자미(換子米) — 관청에서 빌려온 곡식. 이 제도는 원래 사창제도(社倉制度)에서 나온 것으로 풍년에 곡식을 사들였다가 흉년이 들면 농민에게 농량미로 싸게 빌려주어서 빈민을 구제하고 물가조정의 기능도 함께 하자는 것이었는데 제도가 문란해져서 인정미(人情米)니 인두세(人頭稅)로까지 변하여 백성들에게 끼친 폐해가 극심했다.

65. 반딧불

— 미물도 밝은 빛 비추는데

시원스레 높이 솟은 오동나무 저쪽으로
반딧불 몇점이 이리저리 날고 있네
밝은 해가 고루고루 사방을 비추니
저같은 미물도 그 빛 받아 반짝이네

번쩍번쩍 비추어 여러 사람 놀래면서
밝은 빛이 부끄러워 그 모습 감추네
산림(山林) 속에 사는 선비 그 누가 있어[1]
이 불빛에 잔경(殘經)을 비춰 볼건가[2]

螢

冷落高梧外　飄零數點螢　大明均布施　微物亦光熒
的的雖驚衆　昭昭恥遁形　不知林下土　誰復照殘經

* 34세 때(1795) 금정(金井)에서 지음.

① 중국 진(晋)나라 차윤(車胤)이 가난하여 반딧불이를 잡아다가 그 빛으로 책을 읽었다는 고사가 있음. 형설지공(螢雪之功)의 유래도 여기에서 나왔다.　② 잔경(殘經)은 쇠잔해가는 경전(經典)으로서 이 쇠잔해가는 경전을 바로 읽어 유학(儒學)의 대의(大義)를 밝힐 자가 누구인가를 한탄한 내용이다.

66. 혼자 웃는다

— 내 인생 참소받아 험한 산 오르는 듯

우스워라, 내 인생 귀밑머리 희기 전에
태행산(太行山)① 올라가는 수레 신세로구나
천 권 책 독파하여 금궐(金闕)에 들었으나
푸른 산에 머물러서 집 한 칸 장만했네

외로운 몸 혼자서 바닷가 찾았는데
명성나자 비방소리 온 세상에 가득 찼네
비를 만나 다락 위에 높다랗게 누워 보니
종일토록 역부(驛夫)처럼 한가할시고

自　笑

自笑吾生鬢未班　太行車轍苦間關
破書千卷入金闕　買宅一區留碧山

形與影鄰來海上 謗隨名至滿人間
小樓值雨成高臥 似是馬曹終日閒

*34세 때(1795) 금정(金井)에서 지음.

① 태행산(太行山)—중국 하남성(河南省)과 산서성(山西省)에 걸쳐 있는 험준
하기로 이름난 산.

67. 저녁때 정자에 앉아서

— 쓸쓸한 저녁의 나그네 심정

산누각에 피리 멈자 갈가마귀 날아들고
외로이 마당에 서서 이슬꽃 바라보네
바람 스치는 대숲에는 달빛이 부서지고
넘어진 국화꽃이 비 온 뒤에 다시 피네

종묘에 떡 올리던 서울 생각 간절하고
막걸리로 이웃 찾던 시골 집이 부럽구나
엊그제 한양성에 살던 이 몸이
어찌하여 하늘 끝에 밀려와 있나

山樓夕坐

山樓角歇度昏鴉 獨立庭心見露華
風裏疏篁交碎月 雨餘殘菊臥開花
香糕薦廟思京國 濁酒招鄰羨野家
我昔漢陽城裏住 不知何事到天涯

*34세 때(1795) 금정(金井)에서 지음.

68. 청양현을 구경하다

— 구름 아래 맑은 내는 나의 귀농 독촉하네

청양현 버드나무 나그네 먼지 털어주고
기러기떼 줄지어 바닷가에 내려앉네
깨끗한 햇살 받아 골짜기 낀 구름 희고
마을의 여린 잎 새봄이 돌아오듯

이내 몸 영락하여 산 구경이나 하면서
조정 떠나 방황하는 신세가 되고 보니
아내는 참깨 털고 남편은 벼를 걷는
이 세상 호걸은 바로 이 농민일세

行次靑陽縣

靑陽官柳拂行塵　霜鴈相隨到海濱
澹白溪雲依曉日　嫩黃村葉似新春
漸成濩落看山計　眞作棲遑去國人
妻打胡麻郎穫稻　世間豪傑是農民

69. 부여를 회고한다

— 옛 성터엔 담쟁이덩굴 붉었고 말은 슬피 운다

천 척 배들이 바다에서 들이닥쳐
육궁 왕비전의 진주·비취 울던 곳
미인은 물에 떨어지고 풍류는 그쳤으며
백마는 물에 잠겨 물안개 어두웠다

세상 드문 공훈이 돌에 새겨 남아 있고
지금의 노인들은 그때 항복 통곡하네
처량할 손 반월성① 머리 거칠은 길이요
옛 궁궐은 몇 촌락에 기장밭으로 변했구나

부소산② 궁궐터는 울울창창 높은 산
궁녀들은 꽃 같아서 얼마나 즐거웠나
백제의 천명은 개로왕에 끝났으니③
삼한의 왕통은 신라로 모였어라

강안에는 철옹성만 가로지르고
구름 사이 돛단배는 바다 물결 당하려나
술잔 잡고 계백④더러 남은 술 비우고자
등 덩굴 안개 속에 거친 사당 찾아드네

관청집은 쓸쓸히 초목 속에 묻혀 있고
주민들은 지금도 의자왕 때 전설하네
옛 정원 허물어져 무밭이 푸르르고
거친 성터 담쟁이덩굴 맑은 해에 붉었구나

북부 몇 고을은 복신(福信)⑤이 왕손 모셔
빼앗긴 산 곳곳에서 풍왕(豐王) 도와 버텼던가
까마귀는 이미 알고 전조 절에 들어 울었고⑥
나그네 탄 말은 저녁 바람에 슬피 운다

扶餘懷古

千舳樓船入海門 六宮珠翠盡啼痕
靑蛾落水風流歇 白馬沈淵霧氣昏
異代勳名餘勒石 至今遺老哭降旛

272

凄凉半月城頭路　禾黍高低只數村(扶餘半月城　北有落花岩)
蘇山宮闕鬱嵯峨　宮女如花奈樂何(扶蘇山在扶餘西)
十濟神符終蓋鹵　三韓王氣聚新羅(百濟始祖溫祚王　與十臣濟河而來
號曰　十濟後　改百濟　百濟始都尉禮有　南北二京至蓋鹵王)
惟看鐵甕橫江岸　不信雲帆度海波
欲把殘杯酹階伯　荒祠烟雨暗藤蘿(義慈王荒淫成忠階白二人諫之)
官閣蕭條草樹中　野人傳是義慈宮
輕霜廢苑蕪菁綠　澹日荒墻薜荔紅
北部幾州懷福信　亂山無處見扶豐(百濟旣破　宗室福信迎古王子扶餘
豐　立之以拒劉仁軌　西北諸部　皆應之　其後扶餘豐殺　福信脫身走不知所往)
烏含已作前朝寺　客馬悲鳴向晚風(義慈王時　騎馬入北嶽烏含寺　鳴
匝佛宇數日死)

* 34세 때(1795) 지음.

① 반월성(半月城)—원주에, '부여 반월성의 북쪽에 낙화암이 있다'고 했다.
② 부소산(扶蘇山)—원주에, '부소산은 부여 서쪽에 있다'고 했다.　③ 십제신부
(十濟神符)—십제(十濟)는 백제를 이름. 원주에, '백제 시조 온조(溫祖)가 십신
(十臣)과 함께 물을 건너와서 그 이름을 십제라 했고 뒤에 백제로 바꿨다. 백제
의 처음 도읍지는 위례(尉禮)인데 남북으로 이경(二京)이 있어 개로왕(蓋鹵王)
까지 이어졌다'고 했음.　④ 계백(階伯)—원주에, '의자왕(義慈王)이 몹시 거칠고
음탕하므로 계백과 성충(成忠) 두 사람이 이를 말렸다'고 했다.　⑤ 복신(福
信)·부풍(扶豐)—원주에, '백제가 이미 무너졌을 때 종실인 복신이 옛왕의 아
들인 부여풍(扶餘豐)을 영립(迎立)하고 당나라 유인궤(劉仁軌)에 항거하여 싸
우니 서북부가 모두 호응했다. 그 뒤 부여풍(扶餘豐)은 살해되고 복신은 도망쳤
는데 어디로 갔는지 모른다'고 하였다.　⑥ 오함(烏含), 객마명(客馬鳴)—원주에,
'의자왕 때 기마(騎馬)가 북악(北嶽)으로 들고 까마귀가 글을 물고 절에 와서
울더니 부처가 수일만에 죽었다'고 했다.

70. 부여의 조룡대에서

— 소정방이 용을 낚았다는 것은 당치 않은 말이다

조룡대에서 용 낚은 일 황당하기 짝이 없네
최북(崔北)[①]의 그림에서 내 처음 보았는데
용감한 장군 하나 사나운 모습이요
찢어진 눈초리에 창날같이 노한 수염

쇠줄 감고 휘둘러 오른팔로 내던지니
피 흐르는 백마(白馬) 미끼 용의 입에 물린다
용의 입 벌어지고 목줄기 움츠리며
꿈틀대는 갈기질에 물결이 부서진다

용껍질 금비늘이 어지러이 비추며
검은 구름 하늘 가득 우주가 비좁은 듯
말하기는 이가 바로 당(唐)나라 소정방(蘇定方)
용을 잡고 강을 건너 부소산(扶蘇山)에 진쳤단다

부소산 밑 강물이 흐르는 위에
주먹 같은 돌들이 거품처럼 떠 있고
그 당시 당나라 배 강 남쪽에 대었는데
무엇하러 서북쪽 길 택해 왔었나

바람 안개 일으킨 신령한 용이
어찌하여 미련하게 낚시를 삼켰으랴
소정방 발자국 깊이 뚫린 그 흔적이
잘못된 전설로 지금도 남았다네

전해오는 책들이 허황하기 5천년

호해(壺孩), 마란(馬卵)[2] 모두 다 아득하여 틀린 말
거짓 선에 향기 없고 악한 일에 냄새 안나
소인배는 방자하고 군자는 근심하네

釣龍臺

龍臺釣龍事荒怪　我初見之崔北畫
有一猛將貌猙獰　怒髥如戟目裂眥
鐵索蜿蜒繞右肘　白馬流血龍口裏
龍口呀張龍頸蹙　鬐鬣擊水波四洒
甲光炫燿照金麟　黑雲滿天天宇隘
道是大唐蘇定方　屠龍渡師扶山砦
扶山之下江水流　蓋有拳石如浮漚
當時千艘泊南岸　如何路由西北陬
龍旣噓雲顯靈詭　詎又冥頑仰吞鈎
石面谽谺深沒趾　好說靴痕至今留
載籍荒疎五千歲　壺孩馬卵都謬悠
爲善無芳惡無臭　小人恣睢君子愁

* 34세 때(1795) 부여에서 지음.

① 최북(崔北)—조선조 영조(英祖) 때의 화가. 외눈이며 성격이 괴팍했다고 함.
② 호해(壺孩), 마란(馬卵)—단지 속에서 아기가 나고 말알에서 사람이 태어났
다는 우리나라 건국 전설을 말함.

71. 고란사[1]를 찾아서

> — 고란꽃은 주춧돌에 피고 대숲 담장은 허물어졌다

고란사는 강위 비탈에 있으니

겨우 배로 저녁에 당도했네
고란은 옛 주춧돌 옆에 한창이요
가을 대 숲속에 허물어진 옛 담장

초창한 심정으로 옛 절터 올라보니
부슬비 침침한 속에 처참했던 싸움터
하정(苄亭)②의 시구는 좋기도 하구나
혼자 읊으며 바라보니 슬픈 넋 사라지네

訪皐蘭寺(寺己毁)

江上皐蘭寺 維舟到日昏 方花餘古礎 秋竹隱頹垣
怊悵登臨跡 空濛戰伐痕 苄亭詩句好 吟眺獨鎖魂
(苄亭先生李德胄皐蘭寺詩曰 落日明清錦扁舟徐復輕)

* 34세 때(1795)에 지음.

① 고란사(皐蘭寺)—원주에, '절은 이미 허물어졌다'고 했음. ② 하정(苄亭)—원
주에, '하정 선생 이덕주(李德胄)의 고란사 시에 낙일명청금(落日明清錦) 편주
서복경(扁舟徐復輕)이라 했다'고 썼음. 이덕주(1696~1751)는 시·문이 뛰어난
덕행있는 학자.

72. 벗 오국진(吳國鎭)①을 만나다

> — 백년 두고 조야에는 경륜이 없고, 천리강산에는 슬
> 픈 노래뿐

나뭇잎은 소슬하고 금강(錦江)엔 물결 이는데
나그네 길에서 어찌 그대를 만나는고
그대 풍진 겪느라고 붉은 얼굴 야위었고
천하를 배회하다 흰눈 빛이 번쩍인다

조야 경륜 백 년 두고 정치인은 정론이 없고
천리 강산 이 나라엔 백성들의 슬픈 노래뿐
그대의 가문에서 문장가는 그대뿐
나그네 밤 서로 만나 불평 술에 얼굴 붉네

贈吳友(國鎭)

蕭蕭木葉錦江波　逆旅相逢奈爾何(時於公州邸舍相逢)
風塵歷落朱顏減　天地徘徊白眼多
朝野百年無定論　海山千里有悲歌
故家文采唯君在　客夜牢騷許共酡

＊34세 때(1795) 가을에 지음.

① 원주에, '공주(公州) 객사에서 오국진(吳國鎭)을 상봉했다'고 했다.

73. 공주 창곡의 폐정 소문을 듣고①

> — 공주 곡식창고에 있는 쌀을 관료와 지방 토호들이
> 짜고서 훔쳐내어 비게 했으니 그 죄는 백성이 받고,
> 보충해 넣던 기막힌 사실

창고마다 가득히 곡식 쌓아서
선왕은 농사를 도탑게 했네
홍수·가뭄 생각하며 깊은 계획 세웠으며
외침(外侵)에 대비하여 성곽 높이 준비했네

주례엔 흉년 참변 가엾게 여겼고
요(堯)임금 백성들은 평화를 바랐으니
성군(聖君) 있는 조정에선 조세가 너그럽고

깨끗한 세상엔 주린 백성 드물었네

조정의 정책은 암읍(巖邑)[2]을 중히 여겨
촌민들 곡식 지고 험한 산 넘게 되니
탐내는 자들은 제 잇속 차리려고
간교한 도적과 서로 짜고 훔쳐 냈네

모든 물은 모두가 미려(尾閭)[3] 돌아 새나가고
천금(千金)도 용광로에서 녹아버리네
환곡미를 갚을 때는 넘치도록 말로 받되
깨끗하게 찧은 쌀로 바쳐야 한다 하네

성화 같은 독촉에 기한인들 어길소냐
그때마다 품을 사서 운반해 가고 보니
몸은 마치 낟알 끄는 개미 같은 신세요
마음은 비육(肥肉) 탄식 벌과 같은 처지로세

집안은 텅텅 비어 아무것도 없는데
곡식짐 짊어지고 지체없이 가야 하네
아전놈들 잔꾀는 빈틈이 없고
백성들 습성은 예부터 공손하네

참새와 쥐들은[4] 활개 치며 날뛰는데
큰 고기[5]는 입만 그저 벌름거린다
칼 있어 내 뼈는 깎을 수 있다지만
술이 없어 내 가슴 적셔지지 못하누나

검발(檢發)[6]이란 도무지 빈말뿐이라
유망민(流亡民) 멀리까지 쫓아가 잡아 오니

한(漢)나라 조정의 진대법(賑貸法)⁷도 없어졌고
당(唐)나라 때 세금제도 조용(調庸)⁸만 겹쳤어라

사람 잡아가느라 이웃 마을 시끄럽고
먼 친척 사람까지 포흠(逋欠)⁹ 징수하여 가네
감사(監司)는 깃발 날려 마을 사람 떨게 하고
(호서에서 수년 전부터 늘 군량미를 조사했는데 때로 문득 감사가 깃발을
날리며 군졸과 함께 백성을 위협하니 백성이 난리를 만났다고 했다)
쌀 바치란 굿판 벌려 북 둥둥 울리네

비장(裨將)도 제 감히 맘대로 못하고
감사(監司)가 제 손으로 곳간을 압수하네
집안에 남은 거란 송아지 한 마리요
쓸쓸한 귀뚜라미 맞장구쳐 조문(弔問)하네

사람없는 빈집에선 여우·토끼 뛰노는데
대감님 댁 문간에는 용 같은 말이 뛰네
백성들 뒤주에는 해 넘길 쌀 없는데
관가의 창고에는 겨울 양식 풍성하다

궁한 백성 부엌에는 바람 서리 쌓이는데
대감님 밥상에는 고기 생선 갖춰 있네
추유장(楸楡章) 옛노래도 부르기 어렵거늘
바지띠 옷깃은 누가 있어 꿰매 주랴⑩

물 안 긷는 우물엔 새벽 얼음 쌓여있고
황폐한 밭에는 줄풀 잡초 널려 있네
(봉(葑)은 거성(去聲)인데 줄풀 뿌리〔菰根〕를 말한다. 그러나 진이도(陳履
道)의 시에서는 '호남밭 황폐한 뒤에 이미 났었다'하고 육유(陸游)의 시에서
는 '물 떨어진 못에 난다'고 하였다)

들으니 영천(潁川)⑪ 땅에 도적이 는다는데
오랑캐 쳐온다는 봉화불이 이 아니냐

세도집 대문에서 검은 칠 못 보았고
사관(史官)의 붓대는 칭찬 말만 들었네⑫
구중궁궐 호랑이가 지키고 있어
백성들 두 소매가 눈물에 젖었구나

정협(鄭俠)의 〈유민도(流民圖)〉⑬를 그 누가 이어 가리
주휘(朱暉)같이 어진 이를 못 만나 애석하다
그리워라 봄날에 보습을 손질하며
하늘에서 단비가 쏟아지던 그날이

孟華堯臣(卽吳權二友) 盛言公州倉穀爲弊政 民不聊生 試述其言爲長篇三十韻

疊疊倉廒積　先王本厚農　深謀資水旱　外侮備垣墉
周禮哀荒札　堯黎望協雍　聖朝寬賦斂　清世罕饑凶
廟畧敦巖邑　村輸陟峻峯　貪夫要自利　奸竇得相容
萬水歸閻淺　千金入冶鎔　庭量須溢斛　廚餉勅精舂
督責寧踰限　調移每雇傭　身如輸粒蟻　心似割脾蜂
盡室方懸磬　贏糧各趁鐘　吏謀隨處密　氓俗古來恭
雀鼠何其壯　鴻魚秖自喁　有刀能刮骨　無酒可澆胸
檢發徒虛語　流亡遂遠蹤　漢廷無賑貸　唐稅疊調庸
逮捕騷鄰里　徵逋及遠宗　令旗驚獵獵　賽鼓鬧鼕鼕
(湖西自數年來　每督軍飼時　輒以令旗與軍卒以嚇民村
民村如逢亂離云)
神將非專輒　監司乃自封　所餘唯短犢　相弔有寒蛩
白屋狐兼兔　朱門馬以龍　村粮無卒歲　官廩利經冬

窮郰風霜重　珍盤水陸供　樞楡難自詠　褸襬且誰縫
廢井堆晨凍　荒田被晩葑　漸聞增潁盜　奚異警胡烽
（葑去聲　菰根也　然陳履道詩曰　湖田廢後已生，陸游詩曰
水落澤生　皆押平聲）
未見豪門漆　徒聞史管彤　九門嚴虎守　雙袖但龍鍾
鄭俠嗟誰繼　朱暉惜未逢　懷哉理春耟　膏雨上天濃

① 제목에 오국진(吳國鎭), 권기(權冀) 두 벗에게 준다고 했다. ② 암읍(巖邑)―
군사전략상의 요지 또는 비축미를 둔 곳.　③ 미려(尾閭)―큰 바다 밑에 있어서,
바닷물이 쉴새없이 샌다는 곳.　④ 참새·쥐들―소인배·아전들을 말함. ⑤ 큰
고기―토호와 고관들을 말함.　⑥ 검발(檢發)―나라에서 풍년에 곡식을 사들였
다가 흉년에 빈민구제와 물가 조절 등을 하는 일.　⑦ 진대법(賑貸法)―농민에
게 양곡을 대여하여 기민을 구휼하는 제도.　⑧ 조용(調庸)―조(調)는 호(戶)
를 대상으로 하는 토산물의 부과를 말하고, 용(庸)은 중앙에 대한 노동력의
부과를 말한다.　⑨ 포흠(逋欠)―원래는 횡령에 의한 결손액이란 뜻인데, 여기서
는 세금을 납부하지 못한 것을 가리킨다.　⑩ 추유(樞楡)·요주(褸襬)―《시경
(詩經)》〈당풍(唐風)〉에 있는 '산유추습유유(山有樞隰有楡 : 검소하게 지내가
며 즐기지 못하다 죽으면 후회하게 된다는 뜻)'와 〈위풍(魏風)〉 갈수(葛屨)장
에 나오는 요지주지(要之襬之 : 바지띠 옷깃을 달아주듯 임금에게 보필하는 신
하의 충성을 말하는 것)를 인용 은유한 것임.　⑪ 영천(潁川)―중국의 지명. 한
나라의 황패(黃覇)가 영천태수가 되자 도적들이 줄었다 함(實記 96).　⑫ 세도
가는 벌 받는 일이 없으며, 사관은 이를 옳게 기록하지 않는다는 뜻.　⑬ 유민도
(流民圖)―전출 〈기민시〉 참조. 이 시는 30운이라 했지만 모두 전하지 않는다.

74. 성호(星湖) 유고를 정리하면서(을묘 11월 1일에①)

> ― 위대한 이성호 선생의 경륜이 실린 유고를 교정보
>   는 영광

빛나고 거룩할손 성호(星湖) 선생이여!
정성들여 밝혀 놓은 그 빛나는 저술이구나

나라 걱정 온 누리에 넘쳐흐르고
정신없이 그 정교로운 경륜을 보네

아득히 내가 늦게 났음을 깨닫고
넋 잃고 큰 도(道)를 배우며 듣는다
요행히 선생의 은덕을 얻으나
선생의 성운(星雲)을 못보니 애석하네

보배로운 저술은 풍요롭게 향기 끼쳤고
어진 은혜는 도탄에 빠진 백성 구했네
규범을 지어서 일생을 바쳤고
연세와 덕망은 천군(千群)을 넘었네

도의 타락된 세월이 흉흉함을 한탄타가
저녁나절 벗 만나면 흔쾌했어라
교서하며 벗들과 잠을 못자나
책궤를 지고 이 고생 기쁘기만 하네

선생이 음우하여 선택받으니
괜스레 몸을 정히 단장하고는
힘썼음이여! 여러 친구 어진 벗이여
교정에 힘쓰면서 조석을 보냈네

校星翁遺書

(十一月一日 於西巖鳳谷寺 溫陽地 陪木齋李先生 校星 翁遺書 時鄰
郡士友多會者 各賦詩一篇 會者李廣敎文達 承旨秀逸孫 李載威虞成
弘文提學 夏鎭玄孫 朴孝兢嗣玉 校理孝成弟 姜履寅士賓 三休堂世龜
玄孫 李儒錫汝昻 承旨日運子 沈路仲深 吏曹判書諮玄孫 吳國鎭孟華
右議政始壽玄孫 姜履中用民 履寅再從弟 權夔堯臣 大提學愈玄孫 姜
履五伯徽 校理沈從子 李鳴煥佩謙 木齋弟)

郁郁星湖子　誠明著炳文　瀰漫愁曠際　芒忽見纖分
眇未吾生晚　微茫大道聞　幸能沽膏澤　惜未覩星雲
寶藏饒遺馥　仁恩實救焚　典刑餘一老　齒德逈千群
道喪窮年歎　朋來暮境欣　校書酬耿結　負笈喜辛勤
猶有安冥摘　徒然到白紛　勗哉良友輩　於此送朝曛

*이 시는 34세 때(1795)에 금정 찰방(金井 察訪) 시절에 지었다.

① 원제목은 '11월 1일 서암봉곡사(西巖鳳谷寺 : 溫陽地)에서 목재(木齋)선생을 모시고 성옹(星翁) 유서(遺書)를 교정했다'했는데 여기서 목재는 이삼환(李森煥)이요 성옹은 실학의 대가이자 정다산이 사숙(私叔)하고 흠모했던 성호(星湖) 이익(李翼)을 말한다. 그런데 이때에 함께 교정한 친구들을 제목 밑에 열거했는데 그 이름은 다음과 같다. '때에 인군사우(隣郡士友)가 많이 모여서 각각 한편씩 시부를 지었는데 여기 모인 사람은 이광교(李廣敎) 자 문달(文達), 이재위(李載威) 자 우성(虞成), 박효긍(朴孝兢) 자 사옥(嗣玉), 강이인(姜履寅) 자 사빈(士賓 : 三休堂 世龜 현손), 이유석(李儒錫) 자 여앙(汝卬), 심로(沈潞) 자 중심(仲深 : 이조판서 諮의 현손), 오국진(吳國鎭) 자 맹화(孟華 : 우의정 始壽의 현손), 강이중(姜履中) 자 용민(用民 : 履寅의 재종제), 권기(權夔) 자 요신(堯臣 : 대제학 愈의 현손), 강이오(姜履五) 자 백휘(伯徽 : 교리 沈從의 아들) 이명환(李鳴煥) 자 패겸(佩謙 : 木齋의 아우) 등이라고 하였다.

75. 옛시를 본떠서 쓰다

― 밭에 나가 김을 매는 바보 선비되어 살자!

서해(西海)에는 반도(蟠桃)①가 있고
동해(東海)엔 화조(火棗)②가 있어
따먹으면 허물 벗듯 탈바꿈하여
영원토록 늙어지질 않는다 하니

사람들 흔연히 서로 다투어

머나먼 길 바라보며 문을 나서나
나만 홀로 가지 않고 내 집 지키니
처자식과 더불어 또한 즐겁다

밭에다간 씨를 뿌려 기장을 심고
논에다는 벼 심어 붉게 익는다
부지런히 김 매고 가꿔주며는
가물든 비가 오든 내버려두었네

가을걷이 얼마큼 바랄 수 있을 테니
그걸로 내 성명(性命) 보전하련다
찬란히 비단옷 떨쳐 입고서
말타고 번화거리 달려가서는

대궐 문에 들어서 말을 내리고
궁중 마당 느릿느릿 걸어가면은
그 얼마나 또 한가지 통쾌한 일이지만
혹시라도 후환이 따를지 모르는 일

잠깐동안 물러나서 수양을 하며
겉으로 바보인 체 지내야겠네
조용히 살면서 하는 일 없고
담담한 마음으로 욕심 없다네

세상이 아무리 험하다 해도
하나의 진부한 선비일 뿐일세
그래도 서로를 용서하지 못한다면
운명이라 생각하고 즐길 수밖에

擬古　二首

西海有蟠桃　東海有火棗　食之得蛻化　永世不得老
衆人爭欣慕　望望出遠道　我獨守我家　且與妻子好
山田種黃粱　水田種紅稻　勤力芸其苗　不問燠與潦
庶幾望有秋　使我性命保

燁然衣錦衣　乘馬馳雲衢　下馬入君門　冉冉庭中趨
豈不一快意　或者有後虞　不如且暫退　養拙守其愚
寧靜無所營　澹泊無所須　世途雖局促　庶容一腐儒
若復不相恕　命也亦樂夫

① 반도(蟠桃)-하늘에 있다는 복숭아로서 먹으면 장수한다고 한다.　② 화조
(火棗)-신선이 사는 곳에 있다는 대추나무로서 이 대추를 먹으면 수명이 천
년이나 연장된다고 한다.

76. 충주로 가느라고 서울을 나서며

— 말 한 필로 간편하게 동서남북 떠돌자

홍인문(興仁門)① 밖 버들은 그늘져 침침하고
극목천(極目川)② 머리는 푸른 하늘 한 빛이네
들물은 느릿느릿 백일하에 흐르고
성 너머 흰구름은 바람결에 뭉게뭉게

여기저기 여린 잎은 들 밖에 싱그럽고
새로 모낸 푸른 들은 하늘 끝에 이어졌다
말 한 필 두 동자로 차림새도 간편히
이 내몸 발길대로 동서로 편력하네

將赴忠州出國東門作(四月初六日)

興仁門外柳濛濛 極目川原霽色同
野水逶遲流白日 城雲澹蕩耐輕風
糝黃嫩葉迷芳甸 漲綠新苗沒遠空
一馬二童頗簡畧 我行隨意適西東

* 원주에서 병진(丙辰) 4월 6일, 즉 35세(1796)에 지었다고 함. 다산으로서는
드물게 보는 자연시이다.

① 흥인문(興仁門) — 흥인지문(興仁之門), 즉 동대문.   ② 극목천(極目川) — 중랑
천인 듯.

77. 하담에 가다

— 선산에 와서 조상의 은덕을 그리워함

몇 번이나 동작나루에서 헤어졌던가
지금까지 5년이나 훌쩍 지났네
꿈 속에서 오히려 어른들 모습 보곤①
그 상서로운 일도 벌써 몇 해 전인가

초목은 봄 지나서 신록이 무성하고
강산은 예처럼 변함이 없네
늘 구천(九泉)② 그 속을 걱정하지만
아득히 상향(桑鄕)③을 그리워하는 마음

到荷潭(四月十四日)

歷歷銅津別 于今五載强 夢中猶面目 祥後又星霜

草木經春茂　江山自古長　常疑泉壤裏　迢遞戀桑鄉

*이 작품은 35세 때(1796) 4월 14일, 충주 선산인 하담(荷潭)에 갔을 때 지음.
선조들을 못잊어하는 효성어린 작품이다.

①몽중유면목(夢中猶面目)—꿈속에서 조상들의 모습을 본다는 말.　②천양(泉
壤)—구천(九泉), 즉 땅속 무덤을 말함.　③상향(桑鄉)—조상이 묻혀있는 선산,
즉 상재지향(桑梓之鄉).

78. 옛 고향집에 돌아와서

— 고향 옛집은 즐거운 곳, 꾀꼬리의 고운 노래

아지랑이 끼어 있는 강언덕 집에
누런 장미 늦꽃이 짙게 피어 깊었네
전원(田園)은 아직도 눈에 익은 풍경이고
꽃과 나무 옛정을 기쁘게 돋아주네

대들보에 제비는 올해도 새끼 낳고
숲속의 꾀꼬리는 속절없이 고운 노래
제철 만난 만물이 부럽기만 하여서
지팡이 짚고 서서 슬픈 탄식 읊조린다

到舊廬述感

水閣煙光內　黃薇晚色深　田園猶慣眼　花木舊怡心
樑燕亦新乳　林鸎空好音　得時堪羨物　倚杖一悲吟

*35세 때(1796) 소내에서 지음.

79. 양근강의 고기잡이를 만나다

— 부귀는 즐거운 듯 괴롭고, 벼슬은 좋은 듯 죄인 신세

영감 하나 동자(童子) 하나 젊은 한 사람
양근강(楊根江)[①] 머리에 낚싯배 한 척
배 길이는 세 길이요 삿대는 두 키
가는 그물 수십에 낚싯바늘 3천 개

소년은 노를 저어 배 끝에 걸터앉고
동자는 솔 옆에서 나물국 끓이고 있네
영감은 술에 취해 잠이 한창 무르녹아
뱃전에 다리 뻗고 푸른 하늘 향해 자네

해지는 강 위에 물결 희게 부서지고
물에 잠긴 산 기슭 저녁 연기 푸르구나
소년이 동자 불러 영감 재촉 깨우는데
고기새끼 펄펄 뛰고 하늘은 저문다네

이리저리 노 저으며 그물을 던지는데
아래위로 다니는 배 북 놀듯 하는구나
들리노니 삐거덕 노젓는 소리뿐
아득히 먼 저곳 물빛인가 구름인가

황혼녘에 그물 걷어 강언덕에 배를 대고
고기 털어 쏟아내니 그 소리 향기롭다
관솔불에 세어가며 버들가지 엮어 꿰니
불빛이 물에 비춰 구리용이 춤을 춘다

마을 사람 장사꾼들 다투어 와서 보고
쨍그랑 엽전소리 광주리에 돈이 가득
물 위에서 잠을 자고 바람 속에 밥해 먹고
뜬 배로 집을 삼되 탈이 없이 사는구나

인간 부귀 비싼 값에 살 것 못되니
즐거운 듯하지만 사실은 괴롭다네
아침에는 높은 벼슬 성현 흉내내다가
저녁엔 죄를 얻어 오랑캐도 되는 세상

언제나 꾸부리고 멍에 멘 망아지요
답답하고 처량하긴 덫에 빠진 호랑이네
새장 속에 갇힌 꿩은 먹이보다 날고 싶고
홰 속에 갇힌 닭은 싫다고 울어대네

어떠한고? 물 위에서 살아가는 일개 어옹
바람따라 물따라 정처없이 떠다니며
유주(維州)②의 이해(利害)도 들리지 않고
동림(東林)③의 승패(勝敗)도 벙어리되어

갈대꽃 핀 물나루를 농장 삼아서
갈잎 이불 쑥대집에 휘장 둘렀네
언젠가 두 아들과 소내[苕川]로 들어가
이 같은 동자(童子)·소년 되게 하리라

楊江遇漁者

一翁一童一少年　楊根江頭一釣船
船長三丈竿二丈　數罟數十鉤三千
少年搖櫓踞船尾　童子炊菰坐鐺邊

翁醉無爲睡方熟　兩脚挂舷仰靑天
日落江湖浪痕白　山根浸水村烟碧
少年呼童攬翁起　魚兒撥刺天將夕
中流布網去復還　上下刺船如梭擲
伊軋唯聞柔櫓聲　蒼茫不辨雲水色
黃昏收網泊柳浪　摘魚落地聞魚香
松鐙細數柳條貫　鐙光照水銅龍長
野夫估客爭來看　鏗鏗擲錢錢滿筐
水宿風餐了無恙　浮家汎宅聊徜徉
人間富貴非善賈　盡將僞樂沽眞苦
朝將軒冕飾聖賢　暮設刀俎待夷虜
跼蹐常如荷轅駒　鬱悒眞同落圈虎
籠雉耿介不戀豆　塒雞啁哳生嫌怒
何如江上一漁翁　隨風逐水無西東
維州利害漠不聞　東林勝敗俱成聾
蘋洲蘆港作園圃　葦被蓬屋爲帡幪
會攜二兒入苕水　令當一少與一童

*35세 때(1796) 향리에서 지음.

① 양근강(楊根江)—지금의 양평군의 옛이름이 양근군인데 광주시(廣州市) 한
강과 양평군 북한강이 갈라지는 곳.　② 유주(維州)—요동(遼東)에 있는 장사
꾼들이 모여들던 상업도시.　③ 동림(東林)—동림당(東林黨)을 말하며 중국 명
(明)나라 말기에 일어난 당파로 환관파를 상대로 정권 쟁탈을 벌였던 당파.
낙향한 신사층(紳士層)이 동림서원(東林書院)을 세워 이를 중심으로 세력 확대
를 꾀했다.

80. 용문산 바라보며

> ― 산 깊고 구름 뜨는 용문산은 바로 무릉도원이리라

아득히 저 멀리 용문산(龍門山) 빛에
아침저녁 객선은 오고가는데
골짜기는 깊어서 보이느니 나무숲
구름이 흐른 뒤에 다시 안개 솟는다

내 일찍 무릉도원 있음을 알았노라
붉은 빛이더냐, 밭머리 푸른 빛이냐
녹원(鹿園)①이 숨었던 저곳을
슬피 바라보니 임천(林泉)②이 좋을시고

望龍門山

縹緲龍門色 終朝在客船 洞深惟見樹 雲盡復生烟
早識桃源有 難辭紫陌緣 鹿園棲隱處 悵望好林泉

*35세 때(1796) 양주에서 지음.

① 녹원(鹿園)―녹원(鹿苑), 즉 은둔하는 곳. 신선이 사는 곳. 또 명(明)나라 때 만표(萬表)의 호 경술(經術)에 능했는데 처음에는 무인(武人)이었음. ② 임천 (林泉)―산림천석(山林泉石) 또는 수림천수(樹林泉水). 즉 은자가 사는 곳. 또는 초부(樵夫)가 사는 곳.

81. 승지 신광하(申光河)[1] 만사

> ― 품은 생각 넓었고 성난 용이 백두산을 들었다

덥석부리 수염은 야윈 얼굴 뒤덮고
신선이 수레 타고 이 세상에 떨어졌네
외짝 학이 푸른 바다 달을 돌아 날아오고
성난 용이 백두산을 번쩍 들어 흔들었네

속세 속에 섞일 망정 품은 생각 넓었고
비바람 치는데도 필력(筆力)은 한가터니
큰 못의 구름 파도 잠자듯 고요하고
광릉금(廣陵琴)[2] 끊어지니 눈물이 쏟아지네

申承旨 光河輓詞(六月三十日卒)

髼鬤須髮繞癯顔　羽客雲車落世間
寡鶴盤廻滄海月　怒龍掀動白頭山
塵埃合沓襟懷曠　風雨交爭筆力閒
大澤雲濤收浩淼　廣陵琴絶涕潸潸

* 35세 때(1796) 죽란시사(竹蘭詩社)에서 지음.

① 원주에, '6월 30일에 죽었다'고 함. 신광하(申光河 : 1729~1796)는 석북(石北) 신광수(申光洙)의 동생으로, 전국 각지를 유람하면서 보고 느낀 바를 기록한 기행시를 많이 남겼다. 《진택문집(震澤文集)》 12권이 전한다.　② 광릉금(廣陵琴)―죽림칠현의 한 사람이었던 진(晋)나라 혜강(嵇康)이 은자로부터 전수받았다고 하는 거문고의 곡 이름.

292

82. 이주신(李周臣) 집에서 짓다

> — 너그럽고 편안한 산골짝의 이주신 집은 선비들이
> 모일 만한 곳

고요한 산골짝 초가집 깊숙한 곳
느릅나무 버드나무 작은 뜰에 어울렸네
밭에는 오이 채소 고향 땅을 옮겨온 듯
묵객을 좋아하여 사림(士林)을 모았구나

구름 사이 새는 햇볕 꽃빛이 새로웁고
가랑비 오려는가 나뭇잎이 먼저 운다
바윗길 울퉁불퉁 나귀 타기 제격이니
거문고 안고서 달밤에 또 찾으리

李周臣宅小集

醞藉溪山草閣深　小庭楡柳晩交陰
瓜蔬錯落移鄕井　翰墨雍容聚士林
漏日遠明花更色　輕霏欲度葉先吟
巖蹊犖确宜驢步　且抱幽琴月夜尋

＊35세 때(1796) 지음.

83. 죽란사 모임에서 읊다

> — 죽란시사 풍경은 맑고 깨끗해. 세상 일엔 휩싸이지
> 아니하련다

하늘 땅은 활짝 넓게 씻어내린 듯

먼지 한 점 없어서 깨끗하구나
시냇물은 가을 기운 이미 감돌고
산들은 늦단장을 서두는 채비

꾀꼬리는 노래하며 서로 부르고
푸른 숲은 씻은 듯이 펼쳐져 있네
울타리에 새잎 덩굴 뻗어나는데
담벽에는 이끼가 살찌어 드리웠다

태양은 강가 풀에 밝게 비치고
우물가 느티나무 아직도 시원해
다정한 벗 말타고 찾아오는데
어린애들 물가에서 놀다가 오네

헝클어진 시집들은 여기저기 널려있고
술잔이 쉴새없이 오고가누나
미친 듯 선비들은 세상 일을 잊었고
나랏일은 어진이가 다스리란다

김매는 노랫소리 바람이 알리고
달뜨면 거문고 타고 노래 부른다
백 년 세월 호탕하게 누리며 사는 거지
물오리와 기러기야 무슨 시기랴

竹欄社會賦得新晴

蕩滌端倪豁　蕭然無點埃
澗如秋氣入　山欲晚粧催
黃鳥歌相引　靑林洗自開
野籬抽嫩蔓　垣甓落肥苔

遠日明江草　餘凉在井槐
親朋騎馬至　穉子戲溪回
跌宕抽詩卷　淋漓有酒杯
清狂投散秩　爕理仗賢才

耘唱知風送　琴歌待月來
百年長浩蕩　鳧雁兩無猜

84. 죽란시사(竹欄詩社)[1]에 모여서 짓다

다섯 사람이 모여서 지은 시를 내가 찬(贊)했으나
자기 시의 평은 못하게 되어 있었다

— 윤남고[2]의 시는 소탈하고 세속을 넘었다

귀밑수염 흰 얼굴이 출중하여 준수하고
충헌(忠憲)의 집안에서 선대처럼 문채 있네
벼슬에 일찍 올라 세도에 이름나고
만년 역시 시를 지어 세상에서 으뜸가네

소탈하고 세속 넘어 막힌 마음 되돌리고
벗이 많아 더불어 안목은 더욱 높다
다시금 말을 마라 그대의 갖춘 경륜
죽란사(竹欄社)에 윤남고(尹南皐) 있음을 알겠노라[3]
　　—이상은 남고(南皐) 윤이서(尹彝叙)를 찬한 시

竹欄小集(與者五人各賦四詩爲四人　月朝之評不得自贊)

鬚鬢白面異凡曹　忠憲家中是鳳毛
早達若將關世道　晚年仍亦作時豪

疎狂拔俗心還隘　許與隨人眼更高
且莫備論餘子意　竹欄唯識有南皐
（右贊南皐尹彝叙）

─ 이주신 속 모르지만 뜻깊고 격이 높다

소년 시절 고향에서 어울린 친구건만
지금까지 구분(九分)밖에 마음을 모른다네
넓고 넓은 삼강(三江)에 홀로 뜬 풀잎이요
연뿌리 구멍으로 일월오성 뚫어보네

애절하고 슬픈 사연 세상이 좋다 하고
뜻이 깊고 격 높아 알아주질 않는구나
가슴 속에 박힌 쇠침 뉘라 그걸 뺄 것인가
신선이 사는 곳에 깊이 숨어 산다 하네
　　─이상은 교음(蕎陰) 이주신(李周臣)을 찬한 시

弱歲鄕園早盍簪　年來纔得九分心
芥舟獨汎三江闊　藕孔交穿七曜森
蜀客詞才偏見幸　竟陵詩體少知音
胸中寸鐵誰能拔　烏帽深棲紫閣陰
（右贊蕎陰李周臣）

─ 중형 정약전의 시는 고매하여 은자 같다

푸른 수염 훤칠한 키 장후(張侯)[4]와 비슷하고
고아하고 고집스런 반백의 늙은 선비
넓은 들 없다보니 큰 박 어디에 둘 것이며[5]
속임수에 빠진다고 바둑판은 안잡는대

296

초나라 점쟁이는 첨윤에게 물었는데[6]
연나라 노래꾼은 술꾼과 어울리지
분단장을 배우려도 지금은 때가 늦어
봉두난발 그대로 기주에서 늙노라네
　　　－이상은 중씨(仲氏)를 찬한 시

蒼鬚頎幹似張侯　歷落嶔崎欲白頭
不逢廣漠誰藏弧　積屈權奇未聘楸
楚卜願從詹尹問　燕歌漸與酒人游
欲學粉脂今已晚　且將蓬髮老夔州
　　　　　　　（右贊仲氏）

－ 한혜보는 유한 성품으로 흐린 세상 교훈된다

너야말로 천지간에 한 썩은 선비인데
어찌하여 만나보면 그리 서로 좋다던가
맑은 의표 오히려 흐린 세상 더 알맞고
유한 성품 도리어 나약한 자 일깨우지

담담하게 가는 구름 높은 산에 쉬어가고
깨끗한 방초가 잡초 속에 숨어든다
조만간에 동강을 함께 가게 될 것인데
해 저문 길 가면서 야윈 말을 몰까 보냐
　　　－이상은 혜포(蕙逋) 한혜보(韓傒甫)를 찬한 시

汝是乾坤一腐儒　云胡相見便相娛
清標却善居淆俗　柔性還須立懦夫
澹澹行雲游巘崿　涓涓芳草隱蓁蕪
東江早晚成偕往　肯策羸驂涉暮途
　　　　　　　（右贊蕙逋韓傒甫）

① 원주에, '죽란시사에서 모여 시를 지었는데 모두 다섯 사람이니 각자가 한 수씩 지었고 이에 대하여 네 사람의 시를 다산이 평했다'고 하였다. ② 남고(南皐)—윤규범(尹奎範 : 1752~1846)의 호. 이 시는 남고의 시를 찬(贊)한 작품. ③ 여기 모였던 동인(同人)들은 이외에 교음(蕎陰) 이주신(李周臣), 다산의 중형, 혜포(蕙逋) 한혜보(韓傒甫) 등이 있다. ④ 장후(張侯)—춘추시대 진(晉)나라 대부(大夫) 해장(解張). 《좌전(左傳)》 성공(成公) 2년조. ⑤ 넓은 들……—쓸모있는 재능은 있으나 그것을 쓸 곳이 없음. 혜자(惠子)가 장자(莊子)에게 하는 말이, 위왕(魏王)이 자기에게 박씨를 주어 그것을 심었더니 박이 열리기는 하였으나 너무 커서 아무짝에도 쓸모가 없고, 또 나무도 큰 놈이 있는데 너무 못생겨서 쓸모가 없다고 하자, 장자는, 그 큰 박은 그대로 강호(江湖)에다 띄우면 될 것이고, 그 나무는 무하유(無何有)의 고장 광막(廣漠)한 들에다 심으면 될게 아니냐고 하였다. 《장자(莊子)》 〈소요유(逍遙游)〉. ⑥ 초나라 점쟁이……—국가에서는 그를 인재로 여겨 등용하려 하는데, 본인은 오히려 방랑생활로 자기 재능을 숨김. 첨윤(詹尹)은 옛날 점치던 사람으로, 《초사(楚辭)》 〈복거(卜居)〉에, '마음이 번거롭고 생각이 산란하여 어찌할 바를 모르겠기에 태복(太卜) 정첨윤(鄭詹尹)을 찾아가 보았다'라 하였고, 형가(荊軻)가 뜻을 품고 사방을 주유하다가 연(燕)나라에 와서는 시장의 개백장 또는 술꾼과 어울려 술을 진탕 마시고 취하면 노래를 하다가 또 서로 부둥켜 안고 울기도 하는데 마치 곁에 아무도 없는 듯이 놀았다는 것이다. 《사기(史記)》 〈자객열전(刺客列傳)〉.

85. 달밤에 이형을 그리며

— 이주신은 숲 너머 돋는 달, 밤에 홀로 비추네

숲 너머 돋는 달이 바람 끝에 날리면서
천연스레 하늘로 오른다네
더운 대낮 깊이깊이 피해 있다가
밤에야 교교하게 나타난다네
잠 못 자고 현달(賢達)한 이 생각하면서
무단히 나그네 감상에 젖었구나

시 읊고 글 쓰는 것 좋기는 해도
고기 잡고 나무하는 것만은 못한가봐

月夜懷李兄

林月依風秒 天然上碧霄 深深避炎晝 皎皎出淸宵
不寐思賢達 無端感旅僑 文詞雖可悅 終是讓漁樵

86. 이계수 집에서 제공들과 함께 읊다

윤참판 필병(尹參判弼秉), 채판서 홍리(蔡判書弘履),
이참판 정운(李參判鼎運) 형제 등 여러 사람이었음

— 모인 제공들 모두가 정정한 푸른 소나무

이부가 한가히 거처한 이곳에
제공들이 말 타고 찾아서 왔네
벼슬은 높아도 귀밑머리 새까맣고
한 여름 수풀은 푸르기도 하구나
두고 난 바둑알은 아이 시켜 줍게 하고
주머니 비었으면 술 깬 뒤에 보잔다
외로운 소나무는 사람 뜻 둘 만하니
예나 지금이나 저렇게 정정하다

李季受宅同諸公賦

吏部閑居處 群公騎到庭 峻班雙鬢黑 長夏一林靑
碁散敎兒拾 囊空任酒醒 孤松頗可意 今古自亭亭

87. 달밤에 또 이형이 그리워

> ― 이주신과 취해서 놀자는 뜻은, 세상 일 답답하여 그래
> 서 하는 일

밤은 고요해 하늘이 물 같은데
바람이 불고 누대에 달이 뜨네
펄럭이는 나뭇잎 촉촉한 옛빛이요
풀벌레는 가을 온다 속삭이누나
더위가 점점 가니 가는 계절 기쁘지만
속절없이 다해가는 세월을 어찌하랴
미치고 노래하고 날로 취하자는 것은
놀자는 뜻만은 아니올시다

月夜又懷李兄

夜靜天如水 風吹月上樓 葉光翻舊濕 蟲語引新秋
暑氣欣微薄 年華識暗道 狂歌日謀醉 不是愛遨遊

88. 죽란사 모임에서 '장마가 개다'라는 시제로 읊어 번
암 대인에게 보이다

> ― 비 개인 죽란에서 풍년든다 기뻐한다

구름 흙비 다 지나고 말끔히 날이 드니
비늘 같은 기와 지붕 층성(層城)에서 솟아나네
초목은 살이 쪄서 천산이 무겁고
파도가 새나간 듯 만 골짜기 시원하다

꾀꼬리와 꽃핀 세계 누가 맡아 관리할까
염천인데 누각은 아직도 시원하네
들에 곡식 풍요롭다 반가운 소식 들려
죽란에 바로앉아 임금 은혜 생각하네

竹欄小集 賦得積雨新晴 奉示樊巖大老

碾盡雲霾霽色平　鱗鱗碧瓦迸層城
薰腴草木千山重　漏洩波濤萬壑輕
別界鶯花誰作主　炎天樓閣有餘淸
欣聞野外饒禾黍　爲是端居念聖明

89. 가을날 죽란사에서 흥을 풀다

> ― 죽란사에 앉아서 고향 전포 생각한다

가을바람 시원해 봄바람과 다르니
시름 겨워 하늘을 쳐다보게 만드네
제비는 갈 때지만 그래도 지지배배
국화야 이제부터 새 떨기가 또 붙겠지

등불과 친해지니 정이야 더 붙지만
봄 풍경은 벽에 걸린 그림에나 봐야겠다
자나 깨나 못 잊을 건 장한이 한 일[1]이지
우리도 시골집은 강동의 땅이었네

秋日竹欄遣興

秋風不似度春風　愁思無端視碧空
燕子去時猶軟語　菊花從此又新叢

交情漸與燈檠厚　煙景還將畫壁通
寤寐不忘張翰事　爲言田圃在江東

① 장한이 한 일―벼슬을 버리고 고향으로 돌아간 일. 진(晋)나라의 장한(張翰)은 오군(吳郡) 사람이었다. 그의 별호가 강동보병(江東步兵)이었는데, 어느 날 하순(賀循)을 따라 낙양(洛陽)에 와서 벼슬하고 지내다가 가을바람이 일자 자기 고향의 순채국·농어회가 생겨나서 관직을 버리고 오군으로 돌아갔다고 함.《진서(晋書)》권 29.

90. 남고와 함께 죽란사에서 마시다

— 남고와 함께 죽란사에서 미친 듯이 읊었다

숲 짙어 시원하고 석양빛은 붉었는데
버들잎은 엉성하고 오동잎은 떨어지네
소내의 거룻배들 저녁 낚시 나섰으리
화양의 외로운 손 가을옷이 아쉽구나

미친 듯 노래하면 곁에서 괴상히 봐
거나한 기분으로 장로 따라 돌아가리
우이①가 단짝 된 것 내 상관 않는다만
여기서야 속된 인연 통할 리가 있겠는가

同南臯竹欄小飮

高林涼日晚輝輝　柳葉鸝疎桐葉飛
茗上扁舟應夕釣　華陽孤客憶秋衣
狂歌苦被傍人怪　薄醉聊隨長老歸
牛李交傾渾不管　俗緣能到此中稀

① 우이(牛李)―당(唐)나라의 우승유(牛僧孺)와 이종민(李宗閔). 이들 두 사람

이 붕당(朋黨)을 꾸미는 데 주축이 되어 당 목종(穆宗) 때부터 시작하여 무종(武宗) 때까지 전후 40년 가까이 당시 재상이었던 이길보(李吉甫)와 이덕유(李德裕) 부자(父子)와 맞서 헐뜯고 배격하는 등 당쟁(黨爭)을 꾸몄다고 함.《당서(唐書)》이덕유전(李德裕傳).

91. 죽란사 달밤에 남고와 함께 마시다

— 악착같은 세인을 오히려 비웃으며 실컷 마시다

하얀 이슬 누른 국화 그 향기가 한결같애
남산의 석양빛이 울타리와 마주 뵈네
땅에 깔린 찬 연기에 오동 홀로 멀리 뵈고
하늘의 밝은 달빛 장안 만호가 시원하다

얼른 배에 오르려고 물가에서 놀거니와
말 타고서 화양으로 달려가진 말지어다
오늘 밤엔 고래처럼 마셔볼 작정인데
있는 술이 몇 독이며 한 독이면 몇 잔인가

지당의 가랑비에 연꽃 향기 감춰지고
하늘은 고요하고 기러기 줄지었다
타관 땅의 고향 시름 가을 따라 멀어지고
한 백 년 먹은 마음 달과 함께 싸늘하네

황관[1]은 산 속에서 살아야만 제격인데
청춘을 까닭없이 한양에서 늙히다니
악착스런 무리들아 나는 너를 비웃노니
야자 파서 술잔 만드는[2] 잔재줄랑 말지어다

난초 크고 국화 펴서 임금께 바치는데

뉘 때문에 백발이 이리도 성성할까
왕실에 들어가긴 때늦어 거리 멀고
밤 늦은 촛불 아래 누대 속이 썰렁쿠나

하삭에서 주고받듯[3] 실컷 한 번 마셔볼까
제양[4]을 주름잡는 시 솜씨는 인정하네
이리 좋게 죽란에서 질탕하게 놀았는데
내일 아침 대릉 술자리에 무엇하러 갈 것인가

竹欄月夜同南皐飮

玉露黃花一樣香	南山暮色對籬長
寒煙落地孤梧逈	明月橫天萬戶凉
徑欲乘舟游渼上	莫敎騎馬走華陽
今宵會辦如鯨飮	有酒幾樽樽幾觴
池塘小雨歛荷香	碧落寥寥歸鴈長
三峽鄕愁秋共遠	百年心事月俱凉
黃冠只合棲山裏	綠髮無端老漢陽
齷齪世人吾笑汝	莫將椰子巧穿觴
崇蘭委質菊花香	白髮緣誰似許長
歲晏舳稜雙闕逈	夜闌燈燭一樓凉
聊成痛飮酬河朔	快許新詩擅濟陽
好就竹欄甘趺宕	明朝肯赴大陵觴

① 황관(黃冠)—농부의 관. 도사(道士)가 쓰는 관. 전하여 도사를 지칭하기도
함. 《예기(禮記)》〈교특생(郊特牲)〉·《당서(唐書)》〈방기전(方技傳)〉.   ② 야자
……만드는—야자 열매를 쪼개어 술잔을 만들고 갖가지 장식을 가한 것을 야배
(椰盃)라고 한다.   ③ 하삭에서 주고받듯—서로 권하며 취하도록 술을 마심. 후
한(後漢) 말기에 유송(劉松)이 원소(袁紹)의 궁중에 있으면서 삼복(三伏) 더위

때면 원소의 자제(子弟)들과 함께 황하(黃河) 이북의 지대로 가서 취하도록 술을 마시며 피서 생활을 하였음. 하삭음(河朔飮).《초학기(初學記)》. ④제양(濟陽)—후한(後漢) 광무제(光武帝)가 태어난 제양궁(濟陽宮)이 있는 제수(濟水) 남쪽에 있는 고을.

92. 죽란사에 국화가 활짝 피어 몇 사람과 밤에 마시다
주신(周臣)·혜보(傒甫)·무구(无咎)였음

— 글읽어 신세 망쳤으니 이제 귀향하리라

철은 익었는데 쌀은 더 귀하고
집이 가난해도 꽃은 많다네
국화는 가을빛에 피어났으니
다정한 사람들 밤에 서로 찾았네

술잔에다 시름까지 겸해 따르며
시가 지어지면 즐거운 걸 어찌하누
한혜보는 몹시도 단아하더니
요즘 와선 그 역시 미친 듯이 읊는구나

기러기는 날아날아 강남 섬을 가는데
발을 걷고 홀로 앉아 시름에 잠겨 있네
귀밑머리 휑하니 아마도 늙는가봐
국화는 피었건만 가을 농사 어이할까

글 공부로 신세 망쳐 책 던져 버리고
고향 꿈 마음두고 낚싯배를 물었다네
식량 좀 비축하여 1년 날 계책 서면
봄 오면 가솔 끌고 양주로 내려가리

竹欄菊花盛開 同數子夜飲

歲熟米還貴　　家貧花更多
花開秋色裏　　親識夜相過
酒瀉兼愁盡　　詩成奈樂何
韓生頗雅重　　近日亦狂歌
飛飛歸鴈向江洲　獨捲寒簾生遠愁
蓬鬢欲疎無乃老　菊花雖發不禁秋
儒名誤世抛經卷　鄕夢關心問釣舟
約畧瓶儲爲歲計　春來提挈下楊州

93. 꽃 아래서 혼자 마시다

— 국화 옆에서 혼자 마시며 쓸쓸한 마음 읊는다

가을바람 속에서 검은 벙거지로
국화 앞에 쓸쓸히 앉아 있자니
가엾게 피고 있는 그윽한 빛이
고적한 사람을 위로해 준다

빛나는 태양 아래 누렇게 펴서 빛나
담담한 석양 놀에 분홍빛 간들거리네
석공[1]은 지금 없어 그림 못그리니
맑은 그림자 제멋대로 누워있구나

花下獨酌

烏帽秋風裏 蕭然坐菊花 絶憐幽艶色 能慰寂寥家
黃擺輝輝日 紅吹澹澹霞 石公今不見 淸影任橫斜

①석공(石公)-중국 명(明)나라 호조(胡慥)의 자. 호조는 산수·인물·국화 그림의 명인. 금릉팔가(金陵八家)의 한 사람.

94. 가을 밤 죽란시사에서 읊다①

> ― 구관조야 함부로 흉내를 내지 마라. 단사의 늙은 봉황
>   슬픔을 못 이긴다

검양강(黔陽江)② 북쪽에 가을바람 쓸쓸하고
망해루(望海樓)③ 서쪽에는 기러기 벌써 왔네
동협으로 돌아오는 빠른 배 가장 좋고
오운(五雲)이 깊은 곳에 왕궁은 그윽하다

가을바람은 벽오동 가지에 불어들고
서북 하늘 조각구름 두둥실 떠서 가네
구관조④야 함부로 울음을 남기지 마라
단산(丹山)⑤의 늙은 봉황 설움을 못참는다   (10수 중 2수)

秋夜竹欄小集(每得一篇　南皐爲余朗誦其聲淸切哀婉　令人泣下
要聞其聲　戲爲絕句意不在　詩遂多蕪　拙本十九首　今刪之錄十首)

黔陽江北動秋風　望海樓西來早鴻
莫上歸舟走東峽　五雲深處有王宮
秋風吹入碧梧枝　西北浮雲片片移
愼莫啼留秦吉了　丹山老鳳不勝悲

* 35세 때(1796) 죽란시사에서 지음.

① 원주에, '가을 밤 죽란시사에서 시를 지어 남고(南皐)와 함께 읊었더니 그 목소리가 맑고 처절하고 슬프고 완곡해서 사람을 울리고 그 소리를 듣고자 또 절구를 지었는데 시 속에 뜻이 있지 않았으므로 내가 지은 시 19수 중 10수만 적

는다'고 했다. ②검양강(黔陽江)-중국 송(宋)나라 때 호남성(湖南省)의 무수(潕水)와 청수강(淸水江)이 합류하는 곳. 그러나 여기서는 한강 양수(兩水)의 하류를 말하는 듯하다. ③망해루(望海樓)-소내〔苕川〕하류를 말하는 듯하다. ④진길료(秦吉了)-흉내 잘내는 구관조(九官鳥). ⑤단산(丹山)-단사산(丹沙山) 혹은 단혈(丹穴)의 산. 신선이 사는 산.

95. 대각의 탄핵을 받고 소를 올려 해직을 빌면서 감회를 적다

― 하루아침에 또 탄핵상소 올랐으니 이제 강가로 가리라

천지를 떠도느라 머리털은 허옇게 되었는데
오대의 탄핵장이 끝내 오고 말았네
3년을 산에 가서 백성 노릇 좋더니만
하룻밤에 왔다가 세상 걱정 보탰구나

재상 자리 탐을 내던 소진·장의 내 다 싫고
초계 삽계① 찾아가서 고깃배 사려 하오
푸른 마름 붉은 여뀌 시원한 물가에서
오리와 갈매기야 날 모략 안할 테지

遭臺彈陳疏乞解日書懷

天地徘徊欲白頭　烏臺彈簡竟悠悠
三年去作山氓喜　一夜來添世道憂
久恨蘇張貪相印　已從苕霅買漁舟
綠蘋紅蓼滄凉地　深信鳧鷗不我謀

①초계 삽계-두 시내 이름.《당서(唐書)》〈장지화전(張志和傳)〉에 '물 위에 둥실 뜬 집을 지어 초계 삽계 사이 오가는 게 원이라네(願爲浮家泛宅 往來苕

雪間)’라고 하였음.

96. 죽란사에서 홍풀이

> ― 파직당하니 집은 썰렁해도 마음은 편해 좋구나

파직당하고 나니 집안은 썰렁해도
마음이 편해 병이 싹 가시네
비 오면 준벽 그림①을 보고
개이면 경황② 종이에 글씨나 쓰지

조정 들 때 타던 말은 팔아 없애고
마음껏 물에 노는 고기가 되려네
무너진 죽란도 보수를 해야겠고
이제 농사일에다도 마음 써야지

竹欄遣興

罷職門仍冷 心安病得除 雨看皴壁畫 晴試硬黃書
已賣朝天馬 將成縱壑魚 竹欄壞不補 經理在田廬

①준벽 그림―준법(皴法)으로 그린 그림. 준법은 화법(畫法)의 일종으로 산
악·암벽 등의 굴곡·중첩 또는 옷의 주름 등을 나타내는 화법.　②경황(硬
黃)―종이 이름. 법첩(法帖)을 모사하는 데 쓰는 종이.

97. 차운하여 백씨에게 올리다

> ― 낙토(樂土)는 시원한데 벼슬길은 세월만 바빠

살기 좋은 곳은 바람 연기 시원하고

명예로운 길은 세월만 바쁘지요
서늘하기 기다려 곧 돛을 걸렸더니
더위에 지쳐서 병 얻어 누웠어라

제비 같은 나그네 봄 나기가 괴로우니
송골매 어느 때나 훨훨 날까 두렵네
가을이 오거든 쌀 뜨물 맛 상락주①를
잔 씻고 주고받고 마셔봅시다

次韻奉簡伯氏

樂土風煙敞 名途歲序忙 乘凉旋挂帆 病熱更支牀
旋燕經春苦 蒼鷹幾日颺 秋來桑落酒 應共洗壺觴

① 상락주-술 이름. 하동(河東)의 상락(桑落) 고을에 우물이 있는데 뽕잎이 지
는 시기에 그 물을 길어다 술을 빚으면, 그 술맛이 매우 좋아 붙여진 이름이라고
했는데 그 맛이 분온(雰氳)하고 빛이 쌀뜨물〔潲漿〕같다고 함(《水經》 河水注).

98. 국화 필 때 혜보·무구와 죽란사에서 모임을 갖다

— 국화주를 아껴 마시나 산림 기상 제법 충만해

옛날에 마시던 국화주이건만
금년에는 아껴서 조금씩만 기울이네
남쪽 언덕에서는 예를 익히다가
동쪽 산협으로 밭 갈러 왔다네

성중의 풍류일랑 이제는 덜어지고
산림생활 기상이야 남아지는 것
국화 향기 아직은 남아 있는데

계절은 또 벌써 겨울로 가는구나

菊花同俟父無咎竹欄宴集

舊日黃花酒 今年只細傾 南臯猶讀禮 東峽已歸耕
城邑風流減 山林氣象贏 幽香雖未歇 亦旣歲崢嶸

99. 연경 가는 서장관 한혜보와 진사 대연을 송별하다

— 나라가 약하니 사신들의 권한은 낮지만 학문은 높다

어사가 전권대사 권한 아닌데
서생이 처음으로 먼 곳 떠나네
저녁 구름 갈석①산에 나직이 비끼고
가을 눈은 유주②벌에 펄펄 내린다

나라가 약하니 제후 예절 무겁고
성들이 유명하여 나그네 눈 아득하리
군관이 꽤나 박식이요 전아하여
중국의 재사들과 어울리는 상대리라

送別韓俟父書狀大淵進士赴燕

御史非專對 書生始遠游 晚雲低碣石 秋雪下幽州
弱國虔侯度 名城壯客眸 軍官頗博雅 才士定相求

① 갈석—산 이름. 《서경(書經)》〈우공(禹貢)〉에 '오른쪽으로 갈석을 끼고 돌아서 황하로 들어갔다(夾右碣石 入于河)'라고 하였고, 공안국(孔安國)은 다만 '바닷가에 있는 산(海畔山)'이라고 하였다. 중국 사신 길은 이곳을 지난다. ② 유주—고을 이름. 한(漢)나라 무제(武帝) 때 설치한 13주(州) 중의 하나로 지금의

하북성(河北省) 북부와 열하(熱河)·요령성(遼寧省)·안동성(安東省) 등지의
남부, 그리고 조선(朝鮮) 북부 일원에 걸친 지역으로 사신 길이 이곳을 지난다.

100. 산으로 돌아가는 간의대부 김공 한동을 송별하다

— 모함받아 벼슬 내놓고 산으로 돌아가는 김공의 심정

허전한 마음에는 봄바람이 멀어졌고
이 강산에는 정의로운 소리도 쓸쓸해졌다
상소문 한 장에 자리가 흔들려
가파르고 멀끔한 이령(二嶺) 찾아가는가

젊은 시절 경전을 읽었던 힘이 있어
맑은 가을 말을 몰아 산으로 가네
큰 강물은 도도히 똑바로 흐르는데
강 건너서 돌아보면 초창한 심정이리

送別諫議大夫金公 翰東 還山

廓落春風遠 山河闕義聲 尺書嬰蕩滌 二嶺擢崢嶸
少日窮經力 淸秋策馬行 大江流正穩 惆悵渡頭情

101. 이승지 경명의 죽음을 애도함

— 이단을 물리치며 자신 명예 찾지 않아

젊은 시절 산속에서 세상 잊고 지내다가
늘그막에 왕정에서 과거 보아 급제했지
이단을 물리친 것 공이 진짜 도(道) 지켰고
자신 위한 길을 가며 명예 찾지 않았었네

빈산에 나무 늙어 글 읽던 곳 냉랭해라
고요한 물 꽃이 지니 춤을 추던 집도 없어
날아오고 날아가던 부석①이 어젤러니
무덤을 혼자 가다니 눈물이 갓끈 적신다.

輓李承旨 景溟

英年邱壑抱遐情　晚歲彤墀射策榮
闢異如公眞衛道　飭躬爲己不求名
寒岡樹老書樓冷　鏡水花殘舞榭平
鳧舃分飛如昨日　獨歸華表淚沾纓

①부석(鳧舃)—지방 관원의 행차를 이른 것. 후한(後漢)의 왕교(王喬)가 지방
관으로 있으면서 매월 초하루 보름이면 반드시 조정에 와서 조회를 하고 갔는
데 뒤따라 온 거마(車馬)도 없었다. 그를 이상히 여긴 황제는 태사(太史)에게
밀령을 내려 자세히 지켜보게 하였던바 그가 올 때쯤 해서 두 마리의 오리가
동남방에서 날아오고 있을 뿐이었다. 그리하여 그 오리가 가까이 오기를 기다려
그물을 던져 잡았더니 그물 속에는 오직 신발 한 짝이 있더라는 것이다. 《후한
서(後漢書)》〈방술전(方術傳)〉.

102. 이 어찌 통쾌치 않을 것이냐(20가지를 들어 노래함)

> — 묵은 것은 깨어지고, 막힌 것이 터져 나갈 때의 시
> 원하고 통쾌함이여!

달포 넘는 찌는 장마 곰팡이 냄새
아침 저녁 사지는 맥없이 노곤터니
첫 가을 파란 하늘이 활짝 열려져
하늘은 맑아서 구름 한 점 없구나
이 어찌 상쾌치 않을 것이냐

돌 무더기 흙더미가 큰 강을 가로막아
차고 고인 물굽이가 막혀서 돌아갈 때
긴 삽으로 푹 떠서 일시에 터뜨리니
천둥치듯 소리치며 쏜살같이 흘러간다
이 어찌 통쾌치 않을 것이냐

푸른 매 끈에 묶여 오래도록 주리다가
숲속에 가고파서 지루함에 나래친다
북풍 거센 속에 끈을 풀고 훨훨 나니
푸른 하늘 물 같아서 마음껏 날아가네
이 어찌 시원하지 않을 것이냐

돛배에 손을 태워 청강에 띄워두고
넘실넘실 물결 위에 물새 쌍쌍 날아든다
급한 여울물에 쏜살같이 내달으니
시원한 강바람이 뱃전을 스치누나
이 어찌 상쾌치 않을 것이냐

험한 절벽 지팡이로 쉬며 겨우 올랐더니
구름안개 겹겹이 눈 아래 막았어라
이윽고 서풍 불어 백일하에 불어대니
만 골짝 천 봉우리 일시에 드러난다
이 어찌 상쾌하지 않으리요

가파른 바윗길에 나귀 걸음 비틀거려
돌부리 나뭇가지 옷자락 다 찢겼다
나귀 내려 배를 타니 앞길은 평탄하다
석양에 순풍 잡아 돛을 덩실 달았으니
이 어찌 상쾌치 않을 것이냐

나뭇잎이 시끄러이 강언덕에 떨어지고
늦가을 해 쓸쓸히 흰 파도를 걷어차네
표표히 옷 날리며 바람 앞에 섰는 기분
마치 선인이 된 것처럼 기분이 쇄락하다
이 어찌 상쾌치 않을 것이냐

이웃집 지붕 끝이 앞마당을 가로막아
해를 가리고 바람 막아 개인 날도 그늘져서
백금으로 팔아치고 어디론가 가 버리니
눈앞이 훤하여 먼 산이 다 보인다
이 어찌 상쾌치 않을 것이냐

지루한 여름날에 불같이 타는 더위
땀은 축축 찌는 듯 등골이 다 젖을 때
시원한 바람 불고 소나기 쏟아져서
어느덧 온 벼랑에 폭포수가 드리웠네
이 어찌 통쾌치 않을 것이냐

맑은 밤 깊어 가며 온 골짜기 고요한데
산귀신도 잠이 들고 새 짐승 기척 없네
집채 같은 큰 바위를 번쩍 들어 던져 굴려
천 길 벼랑으로 벼락 치는 소리로다
이 어찌 통쾌치 않을 것이냐

왕성의 새장 속에 밤낮으로 웅크리어
날개는 병든 듯이 조롱 속에 갇혔다가
채찍 울려 닫는 말로 성문 함께 열고 갈제
앞길이 틔워지고 너른 들판 열렸을 때
이 어찌 통쾌치 않을 것이냐

임금께 글 올리려 잔 잡고 종이 펴니
녹음이 울창하고 비는 쏟아지려는데
서까래만한 큰 붓을 손아귀에 움켜잡고
마음껏 휘두르니 먹빛이 살아있네
이 어찌 상쾌치 않을 것이냐

장기 바둑 승부를, 내 일찍이 모르노라
판 곁에 앉아 보니 안타까운 생각뿐
한 줄기 여의쇠[如意鐵]를 보기 좋게 움켜잡고
쫙쫙 쓸어내니 시원케 허무하다
이 어찌 통쾌치 않을 것이냐

대수풀 외로운 달 흔적 없이 비치는데
초당에 홀로 앉아 술잔을 기울였다
백 잔쯤 마시고는 실컷 취한 뒤에
큰 소리로 노래 불러 근심 시름 씻었노라
이 어찌 상쾌치 않을 것이냐

눈보라는 분분하고 북풍 불어 차가운데
껑충껑충 여우 토끼 숲속으로 뛰어든다
긴 창 큰 화살에 홍전립 눌러 쓰고
손 움켜 사로잡아 말 안장에 달았노라
이 어찌 상쾌치 않을 것이냐

고깃배에 손을 태워 창파간에 노닐다가
바람 이슬 삼경토록 취해 아니 돌아갔네
기러기 우는 소리 놀라서 잠을 깨니
갈꽃은 싸늘하고 초생달이 걸렸도다
이 어찌 상쾌치 않을 것이냐

가재 재산 걷어 팔아 나그네 신세되어
구름처럼 떠돌면서 간 곳마다 타향일세
뜻 잃은 평생 친구 길가에서 만났구나
손잡고 주머니 털어 돈 열 냥 주었노라
이 어찌 상쾌치 않을 것이냐

가지 끝에 맴돌면서 어미까치 급히 운다
시커먼 독구렁이 둥지로 기어드네
어디에서 소리치며 목 긴 새 날아들며
범 울 듯이 달려들어 머리통을 쪼았네
이 어찌 통쾌치 않을 것이냐

거문고 둘러메고 보름밤에 손이 왔네
보람없이 먹구름이 온 하늘 덮었어라
시름 겨워 옷 여미고 자리에서 뜨려 할제
홀연히 밤 수풀에 달이 번뜩 비쳐오네
이 어찌 상쾌치 않을 것이냐

귀양살이 타향에서 고향 생각 끝이 없어
객창 한등 잠 못 이뤄 외로이 앉았더니
첫닭이 홰를 치며 새벽 소식 알릴 무렵
집에서 보낸 편지 내 손으로 뜯어 보네
이 어찌 상쾌치 않을 것이냐

不亦快哉行(二十首)

跨月蒸淋積穢氛　四肢無力度朝嚏
新秋碧落澄寥廓　端軸都無一點雲
不亦快哉

疊石橫堤碧澗隈　盈盈澁水鬱盤廻
長鑱起作囊沙決　澎湃奔流勢若雷
不亦快哉

蒼鷹鎖翮困長饑　林末毰毸倦却歸
好就朔風初解繰　碧天如水盡情飛
不亦快哉

客舟咿嘎汎晴江　閒看盤渦浴鳥雙
正到急湍投下處　涼飆拂拂洒篷牕
不亦快哉

岌嶢絶頂倦遊筇　雲霧重重下界封
向晚西風吹白日　一時呈路萬千峯
不亦快哉

羸驂局促歷巉巖　石角林梢破客衫
下馬登舟前路穩　夕陽高揭順風帆
不亦快哉

騷騷木葉下江皐　黃黑天光蹴素濤
衣帶飄颾風裏立　怳疑仙鶴刷霜毛
不亦快哉

鄰人屋角障庭心　涼日無風晴日陰
請買百金纏毀去　眼前無數得遙岑
不亦快哉

支離長夏困朱炎　瀏瀏蕉衫背汗沾
洒落風來山雨急　一時巖壑掛冰簾
不亦快哉

清宵巖壑寂無聲　上鬼安棲獸不驚
挑取石頭如屋大　斷厓千石碾砰訇
不亦快哉

局促王城百雉中　常如病羽鎖雕籠
鳴鞭忽過郊門外　極目川原野色通
不亦快哉

雲牋闊展醉吟遲　草樹陰濃雨滴時
起把如椽盈握筆　沛然揮洒墨淋漓
不亦快哉

奕棋會不解贏輸　局外旁觀坐似愚
好把一條如意鐵　春然揮掃作虛無
不亦快哉

篁林孤月夜無痕　獨坐幽軒對酒樽
飲到百杯泥醉後　一聲豪唱洗憂煩
不亦快哉

飛雪漫空朔吹寒　入林狐兔脚蹣跚
長槍大箭紅絨帽　手挈生禽側挂鞍
不亦快哉

漁舟客與綠波間　風露三更醉不還
歸雁一聲驚破睡　蘆花被冷月如彎
不亦快哉

落盡家貲結客裝　雲遊蹤跡轉他鄉
路逢失志平生友　交與囊中十錠黃
不亦快哉

嚌嚌嗔鵲繞林梢　黑質脩鱗正入巢
何處戛然長頸鳥　啄將珠腦勢如虓
不亦快哉

琴歌來趁月初圓　無那頑雲黑滿天
到了整衣將散際　忽看林末出嬋娟
不亦快哉

異方遷謫戀舡稜　旅舘無眠獨剪燈
忽聽金鷄傳喜報　家書手自啓緘縢
不亦快哉

＊35세 때(1796) 지음.

103. 사언시①

— 벼슬한다 방황 말고 전원으로 돌아가자

비 자욱히 어둔 세상
감싸주고 의지할 곳
높디높은 저 궁궐
어진이들 모이는 곳

내 그를 따르려도
그 문을 얻지 못해
집 나가 노닐면서
천지 사방 누볐었네

승냥이, 호랑이 이빨 벌렸고
뾰족한 가시나무 숨겨져 있네

320

무서워 빈 들판을 뒤돌아봐도
넓은 들엔 집 한 채 보이지 않네

수레 돌려 되돌아가
내 집에서 안식하니
책이랑 책상이랑
불안한 맘 없어지네

자고 일고 하노라니
세월은 지나가고
이웃들과 언제나
들고 나며 돕고 사네

저기 저 사람들아
아직도 방황하나
돌아오라 돌아오라
이곳에서 안락하라

詩四言

濛濛六合　成是倚盖　巍巍崇宮　衆賢攸稡
願言從子　不得其門　駕言出游　窮彼八垠
豺虎張牙　茨棘伏銛　怔營野顧　曠無閭閻
回車復路　爰息衡廬　圖書几案　罔不安舒
載寢載興　歲月其徂　爰有鄉隣　出入相扶
彼其之子　尚或徊遑　歸哉歸哉　於茲樂康

* 35세 때(1796) 지음.

① 다산은 사언(四言)으로 된 시를 많이 남겼다. 그가 사언시를 쓴 것은, 《시경

《詩經)》의 정신을 이어받자는 것인데, 실제로 그의 사언시에는 당시 농민들의
애환이 애절하게 그려져 있다.

104. 절의 저녁에

— 절간에 달은 져서 캄캄하고 나그네는 답답하다

떨어지는 해는 나무 끝 가지에 감추고
연못빛은 거무스름 쓸쓸한 모습
갓 돋은 창포잎은 물위에 누웠고
성글어진 버들은 연기 속에 자욱하다

맑은 샘 졸졸 멀리서 대홈통[1]에 끌어오고
남은 물은 스며서 밭으로 들어가네
누가 장차 산골짝을 좋아하리요
몇 사람 스님과만 더불어 살 것을

야윈 달은 바람 찬 수풀 밖에 걸렸고
그윽히 흐르던 샘은 절구 곁에 나타났네
바위산은 밝은 기색 거두워졌고
울타리 둑에는 안개가 자욱하네

종소리 울리자 중은 죽을 먹었고
향불은 자는 손과 더불어 새우나
나도 모르게 옛날 현달[2] 생각하고
다소간 불교의 선경을 사랑하노라

온갖 새는 잠들어 모두 숨었고
두견새만 혼자서 슬피 우누나
기구할손 소쩍새여 차라리 짝 있다면

가지에 살면서도 괴롭지 않을 것을

아득히 봄바람을 추억하면서
캄캄한 밤빛을 걱정하누나
절간에 달은 지고 사람은 잠자는데
맑게 깨어 애절함을 그 누가 알리[3]

寺夕

落日隱脩杪　池光幽可憐　新蒲猶臥水　疎柳正含烟
小滴遙承筧　餘流暗入田　誰將好丘壑　留與數僧專

纖月風林外　幽泉露碓邊　巖巒收氣色　籬塢積雲烟
鍾動隨僧粥　香鎖伴客眠　潛嗟古賢達　多少愛逃禪

百鳥眼皆穩　悲鳴獨子規　畸孤寧有匹　棲息苦無枝
眇眇春風憶　蒼蒼夜色疑　月沈人正睡　清絶竟誰知

* 36세 때(1797) 지음.

① 승견(承筧)-대나무 홈통으로 물을 끌어대는 일.　② 고현달(古賢達)-여기서는 옛 석가모니. 부처.　③ 절간에서 두견새의 구슬픈 울음소리를 들으며 자기의 처지와 같다고 생각했다.

105. 준마(駿馬) 적기(赤驥)를 노래함(崔生에게)

> ─ 준마가 얽매여 기를 못펴듯 달사(達士)도 길이 막혀 뜻을 못편다

적기(赤驥)[1]는 원래가 뛰어난 기골이니
말갈기 휘날리며 바람처럼 달리더니

사방으로 닫고 싶은 그 뜻이 막히어
머나먼 파촉(巴蜀)② 땅에 갇히어 있네

산길은 돌이 많아 괴로운데다
험한 바위 잇달아 수풀이 우거졌고
슬피 울며 제 그림자 돌아보고는
먼 들판 긴 바람을 그리워하네

궁중의 마구간엔 반(繁)·영(纓)③도 많아
갈고 닦은 옥속(鋈續)④이 번쩍번쩍 빛나네
궁통영욕 그것은 때 만남에 달린 거니
진실로 운명이 같지 않구나

소금 수레 끄는 장사 그 직분 아니지만
오로지 먹을 것이 없어서인데
도리어 부리는 말 그를 얕보고
동서로 날뛰며 깨물어대네

두어라! 다시 또 말하지 말자
슬프게 쳐다보네 시퍼런 하늘이여
초탈한 그 마음 넓다고 해도
이 일을 생각하면 조심 걱정 쌓이네

赤驥行(示崔生)

赤驥負奇骨　駿邁颺風駿　鬱鬱四極志　乃處巴爨中
山蹊苦多石　犖确連菁叢　悲鳴顧其影　溿宕懷長風
天廄多繁纓　鋈續光磨礱　所遇有亨否　定維命不同
鹽車雖匪職　聊爲芻豆空　却被果下驚　啼齕紛西東
已矣勿復道　悵然仰蒼穹　達士雖放達　念此憂心忡

＊36세 때(1797) 지음.

① 적기(赤驥)—중국 주(周)나라 목왕(穆王)의 팔준마(八駿馬) 중 하나로 명마를 말함.　② 파촉(巴蜀)—중국의 사천성(四川省)으로 땅이 궁벽하고 지세가 험하기로 이름남.　③ 반(繁)—말의 배끈. 영(纓)—말의 가슴걸이로 모두 말의 단속품이다.　④ 옥속(鋈續)—말의 가슴걸이 끈을 잇는 흰 쇠고리.

106. 홀곡①의 노래(遂安군수는 보라)

— 금광으로 자연이 훼손되고 농터가 쑥밭됨을 고발한다

언진산(彦眞山)② 높은 곳에 홀곡(笏谷)은 깊어
골짝마다 온 산이 모두 다 황금이라
금 거른 모래는 별같이 총총하고
오이씨 같은 사금(沙金)이 가루마다 반짝이네

금광을 파헤쳐서 혼동되어 산 야위고
어지러운 도끼질에 산신령도 놀라네
아래론 황천(黃泉)까지 위로는 하늘까지
굴 속에서 불꽃 튀어 지맥(地脈)이 끊어지네

산 표피는 찢겨서 골짜기 깊어가고
해골과 등골뼈만 앙상하게 드러났네
산정(山精)은 찍찍 울고 나무는 회초리뿐
도깨비 낮에 나고 까마귀 울어댄다

살인하고 훔친 자들 구름처럼 모여들어
세상 몰래 끌어들여 감춰주고 숨겨주네
뚫어 놓은 구덩이가 8, 9천에 이르러
벌과 개미 모이듯 읍(邑)이 하나 생겼네

노랫가락 피리소리 맑은 밤에 어지럽고
꽃 핀 아침 잔칫상엔 술과 고기 낭자하다
노래하는 예쁜 기생 날마다 모여들어
서관(西關)[3] 땅 형편은 말씀이 아니라네

농가 일손 모자라도 품팔 사람 전혀 없고
하루에 백전(百錢) 삯도 말 듣지 않는다네
마을은 쪼개지고 밭두둑은 풀섶 되어
잡초는 우거지고 폐허가 되고 마네

산과 못의 이익들은 국가의 것이거늘
그 어찌 간교한 자 마음대로 맡겨졌나
신관 사또 처사를 백성들 기다리니
금구덩이 메우고 농사일을 독촉하소

笏谷行(呈遂安守)

彦眞山高笏谷深	山根谷隧皆黃金
淘沙盪水星采現	瓜子麳粒紛昭森
利寶一鑿混沌瘠	快斧爭飛巨靈劈
下達黃泉上徹霄	洞穴睒睒絶地脉
筋膚齧蝕交谿谽	髑髏脊腮森杈枒
山精啾唧著樹杪	鬼魅晝騁多啼鵶
椎埋竊發蔚雲集	藏命匿姦潛引汲
穿窖鑿窨八九千	蜂屯蟻聚成遂邑
歌管嘲轟弄清宵	酒肉芬芳宴花朝
名唱妙妓日走萃	西關郡縣色蕭條
農家募雇無人應	日傭百錢猶不肯
村閭破柝田疇蕪	蒿萊舉确成荒磴

山澤之利本宜權　豈令狡獪恣所專
太守新來民拭目　煩公夷坎塞卄催畊田

* 다산이 곡산 부사 시절에 쓴 시. 36세 때(1797) 지음.

①홀곡(笏谷)—수안(遂安) 언진산(彦眞山)에 있는 금광지대.　②언진산(彦眞山)—수안 동쪽 45리에 있는 산.　③서관(西關)—지금의 평안도를 말하며 평양은 기생이 많았던 곳.

107. 노인재①

— 노인재를 넘으며 임진왜란 때를 회고함

고달산(高達山) 동쪽편 영풍(永豊) 북쪽에
노인재 높고높아 우뚝 솟았네
쌓인 골짝 천만 겹 시냇물 굽이돌고
고목에 엉킨 덩굴 대낮에도 어둡네

그윽한 곳 탐승하려 이 길로 들어
말 내려 단장 짚고 온갖 힘 다하였네
왜놈 장군 청정(淸正)②은 일본의 영웅
병사 끌고 이 영 넘어 욕심 많게 쳐왔었지

먼 땅에 파병함은 병가(兵家)에서 꺼리건만
베틀에 북처럼 제멋대로 왕래하여
저탄(豬灘)③을 건너고 북쪽을 엿봤으니
어리석다 섬 오랑캐 진실로 둔하구나

지금 와서 이 일을 나무란들 무엇하리
미친놈 하는 짓을 귀신도 모르는데

老人嶺

高達山東永豊北　老人之嶺高崱屴
疊洞回縈千萬重　垂蘿古木淸晝黑
我欲探幽入北路　下馬杖藜殫筋力
倭將淸正日本雄　提兵過嶺恣蛇食
懸軍絶地兵所忌　往來不碍如梭織
旣渡豬灘窺北地　蠢彼島夷誠鈍賊
此事如今不追咎　狂夫所爲神莫測

＊36세 때(1797) 지음.

①노인령(老人嶺)-본문에 있듯이 황해도 평산(平山)의 영풍(永豊) 북쪽에 있
는 재.　②청정(淸正)-가토 기요마사〔加藤淸正〕. 임진왜란 때의 왜장.　③저
탄(豬灘)-강원도 고성에 있는 물.

108. 부용당(芙蓉堂)①의 밤 정취

— 연못가 정자에서 고기 숨쉬는 소리 듣다

연못 숲은 쓸쓸한데 바다 달이 밝아라
고운 노래 그치니 좌석은 맑고맑다
마름꼴②로 생긴 연밥 그 깊은 곳에
물속에서 고기들이 숨쉬는 소리

芙蓉堂夜坐

池樹蒼凉海月明　纖歌初闋四筵淸
菱錢荷盖深深處　時聽潛魚呷水聲

328

*38세 때(1799) 서북지방을 여행하면서 씀.

① 부용당(芙蓉堂)—황해도 신계(新溪)에 있었음.　② 능전(菱錢)—마름모꼴 모양의 연밥 껍데기.

109. 수안에 부임하는 길에서 짓는다

> — 부임길의 시골은 벼 이삭이 가득했다

타향의 일기는 도무지 모를레라
처서(處暑) 날 서늘하니 백로(白露) 절기 같구나
새벽에 현문(縣門) 나서 몇 리를 가노라니
붉은 꽃, 벼 이삭이 산과 들에 가득하네

시골집은 박줄기로 온통 얽혀져
늙은 고목 등덩굴에 감긴 것 같고
늙은 부부 문앞에 마주 앉아서
슬픈 양 기쁜 양 내 행차 바라보네

赴遂安途中作

異鄕天氣最難知　處暑剛如白露時
曉出縣門行數里　紫花紅穗滿郊陂
野屋通身是瓠瓜　恰如枯柿被藤蘿
一翁一媼當門坐　多少悲歡此裏過

110. 최사문의 유렵편에 화답하다

> — 매잡이의 꿩사냥을 보고 꿩의 죄를 논한다

매잡이 매를 메고 높은 산 올라가고

농부들 개 몰고 숲속으로 들어가네
꿩들은 뿔뿔이 산골짝에 날아가니
바람처럼 날쌔게 나래치며 매가 오네

꿩들은 혼비백산 숲속에 숨는데
매는 덮치려고 공중으로 날아 솟네
번갯불 번쩍하듯 눈 깜박할 사이라서
창망히 빈 산중에 홀로 앉아 보았노라

오호라, 꿩의 죄 용서하기 어렵도다
매가 꿩 죽인 건 진실로 장한 일
남의 곡식 쪼면서 정직한 체 하려 하고
길쌈은 하지 않고 고운 옷만 입었으니

꿩의 털 꿩의 피 들판에 휘뿌리니
봉황(鳳凰)이 듣는다면 매 충성 이르리라

和崔斯文游獵篇

鷹師臂鷹登高崧　佃夫嗾犬行林叢
雉飛角角流山曲　鷹來鶬鶬如飄風
力盡魂飛雉伏莽　鷹將下擊還騰空
霹火閃爍不可諦　蒼茫獨坐空山中
嗚呼雉罪誠難赦　鷹兮搏擊眞豪雄
啄粒猶竊耿介譽　鮮衣不勞組織工
快向平蕪洒毛血　鳳凰聞之謂鷹忠

＊37세 때(1798) 곡산도호부사(谷山都護府使) 시절에 지음.

111. 확연폭포를 노래함

- 높은 선비 숨겨지듯 확연폭포 천하절경

나라 안에 큰 폭포 수십 개 있으나
발연(鉢淵), 박연(朴淵)이 더욱 뛰어났네
확연폭포 이름은 듣는 게 처음이라
시골 사람 하는 말을 선뜻 믿지 못했는데

단장 짚고 들어가 빽빽한 숲 헤쳐가니
대낮인데 뜻밖에도 바람소리 우레소리
위아래 두 폭포가 나란히 흐르는데
한 몸에 두 머리가 서로 다퉈 쏟아지네

두 용이 갈기 세워 물결 속에 광란하듯
쌍사자 발 놀리며 공놀이에 취한 듯
고인 물 검고 깊어 천만 길은 될 것 같아
굽어보니 몸이 오싹 혼이 빠져 나가는 듯

이 폭포 뛰어남이 온 천하에 짝 없건만
오랜 세월 지나도록 그 이름 파묻혔네
알겠도다, 높은 선비 산림에 버려진 걸
큰 갓 쓴 양반들만 어질지 않은 것을

鑊淵瀑布歌

國中名瀑數十處　鉢淵朴淵尤其著
鑊淵之名今始聞　蒼茫未信村夫語
杖藜入林穿蒙密　不圖風雷生白日

上下二瀑各駢流　並頭奔迸爭門出
交龍奮鬣戲狂瀾　雙猊散足耽跳丸
潭心深黑千萬丈　俯視凜洌魂欲蕩
此瀑奇絶將誰爭　寂寥萬古無成名
始知林樊有遺逸　未必賢俊飄長纓

* 38세 때(1799) 지음.

112. 갈현동에 들어서서

— 깊은 산숙 맑은 시내, 내 늙어 살 만한 곳

푸른 시내 나무다리 오솔길에 비꼈는데
동구 밖 푸른 산에 구름 노을 쌓여 있네
샘이 맑아 안을 보니 조약돌 깔려 있고
봄은 이미 지났는데 철쭉꽃 피어 있네

골짜기에 연기 덮어 갈 길이 희미한데
시내 건너 초가 한 채 누구 집인지
늘그막에 살 곳을 곰곰이 생각하니
산속이 물가보다 나은 줄 알겠도다

入葛玄洞

碧澗橫槎小逕斜　洞門蒼翠積雲霞
泉清會有坡陀石　春盡猶餘躑躅花
入谷菑烟迷去路　隔溪茅屋是誰家
晚年卜宅商量熟　終覺山間勝水涯

* 38세 때(1799) 지음.

113. 평구[①]에 묵다

> ― 노비였던 최가의 살림살이가 오히려 부러운 평구
> 풍경

함께 살던 최(崔)가 종,[②] 헤어진 지 10년만에
오늘 밤 찾아와 네 집에서 자는구나
너는 지금 집을 이뤄 살림살이 넉넉하고
단지그릇 물건들이 모두가 빛이 나네

밭에는 채소 심고 논에는 벼를 심어
첩에겐 주막뵈고 아들놈은 배를 타니
위로는 채찍 없고 아래론 빚이 없어
한평생 호탕하게 강변에서 사는구나

내 비록 벼슬 하나 무슨 보탬 있으리요
나이 40 오히려 번민만 더해가니
천 권 책 읽었어도 가난 면치 못하였고
고을살이 3년에 조그만 땅도 없네

흘겨보는 백안(白眼)이 온 세상에 가득하여
젊은 몸이 초췌하여 문은 항상 닫고 사네
아무리 재어보고 달아보아도
1백 번 네가 낫고 내가 못하네

때마침 가을바람 농어회 흥을 빌어
너와 함께 욕을 씻고 지난 울분 갚누나

宿平邱

奴崔與汝別十年　　今宵我來汝家眠
汝今築室乃弘敞　　瓶罌桁卓皆華鮮
沙田種菜水種稻　　敎妾當壚兒騎船
上無答罵下無債　　一生浩蕩江湖邊
我雖簪笏將何補　　行年四十猶煩苦
讀書千卷不救飢　　佩符三歲無寸土
白眼瞳盱滿世間　　朱顏憔悴常閉戶
度絜衡秤與汝爭　　我眞百輸汝百贏
秋風會借專鱸興　　雪恥酬憤與汝幷

* 38세 때(1799) 지음.

① 평구(平邱)―지금의 경상북도 예천군(醴泉郡) 용궁면(龍宮面)에 있던 부곡
(部曲). 부곡은 지방의 하급 행정단위로서 주로 천민·노비들이 살았다고 한다.
② 최가(崔哥)―다산이 데리고 있던 종으로 평민으로 면천(免賤)된 듯하다.

114. 목계(木溪) 홍낙일(洪樂一)① 에게

― 경전 공부와 술로 살아가는 목계공 모습

일찍 예부터 시문과 예의에 도타웠고
명문에다 홀로 존귀할 수 있었는데
갈건 쓰고 초야의 늙은 선비 되었으니
그가 사는 초옥은 절간집 같구나

백발을 속여서 경권(經卷)② 으로 덮고
청춘은 온통 술로 지냈네

334

저의 아버지와 옛벗이었는데
몰락하여 없어지고 공만 혼자 남았네

木溪贈洪丈(樂一)

夙昔敦詩禮　名家望獨尊　葛巾成野老　草屋似禪門
白髮欺經卷　靑春負酒樽　先人舊同輩　零落只公存

* 39세 때(1800) 지음.

① 목계(木溪) 홍낙일(洪樂一)－다산 처가의 어른.　② 경권(經卷)－사서오경(四書五經)의 책.

115. 강변을 지나다가 짓는다

― 강변에서 농사 짓고 명예 버린 농부가 부럽다

농가 집집마다 즐거운 소리
하루는 비 오고 이틀은 맑게 개니
강언덕 늦갈이 모두 다 목화요
숲속의 새 손님은 꾀꼬리뿐이로구나①

좋은 곳에 집을 짓되 옛 선배를 생각하고
태평성대 명예 버린 농부들이 부럽구나
한양 땅만 벗어나면 모두가 낙토(樂土)인데
내가 지금 무엇하러 벼슬 생각 연연하리

江邊道中作

田家處處有歡聲　一日陰霏二日晴

江岸晚畊皆吉貝　林園新物是倉庚
倦區卜築懷先輩　聖世逃名羨野氓
纔出漢城皆樂土　吾今何必戀簪纓

＊39세 때(1800) 지음.

①길패(吉貝), 창경(倉庚)―길패는 목화의 다른 이름. 창경은 꾀꼬리의 다른 이름.

116. 저녁 강가로 나와서

> ― 외로운 배야 한강 하구 가지 마라. 지금 막 서풍이
>   몰아친다

꽃 아직 남았으니 봄날이건만
벼슬 버린 이 몸은 농부 신세 되었어라
우연히 삼경(三徑)① 밖을 나가려는데
다행히 몇 사람 동행이 있네

강언덕에 풀 이삭은 이제 막 패려 하고
물가에 꽃들은 아직 붉지 않았는데
외로운 배 강 하구로 가지 마라
한강 어귀에는 서풍이 분다

晚出江皐

花在猶春日　官休卽野農　偶從三徑出　幸與數人同
岸穗初抽綠　沙茸未展紅　孤舟莫下峽　洌口有西風

＊39세 때(1800) 봄에 지음. 이때 정조(正祖)의 승하 직전에 다산은 신변의 위협을 느끼고 처자를 인솔하여 고향인 소내[苕川]로 돌아갔다.

① 삼경(三徑)-은자의 집 마당. 중국 한(漢)나라의 은자인 장후(蔣詡)의 정원
에 좁은 길이 셋 있었다는 고사에서 나온 말.

117. 바람에 고생하다

> ― 농부들은 하늘 뜻을 의심하고 어부·초부는 햇빛이
> 아깝다

홍진으로 번잡한 곳 잠시 떠나 있으려니
강바람이 다시 또 거세게 불어대네
산에는 나뭇잎 어지러이 펄렁대고
붉은 들꽃 발길마다 차여 날린다

농부들은 하늘 뜻 믿지를 않고
어부·초부는 햇볕 기다려 안타깝기만
조정엔 섭리(燮理)①하는 직책 있으니
사립문 닫아 걸고 기다려 보자

苦 風

暫欲辭塵雜　江風復盛威　白翻山葉亂　紅蹴野花飛
稼穡疑天意　漁樵惜日暉　巖廊有燮理　且可掩柴扉

* 39세 때(1800) 지음.

① 섭리(燮理)-재상이 나라를 고루 다스리는 일. 주(周)나라 때 관제(官制).

118. 계부님 시에 받들어 화답하다

> ─ 처자식 거느리고 옛집에 돌아와서 선인의 뜻을 읽
> 으며 살리라

타관살이 꿈길마다 고향산천 보이더니
처자식 거느리고 옛집에 돌아왔네
재주 없어 버린 벼슬 애석할 것 없지마는
본성이 옹졸하니 세상 살기 어렵구나

마을에선 잔치해도 시기할 사람 없고
낚싯배에 술 취하여 매양 붉은 얼굴이네
선인(先人)님네 남긴 글 차례로 읽어 가며
남은 생애 이 속에다 맡겨두고 살리라

奉和季父韻

羈夢棲棲繞碧山　　敝廬風雨挈家還
才踈敢惜休官早　　性拙深知涉世艱
鄕里開筵無白眼　　釣船沽酒每朱顔
殘書點檢先人跡　　己辦餘生付此間

119. 옛뜻을 생각하며

> ─ 간사한 자 권력 잡고 충신은 떠나간다

한강물은 흘러서 그치지 않고
삼각산 높이 솟아 끝이 없건만
강과 산은 그래도 변천하는데

무리들은 음탕한 짓 끝날 날 없네[1]

한 사람이 간악한 물여우[2] 되어
이 입에서 저 입으로 독을 전하여
교활한 자 이미 다 득세했으니
정직한 자 머무를 곳 어디이더냐

외로운 난(鸞)새는 깃털 연약해
가시밭 사나운 길 견딜 수 없어
한 척 돛단배에 몸을 태우고
멀리멀리 서울을 하직하고 떠나네

방랑이 바라는 바가 아니긴 하나
더 이상 지체함은 진실로 무익하네
범 같은 자들이 대궐 문을 지키니
어떻게 이 충정 전할 수 있으리요

옛사람 지극한 가르침 있으니
향원(鄕愿)이 바로 덕(德)의 적(賊)이라[3] 했네

古　意

洌水流不息　三角高無極　河山有遷變　朋淫破無日
一夫作射工　衆喙遞傳驛　詖邪旣得志　正直安所宅
孤鸞羽毛弱　未堪受枳棘　聊乘一帆風　杳杳辭京國
放浪非敢慕　濡滯諒無益　虎豹守天閽　何繇達衷臆
古人有至訓　鄕愿德之賊

①붕음(朋淫)―음탕한 무리. 즉 탐관오리들.　②사공(射工)―물여우. 날도래과
에 속하는 곤충의 유충(幼蟲)으로, 독이 있어 모래를 머금었다가 사람을 쏘면

종기가 생긴다고 한다. ③이 구절은 《논어》〈양화편(陽貨篇)〉에 나오는 말로, '향원은 덕의 도적(鄉愿德之賊)'이라 했다. 향원은 줏대없이 이랬다 저랬다 하며 사람들의 비위만 맞추는 위선자.

120. 권엄(權襨)① 판서댁 잔치에서

— 권엄댁 잔치는 번지르르하나 옛 시회와 달랐다

늙은이들 송년잔치 저무는 해 아쉬운 듯
날마다 돌아가며 향기로운 잔치로세
녹음창은 가시나무 그늘에 열렸고
백발에 건삼 입고 취기에 비친다

장기두는 무리들은 자주 함성 지르고
남은 안주 먹으라고 기생 와서 전한다
풍단(楓壇)②이 시화하던 아름답던 옛자취가
옛손들을 만나보니 더욱 비창하구나

權襨判書宅陪諸公宴集

耆老歡娛惜暮年　追隨日日列芳筵
綠陰牕户高槐裏　白髮巾衫淺醉前
群噪屢從某處起　餘殽留俟妓來傳
楓壇雅集成陳跡　舊客相逢陪愴然
(昔樊翁有楓壇詩會 今樊翁已卒)

* 39세 때(1800) 지음.

① 권엄(權襨 : 1729~1801)—조선의 문신. 호는 섭서(葉西), 안동 사람. 벼슬은 공조와 형조판서를 지냄. 이가환(李家煥)·이승훈(李承薰)·정약용(丁若鏞) 등

천주교 신자를 극형에 처하라고 주장한 사람. 그러므로 시 속에 빈정대는 가시가 숨어있다. ②원주에, '옛적 번옹(樊翁)은 즉 번암(樊巖) 채제공(蔡濟恭 : 1720~1799)인 듯하다. 이 풍단(楓壇) 시회를 가진 바 있으나 지금 반옹은 죽었다'라고 했다.

121. 졸곡(卒哭)①날에 소내로 돌아오다

> — 정조대왕 졸곡인데 나는 낙향하며 바라본다

푸른 문 새벽빛에 흰 눈이 날리고
말은 돌아가자 슬피도 우는구나
종묘는 오늘따라 쳐다보면 서글프고
꿈에 임금님 음성②은 전과 같았는데

옛 은혜 저버리고 전원으로 돌아가나
머리 돌려 궁궐을 차마 어찌 보리요
작은 배에 몸을 싣고 긴 삿대로 저어간들
마음 어찌 한가롭게 여울가로 나가리요

卒哭日歸苕川

靑門曉色雪飛飛　嗚馬悲鳴欲底歸
天宇今朝瞻廓落　玉音前夜夢依俙
舊懷乞骨投田圃　不奈回頭戀禁闈
縱有長竿與小艇　何心閒適出漁磯

* 39세 때(1800) 10월 초에 지음.

①여기 졸곡일(卒哭日)은 정조대왕(正祖大王)이 6월 28일에 승하하시고 삼우제를 지낸 뒤 석달만에 지낸 제사를 이름. ②여기의 임금님 음성은 정조대왕이 전년에 다시 불러 회유하면서 벼슬 주던 일.

122. 석우촌[①]의 이별

— 석우촌에서 숙부님과 형을 이별하고 장기로 귀양가다

쓸쓸한 석우촌에
앞에는 세 갈림길
말 두 필 울면서 장난치며
제 갈 곳 모르는 듯

한 필은 남으로 가고
한 필은 동으로 가야 하네
숙부님은 이미 백발이 성성하고
큰형님 두 뺨엔 눈물이 주루루

젊은이는 다시 만날 기약이나 한다지만
노인들 앞일을 누가 알리요
잠깐만 잠깐만 하는 사이에
해는 이미 서산에 기울어졌네

앞만 보고 가야지 뒤돌아보지 말고
앞날에 다시 만날 기약이나 새기면서

　　　石隅別(石隅村在崇禮門南三里)

蕭颯石隅村　前作三叉岐　二馬鳴相戲　似不知所之
一馬且南征　一馬將東馳　諸父皓須髮　大兄涕交頤
壯者且相待　耆耋誰得知　斯須復斯須　白日已西欹
行矣勿復顧　黽勉留前期
(嘉慶辛酉正月二十八日　余在苕川　知有禍機　入京住明禮坊　二月八

臺參發 厥明日曉鐘入獄 二十七日夜二鼓 蒙恩出獄 配長鬐縣厥明日就
道 諸父諸兄 至石隅村相別)

① 석우촌(石隅村)-원주에, '숭례문 남쪽 3리에 있다'고 했고 부제로, "가경(嘉
慶) 신유년(辛酉年 : 40세 때) 정월 28일. 나는 소내에 있다가 화가 일어날 것
을 알고 서울에 들어가 명례방(明禮坊)에 있었다. 2월.8일에 조정에서 의논을
발하여 그 다음날 새벽종이 칠 때 투옥되었다가 27일 밤 이고(二鼓) 칠 때에
은혜를 입고 출옥하여 장기(長鬐)에 유배되었다. 그 다음날 길을 떠나니 숙부님
들과 형님들이 석우촌에 와서 서로 이별했다."고 했다.

123. 사평촌의 이별①

> — 한강 남쪽에서 처자와 이별하고 귀양길을 떠났다

동녘 하늘 샛별 뜨니
하인들 서로 불러 떠들썩
산바람 불어서 가랑비 뿌리는데
서로가 가기 싫어 주저주저하는구나

주저한들 무슨 소용 있으리요만
끝끝내 이별은 어찌할 수 없는 것
옷자락 떨치고 길을 떠나서
멀리멀리 내와 재를 넘어가야지

안색 비록 꿋꿋하고 늠름하지만
마음은 처자식과 어찌 다르랴
하늘을 우러러 나는 새 바라보니
오르며 내리며 쌍쌍이 놀고 있네

어미소 둑에서 송아지 부르고

닭들도 뜰에서 병아리 부르누나

沙坪別(別妻子也, 沙坪村在漢江之南)

明星出東方 僕夫喧相呼 山風吹小雨 似欲相趑趄
趑趄復何益 此別終難無 拂衣前就道 杳杳川原踰
顏色雖壯厲 中心寧獨殊 仰天視征鳥 頡頏飛與俱
牛鳴顧其犢 雞呴呼其雛

① 원주에, ‘처자와 이별하다. 사평촌은 한강 남쪽에 있다’라고 했다.

124. 하담에서 이별하다①

— 귀양길에 선영에 가서 고유하며 호곡하다

아버지 아시나요 모르시나요
어머니 아시나요 모르시나요
우리 가문 갑자기 뒤집혀져서
죽느냐 사느냐 이 지경 되었어요

남은 목숨 겨우겨우 부지했지만
이 몸은 안타깝게도 무너졌어요
자식 낳아 부모님 기뻐하시며
잡아주고 끌어주며 기르셨는데

부모 은혜 갚으리라 말을 했지만
그 어찌 꺾이리라 생각인들 했으리요
이 세상 사람들께 바라는 바는
다시는 자식 낳아 기뻐 말라고

荷潭別(辭塋域也 荷潭在忠州之西二十里)

父兮知不知　母兮知不知　家門欻傾覆　死生今如斯
殘喘雖得保　大質嗟已虧　兒生父母悅　育鞠勤攜持
謂當報天顯　豈意招芟夷　幾令世間人　不復賀生兒

① 원주에, '선영(先塋)을 하직하다'라 하고 '하담은 충주에서 서쪽으로 20리에
있다'라고 함.

125. 느릅나무 숲을 거닐면서

— 나라 정치 잘하려면 촌노인께 물어보라

단장 짚고 시냇가 사립을 나와
고운 모래 밟으며 천천히 걸어보니
온몸은 병들어 약할 대로 약해지고
옷자락이 바람결에 펄럭거리네

곱디고운 풀 위에 햇빛 비치고
고요한 꽃 속에서 봄이 흐르네
시절이 변한대도 상관없어라
이내 몸 있는 곳이 내 집인 것을

느릅나무 잎사귀 수멀수멀 무성한데
우거진 녹음 아래 둘러앉아라
철 지난 꽃술에 벌들 다퉈 날아들고
따뜻한 숲속엔 사슴이 뿔 기르네

임금님 은혜로 목숨은 남았으나

촌노인들 내 몰골 아까워하네
나라를 다스리는 방책을 알려거든
마땅히 농부들께 물어야 하리라

楡林晩步　二首

曳杖溪扉外　徐過的歷沙　筋骸沈痒弱　衣帶受風斜
日照娟娟草　春棲寂寂花　未妨時物變　身在卽吾家

黃楡齊吐葉　環坐綠陰濃　花瘦蜂爭蕊　林暄鹿養茸
主恩餘性命　村老惜形容　欲識治安策　端宜問野農

* 40세 때(1801) 지음.

126. 옛 시(27수)

1

　정치하는 사람은 사기의 고수, 선비는 어리석은 바보라네

10년 전 벼슬길에 편안히 지내다가
10년간은 물러나 근심 격정 많았어라
나가고 물러남을[1] 규칙대로 하였고
전토(田土)는 격에 맞게 바로잡았네

학문은 따져가며 조리에 맞추느라
밤잠을 설치며 기뻐했는데
금년의 한 계책 잘못되어서
내년엔 큰일날까 근심하누나

변하는 세상 모습 뜬구름 같아

귀신의 조화처럼 예측 못하니
서투른 바둑으로 고수와 맞선 격
속이는 비법을 그 어찌 짐작하랴

황홀한 묘수를 당할 때마다
정신은 몽롱하여 취한 듯하네
옛부터 말하기를 어진 선비는
이런 때를 만나면 넘어진다고[2]

古詩　二十七首

安坐十年前　商量十年事　行藏與道揆　田園整位置
鑿鑿有條理　中宵欣不寐　今年一計誤　明年一事値
變幻如浮雲　神怪出不意　拙棋對高手　安能測詭秘
恍忽未暇應　曹騰似沈醉　自古賢達人　以玆逢顚躓

① 나가고 물러남, 즉 행장(行藏)은 《논어》에서 공자는 '등용하면 나가서 행하고 버리면 물러나 숨는다(……用之則行 舍之則藏)'(述而篇)라고 했다.　② 본문의 전질(顚躓)은 전질(顚跌)의 뜻으로 '걸려서 넘어진다'는 뜻이다. 그러나 《주역(周易)》의 '정전이출비(鼎顚利出否)'의 뜻은 '솥이 엎어지나 비색(否塞)함을 벗어나는 데 이롭다'라고 하여 걸려서 넘어져도 또 다른 이로움이 있다는 의미도 있다.

2

　바람에 편승하려다 굴러서 또 그물에 걸린 나의 신세

꽃이 바야흐로 피어 요염할 때는
그 누가 고운 꽃 마다하리요
그러나 시들어 떨어져 버리면
범상한 풀싹만도 여기지 않네

서울에 노닐어 20년 동안
흥하고 망하는 걸 얼마나 보았는데
분명히 눈앞에서 있었던 일이거늘
전철(前轍)①의 그 모습 모르더란 말이냐

금니(金柅)②는 오히려 서두르지 않는데
고과(膏輠)③가 도리어 스스로 뽐내네
바람을 기다려 편승하여 날려다가
굴러서 오히려 사냥 그물 걸렸네

어릴 때에 이미 이를 경계하고서
일찍부터 마음을 멀리 보게 해야 함을

好花方艶時　誰不願爲花　迨其萎而隕　不如凡草芽
西游二十年　盛衰知幾家　分明在眼前　何處無前車
金柅不蚤繋　膏輠方自夸　翔徊俟其便　轉眄離虞羅
戒之在嬰稚　早使此心遐

① 전거(前車)—전철(前轍). 즉 앞에 굴러간 수레바퀴 자국. 전철지훈(前轍之訓)
을 말함.　② 금니(金柅)—쇠로 만든 수레바퀴의 지거목(止車木). 이 대목은 쇠
로 만든 수레바퀴의 제어기이므로 동작이 빠를 것 같으나 오히려 조심스럽게
한다는 비유로서 부자들이 오히려 서두르지 않는다는 뜻.　③ 고과(膏輠)—과
(輠)는 수레의 기름통, 이는 '기름으로 밝게 하는 것은 스스로 자기를 해친다
(膏以明自銷 또는 膏火自煎)'의 뜻으로 쓴 것 같다.

3

조금쯤 궁할 땐 돕는 사람 있더니 워낙 궁하니 아무도 안 돕더라

천지 둘레 끝없이 크고 넓어서
만물로도 능히 다 채우지 못하는데
조그마한 이내 몸 7척 단신은

사방 한 길 작은 방에 용납이 되네

새벽에 일어나면 방이 좁아 이마 치나
저녁에 누우면 무릎 펼 만하여라
조금쯤 궁할 때는 도와주는 이웃 있더니
크게 궁해지니 돌아보는 사람 없네

밝게도 보이누나! 저 들판의 농부들
그 동작 어찌 호일(豪逸)[1] 않을 것이랴

　二儀廓無際 萬物不能實 眇小七尺軀 可容方丈室
　晨興雖打頭 夕偃猶舒膝 小窮有友憐 大窮無人恤
　熙熙田野氓 動作何豪逸

[1] 호일(豪逸)—상쾌하고 마음대로 함. 〈매요신시(梅堯臣詩)〉에 '혹다궁고어(或多窮苦語) 혹지사호일(或特事豪逸)'이라 했는데 여기서 이끌어 쓴 듯하다.

4
당파싸움 오래도록 살육전을 벌이는 이 나라꼴

당파싸움 오래도록 그치지 않으니
참으로 이 일은 통곡할 뿐이로다
못 들었네, 낙촉(洛蜀)의 그 후예들이[1]
지씨(智氏)다 보씨(輔氏)다 나뉘졌단 말[2]

다투는 기운이 맑은 하늘 가리우고
티끌만한 일로도 살육을 일삼으니
고양(羔羊)[3]은 죽으면서 소리 한번 못치는데
시호(豺虎)[4]는 제가 되려 두 눈을 부릅뜬다

높은 자는 날카로운 기아(機牙)[5]를 벼르고

낮은 자는 화살촉을 갈고 있으니
누가 있어 큰 잔치 베풀어 놓고
비단 휘장 둘러친 화려한 집에 모여

술은 1천 동이를 빚고
소는 1만 마리를 잡아
묵은 악폐 고치자 다 같이 맹세하여
복과 평화 맞기를 기약할거나

黨禍久未已　此事堪痛哭　未聞洛蜀裔　遂別智輔族
爭氣翳天良　纖芥恣殺戮　羔羊死不號　豺虎尚怒目
尊者運機牙　卑者礪鋒鏃　誰能辦大宴　帟幕張華屋
千甕釀爲酒　萬牛臠爲肉　同盟革舊染　以徼和平福

①중국 송(宋)나라 때 정치적으로 대립한 낙당(洛黨)·촉당(蜀黨)·삭당(朔黨)의 세 당파가 있었는데, 서로 격렬하게 정쟁(政爭)을 했다고 한다. 낙당은 낙양 사람 정이(程頤)의 일파, 촉당은 촉 사람 소식(蘇軾)의 일파, 삭당은 동광(東光) 사람 유지(劉摯)의 일파.　②중국 춘추시대 진(晋)나라의 지과(智果)가 지씨(智氏) 문중의 후사 문제로 지선자(智宣子)와 의견이 맞지 않아, 성을 보씨(輔氏)로 바꾸었다고 한다. 그후에는 지씨는 망하고 보씨만 남게 되었다. 이 구절은 낙당·촉당·삭당이 격렬하게 정쟁을 했지만 그 후예들이 지족·보족처럼 갈라져 서로 싸웠다는 이야기를 듣지 못했다는 뜻이다.　③고양(羔羊)―새끼 양. 청렴하고 결백한 군자를 비유함.　④시호(豺虎)―승냥이와 호랑이. 사납고 악독한, 당쟁하는 권력자의 무리.　⑤기아(機牙)―화살을 쏘는 기틀. 기선을 잡을 때 쓰는 말.

5

천지는 갑자기 천둥치고 비바람 부는 세상되고

동편 산에 흰구름 일어
처음엔 모란꽃 형상이더니

점차로 산봉우리 형세가 되고
우뚝 솟아 천둥수레 속에 감추며

널리 푸른 하늘 가득 채우고
신기한 그 빛이 원근을 비추네
그 빛은 저으기 아름답지만
바람을 불어대니 어찌할 건가

별과 달은 제각기 궤도가 있고
초목은 저마다 뿌리 싹이 있는데
머무를 자리 없는 너 생각하면
나로 하여 긴 한숨 쉬게 하누나

白雲出東嶺 初如牧丹花 轉作峯巒勢 硨砆藏雷車
溶溶滿碧虛 奇光照邇遐 豈不美可愛 風吹當奈何
星曜有躔絡 草木有根芽 念汝不能住 使我長咨嗟

6

나는 연못의 작은 물고기. 큰 바다 나갔다가 죽을 뻔 했네

팔딱거리는 연못 속 고기 하나
물속을 이리저리 돌아다니며
연꽃 사이 자유롭게 헤엄치면서
물숨 쉬며 노는 게 제 적성인데

교만하게 멀리 한번 가보고 싶어
물길따라 흘러서 푸른 바다 들어갔네
넓은 바다 바라보며 길 잃고 헤매다가
몇 번이나 큰 파도에 놀래서 혼나갔나

간신히 악어밥은 면했었지만

끝내는 큰 고래 만나고 말았네
고래 숨 들이키자 죽은 몸 되었다가
내뿜을 때 다행히 살아났다네

옛날 놀던 연못이 몹시 그리워
괴로운 맘 근심에 싸여 있는데
신룡(神龍)이 이 고기 불쌍히 여겨
소낙비 소리내어 깨닫게 하였네①

撥刺池中魚　撥刺池中行　游戲蓮葉間　呷唼常適情
矯然思遠游　隨流入滄瀛　望洋迷所向　蕩潏魂屢驚
崎嶇避蛟鰐　至竟値長鯨　欻鯨吸而死　忽鯨歕而生
耿耿思故池　圍圍憂心縈　神龍哀此魚　雷雨會有聲

①이 시는 장기(長鬐)로 유배당한 직후의 심경을 그린 작품이다. 험한 정계에 뛰어들어 몇 번이고 죽을 고비를 넘기다가 간신히 목숨을 부지해 살면서 고향을 그리워하는 자신을 작은 물고기를 빗대어 썼다.

7

나는 부평초 신세던가, 연꽃·마름 속에서 눌려서 사네

온갖 풀이 모두 다 뿌리 있는데
부평초 홀로이 뿌리가 없어
물 위를 둥둥둥 떠도는 신세
언제나 바람에 끌려다니네

살려는 의지가 없지 않으나
기운 운명 진실로 날로 가늘어
연(蓮)잎이 너무도 눌러 깔아서
마름잎도 줄기 감아 덮고 있구나

한 연못 속에 같이 살면서
어찌 이다지도 괴롭게 어긋나나

百草皆有根　浮萍獨無蔕　汎汎水上行　常爲風所曳
生意雖不泯　寄命良瑣細　蓮葉太凌藉　荇帶亦交蔽
同生一池中　何乃苦相戾

8

황새·뱀이 무서워 농촌 집에 집짓는 제비와 같네

제비 한 마리 처음 날아와
지저귀며 우는 소리 그치지 않네
우는 뜻 분명히 알 수 없지만
집 없는 근심을 호소하는 양

"느릅나무 느티나무 늙어 구멍 많은데
어찌하여 그곳에 깃들지 않는가"
제비는 다시 지저귀면서
사람더러 대답해 말하는 듯

"느릅나무 구멍은 황새가 쪼고
느티나무 구멍은 뱀이 와 뒤진다오"

鷰子初來時　喃喃語不休　語意雖未明　似訴無家愁
楡槐老多穴　何不此淹留　燕子復喃喃　似與人語酬
楡穴鸛來啄　槐穴蛇來搜

9

고향에선 사랑받을 대나무 같은 나의 신세

부드러운 수풀 속의 저 대나무여!

가꾼 절개 뛰어나 솟아 있구나
농촌 사람 곧은 대를 쳐주지 않아
대숲 베어내고 논밭을 짓누나

너 만일 북방①에 태어났다면
어찌 사람들의 사랑 없으리
꺾어 버린 대 한 잎을 집어들고는
지나간 일 앞일들을 생각한다네

冉冉園中竹 修節擢澹素 土人不重竹　代竹爲樊圃
苟汝生北方 豈不人愛護 一葉疑有損 旣去復來顧

① 북방(北方)－여기서는 강진(康津)에 대한 작자 고향인 경기도를 말함.

10

호남 해안 중요하나 영남 해안도 개척할 일

해상(海商)은 이익을 노리고 하는 일이니
풍파의 위험도 돌보지 않겠지만
항해하는 앞길은 하늘 나는 것 같은데
어찌 영남(嶺南) 해안 깎아내리나

규탄하는 글 추상과 같고
정기(正氣)는 위엄 넘어 번쩍이네
임하(林下) 야인들에게도 혜안은 있는데
어찌하여 진심을 덮어 버리나

海罩射重利 不避風濤險 前程有騰鶱 安辭嶺海貶
彈文凜如霜 正氣凌威燄 林下有慧眼 肝肺何能掩

* 40세 때(1801) 장기 귀양지에서 쓴 구절.

11

만물에게는 각각 한 가지씩만 좋은 것이 있어 공평하다

뜰에 우뚝 푸른 파초
그 잎빛이 어찌나 빛나는지
우유초①는 가을 들면 열매를 따고
봉미초②는 바람결에 간들대지만

아침에 피는 한 송이 파초 꽃은
차마 볼 수 없는 꼴불견이지
만물이 좋은 점은 각각 하나뿐
뿔과 이빨 모두 함께 갖지를 못해

달관이 시 쓰기도 좋아한다면
궁하고 천한 자는 무얼 차지할 것인가

庭心綠芭蕉 展葉何光絢 牛乳待秋摘 鳳尾含風轉
朝來吐一花 陋恣不堪見 萬物各一美 齒角寧得擅
達官好作詩 何以待窮賤

①우유초(牛乳蕉)—파초의 일종. 달걀만큼 한 씨알이 소의 젖모양처럼 생겨 얻어진 이름.《본초 감초(本草 甘蕉)》. ②봉미초(鳳尾蕉)—상록목본(常綠木本)의 식물 이름. 여름에 꽃이 피는데 단성(單性)이며 화피(花被)도 없다고 함.《본초 무루자(本草 無漏者)》.

12

세상따라 시문은 그 성쇠가 달라졌다

괴이할손 융만 시절① 그때의 시는
메말라서, 마른 나무 형상 같아서

원서가 설루를 깔아뭉개며②
매도하기 그 마치 종 다루듯 했었지

청나라 시대에는 또 한 번 변하여
예쁘게 꾸며서 뼈와 살이 맞았기에
비록 굳건하고 독특하진 못했어도
그런대로 함축미는 있어 보였네

그 성쇠도 세상따라 달라져 가니
봄은 따스하고 가을은 싸늘함이 정칙이리라

異哉隆萬詩　枯澁如槁木　袁徐轢雪樓　罵詈如奴僕
淸人又一變　嫩艶勻骨肉　雖乏崛强態　猶能有涵蓄
盛衰隨世運　春溫必秋肅

①융만 시절―명(明)나라 중엽, 즉 융경(隆慶)과 만력(萬曆) 시절. 융경은 명 목종(明穆宗 : 1567~1572)의 연호이며, 만력은 신종(神宗 : 1573~1620)의 연호임.　②원서가 설루를 깔아뭉개며―명나라 중기의 학풍(學風)을 말한 것. 명 세종(世宗) 때 이반룡(李攀龍)이 이선방(李先芳)·사진(謝榛)·오유악(吳維岳)·왕세정(王世貞) 등과 시사(詩社)를 결성하고 일대를 풍미하여 소위 왕리지학(王李之學)이라는 이름으로 시문(詩文)에 있어 당대의 종장(宗匠)이었는데 신종(神宗)대에 와서는 원굉도(袁宏道) 형제가 왕·이의 학풍을 맹렬히 비난하고 나섰고, 서위(徐渭)는, 왕세정·이반룡이 당초의 동사인(同社人)이었던 사진을 뒤에 와서 배척했다 하여, 맹세코 그들 둘이 이끄는 당(黨)에는 들어가지 않겠다고 하였음. 원서(袁徐)는 원굉도와 서위이며, 설루(雪樓)는 이반룡을 가리킨 것.《명사(明史)》권 287~288.

13
재주만 부리면 무엇하나, 공리를 알아야지
띠 부엉이도 밤중에 날게 되면

빠르기 순풍 만난 기러기와 같다네
속일 수 없는 것이 공리이며
어디서나 통해야 그게 달도지

친구 팔아 잇속 채운 사람은 없다는데
그래도 임금에겐 충성은 잘한다네
막야①는 쇠라도 척척 끊었고
금잠②은 벌레를 마음대로 먹는다네

비록 섶나무를 산같이 쌓은들
제 어찌 하늘을 불태울 수 있을소냐

  茅鵬中夜飛　翼若鴻遇風　公理不可誣　達道皆相通
  未有賣友人　猶能事君忠　鏌鋣利食鐵　金蠶恣啗蟲
  抱薪雖如山　何能焚太空

① 막야(鏌鋣)─고대 오(吳)나라에 있었다는 유명한 보검(寶劍) 이름.　② 금잠
(金蠶)─벌레 이름. 금잠충(金蠶蟲)이라고 하는 독충(毒蟲)임.

   14
 벗이여, 둥근 달은 하루밤뿐이니라, 늦추지 말지어다
벗이여, 달 아래서 마시려거든
오늘밤 달을 놓치지 말게나
만약에 내일로 미룬다며는
바다에선 구름이 일어나 막히리라

또 다시 내일을 기다린다면
둥근 달은 이미 져서 이지러지겠지

  友欲月下飮　勿放今夜月　若復待來日　浮雲起溟渤
  若復待來日　圓光已虧缺

15
짐승은 속임이 없고, 군자는 인을 먼저 생각한다

숲속에 표범이 엎드려 있으면
나무 위에서 까막까치 짖어대는 법
울타리에 긴 구렁이 도사리고 노린다면
참새 떼가 우짖어 사람에게 알리는 법

개백장이 개올가미 차고 지나면
뭇 개들이 사방에서 요란하게 짖지
날짐승 길짐승은 노한 마음 숨기잖아
아는 것이 그 바로 귀신같다네

마음이 포학하면 겉으로 나타나고
백성이 어리석다 어찌 속일 것인가
인의예지 사덕 모두 아름다우나
군자는 늘 먼저 인을 중시한다네

살아있는 풀포기도 밟지 말라 했으니
그 어짊이 얼마나 기린 같은가

　　　文豹伏林中　烏鵲樹頭瞋　長蛇掛籬間　瓦雀噪報人
　　　狗屠帶索過　群吠鬧四隣　禽獸不藏怒　其知乃如神
　　　內虐必外著　何以欺愚民　四德雖並美　君子每先仁
　　　生草猶不履　賢哉彼麒麟

16
내 마음 깨끗해도 세상이 알아주지 않는다

태양이 빛나기 수정 덩어리라도

준오①가 별처럼 그 속에 널려 있고
밝은 달이 저리도 교교하지만
계수나무② 그 속에서 너울거리듯

몸 깨끗이 갖고자 아무리 다짐해도
생기는 오점을 누가 닦아 주리
깨끗이 씻을 뜻 그 어찌 없을까만
약한 힘으론 큰 강물 끌어올 수 없어

늙음은 해 가듯 해 저물어 가는데
헤매어 다니다가 장차 어찌할 것이냐

太陽赫光晶　踆烏乃星羅　明月皎如彼　桂樹長婆娑
潔身雖自勵　玷污將誰磨　豈無洗濯志　弱力莫挽河
冉冉天色暮　徘徊當奈何

① 준오(踆烏)—태양 속에 있는 세 발이 달렸다는 까마귀.《회남자(淮南子)》〈정신훈(精神訓)〉. 태양의 흑점, 오로라.　② 계수(桂樹)—달 속의 계수나무, 달 속에 보이는 검은 그림자.

17

아무리 잘나도 새순 돋는 뽕나무, 차라리 길러서 유용하게 쓰면 돼

내집 뜰에 한 그루 뽕나무 있어
하필이면 서재 기둥 가까이 뿌리 박혀
어린 종이 가지를 잘라 버리면
새 가지가 더 많이 돋아난다네

사랑객이 도끼 들고 몸통을 베어 버려도
봄이 되면 등걸에서 새 움이 돋아나네
해마다 치고 베어내건만

해마다 저절로 자라기만 하누나

그 마음 얼마나 괴로울까 싶어서
북돋우고 길러서 잘 자라게 했더니
거년 봄엔 잘 자라서 상마상[1]이 되었으니
더위와 추위도 모르고 살았다네

좋은 나무는 버릴 수가 없는 법
가시나무 따위가 감히 겨룰 것이랴

吾園一株桑　苦近書樓楹　小奴剪其枝　新條益暢榮
舍客伐其榦　槎櫱又春萌　年年受剪伐　年年也自生
苦心良可感　培壅使其成　前春上馬桑　免使吳楚爭
良木不終棄　樲棘敢相嬰

① 상마상(上馬桑) — 말에다 신고 다니는 뽕잎. 원호문(元好問)의 〈추잠시(鞦蠶
詩)〉에, '아침에 그것들을 상마상을 먹였더니, 대밭에 빗소리가 잠박 너머에서
들려오네(朝來飼卻上馬桑　隔簇仍聞竹間雨)'라고 했다.

18
세상은 이치대로 살아가야지, 순식간에 변하더라

솥은 찌꺼기를 버리기 위해서 뒤엎고[1]
자벌레는 펴기 위해 구부린다네
악인도 하느님을 섬길 수 있고
우리 길은 스스로 새로워야 귀한 것

들리는 명성은 태산 같아도
가까이 가보면 진짜 아닌 게 많고
소문에는 도올처럼, 악인으로 들리지만
다시 보면 도리어 가까이할 만해

360

칭찬은 만인 입을 거쳐야 하지만
훼방은 한 입술로 비롯되는 법
경솔하게 기뻐하고 걱정할 게 뭐라던가
눈 깜박할 사이에 재요, 먼지인 것을

　　鼎顚利出否　蠖屈本求伸　惡人事上帝　吾道貴自新
　　聞名若泰山　遍視多非眞　聞名若檮杌　徐察還可親
　　讚誦待萬口　毀謗由一脣　憂喜勿輕改　轉眼成灰塵

　　　19
　　만물은 순리대로 살고, 사람은 분수에 맞게 처신해야지

만물은 제각기 분수가 있고
힘이나 수명이 서로 다른 게 많아
청학은 높은 소나무에 집을 짓고
황작은 갈밭에다 둥지를 틀어야지

황작이 높은 소나무에 집을 지었다면
바람 불어 뿔뿔이 흩어지고 말아
난장이 주제에 짧은 옷 주었대서
불평을 품을 것이 뭐라던가

조절①의 좋은 곳을 그리워할 것 없이
진창길도 마땅히 자적해야지

　　萬物各有分　力命多不敵　靑鶴巢喬松　黃雀巢葦荻
　　黃雀巢喬松　風吹遭蕩析　僬僥受短襦　胡爲銜戚戚
　　藻梲何須慕　泥塗方自適

①조절—동자기둥에다 그림을 그려 장식하는 것. 왕공(王公) 귀인(貴人)의 거

소.《논어(論語)》〈공야장편(公冶長篇)〉.

20
내가 존경하는 인물은 청빈 속에 살면서 저술에 공이 있는 진미공뿐

천고의 인물을 두루 골라 보아도
내가 바라는 건 진미공[1]뿐이로다
곤산 속에다 오막살이 얽고 살며
도서에 파묻혀 일생을 보냈다네

오와 월에 궁한 선비 많아서
서로 글을 써서 도우며 상종했기에
문장이 유창하여 넉넉한 비급총서를
엮어서 내는 데 별 힘 들지 않았다네

우산[2]의 비방을 받기는 하였지만
시원한 맑은 바람 일어났었네

歷選千古人 但願陳眉公 結廬崑山內 棲身圖史中
吳越多窮儒 筆硯相磨礱 紆餘秘笈書 薈蕞不費功
縱被虞山刺 蕭然有淸風

①진미공－명(明)나라의 진계유(陳繼儒). 미공(眉公)은 그의 호임. 어려서부터 영특하고 문장에 능하여 그 명성이 동기창(董其昌)과 막상막하하였고, 왕세정(王世貞)으로부터도 깊은 인정을 받았다. 후에는 오직 저술에만 몰두하여 경사제자(經史諸子)는 물론, 술기(術伎)·패관(稗官)과 노불(老佛)의 설에 이르기까지 그 모두를 비교 고증하였으며, 심지어 쇄언(瑣言) 벽사(僻事)에 이르러서도 그를 모두 추려 기록으로 남겨 이른바《진미공정정비급(陳眉公訂正秘笈)》이라는 총서(叢書)를 저술했다.《명사(明史)》권 298.   ②우산(虞山)－우산종백(虞山宗伯)으로 청(淸)나라 전겸익(錢謙益)을 말함. 시(詩)에 능하였고, 열조시집(列朝詩集)을 만들었는데, 고종(高宗) 때에 와서 비방(誹謗)의 내용이 많다 하여 책

판(版)을 불태워 버리고 간행을 금했다가 청나라 말기에 와서야 다시 간행되었
다. 《청사(淸史)》 권 482.

21
채소 갈며 숨어 살던 소운경이 부럽구나

장저 걸익[①]은 따라가기가 어렵고
또 생각남은 소운경[②] 그 인물
정원 가꾸며 기이한 행적은 숨겨 살았고
참외 팔면서 높은 명성 감추고 지냈네

참외는 크기가 항아리만 하고
물외는 길이가 술단지만 하였다
우스워라 장준이란 재상이
옛정이 그리워 옥백을 보냈다네

하룻밤에 전 가족이 도망가고 없어져서
수레 끌던 네 필 말이 서로가 울어
흰구름은 어딜 가나 일고 있으니
그 즐거움을 누구와 다투며 살리

沮溺邈難企　且憶蘇雲卿　灌園晦奇跡　賣瓜韜高名
甘瓜大如甕　苦瓜長如曇　可笑張氏子　玉帛存故情
盡室一夜逃　駟馬啾交鳴　白雲處處紀　此樂誰與爭

①장저 걸익―춘추시대의 두 은자(隱者) 장저(長沮)와 걸익(桀溺). 《논어(論
語)》〈미자편(微子篇)〉. ②소운경―송대(宋代)의 사람. 1년 내내 헌옷 한 벌
과 짚신 한 켤레로 채소를 심고 신를 삼아 팔아 그것으로 자급자족하고 틈이
있으면 온종일 문 닫고 누웠거나 아니면 무릎 꿇고 하루를 보내, 주위로부터 사
랑과 존경을 받았다. 젊은 시절에 장준(張濬)과 다정한 사이였는데, 그후 장준
이 재상이 되어 끊임없이 서한을 보내고 많은 선물이 답지하자 다 버리고 어디

론가 떠나 버렸다고 함.《송사(宋史)》권459.

22

학문 쌓고 덕 닦으면 욕망이 생겨나서, 눈앞은 흐리멍텅 벼슬길을 헤매누나

포한 생선 썩은 냄새 풍기지 않고
자벌레는 그 색이 따로 없다네(晏子가 이르기를, 자벌레는 누른 것을 먹으면 몸이 금방 누렇게 되고, 푸른 것을 먹으면 몸이 금방 푸르게 변한다고 하였음. 원주)
권세있는 집안에는 충객도 많다지만
사랑과 그리움은 진실에서 나오는 것

묻노라 그대 어찌 어정거리나
아마 권세가 부러워서이겠지
사실은 이 사람이 현명한 거야
문장이 높고 큰 덕을 닦고 나면은

눈앞이 벌써부터 흐리멍텅하여
자기 마음 자기가 깨닫지 못한다네
모든 유혹 골짝을 메우듯 몰려와서
찬미하는 노래가 하북에 가득하지

鮑魚無敗臭 尺蠖無異色(晏子云, 尺蠖食黃卽身黃 食蒼卽身蒼) 熱門多忠客 愛慕由悃愊
問君何爲爾 無乃羨勢力 斯人實賢明 高文修大德
眼珠已迷昧 自心不自識 衆善趨如壑 謠誦滿河北

23

혼자 잘난 척해봐야 모함소리 쓰르라미 울듯 들끓고

벽오동에 가을바람 낙엽을 재촉하면

둥지 틀던 제비들도 들보를 하직하며
문앞 가득 참새 떼만 모여드는데
옛날 손님 잊은 듯이 고요해지네

묻노라 그대 어찌 어정거리나
덥고 차고 계절이 아마 달라서겠지
진실로 이 사람 오망 들렀나
모든 사람 헐뜯는데 저 혼자 맑다네

자신은 대의명분 지킨다지만
은근히 상대는 칭찬받누나
모든 악인은 하류로 모여들어
여러 입들 쓰르라미 조잘거리듯

秋風摧碧梧　巢鷰辭雕梁　鳥雀集門庭　舊客如相忘
問君何爲爾　無乃殊炎凉　斯人實傲妄　衆毀皆滄浪
自辭負義名　微令彼過彰　衆惡歸下流　羣喙如蜩螗

24

경세제민 학자들이 나서지 않고, 경박한 자 나서서 정권 휘둘러

노수①가 도의를 강론했지만
그 절반은 왕도정치 위한 것이며
회옹②이 누차 올린 바른 상소도
그 내용은 모두가 조정 당면 문제였네

지금의 선비들은 공리공론 좋아하고
실제의 정치에는 빙탄처럼 용납 못해
감히 못 나가고 깊이 들어앉아서
나갔다간 남의 놀림 당한다 하네

드디어는 거칠고 경박한 사람들이
발 벗고 나서서 국사 맡게 만든다네

魯叟講斯道 王政居其半 晦翁屢抗章 所論皆廟算
今儒喜談理 政術若氷炭 深居不敢出 一出爲人玩
遂令浮薄人 凌屬任公幹

①노수(魯叟)-공자(孔子)를 이름. ②회옹(晦翁)-송(宋)나라 학자 주희(朱熹)
의 호. 회암(晦菴)이라고도 했다.

25

과거의 해독은 날로 심한데 사람들이 죽자고 준비한다네

수양제 때 시작된 과거제도가
그 독이 이 땅에도 흘러서 이르렀네
찬연히 빛나는 고염무의 생원론①은
무릎 치며 쾌재 부를 밝은 거울 될 만하다

아침에 피어나는 노을 같은 재주라도
모두 다 그 속에 들어가 패하건만
늙고 병들어서 백분② 가루 되면서도
게으르지 못하면서 새기고 그린다네

詞科自隋煬 流毒至洌浿 粲粲生員論 擊節成一快
才俊如霞雲 盡向此中敗 龍鍾到白紛 雕繪猶未懈

①생원론-청(淸)나라 고염무(顧炎武)가 쓴 생원에 대한 논(論). ②백분(白
紛)-어려서부터 한 가지 재주를 익히기 시작하여 머리가 다 희도록 해도 제대
로 되지 않고 어지럽기만 한 것. 《법언(法言)》.

26

물정 모른 선비들만 생각 짧아 헛뛴다네

소인배들 벼슬길 한 자리 해보려고
밤낮없이 남의 맘을 떠보고 헤아리며
단 한 번도 까닭 있어 움직여 보지마는
백 가지 하는 짓이 하나도 맞지 않아

극성스런 벗을 따라 꽃구경도 함께 가고
채소를 먹으면서 청백한 체하지마는
물정 모른 선비들만 생각 못하여
비바람 맞아가며 부질없이 뛰는구나

細人巧爲宦 揣摩窮夜晝 一動皆有因 百爲無一偶
看花趁熱友 喫菜示素守 迂儒少商量 風雨浪奔走

27

멍청하게 앉았다가 적이 쳐들어오면 어찌할 거나

벌레들도 제 몸 하나 지키는 일 끝내주니
발톱 이빨 발굽 뿔과 독까지 골고루지
평화롭다 안심하고 군대 접어두었다가
적이 오면 갈팡질팡 제멋대로 맡기려나

명장은 원래가 송골매와 같아서
날쌔고 보는 눈도 촛불 같지만
살찐 놈이 느닷없이 지휘단에 오르면
한다는 소리가 지장보다 복장이 낫다네[1]

요즘에 들어보면 홍이포가 생겨나

새로 만든 무섭고 혹독한 병기인데
멍청히 앉아서 태고풍이나 지키면서
활 화살을 익혀서 무엇하려나

昆蟲盡自衛 爪牙蹄角毒 時平不講兵 寇來任墮觸
名將如蒼鷹 驍邁眸如燭 胖夫輒登壇 云智不如福
近聞紅夷礮 創製更殘酷 坐守太古風 弓箭有課督

①지장보다 복장이 낫다─지혜로운 장수는 복있는 장수만 못하다(智將不如福
將)는 말이 있다.《동헌잡록(東軒雜錄)》〈위공왈(魏公曰)〉.

127. 혼자 앉아서(2수)

> ─ 이런 때 차라리 바둑이나 배워둘 걸. 신의 없는 세
>   상을 한탄한다

쓸쓸한 여관방에 홀로 앉아 있노라니①
대숲에 바람 없고 해는 더디 지는구나
고향 생각 일어나면 눌러야 하고
시구(詩句)가 익으면 추고(推敲)함이 옳겠도다

잠깐 갔다 다시 오는 꾀꼬리는 신의(信義) 있고
홀연히 조잘대는 제비야 뜻 있겠나
이런 때에 단 한 가지 후회스런 건
공연히 동파(東坡)② 닮아 바둑 둘 줄 모르는 일

가물가물 아지랑이 적막한 속에
봄잠에서 깨어나니 들판이 침침하네
먼 산에 이는 구름 흡사 달과 같구나
나뭇잎 흔들리나 바람은 불지 않네

눈길은 아득히 녹음방초 보면서도
마음은 마른 나무 죽은 재와 같구나
나를 풀어 고향 집에 돌아가게 하더라도
이처럼 쓸모 없는 늙은이 되었을 뿐

獨坐 二首(辛酉三月在長鬐)

旅舘蕭寥獨坐時　竹陰不動日遲遲
鄕愁慾起須仍壓　詩句將圓可遂推
乍去復來鶯有信　方言忽噤鷰何思
只饒一事堪追悔　枉學東坡不學棋

裊娜烟絲寂歷中　春眠起後野濛濛
山雲遠出强如月　林葉自搖非有風
眼向綠陰芳艸注　心將槁木死灰同
縱然放我還家法　只作如斯一老翁

① 원주에, 신유년(辛酉年) 40세(1801) 3월 장기에 있었다 함.　② 동파(東坡)—중
국 송(宋)나라 때의 문인 소식(蘇軾)의 호 소식은 바둑을 둘 줄 몰랐다고 한다.

128. 둑을 걸으며

— 외로이 떠가는 흰구름 나와 같아

둑 위를 걷노라면 저녁빛에 그림자 져
봄산은 무르녹아 바야흐로 정서롭다
오리는 쌍쌍이 물을 끌어 헤엄치고
새끼 친 꿩들은 숲속에서 울고 있네

외로이 떠가는 흰 구름 나와 같아

홀적 녹음방초와 부평초 같은 나를 본다
골짜기에 숨어 살 날① 그 언제일꼬
흰 머리카락이 오늘 아침 또 몇 줄기

堤 上

堤上消搖趁晚晴　春山濃翠正怡情
浴鳧曳水必雙去　乳雉伏林時一鳴
偶値白雲成獨立　忽看芳草感浮生
峽中耕隱知何日　衰髮今朝己數莖

＊40세 때(1801) 장기 귀양지에서 지음.

①여기서 협중(峽中)은 소천(苕川) 협곡, 즉 고향에서 은거할 생각을 말함.

129. 담배 연기

― 귀양살이 시름 아는 담배 연기 실낱 같아

육우(陸羽)①는 차를 즐겨 경작했었고
유령(劉伶)②은 술을 즐겨 주덕송 뛰어났네
담배③는 지금 한창 잎을 따내니
귀양 손님 시름 아는 벗이로구나

가늘게 빨아보면 담배 향기 매웁고
살며시 뿜으면 실같이 가는 연기
나그네의 잠자리는 항상 편찮아
봄날은 왜 이리도 더디 가는가

烟

陸羽茶經好　劉伶酒頌奇　淡婆今始出　遷客最相知

細吸涵芳烈 微噴看裊絲 旅眠常不穩 春日更遲遲

* 40세 때(1801) 장기에서 지음. 다산은 이때 비로소 담배를 피운 듯하다.

① 육우(陸羽)—중국 당(唐)나라 때 학자요, 은자(隱者)로 차를 좋아했고 다원을 경영하며 세속을 떠나서 살았다. ② 유령(劉伶)—진(晉)나라 시인. 술을 좋아했고 주덕송(酒德頌)이 유명함. ③ 담파(淡婆)—담바고(淡婆故), 즉 담배의 한 자음(漢字音).

130. 답답한 속을 풀다

> — 들 생활 흙 먹어도 차라리 마음 편해

경음각(輕陰閣)① 정자 앞에 비는 오락가락
작은 개펄밭은 울타리를 꿰고 나가 물과 접하고
상추잎은 파란데 어미제비 빙빙 날고
겨자꽃 누런 곳에 수탉②은 졸고 있다

들 생활에 흙 먹어도 차라리 속 편해
기구한 군자는 궁한 생활 한탄 마라
산 속에서 밭을 갈던 육방옹(陸放翁)③의 가계서엔
고생을 안 가르친 한낱의 경문일세

遣 悶

輕陰閣雨日曈曨　小圃穿籬接水筒
蒿葉綠時飛鷰母　芥薹黃處睡鷄翁
野氓食土寧知樂　君子畸人莫恨窮
山裏鋤園作家戒　不敎辛苦一經通
(鷄翁出算經　陸放翁有家誡)

* 40세 때(1801) 지음.

① 경음각(輕陰閣) ─ 다산의 귀양지인 장기(長鬐)에 있는 조그만 정자인 듯.
② 원주에, '계옹(鷄翁)은 산경(算經)에서 나왔다'라고 했는데 원래의 계옹은 닭을 기른 낙양 사람 이름이며 그 수탉의 이름임. ③ 육방옹(陸放翁) ─ 육유(陸游)의 호. 송(宋)나라 시인. 원주에, '육방옹에게 가계(家誡)가 있다'고 했음.

131. 귀양살이① 여덟 정취

── 바람 이는 곳 못보겠네

서풍은 불어오고
동풍은 스쳐간다
단지 바람소리뿐
일어난 곳 못보겠네
(바람을 읊다)

── 달은 적막한 강물만 비춘다

명월은 동해에 뜨고
금빛 물결 만리구나
강위에 뜬 달아
어째서 적막한 강만 비추나
(달을 읊다)

── 뜻이야 있든 없든 내 눈엔 노을뿐

알고도 못 보는가 저 구름을
무심코 못 보느냐 저 구름을
뜻이야 있든 없든

내 눈에는 노을뿐
(구름 보고)

— 비올 때는 멀기만 한 고향길

고향집은 멀고 먼 8백리
날씨야 개든 비오든
다만 개인 날은 가깝고
비온 날은 멀기만 하네
(비오는데)

— 산 오르니 석양 속에 고향은 멀다

북극의 땅 떨어져
천 리하고 4위도[2]
망향대 올라보니
석양 속에 고향 멀다
(산에 올라)

— 유수는 거침없이 옛부터 흐른다

유수는 저절로
거침없이 흐르네
태초 개벽 때는
큰 산도 뚫었으리
(강물)

— 꽃이 고와도 우리집 꽃만 하랴

여러 꽃 꺾어보니

내 집 꽃만 못하이
꽃이면 다 꽃인가
우리집 두벌 꽃 같네
(꽃을 찾아)

— 버들가지 하늘하늘 사람 속 녹여 준다

버들가지 천만 오리
가지마다 춘정일세
가지마다 비에 젖어
사람 속 녹여 주네
(봄 버들)

遷居八趣(金壺字考云 遷人謫客也)

西風過家來　東風過我去　只聞風來聲　不見風起處
　　　　　　　　　　　　　　　　　　　　吟風

明月出東溟　金波盪萬里　何如江上月　寂寞照江水
　　　　　　　　　　　　　　　　　　　　弄月

有意不看雲　無意不看雲　聊將有無意　留眼到斜曛
　　　　　　　　　　　　　　　　　　　　看雲

家鄉八百里　晴雨無增損　晴日思如近　雨日思如遠
　　　　　　　　　　　　　　　　　　　　對雨

北極之出地　千里差四度　猶登望鄉臺　怊悵至日暮
　　　　　　　　　　　　　　　　　　　　登山

流水自然去　活活無阻礙　憶得鴻荒初　丘陵有崩汰
　　　　　　　　　　　　　　　　　　　　臨水

折取百花看　不如吾家花　也非花品別　秖是在吾家
　　　　　　　　　　　　　　　　　　　　訪花

楊柳千萬絲 絲絲得青春 絲絲霑好雨 絲絲惱殺人
隨柳

*40세 때(1801) 신유(辛酉) 3월에 지음. 정다산에게 드물게 보는 애상적 서정
시이다.

① 원주에, '금호자고(金壺字考)에 말하기를 천인(遷人)은 적객(謫客)이라고 했
다'라고 함. 다산은 이때 장기(長鬐)로 귀양갔다.   ② 천리에 4도란 경기도에서
남쪽 장기까지가 위도(緯度)가 4도 차이가 된다는 뜻인 듯.

132. 밤을 새우며

— 지금쯤 저 달은 고향집 담 위에 떴겠지

병상에서 일어나니 봄바람도 가버리고
수심이 가득하니 여름밤이 길구나
잠깐 동안 대자리에 누워 있는 사이에도
문득문득 고향집이 그리워지네

관솔불 그을음에 컴컴하길래
문을 여니 대숲 기운 시원하구나
저 멀리 소내[苕川]에 떠있는 달은
우리집 서쪽 담을 비추고 있겠지

夜

病起春風去 愁多夏夜長 暫時安枕簟 忽己戀家鄉
敲火松煤暗 開門竹氣涼 遙知苕上月 流影照西墻

*40세 때(1801) 지음.

133. 수심에 잠기다

— 장기의 귀양살이 눌러도 솟는 수심

칡덩굴 푸르고 대추나무 새잎 나니
장기성(長鬐城) 그 앞은 큰 바다로다
수심은 바위로 눌러도 더더욱 일고
꿈길은 안개 같아 매양 희미해

늦은 밥 굳이 먹어도 입맛이 없어라
봄옷이 도착하면 몸이 한결 가벼우리
이 생각 저 생각 모두가 쓸데없네
하늘이 칠정(七情)[1] 주어 괴로워하네

愁

山葛青青棗葉生　　長鬐城外卽滓瀛
愁將石壓猶還起　　夢似烟迷每不明
晚食強加非口悦　　春衣若到可身輕
極知想念都無賴　　良苦皇天賦七情

* 40세 때(1801) 장기 귀양지에서 지음.

[1] 칠정(七情)─사람이 가진 일곱 가지 정. 곧 기쁨〔喜〕·노함〔怒〕·슬픔〔哀〕·
즐거움〔樂〕·사랑〔愛〕·미움〔惡〕·욕망〔欲〕.

134. 제멋에 맡겨

> ― 산하는 옹색하여 3천리뿐인데 당쟁은 서로 치며 2
> 백년이 넘는구나

야만스레 싸움질 제각기 자기 편만
객창에서 생각하니 눈물이 절로 나네
산하는 옹색하여 3천리뿐인데
비바람 치고 싸워 2백년이네

영웅들 그 얼마나 슬프게 길 잃었나
형제간에 재산 싸움 어느 때나 그치려나
저 넓은 은하수로 말끔히 씻어내어
밝은 햇빛 온 천하에 비추이게 하고 싶네

遣　興

蠻觸紛紛各一偏　　客窓深念淚汪然
山河擁塞三千里　　風雨交爭二百年
無限英雄悲失路　　幾時兄弟耻爭田
若將萬斛銀漢洗　　瑞日舒光照八埏

＊40세 때(1801) 장기에서 지음.

135. 장마를 탄식한다

> ― 장마에 곡식 쓰러져도 보는 사람 없구나

괴롭고 지루한 비 오래 내리고

밝은 해 나지 않고 구름도 열리잖네
보리알 싹 나고 밀밭은 쓰러져
돌배와 산앵도만 살쪄가는데

촌 아이들 따먹으니 뼛속까지 시려온다
보리는 쓰러지나 누가 이를 알리요

苦雨歎

苦雨苦雨雨故來　白日不出雲不開
大麥生芽小麥臥　只肥鼠梨與雀梅
村童食之酸沁骨　麥臥不起誰知哉

* 40세 때(1801) 지음.

136. 아가의 노래

— 해녀 아가씨의 고생과 벼슬아치의 재주 부림

아가① 몸에 실오라기 하나도 안 걸치고
짠 바다 들락날락 맑은 연못같이 하네
궁둥이 높이 들고 곧장 물에 뛰어들어
잔물결에 꽃오리가 노니는 듯하다가도

물결 무늬 합해지니 사람은 보이잖고
단지② 하나 물 위에 두둥실 떠다니네
홀연히 머리 들어 물쥐③처럼 나왔다가
휘파람 한번 불고 몸 한 번 솟구치네

돌같은 소라는④ 아홉 구멍 손바닥만 해

귀한 양반 술상에 안주로 올라가네
때때로 바위틈에 방휼(蚌鷸)⑤이 붙어 있어
헤엄에 능한 자도 여기선 죽고 마니

오호라, 아가 죽음 어찌 다 말할 바랴
명도열객(名途熱客)⑥ 모두가 헤엄치는 사람인걸

兒哥詞(土人謂其子婦曰兒哥)

兒哥身不着一絲	兒出沒醢海如淸池
尻高首不蟜入水	花鴨依然戲漣漪
洄文徐合人不見	一壺汎汎行水面
忽擧頭出如水鼠	劃然一嘯身隨轉
(水鼠見靈仙雜志)	
矸螺九孔大如掌	貴人厨下充殽膳
有時蚌鷸黏石齒	能者於斯亦抵死
嗚呼兒哥之死何足言	名途熱客皆泅水

* 제2구의 아(兒)자는 오식인 듯. 40세 때(1801) 장기 귀양지에서 해녀 아가씨를 보고 지음.

① 원주에, '이 지방 사람들은 자기의 며느리를 아가라고 부른다'고 했다. ② 여기서 단지는 해녀가 쓰는 박으로 만든 부대(浮袋)를 이름. ③ 원주에, '수서(水鼠)는 《영선잡지(靈仙雜志)》에 있다'고 함. ④ 안라(矸螺)—'구공여장(九孔如掌)'으로 보아 전복인 듯하다. ⑤ 방휼(蚌鷸)—방(蚌)은 조개, 휼(鷸)은 물총새로 조개와 물총새가 서로 물고 놓지 않아서 이것을 잡으면 한꺼번에 두 마리를 얻는 셈이 된다(漁父之利). ⑥ 명도열객(名途熱客)—벼슬길에 나서서 경쟁하는 사람들. 벼슬살이하는 사람들도 헤엄치는 사람과 같아서 언제 죽을지 모른다는 뜻.

137. 솔피의 노래

> — 솔피들이 큰 고래를 몰아 죽이는 장면은 간신들이
>   임금을 해치는 것과 같다

솔피란 놈 이리 몸에 수달의 가죽
가는 곳에 십백 마리 떼지어 다녀
물속 사냥 빠르기가 나는 것 같아
갑자기 덮쳐오면 고기들도 모르네

큰 고래 한 입에 천 섬 고기 삼키니
한번 지난 곳 고기 씨가 말라 버리네
솔피 차지 없어지자 큰 고래를 원망하여
고래 죽이기를 솔피들이 모의했네

한 떼는 달려들어 고래 머리 치고받고
한 떼는 뒤로 가서 고래 꼬리 휘어감고

한 떼는 왼쪽에서 배를 엿보고
한 떼는 오른쪽서 옆구리 침범하고
한 떼는 물속에서 고래 배를 올려치고
한 떼는 뛰어올라 고래 등에 올라타네

상하사방 일제히 고함지르며
난폭하게 깨물고 잔인하게 할퀴니
고래는 우레처럼 소리치고 물뿜어
바닷물 끓어올라 무지개 일어나네

무지개 사라지고 파도 잠잠하여지니

아 ! 슬프도다 고래 죽고 말았구나
혼자 힘이 무리 힘을 당하지 못해
작은 흠이 드디어 큰 죽음 지었었네

너희들 혈전(血戰)이 어찌 이 꼴 되었는가
원래 뜻은 먹이 싸움 아니었더냐
호호탕탕 가이 없이 넓은 바다에
너희 어찌 지느러미 흔들고 꼬리치며 쉬지 못하나

海狼行(海狼方言曰率皮)

海狼狼身而獺皮　行處十百群相隨
水中打圍捷如飛　欻忽揜襲魚不知
長鯨一吸魚千石　長鯨一過魚無跡
狼不逢魚恨長鯨　擬殺長鯨發謀策
一群衝鯨首　　　一群繞鯨後
一群伺鯨左　　　一群犯鯨右
一群沈水仰鯨腹　一群騰躍令鯨負
上下四方齊發號　抓膚齧肌何殘暴
鯨吼如雷口噴水　海波鼎沸晴虹起
虹光漸微波漸平　嗚呼哀哉鯨已死
獨夫不遑敵衆力　小黠乃能殲巨懸
汝輩血戰胡至此　本意不過爭飲食
瀛海漭洋浩無岸　汝輩何不揚鬐掉尾相休息

* 원주에, '해랑(海狼)을 방언으로는 솔피(率皮)라고 한다'고 했다. 40세 때 (1801) 장기에서 지은 시. 이 시에서 고래는 왕을, 솔피는 탐관오리, 물고기는 일반 백성을 상징한다고 볼 수 있다.

138. 오랜만에 집에서 편지받고 아이들에게 쓴다

— 너희들은 벼슬하지 말고 채소밭 갈아라

두보시(杜甫詩)가 내 마음 먼저 알았던지
편지 보니 너도 사람 되었더구나
세속 밖 강산은 이리도 고요한데
어지러운 속에서도 모자간 친하구나

혐의 받고 놀란 몸 병을 어찌 면하겠나
살림살이 가난한 것 걱정치 말고
부지런히 힘써서 채소밭 가꾸어
맑은 세상 일민(逸民)[①]이 되어 주렴아

別家五十有八日 始得家書 志喜寄兒

杜詩先獲我 書到汝爲人 物外江山靜 寰中母子親
驚疑那免疾 生活莫憂貧 黽勉治蔬圃 淸時作逸民

① 일민(逸民) — 벼슬하지 않고 숨어 사는 선비.

139. 형님의 편지 받다

— 신지도에서 귀양살이하는 중형이 편지 보내니 마음
은 괴로워 눈물뿐이라네

섬 땅은[①] 하늘가에 외롭고 끝없이 외롭고
사람은 종일토록 못본다누나
하늘 땅은 두줄기 눈물뿐

생사가 몇 줄 글 속에 담겼구나

산칡으로 새끼 꼬아 적막 달래고
바닷고기 먹으며 고생한다네
사대주② 모두가 떨어진 섬이니
몸 둔 곳이 바로 내 집이라 한다

달 뜨면 장기 땅 먼저 비추고③
구름 뜨면 동생 그려 쳐다본다 하누나
그 곤욕 어찌 능히 참아내는지
오히려 스스로는 평안타누나

흩은 머리 저승 사람 보는 꼴이요
전원 가꿔 지난 해에 좋았다 하네
푸짐히 천 섬 술을 빚어놓은들
이 마음 달래기가 어렵다 하네

고래 타는 이백(李白)이 부럽긴 하나④
실마옹⑤은 슬퍼하지 말라 하누나
땅이 거칠어 해 나도 풍토병이요
산이 없으니 밤바람 거세다 하네

병든 머리털 낱낱이 짧아지고
수심겨워 쓰는 시는 글자마다 괴로움
가련한 여기 어린아이들은
사모하기 하늘처럼 받든다 하네

得舍兄書(仲兄時在康津薪智島謫中)

地共天涯盡　人從日下疎　乾坤雙淚眼　在沒數行書

寂寞絢山葛　艱難食海魚　四洲皆絶島　身在卽吾廬
(書中語)　　　　　　　　　(佛書云世界有四大州)
月出知先照　雲來憶己看　豈能無苦毒　猶自報平安
(書中語長鬐在東)
顔髮他生見　田園去歲歡　縱饒千石酒　難使此心寬
馬羨騎鯨客　休悲失馬翁　地卑晴有瘴　山谿夜多風
病髮絲絲短　愁詩字字窮　絶憐童稺輩　思慕發天衷

* 40세 때(1801) 장기에서 지음.

① 원주에, '중형이 강진의 신지도(薪智島)에 귀양가 있었다'고 함.　② 할주(割註)에 '불서(佛書)에 말하기를 세계에 4대주가 있다'고 했는데 이 4대주는 5대양 6대주의 개념과 다름.　③ 할주에, '편지에 장기(長鬐)는 동쪽에 있다'고 했으므로 '월출지선조(月出知先照)'라고 했다.　④ 기경객(騎鯨客)―당나라 이백(李白)이 자칭 기경객이라 했다. 고래 타고 바다에서 논다는 뜻.　⑤ 실마옹(失馬翁)―말 잃고 마구간 고치는 일.

140. 아이 종①은 돌아가고

> ― 아이 가는 문경새재 1천 구비요, 아내는 긴긴 해를
>   눈물로 산다네

편지 오니 서로 만나 애기하듯 했는데
사람 가니 다시 또 적막해지네
무심한 하늘은 아득히 높고
길은 옛날같이 멀기만 하네

문경새재 산길은 1천 구비 길
탄금대(彈琴臺) 거쳐서 두 갈래 물줄기
한 쌍의 제비만 오직 남아서

384

하루종일 정답게 재잘대누나

집에서 편지 와 기쁘겠다 이르지만
만 가지 수심이 또 새로 일어나네
아내는 긴긴 날을 울고 있겠고
어린 자식 어느 때나 다시 보려나

박한 인심 진실로 한스럽구나
뜬소문 아직도 가라앉지 않았다니
슬프다, 이 역시 순리로 받아야지
한세상 건너기가 본래부터 어려운 일

家僮歸

書到如談笑　人歸復寂寥　無聊天漠漠　依舊路迢迢
鳥嶺山千曲　琴臺水二條　唯留雙燕子　終日語音嬌

謂得家書好　新愁又萬端　拙妻長日淚　稚子幾時看
薄俗眞堪惜　浮言尚未安　嗟哉亦順受　度世本艱難

* 40세 때(1801) 장기에서 지음.

① 가동(家僮)－집에서 부리는 아이 종.

141. 아이들이 밤을 보내다

── 어린 아들 밤 보내니, 맛보려다 울먹인다

도연명(陶淵明)의 아들보다 훨씬 낫구나①
애비에게 밤 보낼 줄 아는 것 보니
한 자루를 곱게 빻아 보낸 그 정성

천리 밖 궁한 나를 위로해 주네

애비 생각 잊지 않는 그 마음 곡진하고
정성껏 포장한 그 솜씨 간절하네
맛보려 생각하니 도리어 울먹여져
서글피 먼 하늘만 바라보누나

穉子寄栗至

頗勝淵明子 能將栗寄翁 一囊分瑣細 千里慰飢窮
眷係憐心曲 封緘憶手功 欲嘗還不樂 惆悵視長空

* 40세 때(1801) 장기에서 지음.

① 도연명의 〈아들을 나무란다[책자(責子)]〉란 시에 '통자는 아홉 살이 다 되었
는데 배와 밤만 찾고 있다네(通子垂九齡 但覓與栗)'란 구절이 있다.

142. 어린 딸을 생각하며

— 귀엽고 단아하던 어린 딸을 못잊겠다

단오날 어린 딸 모습
새 단장하니 살결이 구슬 같았네
붉은 모시 말라서 치마 해 입고
머리엔 푸른 창포 꽂고 있었지

절하는 법 배울 때 단아함이 보이고
술잔을 올리면서 기쁜 표정 지었는데
오늘 같은 현애석(懸艾夕)①에
그 뉘가 사랑하리, 손에 쥔 구슬②처럼

憶幼女

幼女端陽日　新粧洗玉膚　裙裁紅苧布　鬂插綠菖蒲
習拜徵端妙　傳觴示悅愉　如今懸艾夕　誰弄掌中珠

* 40세 때(1801) 지음.

① 현애석(懸艾夕)—단오날 저녁. 이 날에는 쑥으로 호랑이 모양을 만들어 거꾸로 매달아 놓았는데, 그 해의 액을 물리치기 위한 것이라고 한다.　② 어린 딸을 가리킴. 딸을 농와지희(弄瓦之喜)라 함.

143. 칡①을 읊음(4장 6구)

> ─ 칡을 뜯다가 숙부와 자식들을 걱정한다

나는 칡을 뜯네
산 기슭에서②
그 잎사귀 풍성하여
숙부(叔父)님을 바라보네③
칡은 뜯지 않고
숙부님을 바라보네

나는 칡을 뜯네
산 등성이에서④
그 마디 크고 커서
형님들 바라보네⑤
칡은 뜯지 않고
형님을 바라보네

나는 칡을 뜯네

산골 물가에서[6]
그 덩굴 무성하여
자식들을 바라보네[7]
칡은 뜯지 않고
자식들을 바라보네

답답한 이 마음
근심을 풀 수 없네
바라봐도 안 보이니
서서 못 기다리네
맛 좋은 술 있어도
거를 수 없네

采葛(采葛 遷人自傷也 父子兄弟離析焉)

我采葛兮 于山之麓 其葉沃兮 瞻望叔兮
匪采葛也 瞻望叔兮

我采葛兮 于山之岡 其節荒兮 瞻望兄兮
匪采葛也 瞻望兄兮

我采葛兮 于澗之涘 有蕡其藟 瞻望子兮
匪采葛也 瞻望子兮

心之癙矣 不可紓兮 瞻望不見 不可佇兮
雖有旨酒 不可醑兮

* 〈채갈지시(采葛之詩)〉가 있다. 이별할 때 모함하는 말이 무서움을 생각하는
시이다. 《시경(詩經)》〈왕풍(王風)〉에 채갈(采葛)장이 있다. 40세 때(1801) 지음.

① 원주에, '칡은 귀양온 사람이 스스로 슬퍼한 것이다. 부자, 형제와 헤어졌다'

고 했음. ② 할주(割注)에 '녹(麓)은 산 밑이다. 높은 곳에 올라감은 낮은 곳에서 비롯된다(麓山足也 升高由卑)'라고 했다. ③ 할주에, '잎이 나니 이른 때이다. 숙(叔)은 숙부이다. 잎이 뿌리를 감싸는 것이 마치 아버지가 자식을 보호하는 것과 같다(葉生則時早也 叔叔父也 葉之庇根如父之廕子)'라고 했다. ④ 할주에, '강(岡)은 산등성이다. 이미 높은 곳에 올라갔다(岡山背也 已升高)'고 했다. ⑤ 할주에, '황(荒)은 큰 것을 말한다. 때는 늦은 때이다. 같은 뿌리에 다른 마디이니 형제이다(荒大也 時已晚矣 同根異節兄弟也)'라고 했다. ⑥ 할주에, '높은 곳으로부터 내려와 아랫사람들을 생각하다(自高還降 思卑幼也)'라고 했다. ⑦ 할주에, '칡덩굴이 뻗어서 나간 것이 자손이 번성한 것과 같다(藟蔓也 蔓延如子姓)'라고 했다.

144. 유산에서[①](귀양살이의 설움)

> ― 그물에 걸린 토끼 몸부림치다가 암놈 바라보는 그
> 형상이 나의 신세

유산(酉山) 기슭에는
나의 집 있었네[②]
한강물 넘쳐흘러
고기들 가득하고[③]
정원 있고 밭이 있고
거문고 있고 책도 있었네

여산(黎山)에 올라서
나물 삼아 제비쑥 캐네[④]
낙동강 건너가
주흘산(主屹山) 너머에 있는[⑤]
저 한강을 생각하고
울분을 쏟아보네

나는 새매 바라보니
빠르기도 하구나
새매 빨리 날아가서
서북(西北)으로 닿는구나
높이높이 나래침은
주살⑥이 겁나서네

펼쳐놓은 그물 속에
토끼가 걸렸구나
앞뒤 다리 허덕이며
암놈을 돌아보네
곁눈질하여 보니
내 마음 쓰라리네

酉山(遷人之思也 離其室家不能安土焉)

酉山之下 爰有我廬 洌之洋洋 有物其魚
有園有圃 有琴有書

登彼黎山 言采共蔚 涉彼潢矣 踰彼屹矣
至彼洌矣 抒我鬱矣

瞻彼摯鳥 有迅其翼 鴥其逝矣 至于西北
將翶將翔 畏此矰弋

有羅其張 有兔其離 撲朔其股 爰顧其雌
盼其顧矣 我心傷悲

* 40세 때(1801) 지음.

① 원주에, '유산은 귀양온 사람의 생각이다. 처자와 헤어져 안주할 수 없다'고

했음.　② 할주(割注)에, '유는 자곡이다(酉子谷)'라고 했음.　③ 할주에, '집 앞에 큰 강이 있으니 곧 한강이다(舍前大江卽洌水)'라고 했음.　④ 할주에, '여산(黎山)은 모려령이다. 위(蔚)는 제비쑥인데 캐도 아무 쓸모가 없다(黎山毛黎嶺也 蔚牡蒿也 采之無用)'고 했다.　⑤ 할주에, '황(潢)은 낙동강이다. 주흘산은 곧 조령이다(潢洛東水也 主屹山卽鳥嶺也)'라고 했음.　⑥ 증익(矰弋) - 주살.

145. 오징어의 노래

— 오징어의 겉 희고 검은 속과, 백로의 희고 어리석음

오징어 한 마리 물가에서 놀다가
갑자기 백로와 마주쳐 만났네
희기는 한 조각 눈발이요
환하고 물같이 고요해

머리 들고 백로에게 이르는 말이
네 뜻은 도대체 알 수 없어라
기왕에 고기 잡아 먹으려거든
청절(淸節)은 지켜서 무얼 하느냐?

내 배 속엔 언제나 검은 먹물 한주머니
한 번 뿜어 몇 길을 시꺼멓게 할 수 있네
고기들 눈이 흐려 지척 분간 못하고
꼬리치며 가려 해도 남북을 잊어버려

내 입 벌려 삼켜도 알지 못하니
나는 늘 배부르고 고긴 늘 속고 있지
자네 날개 너무 깨끗하고 털은 또 유별나서
아래 위로 흰옷이니 누가 의심 안하겠나

간 곳마다 맑은 얼굴 물에 먼저 비쳐서
고기들 먼 데서도 너를 보고 피해가니
하루 종일 서있은들 장차 무얼 기다리리
자네 다리 아프고 배는 항상 주릴 뿐

가마우지① 찾아가 그 날개 빌려다가
적당히 검게 해서 편하게 살아보게
그런 후에 많은 고기 잡아가지고
암놈도 먹이고 새끼들도 주어 보게

백로가 오징어에게 일러 말하되
자네 말도 이치가 없지 않으나
하늘이 나에게 결백함을 내리었고
스스로 살펴봐도 먼지 낀 곳 없으니

내 어찌 조그마한 이 배를 채우려고
모양형태 바꾸면서 그같이 하겠는가
고기 오면 잡아 먹고 달아나면 쫓지 않고
내 오직 곧추서서 천명(天命)을 기다릴 터

오징어② 화를 내고 먹물을 뿜으면서
어리석다 백로야, 굶어죽어 마땅하네!

烏鰂魚行

烏鰂水邊行　　　忽逢白鷺影
皎然一片雪　　　炯與水同靜
擧頭謂白鷺　　　子志吾不省
旣欲得魚噉　　　云何淸節秉
我腹常貯一囊墨　一吐能令數丈黑

魚目暗暗咫尺迷　掉尾欲往忘南北
我開口吞魚不覺　我腹常飽魚常惑
子羽太潔毛太奇　縞衣素裳誰不疑
行處玉貌先照水　魚皆遠望謹避之
子終日立將何待　子脛但酸腸常飢
子見烏鬼乞其羽　和光合汚從便宜
然後得魚如陵阜　咁子之雌與子兒
白鷺謂烏鰂　　　汝言亦有理
天旣賦予以潔白　予亦自視無塵滓
豈爲充玆一寸嗉　變易形貌乃如是
魚來則食去不追　我惟直立天命俟
烏鰂含墨嘆且嗔　愚哉汝鷺當餓死

* 40세 때(1801)에 장기에서 지음.

① 오귀(烏鬼)―가마우지. 몸이 검은 새.　② 강진 해안에서 잡히는 오직어는 오
징어와 종류가 다르다.

146. 장기농가(10장)

> ― 경북 장기 농촌의 여름지이 모습을 노래한 10장인
> 데 농가의 고심과 관원들의 수탈상을 그림

보릿고개 기구함이 태행산보다 더 험해라
(4월달 양식이 어려울 때를 민간에서 보릿고개라고 한다)
단오 명절 넘자마자 보리 추수 시작했네
그 누가 풋보리 죽 한 사발 푹 담아
비변사(備邊司) 대감상에 맛보라 바쳐볼까

모내기 노래 구슬프고 논물은 철철 흘러

저 아가는 특별나게 저렇게도 수줍은고
(방언에 갓 시집온 여자를 아가라고 한다)
하얀 모시 새 적삼에 노란 모시 긴 치마는
의롱 안에 챙겨두고 팔월 추석 기다리네
(노란 모시는 경주에서 난다. 치마이다)

이른 새벽 가는 비에 담배 심기 안성마춤
담배 모종 옮겨다가 울밑 밭에 심어두자
금년 봄엔 가꾸는 법 영양법을 배워 두어
금실같은 담배 팔아 1년 동안 살아 보세
(영양현에서 나는 담배가 좋은 담배다)

새로 돋은 호박잎이 두 잎사귀 살찌더니
간밤 사이 덩굴 뻗어 싸리문에 얽혔어라
평생에 못 심을 건 맛좋은 수박①이라
아전놈들 탐이 나서 트집할까 걱정이니

새로 깨난 병아리가 작기가 조막만해
연노랑 털빛으로 애처롭기 짝이 없다
농부네 집 어린 딸애 공밥 먹다 말 말아라
마당 안에 곧추앉아 소리개 쫓고 있네

올삼②을 베어내자 삼밭 갈아 뒤엎노라
늙은 할멈 쑥대머리 밤 들어서 빗질하네
첫 새벽에 일할 첨지 저녁 일찍 누워 자네
풍로에 불 붙이고 헌 물레도 고쳐야지
(방언에 주인 할아버지를 첨지라고 한다. 비록 벼슬이 없어도 첨지라고 함
부로 부른다)

상추잎 움켜 쥐고 보리밥 둘둘 싸서
고추장에 파를 섞어 쌈을 싸서 먹는다오

금년 들어 넙치③는 구하기가 어렵구나
잡는 족족 건어 말려 현감에게 바친 까닭

송아지 오이밭에 드는 버릇 고치려고
서편 뜨락 맷돌 가에 옮겨 매어 두었더니
날샐녘 부리나케 이정 와서 코꿰 가고
동래 하납 배 오더니 짐 신노라 야단일세
(하납이란 영남에서 거둔 세미를 반은 일본으로 수출하는데 그 이름이 하
납이다)

마당 절반 갈아 일궈 배추포기 심었더니
벌레들이 잎을 먹어 구멍 성성 뚫어졌네
배추 심어 가꾸는 법 훈련대법 상책인데
그 법 어이 배워다가 파초처럼 길러 보랴
(경성의 무와 배추는 훈련원 밭에서 기르는 것이 가장 좋은 재배법이니라)

농가집 좋은 꽃은 장독 가에 화초려니
맨드라미 봉선화 고작해야 그뿐일세
붉은 빛이 불타오른 해류화④는 소용없네
늦은 봄날 옮겨다가 객창 가에 제격일 뿐

長鬐農歌(十章)

麥嶺崎嶇似太行　天中過後始登場
(四月民間艱食　俗謂之麥嶺)
誰將一椀熬靑麨　分與籌司大監嘗
　　　　　(方言宰相曰大監)

秧歌哀婉水如油　嗔怪兒哥別樣羞
(方言新婦曰兒哥)

白苧新襦黃苧帔　籠中十襲待中秋
(黃紵布出慶州　帔裙也)

曉雨廉纖合種烟　烟苗移插小籬邊
今春別學英陽法　要販金絲度一年
(英陽縣産佳煙)

新吐南瓜兩葉肥　夜來抽蔓絡柴扉
平生不種西瓜子　剛怕官奴惹是非

鷄子新生小似拳　嫩黃毛色絶堪憐
誰言弱女糜虛祿　堅坐中庭看嚇鳶

纖麻初剪牡麻鋤　公姥蓬頭夜始梳
蹴起僉知休早臥　風爐吹火改繅車
(方言家翁曰僉知　雖無職牒亦得濫稱)

萵葉團包麥飯呑　合同椒醬與葱根
今年比目猶難得　盡作乾鱐入縣門

不敎黃犢入瓜田　移繫西庭碌磚邊
里正曉來穿鼻去　東萊下納始裝船
(下納者　嶺南稅米半　下納輸日本名之曰)

菘葉新畦割半庭　苦遭蟲蝕穴星星
那將訓鍊臺前法　恰見芭蕉一樣靑
(京城菘菜唯訓鍊院田最佳)

野人花草醬罌邊　不過鷄冠與鳳仙
無用海榴朱似火　晚春移在客窓前

* 40세 때(1801) 지음. 시어(詩語)로 토박이 말을 많이 썼다.

① 서과자(西瓜子)—수박.   ② 경마(檾麻)—삼의 한 종류.   ③ 비목(比目)—가자
미. 또는 넙치.   ④ 해류(海榴)—해당화.

147. 아들에게

―편지는 만금처럼 귀하고 수심은 구름처럼 개었다간
  다시 인다

서울 소식 올 때마다 내 마음 놀라니
집안 편지 만금(萬金)이라 그 누가 말했던가①
수심은 구름인 양 개었다간 다시 일고
비방은 산바람처럼 고요타가 다시 부네

이 세상에 소곡(巢穀)② 없다 탄식을 말자
쇠한 문에 채침(蔡沈)③ 있어 자못 기쁘다
문장은 그만하면 편지 쓸 만하겠으니
경제(經濟)를 배워서 원림(園林)에 착수하라

寄　兒

京華消息每驚心　誰道家書抵萬金
愁似海雲晴復起　謗如山籟靜還吟
休嗟世降無巢穀　差喜門衰有蔡沈
文字已堪通簡札　會教經濟着園林

* 40세 때(1801) 장기에서 지음.

① 두보(杜甫)의 시 〈춘망(春望)〉에 '봉화불 석달째 연달아 올랐으니 집에서 온
편지 만금값 나가네(烽火連三月 家書抵萬金'라는 구절이 있다. ② 소곡(巢穀)—
중국 송(宋)나라 때 현인. 가학(家學)을 버리고 고병서(古兵書)를 공부함. 소식
(蘇軾)과 소철(蘇轍)이 유배되자 걸어서 두 사람을 방문했고, 후에 소식이 해

남(海南)으로 유배되었을 때 소식을 찾아가다가 신주(新州)에 이르러 병으로 죽었다.   ③채침(蔡沈)—중국 남송(南宋)의 대학자. 주자(朱子)의 제자로, 주자가 죽은 후 선생의 뜻을 받들어 구봉산(九峰山)에 들어가 《서전(書傳)》의 집주(集註)를 완성했다.

148. 동문에서 해돋이를 보며

— 해돋는 장관은 임금 수레 행차 모습

하느님이 붉은 비단 장막을 짜서
푸른 바다 허공에 걸어 놓았네
붉은 빛 물에 어려 어룡(漁龍)은 출렁
삼라만상 일제히 동쪽을 보네

금 갈고리 한 빛이 물위에 비쳐
구리 징 판 하나가 티없이 토해졌네
하늘 위에 빙글 돌아 뚜렷이 솟아났고
푸른 안개 차츰 걷혀 산으로 가 버렸네

처음은 어가(禦駕)①가 궁을 나는 호위장관 같고
나중엔 어가가 궁궐드는 의장 모습 같으니
소신은 옛일②을 생각하며 비창한 생각 들었노라

東門觀日出

天孫織出紅錦帳　掛之碧海靑天上
赤光照水魚龍盪　萬族齊首盡東嚮
金鉤一閃波細漾　銅鉦畢吐塵無障
宛轉上天人共仰　碧霞漸散歸峰嶂
初如　御駕出宮輿衛壯

終如 御駕上殿收儀仗
小臣憶昔心惻愴

149. 보리타작의 노래

— 보리타작 즐겁고 마음 편하더라

젖빛같은 막걸리 새로 거르고
큰 사발에 보리밥은 높이가 한 자
밥 먹자 도리깨 들고 보리 마당 둘러서니
검은 윤기 두 어깨에 햇볕이 타오른다

호야, 헤야! 소리에 발 맞추어 두드리니
삽시간에 보리알이 마당에 질펀하다
주고받는 노랫가락 소리 점점 높아가고
보일 손 자욱하게 보리 먼지뿐이로세

그의 기색 보아하니 즐겁고 즐거울 손
마음의 고통이란 조금도 없었어라
낙원의 즐거움이 먼 데 있지 않는 건데
어찌하여 풍진객은 괴로움을 지을꼬

打麥行

新蒭濁酒如湩白　　大碗麥飯高一尺
飯罷取耞登場立　　雙肩漆澤翻日赤
呼邪作聲舉趾齊　　須臾麥穗都狼藉
雜歌互答聲轉高　　但見屋角紛飛麥
觀其氣色樂莫樂　　了不以心爲形役

樂園樂郊不遠有　何苦去作風塵客

*40세 때(1801) 장기에서 지음.

150. 가을날 형님을 생각하며

1

귀양간 신지도에서 해초를 먹으며 산다는데

외딴 섬은 새알처럼 조그맣고
하늘은 큰 사람①을 실었구나
역시 삶은 죽음보다 낫다고 했는데
하필 꿈은 그 어찌 진실이 못되나

푸른 해초 묶어서 끼니를 때우고
감시하는 대장과 이웃 삼았다 하네
초가을에 형님이 손수 쓴 편지 받고
이 한봄 되어서 답장을 띄우누나

秋日憶舍兄

絶島如丸小　天然載大人　亦云生勝死　何必夢非眞
翠組充常食　紅衣作近隣　新秋得手字　書發是中春

① 대인(大人) ─ 꿈을 점치는 사람(周代官製). 이견대인(利見大人)이란 말이 있으나 여기서는 형님을 두고 하는 말임.

2

남쪽 봄은 말쑥하고 북쪽 밤은 아득하다
조물주는 진실로 제멋대로야①

산과 물을 이처럼 마음대로 넓히다니
남쪽 단산(丹山)[2]의 봄은 말쑥하고
북쪽 빙해(氷海)의 밤은 아득하구나

달이 이지러지면 깊은 시름 멈추고
겨울 밤이[3] 되거든 자세히 살피리라
그 비록 화가를 만난다 해도
이 마음 본떠내어 그리기 어려울세

　造物眞豪縱(東坡句)　山河恁地寬　丹山春淡淡(爾雅云南戴日爲丹
穴)　氷海夜漫漫
　缺月休深惜　寒星可細看　雖逢能畫手　摸畫此圖難

①조물진호종(造物眞豪縱)―할주(割注)에, 이는 소동파(蘇東坡)의 시구라고 했
다.　②단산(丹山)―할주에, 《이아(爾雅)》에 남쪽 해를 이고 있는 땅을 단혈
(丹穴)이라 했다. 단혈은 남방 해 밑의 땅. 여기서는 신지도(薪智島)를 말함.
③한성(寒星)―차가운 별, 즉 겨울밤의 별.

3
완도 밖 신지도에서 공자처럼 아들을 가르친다

도잠(陶潛)은 어찌하여 자식들을 욕보이고[1]
소식(蘇軾)은 원래부터 아이들을 빛냈었다[2]
우리는 바로 그 물가에서 이별하니
하늘이 의심되어 쳐다보지 못하겠네

험한 땅 거친 운수로 미물과 만나
장년(壯年)에 비로소 궤시(佹詩)[3]를 짓는다오
푸르고 넓은 청해(淸海)[4] 밖에서
꼭 이추(鯉趨) 교훈[5] 있을 날 기약합시다

陶令何譏子 蘇家本譽兒 方其臨水別 能不視天疑
微物逢礭卦 英年述佹詩 (六兒書問佹詩之義) 蒼蒼淸海外 (莞島古
淸海) 應有鯉趨期

① 도령기자(陶令譏子)－이는 도잠(陶潛)의 귀거래(歸去來) 고사에서 나온 말인 듯. 도잠은 팽택령(彭澤令)으로 있다가 상사가 간섭하자 5두의 쌀을 위하여 허리를 굽히고 고향의 소아(小兒)에 어찌 향하겠는가 하고 벼슬을 내놓았다. 흔히 '치부굴신후대(恥復屈身後代)'란 숙어로 쓰고 있다.《진서(晉書)》〈도잠전(陶潛傳)〉.　② 소가예아(蘇家譽兒)－소식(蘇軾)의 문장을 잘 알면 높은 벼슬자리에서 양고기를 포식한다는 뜻인 듯. 소식은 한림학사(翰林學士)를 지내고 시호가 문충공(文忠公)이니 그 후손들의 영광이 빛났다.　③ 궤시(佹詩)－할주(割注)에,《육아서(六兒書)》에 궤시(佹詩)를 물었다는 뜻이라고 했는데 궤시는 천하불치(天下不治) 때의 궤이격절(佹異激切)의 시라고 했다. 즉 춘추전국시대 조(趙)나라 순경(荀卿)의 시에 '천하불치청진궤시(天下不治請陳佹詩)'라고 했다는 것이다.　④ 청해(淸海)－할주에, 완도(莞島) 남쪽에 있다고 했다. ⑤ 이추(鯉趨)－공자(孔子)가 아들 이(鯉)를 가르친 고사,《논어(論語)》〈계씨편(季氏篇)〉에 '이추이과정(鯉趨而過庭)'이 있다. 다정하고 화목한 부정(父情)을 말함.

4

못 가보는 외딴섬 물새가 부럽구나

어느덧 백발이 찾아왔으니
시퍼런 하늘이여! 이 일을 어찌하료
이주(二洲)엔 좋은 풍속 많이 있으나
외딴 섬엔 구슬픈 노랫소리뿐

건너가고 싶어도 배가 없으니
어느 때나 죄의 그물 풀리려는지
부럽구나 저 기러기 물오리들은
푸른 물결 위에서 유유히 날고 있네

白髮於焉至　蒼天奈此何　二洲多善俗　孤島獨悲歌
欲渡無舟楫　何時解網羅　優哉彼鳧雁　游戲足滄波

5

뜬 구름만 혼자서 갔다간 오는데, 우리 형제 지하에서 기쁘게 만납
시다

신지섬(薪支苫)① 아득히 멀고 멀지만
분명히 이 세상에 있는 섬이라
수평으로 궁복해(弓福海)②에 연립해 있고
비껴서 등룡산(鄧龍山)③을 마주해 있네

달이 져도 소식은 들리지 않고
뜬 구름만 저 혼자 갔다간 오네
언젠가 지하(地下)에서 다시 만나면
우리 형제 얼굴에 기쁨 있으리

眇眇薪支苫(徐兢使高麗錄島曰苫)　分明在世間　平連弓福海(新羅時弓
福留鎭　莞島見唐書)　斜對鄧龍山(萬曆丁酉鄧子龍　從陳璘來鎭古今島)
落月無消息　浮雲自往還　他年九京下　兄弟各歡顏

* 40세 때(1801) 장기에서 지음.

① 신지섬(新支苫)―신지도(薪智島). 할주(割注)에, 서긍(徐兢)이 고려에 와서
도(島)를 섬(苫)이라 기록했다고 했음.　② 궁복해(弓福海)―할주에, 신라 때 궁
복(弓福)이 진완도(鎭莞島)에 머물렀다고 《당서(唐書)》에 보인다고 했다.　③ 등
룡(鄧龍)―할주에, 만력(萬曆) 정유년에 등자룡(鄧子龍)이 진린(陳璘)을 따라와
서 고금도(古今島)에 진을 쳤다고 함.

151. 흰구름

— 흰구름처럼 이 세상 벗어났으면

가을바람 불어와 흰구름 날리고
푸르른 하늘 티끌 한 점 없을 적에
갑자기 이 몸이 가벼워져서
표연히 이 세상 벗어났으면

白　雲

秋風吹白雲　碧落無纖翳　忽念此身輕　飄然思出世

＊40세 때(1801) 귀경길에서 지음.

152. 밤에 동작나루를 건너면서

— 북풍은 몰아치고 얼음은 배에 부딪힌다

청파역(靑坡驛) 앞길에 하늘은 어둡고
한 조각 눈썹달이 몽롱하게 빛이 없네
차가운 모래 위에 말 모는 채찍 소리
북풍은 거세어서 기러기 급히 난다

물은 흘러 얼음 배에 부딪치고
뱃사공은 물러서서 손이 얼까 근심하네
큰 파도 출렁이며 소리 점점 커져가고
교룡(蛟龍)이 뛰어올라 삼킬 듯 덤벼들 듯

삼성(參星)[1]은 반짝반짝 북두칠성 빛나는데
하늘 가득 별빛이 북극성을 둘렀어라
싸늘한 물기운이 산곽(山郭)을 가로막아
종남산(終南山) 바라보니 가슴에 눈물 젖네

夜過銅雀渡

青坡驛前天正黑　一眉殘月濛無色
寒沙策策響馬蹄　朔風急急吹雁翼
流澌擊船氷滑篙　篙工却立愁指直
洪波蕩漾聲轉雄　頑蛟踊躍欣欲得
參星煜煜斗柄燦　芒角森昭環北極
水氣凄迷障山郭　回首終南淚沾臆

* 40세 때(1801) 지음.

① 삼성(參星)—별이름. 28수(宿)의 하나. 서천에 떠서 삼진(參辰)과 마주 봄.

153. 놀란 기러기[1]

— 오늘 밤 갈대숲에 함께 자고 내일은 흩어지리

동작나루 서편에 갈고리 같은 초승달
기러기 한 쌍 놀래어 사주(沙洲)를 건너가네
오늘 밤은 갈대숲 눈 속에서 같이 자고
내일은 나뉘어서 제각기 날아가리

驚　雁 (到果川作)

銅雀津西月似鉤　一雙驚雁度沙洲

今宵共宿蘆中雪 明日分飛各轉頭

* 40세 때(1801) 지음.

① 원주에, '과천에 도착해서 짓다'라고 했음.

154. 객지에서 편지 보고

> — 강진 유배지에서 근심에 싸여, 산다와 동백꽃과 벗
> 한다

북풍에 흰눈처럼 불어 날리어
남으로 강진 땅 밥 팔 집에 이르렀네
작은 산이 바다를 가려줘서 다행이고
빽빽한 대나무가 꽃처럼 아름답네

장기(瘴氣)① 있는 땅이라 겨울옷 벗어내고
근심이 많으니 밤 술 더욱더 마시네
한가닥 나그네의 설움을 풀어주는
산다(山茶)는 이미 피고 동백꽃 있네

客中書懷

北風吹我如飛雪　南抵康津賣飯家
幸有殘山遮海色　好將叢竹作年華
衣緣地瘴冬還減　酒爲愁多夜更加
一事纔能消客慮　山茶已吐臘前花

* 40세 때(1801) 강진에서 지음.

① 장기(瘴氣)－주로 습기가 많고 따뜻한 지방에 많은 풍토병.

155. 새해에 집에서 편지 오다[①]

> — 어린 아들 농사 짓고, 병든 아내 내 옷 꿰매며 아
> 직 나를 사랑하네

해가 가고 봄이 와도 모르고 있었다가
새소리 날로 변해 웬일인가 하였네
봄비 오니 고향 생각 등넝쿨같이
겨울 지난 병든 몸은 대쪽처럼 야위었구나

세상 일 보기 싫어 늦게야 방문 열고
찾는 손님 없으니 이불 걷기 늦어지네
고향 집 아이가 소한법(銷閑法)[②]을 알았는지
의서(醫書)를 가려 뽑아 한 상자 보내왔네

천리 길 하인 아이 편지를 전해주어
띠집 등잔 아래 홀로 앉아 한숨짓네
어린 놈 농사 배운다니 애비 징계할 만하고
병든 아내 옷 꿰매며 아직 나를 사랑하네

내 식성 알아서 찹쌀까지 멀리 보내
굶주림 면하려고 철투호(鐵投壺)[③]를 팔았다네
돌아앉아 답장 쓰니 다른 말을 또 하리요
산뽕나무[④] 수백 그루 심으라고 할밖에

新年得家書(壬戌春在康津)

歲去春來漫不知　鳥聲日變此堪疑
鄉愁值雨如藤蔓　瘦骨經寒似竹枝

厭與世看開戶晚　知無客到捲衾遲
兒曹也識銷閒法　鈔取醫書付一鷗

千里傳書一小奴　短槃茅店獨長吁
稚兒學圃能懲父　病婦縫衣尚愛夫
憶嗜遠投紅稬飯　救飢新賣鐵投壺
旋裁答札無他語　飭種檿桑數百株

① 원주에, '임술년 봄 강진에 있었다'라고 했음. 41세 때(1802) 지음.　② 소한 (銷閑)—무료한 시간을 메우는 것.　③ 투호(投壺)—옛날 중국 연회 때 주인과 손님 사이에 행하던 유희 단지. 화살같이 만든 긴 막대기를 두 사람이 갈라 가 지고 일정한 거리에 놓인 단지 속에 던져 넣어서 많이 넣은 편이 승리한다. ④ 염상(檿桑)—산뽕나무를 뜻하나 여기서는 다산의 부인이 양잠을 잘했고 또 염(檿)나무는 활이나 수레 멍에나무에도 쓰인다는 점에서 주목된다.

156. 탐진촌의 노래(20수 중 15수)

— 전남 강진 지방의 관속들에게서 수탈당하고 있는
　　슬픈 모습을 민요조로 노래하다

누리령(樓犁嶺) 영마루엔 돌만이 총총 쌓여
나그네 걸음 멈춰 오래 서서 눈물 젖네
월출산의 달일랑 바라보지 말아다오
봉마다 뾰족하기 도봉산을 닮았으니
(월출산은 강진에 있고 도봉산은 양주에 있다)

동백나무 잎사귀가 추위 속에서 파릇파릇(동동)
눈 속에서 맺혔다가 학 목처럼 붉게 폈다(정홍)
갑인년 어느 날 밤 소금비가 내린 뒤론
'주란(朱欒)'①과 누런 유자 송두리째 말랐었네(고총)

바닷가 대밭에는 대 솟아 백 자[尺]더니
지금은 다 베내고 삿대감도 안 남았네
원정들은 매일같이 죽순이나 길러내어
오로지 관가에다 죽순기름② 짜 바친 탓

쓸쓸한 언덕 위엔 성도 벽도 허물어져
날 저문 옛 성터에 군악 소리 처량해라
섬마다 울창하던 수목 베어 벌거숭이
청조루(聽潮樓) 다락마저 중수하는 사람 없네

무논에는 바람 일고 보리밭엔 물결 친다
보리 타작 하고 나면 모내기 때일러라
배추는 눈 속에서 속잎 나서 파아랗고
섣달의 병아리는 여린 털이 노오랗네

석제원(石梯院) 북쪽 길은 갈림길도 많아서
예부터 아가씨들 이별 눈물 뿌렸던 곳
문전에 수양버들 한에 훑어 없어져서
풍상풍우 다 꺾이고 남은 가지 몇 가지뇨

눈결같이 고운 무명 한 필 두 필 짜냈더니
고을 원님 몫이라고 황두(黃頭)③들이 앗아가고
누전(漏田) 세금 또 내라고 성화같이 독촉하니
3월 중순 때맞추어 서울 배가 떠난다네
(민전으로서 국가 토지 등본에 빠진 것이 6백여 결이나 되는데, 그 전답을
수재·한재의 땅이라고 거짓 보고하고는 지방 관가에서 세금을 받아먹으니
그 얼마나 많을꼬)

완주산 황 옻칠은 빛나기가 유리 같애
이 나무는 진기하다 천하에 소문났네

전년에 임금께서 옻칠 공납 풀어준 뒤
말랐던 이 나무에 새 가지 뻗어났네

섬오랑캐 총각놈의 더벅머리 구름 같애
삼창(三倉)④ 필법 아닌 글자 이상야릇 글씨 쓰네
자바에서⑤ 너 왔느냐 여송⑥에서 너 왔느냐
장미꽃 옥합 속엔 이상야릇 향기 나네
(이때 제주도에 표류한 배가 있었는데 어느 나라 사람인지 모르겠다)

백련사(白蓮寺) 다락 앞에 물줄기도 갖출시고
봄 조수 눈빛 같아 절 중방에 비쳤구나
이름난 절 그 모두는 두륜사(頭輪寺)가 총괄하니
서산대사 위한 말씀 어제비(御製碑)가 남아 있네

마을 아동 글씨 공부 잘못 써 지리멸렬
점(點)·획(畫)·과(戈)·파(波) 모두가 제각각
신지도(薪智島)는 옛날부터 필원(筆苑)이 열렸으니
모든 관속 그 조상은 이광사(李匡師)⑦ 바로 그 이

가시덩굴 풀섶 속에 그 어느 해 길이 생겨
누런 잔디 참대 밭이 꽃처럼 찬란쿠나
형방의 아전들이 다급하게 고함소리
틀림없이 서울에서 귀양 손님 온 게로군

삼월달 송지(松池)⑧ 장에 말 저자가 열렸어라
한 필 5백냥이면 천재마를 골라 잡네
(방언에 좋은 말을 천재마라 한다)
백총나자(白驄籮子)⑨ 오총모(烏驄帽)⑩ 그 어디서 나왔던고
모두 다 한라산 기슭 목장에서 온 거라네

옛날부터 벼슬하면 전복을 좋아하고

산다물 동백기름 좋아한다 말하더니
성중의 아전들은 방안을 막 뒤지고
규영(奎瀛)의 학사서는 아무케나 꽂아두네

도독부(都督府) 영(營)을 연 지 2백년이 지나도록
섬오랑캐 왜놈 배는 다시 오지 못했어라
진린(陳璘)의 사당 앞엔 봄풀만이 우거져도
때로는 어촌 부녀 아들 빌며 돈 던지네

耽津村謠(二十首)

樓犁嶺上石漸漸　長得行人淚洒沾
莫向月南瞻月出　峯峯都似道峯尖
(月出山在康津　道峯在楊州)

山茶接葉冷童童　雪裡花開鶴頂紅
一自甲寅鹽雨後　朱欒黃櫢盡枯叢

海岸筬簹百尺高　如今不中釣船篙
園丁日日培新笋　留作朱門竹瀝膏

崩城敗壁枕寒丘　鐃吹黃昏古礎頭
諸島年年空斫木　無人重建聽潮樓

水田風起麥波長　麥上場時稻插秧
菘菜雪天新葉綠　鷄雛蜡月嫩毛黃

石梯院北路多歧　終古娘娘此別離
恨殺門前楊柳樹　炎霜摧折少餘枝

棉布新治雪樣鮮　黃頭來博吏房錢

漏田督稅如星火　三月中旬道發船
(民田之漏於王籍者　六百餘結　其僞災稱　是公室之賦幾何)

莞洲黃楡琉璃　天下皆聞此樹奇
聖旨前年蠲貢額　春風髡枿又生枝

烏蠻總角髮如雲　寫出三倉法外文
不是瓜哇應呂宋　薔薇玉盒潑奇芬
(時有漂船泊濟州不知何國人)

蓮寺樓前水一規　春潮如雪上門楣
名藍總隷頭輪寺　爲有西山御製碑

村童書法苦支離　點畫戈波箇箇欹
筆苑舊開薪智島　掾房皆祖李匡師

荊棘何年一路開　黃茅苦竹似珠雷
刑房小吏傳呼急　知是京城謫客來

三月松池馬市開　一駒五百揀天才
　　　　　(方言良馬謂之天才馬)
白駿籮子烏駿帽　都自挐山牧裏來

自古漸臺嗜鰒魚　山茶濯腫語非虛
城中小吏房櫳內　徧揷奎瀛學士書

都督開營二百年　皐夷不復繫倭船
陳璘廟裡生春草　漁女時投乞子錢

* 41세 때(1802) 강진에서 지음(20수 중 15수만 전함).

① 주란(朱欒)−무궁화[槿]와 비슷하다.《정자통(正字通)》에는 주귤(朱橘)이라

412

고 했음. ②죽력고(竹瀝膏)-대를 끊여서 낸 기름. 약재로 쓴다. ③황두(黃頭)-중국 한(漢)나라 때의 배를 관장하는 군졸. 여기서는 아전들. ④삼창(三倉)-중국 고대전설에서 한자를 처음 만들었다는 창힐(蒼詰)의 필법과 기타 2종을 합쳐 삼창이라고 하였다. 삼창 필법은 곧 한자 글씨체를 말한다. ⑤과와(瓜哇)-자바섬을 말한다. 조와(爪哇)가 옳을 것이다. ⑥여송(呂宋)-필리핀의 루손 섬. ⑦이광사(李匡師)-1705~1777. 호는 원교(圓嶠). 벽서(壁書)사건으로 진도(珍島)에 귀양와서 죽었다. ⑧송지(松池)-해남(海南)의 송지(松旨)인 듯하다. ⑨백총나자(白驄籮子)-흰 말총으로 만든 바구니. ⑩오총모(烏驄帽)-검은 말총모자. 즉 갓을 말함.

157. 탐진 농촌의 노래(10수)

— 강진 농가의 농사짓는 광경이 북쪽과 달라서 씩씩
하지 못한다

섣달 날씨 따스하여 순한 바람 눈 개였네
울 밑 밭엔 이랴 쯔쯔 소 끄는 소리로세
주인 영감 지팡이 저으며 머슴 보고 꾸짖되
금년에는 어쩌자고 두벌갈이 이제 하노

벼벤 논에 물을 빼고 갈아 뒤져 보리 심고
보리 익어 베어 내면 그 자리에 볏모 심자
하루라도 태만하여 땅 기운을 쉬울손가
사시장철 곡식 자라 푸르고 누래지네

한강 가의 논밭에선 두 발 남짓 가래로
건장 농부 힘을 모아 허리도 아프건만
남쪽 지방 농부들은 짧은 삽이 쓰기 좋아
밭이랑도 수이 짓고 물 대기도 수월하네

이곳에선 논김 매기 호미 연장 쓰지 않고

두 손으로 김을 매어 잡초 뿌리 잠깐 뽑네
거머리에 벌건 다리 쏘여서 피 흐른다
이 피로 그림 그려 나랏님께 바쳐 볼까

모내기철 모품팔이 아낙네들 좋아 날뛰
보리 베는 반상 일도 도울 생각 전혀 않네
(지방 사람들은 남편을 반상이라 한다)
이서방네 삯품 약속 장서방네 먼저 가네
예로부터 돈모심기 밥모보다 낫다 하네
(순전히 돈으로 모품 사는 것을 돈모라 하고, 밥으로 품삯을 대봉하는 것을
밥모라고 한다)

부잣집 하는 일은 만냥 돈을 아낄소냐
썰물 밀물 틈보아서 제방공사 하여 놓고
구조개 줍던 곳에 벼농사를 지어내니
지난날 갯벌 땅이 오늘날엔 옥답된다

게으른 버릇으로 옥토 어찌 만들손가
상일꾼 늦잠자서 해가 높이 솟았구나
느릅나무 술집에서 때 늦는다 호통하니
느릿느릿 외짝소로 가문 밭 갈러 가네
(경기도에서는 밭가는 데 모두 두 마리 소로 간다)

질펀한 늪못 속에 고기 아니 기르리라
아이들도 조심하여 연뿌리도 심지 말자
연씨 열면 바치라고 관가 성화 못살리라
고기 놀면 고기 낚는 관리 보기 겁이 난다

대나무에 쇠를 끼워 가위모양 연장으로
한 이삭씩 손에 들고 한손으로 훑는구나

북녘 사람 벼 타작은 볏단 묶어 훑는다오
호쾌한 그 모습은 너희보다 나으리라

간 곳마다 모래땅에 목화 심기 알맞으니
옥천(玉川) 고을 봄 무명은 세상에서 이른다오
녹독 연장 어이 얻어 가볍게도 굴리어서
종자 고루 세워두고 바둑판인듯 가꿔보랴?

耽津農歌 (十首)

臛日風薰雪正晴　籬邊札札曳犁聲
主翁擲杖嗔傭懶　今歲纔翻第二畦

稻田洩水須種麥　刈麥卽時還揷秧
不肯一日休地力　四時嬗變色靑黃

洌水之間丈二鍪　健夫齊力苦酸腰
南童隻手持短鍤　容易治畦引灌遙

穮蓑從來不用鋤　手搴稂莠亦須除
那將赤脚蜞鍼血　添繒銀臺遞奏書
　　　(銀臺用鄭俠事)

秧雇家家婦女狂　不會刈麥助盤床
　　　(土人謂夫曰盤床)
輕違李約趂張召　自是錢秧勝飯秧
(純以錢防雇者謂之錢秧　與之飯而減雇曰飯秧)

豪家不惜萬緡錢　疊石防潮趁月弦
舊拾蜂嬴今穫稻　由來瀉鹵是腴田

懶習眞從沃壤然　上農猶復日高眠
楡陰醉罵移時歇　徐取一牛耕旱田
　　　　　　　（京畿旱田皆用兩牛耕）

陂澤漫漫不養魚　兒童愼莫種芙蕖
豈惟蓮子輸官裡　兼怕官人暇日漁

竹管鐵箸夾成丫　一穗須經一手爬
北方打稻皆全穗　豪快眞堪向汝誇

處處沙田吉貝宜　玉川春織最稱奇
那將碌磚輕輕展　落子調勻似置棋

탐진농가 발문

(시 〈탐진농가〉를 쓰게 된 동기와 그때의 심정을 이야기한 이 시의 발문이다. 다산문 중 발 속에 있는 글이지만 여기에 이끌어 붙여둔다)

이 〈탐진농가〉는 내가 유배살이로 있을 때에 지은 것이다. 이 책 머리에 쓴 큰 글씨 넉자는 오징어 먹물로 쓴 것인데, 세속에 말하기를 오징어 먹물은 오래 되면 희어져 버린다고 한다. 하기는 그 진하게 묻은 것이 반드러운 종이에서 오래 되면 말라 떨어질 수밖에 없는 것이다. 그러나 참으로 갓 뽑아낸 좋은 먹물로 반드럽지 않고 꺼칠거칠한 종이에다 쓴다면 오래 갈 수도 있을 것이다.

다음 시 두 수는 읍내 사람 황생이 쓴 것인데 황생은 이도보(李道甫)에게 글씨를 배운 탓으로 그 해자는 이도보의 수법을 닮았다.

나머지 시 열 수는 나의 자필이다. 내가 그 지방 사람들의 농사짓는 것을 보건대 북쪽에 비하여 자못 쉽게만 하여 버린다. 남쪽과 북쪽이 각기 자기 습속만 고수하고 서로 배워 발전시키려고 하지 않으니 매우 한탄할 일이다.

백성이 국가 조세를 부담하는 것과 같은 습속은 조정으로부터 이를 고쳐주어 북쪽의 습속대로 한다면 강한 자를 억누르고 약한 자를 도와주는 한 방도가 될 것이다. 은령(恩齡) 4세 갑자 4월 2일에 쓴다.

跋耽津農歌

右耽津農歌帖 余謫中作也 其首題四大字 則用烏鰂墨寫之者 俗稱鰂墨久成白文蓋其稠黏者 值光滑紙久當乾落耳 苟用新好者 寫之澁紙 亦可壽傳 次詩二首係邑人黃生筆 黃生學書於李道甫見 其楷書 洵得李法也 餘詩十首 余所自書也 余見土人作農 視北方 頗亦簡易 南北各安故俗 不相傚法 甚可歎也 若其私門賦租之法 宜自朝廷 飭用北俗 庶亦抑豪扶贏之一助云爾 恩齡 四歲甲子四 月二日書

* 41세 때(1802) 강진에서 지음.

158. 탐진 어촌의 노래(10장)

> — 좋은 생선 뺏긴다고 안 잡는 강진 어촌, 수영 방자
> 뇌물 먹고 곤드레 취했더라

출렁이는 봄물결에 장어가 많이 노니

푸른 물결 헤치며 활선이 떠나간다
(방언으로 배 위에 그물 편 것을 활선이라고 한다)

높새바람 불며는 일제히 출항하여
(동북풍을 높새바람이라고 한다)

마파람 불며는 가득 싣고 돌아오네
(남풍을 마파람이라고 한다)

세물이 밀려가자 네물이 몰려올제
(가령 甲日에 반달이면 丙日이 제1수요, 戊日이 제3수이다)

희뜩희뜩 까치노을 어대(漁臺)에 출렁인다
(큰 물결이 희뜩거리는 모양이 까치 흰점 같다)

어민들은 오로지 복어잡이 좋아하고

농어는 잡는대야 안주감에 뺏긴다네
(복어를 먹고 죽는 사람이 많으니 관속들이 뺏지 않는다)

물에 비친 관솔불이 아침 노을 붉게 핀듯

여기저기 어구들은 모래벌에 놓여 있네

파도 속엔 사람 모습 비추지 말 것이니

신적호(新赤胡) 큰 상어가 뛰어올라 해치리라
(상어 큰 것을 新赤胡라고 하는데, 사람 그림자만 보면 뛰어올라 문다)

추자도(楸子島) 장사 배가 고달도(古獺島)에 닿았는데
(추자·고달은 모두 섬 이름)

제주도 대 모자를 가득 싣고 왔다 하네

돈 많고 물건 많아 장사 경기 좋다는데

고래 같은 파도 소리 마음 편한 날이 없네

계집애들 재잘재잘 물가에로 모여드네

바다의 새 아가씨 헤엄 경기 열렸다고

저 중에서 어느 누가 오리처럼 헤엄치나

남포 마을 새 신랑이 혼수감을 보낸다네

관리 양반 갓신 끌고 나루터로 돌아가며

선첩(船帖)일랑 금년부터 선혜청(宣惠廳)서 타 가란다
(균역을 지운 이래로 아무리 작은 배라도 선첩을 받아야 하는데 이는 선혜
청에서 교부했다)

고기잡이 어부 생활 살기 좋다 말 말아라

하찮은 어구들도 빼지 않고 적어 가네

북소리 둥둥 종선(䑩船) 먼저 떠나가자

418

(艐字는 자전에 없으나 舟橋를 맡았던 戚氏가 艐船이란 이름을 썼는데, 지
금의 漕船이다. 舟橋의 역할을 하므로 지금 艐船이라 한다)

배 떠난 뒤 노랫소리 지국총뿐이로세

제단 앞에 당도하자 너도 나도 절하면서

맘 속으로 비는 말이 칠산풍(七山風)아 순해다오

어촌에선 도무지 낙지국만 먹으니

붉은 새우 푸른 조개 치지를 않네

채소는 크지 않아 앙징스러 연밥 같다

돛대를 다스려라 울릉도로 가잔다
(絡蹄는 章擧, 즉 낙지를 이름. 《여지승람》에 보인다)

육방 관속 기세 높아 동헌 대청 눌러 보고

주패(朱牌)를 내돌리며 쉴새없이 어촌 찾네

하구 많이 내린 선첩(船帖) 진짜 가짜 어찌 알까

고래로 관청 문은 무섭기가 호랑이문

궁복포(弓福浦) 앞바다엔 나무 가득 베어 싣고
(즉 완도)

황장목(黃腸木) 한 그루면 천량 돈이 나간다오
(궁전을 짓는 데 쓰는 소나무 재목을 황장목이라 한다)

수영 방자(水營房子) 어느 틈에 뇌물 즐겨 받아먹고

수양버들 그늘 아래 곤드레 취해 자네
(우리나라 풍속에 뇌물을 人情이라 한다)

耽津漁歌 (十章)

桂浪春水足鰻鱺　欖取弓船漾碧漪
(船上張罟者　方言謂之弓船)
高鳥風高齊出港　馬兒風緊足歸時
(鳥者乙也　乙者東方　東北風曰高鳥風)(馬者午也　南風曰馬兒風)

三汛繞廻四汛來 鵲淒波沒舊漁臺
(假令 甲日弦 丙日曰第一水 戊日曰第三水)(淒者 大波也 波白如鵲起
曰鵲淒)

漁家只道江豚好 盡放鱸魚博酒杯
(食江豚 頻有死者)

松燈照水似朝霞 鱗次筒兒植淺沙
莫遣波心人影墮 怕他句引赤胡鯊
(沙魚大者曰 新赤胡 見人影躍而啗之)

楸洲船到獺洲淹 滿載耽羅竹帽簷
(楸子古獺皆島名)
縱道錢多能善賈 鯨波無處得安恬

兒女腤腤簌水頭 阿孃今日試新洄
就中那箇花鳧沒 南浦新郎納綵紬

爪皮革履滿回汀 船帖今年受惠廳
(均役以來 雖小艓 皆受標帖於宣惠廳)
莫道魚蠻生理好 桑公不赦小笒箸

艅船初發鼓鼕鼕 歌曲唯聞指掬蔥
(字書無艅字 舟橋司取戚氏之制 有艅船之名 今漕船皆舟橋之船故 曰艅船)
齊到水神祠下伏 默祈吹順七山風

漁家都喫絡蹄羹 不數紅鰕與綠蟶
(絡蹄者章擧也 見輿地勝覽)
瞻菜憎如蓮子小 治帆東向鬱陵行

掾閣嵯峨壓政軒 朱牌日日到漁村
休將帖子分眞贋 官裏由來虎守門

弓福浦前柴滿船　黃腸一樹直千錢
（卽莞島）　　　　（梓宮所用之松曰黃腸）

水營房子人情厚　醉臥南塘垂柳邊
（東俗賄賂曰人情）

* 41세 때(1802) 지음.

159. 양기를 자른 서러운 이야기

> ― 시아버지 탈상하고 애기 낳아 물도 안 말랐는데 3대
> 가 군적에 올라 송아지 끌어갔다

갈밭 마을 젊은 여인 울음도 서러워라
고을 문 내달으며 하늘 보고 통곡하네
남편 군역 징발은 오히려 참으련만
자고로 남자양기 자른단 말① 못들었네

시애비 탈상하고 애기 낳아 물 젖은데
삼대(三代)의 이름이 군적에 실리다니
호소해 보려 해도 관가 문직 호랑 같고
이정(里正)이 호통하여 단벌 소 끌어갔다

칼을 갈아 방에 들어 선혈이 낭자함은
아이 낳은 죄로 하여 이 궁액을 당했다고
양기 자른 잠실음형(蠶室淫刑)②도 억울한 일이었고
고환자른 민건거세(閩囝去勢)③도 애처로운 일이어든

낳고 사는 법칙은 자연의 이치이고
아들 낳고 딸 낳는 건 사람 사는 도릴 텐데
말 돼지 거세함도 오히려 가엾거든

하물며 후손 잇는 사람에 있어서랴

부자들은 평생동안 풍악이나 즐기고
한 알 쌀, 한 치 베도 바치는 일 없구나
모두 함께 나라의 백성이건만 왜 이리 후박이 고르지 못하던가
객창에 홀로 앉아 시구편④을 읊노라

哀絶陽

蘆田少婦哭聲長　哭向縣門號穹蒼
夫征不復尚可有　自古未聞男絶陽
舅喪已縞兒未澡　三代名簽在軍保
薄言往愬虎守閽　里正咆哮牛去皁
磨刀入房血滿席　自恨生兒遭窘厄
蠶室淫刑豈有辜　閩囝去勢良亦慽
生生之理天所予　乾道成男坤道女
騸馬豶豕猶云悲　況乃生民思繼序
豪家終歲奏管弦　粒米寸帛無所捐
均吾赤子何厚薄　客窓重誦鳲鳩篇

＊42세 때(1803) 강진에서 지음.

① 남절양(男絶陽)―남자의 생식기를 자름.　② 잠실음형(蠶室淫刑)―남자의 생식기를 자르는 형벌인데 주로 잠실에서 행하여졌다.　③ 민건거세(閩囝去勢)―고대 중국 민(閩)나라에서 자식〔囝〕을 낳으면 거세했다는 악습.　④ 시구편(鳲鳩篇)―《시경(詩經)》의 편명. 통치자가 백성을 고루 사랑함을 뻐꾸기에 비유한 시편.

160. 송충이

> ― 송충이는 솔잎을 갉아먹어 온 산을 폐허로 만들고,
> 탐관오리는 이 나라를 쑥밭으로 만든다

그대 못 보았더냐
천관산(天冠山)[①] 가득찬 솔숲은
천 그루 만 그루 온 산을 덮었음을
돋아나는 어린 솔도 빽빽하게 솟았는데

하룻밤 모진 송충 온 산에 퍼져 있어
무리 입 떡 먹듯이 모조리 먹었구나
추악한 새끼송충 살빛까지 검었고
노란 털 붉은 반점 자랄수록 흉하도다

바늘 같은 잎을 갉아 진액을 말리더니
껍질과 살을 썰어 상처만 남겼구나
날로 여위 줄기 말라 감히 움직이지 못하고
곧추서서 죽어 버린 소나무가 되었구나

옴 오른 가지, 문둥병 줄기가 쓸쓸히 맞섰으니
시원한 바람소리 짙은 그늘 어디서 찾을손가
소나무 생겨날 젠 깊이 뜻이 있었으리
사시사철 푸르러서 한겨울도 몰랐어라

은혜 흠뻑 입고 나서 뭇 나무와 달랐거니
하물며 도리(桃李) 영화 다투기나 하였으랴
대궐 명당 낡아서 무너질 때엔
긴 들보 큰 기둥이 종실을 떠받들고

섬 오랑캐 왜적들이 달려들 때도
네 몸으로 큰 배 지어 선봉 서서 꺾었니라
송충이 네놈! 사욕으로 이토록 말려 버려
분노에 기가 뛰어 말이 막히네

어쩌면 뇌공(雷公)②의 벼락 도끼 얻어내어
네놈 무리들을 타오르는 큰 화독에 처넣어 없앨꼬

蟲食松

君不見

天冠山中滿山松	千樹萬樹被衆峯
豈惟老大鬱蒼勁	每憐稱小羅丰茸
一夜沴蟲塞天地	衆喙食松如餈饔
初生醜惡肌肉黑	漸出金毛赤斑滋頑凶
始呷葉針竭津液	轉齧膚革成瘡癰
松日枯槁不敢一枝動	直立而死何其恭
癭柯癩幹凄相向	爽籟茂樾嗟何從
天之生松深心在	四時護育無大冬
寵光隆渥出衆木	況與桃李爭華穠
太室明堂若傾圮	與作脩梁轟棟來朝宗
漆齒流求若驣突	與作艨艟巨艦摧前鋒
汝今私慾恣殄瘁	我欲言之氣上衝
安得雷公霹靂斧	盡將汝族秉畀炎火洪鑪鎔

* 42세 때(1803) 강진에서 지음.

① 천관산(天冠山)―전라남도 장흥(長興)에 있는 산. ② 뇌공(雷公)―천둥, 천둥을 일으키는 신.

424

161. 누런 칠옷①(황옻)

> — 지방 관속 등살에 못견디어 백성들이 그 귀한 옻나
> 무를 모두 베어 없앴다

그대 못 보았더냐!
궁복산(弓福山)② 가득한 황옻나무를
금빛 액 맑고 고와 반짝반짝 빛이 났네
껍질 벗겨 즙을 받기 옻 칠하듯 하는데
아름드리 나무에서 겨우 한잔 넘칠 정도

상자에 칠을 하면 검붉은 색 없어지니
잘 익은 치자 물감 어찌 이와 견줄소냐
서예가(書藝家)의 경황지(硬黃紙)③가 이로 하여 더 좋으니
납지(蠟紙)④·양각(羊角)⑤ 모두 다 무색해서 물러나네

이 나무 명성이 천하에 자자해서
박물지(博物誌)에 왕왕이 그 이름 올라있네
공납(貢納)으로 해마다 공장(工匠)에게 옮기는데
서리(胥吏)들의 농간을 막을 길 없어

지방민이 이 나무 악목(惡木)이라 여기고서
밤마다 도끼 들고 몰래 와서 찍었다네
지난 봄 조정에서 공납 면제 해준 후로
영릉(零陵)에 종유(鐘乳)나듯 신기하게 다시 나네⑥

바람 불어 비가 오니 죽은 등걸 싹이 나고
나뭇가지 무성하여 푸른 하늘 어울리네

黃　漆

君不見

弓福山中滿山黃　　金泥瀅潔生葳光

割皮取汁如取漆　　拱把檟殘纏濫觴

匭箱潤色奪髹碧　　厄子腐腸那得方

書家硬黃尤絶妙　　蠟紙羊角皆退藏

此樹名聲達天下　　博物往往收遺芳

貢苞年年輸匠作　　胥吏徵求奸莫防

土人指樹爲惡木　　每夜村斧潛來戕

聖旨前春許蠲免　　零陵復乳眞奇祥

風吹雨潤長髡枿　　权椏擢秀交靑蒼

* 42세 때(1803) 지음.

① 황옻〔黃漆〕—옻칠(漆)의 한가지.《본초칠(本草漆)》에, ‘ 일종칠수(一種漆樹) 유월취즙칠(六月取汁漆) 물황택여금(物黃澤如金), 즉당서소위황칠자야(卽唐書所謂黃漆者也)’라고 함. 우리나라에서는 제주도에서 난다고 하는데 여기서는 완도(莞島)의 이야기를 썼다.　② 궁복(弓福)—전주(前注)에서 완도(莞島)라 했다.　③ 경황지(硬黃紙)—당지(唐紙)의 이름으로 노란 물감을 먹인 종이.　④ 납지(蠟紙)—밀이나 백랍(白蠟) 또는 파라핀을 먹인 종이.　⑤ 양각(羊角)—양각등(羊角燈)으로, 염소 뿔을 고아 얇고 투명한 껍질을 만들어서 씌운 등.　⑥ 유종원(柳宗元)의 〈영육복유혈기(零陵復乳穴記)〉에 나오는 이야기. 영릉(또는 영주)에 석종유(石鐘乳)가 나서 공물로 바쳤는데, 그 채취가 힘들 뿐 아니라 제대로 보상도 해주지 않아서 그 지방 사람들이 석종유가 다 없어져 버렸다고 거짓 보고했다. 그런 지 5년만에 최군민(崔君敏)이 자사(刺史)가 되어 어진 정사를 베풀자 백성들이 다시 석종유가 되살아났다고 아뢰었다는 고사.

162. 농촌의 늦은 봄

— 농촌 들녁의 희망에 가득찬 모습

비 개인 방죽에 서늘한 기운 겨우 펴오고
연화풍(楝花風)[1] 멎고 나니 해가 처음 길어지네
보리이삭 밤 사이에 불쑥 자라서
들판의 초록빛이 무색해졌네

고인 물에 잔물결 푸른 신이 비춰지고
두레박 한가하게 우물가에 누워 있네
서편 풀밭 황송아지 봄이 오니 살찌어서
처음으로 넓은 들에 팔치(八齒) 써레 끄는구나

형상(荊桑)은 새싹 나고 노상(魯桑) 잎 퍼지는데[2]
누에 새끼 가는 모습 껍질 벗고 나오누나
지금부터 아낙네들 밤낮으로 길쌈할 때
작은아씨 아침에도 분단장할 새 없네

田家晚春

雨歇陂池勒小涼　楝花風定日初長
麥芒一夜都抽了　減却平原草綠光
泥水漪紋漾碧靴　檞櫸閒臥井邊莎
西鄰黃犢春來健　新服平畦八齒耙
荊桑芽吐魯桑舒　螟子纖纖出殼初
從此女紅爭日夜　小姑朝起廢粧梳

* 42세 때(1803) 강진에서 지음.

① 연화(棟花) — 멀구슬나무의 꽃. 연화풍(棟花風)은 화신풍(花信風)의 하나로서, 멀구슬나무 꽃이 피는 4월에 부는 바람.   ② 형상(荊桑)·노상(魯桑) — 모두 뽕나무의 종류. 전출 홍진사(虹珍詞) 참조.

163. 낮술

> ― 조수는 밀려오고 어미닭은 병아리 데리고 가는 모습

습한 늪지 땅이라 항상 병에 시달려
낮술로 얼큰히 취하여 보네
조수(潮水)가 말려와 바닷물 불어나고
독기 띤 구름 아래 나무 그늘 우중충

촌닭은 저물녘에 새끼들 몰고 가고
논에서는 이제 막 초벌 김 매는구나
머나먼 고향 땅 여름지이 소식은
가을이면 혹시나 들을 수 있을는지

午 酌

潗卑常苦病 午酌取微醺 小漲添潮水 重陰帶瘴雲
村雞將暮子 浦稻受初芸 迢遞鄉園事 秋來尙有聞

* 43세 때(1804) 강진에서 지음.

164. 얄미운 모기

> ― 모기의 얄미운 갖가지 모습, 그것은 곧 아전의 형상

사나운 호랑이 울밑에 울부짖어도

나는 코 골며 잠만 잤도다
흉측스런 구렁이 추녀 끝에 기어가도
나는 또 누워서 쳐다만 보았도다

그러나 모기 한 마리 '앵'하는 소리 귀에 들릴 땐[1]
기겁하고 담 떨어지고 속이 끓는다
부리 박고 피를 빠는 것만도 미울 텐데
어찌 또 뼈에 사무치는 독기를 불어넣느냐

베 이불 푹 쓰고 머리만 내어놓아도
잠깐 사이 부처 머리처럼 울퉁불퉁 혹 생긴다
제 뺨을 후려쳐도 언제나 헛뺨치며
볼기짝 때리지만 벌써 날아갔구나

싸워도 공은 없고 잠만 못이뤄
짧은 여름밤 도리어 한 해보다 지루하다
너의 몰골 괴상하고 족성은 천한 놈
어찌하여 사람 보면 문득 침을 흘리는고

어둔 밤을 타는 건 진실로 도적
혈식(血食)[2]을 한다지만 어찌 어진 자 되랴
내 예전에 대유사(大酉舍)[3]에서 책을 교열할 때
푸른 솔에 백학들이 집 앞에 놀고 있고

6월에도 파리가 얼어 날지 못하며
서늘하게 누워서 매미 소리 들었노라
지금은 봉당 자리 짚을 펴고 사노라니
모기는 내가 불러 너의 허물 아니로다

憎　蚊

猛虎咆籬根　　我能齁齁眠
脩蛇掛屋角　　且臥看蜿蜒
一蚊譽然聲到耳　氣怯膽落腸內煎
揷觜吮血斯足矣　吹毒次骨又胡然
布衾密包但露頂　須臾瘧癗萬顆如佛巓
頰雖自批亦虛發　髀將急拊先己遷
力戰無功不成寐　漫漫夏夜長如年
汝質至眇族至賤　何爲逢人輒流涎
夜行眞學盜　　血食豈由賢
憶曾校書大酉舍　蒼松白鶴羅堂前
六月飛蠅凍不起　偃息綠簟聞寒蟬
如今土床薦藁鞹　蚊由我召非汝愆

* 43세 때(1804) 강진에서 지음.

①여기서 모기는 얄미운 아전을 비유함. 뱀이나 호랑이는 그 상전.　②혈식(血食)-예전 성균관이나 향교에서 희생물, 즉 날고기로 성현의 제사를 모셨던 일을 비유함.　③대유사(大酉舍)-규장각 사무를 보던 건물.

165. 여름 낮에 술을 나누며①

1

땅은 골고루 나누어야 공평한 것, 삼정폐(三政弊) 중 전제(田制)의 폐단을 한탄한다

임금이 나라 토지 맡고 있음은
비유하면 부잣집 영감마님 같으니

부자 영감 가진 땅 1백 경(頃)인데
열 아들이 제각기 분가하여 살게 될 때

한 집에 10경씩 나누어 주어
먹고 사는 형편을 같게 해야 하는데
약은 놈이 8, 90경 삼켜버리니
못난 자식 곳간은 언제나 빌 수밖에

약은 자식 좋은 음식 비단옷 입는데
못난 자식 가난을 괴로워하네
부자 영감 눈을 들어 이 지경 보았다면
슬프고 괴로워 속마음이 쓰리지만

그대로 둘 수밖에 정리할 수 없기에
못난 자식 동서로 뿔뿔이 유랑하네
부모 밑에 뼈와 살 한가지로 받았건만
부모 자애 어찌 이리 고르지 못한고

근본된 강령이 이미 무너졌으니
만사가 막혀서 통하지 않네
한밤중에 책상 차고 벌떡 일어나
높은 하늘 우러러 긴 한숨 탄식하네

夏日對酒(甲子夏在康律)

后王有土田　譬如富家翁　翁有田百頃　十男各異宮
應須家十頃　飢飽使之同　黠男呑八九　痴男庫常空
黠男粲錦腹　癡男苦尫癃　翁眼苟一眄　惻怛酸其衷
任之不整理　宛轉流西東　骨肉均所受　慈惠何不公

大綱旣斁圮 萬事窒不通 中夜拍案起 歎息瞻高穹

* 원주에 '갑자년 여름, 강진에 있었다'고 했으니 43세 때(1804) 지음.

2
죽은 노인 갓난애기 군적에 올라, 삼정폐 중 군포의 폐단을 한탄한다

많고 많은 백성들은
모두 같은 나라 인민
구태여 징렴(徵斂)[①]이 있어야 한다면
이것은 부자들이 내야 옳은 일

어찌하여 골육을 깎는 정치가
힘없는 백성에만 기울어지느냐
군보(軍保)[②]란 이름이 무엇이길래
어질지 못하게도 법률을 만들었나

1년 내내 힘들여 일을 하여도
자기 한몸 가릴 여유 생기지 않네
갓난아기 배 속에서 태어나기 무섭고
죽어서 먼지 되고 티끌 됐는데

오히려 그 몸에 군포가 따라
가을하늘 곳곳마다 울부짖는 그 소리는
원통하고 혹독해 절양(絶陽)까지 했다니
(절양은 거세하는 것이다)
참으로 슬프고 쓰라린 일이로다

호포법(戶布法)[③] 논의가 있은 지 오래
그 뜻이 저으기 공평 타당하대서
평양감사 지난 해 이 법 시행해 봤지만

수십일 시험삼아 실시했으나

만인이 산에 올라 통곡해대니
어떻게 이 법 뜻을 펼 수 있으리
먼 곳에 이르려면 가까이서 시작하고
낯선 사람 다스림은 친척부터 하는 법

어찌하여 굴레와 갈고랑이④ 가지고서
야생마를 그 먼저 길들이려 하는가
끓는 물속에다 손 넣어 찾으니
어찌하여 계책을 펼 수 있으리

서민(西民)⑤들 오랫동안 억눌려 지내
십세(十世) 동안 벼슬길 막혀 버려서
겉모양은 제 비록 공손하지만
가슴 속엔 언제나 사무친 불길

지난번 일본놈들 쳐들어왔을 때
의병이 곳곳에서 일어났지만
서도민이 제 홀로 팔짱 낀 것은
배 속에 항상 품은 곡절이 있던 탓

생각하면 창자 속이 끓어오르네
술이나 들이키고 잊어버리자

芸芸首黔者　均爲邦之民　苟宜有徵斂　斈矣是富人
胡爲剝割政　偏於傭丐倫　軍保是何名　作法殊不仁
終年力作苦　曾莫庇其身　黃口出胚胎　白骨成灰塵
猶然身有徭　處處號秋旻　冤酷至絶陽　此事良悲辛
　　　　　　　　　　　　　　　　　　　（絶陽去勢也）

戶布久有議　立意差停勻　往歲平壞司　薄試纔數旬
萬人登山哭　何得布絲綸　格遠必自邇　制疏必自親
如何羈鞁具　先就野馬馴　探湯乃由沸　計謀那得伸
西民久掩抑　十世閟簪紳　外貌雖愿恭　腹中常輪囷
漆齒昔食國　義兵起踆踆　西民獨袖手　得反諒有因
拊念腸內沸　痛飮求反眞

① 징렴(徵斂)—세금을 거두는 것과 부역을 메우는 것.　② 군보(軍保)—양인(良人) 중에서 신역(身役)을 지지 않는 자가 신역을 지는 정병(正兵)의 토지를 경작하는 국역(國役)을 말한다. 후에는 대신 보포(保布)를 바치게 해서 여러 가지 폐단이 많았다. 삼정폐(三政弊)의 하나.　③ 호포법(戶布法)—조선시대 신역을 지지 않는 양민들이 신역을 지는 대신으로 국가에 납부하던 군포(軍布)의 수납법인데 이를 싸고 여러 가지 폐단이 생기자 효종(孝宗) 때부터 이 법의 개편을 논의하면서 나온 시안(試案)이 호포법으로서, 종래에 양인들에게만 부과하던 것을 신분의 귀천없이 징수하자는 법안. 여러 가지 사정으로 시행이 되지 않다가 고종(高宗) 때에 비로소 실시되었다.　④ 굴레와 갈고랑이[鞗]— 말 머리를 묶는 가죽끈과 말의 앞발을 가지 못하게 묶는 줄.　⑤ 서민(西民)—서도(西道), 즉 평안북도와 황해도 지방의 사람들.

3

환곡법은 탐관오리 살찌우는 일, 삼정폐 중 환곡의 폐단을 한탄함

농가에서 반드시 양식을 비축하되
3년 농사 지으면 1년치 비축하고
9년 농사 지으면 3년치 비축하여
검발(檢發)①하여 하늘을 도와 왔는데

사창법(社倉法)② 한번 그만 문란해지자
만 목숨이 나뒹굴며 구슬피 우네
빌려주고 빌리는 건 쌍방이 원해야지
억지로 하려면 불편해지는 법

온 백성들 모두 다 고개만 저을 뿐
빌리려는 사람은 하나도 없네
봄철에 좀먹은 쌀 한 말 빌리고서
가을엔 곱게 찧어 두 말을 바치라나

게다가 좀먹은 쌀 돈으로 내라 하니
고운 쌀 팔아서 바칠 수밖에
이익은 간활한 자 살찌게 하니
한 번 벼슬길에 천 경(頃) 논이 생기네

쓰라린 고초는 가난한 자에 돌아가고
휘두르는 채찍에 살점이 떨어진다
큰 솥 작은 솥 모두 다 가져가고
처자는 팔려가고 송아지 끌려가네

환자로 군량미 대비한단 말 말아라
이것은 오로지 속임수로 하는 말
섣달 그믐 임박해서 창고문 닫아 걸고
봄도 되기 전에 창고 곡식 다 비우니

곡식 쌓인 곳간은 몇 달밖에 되지 않고
1년 두고 창고 속은 비어 있어서
군량미 조달할 일 불시에 생길 때
어떻게 제 때에 대비할 수 있겠는가

농가 양식 대준다 말도 말아라
그 무슨 두터운 자애나 베풀 듯이
자녀들이 이미 모두 분가하고 난다면
부모도 자식들에 맡겨두는 법

허비하건 아껴쓰건 저들에게 맡길 일

죽을 먹든 밥을 먹든 어찌 참견할 건가
모든 일 부부가 의논해서 결정할 일
지나친 부모 간섭 원하지 않네

본래는 아름다운 상평(常平)의 법이
까닭없이 버려지고 쓸모없이 되었네
두어라, 또 다시 술이나 마시자
백 통 술을 샘같이 마시자꾸나

耕者必蓄食　三年蓄一年　九年蓄三年　檢發以相天
社倉一濫觴　萬命哀顚連　債貸須兩願　强之斯不便
率土皆掉頭　一夫無流涎　春蠱受一斗　秋鑿二斗全
況以錢代蠱　豈非賣鑿錢　贏餘肥奸猾　一宦千頃田
楚毒歸圭蓽　割剝紛簹鞭　銼鍋旣盡出　孥粥犢亦牽
休言備軍儲　此語徒諞諓　封庫逼歲除　傾困在春前
庤稸僅數月　通歲常枵然　軍興本無時　何必巧無愆
休言給農饟　慈念太勤宣　兒女旣析産　父母許自專
靡嗇各任性　何得察粥饘　願從夫婦議　不願父母憐
常平法本美　無故遭棄捐　已矣且飲酒　百壺將如泉

① 검발(檢發)―나라에서 풍년에 곡식을 사들였다가 흉년에 방출하여 빈민을 구제하고 물가를 조절하는 일. 지금의 양곡수매 같은 일.　② 사창(社倉)―조선시대 지방의 각 촌락에 설치된 일종의 곡물 대여기관으로 빈민들의 구제를 주목적으로 했으나, 조선조 후기에 이르러 제도가 문란해지고 아전들의 농간이 심했다. 일명 환자법이라고 했다.

4
과거의 폐단을 한탄한다

춘당(春塘)①에선 해마다 선비를 과거 뵈니

만인이 한 곳에서 서로 다투네
눈 밝은 이루(離婁)②들이 백 명 있어도
소상히 감시하지 못하겠으니

되는 대로 붉은 글로 평점해 버려
운명은 오로지 주의랑(朱衣郞)③ 맘에 달려
불볕같은 낙점 하나 하늘에서 떨어지니
만 명의 눈길이 그곳만 쳐다보네

법은 무너지고 요행심만 길러주니
온 세상 모두 다 미친 것 같네
(이상은 大科를 논했고 이하는 小科를 논한다)

식자(識者)들은 지금까지 따져 말하길
변계량(卞季良) 허물④을 아직도 탓한다고
과시(科詩)의 품격이 원래 비루해
흘린 해독 크고 넓어 바다 같구나

촌마다 서당 차려 선생이 앉아
가르치는 글은 한(漢)·당(唐)이 아니고
어디서 전해 온 백련구(百聯句)⑤인지
읊는 소리 방안에 가득하구나

항우(項羽)⑥와 패공(沛公)⑦의 옛날 고사만
(시골의 서당에는 모두 楚나라와 漢나라 때 일만 출제했다)
장(章)마다 편(篇)마다 지리하게 연해 있네
강백(姜柏)⑧은 맘대로 큰 주둥이 놀렸고
노긍(盧兢)⑨은 창자에서 묘한 말만 뽑아냈다

한평생 공부하여 성인(聖人)을 닮자 하나

소동파(蘇東坡)⑩·황정견(黃庭堅)⑪도 아지 못하네
한 마을의 우두머린 될지 몰라도
시대의 변화에는 어두워 캄캄하네

대대로 이름 한 번 이루지 못하건만
그래도 농촌으로 돌아가지 않는다네
과거의 선발법은 다시 논할 바 못되고
문자(文字)도 아직까지 천황(天荒)⑫의 상태라네

어찌하여 1만 개 대나무 묶어다가
천 길 되는 빗자루 만들어 내어
쭉정이 티끌 먼지 모조리 쓸어
바람에 한꺼번에 날려 버릴고

春塘歲試士　萬人爭一場　縱有百離婁　鑒視諒未詳
任施紅勒帛　取準朱衣郞　奔佚落九天　萬目同瞻昻
敗法啓倖心　擧世皆若狂(已上論大科 下論小科)
于今識者論　追咎卞季良　詩格本卑陋　流害浩茫洋
村村坐夫子　敎授非漢唐　何來百聯句　吟誦方滿堂
項羽與沛公　支離連篇章　姜柏放豪嘴　盧兢抽巧腸
(村塾出題 皆楚漢時事)
終身學如聖　逝不窺蘇黃　縱爲閭里雄　又昧時世粧
世世不成名　猶未歸農桑　選擧且未論　文字尚天荒
那將萬箇竹　束篲千丈長　盡掃秕穅塵　臨風一飛颺

① 춘당(春塘)−춘당대(春塘臺)로서 창경궁(昌慶宮) 안에 있는 대. 이곳에서 해
마다 과거시험이 있었음. ② 이루(離婁)−중국의 황제(黃帝) 때 살았다는 눈이
대단히 밝은 사람. ③ 주의랑(朱衣郞)−과거시험 때의 시험관. 붉은 옷을 입고
시험감독을 했음. ④ 변계량(卞季良 : 1369~1430)−호는 춘정(春亭). 세종 때
대제학(大提學)을 지냈으며 우리나라 과시(科詩)의 문체를 처음으로 정비했다고

438

한다. ⑤백련구(百聯句)—백련초해(百聯抄解)를 말하며 중국 한·당·송나라의 시 백련을 뽑아 해석하여 옛날 시골 서당에서 시를 가르치는 초보 교과서로 썼음. ⑥항우(項羽)—중국 초나라의 패왕(覇王). 패공(沛公)과 천하를 다투었으나 해하(垓下)의 싸움에서 패하여 자살했다. ⑦패공(沛公)—중국 한나라 고조(高祖)인 유방(劉邦). ⑧강백(姜柏)—조선시대의 시인. 과시(科詩)에 있어서 가장 이름이 높았던 사람. ⑨노긍(盧兢 : 1738~1790)—조선조의 시인. 호는 한원(漢源). 특히 과시(科詩)로 이름을 떨쳤음. ⑩소동파(蘇東坡)—중국 송(宋)나라 때의 문장가인 소식(蘇軾)의 호. ⑪황정견(黃庭堅)—중국 송나라 때의 시인으로 호는 산곡(山谷). ⑫천황(天荒)—천지가 미개했던 혼돈상태의 시기.

5
서얼 차별과 인재 등용의 불공평함을 한탄한다

천지자연이 인재(人才)를 창조해낼 때에
씨족 신분의 귀천을 가리지 않았으니
반드시 한가닥 좋은 정기가
최씨(崔氏)·노씨(盧氏)① 집터에만 있었으랴

보정(寶鼎)은 엎어져도 귀히 여기고②
좋은 난초는 깊은 골에 자라난다네
위공(魏公)③도 비첩의 출신이었고
범희문(范希文)④도 의붓아비 밑에서 자랐네

중심(仲深)⑤은 먼 경해(瓊海) 출신으로 벼슬하니
재주와 지모가 깊은 속류보다 뛰어난 때문
우리는 어찌하여 벼슬길 좁아
만 사람이 움츠려 기를 못펴나

오로지 제일골(第一骨)만 발탁해 쓰니
(신라에서 귀족을 제1골이라 했다.《당서(唐書)》에 보임)
나머지는 노예와 똑같은 신세

서북(西北) 사람 언제나 찡그린 얼굴
서얼들은 원통해 통곡하누나

위세당당 수십가(數十家) 저희들만이
대대로 국록(國祿)을 먹고 있더니
그들끼리 편당이 나뉘어져서
엎치락뒤치락 죽이고 물고 뜯어

약한 몸은 강한 놈 밥이로구나
대여섯 큰 문벌 살아남아서
이들만이 저희끼리 경상이 되고
이들만이 감사·목사 모두 지내고

이들만이 승정원 후설(喉舌)⑥이 되고
이들만이 감찰인 이목(耳目)⑦이 되고
이들만이 모든 관청 서관(庶官)이 되고
이들만이 옥사 감독 모두 해먹네

가난한 촌민(村民)이 아들 하나 낳았는데
호매한 기품이 난새 같더라
그 아이 자라서 8, 9세 되니
기상과 의지가 가을 대 같구나

무릎 꿇고 아버지께 묻는 말인즉
'제가 이제 구경(九經)을 읽고 외워
천인(千人)에 으뜸가는 경술(經術)을 지녔으니
홍문록(弘文錄)⑧에 오를 수가 있을까요?'

그 애비 하는 말이 '원래 비천한 족속이라
너에게 계옥(啓沃)⑨은 당치 않은 일'

'제가 이제 오석궁(五石弓)⑩ 당길 만하고
무예 익히기를 극곡(郤縠)⑪같이 하였으니

바라건대 오영(五營)의 대장이 되어
말 앞에 대장 기를 꽂으렵니다'
그 애비 하는 말이 '원래 비천한 족속이라
대장 수레 타는 건 허락되지 않는 일'

또 이르되 '제가 이제 관리 공부했으니
위로는 공수(龔遂)·황패(黃覇)⑫ 이어받아서
마땅히 군부(君符)를 허리에 차고
종신토록 녹을 먹고 살아보려오'

그 애비 하는 말 '원래 비천한 족속이라
순리(循吏)·혹리(酷吏)⑬ 너에게 상관없는 일'
그 아이 드디어 발끈 노하여
책 던지고 활을 꺾어 던져 버리고

저포(樗蒲) 놀이, 강패(江牌) 놀이
마조(馬弔) 놀이, 축국(蹴毱) 놀이로⑭
방탕히 놀다가 재목되지 못하고
늙어선 촌구석에 잠겨 버리네

권세 있는 가문에서 아들 하나 낳았는데
사납고 교만하기 기록(驥騄)⑮과 같아
그 아이 자라서 8, 9세 되니
아름다운 옷을 찬란히 입고

손님이 말하기를 '걱정하지 말아라
너의 집은 하늘이 복 내린 집이라

너의 관직 하늘이 정해놓은 것
청관(淸官)·요직(要職) 맘대로 할 수 있는데

부질없이 힘들여 애쓸 것 없고
일과 따라 글 읽는 일 쌓지 않아도
때가 되면 저절로 좋은 벼슬 생기는데
편지 한 장 쓸 줄 알면 그로 족하리'

그 아이 이 말 듣고 뛸 듯이 기뻐하며
다시는 서책을 들여다 보지 않네
마조(馬弔) 놀이, 강패(江牌) 놀이
장기·바둑·쌍륙에 빠졌으니

방탕하여 재목 되지 못하였건만
금관자·옥관자 차례로 밟아 올라
일찍이 먹줄 한번 퉁기지 않았는데
어찌 제가 대궐 집 재목이 될까 보냐

두 아이 모두 다 자포자기하고 마니
온 세상에 현숙(賢淑)한 자 누가 있으리
깊이 헤아리니 애간장이 타들어
부어라 다시 또 취토록 마시자

山嶽鍾英華　本不揀氏族　未必一道氣　常抵崔盧腹
寶鼎貴顚趾　芳蘭生幽谷　魏公起叱嗟　希文河嶽育
仲深出瓊海　才猷拔流俗　如何賢路隘　萬夫受局促
唯收第一骨　餘骨同隷僕　西北常摧眉　庶孽多痛哭
(新羅貴族曰第一骨　見唐書)
落落數十家　世世呑國祿　就中析邦朋　殺伐互翻覆
弱肉强之食　豪門餘五六　以玆爲卿相　以玆爲岳牧

以茲司喉舌　以茲寄耳目　以茲爲庶官　以茲監庶獄

遐甿産一兒　俊邁停鸞鵠　兒生八九歲　氣志如秋竹
長跪問家翁　兒今九經讀　經術冠千人　儻入弘文錄
翁云汝族卑　不令資啓沃　兒今挽五石　習戎如邻縠
庶爲五營帥　馬前樹旗纛　翁云汝族卑　不許乘笠轂
兒今學吏事　上可龔黃續　應須佩郡符　終身厭粱肉
翁云汝族卑　不管循與酷　兒乃勃發怒　投書毀弓韣
摴浦與江牌　馬弔將蹴毱　荒嬉不成材　老悖沈鄉曲

豪門産一兒　桀驁如驥騄　兒生八九歲　粲粲被姣服
客云汝勿憂　汝家天所福　汝爵天所定　清要唯所欲
不須枉勞苦　績文如課督　時來自好官　札翰斯爲足
兒乃躍然喜　不復窺書簏　馬弔將江牌　象棋與雙陸
荒嬉不成材　節次躋金玉　繩墨未曾施　寧爲大廈木
兩兒俱自暴　擧世無賢淑　深念焦肺肝　且飲杯中醁

①최씨(崔氏)·노씨(盧氏)—두 집안은 여섯 조(朝)에 걸쳐 당(唐)나라 때 벼슬을 많이 한 명문이었다고 한다.　②이 구절은 《주역(周易)》에 '솥 발이 엎어지나 비색(否塞)함을 벗어나는 데 이롭다(鼎顚趾 利出否)'라는 말이 있고, '비색함을 벗어나는 데 이롭다는 것은 귀한 것을 따름이다(利出否 以從貴也)'라는 말이 있으니, 여기서는 솥 안에 묵은 찌꺼기를 엎어 버리고 새로운 것을 취한다는 뜻인 듯하다.　③위공(魏公)—중국 송(宋)나라 때 범중엄(范仲淹)과 쌍벽을 이룬 현상(賢相)인 한기(韓琦), 후에 위국공(魏國公)에 봉해졌다.　④범희문(范希文)—중국 송나라 때의 현상(賢相)인 범중엄(范仲淹)의 자.　⑤중심(仲深)—중국 명(明)나라 때 구준(丘濬)의 자. 중국 최남단에 있는 경산(瓊山) 출신임.　⑥후설(喉舌)—승정원(承政院)의 관원을 후설지신(喉舌之臣)이라고 했다. 즉, 조선조 후기 왕궁의 출납과 조정의 중대한 언론을 맡았음.　⑦이목(耳目)—감찰(監察)을 맡은 벼슬. 귀와 눈의 구실을 한대서 부른 세칭.　⑧홍문록(弘文錄)—홍문관(弘文館)의 교리(校理)·수찬(修撰)을 천거 임명하는 기록.　⑨계옥(啓

沃)—정승 등의 높은 벼슬. ⑩오석궁(五石弓)—큰 활. ⑪극곡(郤縠)—중국 춘추시대 진(晉)나라 사람으로 문공(文公)에게 발탁되어 대장이 되었음. ⑫공수(龔遂)·황패(黃覇)—중국 한(漢)나라 때의 훌륭한 지방장관들. ⑬순리(循吏)—법을 잘 지켜 백성들을 부드럽게 다스리는 수령. 혹리(酷吏)는 엄하게 백성을 다스리는 관리. ⑭저포(樗蒲)·강패(江牌)·마조(馬吊)·축국(蹴毱)—모두 도박놀이. 즉 주사위·마작·마조골패·공차기 등 놀이. 저포(摴浦)는 오식. ⑮기록(驥騄)—훌륭한 말의 이름.

166. 혼자서 웃네

— 모든 것이 차고 기우는 상대성 지녀

양식이 있을 때는 먹을 자식 없고
아들이 많으면 주릴까 걱정하네
높은 벼슬 반드시 어리석게 마련이고
재주 있는 사람은 펼 데가 없다네

한 집안엔 완전한 복록이 적은 법
참된 도(道)는 언제나 쇠퇴해 버리네
애비가 검소하면 자식 마냥 방탕하고
아내가 영리하면 남편이 어리석네

달이 차면 구름은 자주 가리고
꽃이 피면 바람 불어 날려 떨구네
모든 사물 이치가 이와 같은데
아는 사람 없으니 혼자서 웃네

獨 笑

有粟無人食 多男必患飢 達官必憙愚 才者無所施

444

家室少完福 至道常陵遲 翁嗇子每蕩 婦慧郎必癡
月滿頻值雲 花開風誤之 物物盡如此 獨笑無人知

167. 나방보고[1]

— 나방에게서 인생무상 느끼며 쌍쌍이 날아가는 학이
  부럽다

나방이 종이 위에 모여 있을 땐
한데 얼려 정이 깊어 서로 친한데
알을 낳아 누에가 되었을 때는
짝짓기 무엇인지 알지 못하네

한자리에 서로 베고 누워 자면서
길 가는 사람처럼 서로가 몰라
연작들도 한 둥지에 암수가 함께 살아
서로 보며 다정코 사랑이 순수하거늘

나란히 같이 날며 깊은 정 나타내고
머리 서로 맞대고 은근한 정 품다가도
바다로 가서는 조개가 된 새들[2]
다시는 전신(前身)을 기억 못하네

몸이 한번 변하면 세상도 바뀌는데
어찌하여 옛날 모습 돌이킬 수 있으리요
이것으로 알겠노라, 나와 너와는
내생에 만나는 인연도 없는 것을

눈 한 번 감으면 만세토록 캄캄하여
뼈와 살 먼지 되고 티끌이 되니

한 무덤에 합장으로 묻힌다 한들
어찌 다시 생시(生時)와 같을 수 있으리요

내 생각 진실로 깊고 넓어도
생각하면 남 몰래 가슴 쓰린데
하물며 당신 같은 아녀자 정감으로
심신이 그 어찌 꺾이지 않으리요

비단 같은 은하수 펼친 저녁에
벌려 있는 별들은 반짝반짝 빛나고
풀벌레 울면서 서로 화답하는 때
대숲에 이슬 방울 하얗게 맺혀 있어

옷깃을 부여잡고 잠 못 이루며
방황하며 서성이다 어느덧 새벽인데
흐르는 세월에 외로움 사무쳐
눈물은 흘러서 옷깃을 적시네

구름 위로 날아가는 저 학(鶴)이 부러워라[3]
두 나래가 마치도 수레바퀴 같구나

蛾　生(甲子七夕)

蛾生在紙面	翕翕情相親	方其爲蠶時	未嘗知婚姻
枕藉一席中	漠若行路人	燕雀同窠巢	昵昵恩愛純
比翼表繾綣	交頸含殷勤	赴海爲蚶蛤	不復憶前身
身化世則幻	豈得重因循	因知吾與若	亦無來生因
一瞑萬世黑	骨肉成灰塵	縱然同穴埋	豈復如生辰
我懷誠曠達	每念潛悲辛	況汝兒女情	能不摧心神
明河夕如練	列宿光磷磷	候蟲互鳴答	白露流庭筠

攬衣不成寐　栖栖達清晨　流年感孤衷　淚落沾衣巾
羨彼雲中鶴　兩翼如車輪

① 원주에, '갑자년 칠석날'이라고 했다. 43세 때(1804) 지음.　② 새들은 살다가 나중에 바다로 들어가서 조개 종류로 변한다는 옛말이 있다.　③ 강진에 유배생활하면서 칠월 칠석날 저녁에 고향에 두고 온 아내를 그리워하며 지은 시이다. 그래서 학이 부럽다고 했다.

168. 근심은 오고(12장)

1
어릴 때는 성인 정치 배우려 했는데……

어렸을 땐 성인(聖人) 배울 생각했었고
중년엔 점차로 현인(賢人)되기 바랐었네
늙어가니 우하(愚下)①도 달게 여기나
근심 걱정 때문에 잠 못 이루네

憂　來(十二章)

弱齡思學聖　中歲漸希賢　老去甘愚下　憂來不得眠

① 우하(愚下)—평범하고 어리석은 사람.

2
때를 못 만나 물을 길 없다

복희씨(宓犧氏)① 시절에 살지 못해서
복희씨께 물어볼 방도가 없고
중니(仲尼)② 살던 세상에 나지 못해서
중니께 물어볼 방도가 없네③

不生宓犧時 無由問宓犧 不生仲尼世 無由問仲尼(時箋易)

① 복희씨(宓犧氏)—고대 중국의 전설상의 제왕. 복희씨(伏羲氏)로 쓰기도 한다. 처음으로 팔괘(八卦)를 만들었다고 한다. ② 중니(仲尼)—공자(孔子). ③ 원주에, '이때 《주역》을 전주(箋註)하고 있었다'고 했다.

3
한 알의 야광주 물에 빠져 빛을 잃었다

한 알의 야광주(夜光珠)가
우연케도 장삿배에 실렸다가
한바다서 바람 만나 가라앉으니
만고에 그 빛을 잃고 말았네

一顆夜光珠 偶載賈胡舶 中洋遇風沈 萬古光不白

4
아무리 외쳐도 알아주지 않는다

입술 타고 입안은 이미 말라서
혓바닥 해어지고 목까지 쉬었는데
이 내 뜻 알아줄 이 아무도 없고
날은 빨리 저물어 벌써 밤이 침침하네

唇焦口旣乾 舌敝喉亦嗄 無人解余意 駸駸天欲夜

5
산에 올라 통곡해도 나의 뜻 모르누나

취하여 산에 올라 목놓아 통곡하니
통곡 소리 푸른 하늘 울려서 닿네
옆사람 내 뜻을 알지 못하고

448

내 한몸 구차해서 운다고 하네

醉登北山哭　哭聲干蒼穹　傍人不解意　謂我悲身窮

6
뭇사람들 도리어 내가 미쳤다네

술 취해 정신 없는 뭇사람 속에
몸가짐 단정한 선비 있으니
뭇사람들 그에게 손가락질하며
도리어 미친 자라 웃고 있구나

酗誶千夫裏　端然一士莊　千夫萬手指　謂此一夫狂

7
한번 죽어 그만인데 하늘을 바라보네

늙음을 어찌하리요!
죽음을 어찌하리요!
한번 죽어 다시는 살지 못하는
인간들은 하늘을 우러러보네

無可奈何老　無可奈何死　一死不復生　人間天上視

8
바로잡을 대책 없어 가슴만 답답하네

헝클어져 어지러운 눈앞의 일들
바르게 되는 일 하나 없지만
바로잡을 인연이 내게 없으니
생각하면 가슴만 아플 뿐이네

紛綸眼前事　無一不失當　無緣得整頓　撫念徒自傷

9

아무리 싸워도 번번이 패하누나

마음이 몸의 노예 되었노라고
도연명(陶淵明)도 스스로 말한 바 있지만
백 번을 싸워서 백 번 다 지니
스스로 생각해도 너무도 어리석네

以心爲形役 淵明亦自言 百戰每百敗 自視何庸昏

10

세월은 빨리 가고 내 뜻은 펼 길 없어

태양은 나는 새처럼 빠르니
총알로서도 따르지 못할레라
무슨 수로 매어달려 머무를손가
생각사록 배 속만 슬퍼지누나

太陽疾飛霾 銃丸不能追 無緣得攀駐 念此腸內悲

* 세월의 빠름을 한탄함.

11

어린 백성 수탈해도 범 같은 놈 섬기네

호랑이가 어린 양을 잡아 먹고서
입술에 붉은 피 낭자하건만
호랑이 위세가 세워졌대서
여우·토끼·호랑이를 어질다 하네

虎狼食羊羖 朱血膏吻唇 虎狼威旣立 狐兎賛其仁

12

황폐한 세상 모습 모두 다 바뀌었네

무성할손 세속의 복숭아나무
한창 봄 가지마다 꽃이 찼더니
세모되니 모두 다 꺾여 버리고
스산히도 옛모습 아니로구나

榮榮小桃樹 方春花滿枝 歲暮有摧折 蕭蕭非故姿

* 인생의 허무를 노래함. 43세 때(1804) 강진에서 지음.

169. 장마비

> — 장마져도 괴롭고 개어도 걱정

궁벽하게 사노라니 사람 보기 드물고
항상 의관도 걸치지 않고 있네
낡은 집엔 향랑각시① 떨어져 기어가고
황폐한 들판엔 팥꽃②이 남아 있네

잠은 병이 많아 줄어들고
수심은 저서(著書)하며 늘어간다
장마가 오래라고 어찌 괴로워만 할 것인가
날 개어도 또 스스로 탄식할 것을

久 雨

窮居罕人事 恒日廢衣冠 敗屋香娘墜 荒畦腐婢殘
睡因多病減 愁賴著書寬 久雨何須苦 晴時也自歎

* 43세 때(1804) 강진 유배지에서 지음. 장마와 개임은 유배와 석방을 상징

한 듯.

① 향랑각시(香娘閣氏)—노래기. 다족류(多足類)의 곤충.   ② 부비(腐婢)—소두화(小豆花). 즉 팥꽃.

170. 농촌을 지나면서

— 거칠어진 시골을 지나며 고향 가서 살 생각한다

외나무 다리 건너 들판 저 밖에
거칠은 촌마을에 쓸쓸한 집 한두 채
헐어진 울타리는 대나무로 새로 엮고
조그만 텃밭에 꽃은 아직 안 피었네

퇴락한 방안에 서가(書架)는 남아 있고
구차한 살림에도 낚싯대는 두었구나
고향 땅에 사는 소원 이루어지면
살림살이 구차해도 슬퍼하지 않으리라

過野人村居

野彴平疇外 荒村一兩家 敗籬新綴竹 小圃未舒花
冷落餘書架 艱難有釣槎 狐丘幸遂願 生理不須嗟

* 44세 때(1805) 강진 유배지에서 지음. 이 무렵 다산은 인근 금곡(金谷), 백련사(白蓮社) 등에 왕래하고 시를 지었다.

171. 소동파 시에 화답함(8수 중 5수)

'나는 본래 채소밭 가꾸기를 좋아했는데 귀양온 후로는 더욱 할 일이 없어 채소밭 가꿀 일을 생각한 지가 오래되었다. 그러나 땅은 좁고 힘은 모자라 지금에 이르기까지 소원을 이루지 못했으나 마음으로는 잊지 않고 있었다. 이웃에 작은 채소밭을 가꾸는 자가 있어서 가끔 가서 보니 즐겁기 그지없었다. 이로 본다면 나의 성품이 본래 농사일을 좋아한다는 것을 알 수 있겠다. 옛날 마정경(馬正卿)이 땅을 구해서 장공(長公)에게 주어 그로 하여금 몸소 농사 짓게 한 일이 있었고, 이에 8편의 시가 쓰여졌다. 지금 세상이 그 때와 다르고 의리도 엄하지 않아서 마정경 같은 사람 만나기를 바랄 수 없어서 쓸쓸히 술회하여 나의 뜻을 밝혀본다.'

余雅好治圃 流落以來 益以無事 久有想願 顧地窄力詘迄今未就然心勿忘也 隣人有治小圃者 時往而觀 亦復怡然 其性好可知己 昔馬正卿請地予長公 使得躬稼厥 有八篇之詩 世卑義巽 不可冀遇悵然有述 以昭其志

1
남쪽에 귀양와서 채소로 살고 싶다

바닷가 마을이라 좋은 채소 적어서
그 중에 좋은 채소 쑥갓을 이르네
물고기·새우들은 엎드리면 줍지만
쟁기 끌고 물 대는 일 뉘에게 맡기리요

젊었을 때 농사일을 도모했으나
그 뜻이 어긋나서 귀양살이 못 면하네
남쪽으로 쫓겨와 다시금 원하기는
꿩기름은 바꾸어 채소 반찬 하고 싶다

사방을 둘러봐도 한 뙈기 밭 없으니
무슨 수로 채소를 얻는단 말인가
깨끗한 마정경(馬正卿)의 높은 인성(仁聲)을
서글픈 심정으로 쳐다보노라

和蘇長公東坡(八首)

海壖少嘉蔬 美者稱茼蒿 魚鰕俯可拾 誰任犁灌勞
少小謀園圃 計違命難逃 南來欲還願 庶以易雉膏
顧乏一稜田 何由取地毛 蕭條馬正卿 悵聖仁聲高

2
농사짓는 꿈을 버리지 않으니 몇 평 밭을 장만하자

예부터 농사짓는 사람 마음은
낚시로 고기잡는 그와 같구나
이익이 적단 말이 오히려 부끄러워
쟁기는 밤나무가 쇠보다 낫고

안주상엔 채소국 갖추어 있고
이웃과 더불어 허물없이 빌려 먹네
탁월한 사람은 소운경(蘇雲卿)①이라
천 년 두고 은일거사 칭찬받누나

먹을 것은 밭에서 힘써 가꾸니
제 집에 가져가서 무슨 필요하던가
전부터 몇 평 땅 사리라 생각타가
게을러서 이루지 못한 일인데

금년에야 책을 팔아 돈이 왔으니
이 소망 저으기 이루게 되리

古來治圃人 亦如釣取適 利細雖恥言 勝種梨與栗
盤殽與蔸材 兼可塞隣乞 卓犖蘇雲卿 千載稱隱逸

所至宜食力 豈必在家室 久欲買數畦 呰窳計未出
今年粥書來 此願差可必

① 소운경(蘇雲卿)-송(宋)나라 광한(廣漢)의 은일거사(隱逸居士), '오막살이에 혼자 살며, 이웃의 귀천이나 노유를 가리지 않고 섞여 살면서 밭에 채소를 심어 자급자족했다. 이웃이 모두 그를 존경하면서 소옹(蘇翁)이라 불렀다. 무명옷에 짚신 신고, 평생토록 갈아 입지 않았으며 틈나면 낮잠 자고, 때로는 종일토록 꿇어 앉아 있으니 사람들이 그를 알 수가 없었다. 젊었을 때 장준(張浚)과 친했는데 장준이 재상이 되어 소운경을 찾아 벼슬하라는 글과 돈을 보냈으나 밭에서 들여다보고는 사양하며 그뒤 종적을 감추었다.' 다산(茶山)은 자기가 꼭 소운경 같은 처지와 심정으로 이 시를 지었던 모양이다.

3
밭 몇 평 구했으니 미나리 토란 심자

아름다운 미나리는 임금께 바칠 만해②
등 쬐는 역사와 더불어 오래이다③
생강④은 그 성질이 약효까지 또 있어
침과 뜸 안써도 병을 고치네

토산품 토란⑤은 아주 귀한 것
이를 구해 이곳까지 떼지어 오네
남쪽의 양젖⑥은 더욱 부드러워서
굳이 태평성대를 바라지 않네⑦

이웃사람 좁은 땅에 경계 긋자고
내집 문밖 나와 서서 기다리누나
밭 경계 짓는 것은 워낙 위법이거든⑧
더구나 푸나물 곡식이 우거진 때랴

지팡이 끌면서 나가서 다시 보니

그 양반 사람 좋고 인정 있었네
맑은 선비 구차한 생활진미 얻었으니
그 누가 진수성찬 부러워하리⑨

美芹可以獻　出來齊炙背　蘘荷復治癖　不勞施鍼艾
土産貴藷芋　求者此湊會　南地故酥軟　不待雨破塊
鄰人小區畫　在我柴門外　畦畛縱違法　頗能向蕃薈
時復曳杖臨　性好嗟有在　淸齋苟得味　誰人羡胆膾

②아름다운 미나리는 임금께 바칠 만해─근헌(芹獻), 근성(芹誠)이라 한다.
③등 쬐다〔炙背〕─이는 근헌(芹獻)과 관련된 일로서 옛날 중국《혜강절교서
(嵆康絶交書)》에 이르기를 '야인유쾌자배이(野人有快炙背而) 미근자자(美芹子
者) 욕헌지지존(欲獻之至尊)……'이라고 했다. 여기 '자배'란 햇볕에 등을 쪼이
는 것을 말한다.　④생강─양하(蘘荷)라 했는데 본래 생강 종류이지 상용하는
생강은 아니고 약용으로 쓴다고 했다. 적근(赤根)이라고 한다.　⑤토란─원문에
저우(藷芋), 즉 감자와 토란이라고 했는데 토란의 일종인 듯하다.　⑥양젖─원
문에 소(酥)라고 했는데 이는 소나 양의 젖, 또는 좋은 음식을 말한다.　⑦원문
의 부대우파괴(不待雨破塊)는 우불파괴(雨不破塊), 즉 조용히 내리는 좋은 비,
또는 태평성대를 의미한다.　⑧원문의 휴진종위법(畦畛縱違法)은 측량 없이는
밭 경계를 지을 수 없음과 옛날 우예질정(虞芮質正)의 고사를 아울러 말하는
듯하다.　⑨정회(胆膾)─정(胆)은 군 고기, 회(膾)는 날고기 회를 말한다.

4
밭 갈며 새잎 보는 전원의 즐거움

미역⑩은 그 비록 종류가 많다지만
이곳 짠 땅에선 수량도 부족해
산채는 진실로 아름답고 향기 좋아
용안육(龍眼肉)⑪이 좋다는 것 빈말이로다

나는 오직 밭 채소 즐겨 심으니

山림에 사는 재미 이것이 으뜸
쑥갓⑫은 연하고 벌레 반점 없고
배추는 살쪄서 실같이 안 늘어져

겨자밭은 비록 높은 산에 있지만
그 줄기 거세어서 스스로 버틴다네
좀벌레 털어주니 저으기 광채나고
지난번 가는 비에 껍질 터져 싹이 나네

속잎은 이미 나서 구슬처럼 뻗었고
떡잎은 따다가 광주리에 채워 두네
못잊고 애틋할손 새잎 보는 즐거움
고향 땅 생각을 더욱 잊지 못하누나

이제야 알겠노라 오이씨 심던 사람
소보(巢父)·허유(許由) 스스로 만족한 일을

海菜雖種種　腥鹵不足數　山蔬信香美　龍肉竟虛語
吾唯愛畦種　山林此豪擧　蒿嫩不點斑　菘肥不牽縷
芥臺雖崔嵬　勁幹自能拄　去蛀須光風　挑甲宜微雨
心芽旣擢玉　褪葉斯充莒　耿耿慕慈樂　不能諼鄕土
因知種瓜者　自足配巢許

⑩해채(海菜)─미역.　⑪원문의 용육(龍肉)은 식물의 용안육(龍眼肉), 즉 약재
를 말하는 듯하다. 상록수 교목이다.　⑫원문의 설〔蒻〕은 호(蒿), 즉 쑥의 일종
으로서 쑥갓인 듯하다.

5

강진 농촌의 채소 기르는 풍속

읍내에 민가가 빽빽이 차 있으니

한 치의 땅인들 버려질 리가 있나
들판엔 푸른 벼, 누런 보리가
번갈아 눈앞에 펼쳐져 있네

이 고을 풍속은 구기자(枸杞子)를 먹지 않아
해묵은 가지가 울창하게 뻗어났네
씨 퍼지되 좁쌀처럼 촘촘히 불어나서
부추와 무, 끝내는 번창치 못할레라

콩잎으로 끓인 국 생전 싫은데
이 지방 사람들은 음양곽(淫羊藿)[13]처럼 먹네
나에게 채소밭 빌려줄 이 만난다면
지극히 그 은혜 잊을 수 없으련만

邑里人烟稠　寸土何曾荒　漫漫稻與麥　青黃遞入望
鄉俗不餐杞　長條至老蒼　投種密如粟　菁菔且不昌
生憎豆葉羹　衆嗜如淫羊　如逢借圃人　至惠誠難忘

＊ 44세 때(1805) 다산초당 시절에 지음.

[13] 음양(淫羊)—음양곽(淫羊藿)이라는 풀. 장수한다는 약초.

172. 혜장(惠藏)[1]선사가 오다

― 호탕하고 진솔한 혜장의 모습

뜻은 높고 어질고 호탕해
표연히 숲속에서 나왔네
눈 녹은 언덕 미끄러웠겠고
모래톱 야당(野堂)은 깊었는데

458

얼굴에는 산중락(山中樂)이 가득
몸은 편해 세모의 마음
말세에 섞여서 비박한 데 많지만
진솔(眞率)함은 지금도 여전하구려

　　　惠藏至(丁卯春在康津)

　嬌嬌賢豪志　飄然時出林　雪消厓徑滑　沙繞野堂深
　滿面山中樂　安身歲暮心　末流多鄙薄　眞率見如今

* 원주에, '정묘(丁卯) 봄에 강진(康津)에 있었다'라고 했으니 강진에 귀양가 있
을 때 자주 만나 사귀던 백련사(白蓮寺)의 혜장스님을 읊은 시이다. 혜장과의
교관시는 많은데 그 중 한 편만 골라서 옮겼다. 이때 작자는 46세(1807)였다.

① 혜장(惠藏)－일명 각승(覺僧 : 1772~1812), 다산과 교분이 두터웠음.

173. 절에서 비를 만나 묵다(6월 3일)

> ─ 가물다가 비가 오니 농촌 좋고 나도 기뻐

마르는 모를 보고 농가에서 애태우니
군자가 가슴 깊이 슬퍼하는 일
어린 자식 병이 들어 시들고 누러질 때
어머니 애간장 태우는 격이로다

밤새도록 두레박 삐걱거리며
백 명이 우물에서 다투며 길어도
한 방울 물로써 타는 솥 막는 것은
힘만 들고 그 공은 보잘것없네

바로 앞엔 큰 물이 보이지마는

옮겨오기 어찌 그리 힘이 들던가
하늘 뜻은 필경은 자애로워서
할 수 있는 일이면 인색치 못해

남풍이 바닷기운 불어와서는
산마루에 시꺼멓게 구름 끼더니
반가운 비 쏟아져 천지 흔들고
골짝마다 여울물 쏟아져 흐르네

낮은 논엔 물이 넘쳐 흘려보내고
높은 논은 제방을 더해야 하네
써레·쟁기 들판에 퍼져서 움직이고
모내기 노랫소리 즐거이 들리네

난 그때 산사(山寺)에 머무느라고
이별하고 집에 못간 신세 같았네
떠돌이 신세가 부평초에 더하고
타향 멀리 돌고돌며 외로이 서 있네

비오니 진실로 나 혼자 기쁘다만
자신을 돌아보니 미혹하기 그지없네
내 한평생 걱정은 백성들뿐인데
곤궁한 백성생활 바뀌지 않네

임금님도 바빠서 늦은 식사 하거늘
찬 없는 밥인들 감히 편히 먹을소냐
해마다 풍년 들어 백성들 즐거우면
이 몸은 죄 입어도 얼굴 펴고 살아가리

저나 나나 이 세상에 태어나긴 일반인데

어려운 처지에선 보다 낫길 바라는 법
댕댕댕 저녁종이 울려오며는
소금 절인 나물반찬 스님 따라 먹어야지

滯寺六月三日 値雨

田家憫苗枯　君子所悲酸　有如孩兒病　萎黃焦母肝
桔橰竟夜鳴　百夫爭井欄　點滴救爐釜　力浩功則屑
咫尺見溟渤　轉移何其艱　天意竟仁惻　所能不忍慳
南風吹海氣　霏靄蒙山巒　快雨動天地　百谷縣飛湍
下田瀉餘水　高田補防閑　耙耬布原野　秧歌其成歡
余時滯山寺　似別家未還　漂流劇萍梗　廻立身世單
喜悅良獨眞　自視誠愚頑　平生黎庶憂　困窮猶未刪
至尊尚旰食　疏糲敢自安　年豐民得樂　負罪亦怡顏
物我均所遇　枯槁望蘇完　鏗鏗晚鍾動　鹽薇隨僧餐

＊44세 때(1805) 강진 귀양지에서 지음.

174. 〈서호부전도〉[①] 그림에 붙여 쓰다

> ― 호수 위에 논 만들어 띄워놓고 농사짓는 그림 보니
> 생각이 달라진다

낮은 논엔 물이 많아 비가 항상 괴롭고
높은 논은 물이 말라 가뭄이 괴로운데
서호의 부전(浮田)은 두 걱정 모두 없어
해마다 풍년 들어 창고 가득 곡식 쌓여

나무로 뗏목 짓고 대를 엮어 배 만들어

그 위에 두세 자[尺] 흙을 얹으니
쟁기·보습 쓰지 않아 진흙 밟을 필요 없고
누두(耬斗)②만 가지고서 올 찰벼 심는구나

물 차면 떠오르고 물 빠지면 낮게 뜨니
모 뿌리는 언제나 수면에 잠겨 있네
폭왕(暴尪)③에도 물 푸는 두레박 필요 없고
원타(黿鼉) 둑의 영(禜) 제사④도 쓸데가 없어졌네

연꽃이랑 마름이랑 뒤섞여 자라나
붉은 꽃, 푸른 이삭 서로 얽혀 있는데
아침이면 배 오르는, 김매는 아낙네들
붉은 다리 밟고 가는 모내기 노랫소리

어찌하여 사람 많고 땅 좁다 걱정하랴
드디어 사람 지혜 천액(天厄)을 벗었는데
용미(龍尾)·옥형(玉衡)⑤ 모두 다 부질없는 짓
겸로(鉗盧)⑥·백거(白渠)⑦ 모두가 묵은 옛자취

백성에겐 한 치 땅도 황금 같은데
하물며 염분 없는 기름진 땅임이랴
추수하여 얻은 곡식 지주(地主)에게 안 바치니
조세도 왕적(王籍)에서 빠질 게 당연하네

이 그림 펴놓고 농부에게 보여주니
냉담히 웃으며 곧이듣지 않으려네
민둥산 어느 곳에 도끼질 할 수 있소?
앙금으로 깊은 물 찾는 꼴이지

논 있으면 나가 갈고 없으면 그만두는

지력(智力)은 그 유래가 한도가 있겠는가[8]
만인이 속수무책 하늘만 바라보고
짐승 잡아 산신령께 빌고만 있네

題西湖浮田圖

下田多水常苦雨　高田高燥旱更苦
西湖浮田兩無憂　歲歲金穰積高庾
縛木爲筏竹爲艎　上載叟叟尺許土
不用犁耙撥春泥　但將耬斗播早稌
水高則昂低則低　苗根常與水面齊
暴尫無聞桔槹響　祭祭不煩黿鼉隄
芙蕖菱芡錯雜起　朱華綠穗行相迷
耘婦朝乘畫船入　秧歌晚蹋紅橋躋
豈唯民殷嫌地窄　遂將人智違天厄
龍尾玉衡總多事　鉗盧白渠皆陳跡
殘岷寸土如黃金　況乃膏腴異鹹斥
鉒艾未許輸豪門　租稅仍當漏王籍
我向野農披丹靑　冷齒不肯虛心聽
赭山何處著斤斧　白澱無地覓泓渟
有田則耕無則已　智力由來安絜瓶
萬人束手仰冥佑　鞭龍副牲祈山靈

* 46세 때(1807) 지음.

① 부전(浮田)―물 위에 떠있는 논이란 뜻인데 〈서호부전도〉라는 그림(작자 미상)을 보고 경세제민을 생각함.　② 누두(耬斗)―씨를 뿌리는 농기구의 일종.
③ 폭왕(暴尫)―한발(旱魃)을 내리는 귀신.　④ 원타(黿鼉) 둑의 영(祭) 제사―강둑에서 신에게 수재·한재 등을 물리쳐 달라고 비는 제사. 원타(黿鼉)는 원

타지량(鼉鼈之梁)에서 온 말인 듯(《竹書紀年》에······ 架鼉鼈以爲梁이라 했다).
⑤ 용미(龍尾)·옥형(玉衡)—논에 물을 대는 농기구와 샘의 물을 퍼올리는 농기구. ⑥ 겸로(鉗盧)—중국 한(漢)나라 때 소신신(召信臣)이 팠다는 저수지로 3만 경의 논에 물을 댔다고 한다. ⑦ 백거(白渠)—중국 한나라 때 백공(白公)이 만들었다고 하는 관개수로. ⑧ 이용후생을 주장하는 시. 자연을 개조해 나가는 인간의 위대한 능력에 대한 신념이 이 시에 짙게 깔려 있다.

175. 동시(東施)의 흉내내는 그림에 붙여

> ― 서시(西施)를 흉내내는 꼴불견은 동시뿐만 아니라
> 중국을 흉내내는 우리나라 넋나간 선비도 같은 무리

파란 치마 꼽추 허리 그 어떤 여인인가?
저라산 밑 감호① 가에 살던 그 사람
봉두난발 흩어지고 붉은 조막손
드러난 이빨엔 푸른 빛 서리었다

몸에는 때 끼어 서 말이요
방에는 먼지 앉아 천 섬이네
옴딱지 등어리는 두꺼비의 족속이요
턱주머니 늘어진 사다새의 무리로세

거리에 나서며는 야유와 놀림감
집안에 들어서면 소가 웃고 개가 짖어
속은 더럽고 마음은 곧지 못해
기지개에 하품하면 바람부는 듯

콧마루 우뚝 서서 쏘는 화살 기세였고
눈두덩은 비뚤어진 바위 모양이려니
용감한 자 손뼉치고 겁 많은 자 달아난다

464

마귀처럼 흉한 모습 이 땅에 나타난 듯

그래도 제딴에는 서시의 시늉이래
그가 살던 마을의 서쪽 서시는
얼굴이 고왔기에 찡그려도 좋았니라
네 얼굴의 찡그림은 본 얼굴만 못하도다

아, 서시의 흉내냄이 그 어찌 너뿐이랴
나는 보았노라, 이 세상 많은 사람 찌푸린 흉내를
중국 강좌 사람들의 굽 높은 나막신② 흉내
업하 사람들의 귀 접은 절각건③ 흉내를
범을 그리다가 따오기된들 부끄럼 모르니
가는 허리 높은 상투④쯤이야 나무랄 것 무어랴

한단의 걸음 시늉⑤ 수릉만 같지 못하였고
우맹⑥의 차림새도 손숙오는 아닐러라
제각기 타고난 바탕이 다르거니
어찌하여 남 따르고 나를 버리느뇨

題東施效顰圖

青裙踽僂彼何人　苧羅山下鑑湖濱
蓬頭亂髮紅拳曲　齙唇歷齒青輪囷
膚革定帶三斗垢　閨房不減千斛塵
背疥仍是蝦蟆族　胡囊恰如淘河群
出街輒受揶揄弄　投門苦遭吽牙狺
陋腹猶藏不直意　臨風作態一欠伸
頰皮漸起彎弓勢　眉稜忽作盤茶呻
勇者拍掌怯者走　九子魔母此降神
自言此法有所受　里閈西與西施隣

西施本好矉亦好　汝矉不若守天眞
吁嗟效矉豈唯汝　我見世路多此矉
江左盡躡高齒屐　鄴下皆戴折角巾
畵虎刻鵠恬不愧　細腰尺髻那足嗔
邯鄲不如壽陵故　優孟終非蔿敎倫
天生體質各有分　胡爲殉物舍吾身

* 이 시는 작자가 46세 때(1807) 강진에서 우리나라가 주체의식없이 중국을 모
방하는 것을 비꼬아 쓴 시이다.

① 저라산(苧羅山)·감호(鑑湖)―모두 동시가 살던 곳의 산과 호수의 이름.
② 강좌(江左)―중국 양자강의 동부 지역이다. 중국 진(晋)나라 때의 명인 사안
(謝安)이 물을 피하려고 굽높은 나막신을 신었다는 고사.　③ 업하 사람들의 귀
접은 절각건―업하(鄴下)는 중국 하남성의 고을 이름이다. 후한(後漢) 때 명인
으로 알려졌던 곽태(郭泰)가 하루는 비를 맞아 두건의 한쪽 귀가 접혔는데, 남
들은 그를 따라 일부러 두건의 한쪽 귀를 접어 썼다고 한다.　④ 가는 허리 높
은 상투―중국 전설에 옛날 초(楚)나라 임금이 허리 가는[細腰] 미인을 좋아하
였더니, 그 시녀들이 허리를 가늘게 하기 위하여 밥을 먹지 않다가 굶어죽었다
는 고사와, 도읍 풍습이 높은 상투를 숭상하니, 지방 사람들은 상투 높이를 한
자나 되도록 하였다는 고사.　⑤ 한단의 걸음 시늉―한단(邯鄲)은 중국 고대 정
(鄭)나라 도읍이다. 옛날 어떤 사람이 한단에 가서 그곳의 걸음걸이를 배우다가
나중에는 앉은뱅이걸음으로 기어서 돌아왔다는 고사.　⑥ 우맹(優孟)―중국 고
대 초나라의 배우이다. 이미 죽은 초나라의 신하 손숙오(孫叔敖)로 가장하여 초
나라 임금을 감동시켰다는 이야기가 전한다.

176. 유배지인 다산 팔경을 읊음

1

봄비에 복숭아꽃 담장에 날리고

담은 널찍이 산허리에 둘렸고

봄빛은 아담하게 그림 그린 듯
시냇가에 봄비가 금방 지나갔을 때
불그레 교태로운 복숭아 몇 가지
(담위에 늘어진 어린 복숭아)

茶山八景詞(八首)

響牆疏豁界山腰　春色依然畫筆描
愛殺一谿新雨後　小桃紅出數枝嬌
　　　　　　　　　(拂墻小桃)

2
맑은 못에 버들개지 흐드러지고

초당에 드린 발이 물빛에 흔들리며
다락머리 실버들을 비추어 주네
바위에 눈 날려서 이상타 여겼더니
봄바람에 버들개지 맑은 못 희롱하네
(초당 발에 버들개지 날리다)

山家簾子水紋漪　照見樓頭楊柳枝
不是巖阿有飛雪　春風吹絮弄淸池
　　　　　　　　　(撲簾飛絮)

3
창 너머 숲속에서 꿩 울어 잠 깨우고

칡덩굴 우거진 곳 햇빛도 고운데
차 달이는 풍로 연기 가늘게 피어난다
어디서 꺽꺽꺽 두세 마리 꿩은 울어
창밑에 잠시 든 잠 곤잘 깨우네
(따스한 날 꿩의 소리를 들음)

山葛萋萋日色妍　小爐纖斷煮茶烟
何來角角三聲雉　徑破雲慇數刻眠
（暖日聞雉）

4
등나무 그늘에서 연못 고기 밥 주네

누런 매실 보슬비에 숲초리에 드러나고
알알이 천 점 모습 물속에 비추이네
저녁밥 일부러 두세 덩이 남겼다가
등나무 기대앉아 고기 새끼 모이 주네
(보슬비에 고기 밥 주며)

黃梅微雨著林梢　千點回紋水面交
晩食故餘三兩塊　自憑藤檻飯魚苗
（細雨飼魚）

5
이끼 낀 비단 돌에 단풍이 붉다

높고 낮은 비단 위에 엷은 구름 잠겼는데
길쭉 둥근 이끼 낀 돌 무늬도 좋을시고
게다가 말쑥하게 단풍잎 곁들이니
푸른 빛, 붉은 빛을 분간해선 무엇하리
(단풍이 비단 돌을 수놓다)

巖苗參差帶薄雲　經秋石髮長圓紋
仍添颯眷臙脂葉　濃翠輕紅不細分
（楓纏錦石）

6
국화 피어 물속 비춰 그 보는 재미

바람 자니 연못은 닦아 놓은 거울이요

좋은 꽃 기이한 돌 물속에 가득
돌머리 바위틈에 국화 꽃 탐내보자
물속의 고기들이 물결지을까 두렵다
(연못에 국화꽃 비추며)

風靜芳池鏡樣磨　名花奇石水中多
貪看石罅幷頭菊　剛怕魚跳作小波
(菊照芳池)

7

화단의 푸른 대는 세모 정취 자아내고

첫눈 와 녹은 산에 돌 기운은 맑고 맑아
떨어지는 낙엽 소리 그 또한 새로운데
화단의 어린 대 의연히 푸르러서
서가의 세모 정취 다정하기 그지없네
(화단의 푸른 대)

淺雪陰岡石氣淸　穹柯墜葉有新聲
猶殘一塢蒼筤竹　留作書樓歲暮情
(一塢竹翠)

8

솔바람 부는 소리 거문고 듣는 기분

시냇물 돌아 모여 맑은 산봉 안았는데
푸른 갈기, 붉은 비늘 만 그루 솔 솟았구나
(해송이 참대처럼 곧추자라 오름)
거기서 거문고와 생황소리 들끓을 때
산바람 불어와 만당이 서늘하네
(만학의 소나무 물결)

小谿廻合抱晴巒　翠㲯紅鱗矗萬竿
　　　　　（海松直上如竹竿）
正到絲簧聲沸處　天風吹作滿堂寒
　　　　　（萬壑松漾）

* 이 시는 작자가 46세 때(1806)에 다산초당의 풍경을 그린 시이다.

177. 귀향살이 집 다산초당의 화수(20수)

1
다산초당은 귤원 서쪽 골짜기

다산초당은 아늑한 귤원 서쪽
천 그루 솔밭에 한 줄기 시내 있네
골짜기 물 찾아 샘솟는데 가게 되면
석간수 맑은 곳에 그윽한 집 있다네

茶山花史(二十首)

茶山窈窕橘園西　千樹松中一道溪
正到溪流初發處　石間瀟洒有幽棲

2
다산초당에 연못 있어 철따라 꽃피고

조그마한 못 하나 초당의 얼굴인데
그 가운데 세 봉우리 석가산이 솟았구나
온갖 꽃 사시장철 퇴 밑에 둘러 피니
물 가운데 얼룩덜룩 자고 무늬 수놓았네

小池眞作草堂顏　中起三峰石假山

470

差次百花常繞砌　水心交纈鸊鷉斑

3

대밭에서 천렵하며 중은 생선 끓여

대밭놀이 음식일랑 중에게 맡겼는데
가여울손 그의 모발 날마다 더부룩해
지금은 중의 계율 모두 다 내버리고
생선찜 도맡아서 제 손으로 만든다네

竹裏行厨仗一僧　憐渠鬚髪日鬖鬖
如今盡破頭陀律　管取鮮魚手自蒸

4

설중 매화 있었기에 이 산중을 좋아했네

이 동산이 좋아서 함께 살자 기약하여
설중매 첫 가지가 피거들랑 만나자고
오징어 먹물 희듯 그 맹세 흐려져서
지금엔 꽃지고 열매만 가득하네

林園宿昔住佳期　期在寒梅第一枝
慚愧盟詞成鰂墨　如今花落子離離

5

복숭아꽃 두세 가지 우물가에 피어 있고

우물 위에 복숭아꽃 곱게 피어 두세 가지
산 깊어 외인이야 엿볼 수 있을손가
모여선 산봉우리 봄바람 안막으니
들나비, 촌벌들이 용케 알고 찾아드네

井上緋桃三兩枝　山深不許外人窺
攢峰未礙春風路　野蝶村蜂聖得知

6
동백꽃이 피고 지고 숲은 우거졌다

동백나무 잎이 퍼져 수풀을 이뤘으니
갑옷 같은 목서 잎 산다(山茶)①는 깊어졌네
봄바람에 꽃보려고 그대로 두었더니
제멋대로 피고 져서 뜨락에 그늘지네

油茶接葉翠成林　犀甲稜中鶴頂深
只爲春風花滿眼　任他開落小庭陰

① 산다(山茶) — 학정(鶴頂). 여기서는 산다의 이명(異名)으로 썼다. 학정홍(鶴頂
紅)은 목서(木犀) 잎과 같다고 함.

7
모란꽃을 보호하려 대울타리 둘렀다네

바닷바람 세차서 모래를 날려오니
창앞에 대울타리 일자로 꽂았다네
늙어서 산바람에 몸조리라 생각마소
다만 여기 모란꽃을 보호하기 위함일세

海天風力遠飛沙　故插牕前一字笆
不是山人養衰疾　秖應遮護牧丹花

8
붉은 작약꽃을 늙은이는 지킨다네

붉은 작약 새싹들이 성난 듯 나오누나

죽순보다 뾰족하고 붉기는 경옥 같네
주인영감 새싹들을 지키고 가꾸고자
아이들 밭 곁으로 다가올까 경계하네

紅藥新芽太怒生　尖於竹筍赤如瓊
山翁自守安萌戒　不放兒孫傍墻行

9
수국은 겨우 피어 가지 끝에 달렸구나

다락 앞에 한 가지에 나뭇잎은 퍼졌으나
가지 끝에 꽃봉오리 하나도 안 폈는데
전년에 억울히도 원정에게 찍혔다만
꽃피게 된 걸 보니 이것이 수국이네

一樹當樓葉亂抽　都無蓓蕾著枝頭
前年枉被園丁斫　待到花開是繡毬

10
석류꽃은 늦게야 뭇꽃 뒤에 핀다네

석류의 꽃잎 크기 술잔만 할 터인데
그 종자 처음에는 일본서 들여왔네
추위 싫어 3월까지 안 핀다고 웃지 마라
뭇꽃이 시든 뒤엔 어김없이 필 것이니

海榴花瓣大如杯　種子初從日本來
莫笑枯寒到三月　群芳衰歇始應開

* 외국에서 들어온 석류라 해서 해류(海榴)라고 함.

11

치자는 두보도 좋아한 꽃이라 분주(分株)해서 기르네

치자는 세상에서 유별난 꽃이라고
소릉①의 글귀가 거짓이 아니로다
저녁때 보슬비에 긴 삽을 들고 나와
한 나무를 갈아 심어 여러 그루 만들었네

危子人間誠絶殊　　少陵詩句未應誣
晩來微雨攜長鑱　　一樹分栽得數株

① 당(唐)나라 시인 두보(杜甫 : 712~770)가 스스로 자기를 소릉이라고 일컬었다.

12

백일홍은 한쪽 피면 한쪽 져서 귀한 꽃이 아니로다

백일홍①은 화보에서 자미화라 하는데
한 가지가 성하면 다른 가지 쇠한다네
꽃이 하도 귀해서 꽃축에 넣었을 뿐
세상에 희귀한 좋은 꽃은 아니로다

膚癢於經是紫薇　　一枝榮暢一枝衰
直緣承乏編園籍　　不是孤芳絶世稀

① 백일홍(白日紅)을 부양(膚癢)이라고 원문에 썼는데 본초경(本草經)에는 자미
(紫薇)라고 했다. 자미는 또 백일홍의 별칭이다.

13

월계꽃 화분 옮겨 서러움 나눈다네

월계를 옮겨 심어 겨우 한 개 화분인데
어린 가지 가냘퍼서 뿌리 뻗지 못하였네

바람 맞고 눈과 싸워 그 언제까지더냐
고난 겪는 나그네를 서로 보며 애끓누나

月秀移栽僅一盆　穉枝纖弱未舒根
含風鬪雪知何日　瘦客相看欲斷魂

14

일편단심 해바라기 버들 밑엔 들지 않아

해바라기 잎새마다 바람에 살랑살랑
한 길 높이 자라거든 붉은 꽃 보게 되리
갸륵한 그의 맘 태양만을 향해 있어
외로운 그 줄기 버들 밑엔 들지 않네

戎葵葉葉拂輕風　時至須看一丈紅
自是芳心知向日　孤根不入柳陰中

* 여기 버들 그늘은 세속을 말하고 있음.

15

국화꽃은 울타리 밑이 제격인데 외로이 피었구나

국화꽃 필 때만이 좋은 것 아니라네
예로부터 잎과 줄기 얼마나 가엾었나
주인은 이 꽃과 울밑 연분① 적었던지
몇 포기 잡초 옆에 쓸쓸히도 서 있구나

非是花開始菊娟　由來莖葉絶堪憐
主人只少東籬分　數本蕭條雜艸邊

① 울밑 연분〔東籬分〕-국화는 관청의 울밑이나 큰 저택의 울타리 밑에서 펴야

제격이다.

16
치자꽃은 희게 피어 차 대신 쓰일 뿐

지치①가 조금씩 흰 꽃을 피울 때면
담 머리의 호장②이 줄기 뻗기 시작하네
산골집 약 재배야 그리 많아 무엇하나
산중에는 차나무가 만 그루나 된다네

茈莨些些放白花 墙頭虎掌始舒芽
山家種藥無多品 爲有山中萬樹茶

① 차려(茈莨)-자초(紫草), 즉 지치를 말함. 지치는 식용과 약재로도 쓰나 야생의 화초로도 가꾼다. ② 호장(虎掌)-'두여미 조자기'라 하고 한방에서는 천남성(天南星)이라고 함. 차로도 달여 먹는다.

17
포도에 새순 나니 열매도 달리겠지

마루 아래 포도덩굴 줄기가 굵었는데
지난 해 눈바람에 묵은 덩굴 말랐더니
아침에 문득 보니 용수같은 싹이 돋아
가을되면 어김없이 포도 알이 달리겠네

廡下葡萄骨格麤 去年氷雪老藤枯
朝來忽有龍鬚展 秋至應懸馬乳酥

18
미나리 가꾸어서 푸성귀로 먹으리라

집 아래 버려진 밭 새로이 파헤치고
층층이 잔돌 쌓고 샘물을 채웠노라

476

미나리 가꾸는 법 올해 들어 배웠으니
저자의 푸성귀는 안 사도 되겠구나

舍下新開稅外田　層層細石閣飛泉
今年始學蒔芹法　不費城中買菜錢

19
차는 거르지 않고 화경과 수경은 늘 읽는다

산정에 장만한 책 다른 것은 전혀 없고
화경 책과 수경[1]만을 곁에 두고 보고 있네
귤원에 비가 개니 이 더욱 상쾌하여
석간수 손에 받아 차병을 부신다네

都無書籍貯山亭　唯是花經與水經
頗愛橘林新雨後　巖泉手取洗茶瓶

① 화경(花經), 수경(水經)—모두 저서 이름인데 화경은 본초강목경(本草綱目
經) 등이고 수경은 물에 관한 저술과 어족(魚族)에 관한 기록이다.

20
유배지에서 혼자 사니 노루의 발자취뿐

하늘은 벌을 주어 이 산수에 살게 하여
봄잠 자고 술에 취해 사립문 닫았노라
뜰안은 모두 다 푸른 이끼 덮였는데
때때로 노루[1]가 다녀간 흔적뿐이네

天遣先生享此園　春眠春醉不開門
山庭一冪莓苔色　唯有時時鹿過痕

* 이 시는 작자가 46세 때(1807) 강진에 유배당해 있으면서 그 다산초당 생활

과 사시 자연의 변화를 그린 작품이다.

① 여기의 사슴[鹿]은 노루일 것이다.

178. 중이 소나무를 뽑아 버리다

> — 애지중지 기른 소나무로 수영방자 때문에 절간은 결
> 딴나고 소나무 바치라니 차라리 뽑아 버리는 한심한
> 이야기

백련사 서쪽 석름봉에서
자축거려 다니며 솔을 뽑는 중이 있네
어린 솔싹 자라나서 겨우 두세 치
여린 줄기 연한 잎이 귀엽기도 하거니

어린아이 기르듯 보살펴 사랑해야
해묵어 큰 재목이 될 것이어늘
어찌하여 보는 족족 뽑아 버리나
싹도 씨도 남기지 않으려 하는 건가

부지런한 농부들이 호미 메고 가래 들고
밭고랑에 돋아나는 모진 잡초 애써 매듯
관문의 역졸들이 국도 길을 닦는다고
가시덤불 베어서 헤쳐 쓸어내듯이

손숙오①가 어릴 적에 음덕 닦느라
길가의 독사를 쳐서 섬멸하듯이
날개 돋힌 산귀신이 시뻘건 머리칼을 뒤집어쓰고
9천 그루 나무를 잡아채듯 뽑는구나

중을 불러 물으니 목메어 말 못하고

두 눈에서 눈물만 비오듯 흘리다가
이 산에 솔 가꾸기 예부터 애썼어라
스님 상좌 할 것 없이 성심성의 가꿨어라

땔나무 아끼느라 찬밥으로 끼니하고
산속마다 순찰 돌며 새벽 종을 울리었네
고을 성안 초부들도 감히 접근 못하였고
시골 농부 도끼야 얼씬이나 하였으랴

수영방자 달려와서 사또 분부 내렸다며
산문에 들어서며 벌떼같이 떠들면서
지난 여름 폭풍우에 절로 꺾인 소나무를
중이 남벌하였다고 책잡아 매질하네

하느님 맙소사, 이 설움 견딜소냐
절간 돈 만냥으로 그 미봉하였다오
금년 들어 솔 베어서 항구까지 메어 가며
큰 배를 만들어서 왜놈 방어한다더니

그러나 항구에는 배 한 척 뜨지 않고
애매한 산 모양만 발가숭이 되었어라
이 애솔이 자라면 큰 소나무 되리니
화근을 뽑아라, 쉴새없이 뽑아라

이로부터 솔 뽑기를 솔 심듯이 하였도다
잡목이나 남겨두어 겨울 땔감 하렸더니
오늘 아침 관첩 내려 비자 따서 바치라니
비자나무마저 뽑고 산문을 닫으리라

僧拔松行

白蓮寺西石廩峯　有僧彳亍行拔松
穉松出地纔數寸　嫩幹柔葉何丰茸
嬰孩直須深愛護　老大況復成虯龍
胡爲觸目皆拔去　絶其萌蘖湛其宗
有如田翁荷鋤攜長欃　力除稂莠勤爲農
又如鄕亭小吏治官道　翦伐茨棘通人蹤
又如蔦敎兒時樹陰德　道逢毒蛇殲殘凶
又如髡髥怪鬼披赤髮　拔木九千聲詾詾
招僧至前問其意　僧咽不語淚如霰
此山養松昔勤苦　闍梨苾蒭遵約恭
惜薪有時餐冷飯　巡山直至鳴晨鍾
邑中之樵不敢近　況乃村斧淬其鋒
水營小校聞將令　入門不馬氣如蜂
枉捉前年風折木　謂僧犯法撞其胸
僧呼蒼天怒不息　行錢一萬纔彌縫
今年斫松出港口　爲言備倭造艨艟
一葉之舟且不製　只赭我山無舊容
此松雖穉留則大　拔出禍根那得慵
自今課拔如課種　猶殘雜木聊禦冬
官帖朝來索榧子　且拔此木山門封

* 46세 때(1807) 강진에서 지음.

① 손숙오(孫淑敖)—중국 춘추시대 초(楚)나라 재상을 지낸 손숙오는 어렸을 때 길을 가다가 양두사(兩頭蛇)를 만났는데, 다른 사람이 해를 입지 않게 하기 위하여 모조리 죽여 버린 고사가 있다.

179. 호랑이 사냥 이야기

> ― 호랑이 잡는다고 관가에서 나와 온 마을을 쑥밭 만
> 들다

5월이라 깊은 산속 숲 깊어 어두운데
호랑이 새끼 쳐서 젖먹여 키우더니
여우 토끼 다 잡다가 사람까지 해치려고
깊은 동굴 벗어나서 마을 뒷산 왔다갔다

나무하기 김매기도 종적이 끊어지고
산골 백성 한낮에도 문단속 심하구나
홀어머니 슬피 울며 칼 들고 찌를 기세
장정들은 분에 차서 활을 메고 나서누나

고을 원님 이 말 듣고 측연히 생각던지
사령 군노 신칙하여 범사냥 명령하네
원님 앞서 사령 오니 온 마을이 깜짝 놀라
장정들은 도망가고 늙은이만 붙잡힌다

기세 높은 군노들이 집집마다 싸다니며
도둑에게 고함치듯 빗발같이 어지럽네
닭 삶고 돼지 잡고 인근 마을 소란하다
방아 찧고 자리 깔고 대접하기 뛰고 도네

취하도록 술 마시며 긴 담뱃대 피워 물고
군졸 모아 범사냥을 계루고(鷄婁鼓) 치며 법석대니
이정은 머리치고 전정[1]은 자빠뜨려

주먹 날고 발로 차서 호랑이 피 토했네

무늬 호피 관에 바쳐 현감 입이 벌어지며
돈 한 푼 안들이고 값진 물건 얻었다네
당초에 어떤 자가 호랑이 왔다 알렸느냐
입 빠른 놈 혓바닥이 원성 들어 마땅하리

호랑이의 피해일랑 한두 사람 상하는데
어이하여 천백 사람 이 괴로움 당하는가
홍농② 고을 호랑이는 강을 건너갔던 일과
태산③ 여자 울음소리 그대 듣지 못했더냐

옛날에는 나라 사냥 때를 가려 하였더니
여름달 농사철은 습무(習武)도 안 하는데
가증스런 관리들은 밤중에도 문 두드리니
차라리 남은 범이 이 곤욕 막았으면

獵虎行

五月山深暗艸莽　　於菟穀子須渾乳
已空狐兎行搏人　　離棄窟穴橫村塢
樵蘇路絶薪蒭停　　山氓白日深閉戶
嫠婦悲啼思剚刃　　勇夫發憤謀張弩
縣官聞之心惻然　　敕發小校催獵虎
前驅鑱出一村驚　　丁男走藏翁被虜
小校臨門氣如虹　　嘍囉亂杴紛似雨
烹雞殺猪喧四鄰　　舂糧設席走百堵
討醉爭傾象鼻彎　　聚軍雜撾雞婁鼓
里正縛頭田正踣　　拳飛踢落朱血吐

斑皮入縣官啓齒　不費一錢眞善賈
原初虎害誰入告　巧舌喋喋受衆怒
猛虎傷人止一二　豈必千百罹此苦
弘農渡河那得聞　泰山哭子君未覩
先王蒐獮各有時　夏月安苗非習武
生憎悼吏夜打門　願留餘虎以禦侮

①전정(田正)─지주들 앞에서 일보던 마름.　②홍농(弘農)─옛날 중국 홍농 고
을 원이 정치를 하도 착하게 하기 때문에 호랑이들도 감동하여 새끼를 업고 하
수를 건너 가버렸다는 이야기가 전한다.　③태산(泰山)─옛날 공자(孔子)가 태
산을 지날 때 어떤 여자가 울고 있었다. 그 까닭인즉 그의 가족이 모두 호랑이
에게 물려 갔다는 것이다. 공자가 왜 다른 곳으로 피해 가지 않았느냐고 물었더
니 그는 다른 곳에는 가혹한 정치가 있기 때문이라고 하였다. 이에 공자는 '가
혹한 정치는 호랑이보다 사납구나(苛政猛於虎)'라며 탄식하였다는 이야기가 전한다.

180. 고양이 도적되는 노래

> — 고양이 쥐 안잡고 도리어 주인 해치며, 관리가 도둑
>   안 지키고 오히려 뇌물받고 권세부리는 기막힌 노래

남산골 늙은이가 고양이를 길렀더니
나이 먹고 흉칙하여 요망 배워 여우로세
밤마다 초당 들어 비린 고기 훔쳐내고
독 뒤지고 항아리 엎고 단지를 깬다

어둠 속을 쏘다니며 교활한 짓 다 하다가
문 열고 소리치면 그림자 없이 사라지네
촛불 켜고 둘러봐야 더러운 자국뿐
먹다 남은 찌꺼기만 흩어져 있네

늙은 영감 잠 못자 근력은 약해지니
이리저리 생각해도 묘책 없어 긴 한숨
곰곰이 생각하니 고양이 죄 극악해라
문득 칼을 빼어 천벌을 내리고자

네 이 놈 생겨날 젠 무엇하러 생겼더뇨
너더러 쥐 잡아서 백성 피해 없애랬지
들쥐는 밭을 파서 곡식을 잘라 먹고
집쥐는 집을 뒤져 모든 살림 다 훔친다

백성들은 쥐 피해에 날마다 말라들어
기름 말라 피 말라 뼈마저 말랐으니
이로써 너를 시켜 쥐잡이 대장삼아
죽이고 살리는 권한 네게 주었으니

황금같이 반짝이는 두 눈동자 주었고
올빼미 눈알처럼 칠야에도 벼룩잡고
너에게 새매의 쇠발톱을 주었고
너에게 호랑이의 톱이빨 주었어라

나르듯 치고받는 용맹을 주어서
쥐 너를 보면 무서워 엎드려 헌신하고
하루에 백 마리 쥐 잡은들 누가 말리며
보는 자 모두가 너의 모골(毛骨) 칭찬했다

그 옛날 팔사제[①]에 네 조상 받들려고
누른 갓 쓰고서 큰 술잔 바쳤거니
너 이제 한 마리 쥐새끼도 잡지 않고
그놈 버릇 도로 배워 큰 도적이 되었구나

쥐는 본래 좀도적이라 피해도 적지만

너는 이제 힘 세고 기세 높고 성품 사나워
쥐로서는 못하는 짓 마음대로 다하며
처마에 오르고 뚜껑을 여닫고 담을 부수니

이로부터 뭇쥐들은 꺼릴 것 없어져서
구멍 밖을 드나들며 웃음 웃고 수염 쓰다듬네
쥐들은 훔친 물건 너에게 뇌물 주며
태연히 너와 함께 나란히 싸다닌다

좋은 짓 궂은 짓을 너의 버릇 시늉내며
무리 쥐 모여들어 너의 시중 드는구나
북 치고 나팔 불며 너의 뒤를 따르고
깃발을 나부끼며 너의 앞장 서는구나

너는 큰 가마에 높이 앉아 교태부리며
뭇쥐들의 떠받듦을 좋아라만 하는구나
내 이젠 큰 활에 큰 살 메워서 네 놈을 쏘아 넘기고
그래도 쥐 들끓으면 차라리 사나운 개 불러대리라

狸奴行

南山村翁養狸奴　　歲久妖兇學老狐
夜夜草堂盜宿肉　　翻瓨覆瓿連觴壺
乘時陰黑逞狡獪　　推戶大喝形影無
呼燈照見穢跡徧　　汁滓狼藉齒入膚
老夫失睡筋力短　　百慮皎皎徒長吁
念此狸奴罪惡極　　直欲奮劍行天誅
皇天生汝本何用　　令汝捕鼠除民痛
田鼠穴田蓄穤稬　　家鼠百物靡不偸
（張衡西京賦偸與愉叶）

民被鼠割日憔悴　　膏焦血涸皮骨枯
是以遣汝爲鼠帥　　賜汝權力恣磔刳
賜汝一雙熒煌黃金眼　漆夜撮蚤如梟雛
賜汝鐵爪如秋隼　　賜汝鋸齒如於菟
賜汝飛騰搏擊驍勇氣　鼠一見之凌兢俯伏恭獻軀
日殺百鼠誰禁止　　但得觀者嘖嘖稱汝毛骨殊
所以八蜡之祭崇報汝　黃冠酌酒用大觚
汝今一鼠不曾捕　　顧乃自犯爲穿窬
鼠本小盜其害小　　汝今力雄勢高心計麤
鼠所不能汝唯意　　攀擔撤蓋頹墻塗
自今群鼠無忌憚　　出穴大笑掀其鬚
聚其盜物重賂汝　　泰然與汝行相俱
好事往往亦貌汝　　群鼠擁護如騶徒
吹螺擊鼓爲法部　　樹纛立旗爲先驅
汝乘大轎色夭矯　　但喜群鼠爭奔趨
我今彤弓大箭手射汝　若鼠橫行寧嗾盧

* 49세 때(1810) 다산초당에서 지음.

① 팔사제(八蜡祭)-옛날 민속에 매년 섣달이 되면 농사와 관계된다는 여덟 가
지 귀신에게 지냈던 제사인데 고양이의 신(神)도 그 중의 하나였던 것이다.

181. 다산초당의 여름해

— 나무 끝에 새벽빛이 비추고, 나는 늦잠에서 깨어나다

나무 끝에 새벽빛이 맑게 비추면
물가의 먼 집들이 아침해에 반짝인다
몸 약해 게을러서 늦잠자는① 버릇 닮고

동봉 위에 해는 솟아 골짜기에 비추었네

夏　日(戊辰夏　在茶山)

林杪滄凉曙色微　湖邊遠屋已朝輝
衰慵恰做三竿夢　爲有東峰壓澗扉

* 47세 때(1808) 다산초당에 새로 와서 지음.

① 삼간몽(三竿夢)―아침 늦잠의 꿈, 늦잠.《남제서(南齊書)》〈천문지(天文志)〉에 '일출고삼간(日出高三竿) 주색적황간일휘(朱色赤黃竿日暉)'라 했고, 육유(陸游)의 〈병퇴시(病退詩)〉에 '미수삼간일(美睡三竿日) 안선반전향(安禪半篆香)'이라 함.

182. 시들은 연꽃

> ― 연꽃은 나처럼 시들으니 남은 세월 어찌하려나

들 밖은 가을빛이 새로운데
연못엔 연꽃마저 쓸쓸해졌네
향기롭고 곱던 모습 이미 거두고
이제 그 고생 어찌하려나

아직도 대궁은 하늘을 떠받치고
남은 잎새 달빛 아래 물결에 잠겼네
누가 제발 저으기 악기를 뜯어서
나를 위해 슬픈 노래 불러주렴아!

敗　荷

野外新秋色　蕭然上敗荷　已收芳艶了　奈此苦心何
尚有擎天柄　猶餘蘸月波　誰將小絃管　爲我度悲歌

* 47세 때(1808) 다산초당에서 지음. 다산으로서는 보기 드문 애상시이다. 다산 초당에 새로 옮겨온 후 실의와 회의, 그리고 병약이 심했을 때이다.

183. 동림①에 거닐어 보다

> — 구렁텅에 던져진 이 몸 아직도 조정 생각 미친 짓 인가

병들어 쇠약한 몸 글 읽기도 싫증나서
맑은 가을 흥취에 끌리어 나가서
단풍나무 아래로 천천히 걸어보고
시냇가 푸른 언덕 저으기 앉았노라

구렁텅에 던져진 약한 목숨이지만
마음 깊이 조정을 우러러 그리노라
그윽한 이 마음을 붓 가는대로 맡겨보니
시비와 사랑도 미친 짓이던가

試步東林

衰疾臨書倦 清秋引興長 徐行紅樹下 小坐碧谿傍
微命甘溝壑 深猷仰廟堂 幽懷任輪寫 非是愛顚狂

* 47세 때(1808) 다산초당에서 지음. 극도의 허약과 실의에 빠진 때이지만 아 직도 서울 기별을 기다리는 마음 간절한 듯하다.

① 동림(東林) – 다산초당의 동림, 즉 만덕산 동쪽 기슭.

184. 봄날 백련사①에 가다

> ― 백련사에서 대각선사 혜장과 만나 반가웠다

조각구름 흘러가자 흐린 하늘 개이고
냉이밭에 흰나비 펄럭이며 날 때
우연케도 집 뒷산 나무꾼 길 따라서
숲을 헤쳐 나가보니 보리밭 언덕이네

궁벽한 산촌 봄날 아는 노인 왔다면서
벗 없던 거친 동네 각승(覺僧)②은 어질었다
더구나 도연명(陶淵明) 찾은 듯 보아주어
나에게 산경표(山經表)③ 한두 권을 설명하네

春日游白蓮寺

片片晴雲拭瘴天　薺田蝴蝶白翩翩
偶從屋後樵蘇路　遂過原頭穬麥田
窮海逢春知老至　荒村無友覺僧賢
且尋陶令流觀意　與說山經一二篇

* 48세 때(1809) 다산초당에서 지음.

① 백련사(白蓮寺)―전남 강진에 있는 절. 대흥사(大興寺) 소속. 다산은 이 절에 자주 놀러갔다.　② 각승(覺僧)―대각선사였던 아암(兒庵) 혜장선사(惠藏禪師 : 1772~1812)를 이름. 다산과 교우가 두터웠다.　③ 산경(山經)―여기의 산경(山經)은 《산경표(山經表)》, 즉 우리나라의 지리서인 《산맥표(山脈表)》를 말하는 듯하다.

185. 꿈에 한 여인을 보다

— 무쇠 같은 내 가슴도 꽃같은 여인에겐 불같더라

(11월 6일 다산초당 동암 청재에서 혼자 자다가 꿈에 한 여인을 보았는데 와서 좋아하기에 나 역시 정이 동해서 잠시동안 이야기하다가 시 한 수를 지어 주었다. 깨어보니 너무도 생시와 방불하고 또렷해서 쓴다)

설산 깊은 속에 한 가지 꽃같은 여인
붉은 복숭아꽃보다 예쁘게 강사포(絳紗袍)[1] 드리우고
이 마음 이미 금강 무쇠처럼 굳었었는데
함부로 풍로불처럼 어찌 네가 녹이느냐

夢遇一妹

(十一月六日 於茶山東菴清齋獨宿 夢遇一妹 來而嬉之 余亦情動 少頃辭而遣之 贈以絶句 覺了了詩曰)

雪山深處一枝花　爭似緋桃護絳紗
此心已作金剛鐵　縱有風爐奈汝何

* 이 시는 다산(茶山)의 객회(客懷)와 춘정(春情)을 표현한 시로서 드물게 보는 다산의 사생활의 편모이다. 48세 때(1809) 지음.

① 강사포(絳紗袍)-강사포는 원래 임금의 장옷인데 여기서는 신선의 옷처럼 표현했다.

186. 산 늙은이

— 오랜만에 마을 가니 보이느니 딱하고 괴로운 정경뿐

산 늙은이 오늘 아침 마을에 내려와서

490

마을 안부 물으려고 처마 밑에 앉았는데
가난한 남촌 아낙 목소리도 사나워라
시어미와 싸우며 소리치며 통곡하네

큰아이 절룩이며 바가지 들고 섰고
작은 아인 누렇게 떠 안색이 초췌하네
우물가의 또 한 아이 너무 야위어
배는 성난 두꺼비요 볼기는 쭈글쭈글

어미 가자 아이는 주저앉아 울어대고
온몸은 똥오줌과 콧물로 범벅됐네
어미 와서 후려치니 울음소리 더욱 높아
천지가 찢기는 듯 구름도 피해 가네

동쪽 마을 실 뽑느라 물레소리 삐걱삐걱
서쪽 마을 보리 찧는 방아소리 덜커덩
집 북쪽에선 소 모는 소리 이랴 쯧쯧
소는 말 안들어 기운만 빠지네

산 늙은이 괴롭고 어찌할 바 몰라서
오래 더 있다간 이 재난 당할까봐
홀연히 소매 떨쳐 산으로 돌아가니
푸른 숲에 매미 울고 연꽃이 활짝 피네

山　翁

山翁今朝下山村　直爲問疾坐簷端
南村貧婦聲悍毒　與姑勃谿喧復哭
大兒槃散手一瓢　小兒蔫黃顏色焦

井上一兒特枯瘦　　腹如怒蟾臀皮皺
母去兒啼盤坐地　　糞溺滿身鼻涕溜
母來擊兒啼益急　　天地慘裂雲色逗
東鄰繰絲聲軋軋　　西鄰春麥聲揹揹
舍北叱牛聲咄咄　　牛不聽戒力但竭
山翁心煩意未裁　　不可久留受此災
翩然拂袖上山來　　碧樹涼蟬藕花開

＊49세 때(1810) 지음.

187. 전간기사(6편)

> ― 가물어 황폐한 농토가 적지천리(赤地千里)로 백성
> 은 유리 방랑하다가 굶어죽는데 다스리는 윗놈들은
> 수수방관하며 제 속만 채우누나

서 문

기사(己巳)년에 나는 다산초당에 머물고 있었다.

이 해는 큰 가뭄이 들었는데 지나간 겨울부터 금년 봄을 거쳐 입추 절기에 이르기까지 비가 내리지 않았다. 들에는 푸른 풀포기 하나 볼 수 없어 이른바 적지천리였다.

6월부터는 유랑민들이 길바닥에 가득 찼다. 가엾기 짝이 없고 눈으로 차마 볼 수 없어 다시는 살아날 것 같지 않았다.

생각건대 자기 자신은 죄인의 행색으로 궁항 벽지에 유배된 처지라 남과 같은 사람 대접을 받을 수도 없었다. 내 아무리 나라를 위하는 일편단심이 타오르더라도 나라에 도모하는 주청할 길이 없었으며 백성 들 생활을 묘사한 그림 한 장이라도 그려 바칠 수가 없었다.

때때로 눈앞에 보이는 것들이나 유심히 보고, 이를 시가로 옮겼다.

이는 저 처량한 쓰르라미나 귀뚜라미로 더불어 차디찬 풀밭 속에서 구슬픈 노래를 부르는 격이다. 그러나 이도 역시 나의 감정에서 흘러나온 정의의 목소리로서 천지 자연의 화기를 손상시키는 것이 되지는 않는다.

이럭저럭 써 모은 것이 몇 편 되기에 이를 엮어 〈전간기사〉라 한다.

田間紀事

己巳歲 余在茶山草菴 是歲大旱 爰自冬春 至于立秋 赤地千里 野無靑草 六月之初 流民塞路 傷心慘目 如不欲生 顧負罪竄伏 未齒人類 烏味之奏無階 銀臺之圖莫獻 時記所見 綴爲詩歌 蓋與 寒螿冷蛬 共作草間之哀鳴 要其性情之正 不失天之和氣 久而成 編 名之曰 田間紀事

1. 채호(采蒿) (3장 16구)
(다북쑥을 뜯는 노래)

'채호'는 흉년살이를 애달프게 여겨 부른 노래다. 가을을 앞두고 먹을 것이 떨어졌으되 날은 가물어 들에는 푸른 풀까지도 말라 죽었다. 아낙네들은 다북쑥이나 캐어 죽을 쑤어서 끼니를 대신한다.

— 가뭄에 쑥을 뜯어 죽 쑤어 먹고 사는 농민

다북쑥을 캐네 다북쑥을 캐네
다북쑥이 아니라 물쑥을 캐네
이곳저곳 패를 지어 양떼처럼 몰려가네
저기 산 언덕에도

퍼런 치마폭 펄럭이며
붉어진 머리털 흩날리네

다북쑥 캐어 무얼하려나
대답은 없이 눈물만 쏟아지네

항아리 속에는 남은 조 없고
들에는 싹난 것 하나 없으니
오로지 쑥으로 살아간다네
뭉쳐서 지져 먹고 살아간다네

말리고 쪄말려 밥 대신 먹네
삶아서 데치고 간 쳐서 먹네
밥 대신 죽 대신 끼니를 한다네
이것도 아니면 또 무엇이 있으랴

다북쑥을 캐네 다북쑥을 캐네
다북쑥이 아니라 향쑥을 캐네
명아주 비름까지 시들어 버렸고
소귀나물 뿌리는 돋다가 말랐네

풀과 나무도 타버렸고
냇물과 샘물도 모두 다 말랐네
논에는 우렁이도 자라지 못하고
(전청(田靑)은 우렁이〔田螺〕이다)
바다엔 조개마저 보기 어렵네

사또 군자는 돌보지 않고
말로만 흉년이오, 기근이라네
가을에도 벌써 쓰러질 형편에
내년 봄에나 장차 구제한다네

집 떠난 남편은 유랑하다가

494

객사를 하여도 뉘 묻어 주랴
아! 시퍼런 하늘아
어찌해 슬픈 기색 없느냐

다북쑥을 캐네 다북쑥을 캐네
캐다가 보면 돌쑥도 나오네
캐다가 보면 되쑥도 나오네
어쩌다가 다북쑥 캔다네

되쑥은 벌써 시들어 버렸고
말쑥은 아직도 갓 돋아났으나
이 쑥 저 쑥 골라서 무엇하랴
캐어도 캐어도 허기진 이 쑥을

뜯고 뽑고 가리고 다듬어서
바구니 광주리에 거두어 담아
돌아가 이것으로 쑥죽을 쑤어서
허겁지겁 짐승처럼 먹는다네

형과 동생은 서로가 빼앗아
온 집안이 떠들썩 시끄럽네
원망의 소리 꾸짖는 소리
수리 같고 올빼미 같구나

采 蒿

'采蒿'閔荒也 未秋而饑 野無靑草 婦人采蒿爲鬻 以當食焉

采蒿采蒿 匪蒿伊莪 群行如羊 遵彼山坡
靑裙偏僂 紅髮俄兮 采蒿何爲 涕滂沱兮

瓶無殘粟　野無萌芽　唯蒿生之　爲毬爲科
乾之蔭之　淪之醢之　我饘我鬻　庶無他兮

采蒿采蒿　匪蒿伊菣　藜莧其萋　慈姑不孕
芻栖其焦　水泉其盡　田無田靑　海無鱸蜃
　　　　　　　　　　　（田靑田螺也）
君子不察　曰饑曰饉　秋之旣殯　春將賑兮
夫壻旣流　誰其殣兮　嗚呼蒼天　曷其不憖

采蒿采蒿　或得其蕭　或得其藁　或得其蒿
方潰由胡　馬新之苗　曾是不擇　曾是不饒
搴之捋之　于筥于筲　歸焉鬻之　爲饘爲饕
兄弟相攫　滿室其囂　胥怨胥詈　如鴟如梟
　　　　　　　　　　　（三章十六句）
16구는 각 장 구수임.

2. 발묘(拔苗)(4장 각 장 8구)

(가뭄에 모를 뽑아 버리다)

‘발묘’는 흉년을 슬프게 여겨 부른 노래다. 가물에 모판의 볏모가 말라 모내기를 할 수 없게 되자, 농부들은 그것을 뽑아 버리면서 통곡을 한다. 울음소리는 들판으로 가득 퍼진다. 어떤 부인은 너무나 원통하여 사랑하는 자기 자식을 죽여 제물로 바쳐서라도 기우제를 지내어 비가 올 수 있다면 그렇게 하겠노라고 하였다.

— 가뭄에 볏모를 뽑아내는 여인의 애달픈 노래

볏모 날로 자라나서
파릇파릇 속잎 나더니
비단폭을 널어놓은 듯

파란 빛이 떠올랐네

어린아이 기르듯이 사랑스럽게
아침 저녁 돌보며 보살폈더니
보배같이 구슬같이
보기만 해도 기쁘더니

봉두난발 여인 하나
논바닥에 주저앉아
방성통곡하는 말이
저 푸른 하늘 외치면서

차마 어이 뽑을손가
이 볏모를 차마 어이 뽑을손가
한여름 더운 철에
슬픈 바람만 스산하다

너풀너풀 자라던 모를
내 손으로 뽑아 버리다니
무럭무럭 자라던 모를
내 손으로 뽑아 죽이다니

너풀너풀 자라던 모를
잡초처럼 매어 버리다니
무럭무럭 자라던 모를
가랑잎처럼 태워 버리다니

뽑아서 묶어서 줌을 쥐어
시냇가 진펄에 두어나 보자

행여나 하늘에서 비 내린다면
논에 다시 가져다 꽂아나 보자

나에게 아들이 셋이나 있어
젖 먹여 밥 먹여 길렀었지만
그 아들 하나를 바쳐서라도
죽어가는 이 모를 살리고 싶네

拔 苗

'拔苗' 閔荒也 苗槁不移 農夫拔而去之 拔者必哭 聲滿原野 有婦人冤
號極天 願殺一子 以祈一霈焉

稻苗之生 嫩綠濃黃 如綺如錦 翠蘁其光
愛之如嬰孩 朝夕顧視 寶之如珠玉 見焉則喜

有女蓬髮 箕踞田中 放聲號咷 呼彼蒼穹
忍而割恩 拔此稻苗 盛夏之月 悲風蕭蕭

芃芃我苗 予手拔之 薿薿我苗 予手殺之
芃芃我苗 薦之如蕩 薿薿我苗 焚之如樕

擇之束之 寘彼溪宨 庶幾其雨 插之汙邪
我有三子 或乳或食 願殪其一 救此稙穉
(四章 章八句)

3. 교맥(蕎麥)(1장 32구)

'교맥'은 현령을 풍자한 것이다. 조정에서 메밀 종자를 백성들에게 나누어 주
라는 분부가 내렸으되, 고을 원들은 그 분부를 그대로 이행하지도 않고 오히려
엄한 형벌로써 메밀씨도 없는 농민들에게 메밀갈이하라고 독촉하였다.

> ─ 가뭄들어 논은 타는데 메밀을 대파(代播)하려고 갈
> 아 엎으나 메밀씨가 없다

넓고 넓은 무논들이
말라 터져 먼지 나네
볏모 포기 뽑아내고
대신 메밀 심으라네

집에 둔 메밀 없고
장에 가도 못 산다오
주옥일랑 구하여도
메밀 종자 못 구하네

'메밀 종자 걱정마라
감사님께 말씀드려
너희 위해 구해준다'
고을 공문 내렸다오

우리들은 그 말 믿고
논 갈아 엎었으나
메밀은 주지 않고
메밀갈이 독촉하네

메밀을 안 심으면
관가 형벌 내린다고
흰 몽둥이 붉은 곤장
너희 살갗 벗긴다네

오오! 시퍼런 하늘이여!
우리 어찌 안 살피나

메밀 파종 못할진대
우리들은 못살레라

가뭄은 우리 죄라
호령만 벽력 같고
고기·쌀밥 못 먹는데
장차 또 벌준다네

메밀 종자 주라 하는
조정 분부 내렸건만
그 분부는 어이하고
밝은 임금 속이느뇨

蕎　麥

'蕎麥'刺縣令也 朝廷飭授蕎麥之種 令不奉行 徒以嚴刑 督民催種焉

漠漠水田　堀埠其飄　言拔其穉　言播其蕎
蕎不家儲　亦罔市貿　珠玉可得　蕎不可邁
縣官有帖　蕎勿汝憂　我從察司　將爲汝求
我信其言　旣耕旣穰　蕎不我予　而督我尤
汝不播蕎　我則有罰　白棓朱杖　汝膚其割
嗚呼蒼天　胡不予察　蕎之不播　我則罔活
而以咎我　如雷如霆　肉糜不食　將亦有刑
蕎之授種　令出朝廷　曾莫欽遵　欺我聖明

(一章三十二句)

4. 오거(熬麩)(3장 각 장 12구)
　　(흉년에 보리죽을 쑤어 먹다)

'오거'는 흉년살이를 애닲게 여겨 부른 노래다. 가을 추수는 전혀 가망이 끊어지자 부잣집들도 모두 보리죽을 쑤어 먹으며 가난한 농민들은 보리죽도 잇대기가 어려운 형편이었다. 내가 다산에 거주하고 있을 때, 그 앞마을 사람들도 모두 보리죽을 먹고 있었다. 나는 그것을 먹어 보았는데 보릿겨와 모래가 절반이나 섞여서 먹은 뒤에는 신트림이 나서 좀처럼 견딜 수가 없었다.

> ― 흉년에 보리 반 깍지 반으로 보리죽을 쑤어 먹는데
> 그것도 채우기 어렵더라

동편 집이 우릉우릉
서편 집이 우릉우릉
보리 갈아 죽 쑤려고
맷돌 소리 분분하다

보리 깍지 키질 않고
겨 껍질도 불지 않아
껍질채로 죽을 쑤어
주린 창자 채우누나

트림나고 신물나서
눈앞 캄캄 현기나네
해도 달도 빛이 없고
하늘 땅이 빙빙 도네

아침에 보리죽 사발
저녁에도 보리죽
보리죽도 장차 못 이을 걸
배부르기 바랄손가

있는 물건 다 팔아서

보리 사러 나갔더니
이내 돈은 값이 없어
조약돌만 못하다네

보리값은 날개 돋혀
비싸기가 구슬 같고
보리 자루 한 자루에
모여든 자 백일레라

내가 보니 보리밥 먹는 자
마을 중의 부호거니
집은 커서 으리하고
정원 산림 우거졌네

솔밭 있고 대밭 있고
감·밤나무 다 있다네
옷걸이엔 옷 걸렸고
시렁 위엔 구리 주발

소우리엔 소 누웠고
닭집에는 닭 깃들어
언변 좋고 권력 있어
수염 풍신 뽐낸다네

熬 麨

'熬麨' 閔荒也 無所望秋 富人之家 皆食麥粥 其甇獨者 麥粥亦艱焉
(麨者麥粥也) 余在茶山 前村皆麨 取而食之 糠秕沙礫 相半 旣食而
酸 不可安矣

東家礮礮 西家礮礮 熬麥爲麨 磨之紛紛

有麨不籭　有麨不揚　粥之爲麨　塡此莘腸
噫腐喬酸　爲瞑爲眩　日月無光　天地旋轉

朝一溢麨　暮一溢麨　麨將不繼　遑敢求飫
靡物不賣　言市其麥　我貨弗售　如瓦如礫
爾糶其翔　如圭如璧　一囊之麥　聚者維百

我視麨者　里中之傑　棟宇隆隆　園林鬱鬱
有松有竹　有柿有栵　椸有絲衣　閤有銅盎
牛寢其牢　鷄栖于桀　有辯有力　有美須髮

(三章　章十二句)

5. 시랑(豺狼) (3장 각 장 12구)
(승냥이와 이리떼)

'시랑'은 유랑하는 백성들을 가엾게 여겨 부른 노래다. 남쪽 땅 두 마을, 용촌이요 봉촌인데, 용촌에 갑이 살고 봉촌에 을이 살아 우연히 장난치다 을이 맞아 죽었단다. 두 마을 백성들은 관가 트집이 두려워서 '갑아! 너 차라리 자살함이 나으리라'고 했다. 갑은 혼연히 마을 사람 살리려고 자기 목숨 끊었단다. 두어 달이 지난 뒤에 관리들은 소문 듣고 두 마을을 토색하여 돈 3만 냥을 걸어갔다. 한 치 베, 한 알 쌀인들 남음이 있을소냐? 그 여파가 심하기는 흉년보다 더하고 관리들이 떠나는 날에 두 마을도 망해서 떠나갔다. 억울한 한 여인이 고을 원님께 호소하니, 고을 원님 하는 말이 '네가 가서 찾으라' 하더란다.

> ― 늑대·이리 같은 관료의 수탈에 농민들은 유리 방황하지만 그들은 기생두고 얼굴엔 기름졌다

늑대여, 이리여!
우리의 소를 뺏어갔으니
우리의 양일랑 그만두어라

장 안엔 저고리도 없노라
시렁에는 치마도 없노라

항아리엔 남은 찬도 없노라
뒤주 안엔 남은 쌀도 없노라
무쇠솥·가마솥 다 앗아갔고
숟가락 젓가락 모두 돈 쳐 갔노라

도적도 아니고 침략자도 아닌데
어찌 이렇게도 남기지 않느냐
살인한 자 이미 죽었거늘
또 다시 누구를 죽이려느냐

이리여, 늑대여!
우리의 큰 개를 잡아갔으니
우리의 닭일랑 묶지 말아라
사랑하는 자식마저 죽과 바꾸고
나의 아내 그 누가 사가겠는가

너희들은 나의 가죽 벗겨갔었고,
이제 다시 뼈마저 부수려누나
우리의 논밭을 바라보아라
구멍 나서 구슬픈 그 모습 보아라

강아지풀도 자라지 못하니
쑥인들 그 어찌 돋아났을까?
살인한 자 이미 죽었는데
또 다시 누구를 해치려느냐

늑대여, 호랑이여!

말할 나위 없구나.
날짐승·길짐승이여!
꾸짖을 길 없구나

사또도 부모로 모신다 하나
조금도 의지할 길 전혀 없구나
내달아 찾아가서 하소연하여도
귀담아 들은 체도 아니하누나

우리들의 논밭을 바라보아라
참혹한 그 모습을 바라보아라
유리 방랑 떠돌다가
시궁창 구렁텅에 쓰러져 죽건만

아비라며 어미라는 사또여!
기장밥에 고기 먹고
사랑방에 기생 두어
얼굴은 꽃 같구나

豺　狼

‘豺狼’ 哀民散也　南有二村　曰龍曰鳳　龍有某甲　鳳有某乙　偶戲相毆乙者
病斃　二村之民畏於官檢　令甲自裁　甲欣然自死　以安村里　旣數月　吏知
之　聲罪二村　徵錢至三萬　寸布粒粟　靡有遺者　其毒急於凶年　吏歸之日
二村則流　有一婦訴于縣令　今曰爾出而索之

豺兮狼兮
旣取我犢　毋噬我羊　笱旣無襦　椸旣無裳
甕無餘醢　瓶無餘糧　錡釜旣奪　匕筯旣攘
匪盜匪寇　何爲不臧　殺人者死　又誰戕兮

狼兮豺兮
旣取我㲋　母縛我雞　子旣粥矣　誰買吾妻
爾剝我膚　而槌我骸　視我田疇　亦孔之哀
粮莠不生　其有蒿菜　殺人者死　又誰災兮

豺兮虎兮　不可以語　禽兮獸兮　不可以詬
亦有父母　不可以恃　薄言往愬　褎如充耳
視我田疇　亦孔之慘　流兮轉兮　塡于坑坎
父兮母兮　粱肉是啖　房有妓女　顏如蕳苕
　　　　　　　　　　　(三章 章十二句)

6. 고아 (1장 44구)

‘유아(有兒)’는 흉년을 서러워하며 부른 노래다. 남편은 아내를 버렸고, 어머니는 자식을 버렸다. 일곱 살 된 계집아이가 자기 동생을 데리고 거리에서 방황하며 어머니를 잃고 울부짖고 있었다.

— 지아비는 아내 버리고, 에미는 자식을 버려, 어린
　　고아 남매가 길 잃고 울더라

오누이 손을 잡고 나란히 가네
한 애는 가닥머리 한 애는 더벅머리
가닥머리는 말 배웠고
더벅머리는 젖먹이 어린애

어미 잃고 울면서
갈림길에서 헤매네
그들을 붙잡고 연유를 물으니
목메어 울면서 말을 더듬네

'아버지는 집 떠난 지 이미 오래고
어머니 혼자서 집을 지켰소
뒤주는 밑바닥이 다 드러나서
사흘을 밥 못해 굶고 살았소

엄마 울고 나도 울고
볼 비비며 눈물범벅이었소
어린앤 울면서 젖을 찾으나
젖은 이미 말라서 붙어 버렸소

어머니도 할 수 없이 저를 이끌고
젖먹이도 함께 업고 길을 나섰소
이 마을 저 마을 돌아다니며
남의 집 밥 빌어서 먹어 왔었소

장마당에 우리들을 데리고 가선
엿도 사서 우리들을 먹였었는데
그러다가 이 길 넘어 왔을 적에는
사슴 새끼 껴안듯 안고 있었소

아이는 포근히 잠이 들었고
나도 잠이 들어 죽은 듯했는데
잠깨어 일어나 엄마 찾으니
어머니는 이 자리에 아니 계셨소'

말하다가 울다가
눈물은 줄줄줄 연신 흐르고
날은 저물어 어두워 오는데
날아가던 새들도 깃을 찾건만

두 아이 길에서 헤매는 모습
집 잃고 어디에서 기웃거릴꼬
아! 가엾어라 이 나라 백성들
자기의 천륜까지 잃게 되다니

지아비는 그 아내 사랑 못하고
어머니는 그 자식 사랑 못하니
옛날에 이내 몸이 마패를 차고
갑인년에 암행어사 살폈을 적엔

보다 먼저 고아를 보살피라는
나라 은혜 고을마다 베풀었노라
백성을 다스리는 모든 원님이
제가 감히 어기기나 하였을려고

有 兒

'有兒' 閔荒也 夫棄其妻 母棄其子 有七歲女子携其弟 彷徨街路 哭其失
母焉

有兒雙行　一角一羈　角者學語　羈者鬖垂
失母而號　于彼叉歧　執而問故　嗚咽言遲
曰父旣流　母如羈雌　瓶之旣罄　三日不炊
母與我泣　涕泗交頤　兒啼索乳　乳則枯萎
母攜我手　及此乳兒　適彼山村　丐而飼之
攜至水市　啖我以飴　攜至道越　抱兒如麛
兒旣睡熟　我亦如尸　旣覺而視　母不在斯
且言且哭　涕泗連洏　日暮天黑　栖鳥群蜚
二兒伶俜　無門可闚　哀此下民　喪其天彝

伉儷不愛 慈母不慈 昔我持斧 歲在甲寅
王眷遺孤 母俾殿屎 凡在司牧 母敢有違
(一章 四十四句)

* 49세 때(1810) 강진에서 지었다 함.

188. 용산의 탐관오리(두보의 시에 차운함. 경오년 6월)

— 용산의 아전들이 소 뺏어 사또께 바치고 출세길 찾
더라

아전놈들 용산촌에 들이닥쳐서
소 뒤져 관리에게 넘겨주는데
소 몰고 멀리멀리 사라지는 걸
집집마다 문에 기대 구경하누나

사또님 노여움만 막으려 하니
그 누가 백성 고통 알아줄 건가
유월달에 쌀 찾아 바치라 하니
고통과 모질기가 수자리에 비할손가

기다리던 덕음(德音)①은 끝끝내 오지 않고
만 목숨 서로 함께 죽을 판이네
구차하게 살자니 슬픈 일이고
죽은 자가 오히려 팔자 편하네

아낙네 홀로 살고 남편 없으며
늙은이는 아들 손자 없이 지내네
빼앗긴 소 바라보니 울음이 터져나와

눈물 흘러 옷과 치마 몽땅 적시네

촌마을 형편이 지극히 피폐한데
아전놈은 앉아서 왜 안 떠나나
쌀 뒤주 바닥난 지 이미 오랜데
무슨 수로 저녁밥 짓는단 말인가

눌러앉아 호통쳐서 산 목숨 끊게 하니
온 동네 사람들이 모두가 목이 메네
소 잡아 포를 떠서 사또에게 바쳐야
아전들 출세길이 이로써 결정되네

龍山吏(次杜韻 庚午六月)

吏打龍山村 搜牛付官人 驅牛遠遠去 家家倚門看
勉塞官長怒 誰知細民苦 六月索稻米 毒痛甚征戍
德音竟不至 萬命相枕死 窮生儘可哀 死者寧奯矣
婦寡無良人 翁老無兒孫 泫然望牛泣 淚落沾衣裙
村色劇疲衰 吏坐胡不歸 瓶甖久己罄 何能有夕炊
坐令生理絶 四隣同嗚咽 脯牛歸朱門 才諝以甄別

* 경오년(1810), 49세 때 지었다 함.

① 덕음(德音) — 임금이 내리는 윤음.

189. 파지촌①의 아전

> — 파지촌에 아전들이 불시에 들이닥쳐 여름에 환곡
>   바치라 두드려 잡네

아전놈들 파지촌 들이닥치니

시끄럽고 소란하기 군대 점호 같구나
병들어 죽은 귀신 주려 죽은 시체 섞여
농가엔 농부 하나 보이지 않누나

호통치며 고아·과부 결박하면서
채찍치며 앞서라고 더욱 조이네
개처럼 욕먹고 닭처럼 몰리어
사람들 이끌리어 고을문에 이었구나

그 중에 가난한 선비 하나 있어서
뼈만 남은 마른 몸이 헤매이면서
하늘을 우러러 죄 없음을 호소하니
슬퍼하고 원망하는 그 소리 남은지라

하고 싶은 말들을 감히 못하고
두 눈에 눈물만 비오듯 쏟는구나
아전놈들 화내며 미욱한 선비라고
욕하고 매질하여 뭇사람들 겁을 주네

높은 나뭇가지 끝에 거꾸로 매달아
머리를 나무 뿌리에 닿게 하고는
'잘나지도 못한 놈이 두려움을 모르고서
네 감히 상부명령 거역할 건가

글을 읽어 시비는 가릴 만한데
나라 세미 서울로 실어가는 건
늦여름 지금까지 연기했으면
은혜가 무거운 걸 알아야 하거늘

세곡선(稅穀船)이 포구에 와 기다리는데

어찌해서 네 눈은 밝지 못하나’
아전 위신 세우는 건 바로 이때라
고을 아전 관속들이 지휘를 하네

波池吏

吏打波池坊　喧呼如點兵　疫鬼雜餓莩　村墅無農丁
催聲縛孤寡　鞭背使前行　驅叱如犬雞　彌亘薄縣城
中有一貧士　瘠弱寔伶俜　號天訴無辜　哀怨有餘聲
未敢叙衷臆　但見涕縱橫　吏怒謂其頑　僇辱怵衆情
倒懸高樹枝　髮與樹根平　鯫生瞥不畏　敢爾逆上營
讀書會知義　王稅輸王京　饒爾到季夏　念爾恩非輕
戕舸滯浦口　爾眼胡不明　立威更何時　指揮有公兄

＊ 49세 때(1810) 강진 파지면에서 지음.

① 파지촌(波池村) ─ 강진에 있다.

190. 해남 고을의 아전

> ─ 해남 고을 아전들이 조세미 받으려고 마을 뒤지니
> 백성은 모아서서 통곡한단다

해남에서 나그네 한 사람 달려와
봉변을 피해서 오는 길이라면서
오래도록 가쁜 숨 멎지를 않고
겁에 질린 기색이 아직 남았네

이리와 승냥이를 만난 게 아니라면
오랑캐 만난 게 분명하리라

512

'세금 독촉 아전들이 마을에 나와
이리저리 뒤지면서 마구 친다네

신관 사또는 명령이 더욱 엄해서
정해진 기한을 어길 수 없노라고
주교사(舟橋司)^①의 배들이 곡식 가득 싣고서
정월에 떠나서 서울로 간다고

그 배가 지체되면 벼슬에서 쫓겨난다
전례(前例)가 있으니 경계한다 날뛰니
온 집들 통곡 소리 어지러우며
만곡선(萬斛船) 사공들도 원망하누나

나는 이제 호랑이 피해 왔지만
물 잃은 고기들을 그 누가 구해줄까'
두 줄기 눈물이 주루룩 쏟아지며
긴 한숨 소리가 휘파람 소리 같네

海南吏

客從海南來 爲言避畏途 坐久喘未定 怖慉猶有餘
若非値豺狼 定是遭羌胡 催租吏出村 亂打東南隅
新官令益嚴 程限不得踰 橋司萬斛船 正月離王都
滯船必黜官 鑑戒在前車 嗷嗷百家哭 可以媚權夫
吾今避猛虎 誰復恤枯魚 汝然雙淚垂 條然一嘯舒

* 49세 때(1810) 해남촌의 이야기를 강진에서 듣고 지음. 두보(杜甫)의 〈삼리
(三吏)〉에 차운한, 다산의 이상 세 편의 시는 조선 후기 사회 아전의 전형적인
이폐(吏弊) 모습을 그려내고 그 비리를 척결하려는 시이다.

① 주교사(舟橋司) - 임금이 거둥할 때 한강에 주교(舟橋)를 놓는 일과 전국의 해운(海運), 즉 조운(漕運)을 관장하던 관청을 말함.

191. 시월 열사흘^① 밤

> ― 예악 2천년 바람 물결 3만리의 이 나라는 어찌 이리
> 어두운가?

산각(山閣)을 배회하면 자정이 되려는데
마당에는 수초와 마름풀 반짝인다
달은 밝아도 보는 이 없고
여울물은 무슨 원한에 밤새워 우는고

예와 악은 2천년 긴 세월에 어둡고
바람 물결 3만리를 가로세로 덮었다
걱정스런 이 마음 누구에게 호소하리
심지를 잘라가며^② 등잔과 마주 앉네

十月十三日夜

山閣徘徊欲四更　　中庭藻荇細紋生
月如此白無人見　　灘有何冤竟夜鳴
禮樂二千年晦昧　　風濤三萬里縱橫
悠悠心事從誰說　　獨剪寒燈對短檠

① 시월 열사흘 - 58세(1819) 10월 13일(날짜는 의미 없는 듯). 1818년(57세)에 해배(解配)된 다음해이다.　② 심지를 잘라가며 - 등불이나 촛불의 다 탄 심지를 자르고 불을 돋우다. 밤을 지새다.

514

192. 밤에

강촌의 밤은 저물어 어두운데
개 짖는 소리 성긴 울타리로 들려라
물이 차가워 별 흐름 고요치 않고
산이 멀어서 눈빛이 더욱 밝구나

먹고 살 긴 대책은 전혀 없는데
글 쓰는 방에는 짧은 등잔대[1] 하나
남 모를 근심으로 밤잠은 안 오고
어찌하면 여생을 탈없이 마치오리

夜

黯黯江村暮　疏欐帶犬聲　水寒星不靜　山遠雪猶明
謀食無長策　親書有短檠　幽憂耿未已　何以了平生

* 58세(1819) 되던 해 겨울 밤에 지음.

① 단경(短檠) - 늙어서 글을 쓰려니 등잔불이 가까워야 하기 때문에 짧은 등잔걸이를 쓰는 것이다. 또는 가난해서 짧은 촛대에 등잔을 밝힌다는 의미도 있음.

193. 석양에 앉아서

먼 데 물은 유유히 흘러서 정서롭고

차가운 바위는 석양과 마주 앉아라
마른 등덩굴은 마구간을 휘감고
펄럭이는 낙엽은 사람의 옷에 오른다

땅이 워낙 좁으니 거둘 것이 적고
나이 많으니 약효가 미미하구나
어린 종은 험한 곳에 붙어서 땔나무 하는데
서글픈 마음으로 그 놈 오기만 기다린다

은거하는 삶이라 생각할 일이 없고
오히려 스스로 지는 해를 아낄 뿐
거문고 줄이 늘어지니 자주 조이며
책이 헐어지니 다시 표지를 갈아 입힌다

기러기 소리는 물을 따라 즐거운 듯
소나무 그림자는 구름 끼어 희미하다
먹을 양식 어찌 채워 나가랴 근심함은
나의 생이 마칠 때까지 맞추는 일일 뿐이다

夕　坐

遠水流情緒　寒岩對落暉　枯藤纏馬屋　飄葉上人衣
地窄園收薄　年高藥力微　小奴樵處險　怊悵待渠歸

屛居無念事　猶自惜流暉　琴緩頻旋軫　書殘復改衣
雁聲隨水樂　松影帶雲微　物役嗟何補　吾生會有歸

*65세 때(1826) 지음.

194. 변상벽(卞尙璧)의 어미닭과 병아리 그림을 보고

— 변상벽은 사실대로 그리는 사실주의 화가였다

고양이를 그려서 세상에 유명하니
그래서 '변고양이'라 이름 붙였지
이번에 또 어미닭과 병아리를 그려서
마리마리 살아서 나는 듯하네

어미닭은 무슨 일로 잔뜩 노했노
머리를 웅크리고 덤벼들 기세
목털은 곤두서서 고슴도치 닮았고
무엇이 닿을세라 덤벼들 기세

방앗간 곁채 앞을 휘젓고 다니며
땅바닥을 샅샅이 후벼 판다네
모이를 쪼으라는 시늉만 내고는
새끼 위한 어미 고심 항상 굶주려

무엇이 안 보이나 안절부절못하다가
솔개미 그림자 숲 너머로 가는데도 부둥켜 안으니
아! 어미 사랑의 거룩함이여!
하늘이 준 이 사랑 뉘 감히 빼앗으랴

어미 곁을 에둘러 따라다니며
옹기종기 귀여운 노란 병아리
새로 깐 주둥이는 물이 어린 듯
빨간 머리볏은 보일락 말락

저기 두 놈은 제 혼자 바빠
어디로 급한 걸음 뛰어가느냐
앞선 놈 주둥이에 무엇이 달려
뒤엣놈이 빼앗으려 따르는 모습

두 놈이 한 지렁이 서로 당기며
두 끝을 물고는 놓지를 않네
또 한 놈은 어미의 등을 타고서
어디가 가려운지 제 털을 쪼네

또 한 놈은 저 혼자 딴전을 벌여
채마밭 여린 잎을 쪼아 먹누나
형형색색 섬세하여 참닭이 틀림없고
도도한 그 기운이 생동하는 듯

듣건대 이 그림을 처음 그릴 때
수탉이 잘못 알고 홰를 쳤다네
그가 옛날 고양이를 그렸을 때도
싸다니던 뭇쥐들이 혼이 났다네

뛰어난 기예가 이 경지에 이르르니
손에 만져볼수록 생각 간절하구나
서투른 화공들은 산수화만 그린다며
붓칠만 어지럽게 휘두른다네

題卞尚壁母鷄領子圖

卞以卞貓稱　畫貓名四達　今復繪鷄雛　箇箇毫毛活
母鷄無故怒　顔色猛峭巀　頸毛逆如蝟　觸者遭嗔喝

518

煩壤與碓廊　爬地恒如撥　得粒伴啄之　苦心忍飢喝
瞿瞿視無形　鷗影度林末　嗟哉慈愛性　天賦誰能拔

群雛繞母行　茸茸嫩黃褐　蠟嘴軟初凝　朱冠淡如抹
二雛方追犇　急急何佻撻　前者咮有垂　後者意欲奪

二雛爭一蚓　雙銜兩不脫　一雛乘母背　癢處方自撥
一雛獨不至　菜苗方自捋　形形細逼眞　滔滔氣莫過

傳聞新繪時　雄鷄誤喧聒　亦其鳥圓圖　可以群鼠惕
絕藝乃至斯　摩挲意未割　麤師畫山水　狼藉手勢濶

＊66세 때(1827) 지음.

195. 물속의 새 모를 보고 읊다

> — 파릇파릇 여린 벗모, 여름되면 들에 가득하리라

풀향기 속에서 홈통 놓아 물 끌어대
연녹색 새 모가 저녁 바람 띠었네
여린 잎 가지런히 가위로 자른 듯
비단이 비껴돌아 수놓은 무늬 같구나

물소는 편히 누워 비를 기다리는 듯
백로는 돌아 날아 애석한 듯 창공 향해
매미 울고 연밥 익는 그날이 오면
들 가득한 나락들이 석양에 붉으리라

賦得水中新苗

暗槽引水草香中　淺綠新苗帶晚風

嫩葉齊抽被剪好 綉蕪斜轉刺紋同

烏犍穩臥知須雨 白鷺還飛惜向空
待到蟬鳴蓮熟日 滿原穤稏夕陽紅

＊67세 때(1828) 지음.

196. 육방옹(陸放翁)[1] 〈농사집 여름 시〉에 붙임(6수)

1
여름철 농가의 한가로운 풍경 보기 좋아

산앵도 잘 익어 까만 빛 반짝이고
들딸기 붉게 익어 알알이 싱그럽다
빈집 뜰엔 참새들만 남아서 들끓고
숲속엔 아이들이 여기저기 놀고 있네

남은 모포기는 논두렁에 쌓여 있고
보리이삭 거둔 것이 광주리에 가득하네
언덕 밭 가물어 먼저 날리니
혼자서 하느님께 비오라 기도하네

又次陸放翁 農家夏詞 六首

睆睆山櫻黑 鮮鮮野莓紅 屋中餘鳥雀 林裏散孩童
委賸秧堆岸 收遺麥滿籠 高田飛堀堁 私語禱天公

[1] 육방옹(陸放翁)－중국 남송(南宋)의 대표적인 시인인 육유(陸游)의 호

2
술값·품삯 독촉받고, 생선장수 낮잠자는 농촌

생선이 지천하니 국도 많은데
논두렁엔 개구리들 시끄럽게 울어대네
아침엔 술값 달라 독촉하더니
밤에는 품값 달라 와서 조르네

울밑엔 붉은 오디 떨어져 있고
지붕 위엔 쑥대풀이 푸르게 자라났네
보기 싫은 어부의 저 아낙네는
대낮에도 정자 위에 번듯이 누워 있네

魚賤羹多乙　蛙繁䎦有丁　酒賒朝更督　耘賃夜相經
落葚籬根紫　驕蓬屋上青　生憎船者婦　清晝臥松亭

3
방아 찧어 배불리니 삼공이 부럽잖다

부추밭 두더지는 쥐 같은 형상이요
땅에 얽은 원두막은 곰이 앉은 듯
보리이삭 꼬리는 바람결에 희뜩희뜩
관솔불은 밤중에 붉게 타 비추네

방아가 움직이니 소란 소리 그쳤고
숟가락을 번득이며 모두가 배불리네[1]
이 중에 도리어 사는 낙이 있으니
진실로 삼공(三公)과도 바꾸지 않겠네

韭圃梨如鼠　瓜樓結似熊　麥芒風處白　松火夜深紅

杵動群喧止 匙翻一飽同 此中還有樂 眞不換三公

① 시번(匙翻)—시초(匙抄)를 놀려서 밥을 먹다. 한유(韓愈)의 〈증유사복시(贈劉師服詩)〉에 '시초난반온송지(匙抄爛飯穩送之) 합구연작여우사(合口軟嚼如牛呞)'라 했고 또 도잠(陶潛)의 〈음주시(飮酒詩)〉에 '경신영일포(傾身營一飽) 소허편유여(少許便有餘)'라고 했음.

4
농촌 늙은이 쉬지 않고 할 일 많은 모습이 부러워

도망간 송아지 콩밭 밟을까 걱정이고
고치 따고 남은 섶 불 때기도 좋더라
부러진 보습은 영감 와야 고치고
새 잠방이 꿰매는 일 할머니 차지

비오고 해나는 일 전하는 말 효험 있어
개일지 흐릴지 귀신같이 알아내네
부끄럽다 이내 몸 책 속의 좀벌레
어느덧 나이 벌써 칠순(七旬)이 되었구나

犢逃驚踐菽 繭摘利餘薪 折耟須翁補 新褌仗媼紉
雨暘談有驗 良惡辨如神 慚愧書中蠹 悠悠到七旬

＊67세 때(1828) 지음.

5
활기찬 농가의 새벽 풍경, 선비의 가련한 신세

해는 돌아① 지금쯤 어디 왔는지
먼동이 텄으니 쉬이 알리라
새벽닭 울며는 솥 씻는② 소리

522

닫힌 문 밖에서 까치는 벌써 우네

고달픈 인생이 본래의 숙명이라
놀고 먹는 사람도 마음은 괴로운 법
제 감히 부잣집을 부러워 못하고
오로지 헌집만 지탱하며 살고 있네

日躔今幾度 容易到天明 洗銼雞方唱 緘扉鵲已鳴
勞生元有命 游手苦相輕 不敢豪門羨 聊因破屋撑

①일전(日躔)－해가 운행하는 길.　②세좌(洗銼)－좌(銼)는 솥, 즉 새벽밥을
하려고 솥을 닦음.

6
농촌 진실 깨달아 늦게나마 귀농하리

준재①라고 이름났던 그 세상 멀어졌고
은혜입던② 그때도 언제 갔는가
왜놈 쟁기③ 진기하여 뽐내고 있어
강 건너서 장사④ 재미 톡톡히 보네

해마다 털담요 사들여 덮고
이웃나라 얼음과자⑤ 가져다 먹는 판에
저으기 농촌 고생 겨우 깨달아
이제 겨우 벼슬 대신 농사 짓자네

烝髦世已遠 膏澤幾時行 倭銚誇珍異 江牌樂算嬴
頻年購羽毯 殊域致氷餳 須識田家苦 纔堪祿代耕

①증모(烝髦)－뛰어난 준재. 다산의 젊을 때의 칭찬.　②고택(膏澤)－은혜 입

음. 임금의 총애를 받음. 다산이 정조에게서 받은 은덕.《여유당전서(興猶堂全書)》에는 택(擇)자로 쓰여져 있는데 오식인 듯하다.   ③왜조(倭銚)—조(銚)는 솥·호미·창 등의 의미.   ④강패(江牌)—해고(海罩)로 풀이했음. 강상(江商).
⑤빙당(氷餳)—글자 풀이로는 얼음 엿. 즉 빙과(氷菓).

197. 가마꾼의 탄식

— 신역 대신 가마꾼이 되어서 죽도록 억울하게 고생
   하는 모습이 가엾다

사람들 가마 타는 즐거움은 알아도
가마 메는 괴로움은 모르고 있네
가마 메고 산 험한 비탈길 오를 때면
빠르기가 산 타는 노루와 같고

가마 메고 비탈길 내려올 때면
우리로 돌아가는 염소처럼 재빠르네
가마 메고 깊은 구렁 뛰어넘을 땐
다람쥐가 날뛰며 춤추는 듯하네

바위 옆을 지날 때엔 어깨 낮추고
오솔길 지날 때엔 종종걸음 걸어가네
검푸른 물 절벽에서 내려다 볼 땐
놀라서 혼 나가 정신 못차려

평지를 밟듯이 날쌔게 달려가니
귀에서 바람소리 쌩쌩 난다네
이 산에 유람하는 그 까닭은
이 즐거움 그 먼저 생각했기 때문이네

이런저런 구실 붙여 관첩만 얻어오면
역졸들은 법대로 모셔야 하는데
하물며 말타고 행차하는 사또인데
누가 감히 업신여겨 못하겠다 하리요

고을 아전 채찍 들고 감독을 맡고
수승(首僧)은 부서를 짜 정리하고 맞을 채비
높은 분 영접에 기한을 못어기며
엄숙한 행렬이 군대같이 이어지네

가마꾼 숨소리는 폭포처럼 헐떡이고
헌 옷에 땀이 배어 속속들이 젖어가네
좁아진 길 만나면 옆엣놈 내려서고
험한 곳 오를 때엔 앞엣놈 허리 숙여

밧줄에 눌리어 어깨에 자국 나고
돌에 채여 부르튼 발 낫지 못하네
자기는 병들면서 남을 편케 해주니
하는 일 당나귀와 말과 같은 무리네

너와 나는 본래가 다 같은 동포였고
한 하늘 부모 삼아 고루같이 생겼거늘
너희들 어리석어 이런 천대 감수하니
내 어찌 부끄럽고 불쌍하지 않을소냐

나의 덕이 너에게 미친 것 없었는데
내 어찌 너의 은혜 혼자 받으리
형된 자 아우를 사랑치 못한다면
자애로운 어버이 노하지 않겠는가

중들은 그래도 나은 편이나
영하호(嶺下戶)① 백성들은 애처롭구나
큰 깃대 앞세우고 쌍마수레 타고 오니
촌마을 사람들 모조리 시중드네

개처럼 닭처럼 내몰고 부리면서
소리 질러 호통하기 늑대·범 같구나
옛부터 가마 타는 계율이 있었는데
지금은 이 도덕이 흙같이 버려졌네

밭 갈다가 징발되면 호미 버리고
밥 먹다가 징발되면 먹던 음식 뱉으면서
무고하게 욕 먹고 꾸중 듣는데
일만 번 죽어도 머리 조아려

병들고 지쳐서 험한 고비 넘기면
비로소 포로 신세 면해지건만
사또는 일산 쓰고 호연히 가버릴 뿐
반 마디 위로의 말 하는 일 없네

힘 빠져서 논밭으로 돌아간대야
지친 몸 신음소리 실낱 같으리
이 가마꾼 고생을 그림 그려서
돌아가서 임금님께 바치고 싶네

肩輿歎(改人作)

人知坐輿樂 不識肩輿苦 肩輿山峻阪 捷若躋山麌
肩輿下懸崿 沛如歸苙羖 肩輿超磵岊 松鼠行且舞

側石微低肩　窄徑敏交股　絶壁頻黝潭　駭魄散不聚
快走同履坦　耳竅生風雨　所以游此山　此樂必先數

紆回得官帖　役屬遵遺矩　矧爾乘傳赴　翰林疇敢侮
領吏操鞭扑　首僧整編部　迎候不差限　肅恭行接武

喘息雜湍瀑　汗漿徹襤褸　度虧旁者落　陟險前者傴
壓繩肩有瘢　觸石趼未瘉　自痔以寧人　職與驢馬伍

爾我本同胞　洪勻受乾父　汝愚甘此卑　吾寧不愧憮
吾無德及汝　爾惠胡獨取　兄長不憐弟　慈衷無乃怒

僧輩猶夸矣　哀彼嶺下戶　巨槓雙馬轎　服驂傾村塢
被驅如犬鷄　聲吼甚豺虎　乘人古有戒　此道棄如土

耘者棄其鋤　飯者哺而吐　無辜遭嗔喝　萬死唯首俯
顚頷旣踰艱　噫吁始贖擄　浩然揚傘去　片言無慰撫

力盡返其畝　呻唫命如縷　欲作肩輿圖　歸而獻明主

* 71세 때(1832) 지음.

① 영하호(嶺下戶)－관인(官人)들의 행차 때 가마를 메주는 의무를 지는 집. 그 대신 다른 신역(身役)은 면제된다.

198. 늙은 사람 속 시원한 여섯 가지 일(白居易의 시체를 모방하여)

1

늙어서 대머리 되니 늙은이는 오히려 시원하다

늙은 사람 속 시원한 그 한 가지는

머리 모두 빠졌기에 홀로 앉아 기뻐하네
머리털은 원래가 쓸데없는 군더더기
그 처치하려고 제각기 규범 달라

배우지 못한 사람 뒷머리 땋고
귀찮게 여기면 머리 잘라 없앤다네
어린 놈 자라면서 상투 틀 때면
그 법도 의론 많아 폐단이 분분했고

그 절차 둘러싸고 논쟁은 높고 격해
비녀 꼽는 일로써 세상이 떠들썩
망건은 머리의 흉액이 되었고
고관(暠冠)①은 어찌 또 헐뜯는 시빗거리

지금 내 머리털 하나도 없으니
모든 병폐 어찌 감히 붙을 것이며
씻고 벗고 하는 노고 이미 없어져
쇠해서 머리 희다 핀잔 말 면했구나

꼭뒤 뼈 번쩍거려 박처럼 희고
뚜껑 같은 대머리는 둥글어서 발뒤축
대머리 넓고 퍼져 북창의 구멍이니
솔바람은 불어서 뇌 속까지 씻는구나

말총으로 만든 망건 먼지 때에 절었는데
접어서 상자 속에 깊이 넣어 두었으니
평생에 싫어함은 사람을 굽히는 일
지금 와서 이것이 속 시원한 선비로다②

老人一快事 六首(效香山體)

老人一快事　髮鬝良獨喜　髮也本贅疣　處置各殊軌
無文者皆辮　除累者多薙　髻丱計差長　弊端亦紛起

龐嵸副編次　雜沓笄總縱　綱巾頭之厄　罟冠何觸訾(胡元冠)
今髮旣全無　衆瘼將焉倚　旣無櫛沐勞　亦免衰白恥

光顱皓如瓠　員蓋應方趾　浩蕩北窓穴　松風洒腦髓
塵垢馬尾巾　摺疊委箱裏　平生拘曲人　乃今爲快士

① 할주(割注)에, 고관(罟冠)은 호원관(胡元冠)이라 했다.　② 이 〈노인쾌사〉 6
수는 1) 대머리, 2) 치아 없는 일, 3) 눈이 어두워진 일, 4) 귀가 어두워진 일,
5) 조선시를 짓는 일, 6) 바둑 두는 일인데 역설적으로 풍자한 시이다. 여기 속
시원하다는 말뜻은 서러운 일이나 차라리 잘됐다는 패러독스이다.

2
치아 모두 빠지니 치통 없어 늙은이는 차라리 시원하다

늙은이의 속 시원한 한 가지는
치아 없어 훤함이 차라리 나은 일
치아 반쯤 빠졌을 땐 참으로 괴롭더니
전혀 없이 비었으니 마음 편하네

치아가 탈이 나서 흔들릴 때에
바늘 끝 찌르듯 시리고 아파
침과 뜸도 필경은 소용이 없었고
송곳으로 뚫어낼 때 눈물이 났었는데

지금 다 빠지니 백 가지 근심 않고

편안한 기분으로 밤새껏 자네
음식 때 생선·고기 뼈만 발리면
물고기다 수육이다 꺼릴 것 없어

잘게 씹어 먹지는 못할지언정
큰 산적 어물거려 그냥 삼키네
이 없는 잇몸이 이미 굳어져
양 잇몸이 음식 끊어 능히 녹이네

치아 없어 못하는 것 있다고 하면
좋아하는 음식을 못 먹어 서운한데
산뢰(山雷)①가 아래위서 움직이면서
합합(嗑嗑)② 소리내는 일 부끄러워할 뿐이네

지금까지 알려진 사람의 병명(病名)은
불과 4백하고도 4종이지만
속 시원한 것 있으니 의서(醫書) 중에서
치통이란 글자는 빼어 버린 일

老人一快事　齒豁抑其次　半落誠可苦　全空乃得意
方其動搖時　酸痛劇芒刺　鍼灸竟無靈　鑽鑿時出淚

如今百不憂　穩帖終宵睡　但去鯁與骨　魚肉無攸忌
不唯呑細聶　兼能吸大胾　兩齶久已堅　頗能截柔膩

不以無齒故　悄然絶所嗜　山雷乃兩動　嗑嗑差可愧
自今人病名　不滿四百四　快哉醫書中　句去齒痛字

① 산뢰(山雷)－원뜻은 산속의 우레이지만, 여기서는 《주역(周易)》의 본의괘가

(本義卦歌) 중에 있는 '산뢰 이(山雷, 頤)' 즉 진하(震下) 간상(艮上)인 이(頤)를 뜻함. 즉 음식을 씹어 사람을 기르는 형상.　②합합(嗑嗑)—원뜻은 말 많은 모양이요, 깔깔 웃는다는 것이나 여기서는 주역의 본의괘가 중에 있는 진하(震下) 이상(離上)인 서합(噬嗑)을 화뢰서합(火雷噬嗑)이라 하여 입속에 물고 있는 형상.

3

눈이 침침해 잘 안 보이니 잔 글씨와 세상사 안 보아서 시원하다

늙은이 속시원한 일 한 가지로는
눈이 어두워진 일이 또한 다행해
다시는 고소장 상소문일랑 안 쓸 것이고
다시는 《주역》 괘를 연구할 일 없을 것이다

평생에 글을 써 누가 되어서
하루아침에 쇠락한 문채 버려졌는데
세상에 미운 것은 옛 문헌 뒤지는 급고판(汲古板)[①]이니
파리머리 잔 글씨 가는 판각에 세월 보냈네

육경(六卿)이 성 밖으로 빠져나갔으니
윤월(閏月)[②]을 어느 때에 다시 만날까
슬프다! 경주본(經注本)[③]을 바라봄이여
후인은 그대로 베껴내누나

오직 송(宋)나라 이학(理學)만 공박할 줄 알았고
한(漢)나라를 답습함은 부끄러워하지 않아
지금껏 안개 속의 꽃인 양 분간 못해
흘겨보는 걱정 없어 두 가지 유쾌한 일

시(是)와 비(非) 모두 다 이미 잊어서
나태해져 이제는 판별하기 어렵다

물빛과 산빛이 한가지로 보이나
이 역시 내 눈에는 가득찬 세계로다④

老人一快事 眼昏亦一快 不復訟禮疏 不復研易卦
平生文字累 一朝能脫灑 生憎汲古板 蠅頭刻纖芥

六卿郊外去 再閏何時掛 嗟哉望經注 後人依樣畫
唯知駁宋理 不恥承漢註 如今霧中花 無煩雙快皆

是非旣兩忘 辨難隨亦懈 湖光與山色 亦足充眼界

① 급고판(汲古板)-'옛 문헌을 파고든다'는 뜻과 아울러 중국의 급고각(汲古閣)에서 펴내고 소장한 방대한 서적(8만4천 책이라 함)을 말하는 듯하다. ② 윤월(閏月)-남은 세월, 행여나 하고 바라보는 세월, 벼슬길. ③ 경주(經注)-여기의 경(經)과 주(注)는 청(淸)의 십가재(十駕齋) 전대흔(錢大昕)의 경주(經注)를 말하는 듯하다. 그에게는 북송(北宋) 때 경(經)·사(史)를 평한 학문이 주류를 이루는데 경뿐만 아니라 사와 훈고학(訓詁學)의 고이(考異)가 많고 시는 칠자(七子)의 으뜸이었다. ④ 이 장(章)은 더 고구하여야 하며 시의 뜻을 파악할 문제가 많다.

4
귀가 멍멍해서 헐뜯는 소리 들리지 않으니 차라리 시원하다

늙은 사람 속 시원한 한 가지 일은
귀가 어두운 게 그 다음이다
세상에 떠도는 좋은 말 없고
대개는 모두가 시비하는 말들뿐

허황된 찬양은 해무리 같다가
거짓 모함으로 흙탕 못에 처넣는다
예와 악은 거칠어진 지 이미 오래고

약삭빠른 재주는 애들 장난 같아라

말개미 앵앵 울며 교룡을 침범하고①
새앙쥐는 찍찍대며 사자 코를 뚫는다②
귀에다 솜을 막는 법석을 떨잖아도③
벽력 소리 차츰차츰 가늘어져 가고 있네

저절로 남은 시간 모두가 적막할 뿐
누런 잎 떨어지니 바람 분 줄 알겠노라
파리가 울어대고 지렁이 흐느낀들④
어지러운 세상 일 누가 또 알리요

집안 참견 하느라고 늙은이 할 일도
귀막고 말 없으니 바보가 되누나
그 누가 자석탕(磁石湯)⑤이 좋다고 했던가
내 허허 웃으며 그놈 의사 호통치네

老人一快事　耳聾又次之　世聲無好音　大都皆是非
浮讚騰雲霄　虛誣落汚池　禮樂久已荒　傀薄嗟羣兒

罍罍蟻侵蛟　唧唧鼷穿獅　不待纊塞耳　霹靂聲漸微
自餘皆寂莫　黃落知風吹　蠅鳴與蚓叫　亂動誰復知

兼能作家翁　塞默成大癡　雖有磁石湯　浩笑一罵醫

①의침교(蟻侵蛟)—의(蟻)는 말개미. 말개미가 앵앵거림은 나라가 어지러워 백
성이 소란스럽다는 뜻. 그러므로 큰 교룡을 해친다는 말은 나라 어른을 해친
다는 뜻.　②혜천사(鼷穿獅)—새앙쥐가 사자의 코를 뚫는다는 뜻. 즉 보잘것
없는 존재가 큰 사람을 다치게 한다는 말.　③광색이(纊塞耳)—고운 솜으로
귀를 막음. 즉 임종 때 고운 솜으로 코나 귀에 대고 숨쉬는 모양을 측정함.

④ 인규(蚓叫)—지렁이 울음. 즉 여자의 슬픈 울음. 슬픈 흐느낌 소리. ⑤ 자석탕(磁石湯)—자석취침(磁石取鍼), 물건을 끌어당기는 힘처럼 침을 빨아들이는 침 효과를 말함. 명약을 뜻함.《한서(漢書)》〈예문지(藝文志)〉에 '도잠석탕화소시(度箴石湯火所施) 조백약제지지지소선지제지득(調百藥劑知之所宣至劑之得) 유자석취침(猶磁石取鍼)'이라고 했다.

5

나는 조선 사람이니 조선시를 자유롭게 쓰게 되어 시원하다

늙은 사람 속 시원한 한 가지 일은
붓에 맡겨 멋대로 글 쓰는 일
까다로운 구속에 매이지 않고
고치고 다듬는 데 늦지도 않아

흥이 나면 당장에 뜻을 이루고
뜻이 되면 당장에 글로 옮기네
나는 본래가 조선의 사람이니
즐겨가며 조선시(朝鮮詩)를 지어 쓰리라

그대들은 그대들 법 따르면 되는 것
이리저리 구부려 말하는 자 누구더냐
구구하고 번거로운 격과 율을 따지는 일
먼 곳의 우리들이 어떻게 알 수 있나

잘났다 건방떨던 저 이반룡(李攀龍)①은
동쪽의 오랑캐라 우리를 조롱했지만
원씨(袁氏)와 우씨(尤氏)②가 설루(雪樓)를 쳤어도
제 나라 안에서 다른 말 못하였네

등 뒤에서 총알이 겨누고 있는데

매미 껍데기 엿볼 겨를 있을까③
수식없는 한유(韓愈)의 산석시(山石詩)④ 좋아해도
여자들의 비웃음 살까 두렵다

어찌 감히 구슬프게 꾸며내 지어
애간장 끊으려고 애써 쓸 건가
배와 귤은 그 맛이 각각 다른 것
기호대로 저 좋은 것 고르면 되지

老人一快事　縱筆寫狂詞　競病不必拘　推敲不必遲
興到卽運意　意到卽寫之　我是朝鮮人　甘作朝鮮詩

卿當用卿法　迂哉議者誰　區區格與律　遠人何得知
凌凌李攀龍　嘲我爲東夷　袁尤槌雪樓　海內無異辭

背有挾彈子　奚暇枯蟬窺　我慕山石句　恐受女郞嗤
焉能飾悽黷　辛苦斷腸爲　梨橘各殊味　嗜好唯其宜

①이반룡(李攀龍)—중국 명(明)나라의 문학가. 시와 고문에 능하여 명나라의
칠재자(七才子)의 한 사람으로 꼽히나 우리나라를 동쪽 오랑캐라고 했다.
②원우추설루(袁尤槌雪樓)—원우(袁尤)가 설루를 두들겨 쳤다는 뜻인데 미상이
다.　③이 두 구절은 당랑재후(螳螂在後)의 고사를 말한다. '사마귀는 매미를 노
리고 새는 사마귀를 노리는데 그 뒤에는 총을 든 포수가 있다' 즉 작은 이익을 얻
으려다가 해를 입는다는 뜻(《설원(說苑)》〈正諫篇〉).　④한유(韓愈)의 시 〈산
석가(山石歌)〉는 지나치게 꾸미지 않고 자연스럽게 씌어진 시이다.

6
바둑 두는 유쾌한 일, 너무 몰두해도 안되는 법

늙은 사람 기분 좋은 한 가지 일은

때때로 벗과 함께 바둑[1] 두는 일
반드시 하수만 구해서 대적할 뿐
상수일랑 머리 저어 피해 버리네

무사안일하게 행마를 놓고 가며
마음 넓은 듯 여력 있어 보인다네
바둑 수업 배우려고 어진 스승 구하며
배워 익혀서 묘수를 쌓아가네

실전에 걸맞게 붙잡고 늘어지다
거짓수로 기쁜 듯 여유를 보인다네
어찌 강적과 대국하며 고생하리
그것은 스스로가 곤액을 취하는 일

오직 바구미 같은 작은 것만 생각하며
오히려 진 일 없다 공적만 자부하네[2]
항상 수고로운 바둑 수는 피하고
즐거이 수순대로 어김없이 둔다네

세상 사람 너무나 괴상도 하지
뜻과 취미는 괴벽하기 그지없네
그 덕성에 있어서는 아첨 즐기고
어리석고 우둔한 윗사람을 좋아하네

노름에 빠지면 자량(自量)치 못하고
국수와 상대하려 꿈을 꾸누나
여름의 아침 햇빛[3] 허송하고서
정진한들 그 무슨 소용 있으리

老人一快事 時與賓朋奕 必求最拙手 掉頭避强敵

行其所無事　恢恢有餘力　業道求賢師　學算就巧曆

實事宜躋攀　虛嬉貴閑適　何苦對勍寇　自取遭因阨
一念射蜚鴻　猶然不敗績　恆以逸待勞　怡然順無逆

頗怪世上人　志趣乃乖僻　於德悦卑諛　庸愚充上客
於戲不自量　國手思對席　聊以送炎曦　精進竟何益

* 바둑을 세상 물정과 인심에 비유한 시. 이상 6수는 71세(1832) 때 작품.

① 혁(奕)―혁은 장기·바둑 또는 도박을 뜻하는데 여기서는 바둑으로 해석함.
② 바둑에 있어서 소탐대실(小貪大失)을 말함. 이는 세상사와 같다는 뜻에서 풍
자한 것임.   ③ 염희(炎曦)―여름의 아침 햇빛. 여름의 농사일.

199. 무더운 구름이 개다 〔임진년(1832) 8월 14일〕

― 개인 날 밤 덜 찬 달도 보려무나

붉은 해무리 걷히고 흰 이슬은 살짝 내려
맑고 고운 하늘을 지팡이에 기대어 바라보네
노염(老炎)은 옛 성터를 부수어 거칠게 하고
늙은 몸 병들어 헌 집 바치듯 힘겹다

여러 선비 아직도 한묵(翰墨) 좋아 원한다면
쇠잔한 몸 의관 없다 혐의치 마라
차지 않은 구분(九分) 월색 그대로도 좋은데
반드시 둥근 달만 마음둘 것 아니로다

八月十四日蒸雲始晴(壬辰秋)

赤暈新收白露漙　　晴戀佳色倚筇看
秋炎似破殘域易　　老病如撐壞屋難

尚願羣賢娛翰墨　　勿嫌衰拙廢衣冠
九分月色今宵好　　不必留求滿眼團

200. 시골의 추석 풍경

> ― 농촌의 추석은 흥겹고 푸짐하나 나는 마음이 쓸쓸
> 하다

맑은 가을 시골에선 즐거움에 들떠있고
가을 동산 오곡백과 입맛나게 뽐내누나
등나무, 지붕 호박 잎져서 둥그렇고
낙엽 지는 산 언덕에 밤송이 입 벌렸네

맨 국자로 걸러 뜬 술, 잔치 때에 비할소냐
시구(詩句) 하나 없어도 시골 이웃 정겨웁다
슬프고 안타깝다 쇠하고 병든 이 몸이
금빛 찬란 추석달도 마음에 걸리누나

秋夕鄉村紀俗

晴日鄉村樂意譁　　秋園風味向堪誇
枯藤野屋瓜身露　　病葉山坡栗腹呀

單把酒杯當勝宴　　絶無詩句聚鄰家

自嗟衰疾妨宵泛　辜負金鱗漾月華

*71세 때(1832) 지음.

201. 매미가 읊는 노래(30수 중 8수)

> ─ 매미는 자연 섭리의 사도요 성스런 음악 연주자

채화정 가에서는 두세 가지에 매미 우는데
품석정 앞에는 매미가 하늘 가득
만약 무더운 날씨에 이 물건이 없다면
온 천지가 잠든 듯이 고요적적하리라

억만변(億萬變)의 깊은 기밀 한 법칙에 설명하듯
온 벌레는 입으로만 소리를 낼 수 있되
매미를 살펴보니 촘촘히 막혔는데
어느 덮개 나래쳐서 곡조마다 청아한가

헌옷 벗어 나무 끝에 대롱대롱 달아 두고
쇠 같은 발톱으로 나무를 안고 있어
이 놈이 날아올라 신선이 되는 날을
예부터 아무도 엿본 자가 없다네

이른 새벽 동산에 나무 울창 드리운 곳
꽃에는 이슬 젖고 주인 영감 아직 잘 때
쇳소리 쟁쟁 몇 곡조를 전차[1]가 구르는 듯
이것 바로 황종궁[2] 제일현 소리로세

열 길 솟은 느릅나무 해는 더디 올라서
햇빛 빤짝 잎 사이로 부서져 엿보일 때

악관 같은 매미가 영신곡(迎神曲)을 읊고 나서
한들한들 동쪽 가지 밀치며 지나가네

동쪽에서 한 차례 울고 이미 잠잠하니
서쪽 가지 비로소 시끄러이 울어대네
북쪽 언덕 남쪽 제방 수많은 나무 중에
어느 나무 매미가 가장 먼저인 줄 모를레라

북·장구 소리 둥당둥당 한두 번 울리다가
슬픈 현악 노한 관악 소리 서로 조화된 듯
척공사륙③ 소리는 비록 분별 어려우나
요컨대 이것이 세 곡조에 구성④있네

무심코 청상조를 연주하나 염려터니
슬슬슬슬 그 소리가 일만 자나 길어라
그 마치 염노⑤가 부름받고 잔치 가서
봄 잠 못다 잔 채 무대에 오르는 듯

蟬唫三十絶句

菜花亭畔數枝蟬　　品石亭前蟬滿天
藉使暑天無此物　　寥寥六合只如眠

億變玄機一法評　　百蟲唯口始能聲
試看密密封緘處　　何霴吹翻各調淸

委蛻空空樹杪懸　　猶然鐵爪抱持堅
方其羽化登仙日　　終古無人得覘天

園木垂垂欲曙天　　露花如沐主翁眠

鏦鏦數轉鈿車響　這是黃鍾第一絃

十丈黃楡日上遲　金鱗碎碎葉間窺
伶官解奏迎神曲　推過東頭裊裊枝

東枝一唱已安流　西樹嘈嘈始礪喉
北壚南堤千萬樹　不知誰個是都頭

腰鼓鏜鏜一再鳴　哀絲怒竹歘和聲
伏仜佤伖雖難辨　要是三周有九成

無心促軫奏清商　瑟瑟纚纚萬尺長
好像念奴承召至　春眠未了強登場

＊9절(絶) 이하는 줄임.

① 전차(鈿車)―금과 푸른 조개 껍질로 장식한 수레. 백거이(白居易)의 〈춘래시(春來詩)〉에 '금곡답화향기입(金谷蹋花香騎入) 곡강년초전차행(曲江碾草鈿車行)'이라 했음. 매미의 형상을 말함.　② 황종제일현(黃鍾第一絃)―황종은 음률(音律)의 명칭. 12율(律)이 있는데 제1현은 가장 높은 음. 황종궁(黃鍾宮)은 고아하고 신선한 음악. '황종대여불가종번주무(黃鍾大呂不可從繁奏舞)'(《說苑》〈政理篇〉)라 했다.　③ 척공사류(伏仜佤伖)―《요사(遼史)》〈악지(樂志)〉에 의하면, 대악성(大樂聲)이 있어 각조(各調) 가운데 협음(協音)한 소리가 모두 열 가지인바, 즉 오(五)·범(凡)·공(工)·척(尺)·상(上)·일(一)·사(四)·육(六)·구(勾)·합(合)이라 하였으니 참고 바람.　④ 구성(九成)―음악 아홉 곡(曲)을 연주하는 일. 즉 음악의 완성을 뜻함.　⑤ 염노(念奴)―당(唐) 현종(玄宗) 때의 명창(名娼) 이름. 그는 특히 노래를 잘하기로 유명하였다.

202. 아들 학연을 생각하는 시를 지어 학유에게 보이고 차운케 하다①

> ― 나 때문에 너는 벼슬없고 나는 늙었노라

중양절이 지난 뒤로 또 사흘이 되는구나
너 태어나 50년이② 하룻밤이 지난 듯
너는 지금 벼슬없이 쓸쓸한 신세되고
나는 이미 불 꺼진 재처럼 적막하구나

국화꽃에 서리 내려 꽃받침이 얼어붙고
오이덩굴 비가 쳐서 검은 잎 말랐으니
벼 베고 보리 심기 때가 급한데
절름발로 그 언제 동교를 건너가리

九月十二日憶子淵示子游令次韻

重陽過後又三朝　　憶昨懸弧似隔宵
白首汝今成濩落　　灰心吾已付蕭寥

霜持菊蘂青跗結　　雨打瓜藤黑葉凋
刈稻播牟時轉急　　蹇驢幾日度東橋

①정다산에게는 두 아들이 있으니 장남이 학연(學淵)이고, 차남이 학유(學游)이다. ②장남 학연(學淵)은 1783년 9월 12일생이니 이때가 그의 49세 생일날이었다. 신묘(1831) 9월 12일에 지음, 다산 70세 작.

542

203. 산정에 올라

병든 몸 지루하게 평상에만 누웠다가
삐걱대며 대가마로 산당에 올라오니
길가의 옛무덤엔 가을 꽃이 퍼어렇고
울타리 밑 못 둘레는 올벼가 향기롭네

근력은 다만 편히 눕기나 바랄 정도
미친 마음은 매양 놀이마당으로 달리어라
도봉산 수락산엔 절간들도 하많아서
꿈속에 서풍 불어 가을 홍치 좋구나

到山亭

病骨支離著一床　笋輿伊軋到山堂
路傍荒塚秋花碧　檻下回塘早稻香

筋力只堪求穩寢　狂癡每欲逐歡場
道峯水落多蘭若　一夢西風引興長

204. 8월 16일 밤의 달빛이 가장 맑다

달 구경은 십오야만 마음둘 게 아니어라
구름 한 점 없는 게 비로소 가을하늘
찼던 물 빠지잖아 금물결 광활하고

무덥던 기운 사라져 하늘은 선명해라

인간 세상 몇 번이나 이런 낙이 돌아올까
좋은 밤 한번 만나 기이한 인연이네
산사에 가자 해도 단풍잎 늦는다니
차라리 호정 가에 시나 읊어야겠네

八月十六夜月色最清

看月非關十五圓　絶無雲處始秋天
漲痕未落金波濶　炎祲全消玉宇鮮

人世幾回能此樂　良宵一遇是奇緣
且留山寺遲紅葉　會向湖亭擘彩牋

205. 동고의 저녁

— 저녁에 동쪽 언덕에 오르니 인생무상 만감하다

백 번 죽다 돌아와 실망의 뜻 그지없어
헌 지팡이 짚고서 강변에 기대서니
한 떨기 낙엽지고 마을엔 비 내리고
맑게 개인 봉우리 석양빛이 걸려 있네

거룻배는 넉넉히 이 늙은이 탈만하고
백구와는 모쪼록 여생 함께 할 만한데
아, 무릉에 돌아가 제사지낼 날이 없어라
현몽한 백발이 신선인가 의심나네①

東皐夕望

百死歸來意惘然　枯筇時復倚江邊
一苞黃葉深村雨　數角晴巒落照天
野艇定堪容老物　沙鷗聊與作餘年
茂陵返祭嗟無日　夢告猶疑白髮仙

① 무릉(茂陵)에…… 의심나네－저자인 정약용 자신이 과거에 섬겼던 임금, 즉
정조(正祖)를 사모하여 한 말이다. 무릉은 한 무제(漢武帝)의 능호이고, 백발
(白髮)의 신선 또한 한 무제를 뜻한 말로, 한 무제가 죽은 뒤 능령(陵令) 설평
(薛平)에게 현몽하여 이르기를 ‘내가 죽기는 했지만 너의 임금이거늘, 어찌하여
이졸(吏卒)들이 내 능에 올라와 칼을 갈도록 하느냐?’라고 하였으므로, 설평이
그 사실을 추문한 결과 과연 이졸들이 능의 방석(方石)에서 늘 칼을 갈았었다
는 고사에서 온 말이다. 그러나 이는 정조를 못잊어 하는 말이다.

206. 동고의 새벽

— 새벽에 동고에 오르니 지난 세월 생각이 간절하다

단풍잎에 솔솔 바람 나부끼는 새벽에
놀란 기러기는 날아가며 부르짖네
협곡의 배는 하늘 위에서 나오는 듯
강에 비친 태양은 안개 속에 높구나

그리웠던 고향 땅 다시 본 게 기쁘고
집 떠나 고생하던 옛생각 떠오른다
이미 귀거래가 즐겁다고 했거늘
하필이면 동고에서 휘파람 불 것 있나①

東皐曉望

黃葉颼颼曉　驚鴻片片號　峽船天上出　江日霧中高
懷土欣重見　離家憶舊勞　旣云歸可樂　何必嘯東皐

①귀거래가 즐겁다고……휘파람 불 것 있나―진(晉)나라 도잠(陶潛)이 팽택령(彭澤令)을 그만두고 돌아올 때에 지은 〈귀거래사(歸去來辭)〉에 '동쪽 언덕에 올라 휘파람을 분다(登東皐以舒嘯)'라고 한 데서 온 말.

207. 초가을의 여덟 가지를 읊다(新秋八詠)

1. 벼꽃에 산들바람
벼꽃 패니 천하제일 보기 좋아 여기가 낙원이네

실바람에 이삭들은 물결치듯 쏠리고
넘실대는 벼 키는 늙은이 집 울타리만 해
담록색 벼 열매는 아직 잎 속에 숨어 있고
노르스름 분가루는 꽃이라 이르누나

늙은이는 기뻐하며 맑은 하늘 백로 보고
논 매던 손은 석양까치 한가히 바라보네
이곳이 바로 소요하며 날 보내기 좋은 곳
세도 길은 위험해서 기아(機牙)①가 있다네

稻花細風

細風吹穗未全斜　穬稑平籬野老家
淡綠稃胎猶隱葉　微黃粉屑强名花

叟心喜悦看晴鷺　耘手閑眠到夕鴉
是處消搖堪遣日　勢途危險有機牙

① 기아(機牙)-쇠뇌의 시위를 잡아당겨 살[矢]을 놓는 기관을 이르는데, 남보다 앞서 기선(機先)을 잡는 것을 비유한 말이다.

2. 박 울타리 달빛 희다
박덩굴 울타리에 초승달 희미하니 달빛인가 박꽃인가

죽죽 뻗는 박덩굴에 박 열매 드리웠고
반 갈고리 초승달이 집 서쪽에 기울었네
두어 자취 흰 박꽃은 막 봉오리 펼쳤는데
얼기설기 푸른 줄기 울타리와 분별 못해

문에 나는 나방은 박쥐 나래 따르고
마당가 늙은 개는 늙은이와 짝하였네
가을이라 술 빚어 술병을 기울이니
융왕이 월지로 술 마신 것② 부럽잖네

瓠籬微月

瓠葉灘灘瓠子垂　半鉤新月屋西敧
數痕微白初開萼　一罩純青不辨籬

閃户飛蛾隨蝠翼　坐庭老犬伴雞皮
秋來酒熟傾壺口　未羨戎王飲月支

② 융왕(戎王)이……술 마신 것-융왕은 곧 서역(西域) 흉노(匈奴)의 임금인 묵특(冒頓)을 이름. 일찍이 흉노 임금 묵특이 월지국(月支國)을 격파하여 월지왕을 죽이고 월지왕의 두개골을 술그릇으로 만들어 술을 마셨다는 고사에서

온 말.

3. 풀속에서 벌레 운다

달빛 아래 가을 벌레 울어대니 그 무슨 원한인가

벌레 소리 가을 뜻은 둘 다 흔적 없고
기와 그림자 비껴 흘러, 들집은 어둑하다
밝은 모래 마당엔 이슬 방울 맺히고
너울너울 달빛은 담장 밑을 비추네

절로 굳은 절개 있어 경쇠 치길 좋아했지③
그 무슨 원한 있어 은총 없다 한탄하랴
부질없이 인간에서 아낙네만 놀랬구나
천손④까지 재촉했단 말은 듣지 못했네

草根蟲吟

蟲聲秋意兩無痕　瓦影斜流野閣昏
的歷庭沙生露眼　婆娑林月照墻根

自應硜節欣敲磬　豈有深寃恨覆盆
空向人間驚懶婦　不聞催促到天孫

③ 경쇠치길 좋아했지－공자(孔子)가 위(衛)나라에서 경쇠를 치자, 삼태기를
멘 자가 그 문을 지나면서 말하기를 '마음을 둔 데가 있도다! 경쇠를 침이여!'
하더니, 잠시 뒤에 다시 말하기를 '비루하도다! 각박하고 깐깐함이여!'라고 한
데서 온 말인데, 여기서는 벌레의 울음소리도 자연의 섭리에 의해 절로 나온 것
임을 비유한 말이다(《論語》〈憲問篇〉).　④ 천손(天孫)－베 짜는 일을 맡았다
는 직녀성(織女星)의 별칭이다.

4. 숲 끝에 반딧불이 날다
꽃사이에 반딧불이 서리오면 어찌하나

구름 남아 비 뿌려서 거친 들 적시더니
반딧불이 빛 날리며 띠지붕을 지나누나
구름 낀 담장머리 가는 길이 희미터니
바람 잔 우묵한 곳 새순 끝에 날아 앉네

풀 속에서 별빛 흩듯 반짝여 보이다가
꽃 사이에 한 점 붙어 스스로 사랑하네
서리 오고 낙엽질 때 참으로 염려되니
굴도 없고 둥지 없는 네 처지 가련쿠나

樹梢螢飛

餘霏滴瀝濕荒郊　熠熠飛光度屋茅
垣角雲沈迷去路　塘坳風定妥新梢

非關草際千星亂　自愛花間一點膠
霜後飄零眞可念　憐渠無穴又無巢

5. 높은 숲에 물은 즐펀
가을 강이 푸르니 주막에 들고 싶다

맑고 푸른 가을 강에 한 상앗대 깊어라
지난 일 미친듯해 찾아낼 길 없구나
수숫잎은 한들한들 절벽에 붙어 있고
띠뿌리는 흙을 띤 채 높은 숲에 엉켜 있네

평행선 물줄기는 흰 베를 펴놓은 듯
두 가닥 꺾인 가지 거문고 걸기 좋고
상전벽해 천지개벽이 잠깐 사이 일이니
주막들어 아낌없이 털어 마시세

高林漲痕

秋江湛碧一篙深　往事如狂不可尋
蜀葉裊風棲峻壁　茅根帶土上穹林

平行一字疑橫練　衝折丫枝合掛琴
靑海黃塵彈指事　爐頭莫惜倒囊金

6. 절벽에서 나무를 깎다
나무꾼이 절벽에 붙어 나무 깎아 벌거숭이 만드네

기러기 줄 고기비늘 그 모양 닮아 서서
슬픈 노래 큰 피리로 나무 베며 산오르네
책 먹는 좀벌레가 붉은 절벽 타고가듯
뽕잎 먹는 봄 누에가 푸른 비탈을 오르는 듯

등 뒤엔 싸리나무 붉게 쌓였고
손끝엔 고송 잎이 푸르게 떨어졌다
해마다 산간 초막 머무는 날이면
맑은 이슬 가을바람 기후는 변함없네

懸崖樵蝕

雁齒魚鱗隊隊排　哀歌豪笛渡頭偕
齲書小蠹緣丹壁　蝕葉春蠶上翠厓

背後赤攢新楛矢　　指端靑落古松釵
年年草庫棲山日　　玉露金颸氣不乖

또, 잡초는 말끔하여 머리를 막 깎은 듯하고, 나뭇짐은 때로 반쯤 기운 비녀 같기도 하네. 둥그런 흔적은 마치 용린 거울을 대한 듯하고, 두 길은 때로 제비 꼬리처럼 나누이네(雜草淨如新剃髮　橫槎時有半敧釵　圓痕宛對龍鱗鏡, 兩路時分燕尾釵).

7. 시내에서 빨래하다
아낙네 빨래하는 붉은 다리와 늦은 귀가의 모습

하늘은 청명하고 해는 중천에 떴는데
모든 집이 빨래하러 일제히 나오네
열 폭 옷은 온 바위를 덮어 펴졌고
수많은 방망이 소리 온 시내를 부수는 듯

들고 뛰는 붉은 다리 빈사(貧士)의 여종 같고
고개 숙인 검은 머리 장사꾼의 아내로세
황혼에 빨래 이고 늦게야 돌아오면
사립문 안 작은 방에 아이가 울어대네

石溪浣衣

玉宇澄明日未西　　千家洴澼到來齊
十緒衣鋪包全石　　百杵聲高碎一溪

赤脚亂行貧士婢　　鴉鬟低首賈人妻
黃昏戴白攜歸晚　　蓽戶兒啼小似圭

8. 물가에서 그물 말리다

　　　강가에서 어부는 하루가 바쁜데 그 속에서 마음도 닦을 만하다

은하수는 새벽 하늘 가득히 흐르고
해 뜨면 어부 집에 버들잎이 푸르른데
발 틈으로 맑고 푸른 물빛 환히 비치고
고기 비린내 실바람 백사장에 가득 분다

희미한 그물 그림자에 지나던 나비 놀라고
밝은 모래빛은 반딧불처럼 반짝인다
낮에 말리고 밤에 담그며 세월을 보내노니
이 중에서 심령을 다소 기를 만하네

沙汀曬網

明河曉轉滿天星　　日出漁家柳髮靑
麀眼映開澄綠水　　魚腥吹動細風汀

熹微絲影驚過蝶　　的歷沙光閃亂螢
晝晒宵沈銷歲月　　此中多小養心靈

208. 한안취시도에 붙이다

> ─ 세상은 온통 도떼기시장 같은 것

연이은 초가가 평평한 숲을 띠고서
일자로 줄 짓다가 네 가닥 숲으로 갈리고
벌여앉은 국수집에 연기가 모락모락
멀리서 온 우마들엔 눈이 가득하여라

거나하여 다투는 모습 분간할 만하나
모래 위에 서로 모여 말하는 뜻① 누가 알랴
대저 인간 세상 모두가 저자나 다름없으니
비린내 모탕에 모여드는 파리 모기 가련쿠나

題寒岸聚市圖

廷緣草茇帶平林　一字排行四股森
列坐餠湯煙眇眇　遠來牛馬雪陰陰

微分酒後爭雄態　誰識沙中偶語心
大抵人寰皆此市　可憐蠅蚋聚腥砧

① 모래……뜻—모반(謀反) 또는 배신(背信)을 뜻함. 한 고조(漢高祖)가 공신
(功臣) 20여 인을 봉하고 난 후, 그 나머지 사람들이 가끔 모래 위에 서로 모
여서 이야기를 나누고 있었으므로, 고조가 그들을 바라보면서 '저들이 무슨 애
기를 하는가?'고 묻자, 장량(張良)이 대답하기를 '폐하께서는 모르고 계셨습니
까? 저들이 바로 모반을 꾀하는 것입니다.'라고 한 데서 온 말이다. 《사기(史
記)》〈유후세가(留侯世家)〉.

209. 한계반초도

— 맑은 날씨 겨울 저녁에 나무꾼은 돌아온다

늙은이 짐은 약간 굽고 아이 짐은 기울어
몸가짐만 보아도 노소를 알겠구려
석양은 멀리 봉우리 바위에 걸려서 붉고
흩어진 그림자는 개울 섶을 지나면서 푸르르다

골짝 어귀 사립문에선 작은 대열로 나뉘고

나루터 갈대잎에선 문득 피리 소리 들려라
따라오는 두셋 나뭇짐은 작기가 콩만한데
강 하늘 쳐다보니 눈꽃이 맺혔었네

寒溪返樵圖

翁擔微病兒擔斜　剩將身態識年華
殘暉遠掛紅峯石　亂影連過碧澗槎

谷口柴門分小隊　渡頭蘆葉忽靑笳
追來數箇纖如豆　仰視江天逗雪花

210. 한강범주도

> ― 겨울 강엔 배 떠있고, 먼 계책은 시대와 어긋난다

배 한 척 강물에 비껴 뜨고 석양은 맑은데
먼 하늘엔 가랑눈이 비스듬히 뿌리누나
모래 웅덩이 속에는 고기가 엎드렸고
물결에 바람치니 물총새 날아가네

끝내 차가운 이 인연 어느 곳에 머물 건가
응당 한가로운 계획은 시대와 어긋난다
짐작컨대 하늘에 조회 가는 구맥① 길엔
먼지 바람 일으키며 말은 진정 살찌누나

寒江泛舟圖

一舸橫流澹石暉　遠天斜劃雪霏微
照看沙匯寒鱗伏　衝過風漪濕翠飛

畢竟冷緣何處止　也應閒算與時違
遙知九陌朝天路　蹴起塵颷馬正肥

① 구맥(九陌)－서울 장안에 있는 아홉 가닥의 큰 길을 이름.

211. 한애원기도

> － 북풍 속에 말타고 서울 가는 나그네 삼각산이 멀기만
> 하다

새까만 찬 바위들 바둑알처럼 박혔는데
북풍은 쌀쌀하고 말은 슬피 울어대네
이 어두운 때에 층암 절벽을 당하고 보니
마치 남관의 눈 막히던 때①와 같은 모양

의관 쓴 한 사람은 꼼짝 않고 서있는데
삼각산 봉우리는 쳐다보면 멀기만 해
예전대로 배 속에는 시의 기미 품었는데
물에 비친 옛 성터의 연기 보니 생각나네

寒厓遠騎圖

鐵色寒巖似置棋　北風凄厲馬鳴悲
正當石櫃天昏處　好像藍關雪擁時

一點衣冠黏不動　三山頭角望猶遲
依然腹裏含詩氣　水照墟煙黯有思

① 남관(藍關)의……때－남관은 남전관(藍田關)의 준말임. 당(唐)나라 한유(韓
愈)가 〈좌천되어 남관에 이르러서 질손(姪孫) 상(湘)에게 보여준 시〔左遷至藍

關示姪孫湘詩]〉에 '……구름은 진령을 가로질러라 집은 어디 있는고, 눈은 남
관을 가로막아 말이 가지를 못하네……(雲橫秦嶺家何在 雪擁藍關馬不前)'라
고 한 데서 온 말이다. 《한창려집(韓昌黎集)》 권10.

212. 한암자숙도

— 절간의 채식 생활은 맑고 깨끗해 신선하다

산중의 눈 속에서 상아 숙유[①] 먹고 사니
포새[②]의 풍치가 바로 이 사이에 있구나
향기로운 부추 있어 위장을 맑게 하고
뼈 있는 고기 먹다 이 다칠 일 전혀 없네

감주[③] 1백 꿰미 책상에 쌓여 있고
홍로술 새 사발은 얼굴 펴기 도움되네
임금이 내린 고깃국은 꿈 속의 일만 같애
노승의 검붉은 바리때나 함께 쓸 뿐이라네

寒庵煮菽圖

桑鵝菽乳雪中山　蒲塞風情在此間
準備香韮醒胃府　絶無硬骨撼牙關

紺珠百串堆盈案　紅露三甌助解顔
御賜騰羹如夢境　老僧髹鉢可同班

① 상아(桑鵝) 숙유(菽乳)—상아는 뽕나무 위에 생기는 버섯을 말하고, 숙유
는 두부(豆腐)의 별칭이다.　② 포새(蒲塞)—불교(佛敎) 용어로, 오계(五戒)
를 받은 남자를 이른다.　③ 감주(紺珠)—손으로 만지면 기억이 되살아난다
는 불가사의한 감색의 보주(寶珠)로, 이는 당(唐)나라 때 장열(張說)이 남에게

서 선사받은 것이라고 하는데, 전하여 여기서는 서책에 비유한 말.

213. 한방소육도

> ― 둘러앉아 고기 굽는 모습이 자연스러우나 예법은 아
> 니다

헌 갖옷 소매 걷고 화롯가에 다가앉아
빈한한 선비가 가장 마음 기쁜 때라
꾸르륵 침 삼키니 누가 욕하지 않으랴
성낸 듯 눈이 튀어나와도 걱정할 건 없어라

이자가 포록을 사양한 건[1] 일찍이 의심했으나
한공이 압구정서 잔치한 건 부럽잖아[2]
예법이 있는 데선 끝내 부끄러운 일이니
이 풍습은 원래가 살마주에서[3] 시작되었네

寒房燒肉圖

樊貂擅袖進爐頭　寒士沾沾得意秋
慢作蚓鳴誰不罵　怒如魚眼卽無愁

嘗疑李子辭包鹿　未羨韓公宴狎鷗
禮法場中終有媿　此風元自薩摩州

[1] 이자(李子)가……―포록(包鹿)은 노루고기를 싼 것을 가리킨 듯, 이자는 누구를 가리키는 말인지 자세하지 않다.　[2] 한공(韓公)이……부럽잖아―한공은 조선 세조(世祖) 때의 상신(相臣) 한명회(韓明澮)를 이르는데, 한명회가 일찍이 압구정(狎鷗亭)을 짓고 거기서 노닐었으므로 갈매기와 친하기만 했다는 뜻에서 한 말이다.　[3] 살마주(薩摩州)―남양군도에

있는 섬.

214. 한담욕부도에 붙여

> ― 세간의 시비 격정 모르는 물오리, 그러나 강 언덕엔
> 총알재고 노리고

털빛도 고울시고 물오리 빛 그림이네
어찌하여 찬 뼈가 푸른 물결 속에 있는고
마름띠 열어제치면서 오히려 물을 이끌고
가죽신 무늬 만들면서도 바람을 힘입지 않네

늘 돌아보며 푸른 앵무 날개를 뽐내고
물속에 잠길 땐 응당 불그레한 붕어를 잡는다
세간의 시비 선악과는 진정 거리 멀건만
언덕 위에 한 늙은이 총알 재고 있었다네

寒潭浴鳧圖

渲染鮮鮮見繪功　底心寒骨碧漪中
撥開藻帶猶牽水　細作靴紋不藉風

屢顧自矜鸚羽綠　忽沈應趁鮒腮紅
世間妍醜眞相遠　岸上裝丸立一翁

215. 한산주응도

> ― 매는 높이 날고 꿩은 풀 속에 숨는다

앞잡이 사냥개가 연이어 달리는데

줄줄이 화살촉이 언덕에 번쩍인다
꾀 많은 꿩은 감히 얕은 풀 속에 숨지만
메추리는 깊은 가지에 앉도록 내버려둔다오

맹렬한 기세로 별안간에 일어나
첩첩 산봉우리를 지척처럼 옮겨 다니네
도시 하늘 바람의 힘을 빌리지 않기 때문에
1년에 반 년은 날개 접고 쉰다오

寒山嗾鷹圖

先茅黃耳走逶迤　　條鏃光來映澤陂
點雉敢於逃淺草　　寒鶉許爾聚深枝

清霜紫電須臾起　　層巘重峯咫尺移
總爲天風不借便　　一年强半翅全垂

216. 흉년 든 수촌의 봄(10수) 〔계사년(1833, 72세) 봄〕

> ― 수촌의 봄은 굶주린 백성들로 보기에 딱하고, 구휼
> 미 준다지만 중간에서 가로채더라

1

동풍이 불어드니 풀잎이 흩날리고
꽃과 버들 그대로 옛날과 한가진데
봄이 오니 더더욱 적막한 수촌은
기운 집에 찬 연기, 해는 더디 지는구나

荒年水村春詞(癸巳春)

東風吹綠草離離　花柳依然似昔時
只是寂寥春更甚　冷烟衰屋日華遲

2

누더기 옷 황새다리[1] 배에 가득 실리어
남한산성 주린 백성 진휼 받자 몰려오네
여기에도 칡뿌리로 찧은 죽도 없는데
관리는 괜한 호령 한번 불고 태평이네[2]

鶉衣鵠脚滿船來　南漢城中領賑回
須擣葛根無作粥　剩敎一龠得三杯

① 순의곡각(鶉衣鵠脚)－메추라기 털처럼 해진 누더기 옷, 고니새 다리처럼 말라서 가늘고 긴 다리, 즉 굶주린 빈민의 모습.　② 삼배(三杯)－관리가 쓸데없이 빈 호령의 호각만 불고는 할 일 다 한 듯이 편한 자세를 취한다는 말 '일작천수산(一酌千愁散) 삼배만사공(三杯萬事空)'(賈至〈對酒曲〉)이라 했다.

3

번쩍번쩍 칼을 갈아 산 위에 올라가서
소나무 껍질 벗겨 한입 가득 무는구나
묘지기 목타도록 어찌 모두 말리겠나
천 그루 소나무가 마릉(馬陵)[1] 땅 모습이네

磨刀霍霍上山墟　劚取松皮滿口茹
塚戶脣焦那禁得　千株白立馬陵書

① 마릉(馬陵)－중국 제(齊)나라 장군 손빈(孫臏)이 위(魏)나라의 방연(龐涓)을

무찌른 곳. 소나무 껍질 벗기고 그곳에 글쓴 고사가 있음.

4

강남 세미 운하 거쳐 왕경(王京)①에 모이는데
소식 듣고 해적 호상 혈구②에 모여들어
모조리 빼앗고는 막아놓고 말았으니
우천(牛川)③의 작은 저자 쌀쟁탈이네

南漕陸續湊王京　消息風潮穴口城
總被豪商封鎖了　牛川小市米常爭

① 남조(南漕)—중국 강소(江蘇)와 절강(浙江) 등지로부터 세미(稅米)를 왕경으로 보냈다. 즉 '남성조조향유운하북상(南省糟漕向由運河北上)'했던 사실을 인용하여 지방의 세미가 한성으로 가기 전에 토호나 오리(汚吏)들이 가로챔을 은유함.　②혈구(穴口)—여기의 혈구는 중국 면수(沔水)를 말함《水經》.　③우천(牛川)—중국 산서성(山西省)에 있는 외진 땅. 이곳에서 동진(東晋)의 탁발규(拓跋珪)가 왕이라 자칭하고 세미를 빼앗은 곳.

5

녹림산① 불한당 소굴엔 양반도 많다만
휘파람 한소리에 밤에 집털기 문제 없어
산들바람② 일으켜 풀섶이 움직일 때
도적떼③ 이장라 짓 아니라 어찌하리

綠林糾夥兩班多　嘯聚無難夜打家
但使小風吹草動　安知不作李張羅
　　　(李自成, 張獻忠, 羅汝才　明末流賊也)

①녹림(綠林)—여기서는 중국 녹림산, 즉 불한당과 도적떼 소굴인 산을 말함.

②소풍(小風)—산들바람을 뜻하나 여기서는 밤도둑의 움직임을 말함.   ③원주
에, 이(李)·장(張)·나(羅)는 이자성(李自成), 장헌충(張獻忠), 나여재(羅汝才)
를 말하며 이들은 모두 명(明)나라 말기의 떠돌이 도적들이라고 함.

6

유가만 물가 언덕 땔감 나무 장사 있어
쌓인 나무 산 같아서 모두들 감탄했네
40만 전 내라 하면서 도적들 불 질러서
검은 연기 날아올라 하늘 가득 안개짓네

柳家灣上販樵家 積聚如山衆所嗟
四十萬錢銷一炬 絳煙飄作滿天霞

7

울룩불룩 야윈 소에 억지로 쟁기 씌워
채찍이 백 번인들 깊은 땅을 어찌 끌까
느릅나무 밑에 두고 사람 함께 쉬는구나
석양까지 논갈으니 한 두둑뿐이로다

牛骨崚嶒强服犁 百鞭那得曳深泥
楡陰放歇人俱歇 恰到殘陽了一畦

8

지난 겨울 백일 동안 눈 한번 오지 않아
바람에 모래 먼지 보리싹을 덮었어라
보리이삭 헝클어져 기대가 어긋나니
만백성 한결같이 하늘만 쳐다보네

前冬百日天無雪 風捲塵沙罩麥苗

視麥如瓜期又誤　萬民齊首仰青霄

9

황효의 흐르는 물 고기 낚는 배들은
해마다 보리철에 시세가 좋았는데
가련하다 백사장 가 그물을 말리는 곳
석양 밑에 오로지 백구만 졸고 있네

黃驍流水釣魚船　時勢年年養麥天
沙上可憐晞網處　夕陽唯有白鷗眠

10

대자리 옆 어대에는 은술병이 걸렸으니
풍년의 잔치 때엔 머리 거듭 돌았건만
선위①는 오지 않고 봄은 다시 저무는데
산관의 벽도화는 누굴 위해 피었는가

銀瓶竹榻傍漁臺　樂歲風流首重廻
仙尉不來春亦暮　碧桃山館向誰開

① 선위(仙尉) - 한(漢)나라 때 일찍이 남창현위(南昌縣尉)를 지냈던 매복(梅福)
이 왕망(王莽)의 전정(專政)을 증오하여 처자(妻子)를 버리고 떠나서 신선이
되었다는 고사에서 바로 매복을 가리키는 말. 《한서(漢書)》〈매복전(梅福傳)〉.

217. 회혼시①

> ─ 결혼한 지 60주년이 되었구나. 내 일생 돌아보니
> 만감이 사무친다

60년이 풍륜②처럼 돌고 돌아 눈앞에 번득이고

복숭아꽃 곱게 피던 봄철의 신혼 같네
생이별 죽어 이별 늙기를 재촉터니
슬픔 짧고 기쁨 기니 임금님 은덕인가

결혼하던 이날 밤 사랑 애기 다시 좋고
첫날밤 장옷에 쓴 글씨③ 아직 남았어라
갈라지고 다시 만남 나의 숙명이던가
합근잔④ 들고 나서 자손에게 물려주리

回巹詩(丙申二月回巹前三日)

六十風輪轉眼翻　穠桃春色似新婚
生離死別催人老　戚短歡長感主恩

此夜蘭詞聲更好　舊時霞帔墨猶痕
剖而復合眞吾象　留取雙瓢付子孫

* 원주에, '병신년 회혼전 3일'이라 했다. 다산은 이 시를 써놓고 타계했다.

①회근(回巹)—회혼을 말함. 결혼식을 합근례(合巹禮)라 함. 근(巹)은 표주박인데 합환주를 마실 때 청·홍색으로 쓴다.　②풍륜(風輪)—바람개비. 바람으로 도는 풍차. 세월이 빠름을 비유함.　③하파묵(霞帔墨)—하파(霞帔)는 벼슬있는 사람의 부인 관복(冠服)인데 여기서는 결혼할 때 신부의 장옷(지금의 면사포격임). 장옷의 흰 깃에 신랑이 첫날밤에 다짐의 글씨를 써 주는 풍습이 있었음. ④쌍표(雙瓢)—두 표주박. 표(瓢)는 표주박인데 한 개를 갈라서 푸른색과 붉은색으로 칠하고 끈으로 서로 맞매어 두었다가 결혼식 때 교배례(交杯禮)에 쓰인다. 신랑·신부가 이를 쥐고 교배하는 것을 합근(合巹)한다고 말한다.

564

218. 다산초당에서 마음 달래는 일(12수)

1

솔밭 속 반석은 나의 안식처

솔밭 흰 너럭바위는 평상이 되어①
내가 거문고 뜯던 곳
산나그네 거문고 걸고 돌아오면
바람불어 거문고는 스스로 속삭인다

賞心樂事(十二章)

松壇白石狀 是我彈琴處 山客掛琴歸 風來時自語

이에 대한 문산(文山) 이자지(李子之)의 차운은 다음과 같다.
'외로운 소나무는 절개를 바꾸지 않았고 은자는 반석 위에 태연·항구
하구나. 곁에 조그만 축대 하나 있을 뿐이니 이 심정 누구와 함께 이야
기하리요(孤松不改節 隱者盤桓處 傍有小壇築 此心誰與話)'
라고 하여 다산의 굳은 절개와 그 고독을 말하고 있다.

여기 차운(次韻)까지 소개하는 것은 다산이 18년간 유배생활(다산초당
생활 15년간)을 하던 그 모습을 객관적으로 정확히 비추어 보고자 함이
요, 더구나 문산은 학문적으로나 인간적으로 다산과 유배지에서의 접촉이
많았던 조선조 학자이기 때문이다.

먼저 다산의 〈상심낙사(賞心樂事)〉 시에 대하여 언급해 둘 것은 정다
산이 다산초당의 유배생활의 애상과 괴로움을 차라리 '마음 달래는 즐거
운 일'이라 이름붙여 다산초당 12풍경과 생활과 상념을 읊은 것인데 〈상
심낙사첩(賞心樂事帖)〉 발문(跋文)에서 다산은,

'이 다산 12경치를 읊은 절구 그 오른쪽은 내가 지은 것이요, 왼쪽 시
는 이자지(李子之)가 차운한 것이다. 그리고 〈나비와 꽃〉 그림은 학포

(學圃)의 작품이다. 가경(嘉慶)·갑술(1814) 3월 25일 다산은자 발함
(右茶山 十二勝短句 其右方 余所爲也 其左方文山 李子之醻也 蝶花
學圃作 嘉慶 甲戌 三月二十五日 茶山隱者跋)'
이라고 했는데 이 시첩(詩帖)은 오른쪽과 왼쪽에 시 한 수씩 나누어 적고
는 가운데를 접어서 첩자(帖子)로 만든 작은 시집이다.

정다산 친필〔行書體〕로 된 이 시첩은 시 12장 24면 발문 1면 첩화도
3면, 그리고 표지인데 뒤에다 소장인(所藏人)이던 남애(南涯) 안춘근(安
春根)의 부기(附記) 2면이 함께 붙어 있다.

그런데 여기 정다산의 〈상심낙사〉 시에 일일이 수창(醻唱)한 문산(文
山) 이자지의 자지는 이재의(李載毅 : 1772~1839)의 자이며 호가 문산이
요, 또 여홍(汝弘)이라는 자도 있다.《문산집(文山集)》(11권 4책)은 시
로도 이름났지만(8권), 다산문답(禮記·周易)으로 다산과는 더욱 밀접한
사이였다.

또 학포(學圃)는 명종 때 화가인 이상좌(李上佐)이다.

①지금은 이곳에 정자가 세워져 있다.

2

다산초당 연못에 늦피는 연꽃

연잎은 흙탕물 속에서 나와
푸른 잎이 구부린 주먹 같구나
다른 꽃들 다투어 터지기를 기다렸다
마주보고 생긋이 웃어 보인다

荷葉泥中出 浮靑曲似拳 待他花競綻 相對笑嫣然

이에 대한 문산 이자지의 차운은 다음과 같다.
'연잎 처음 물을 뚫을 때는, 빨간 꽃 아직 안 피어, 청개구리와 초록빛
은 한가지라서 종일토록 단정히 앉아있어라(蓮葉初穿水 紅酥未解拳
小蛙通體綠 終日坐端然)'

566

라고 다산의 도덕군자로서 인내심 많음을 칭찬하고 있다.

3
연못 속의 고기와 나는 모른 체, 그러나 고기들은 티없이 맑다

연못 고기와 나는 서로 잊은 체
뉘와 함께 호상락(濠上樂)①을 물을 것인가
고기는 잠기어도 그 모습 또렷하고②
산새들은 모두 둘러 난간을 짓네

魚我兩相忘　問誰濠上觀　其潛亦孔炤　小鳥環如欄

이에 대하여 문산은,
'물고기는 자연 속에서 즐기고, 그대는 자연을 구경하누나, 연못빛을 사랑하되, 그윽히 돌위 난간머리에 기대었구나(魚以自然樂　翁以自然觀　目愛池塘色　幽幽上石欄)'
라고 수창했다.
　다산의 자연에 대한 물아일체(物我一體)의 모습과 인고(忍苦)의 형상을 그리고 있다.

①호상락(濠上樂)—장자(莊子)와 혜자(惠子)가 호수(濠水)에서 물속의 고기들이 즐거움을 아느냐, 모르느냐, 하고 논의한 고사가 있다(《莊子》〈秋水〉).
②《시경(詩經)》〈소아(小雅)〉녹명지습(鹿鳴之什) 장에 덕음공소(德音孔昭), 즉 '덕음은 훤하고 밝다'했는데 여기서는 티없는 고기 모습들이 물속에 선명하다는 뜻.

4
맑은 샘에 사슴이 왔다 간 흔적

도 닦는 사람은 가슴을 깨끗이 씻고자 하는데
한줄기 샘은 신령스런 물줄기로구나
사슴은 가끔 와서 물을 마시고는

모습을 안 보이고 자국만 내고 갔네

　　道人欲洗襟　一脈神泉液　山鹿有時來　飮餘泥印跡

문산의 수창시는
'담장 밑 조그마한 샘일망정, 천 년 두고 흐르는 석간의 청수요 사슴이
물 마시고 새 흔적 냈으나, 호랑이 후빈 자국 옛자취 없어졌네(牆根一
眠泉　石髓千年液　鹿飮有新痕　虎跑無古跡)'
　정다산의 휼민우국(恤民憂國)의 일념으로 비리(非理)와 오리(汚吏)를
척결(剔決)한 그 업적을 상징한 시이다.

　　　　　5
　　작약은 노한 듯 뭉쳤다가 하늘 향해 붉었다

녹음은 땅위로 퍼져서 향기롭고
꽃바람은 다정하게 산촌에 불어올 때
어슴프레 작약의 노한 얼굴 보았더니
한 떨기 꽃 터져서 하늘 향해 붉었네

　　冉冉綠滿地　寥寥花信風　湏看勺藥怒　一埠照天紅

문산의 응수시는,
'수풀 떨기들은 만 가지 빛깔인데, 이곳 어른은 혼자서 봄기운이네 작
약밭 노인에게 축하할 일은, 늙은 얼굴 다시 붉어 젊어지는 것이네(林
蔥萬種色　管領獨春風　恭賀藥園叟　童顔晩復紅)'
　다산초당 마당은 좁은 꽃밭, 그 앞은 수풀이다.

　　　　　6
　　담쟁이덩굴 우거져서 중 오는 길 막을세라

담쟁이덩굴 길은 푸르러 가이없는데

지팡이 휘두르며 산 위에 오른다
지난 봄 덩굴을 다스리잖아 무성하니
손님이 오면 방해될까 두렵네

蘿徑靑無際 携筇獨上臺 經春毋使蔓 或恐有人來

문산의 응수시는,
'드리워진 담장 덩굴 그 밑 돌길은, 구불구불 서쪽으로 서대가 가깝네
때는 바야흐로 녹음 속인데, 적막한 속에도 한 중은 찾아오네(垂蘿細石
徑 紆曲近西臺 時於綠陰裡 寂寞一僧來)'
이때 다산은 혜장(惠藏) 스님과 자주 왕래 교우했으며, 또 이 시기에
덕은 외롭지 않다는 '덕불고(德不孤)'를 읊었다.

7
저 멀리 바다는 하늘과 맞닿고 수풀 속엔 굴뚝새 한가롭다

조수가 밀려드니 바다와 하늘 탁 트이고
외로운 돛단배는 언제 돌아올는지
싱그러운 수풀 밑을 바라보며는
굴뚝새 둥지[1] 틀고 진종일 한가롭다

乘潮海天闊 孤颿不知還 且看芳林下 栖鷦盡日閑

문산의 응수시는,
'한 점 연기나는 것은 돛단배인가, 파도 위에 갈매기는 갔다간 오네 멀
리서도 배탄 사람 알아보나니, 한가롭기 내 마음 같지 않구나(一點烟帆
色 鷗波去復還 遙知坐舟者 不似我心閑)'
이는 다산이 산옹(山翁)이요 어옹(漁翁)처럼 생활하는 유한한 모습을
읊은 시이다.

①굴뚝새 둥지-'굴뚝새는 집을 지어도 불과 한 가지면 된다(鷦鷯巢於深林不

過一枝(《莊子》逍遙遊)', 즉 사람의 분수를 말한 것.

8
매화는 가지 잘라 오히려 앙상하네

늙은 매화 등걸을 베어낸 것은①
새파란 새 순을 보자 함이었는데
오히려 줄어져서② 가지만 앙상해
겨우 술병 걸기에 제격이구나

斫却老梅樹 要見嫩梢青 留下杈椏處 唯應挂酒瓶

문산의 응수시는,
'매화 피면 보려고 미인 꿈을 꿨으나, 꿈속에서 오히려 푸른 잎을 떨구었네 또다시 달이 지는 밤중이 되어, 슬프게 빈 술병과 마주 앉았네(梅下美人夢 夢中猶拭青 也應月落夜 怊悵對空瓶)'
이는 학자들의 이론만 알고 실제를 모르는 어리석음을 상징한 시이다. 다산의 시나, 문산의 차운이나 마찬가지로 스스로를 탄식하는 시이다.

① 작각(斫却)—작(斫)은 감(砍)과 같음. 이(利)를 보려다가 도리어 크게 손해본다는 뜻. ② 유하(留下)—여기서는 줄어든다는 뜻으로 썼음.

9
절구에다 찧어서 버섯죽 끓어 먹다

돌절구는 둥글어 물동이 같아
여덟 아홉 말은 능히 넣겠네
새로 버섯죽 끓이는 법 생각해내어
한가로이 노승더러 방아를 찧으라네

石臼團如盎 能容八九種 新謀茯苓粥 閑遣老僧春

문산의 응수시는,

'산촌집엔 한 절구 맑아 있고, 속세에는 천 석 곡식 싸늘하다 늙은 토끼
는 신령스런 약을 구해 넣고 의연히 달속에서 방아를 찧네(山家淸一白,
塵世冷千種 老兎投靈藥 依然月裏舂)'
다산의 맑고 가난한 생활을 그렸다.

10
대나무 길러서 울타리 삼고

섬돌 옆 꽃 곁에다 신종 대를 심었더니
꽃포기 침범하며 대는 자라 채찍만 해
때마침 단비 와서 그 힘을 빌리어서
담장 가에 옮겨 심어 울타리 겸했노라[1]

種竹隣花砌 侵花已走鞭 會蒙新雨力 移植響牆邊

문산의 응수시는,
'자리 얻어 옮겨 심은 신종 대나무, 봄이 오면 자편(赭鞭)[2] 될지 기대
하면서 죽순이 돌에 눌려 모자랄세라, 섬돌 아래 다듬어서 부축해 주네
(得所移新竹 春來試赭鞭 猶嫌石壓筍 扶護小塘邊)'

[1] 다산이 절개 굳은 대를 아끼는 심정을 노래했다. [2] 자편(赭鞭)-붉은 회초
리. 옛날 신농씨(神農氏)가 붉은 회초리로 풀을 쳐서 그 본성을 알아냈다는 고
사가 있음.

*이 〈상심낙사(賞心樂事)〉는 12승(勝)이라 했으나 시는 10수뿐이다.

219. 부(賦)

① 꿈이 아까워라(惜志賦)　(1801년 장기에서)

> ─ 정다산의 꿈은 문인으로서 경세제민(經世濟民)의
> 학문을 연구하여 나라를 이롭게 하고 백성을 구하
> 고자 하는 것이 근본이념이요, 뜻이었는데 임금은
> 관료의 벼슬을 특별히 내려주며 그것도 사헌부 벼
> 슬을 특서함으로써 적성에 맞지않아 7, 8차에 걸쳐
> 사직상소를 올렸다가 결국 천주교 박해 사옥에 걸
> 려들어 모함으로 유배생활을 하게 되니 꿈이 깨어
> 졌다는 것이다.

불쌍하다 내 인생 때를 못 만남이여
가는 길 기구하여 당하느니 따돌림
큰 구슬 품고서도 이리저리 헤매더니
사람 꼴 우습고 재앙을 불러왔네

몸 살피고 마음 닦아 조심조심 살았는데
오히려 욕과 죄가 그 어찌 덮치는고
궁궐 문은 이미 닫혀 닿을 곳 없음이여
조누(銚鎒)[①]로야 그 어찌 전답일을 다스리리

처음은 소근소근 헐뜯는 소문내고
드디어 송사소동 무리 입들 울어대네
내 가슴 살펴봐도 희고도 선명하니
그 비록 죄 얽어도 어찌 마음 상하리

공야장(公冶長)은 새소리[2]로 오랏줄에 묶였어도
공자는 무죄 밝혀 그 이름 드높이고
장재(張載)[3]는 불교 믿어 중년에 숨었으나
주자는 스승 삼고 공격을 그치었네

예쁘게 보였으니[4] 걸어 엎은 슬픔이여
쳐서 뭉개고 그르쳐져 부러졌네
입으로는 억울하나 하는 말 분명함이
기 질려 벌벌 떨며 속으로만 웅어리져

의취는 중 같으나[5] 열반경엔 못듦이여
나에게 씌운 허물 씻기가 어렵다네
어리석은 무리들은 어찌 그리 헐뜯는가
잠깨어 돌아보고 장차 일을 생각하리

용은 꼬리치며 위로 높이 오름이여
도룡농은 머리 박고 땅 밑으로 기는구나
천리마는 발 빠르게 마음대로 가닿는데
두꺼비는 꾸물꾸물 제 신세를 슬퍼하네

두 보배를 쥐었더니 모두 다 놓침이여
다만 크고 무성하게 가꾸고자 하였거든
오제(五齊)술[6] 하사받던 그 성황 없어지고
멀건 음식 맛 없다고 감히 싫다 하리요

바다는 넓고 아득 조수 한 점 없음이여
고래놈이 혼자 돌며[7] 휘긁어 삼켜 먹네
한유가 보낸 귀신 더한층 따라붙고

소자첨 재주로도 그 역시 죄 썼다네

이미 받은 운명이니 거슬리지 못함이여
또 어찌 한탄하여 내 속만 언짢으리

惜志賦(辛酉夏在長鬐作)

愍余生之不際兮　　數迍邅以離尤　　抱瓌瑋而徊徨兮　　衆芥視而詬災
聿反躬而篤修兮　　遷儃佪其靡休　　闇旣閡而弗達兮　　何銚鎒以治疇
始譽譚而微吹兮　　迺詢擾而群啾　　余內視其的皪兮　　雖糾譑亦何傷
冶聆禽而速縲兮　　尼訟枉而名揚　　載信釋而中遜兮　　晦師崇而息攻
悲燿嬈之偉蹎兮　　紛攙挈而胥折　　口欲言而諲譳兮　　氣蠚蜳而內結
義雖緇而不涅兮　　謂吾涴其難雪　　彼恂愬其奚訕兮　　蘁省戾以追來
龍蚴蟉以上騰兮　　蝘委頓而低回　　驥駊騀以騁康兮　　蟾蜍蠢而自哀
執兩美而並遺兮　　冀峻茂而栽培　　旨五齊其莫況兮　　曰饕瀿而可厭
海漫漫其無潮兮　　鯨鯢噴而欲餂　　愈餕窮而益附兮　　瞻詡才亦遭貶
旣戴命而莫違兮　　又何爲乎內慊

① 조누(銚鎒)―농구인 가래와 괭이라는 뜻도 있지만 여기서는 《전국책(戰國策)》〈제책(齊策)〉에서 말하는 조말(曹沫)의 비수를 뜻함. '사조말석삼척지검(使曹沫釋三尺之劍) 이조조누(而操銚鎒) 여농인거롱묘지중(與農人居壟畝之中) 즉불약농부(則不若農夫)'《史記》86). ② 공야장(公冶長)의 새소리―공자의 제자 공야장은 새소리를 잘 알아들어서 오해로 의심사서 죄인이 되었다가 공자가 무죄방면케 하고 사위로 삼았다(《논어(論語)》〈공야장편(公冶長篇)〉). ③ 장재(張載)―북송의 학자(1020~1077). 자는 자후(子厚), 호는 횡거(橫渠). 《역학(易學)》과 《중용(中庸)》 연구의 대가이나 20여세 때 노불(老佛)에도 깊이 빠졌었다. 후대에 횡거선생이라고 추앙받았다.　④ 예쁘게 보였으니―정조대왕은 정다산의 학문과 인품을 사랑하면서 특전을 여러번 내렸다(제1편에 상세함). ⑤ 의취는 중 같으나―원문 '의수치이불열혜(義雖緇而不涅兮)'를 직역하면 '뜻은 비록 검은 옷(중)이나 열반의 경지엔 못들었다'로서 정다산이 서학(西學), 즉

천주교 책을 보았고 그 연루자로 이름이 올라 있으나 교리(敎理)는 모른다로 해석된다. ⑥오제(五齊)—제사 때 쓰던 다섯 가지 농도의 술. 즉 제(齊)는 농담(濃淡)의 정도를 말하는데 다섯 가지가 있다고 함. 다시 말해서 범제(泛齊)·예제(醴齊)·앙제(盎齊)·제제(緹齊)·침제(沈齊)가 있다고 한다. 제(齊)란 '매유제사이도량절작지(每有祭祀以度量節作之)'한다고 했다. 여기서는 다산이 정조가 늘 하사하던 술을 말함. ⑦고래놈이 혼자 돌며—탐관오리들이 제 세상 만난 듯 백성을 못살게 구는 일.

220. 부(賦)

② 소금비 퍼붓다(鹽雨賦)

> —정다산이 강진에 유배가서 다산초당에 있었던 1810
> 년 7월 28일 아침에 강풍과 폭우를 동반한 태풍이
> 남해안 일대를 강타했다. 하늘 높이 솟은 파도 물살
> 을 바람이 휘몰아 강진 일대에 소금비가 되어 뿌려
> 서, 산천·초목이 온통 소금물에 절여져서 농사는
> 물론 산과 숲과 들의 초목이 시들어 죽어 갔다. 소
> 금비 이야기는 다른 시에도 가끔 언급되고 있다.

해로는 돈장 경오년(1810)
달로는 이칙인 7월이요
날짜론 경진인 28일이요
시간은 필성이 뜨는 이른 아침이었더라①

바람은 동남방에서 일더니
조반 먹을 시각에 이르러부터
천둥번개 파도치고
붉은 불똥 와지끈 파도는 성깔냈다

바람은 살마섬(일본 규슈)서 고삐 떨치고
탐라(제주) 섬서 깃발 걷우고는
온 누리 떠들썩 고함지르며
귀신들을 불러모았다

산을 흔들고 들을 삼키면서
돌을 걷어차고 뿌리를 뽑아버리니
물고기는 제굴 못 찾고
짐승들은 도망갈 틈 없었어라

무리 말이 치닫듯 큰 바람은 몰아치고
그 기세 세상을 날리며 천지를 흔들었다
쇠소리같이 쨍쨍 큰북처럼 둥당당
눈은 어지럽고 귀는 놀라 멍멍했다

이때에 거센 파도 높이 솟아 괴물되고
빙빙 말려 큰 굴을 이루다가
부딪혀 솟구치다 부서져 비말되니
이리저리 불리어서 쏜살같이 흘러갔네

파도 일어 은빛 지붕 들쭉날쭉 큰 봉우리
흰눈 지붕 겹쳤다가 땅 위로 솟구쳤네
한편으로 먹구름이 하늘이 무너지듯
물줄기로 부서져서 하늘 가득 물난리네

하늘 땅 캄캄하여 분간을 못할 지경
물이 철철 넘치고 퍼져서 솟구치며
바위치고 구르며 옹벽치고 솟으니

골짝에 들어붓고 산 위로 기어올라

그리하여 그 끼친 몰골(피해)들이란
초목 잎 꼬리는 송곳이요 바늘같고
짐새 독을 마신 듯 어지러이 씻겼으니
소금물 빗방울에 날렸기 때문이다

독 소금에 어지럽게 이리저리 흘렸으니
무성하게 자라나던 온갖 초목들이
모조리 소금 절임 되어 버려
줄기 뻗어 피던 꽃이 생선절어 상한 모습
갈라지고 찢어지고 김장 절인 푸나물 꼴

천지는 암담하고 하늘은 빛을 잃어
산과 들판 스산하고 생기를 잃었으니

능수버들 소나무 단풍나무 향나무
거망옻과 가죽나무 박달과 녹나무
귤나무 유자나무 감나무와 아가위
고욤나무 대추나무 배나무 산배나무

개복숭아 복숭아에 개암나무 밤나무
앵도나무 매화나무 뽕나무에 산뽕나무
은부나무 산머루에 산앵도나무
은행나무 광나무 등이

가지와 잎들이 모두 다 꺾여 떨려
언덕과 산등성이 떨어져 덮었구나

갓대 조릿대 해장대 이대 솜대
왕대 등의 대들이
넘어지고 설키어 생선 가시 모양이요
퍼지어 굴러갈 땐 표범가죽 찢기듯

거기에 또다시 채소류로서
생강 고추 배추와
겨자에 무에다 토란 등이
짓무르고 녹아내려서

몰골은 추해지고
분노를 못참을 제
놀란 넋을 잠간 진정하고
들판을 바라보니

소금물이 즐펀하여
무성하던 벼포기와
콩이며 검은 깨들
쓰러지고 뭉개졌다

사방으로 흩어지는
검은 기장 피와 차조
모두 다 병이 들어
지렁이 떼 뒤엉키어
갉아먹고 퍼져갔다

싹은 온통 깎이고 터져서
다시 새싹 가망 없다

짜고 쓴 간수 피해
짓밟고 짓이겨서
바로 이때 피해였다

노인 아이 모두 나와
훌쩍훌쩍 흐느끼며
부녀자는 가슴 헤쳐
소리치며 통곡했네

이리저리 뛰며 돌며
속은 끓고 가슴 타서
하늘 기운 참담하고
산악은 흔들렸다

그 옛날 여름에 서리 오고 등림이 탔다 해도
이 재앙에 비기면 그 비교 못되리라
아아! 주나라가 성인을 의심[2]하여 수목이 쓰러지고
월나라에 음란 없자 충성계책 바치었네[3]

복과 재앙 행위따라 일어나니
스스로 반성하여 권선하며 징악해야
달통한 사람들은 천명을 알기에
세상에 묻혔어도 번민이 없다네

鹽雨賦

敦牂之歲 夷則其律 日維庚辰 頂中天畢(嘉慶庚午 七月廿八日)
風發巽維 爰自食日 軒礚隱訇 熛怒激疾
遂乃攎彎於薩摩之罍 褰旗於耽羅之津 嘑聒宇宙 號召鬼神

歆山欲野 蹴石擢根 魚不及竄 獸不及奔

驫駥驫喬(音彪月休聿) 揮霍砏磤 鏗鎗鎝鞈 眩見駭聞

於是淆沛爲魁 盤盪成窟 潲渚衆潨 潦淚淢汨

銀山岸嶺而峯起 雪屋嶙峋而地拔 則有崩雲赴陸 屑雨漫空

睅曈勿罔 瀿涧鴻溶 批巖衝擁 注壑攀崧

而其著物也 則鍼芒交鑽 酖毒紛洒 魮蠡沫飛 齰齼粉解

趹蔓之卉 悉成醓醢 蒕蘠之葕 有同鮑鮻

分劙礫劈 醃漬蔫腇 天地黯慘而無光 林園蕭索而失彩

楗松楓柙 櫨欔檀樟 橙橘柿桴 樗棗棃棠

櫀桃欂栗 櫻梅檿桑 隱夫蔂棣 平仲女貞

無不摧柯隕葉 顛踣陵罔

篠簳箈箺 鍾籠箮箋 簣簹之竹 交加毀折

倒垂則魚鯁森起 飄轉則豹皮坼裂

復有蘘荷 蓼蕺蔗薑 芋薤薢蔥 蒜薪蔄茈

蘇番椒菘芥 武侯之蔬 糜爛鎖鑠 顔色穢麤

拗怒少息 駭魂乍定 乃瞻田疇 鹹醝彌亙

穤稬稫稄 荏菽苣藤 披靡委頓 遏舉亂迸

秬黍穈芑 靡有不病 蝨壇罃獠 連卷飄零

刲剔胚胎 永不懷孕 餎鹺如滷 蹂躪爲濘

當斯時也 旄倪並出 啜啜諎諎 婦女發胸 號號咷咷

騤瞿奔觸 如煎如熬 霄漢爲之慘怛 山嶽爲之動搖

雖復炎天隕霜 鄧林延燒 曾未足以喩 其災祅也

嗚呼

周疑聖而木僵 越無淫而者獻 固休咎其類應 自省而懲勸

唯達人之知命 是用遯世而无悶

①머리장[首章] 4구는 연월일시의 표기인데 돈장(敦牂)은 지지(地支)가 오(午)

의 해. 여기서는 경오(庚午)년, 이칙(夷則)은 12율(律)을 달로 표시한 것이니 7월이 되고 경진(庚辰)은 원주에 28일이라고 했다. 시간인 천필(天畢)은 별의 28수(宿)의 하나요, 새벽에 보이는 별이며, 또 비 내릴 징조의 별이라고 하는데 정다산은 또 하나의 의미를 함축하고 있으니 즉《이아(爾雅)》의 석천(釋天)의 주(注)에 '탁위지필(濁謂之畢), 엄면지필(掩免之畢) 혹호(或乎) 위탁인성형지명(爲濁因星形之名)……맹추지단필중(孟秋之胆畢中)……'의 뜻을 부연한 것 같다. ②주나라가 성인을 의심—성인은 주공(周公) 단(旦)을 가리킨다. 무왕(武王)이 죽은 뒤에 성왕(成王)이 어린 나이로 왕위에 오르자 그의 숙부인 주공이 섭정하였는데, 성왕을 위시한 주위 사람들이 주공이 혹시 왕위를 탐내고 있지 않나 의심하자 가을에 폭풍이 불어서 다 익은 곡식과 거목들이 쓰러졌다고 한다.《서경(書經)》〈금등(金縢)〉. ③월나라에……충성계책—월나라 왕 구천(勾踐)이 오(吳)나라를 공격하다가 대패하여 치욕적인 항복을 한 뒤에 자기 나라로 돌아와 원수를 갚기 위해 자나깨나 쓸개를 핥으며 각오를 새롭게 하는 한편 부지런히 일하고 검소하게 살면서 백성들과 고락을 함께 함으로써 힘을 기른 뒤에 결국 통쾌하게 원수를 갚았는데, 그 과정에서 범려(范蠡)와 대부(大夫) 종(種)의 헌신적인 계책이 크게 작용하였다. 여기서는 그와 같은 충성을 가리킨 듯하다.

※ 이상 부(賦) 2편은 정다산의 단 두 편의 부이며 통례로 문집의 첫머리인 시(詩) 앞에 배열하지만 여기서는 제작 연대로 보나(40대 귀양 시의 작품) 다산의 시사(詩史)적 비중으로 보아 시와 산문 사이에다 배열 수록한다.

經世濟民의 혼신

茶山의 詩文 上

-폐허산하 적지천리 백성은 어쩌라고-

初版 印刷 ●2002年	8月	24日	
初版 發行 ●2002年	8月	30日	

著　者 ● 金　智　勇

發行者 ● 金　東　求

發行處 ● 明　文　堂

서울특별시 종로구 안국동 17~8

대체　010041-31-001194

전화　（영）733-3039, 734-4798

（편）733-4748

F AX 734-9209

Homepage　www.myungmundang.net

E-mail　　om@myungmundang.net

등록　1977. 11. 19. 제1~148호

● 낙장 및 파본은 교환해 드립니다.

● 불허복제.

값　25,000원

ISBN 89-7270-694-9　94810

ISBN 89-7270-054-1 (세트)

東洋古典原本叢書

原本備旨 **大學集註**(全) 金赫濟 校閱

原本備旨 **中庸**(全) 金赫濟 校閱

原本備旨 **大學·中庸**(全) 金赫濟 校閱

原本 **孟子集註**(全) 金赫濟 校閱

原本備旨 **孟子集註**(上·下) 金赫濟 校閱

正本 **論語集註** 金星元 校閱

懸吐釋字具解 **論語集註**(全) 金赫濟 校閱

原本備旨 **論語集註**(上·下) 申泰三 校閱

備旨吐解 **正本周易** 全 金赫濟 校閱

備旨具解 **原本周易**(乾·坤) 明文堂編輯部

原本集註 **書傳** 金赫濟 校閱

原本集註 **詩傳** 金赫濟 校閱

原本懸吐備旨 **古文眞寶前集** 黃堅 編 金赫濟 校閱

原本懸吐備旨 **古文眞寶後集** 黃堅 編 金赫濟 校閱

懸吐 **通鑑註解**(1, 2, 3) 司馬光 撰

詳密註釋 **通鑑諺解**(전15권) 明文堂編輯部 校閱

詳密註釋 **通鑑諺解**(上中下) 明文堂編輯部 校閱

詳密註解 **史略諺解**(1, 2, 3) 明文堂編輯部 校閱

詳密註解 **史略諺解**(全) 明文堂編輯部 校閱

原本 **史記五選** 金赫濟 校閱

原本集註 **小學**(上·下) 金赫濟 校閱

原本 **小學集註**(全) 金星元 校閱

東洋古典은 계속 출간됩니다.

中國學 東洋思想文學 代表選集

공자의 생애와 사상 金學主 著 신국판	改訂增補版 新完譯 論語 張基槿 譯著 신국판
공자와 맹자의 철학사상 安吉煥 編著 신국판	中國古典漢詩人選❶ 改訂增補版 新譯 李太白 張基槿 譯著
老子와 道家思想 金學主 著 신국판	中國古典漢詩人選❷ 改訂增補版 新譯 陶淵明 張基槿 譯著
自然의 흐름에 거역하지 말라 莊子 安吉煥 編譯 신국판	개정증보판 中國 古代의 歌舞戲 金學主 著 신국판 양장
仁과 中庸이 멀리에만 있는 것이드냐 孔子傳 김전원 編著	중국고전희곡선 元雜劇選 (사)한국출판인회의 이달의 책 선정도서(2002.1·2월호) 金學主 編譯 신국판 양장 값 20,000원
백성을 섬기기가 그토록 어렵더냐 孟子傳 安吉煥 編著	修訂增補 樂府詩選 金學主 著 신국판 양장
영원한 신선들의 이야기 神仙傳 葛洪稚川 著 李民樹 譯	修訂新版 漢代의 文人과 詩 金學主 著 신국판 양장
中國現代詩研究 許世旭 著 신국판 양장	漢代의 文學과 賦 金學主 著 신국판 양장
白樂天詩研究 金在乘 著 신국판	改訂增補 新譯 陶淵明 金學主 譯 신국판 양장
中國人이 쓴 文學槪論 王夢鷗 著 李章佑 譯	改訂增補版 新完譯 書經 金學主 譯著 신국판
中國詩學 劉若愚 著 李章佑 譯 신국판 양장	改訂增補版 新完譯 詩經 金學主 譯著 신국판
中國의 文學理論 劉若愚 著 李章佑 譯	修訂增補 墨子, 그 생애·사상과 墨家 金學主 著 신국판 양장
梁啓超 毛以亨 著 宋恒龍 譯 신국판 값 4000원	중국의 희곡과 민간연예 金學主 著 신국판 양장
동양인의 哲學的 思考와 그 삶의 세계 宋恒龍 著	改訂增補版 新完譯 孟子(上·下) 車柱環 譯著 신국판
東西洋의 사상과 종교를 찾아서 林語堂 著·金學主 譯	新完譯 論語 —경제학자가 본 알기쉬운 논어— 姜秉昌 譯註 신국판
中國의 茶道 金明培 譯著 신국판	新完譯 한글판 論語 張基槿 譯著 신국판
老莊의 哲學思想 金星元 編著 신국판	국내최초 한글판 완역본 코란(꾸란:이슬람의 聖典) 金容善譯註 신국판
原文對譯 史記列傳精解 司馬遷 著 成元慶 編譯	戰國策 김전원 編著 신국판
新譯 史記講讀 司馬遷 著 진기환 譯 신국판	宋名臣言行錄 鄭鉉祜 編著
新完譯 淮南子(上,中,下) 劉安 編著 安吉煥 編譯 신국판	基礎漢文讀解法 제34회 문화관광부 추천도서(2001.11.6) 崔完植·金榮九·李永朱·閔正基 共著
論語新講義 金星元 譯著 신국판 양장	漢文讀解法 崔完植·金榮九·李永朱 共著 신국판
人間孔子 李長之 著 김전원 譯	基本生活漢字 제33회 문화관광부 추천도서(2000.11.17) 최수도 엮음 4·6배판
	東洋古典41選 安吉煥 編著 신국판
	東洋古典解說 李民樹 著 신국판 양장

新選東洋古典

新選東洋古典

新完譯 **擊蒙要訣** 金星元 譯註

新譯 **明心寶鑑** 金星元 譯著

新完譯 **小學** 金星元 譯著

新完譯 **大學·中庸** 金學主 譯著

新完譯 **孟子**(上,下) 車柱環 譯著

新完譯 **論語** 張基槿 譯著

新完譯 **詩經** 金學主 譯著

新完譯 **書經** 車相轅 譯著

新完譯 **周易** 金敬琢 譯著

新完譯 **春秋左氏傳**(全3卷) 文璇奎 譯著

新完譯 **禮記**(全3卷) 李相玉 譯著

新完譯 **古文眞寶**(前,後) 金學主 譯著

新完譯 **菜根譚** 洪自誠 原著 黃浹周 譯註

한글판 **論語** 張基槿 譯著

한글판 **孟子** 車柱環 譯著

新譯 **管子** 李相玉 譯解

新完譯 **老子** 金學主 譯解

新完譯 **近思錄** 朱憙 撰 成元慶 譯

新譯 **墨子** 金學主 譯解

新完譯 **孫子兵法** 李鍾學 譯著

新譯講讀 **四書三經** 柳正基 監修

東洋名言集 金星元 監修

新譯 **史記講讀** 司馬遷 著 진기환 譯

新譯 **列子** 金學主 譯解

新完譯 **楚辭** 屈原 著 이민수 譯

新完譯 **忠經·孝經** 金學主 譯著

新譯 **呻吟語** 呂坤 著 安吉煥 編譯

新譯 **傳習錄** 安吉煥 編譯

新完譯 **孫子·吳子** 金學主 譯

新譯 **諸子百家** 金瑩洙·安吉煥 共撰譯

新譯 **戰國策** 李相玉 譯

新完譯 **六韜三略** 李相玉 譯解

新完譯 原本 **明心寶鑑講義** 金星元 譯著

新譯 **三國志故事成語辭典** 陳起煥 編

新完譯 **淮南子**(上,中,下) 劉安 編著 安吉煥 編譯